Jasmyn

En die klippe sal uitroep

Emile de Jongh, kroonprins en hartebreker van die modelplaas La Rhône, is op dertig 'n gesogte vangs onder die skoner geslag. Maar in Miempie Rust, die nuwe verpleegsuster vir die distrik, loop hy egter sy rieme styf. Want Miempie is nie beïndruk met Emile se sjarme nie. Sy verlang eerder na reg en geregtigheid – veral teenoor die plaaswerkers. Dié vurige kampvegter vir menseregte het 'n hart wat onstilbaar klop . . . Vir Martha wat al vergeet het van boontoe beur en wegbreek na 'n beter lewe. Vir Maria, haar mooi dogter met die droom om dokter te word. "Daar is geen reënboog vir ons nie. God het dit vir die ander mense gestuur en die rykes kry die pot goud daarby – van ons hier op die plase en in die strooise het Hy vergeet . . ." refrein Martha se bitter klag in Miempie se hart. Wat is jy werd as jy nie meer ideale en 'n gewete het nie? Hoe moet die wêreld 'n beter plek word as almal net stilbly? Miempie rus nie voordat sy nie die klippe laat uitroep nie . . .

Die tonnel

Tot dusver het die lewe nog geen droomsterre vir die sensitiewe Ilse Rademeyer laat verskiet nie. Sy is op eenjarige ouderdom verlam weens 'n motorongeluk waarin haar ma sterf. Haar pa is 'n briljante wetenskaplike wat in sy eie afgeslote wêreld leef, en haar stiefbroer, Mynhardt, is 'n losbol en 'n rokjagter . . .

Toe Markus Rademeyer op sy sterfbed lê, skroei die skuld-gevoelens deur sy hart. Wat gaan van sy verlamde dogter word? Want Mynhardt, sy stiefseun, het so 'n reusebedrag geld by hom geleen dat daar geen sprake is van 'n goeie erf-porsie aan Ilse nie.

Maar dan bedink hy 'n oplossing. Nóg Ilse nóg Mynhardt sou ooit uit hul eie tot iets so waansinnigs ingestem het, maar diep in sy hart weet hy dit is die regte besluit . . .

Danksy haar vader se testament word Ilse verplig om langs vele kronkelpaaie te reis voor sy die eindpunt van die lang, duister tonnel kan bereik en haar droomster kan gryp. Gelukkig ken die liefde sy eie tyd.

Keerkring van die hart

Faan Dempers neem ou dronk Joop Burger van die onderdorp se seun in diens as prokureursklerk. Hoe sou hy ooit kon raai dat Kasper nog eendag sý redder sou word – meer nog, sy ydele dogter, Liesel, s'n?

Kasper kan nie dink aan 'n tyd in sy lewe wat hy nie 'n vergeefse droom oor die hooghartige Liesel Dempers, op agtien al 'n ryp jong vrou, in sy hart probeer smoor het nie.

Maar Liesel leef net vir swierbol Rob Rabe. Wanneer sy teen haar pa se sin met dié jakkals trou, begin die wiel van die lewe draai. Skielik is dit die trotse Liesel wat aan die verloorkant staan. En dan kry oom Faan 'n hartaanval en smeek hy Kasper om in te gryp. Want hy ken Kasper se geheim, en weet dat dié skugter man miskien Liesel se laaste redding kan wees.

Ena Murray

Omnibus 38

En die klippe sal uitroep
Die tonnel
Keerkring van die hart

Jasmyn

EERSTE UITGAWE VAN:
En die klippe sal uitroep: Tafelberg-Uitgewers, 1993
Die tonnel: J.P. van der Walt en Seun, 1974
Keerkring van die hart: J.P. van der Walt en Seun, 1985

Jasmyn
is 'n druknaam van NB-Uitgewers,
'n afdeling van Media24 Boeke (Edms) Beperk,
Heerengracht 40, Kaapstad

Omslagfoto: Gallo Images
Geset in 11 op 14 pt Sabon
Gedruk in Suid-Afrika deur
Interpak Books, Pietermaritzburg

FSC
MENGSEL
Papier van
verantwoordelike
herkoms
FSC™ C105735

Produkgroep afkomstig van goed bestuurde
bebossing en ander beheerde bronne.

Eerste uitgawe 2003

ISBN 978-0-624-05784-0
ISBN 978-0-624-05788-8 (epub)
ISBN 978-0-624-06461-9 (mobi)

Inhoud

En die klippe sal uitroep

1

"Nee, jy gaan nou nêrens heen nie. Jy kom sit. Ek wil met jou praat."

"Ma, asseblief."

"Sit, Emile!"

Haar stemtoon laat hom geen keuse nie. Hy moet gehoorsaam, maar laat darem hoor: "Tog asseblief net nie weer een van Ma se preeksessies nie! Ek is haastig. Ek moet goed by die Koöperasie kry en . . ."

"En by Monica en by Louise en by Sonja en by wie weet hoeveel ander ook nog 'n draai maak. Ek weet, Emile."

Sy oë flits ergerlik. "Daar begin Ma al weer! Kan Ma om liefdeswil nie maar vir my en my meisies uitlos nie? Kragtie, ek is dertig, nie dertien nie!"

"Dis juis die punt. Wanneer gaan jy jou soos 'n dertigjarige man begin gedra? En soos die toekomstige baas van La Rhône? Jy behoort lankal getroud te gewees het, opgeskote erfgenaam en al. Nou flenter jy van die een mooi popgesig na die volgende mooi lyf rond."

Hy spring gefrustreerd op, laat amper bars hoor: "Is dit mý skuld dat ek nog nie getroud is nie? Met elke liewe vroumens met wie ek al hier aangekom het, het julle fout gevind. Nie een was goed genoeg om die toekomstige vrou van La Rhône te word nie. Nou word ék verwyt dat ek nog nie getroud is nie!"

"Jy weet so goed soos ons, Emile, dat hulle absoluut onvanpas was."

"Julle oordeel net op die uiterlike. Omdat almal mooi

11

meisies is wat modern aantrek en grimeer, is hulle taboe. In julle oë is hulle leë poppe wat net daarop uit is om die vrou van La Rhône te word vir die aansien en die status en natuurlik die geld. Maar van hulle was uitsoekmeisies van goeie agtergrond – en boonop met 'n graad of meer agter hul naam. Ag, Ma, waarom praat ons weer oor hierdie dinge? Dis al holrug gery en ek is siek en sat daarvan. Ek gaan nie langer luister . . ."

"Jy beter luister, Emile, want jou hele toekoms is op die spel."

Hy draai in sy spore om, frons skerp. "Wat bedoel Ma?"

"Kom sit, Emile," sug sy ma. "Ons moet ernstig praat."

Hy sak op die stoel neer en kyk haar ondersoekend aan. Iets in die uitdrukking op haar gesig vertel hom dat dit nie maar net weer een van haar sedepreke dié is nie. Vandag steek daar iets meer agter.

"Emile, jou pa het gisteraand lank met my gepraat . . . oor jou."

"Dit aanvaar ek. Ek weet ek is een van jul geliefkoosde onderwerpe," sê hy droog, maar sy oë flikker waaksaam.

Sy ma se oë flits. "Staak dit, Emile! Ek het verlede nag omtrent nie 'n oog toegemaak nie!"

"Goed, Ma. Wat is dit? Uit daarmee."

"Jou pa sê as jy jou nie gaan regruk en 'n bestendiger lewe gaan lei nie, sal hy jou onterf."

"Onterf?" Hy spreek die woord uit asof hy dit vir die eerste keer in sy lewe hoor.

"Ja. Jy moet verstaan, Emile, La Rhône lê baie na aan sy hart. Dit is 'n modelplaas, dié plaas van die distrik. Maar dit het nie vanself gebeur nie. Dit het bloedsweet, fyn berekening en die grootste deel van sy lewe geverg om dit te kry soos dit vandag lyk. Hy wil die versekering hê dat die twee mense wat hier oorneem, dit werd sal wees, dit sal oppas en liefhê. Net die gedagte dat La Rhône in die verkeerde hande kan beland . . ."

"Dink Ma-hulle werklik so min van my?" Sy stem is laag van skok en ongeloof. Sy pa dink daaraan om hom te onterf!

"Boetie . . ." Vir die eerste keer in jare spreek sy hom weer aan soos toe hy nog klein was, ". . . dis nie dat ons min of sleg van jou dink nie. Ons is net onrustig oor jou! Ons weet jy is nie lui nie. Ons weet en sien jy werk hard op La Rhône. Ons grootste vrees is nie om jóú nie, maar om die lewensmaat wat jy gaan kies. Emile, 'n vrou kan 'n man maak of breek. Hoeveel keer in ons lewens het ons dit nie al gesien nie. Kyk wat het met Serfaas Myburgh gebeur. Onthou jy nog? 'n Klompie jare gelede? Sy tweede huwelik was 'n volslae mislukking en hy was 'n geruïneerde man. Hy is uit sy plaas, uit alles. Hy sit vandag in die stad by sy kinders, 'n verwese man. En hy was op sy dag 'n sterk boer."

"En Pa dink dieselfde gaan met my gebeur." Sy stem is so besadig soos wat sy ma dit nog selde gehoor het.

"Hy ís bang, my seun. As gevolg van die soort meisies wat jy hier aanbring. Hulle herinner jou pa baie aan Serfaas se tweede vrou."

"En julle dink nie daaraan dat julle miskien bitter onregverdig teenoor hierdie meisies is nie?"

"Miskien is ons; miskien nie. O, Emile, moet dit nie in die verkeerde lig beskou nie, asseblief! Dis ouerliefde wat so maak. Dis kommer oor jou kind en sy toekoms en sy geluk!"

"Dit gaan om La Rhône, Ma, nie om my nie," sê hy bitter. "Pa het 'n afgod van La Rhône gemaak."

"Dis nie waar nie, Emile. Pa is hartstogtelik lief vir die plaas, maar hy het my gisteraand gesê hy sal môre van die plaas af padgee as hy weet jy en die regte vrou is hier om die leisels oor te neem." Sy sien die ongeloof in sy oë. "Dis waar. Hy het dit gesê. Jou pa sê hy voel ons moet aftree. Ons moet êrens gaan bly, by die see of waar ook al, en 'n rustiger oudag geniet. Maar soos dinge nou is, kan hy nie. Hy moet eers gerustheid oor jou kry."

13

Dis stil. Hy strengel en ontstrengel sy vingers. "As ek net kan weet hoe die vrou moet lyk en hoe sy moet wees met wie julle tevrede sal wees, trou ek môre met haar."

"Moenie verspot wees nie. Ons wil nie hê jy moet 'n vrou trou ter wille van ons nie. Natuurlik wil ons hê jy moet uit liefde trou. Jou geluk is hoofsaak by ons, al sal jy dit nie nou glo nie. Maar jou geluk en La Rhône se toekoms is so ineengestrengel . . . Hoe sy moet lyk, is nie ter sprake nie. Dis hoe sy ís wat van belang is. Ek en jou pa wil weet dat jy én La Rhône veilig by haar sal wees."

"Maar in hemelsnaam, Ma, vir wie moet ek dan op die uitkyk wees? Kom, sê my!" roep hy ongeduldig uit. Hy voel in 'n hoek gekeer. La Rhône mag hy nie verloor nie! Sy pa kan dit nie aan hom doen nie! Natuurlik is hy hartstogtelik lief vir hierdie plaas. Dis sy geboortegrond. Hy het hier grootgeword. Hier lê ook bloedsweet van hom. Hy steek nie lyf weg nie. Hy speel baie hard, maar hy werk ook baie hard. Hy ontmoet sy ma se oë en hy pleit nou amper. "Kom, vertel my. Beskryf haar vir my."

Laura de Jongh skud haar kop. "Ek . . . weet nie presies nie. Wanneer sy voor my staan, sal ek weet dis sý."

"Maar Ma moet darem tog 'n idee hê! Waarna soek ek? Waarna kyk ek?"

Hoe kan sy aan hom verduidelik dat 'n ouer net instinktief wéét of haar kind die regte lewensmaat kies of nie? Dis 'n intuïsie wat nie verklaar kan word nie. Jy weet net intuïtief of jou kind se geluk by daardie persoon veilig is of nie. Maar hy wag op 'n antwoord . . .

"Wel, iemand . . . iemand soos Miempie. Jy het haar tog al gesien."

"Ek ken geen meisie met die naam Miempie nie." Hy spreek die naam met onverbloemde minagting uit.

"Sy kom al die afgelope jaar gereeld hier op die plaas. Ek praat van Miempie Rust, daardie oulike verpleegsuster."

Hy staar haar aan asof sy die kluts kwyt is, en sy laat iet-

14

wat selfbewus, verdedigend hoor: "Miempie is 'n baie dierbare kind. Ek het haar die afgelope tyd goed leer ken. Wanneer sy klaar is by die werkers, kom sy altyd hier aan en dan drink ons 'n koppie tee voordat sy verder gaan."

"En sy is volgens Ma die ideale vrou vir La Rhône?"

"Ek het dit nie gesê nie, Emile! Ek het gesê iemand sóós sy."

Hy pers sy lippe saam, probeer sy humeur beteuel. Natuurlik weet hy van die distriksmunisipaliteit se wit kombi wat gereeld hier kom. Dis 'n gesondheidsdiens wat aan die gemeenskap gelewer word en as 't ware 'n kliniek-op-wiele is. Maar dit is nie nou ter sake nie. Die oulike suster is.

Hy probeer konsentreer, maar kan glad nie onthou dat hy haar al ooit van aangesig tot aangesig gesien het nie. Die kombi het gekom en gegaan sonder dat hy hom daaraan gesteur het. Maar nou . . .

"Hierdie . . . Miempie . . . Wat is daar aan haar wat haar so ideaal maak?" Sy oë spot. "Ma sê sy is so oulik en 'n dierbare kind. Wat verstaan Ma onder die begrip 'dierbare kind'?"

Laura wens sy het nooit Miempie se naam opgehaal nie. "As jy die moeite wil doen om haar te leer ken, sal jy weet wat ek bedoel. Maar kom ons los nou maar vir Miempie uit. Jy sit met 'n probleem, Emile. Sorg maar dat jy iets daadwerkliks daaromtrent doen. Jy ken jou pa. Hy sê nie sommer ligtelik iets nie. Hy sou nie so iets kwytgeraak het as hy nie lank en diep daaroor nagedink het nie. Dis 'n saak van erns."

Emile besef dit terdeë. Hy knik, staan weer op. "Ek neem ter harte wat Ma my vandag vertel het," sê hy stram voordat hy uitstap.

Op pad dorp toe is sy gedagtes 'n onrustige maalkolk. Hy kan nie glo dat sy pa dit werklik ernstig oorweeg om hom te onterf nie. Aan die ander kant weer weet hy hoe sterk sy pa oor La Rhône voel. As daar die geringste kans bestaan dat La Rhône uit sy, Emile, se hande kan val, sal sy pa liewer die plaas aan sy oudste broer se seun bemaak. Hy sal dan seker

15

net kontant erf . . . wat hy en sy onvanpaste vrou na willekeur kan uitmors tot daar niks oor is nie.

Wat Laura en Giel de Jongh nie weet nie, is dat hy self al bekommerd geraak het. Sy vriende is reeds almal getroud. Natuurlik sal hy die een of ander tyd trou en met 'n gesin begin. Maar wat hy van sy vriende se huwelike sien, maak hom nie oorhaastig om die strop om die nek te kry nie. Dis nie altyd rosegeur en maneskyn nie, dis gewis. Menige dag al het hy sy sterre gedank dat hy nog nie sy kop in daardie bynes gesteek het nie. Maar dit het hom nie gekeer om van die een meisie na die ander te gaan nie. Die meisies weet dat hy 'n glibberige kalant is, maar dit weerhou hulle nie daarvan om die sjarmekrane oop te draai nie. Sodra hy egter agterkom dat die betrokke dame ernstige idees omtrent die toekoms begin kry, maak hy sy lyf skaars. Sy ouers is verniet bekommerd. Nie een van die meisies met wie hy tot dusver uitgegaan het, het hom al na die kansel laat verlang nie. Dit het hom eintlik goed gepas wanneer hulle duidelik gewys het dat hulle nie ingenome is met die potensiële skoondogters nie. Heimlik het hy met hulle saamgestem.

Maar nou het sake skielik 'n ernstiger wending begin neem. Hy sal iets daadwerkliks aan die saak moet doen . . .

Miempie Rust is salig onbewus daarvan dat haar naam in die deftige huis van die De Jonghs genoem is toe sy 'n paar dae later deur die motorhek van La Rhône ry. Sy ry in die rigting van die landerye en boorde waar die meeste werkers is. Toe hulle die bekende kombi gewaar, staak hulle hul werkery en begin in haar rigting aanstreep.

Vandag merk Emile de Jongh haar aankoms nie so terloops op soos voorheen nie. Hy bekyk die bedrywigheid op 'n afstand. Eers toe hy seker is dat die laaste pasiënt behandel is, stap hy in die rigting van die kombi. Hy voel 'n bietjie verspot. Tog het sy nuuskierigheid die oorhand gekry. Hy moet sien hoe lyk dié danige Miempie.

16

Sy verskyn in die kombideur en haar oë rek verbaas.

Hý is egter glad nie verbaas oor dit wat hy sien nie. Dis half en half wat hy verwag het. Nie mooi nie, ook nie lelik nie. Baie netjies in haar uniform. Al die kurwes op die regte plekke, maar nou nie om 'n man in 'n beswyming te laat raak nie. Net doodgewoon doodgewoon, dis Miempie Rust . . . sy Ma se bloudruk van die ideale vrou vir La Rhône. Sy mondhoeke trek.

'n Kepie verskyn tussen die doodgewone groenbruin oë. Sy weet nie wat die man so amusant vind nie, maar as hy vir háár staan en lag . . . "Ja, meneer? Kan ek help? Kom jy ook vir die gebruiklike?"

Sy laggie verdwyn onmiddellik. Sy stem klink sedig. "Wat is die gebruiklike? Is dit 'n skimp vir voorbehoeding? Is daar dan so iets op die mark? 'n Inspuiting ook vir mans?"

Sy kyk koel terug. "Nee, meneer. Kastrasie is nog die enigste antwoord. Ek hét 'n tang hier binne . . ."

Sy helder lag klink skielik op en sy weet nie hoekom nie, maar dit vererg haar nog meer. Wat sou die vername Emile de Jongh skielik vandag na die mobiele kliniek gelok het?

"Dankie, suster, maar ek sal liewer van minder pynlike metodes gebruik maak, dankie."

Sy klim uit, skuif die deur toe, klim agter die stuurwiel in en skakel die voertuig aan. "In daardie geval, meneer . . . u mors my tyd. Ek het nog baie om te doen. Tot siens."

Ontstig ry sy verby die indrukwekkende opstal na waar die werkers se huise teen die rantjie nestel. Sy weet nie hoekom sy haar so vererg het nie. Maar hy het haar beskou asof sy op 'n vendusie te koop is. En hoekom Emile de Jongh háár so indringend sal wil beskou, slaan haar dronk. Sy het al genoeg gehoor van hierdie meneer om te weet dat sý beslis nie die tipe is in wie hy sal belangstel nie. In so 'n klein gemeenskap weet almal alles van almal af. En as jy Emile de Jongh van La Rhône is, is jy pal in die kollig.

Sy het hom al op 'n afstand gesien, maar vandag was die

17

eerste keer van aangesig tot aangesig. Sy het selfs al twee keer oor die telefoon met hom gepraat toe sy plaas toe moes bel om hulle van 'n veranderde skedule in kennis te stel. Op die dorp ry hy gereeld in sy duur motor met een van die talle mooi meisies met wie hy hom pal omring. Gehoor van hom het sy genoeg. As die klomp by die distriksmunisipaliteit eers met die jongste sappige nuusbrokkie begin, móét jy luister . . . soos wanneer jy dit móét hoor wanneer 'n brommer in 'n leë blik beland.

Sy hou voor een van die huise stil en bepaal haar gedagtes onmiddellik by haar werk. 'n Paar vrouens met verskillende gesondheidsprobleme staan reeds op haar en wag. Sy behandel hulle en vra dan: "Waar is Martha?"

"Sy staan en was daar agter haar huis, suster."

"En Maria? Sy moet al terug wees van die skool af."

"Ek het gesien sy stap veld toe. Seker gaan hout soek, suster."

Miempie stap om die huisie en kry Martha Benjamin by die groot sinkbad vol wasgoed. Martha kyk vinnig op, laat dan haar blik weer skuldig sak. Miempie kom fronsend nader. "Middag, Martha."

"Middag, suster." Die hande bly bedrywig.

"Jou drie maande is om. Dis weer tyd vir jou inspuiting." Stilte. Ook geen teken dat sy die wasgoed gaan los nie. "Wat is dit dan vandag, Martha? Of wil jy nie meer die inspuiting neem nie?" Stilte. Die hande vryf en vryf net. "Julle het al sewe kinders, Martha!"

"Klaas wil nie hê ek moet dit vat nie."

"Maar dan gaan jy weer verwagtend word! Hoe dink jy gaan julle agt kinders grootmaak? Kos en klere gee, geleerdheid, alles? Die lewe is so duur, word al hoe duurder." Die bot swye wat sy al so goed leer ken het, volg. "Martha?"

"Hulle sal grootword, suster."

Die ou bekende antwoord ook. Hulle sal grootword. Maak nie saak hoe nie, maar hulle sal oorleef.

"Maar hoe? Swaar kry al die pad, soos jy tot vandag toe swaar kry? Gun jy jou kinders nie 'n beter lewe as jou eie nie?" Die bruin oë flits 'n oomblik in hare, kyk weer terug op die wasgoed. "Hoe meer kinders daar is, hoe swaarder gaan hulle almal kry, Martha. Hoe minder is daar vir almal. Jy en Klaas moet dit tog insien!"

Die stem word effens weerbarstig. "Ons sal werk vir hulle. Ons werk nou en ons sal bly werk."

"Jy bedoel afsloof. Dis al wat jy en Klaas elke dag doen. Julle sloof julle af om liggaam en siel aanmekaar te hou. Wil jy dan nie vir jouself ook 'n beter lewe hê nie?"

Die handbewegings verstil. "Daar is nie 'n beter lewe vir ons mense nie. Ek het eenmaal gedink daar kan wees . . . maar daar is nie."

"Wat bedoel jy?"

"Eenmaal toe ek jonk was . . . so oud soos Maria nou is, het ek so gedink . . ." Die hande begin weer heftig vrywe.

Miempie besluit om die gesprek in 'n ander rigting te stuur. "Waar is Maria?"

"Gaan hout soek."

"Martha, ek het al voorheen met jou hieroor gepraat. Moet Maria nie ook die inspuiting begin kry nie? Het jy al met haar daaroor gesels?"

Die bruin gesig is strak, die donker oë hard. "Maria is 'n ordentlike kind."

"Ek weet sy is, maar daar is soveel verkragtings deesdae. Oral loop leeglêers en boosdoeners rond wat haar kwaad kan aandoen. Sy is 'n mooi kind. Sy loop elke oggend die ses kilometers dorp toe en elke middag weer terug ná skool. Jy stuur haar alleen veld toe om hout te soek. En sy word nou 'n groot meisie. Sy is negentien. Ek en jy weet wat gebeur wanneer 'n mens jonk is en jy verloor jou hart. As jy jou oë uitvee, is die kwaad gedaan."

"En is 'n baba nou werklik die ergste ding wat met haar kan gebeur?"

Miempie is stomgeslaan. "Martha, hoe kan jy so iets sê! Maria leer so mooi . . ."

"Klaas is glad nie tevrede met hierdie geleerdery van haar nie. Hy sê sy is geleerd genoeg. Sy moet ophou en 'n man vat wat vir haar kan sorg."

"Om net maar dieselfde lewe te lei wat jý al die jare lei? Jy kan dit nie aan Maria doen nie! Daar wag vir haar 'n beter lewe as sy graad twaalf slaag en miskien selfs verder gaan leer."

"Sy vra te veel geld. Daar is ander kinders ook."

"Juis, Martha, daarom moet julle sorg dat daar nie méér kom wat vra nie. Maar kom ons los nou eers Maria se leerdery uit. Wat van haar veiligheid? Veronderstel sy word op pad skool toe verkrag of sy raak verlief op iemand? Sê nou daar is wel 'n baba? Dis nog 'n mond vir jou en Klaas om te voer."

"Ons sal 'n plan maak."

Miempie voel 'n magtelose woede van haar besit neem. "Bedoel jy jy sal nie omgee as jou dogter se toekoms, haar mooi drome, aan skerwe moet spat nie?" In die swye wat volg, lees sy haar antwoord en Miempie voel die drang in haar om net weg te stap. Maar dan verskyn die jong Maria se gesig voor haar. Die mooi meisie met die fynbesnede gelaatstrekke en steil hare . . . die enigste kind van Maria met reguit hare.

Sy soek na woorde. "Martha, as dit Klaas se houding is, kan ek dit verstaan. Maar ek kan dit nie van jóú glo nie. Jy dink nie dieselfde as Klaas nie. Ek weet dit. Jy is 'n vrou en 'n ma. Jy was eenmaal ook so oud soos Maria. Toe wou jy ook vorentoe, boontoe, nie waar nie? Jy het seker ook jou drome gehad, wou ook wegbreek na 'n beter lewe. Jy kon dit nie regkry nie, maar miskien kry Maria dit reg. Gun haar die kans!"

Martha Benjamin laat sak die wasgoed in haar hande, kyk Miempie vas aan en vir die eerste keer sien Miempie emosie op haar gesig.

"Ja, suster. Ek wou ook eenmaal wegbreek na 'n beter lewe. Maar dit werk nie uit nie. Dit sal nooit uitwerk nie. Daar is geen reënboog vir ons mense wat so arm is nie. God het dit net vir die ander mense gestuur – en die rykes kry die pot goud daarby. Maar vir ons, hier op die plase, het Hy vergeet. En Hy luister tog nie meer na ons nie. Maria probeer wegloop van die strois af, maar sy sal uitvind sy kan nie. Hoe verder ons van die strois af dwaal, hoe meer trane wag daar op ons. Ek weet. Suster is verkeerd. Ek dink saam met Klaas oor hierdie saak van Maria. Die geleerdheid is nie vir haar goed nie. Dit maak dat haar mense nie meer vir haar goed genoeg is nie. Sy moet 'n man vat en haar plek leer ken. Sy moet weet waar sy hoort. Haar pa wil haar uit die skool haal. Hy sê sy kan op die plaas kom werk saam met die ander vrouens. Dan bring sy geld in. Maar ek het gesê laat haar maar tot die end van die jaar aangaan. Daarna kom Maria huis toe."

Die magtelose woede het Miempie verlaat. Die bitterheid in die bruin vrou se stem het haar soos 'n skoot yswater getref. Onwillekeurig lê sy haar hand op Martha se voorarm. "Martha, moenie so bitter wees nie. Moenie dink God het jou vergeet nie en moenie hierdie netjiese huisie van jou 'n strois noem nie. Dis een van die skoonste huise wat ek nog gesien het en jy is een van die netjiesste en mees opregte vroue wat ek ken."

"Regtig?" Martha trek haar arm onder Miempie se aanraking weg. "Ek weet nie, suster. Ek weet nie. Maar een ding weet ek. Ek wil nie hê my kind moet oorkom wat ék oorgekom het nie. Dan moet sy maar liewer net hier op die plaas bly. Dis beter vir haar."

Miempie voel haar hart saamkrimp. Sy aarsel, waag dit dan tog: "Maria is nie Klaas se kind nie, is sy?"

Die donker oë swaai afwaarts. "Maak dit saak? Sy is mý kind."

"En jy weier dat ek oor die voorbehoed-inspuiting met haar praat?"

"Ja."

"Sy is al negentien, Martha. Sy mag self oor hierdie dinge besluit. Eintlik het sy nie eens meer jou toestemming nodig nie. Maar ek respekteer dit dat jy haar ma is . . . En jy self?" Sy sien die aarseling. "Klaas sal nie weet nie. Hy is op die land. Ek weet ek kan jou nie dwing nie, en dit is jou eie besluit, maar . . . asseblief, Martha! Ek probeer jou net help."

"Hy sê hy wil nog 'n kind hê. Dis sy rykdom."

"En jou swaar kry."

"Dan moet dit maar so wees, suster. Dis maar so uitgelê."

Miempie stap terug kombi toe. Sy weet sy het haar teen 'n muur vasgeloop. Vandag sal Martha nie die inspuiting vat nie . . . en wanneer sy oor 'n maand weer kom, sal Martha waarskynlik swanger wees met haar agtste kind. Ag, as sy maar net meer oorredingskrag gehad het!

Sy skakel nie dadelik die kombi aan nie. Haar blik dwaal oor die huisies. Die strooise, soos Martha dit genoem het. Die netjiese huisies wat Giel de Jongh vir sy werkers gebou het, is allesbehalwe strooise. Maar sy weet dit het maar onlangs gekom, en op baie plase is die tradisionele stroois maar nog die enigste huis wat die werker ken. Martha het verseker in so 'n stroois grootgeword . . . en die merk van die stroois kon sy ná al die jare nog nie afgeskud kry nie. Die stroois het vir haar 'n beskutting geword teen die seerkry van drome wat nooit waar kan word nie . . . Daarom wil sy haar dogter ook maar liewer in die skadu van die stroois hou . . .

Die bekende ou magteloosheid vat Miempie Rust weer opnuut vas in hierdie oomblik. Elke dag ry sy in hierdie distrik rond, verby die soms oordadig luukse opstalle, want dit is 'n ryk distrik, na die plaaswerkers se huise. En so dikwels, só dikwels, kom dit in haar op wanneer haar blik op die strooise val: Hoe kan enigiemand verwag dat daar uit sulke krotte mense moet kom met selftrots en menswaardigheid? Tog, dit word verwag. En daar is wel mense met ruggraat wat hier

grootword en elders 'n pad na 'n beter toekoms probeer uit-
kap. Die mense van die opstal verwag hulle moet dink en voel
en optree en hulle gedra soos húlle "die voorbeeld stel". En
dan stel so baie nog 'n skewe voorbeeld ook, dink sy wrang.
Môreoggend moet die Marthas wat in daardie luukse huise
werk, kraaknet en skoon by die kombuis instap. Miempie het
al baie gewonder hoe hulle dit tog regkry. Dikwels is daar nie
eens 'n kraan naby nie, moet water 'n ver ent in emmers en
konkas aangedra word vanaf 'n rivier of 'n gronddam. Daar
is nie elektrisiteit nie, maar die uniforms wat deur die boer se
vrou verskaf word, moet netjies gestryk wees. En haar kin-
ders moet skoon en netjies wees, al werk sy soms tot baie
laat. So ook haar man se oorpak wanneer hy môre sy bevele
ontvang.

Miempie laat sak haar ken in haar hand waar haar elm-
boog op die stuurwiel druk . . . en vir die soveelste keer won-
der sy watter soort mens sý sou gewees het as God haar vel
anders geverf het. Opnuut vul haar hart met deernis. Arme
Martha . . . en arme Maria . . . Sy bid byna hardop dat die
Vader sal verhoed dat Martha swanger word voordat sy weer
hierlangs kom. Miskien sal sy haar volgende keer kan oor-
reed om die inspuiting te neem.

Sy skakel die kombi aan, voel nie daarna om vandag die
gebruiklike koppie tee by Laura de Jongh te gaan drink nie.
Eers het daardie man haar ontstig, toe het Martha haar ont-
stel en nou kan sy die jonge Maria nie uit haar gedagtes kry
nie. Nie dat Maria veel jonger is as sy nie. Sy is vier-en-twin-
tig en Maria negentien. Maar van die eerste oomblik af dat
sy Maria gesien het, het 'n beskermingsdrang in haar posge-
vat. Maria se steil hare is nie die enigste eienskap wat haar
uitsonder nie. Daar is iets in haar oë en in haar houding wat
Miempie onmiddellik getref het.

Ook Maria se deursettingsvermoë verstom Miempie.
Twaalf kilometers per skooldag loop sy heen en weer skool
toe, in alle weersomstandighede. In die winter moet sy reeds

23

donker in die pad val om betyds te wees, en namiddae is daar 'n kort ligdag oor wanneer sy die huis bereik. Dan word sy nie gespaar nie. Sy is die oudste. Sy moet help met die bondels wasgoed, want hier is dit nie 'n geval van een aan die bas, een in die was en een in die kas nie. Daar is nie 'n kas nie. Dis in die was of aan die bas.

Of daar moet fynhout gemaak word, die werf moet gevee word, of die kleintjies moet gewas word. En vanaand wanneer daar miskien eindelik tyd is om by skoolwerk uit te kom, is daar agt ander mense om haar in die tweevertrekhuisie. Die een lag en die ander huil en almal gesels. Vroegaand word die kers of paraffienlampie doodgeblaas, want môre wag nog 'n harde werkdag. Daar is in elk geval nie 'n kers beskikbaar vir Maria om by te studeer nie. Kerse is duur. Kerse vra geld.

Maria se skoolresultate is dus heel gemiddeld, maar dat sy tot graad twaalf gevorder het, bly vir Miempie 'n raaisel.

Miempie draai die kombi se neus in na die opstal toe sy die uitdraaipad bereik. Dit sal snaaks lyk as sy nie hier inloer nie. Maar sy sal net verskoning maak dat sy vandag nie tyd het vir 'n koppie tee nie.

Sy kom nie so maklik weg soos sy gehoop het nie. Haar tee is klaar ingeskink toe sy sommer deur die kombuis vorentoe stap.

"Ek het jou sien aankom en solank jou tee ingeskink. Dag, Miempie. Kom sit. Kry 'n koekie."

"Middag, tannie Laura." Sy het geen keuse as om maar die aangebode koppie tee te neem nie. Laura de Jongh was nog altyd baie gaaf teenoor haar en het haar nog altyd tuis laat voel. Anders as wat die geval is by baie ander plase. Daar word die distriksverpleegster formeel as suster Rust aangespreek. Dikwels gebeur dit dat sy weer wegry sonder dat sy die vrou van die huis met 'n oog gesien het. Maar nie op La Rhône nie.

"Alles nog reg?" stel die ouer vrou die gebruiklike vraag.

Miempie skud haar kop. "Nie so alles reg vandag nie. Martha weier om die inspuiting te neem."

"Martha Benjamin?"

"Ja. Klaas wil nog 'n kind hê. Ek het probeer praat . . . Tannie Laura, dit gaan nie net om te veel kinders nie, of te veel monde nie. As mense net wil besef dat twee of drie kinders hul eie lewenstandaard sal verbeter en aan die kinders 'n beter kans vir 'n beter toekoms sal gee!"

"Ek weet, Miempie. Dis in so baie lande 'n probleem. Wat wil Klaas met nog 'n kind maak?"

"Martha sê hy sê dis sy rykdom."

"Sy armoede en ellende, ja."

"Maar daar is iets wat my baie meer ontstel. Hulle weier ook dat Maria iets met voorbehoeding te doen moet hê." Sy glimlag wrang. "Hulle hoop blykbaar sy sal haar vasvry en 'n man vat sodat sy van hulle nekke af kan kom. Kan tannie dink dat ouers só kan redeneer?"

Daar is 'n voetstap by die deur en die kroonprins van die plaas, soos Miempie baiekeer aan hom dink, kom binne. Haar gesig verstyf onmiddellik.

Hoewel Emile dit sien, glimlag hy en laat vriendelik hoor: "Is daar 'n koppie tee vir my ook?"

"O, Emile!" Sy ma kyk hom verras aan. "Jy het nog nie vir suster . . ."

"Ja. Ons het ontmoet, netnou by die boorde. Maar sy was toe nie juis te vriendelik nie. Ek hoop haar luim het al gesak."

Laura kyk van die een na die ander, sien hoe Miempie se gesig onleesbaar word en sy rig 'n waarskuwende blik op haar seun. Maar voordat sy iets kan sê, sit Miempie haar koppie neer en staan op.

"Tannie sal my regtig nou moet verskoon. Ek moet nog by 'n paar plase aangaan. Dankie vir die tee. Tot siens."

Sy stap ook sommer summier uit, maar toe sy by die kombi kom, is daar 'n hand voor hare op die deurknip.

25

"Genugtig, maar jy is darem 'n krapperige entjie mens. Wat byt jou?"

Haar blik flits na hom. "Ek is haastig, meneer De Jongh."

"Jy was nie ander kere so haastig nie. Ek sweer jy sou nog gesit het as ek nie ingekom het nie."

"Meneer De Jongh . . ."

"Die naam is Emile, Miempie."

"Asseblief, ek het werk om te doen."

Hy lyk eerlik verbaas. Hy is nie aan so iets gewoond nie. Die skoner geslag is altyd die ene glimlaggies wanneer hy met hulle gesels. Hy frons, kyk haar ondersoekend aan. "Wat is dit met jou? Wat het ek gedoen om jou antagonisme te verdien?"

Juis omdat sy weet hy het die volste reg om so 'n vraag te vra, en juis omdat sy besef dat sy haar buitensporig vererg het toe hy haar so staan en beskou het, raak sy net nog stroewer. "Meneer De Jongh, jy het niks verdien nie. Ek hou net nie van die onnodige aandag wat jy skielik op my uitstort nie, en beslis nie in my werktyd nie. Jy kan dit seker bekostig om ledig te wees, maar ek nie. Verskoon my dus asseblief."

Hy laat toe dat sy sy hand van die deurhandvatsel wegdruk. In die truspieël van die kombi sien sy dat hy op dieselfde plek bly staan tot sy uit sig verdwyn.

Emile se oë is peinsend op die grond voor hom gerig. En dis nou wat sy ma beskou as goeie materiaal vir 'n toekomstige vrou. Beduiwelde Miempie. Dan grynslag hy. Miskien dink sy ma hy het 'n kwaai vrou nodig. Iemand wat hom gereeld, en soms ook sonder rede, op sy plek sal sit. Iemand wat nie soos 'n oorryp appelkoos in sy skoot sal val nie . . .

Miempie voel effens skuldig toe sy aanry. Hy moet haar optrede vreemd vind. Sy kan regtig nie dink hoekom sy haar so vererg het nie. En hoekom het dit haar so ontstel dat die grootmeneer haar skielik vandag raakgesien het. Sy weet tog daar is geen bybedoelings nie. Miskien wou hy maar net beleef wees, en háár reaksie het gegrens aan ongemanierdheid. Maar dis of sy instinktief op die verdediging was toe sy hom daar voor haar sien staan, so asof sy haarself teen iets moes beskerm, maar wat dié iets is, is te vaag om te definieer. Sy is seker maar beïnvloed deur al die stories wat sy al van hom gehoor het. Met sy pierewaaierlewe het sy nie vrede nie. Die ledige rykes met hul enorme ego's . . . Nee, sy voel glad nie meer skuldig oor haar gedrag nie. Sy kon sien dit het hom geruk dat die vaal ou verpleegsustertjie nie voor hom in 'n beswyming val nie. Goed so.

Sy moet die kombi se remme vinnig vasskop toe 'n gestalte skielik van agter 'n struik reg voor die voertuig inspring net voordat sy deur La Rhône se grenshek ry.

"Maria! Ek kon jou raak gery het!" raas sy.

"Ek is jammer, suster, maar ek is so bang ek mis suster."

Miempie kyk die jong meisie skerp aan. "Wat is dit, Maria? Hoekom wou jy my so dringend sien? Is daar . . . is daar fout?" vra sy reguit en haar hart sak in haar skoene.

"Nee, suster, maar . . . ek . . ." Daar is groot verleentheid.

"Ek wil asseblief die inspuiting hê."

Dit stel Miempie geensins gerus nie. "Maria, jy moet eerlik met my wees. Die voorbehoedinspuiting help niks as daar reeds moeilikheid is nie. Verstaan jy?"

"Ja, suster. Ek makeer niks nie."

Verligting spoel deur haar. "Maar jy het 'n spesiale vriend?"

"Nee, suster! Ek hou my nie met die ouens op nie. Ek wil leer."

Miempie klim uit en maak die skuifdeur van die kombi oop. "Kom klim in. Ons praat binne verder." Sy kyk die meisie vas aan. "Hoekom wil jy dan die inspuiting hê?"

"Oor . . . oor ek bang is daar gebeur iets. Daar is groot ouens in die skool wat by my aanlê. En hier op die plaas ook. Ek sê vir hulle ek wil niks met hulle te doen hê nie, maar hulle wil nie luister nie. Hulle hou aan. En almal weet ek

27

loop skool toe en terug. Ek is bang een van hulle lê my voor, suster."

Miempie knik. "Ek het met jou ma gepraat. Sy wil niks weet van voorbehoeding nie – ook nie dat jy die inspuiting moet kry nie."

Die kop sak. "Ek weet, suster. Ek weet wat hulle wil hê. Maar ek . . ." Die oë pleit. "Asseblief, ek wil die inspuiting hê. Ek wil klaar leer. Ek is so bang iets gebeur met my . . ."

Miempie haal haar tas uit en kry alles gereed. "Ek het juis vandag my program só verander dat ek in die namiddag op La Rhône kan wees – ter wille van jou. Ek wou graag met jou gesels. Maar toe was jy veld toe en jou ma wou niks weet nie, maar jy is baie verstandig, Maria. 'n Vrou moet haarself beskerm. Probeer ook om nie alleen in die veld te stap nie, veral as dit begin donker word. Maar ek weet dis baie moeilik . . ." Toe sy klaar is, glimlag sy bemoedigend. "Dis baie mooi dat jy so graag wil leer, Maria. Hoe gaan dit op skool?"

"Maar so-so, suster. Ek moet maar eksamen skryf met behulp van wat ek in die klas hoor en onthou. Daar is nie kans vir leer by die huis nie. Maar ek het nog altyd deurgekom."

"Wat wil jy ná graad twaalf doen?"

"Ek wil graag verder gaan leer."

"So? In watter rigting?" vra sy belangstellend uit terwyl haar hart pyn. Arme Maria. Haar ouers het ander planne vir haar.

"Ek wil graag eendag 'n dokter word."

"'n . . ." Miempie kry die uitdrukking op haar gesig vinnig reg. "Maar dis 'n pragtige ideaal, Maria." Sy lê haar hand op die meisie se skouer. "Mooi leer en sterkte."

Sy waai tot siens toe sy deur die motorhek gaan, sien in die truspieël hoe Maria buk, die bondel hout optel en begin aanstap . . . en in haar is dit seer . . . seer oor al die vergeefse drome wat tussen strooise begrawe lê.

2

Miempie se volgende besoek is op Baardskeerderspoort, die plaas van Manie Bredenkamp, 'n vrygesel. Ook hom het sy nog nie persoonlik ontmoet nie. Sy het al 'n paar keer oor die telefoon met hom gepraat in verband met 'n veranderde program of 'n geval van siekte, en hom in die dorp net op 'n afstand gesien. Maar anders as in die geval van die kroonprins van La Rhône, het sy nog nooit stories oor hom gehoor nie.

Nadat sy die gewone takies afgehandel het, verneem sy hoe dit met ou Piet de Wee gaan. Die nuus is nie goed nie.

"Meneer het hom verlede week dokter toe gevat, maar dit wil maar nie beter nie, suster. Dokter sê dis die hart. Die hart is pap en die ouderdom te hoog."

Miempie frons. "En ouma Sanna?"

"Sy's ook maar gedaan, suster. Die ou bene wil nie meer nie."

Miempie stap op die huisie af en toe die ou vrou haar in die deur sien staan, glimlag die amper tandelose mond breed.

"Ai, sustertjie, dis goed om jou weer te sien!"

"Middag, ouma Sanna. Ek verneem dit gaan nie so goed hier nie."

"Nee, sustertjie, dit wil nie meer nie." Sy luister na die lang relaas, wetende dat die ou vrou nie aandik nie. Hierdie twee ou mense is gedaan. "Ons sal seker maar nog moet trek ook. Hier is nie meer plek op die plaas vir ons nie."

"Wat bedoel jy?" vra Miempie skerp.

Die ou vrou se skouers hang. "As jy die dag oud is en nie meer kan werk nie, is daar nie meer plek vir jou nie. Dan moet jy vort."

Miempie frons diep. "Het meneer Manie gesê julle moet trek?"

"Nee. Nog nie. Maar dit sal seker nog kom. Wat anders? Ou Ragel en Jafta moes padgee toe húlle die dag nie meer kon nie. Hulle moes dorp toe, na 'n huurhuis, en soos ek verstaan, het hulle baie dae nie kos om te eet nie. Die lewe op die dorp is duur – te duur vir ou plaasmense wat nie meer kan werk nie en van die staat se pensioen moet lewe."

Miempie weet die ou vrou praat die waarheid. Dis nou maar sowat vier maande dat Manie die boerdery by sy pa oorgeneem het nadat sy ouers in hul strandhuis by Mosselbaai gaan aftree het. Maar voordat Hermanus Bredenkamp die leisels aan sy seun oorgegee het, het hy plaas skoongemaak. Nie net is jare se opgegaarde rommel op 'n vendusie verkoop nie, maar daar is ook gesnoei onder veral die ou plaaswerkers wat nie meer so produktief was nie. Toe Miempie op 'n dag weer op Baardskeerderspoort aankom, was die jong Manie in beheer, sy ouers gevestig in hul dubbelverdiepinghuis by die see en ou Ragel en Jafta in 'n huurhuisie op die dorp. Ou Piet en Sanna sou seker ook die trekpas gekry het, was dit nie dat Sanna 'n uithalerkok is nie. Iemand moes sorg dat die nuwe baas van die plaas ordentlik eet. Maar nou kan Sanna se rumatiekbene nie meer nie . . . en Piet se hart is pap . . .

Miempie aarsel. Sy weet sy oorskry nou haar pligte. Sy moet na hierdie mense se liggaamlike heil omsien. Dis nie haar werk om haar oor hul persoonlike omstandighede en die rampe wat hulle tref, te bekommer nie. As daar iets is wat haper, kan sy dit altyd na die maatskaplike werker verwys. Maar Miempie Rust is nie só aanmekaargesit nie.

"Is meneer Manie nou op die plaas?"

"Ja, hy is hier. Hy was netnoumaar hier om te kom hoor wie ek gekry het om in my plek te kook."

Sy kyk simpatiek na die verrimpelde gesiggie. "Ek sal kyk wat ek kan doen, oumatjie. Lê oupa Piet 'n bietjie?"

"Ja, sustertjie. Hy slaap nou. Slaap maar sleg snags. Word so benoud van die hart, jy weet?" Die oë kyk pleitend op. "Dit sal sy dood beteken om weg te gaan van die plaas af. Hy is hier gebore. Dis al plek wat hy ken!"

"Ek weet. Moenie so bekommerd wees nie. Ek sal met meneer Manie praat. Onthou om gereeld die dokter se pille te drink, hoor?"

"Ek doen dit, sustertjie, maar dit wil ook nie meer help nie."

Op pad na die plaashuis dink Miempie met deernis aan die twee ou mense. Net die gedagte dat hulle verdryf gaan word van die grond waar hulle hul hele lewe geslyt en gewerk het, laat haar weer die grense oorsteek.

Manie Bredenkamp stap haar tegemoet toe sy voor die huis stilhou. Hy hou sy hand uit en glimlag vriendelik. "Manie Bredenkamp. Aangename kennis, suster."

Sy hou onmiddellik van wat sy sien. 'n Oop, eerlike gesig, 'n reguit kyk in die vriendelike oë. "Miempie Rust. Aangename kennis."

"Ek het jou sien afdraai huis toe. Is daar 'n probleem?"

"Nie juis nie, meneer Bredenkamp. Maar daar is tog iets waaroor ek graag sou wou gesels."

"Kom dan binne. Ons kan koffie drink terwyl ons gesels."

"Dankie, maar nie vir my nie. Ek het op La Rhône tee gedrink. Ons kan sommer hier op die stoep sit. Ek sal jou nie lank ophou nie."

Hy kyk haar vraend aan nadat hulle op die gemaklike stoepstoele gaan sit het. Hy hou ook van wat hy sien. "Wel?"

"Dis in verband met oupa Piet en ouma Sanna." Sy sien sy verwarde frons en korrigeer vinnig, half verleë: "Ek praat van Piet en Sanna de Wee."

"Natuurlik. Ek is bekommerd oor hulle. Die twee oues is gedaan."

"Ja. En ék is baie bekommerd dat daar nie meer vir hulle plek op Baardskeerderspoort sal wees noudat hulle nie meer kan werk nie."

"Ek begryp nie. Hoekom dink hulle so?"

Sy kyk hom vas in die oë. "Omdat oupa Jafta en ouma Ragel moes padgee." Sy sien hom weer frons, vertolk dit weer verkeerd. "Ek werk heeldag met hierdie mense en ek kry dit nie reg om van ou Piet of ou Sanna te praat nie. Hulle verdien respek en daarom spreek ek hulle as oupa en ouma aan," laat sy verdedigend hoor.

Hy knik, sy oë goedkeurend. Sy respek vir die distriksver-pleegsuster styg met rasse skrede. "Heeltemal reg ook, suster Rust. Ek noem hulle ook ouma en oupa."

"O."

Hy glimlag. "Jy weet, baie dae verlang ek na die ou dae toe ek 'n kind was. Dinge was toe soveel minder gekompliseerd. Ek het voor hulle grootgeword. Nooit sal ek droom om hulle sommer as Sanna en Piet aan te spreek nie. Piet en Sanna de Wee is vir my nou ouma Sanna en oupa Piet."

Sy glimlag dankbaar teenoor hom, voel amper bewoë.

Dan keer sy frons terug. "Wat ouma Ragel en oupa Jafta betref . . . Dis nou vier maande sedert ek die leisels oorge-neem het en my pa-hulle weg is. Ek was ontsteld toe ek op die plaas kom en hoor dat hulle dorp toe getrek het. Maar ek het verstaan hulle is versorg. Hulle bly in 'n ordentlike huisie en albei kry ouderdomspensioen. Ek wil hulle nog op 'n dag gaan opsoek en groet."

"Hulle sal dit baie waardeer, meneer Bredenkamp."

"Asseblief, kan ons nie maar minder formeel wees nie? My naam is Manie."

Sy glimlag, en dit is skielik soveel makliker om hom in te lig: "Volgens ouma Sanna gaan dit nie so goed daar nie."

"Hoekom nie? Is hulle siek?"

"Die gewone ouderdomskwale, maar dis nie die grootste nood nie. Dit gaan blykbaar om kos daar." Hy lyk opreg ont-steld en sy verduidelik: "Jy kan self die sommetjie maak, Ma-nie. Hulle het al die jare op die plaas gebly. Hulle het verniet gebly, hout en water was verniet, hulle het hul kosrantsoene gekry, nie waar nie? Soos meel en vleis en groente?"

"Natuurlik. Hulle het nooit honger gely nie."

"Maar nou sit hulle op die dorp in 'n huis waarvoor hulle

elke maand huur moet betaal. Die water en elektrisiteit kos ekstra. Daar is geen rantsoene meer nie. Intussen styg die lewenskoste elke dag en hulle moet dieselfde pryse in die winkel betaal as ek en jy. Jy weet hoe lyk die inflasiekoers. Mediese dienste kos wel die minimum, maar intussen moet hulle nog by die hospitaal, die kliniek of die dokter kom om dit te kry. Dit bring weer vervoerkoste mee. Ek sê jou eerlik, ek weet nie hoe party mense kop bo water hou nie."

Hy knik peinsend. "Ek staan skuldig, suster . . . of kan ek jou maar Miempie noem?"

"Natuurlik kan jy." Sy glimlag, hou al meer van dié man.

"Ek bedoel dit nie as 'n beskuldiging nie, Manie. Ek noem maar net feite, en vra begrip."

Ook sý oë vertel wat hy van die meisie dink. "Ek is baie dankbaar dat jy dit onder my aandag gebring het, Miempie. Ek glo nie my pa het doelbewus onsensitief of onsimpatiek opgetree nie. Ek glo hy het gedink hy bewys hulle 'n guns toe hy vir hulle plek op die dorp gekry het. Maar dit was nietemin onnadenkend." Hy sug. "Jy weet, so word die kwade gevoelens in hierdie land dikwels gevoed. Daar word meestal nie doelbewus kwaad bedoel nie. Maar ons tree so dikwels onnadenkend teenoor mekaar op. Ek belowe jou ek sal onmiddellik hierop ingaan en wat oupa Piet en ouma Sanna betref, ek sal hulle vandag nog gerusstel. Hulle kan op Baardskeerderspoort bly tot die dag van hul dood. En hulle sal in hiérdie aarde 'n laaste rusplek kry."

Sy staan op, voel die trane in haar oë. O, as almal maar hierdie gesindheid wil openbaar! "Dankie, Manie. Nou kan ek met 'n geruste hart gaan."

Die warm gevoel om Miempie se hart vervaag toe sy met die volgende plaas se imposante rylaan opry. Grootfontein. Wilhelm en Ruda Visser se plaas. Maar sy gaan nie by die plaashuis aan nie. Met haar terugkeer sal sy by die agterdeur stilhou en uitklim om met die huishulp te gaan gesels en te

hoor of sy enige kwale het. Nou gaan sy eers na die strooise.
En strooise is dit. Sy dink weer aan Manie Bredenkamp se
woorde en vra haar af: Is dit ook onnadenkendheid, of is dit
siende blind wees? Wilhelm Visser is 'n ryk man. Hy kan se-
kerlik beter huise vir sy werkers bekostig. Of is dit maar net
'n geval van nie omgee nie?

Sy sug, klim uit en spreek haarself streng aan: Dis nie jou
werk om jou oor Wilhelm Visser se werkers se omstandig-
hede te bekommer nie. Dis sý gewetensaak, nie joune nie.
Maar dit help nie. Toe sy 'n ruk later weer in die kombi klim,
weet sy sy kan die saak nie daar laat nie. Hierdie mense se
fisieke welsyn rus op háár gewete en sy durf die feit nie igno-
reer nie.

Sy doen haar werk by die agterdeur waar Sarie en Siena
hulle aanmeld, maar anders as gewoonlik vertrek sy nie som-
mer dadelik nie. Ook die Vissers ken sy nie. Ruda Visser het
sy al op die dorp en in die kerk gesien, maar hierdie dame het
haar nog nooit verwerdig om eens haar kop in haar rigting
te knik nie, wat nog te sê haar te vra of sy 'n koppie tee sal
geniet. Maar vandag moet sy die eienaars van aangesig tot
aangesig spreek.

"Is meneer Visser hier?"

"Nee, suster. Hy's dorp toe."

"En mevrou Visser?"

"Sy drink tee op die voorstoep."

"Dankie." Miempie stap sommer deur die huis voorstoep
toe, en die weelde ontgaan haar nie. Sy sien die vrou verbaas
opkyk toe sy in die voordeur verskyn. "Goeiemôre, mevrou
Visser. Ek is jammer om jou te steur, maar daar is 'n kwessie
wat ek dringend met jou moet bespreek, asseblief.'

Die groet word nie erken nie en nog minder word sy ge-
nooi om te kom sit. Die vraag klink redelik kortaf: "Wat is
die probleem?"

Miempie het so 'n soort ontvangs verwag en sy bly styf
voor die vrou staan, maar met 'n reguit blik en 'n uitdagende

ken. "Ek vermoed tuberkulose by sommige van julle werkers. Ek sal reël dat hulle getoets word. So gou moontlik, natuurlik."

Ruda Visser frons. Sy is 'n mooi vrou, maar sy het 'n onvergenoegde uitdrukking op haar gesig. "Ons kan nie sommer 'n klomp werkers gelyktydig dorp toe laat gaan nie. Hoeveel het dit, en hoekom vermoed jy dit?"

"Die tekens is duidelik sigbaar by die vroue en kinders wat ek vanoggend gesien het. Siena, julle kok, het ook 'n kenmerkende teringhoes. Die mans het ek nie nou te siene gekry nie. Dáár sal waarskynlik ook 'n paar gevalle wees."

Mevrou Visser is duidelik geïrriteerd: "Van die werkers rook enige gemors, suster. Van dagga tot gras. Wat verwag jy? Natuurlik sal hulle hoes. Dis . . ."

Miempie val haar in die rede: "En hulle bly in strooise wat kwalik bydra tot 'n gesonde leefruimte."

Die ongeërgdheid verdwyn uit die vrou se oë. "Ekskuus?" vra sy kil.

Maar Miempie staan haar man. "Behuising – waar die mense bly en hoeveel hulle saam in een huis is – dra baie by tot tuberkulose, mevrou. Die vroue sê vir my dat die strooise veral in die winter erg klam is. Die vlei stoot so hoog op dat die mure klam deurslaan. Daar is een stroois waarin tot twaalf mense snags slaap . . . 'n eenvertrekhuis. En in die winter word die gate wat as vensters moet dien, toegestop. 'n Ideale broeiplek vir allerhande siektes, veral vir tuberkulose."

Ruda Visser se mond gaan oop, maar Miempie spring haar voor: "Ek is jammer, mevrou, maar ek moet hierdie dinge onder jou aandag bring. Dit sal weinig help om die mense vir tuberkulose te behandel terwyl hul lewensomstandighede bly soos dit is."

Die stem is ysig. "Verstaan ek jou reg, suster? My man moet ander huise vir die werkers bou omdat jý so sê?"

"Jy verstaan my heeltemal reg, mevrou. Tensy jy nie omgee om jouself en jou gesin in gevaar te stel nie. Hulle sal jou van

35

die kliniek af laat weet wanneer die mense moet inkom vir die toetse en ek sal aanbeveel dat die mans ook getoets word. Goeiemiddag, mevrou Visser."

Hoewel sy so koel soos 'n komkommer voorkom terwyl sy wegstap en oomblikke later die werf uitry, is Miempie glad nie so seker van haarself nie. Inteendeel. Sy raas al weer met haarself, hoewel sy weet die koeël is reeds deur die kerk: Jy met jou groot mond! En die woordjie takt het jy seker nog nooit van gehoor nie!

Maar van die oomblik dat sy in Ruda Visser se koel oë gekyk het, was alle mooipraat en diplomasie na die maan. Dank die Vader sy is nie een van hierdie vrou se werknemers nie! Maar daar is 'n ongemaklike gevoel in haar dat sy vorentoe wel die vrugte van haar optrede gaan pluk . . . en dit gaan nie soet smaak nie.

Vir die tweede keer daardie dag moet Miempie haar gedagtes vinnig terugruk na die hede en nog vinniger die rem vasskop. 'n Motorfiets het skielik om 'n draai voor haar in die plaaspad verskyn. Die persoon op die motorfiets skrik ewe groot en koers sommer wild die bosse in. Ontsteld sien Miempie hoe die motorfiets omval.

Haar bene dra haar vinnig na die ongelukstoneel en sy slaak 'n sug van verligting toe sy sien hoe die persoon stadig orent kom. Die volgende oomblik is sy by haar.

"Ek is jammer. Ek kon jou nie sien aankom nie. Het jy seergekry?"

"Nee." Die valhelm word afgehaal en Miempie kyk teen 'n jong meisie van sowat vyftien se gesig vas. Natuurlik Yolande Visser. Haar maag maak 'n draai. As sy darem vandag die enigste kind van die Vissers doodgery het . . .

"Is jy seker? Kom ons kyk of alles nog werk . . ."

"Ek makeer niks nie." Die stem is opstandig.

Miempie vererg haar effens. So 'n klein snip . . . "Jy weet, jy het 'n bietjie vinnig om daardie draai gekom. Jy kon lelik seergekry het." Geen reaksie nie. Die meisie begin die motor-

36

fiets optel en ná 'n oomblik van aarseling sê Miempie: "Nou ja, as jy dan niks oorgekom het nie . . . Tot siens."

"Wag eers." Toe Miempie terugkyk, kom die vraag: "Wie is jy?"

"Die suster wat die mobiele kliniek na die plaaswerkers van die distrik bring."

"Ja, ek weet. Ek bedoel wat is jou naam?"

"Ek is suster Rust." Miempie voel glad nie lus om 'n gesprek met die voorbarige meisie aan te knoop nie.

"Kan ek jou iets vra?" Sy het nie juis 'n keuse nie. "Ja?"

"Ek . . . het gewonder of jy my dalk kan help. Dis . . . eintlik nie vir . . . my nie. Dis vir 'n vriendin." Miempie staan haar net en aankyk en daar word hakkelend vervolg: "As 'n mens nog heel aan die begin van . . ." Daar word eers gesluk. "Ek bedoel, as 'n mens vermoed dat jy maar nog kort verwag . . . is daar mos iets wat 'n mens daaraan kan doen om . . . om dit te stop?" Toe sy Miempie se instinktiewe frons sien, vervolg sy vinnig: "'n . . . 'n Vriendin van my dink . . . dink sy mag dalk . . . só wees en . . . Is daar nie iets wat sy kan drink of doen om . . .?"

"Om dit af te bring nie?" Die kop knik en Miempie vervolg ernstig: "Dis 'n baie gevaarlike ding waarvan jy praat, Yolande. Dit kan selfs lewensgevaarlik wees. Al word 'n aborsie deur 'n dokter of 'n vroedvrou gedoen, kan dit baie ernstige gevolge inhou."

"Maar is daar nie iets wat sy sélf kan doen nie? Ek bedoel, dis mos nie of dit al . . . al klaar 'n baba is nie . . . Dis tog nie . . ."

"Moord nie? Nee, daar is baie mense wat glo dis nie moord nie. Maar weet jy dat daardie hartjie reeds op drie weke begin klop . . . en dan weet die vrou of die meisie nog nie eens sy verwag nie; kan sy dit nog nie eens vermoed nie." Die blonde meisie lyk skielik bleker en die naar kol op Miempie se maag word groter. "Ek sal jou vriendin aanraai om eers

37

honderd persent seker te maak dat sy swanger is en dan . . . dan professionele hulp inroep."

"Is daar dan dokters wat dit sal doen?"

"Jy bedoel 'n aborsie op haar uitvoer? Wel, as sy minderjarig is, moet sy dit liewer eers met haar ouers bespreek. En wat sy ook al wil doen, sy moet haar ouers se toestemming kry."

"Maar wat anders kan sy dan dóén?" Daar is paniek in die stem van die jong meisie.

Miempie doen haar bes om die regte raad te gee: "Daar is geen ander verstandige uitweg nie. Sy moet vasstel of sy swanger is en dan die saak openlik met haar ouers bespreek."

"Sy sal dit nooit doen nie! Ek bedoel, haar ouers daarvan vertel nie."

"Sy het geen ander keuse nie, Yolande. Ek neem aan sy is nog maar . . . e . . . vyftien?"

"Amper sestien."

"Sy is nog minderjarig. Sy sal haar ouers daarvan móét vertel."

"Maar kan jý nie iets . . . iets vir my gee . . . wat ek vir haar kan gee wat dit miskien . . . miskien kan laat . . ."

"Nee, ek kan nie. Ek sal nooit so iets waag nie. Ek beskou dit as moord. Dit is heeltemal teen my beginsels en etiese waardes – al beskou baie mense dit as 'n vrou se reg. En dit kan ernstige sielkundige skade inhou. Verder is jou vriendin in elk geval minderjarig. Yolande, jy moet met haar praat. Hoe gouer sy haar ouers in haar vertroue neem, hoe beter. Asseblief. Moenie dat sy self iets probeer om die swangerskap te beëindig nie. Sy kan nie net haar gesondheid vir ewig knou nie, maar selfs sterf. 'n Aborsie wat nie in kliniese omstandighede deur 'n dokter of 'n vroedvrou uitgevoer word nie, is lewensgevaarlik en nie iets om mee te speel nie. Agterstraat-aborsies het al ontelbare lewens geëis."

Die kop val vooroor en die blonde hare tuimel oor die verwese gesiggie. "Ek sal haar sê."

"Yolande . . ."

Maar sy is reeds besig om haar motorfiets pad toe te stoot.

"Ek sal nou moet ry. Tot siens, suster."

Miempie staan die stofwolk en agternakyk en begin dan stadig terugstap kombi toe. Sy weet dat die bewing in haar ingewande nie meer van die skok van die amper-ongeluk is nie. Dis diepe ontsteltenis oor 'n pragtige jong meisie wat op amper sestien swanger is. En ten spyte van die gevoelens wat Ruda Visser in haar wakker gemaak het, is daar ook 'n innige jammerte vir die snobistiese rykmansvrou vir wie daar in die nabye toekoms miskien 'n geweldige skok wag. Nie eens vir Ruda Visser wens sy so iets toe nie. Vir geen ma en pa nie . . .

Miempie slaap sleg dié Donderdagnag en toe sy Vrydagoggend wakker word, is haar binneste steeds 'n maalkolk in haar toe sy gereed maak vir werk. Eers moet sy haar weeklikse verslag by die distriksmunisipaliteit se kantoor indien en vir die res van die dag behartig sy die plaaslike kliniek. En sy sal met die dokter moet praat oor die potensiële tuberkulosegevalle op Grootfontein. Sy durf nie daarmee wag nie. En intussen hoop en bid sy maar dat Yolande Visser wel van 'n vriendin gepraat het . . .

Sy kan haarself nie keer nie. Vandag moet sy meer te wete kom oor die Vissers van Grootfontein, watter soort mense hulle is. Dit kos haar net een of twee vrae in die regte rigting om Rina aan die praat te kry.

"O, die Vissers? Praat van snobs!"

"Ruda Visser is seker een van die mooiste vroue in die distrik en nog jonk. Sy kan nog nie veertig wees nie."

"Sy is seker daar rond, maar ek sal haar nie mooi noem nie. Sy lyk altyd suur. Trek pragtig aan, ja. Maar hulle het die geld. En sy het die smaak. Sy het vroeër 'n boetiek hier gehad, die mees eksotiese klerewinkel wat hierdie dorp nog geken het."

39

"Hulle het net een kind, of hoe?" vra Miempie.

"Ja. 'n Dogter, Yolande. Sy is saam met my Harry in die klas. Dáár is nou 'n wilde enetjie vir jou, hoor?" sê Rina veelseggend.

"Wat bedoel jy?"

"Wel, Harry sê sy leer nooit nie. Sy druip elke kwartaal en sy steur haar min daaraan. Verder is sy so oorryp as wat kan kom. Ek sal liewer nie vertel wat my Harry vertel wat alles aangaan nie, maar die klein Yolande is die voorbok."

"Dinge soos wat?"

"Dwelms, drank en seks. Jy hoef nie so geskok te lyk nie, Miempie. Dink jy dis net in die stede waar hierdie dinge aangaan? Daar is nie meer 'n dorp in hierdie land waar hierdie dinge nie kop uitsteek nie, laat ek jou vertel."

Miempie voel mislik. Sy wens Rina wil ophou, maar sy gaan voort: "My Harry doen natuurlik nie mee nie. Hy weet wat sy pa met hom sal doen as hy aan sulke onheilsdinge deelneem, maar hy sê dagga is nie meer snaaks nie. Daar is kinders wat al heelwat sterker goed gebruik. En vrye seks is aan die orde van die dag. En daardie klein Yolande . . . die kind is nog nie eens sestien nie . . . is die gewildste onder die seuns, want sy is pragtig. Maar soos my Harry vertel, sal daardie meisiekind nie kan sê wie die pa van haar kind is as sy die dag moet ontdek sy is swanger nie. En ek sal nie verbaas wees as daar nog volwasse mans ook onder hulle is nie."

Miempie stuit die stortvloed vinnig: "Rina, jy sal my nou moet verskoon, maar ek moet nou hierdie verslag afhandel anders kom ek nie betyds klaar nie."

"Ja. Ek sal ook moet roer." Rina kom by Miempie se lessenaar verbygestap en laat vir oulaas hoor: "Maar daardie soort meisies kom nie in die moeilikheid nie. Hulle is te slim. Behalwe dat hul eie ma's hulle die voorbehoedpil voer, kan hulle dit mos maklik in die hande kry. Enersyds is dit 'n goeie ding. Dit verhoed baie ongewenste swangerskappe. Andersyds . . . dit maak ons kinders sleg. Nou kan hulle te kere gaan soos hulle wil, sonder vrese. Maar pasop as hulle die dag vergeet om die pil te neem . . . Dit gebeur ook."

Gelukkig lui die telefoon op daardie oomblik en Miempie tel dit vinnig op, dankbaar vir die onderbreking. Dis meneer Hough, die sekretaris. Sal suster Rust asseblief onmiddellik na sy kantoor kom?

Toe Miempie hom oomblikke later in die oë kyk, weet sy dat haar duistere voorgevoelens oor gister se voorval bewaarheid is.

"Meneer Visser van Grootfontein was so pas hier by my in die kantoor, suster. Hy het 'n sterk klag teen jou kom indien."

Miempie staal haar. "Wat is die klag, meneer Hough?"

"Dat jy beledigend en aanmatigend teenoor sy vrou was en wilde beskuldigings gemaak het." Hy wys na 'n stoel. Suster Rust is een van sy knapste en fluksste werknemers. Hy sal haar nie graag wil verloor nie. Maar hy durf ook nie 'n klag van die Vissers van Grootfontein ignoreer nie. "Sit, suster, en vertel my wat gebeur het." Hy kyk haar goedig aan. "Ek het na sy relaas geluister, en nou wil ek jou kant van die storie hoor. Wat presies het gebeur?"

"Ek het nie bedoel om beledigend of aanmatigend te wees nie, meneer Hough. En daar is geen wilde beskuldigings gemaak nie, net blote feite gestel." Sy vertel byna woord vir woord wat gesê is en wat aanleiding daartoe gegee het. Sy sluit af: "Meneer Hough, glo my, jy weet nie onder watter omstandighede daardie werkers bly nie. Meneer Visser se varkhokke lyk soos hotelle teen sy werkershuise. Ek oordryf nie."

Hy knik. "Ek weet, suster. Ek was ook al op Grootfontein."

"Dit verbaas my dat daardie man nog werkers het."

"Hy sal altyd hê, suster. Werk is skaars en mense wat werk soek, kan nie bekostig om uitsoekerig te wees nie. Hy het vanoggend gesê dit sal nie help om vir hulle beter huise te bou nie, want hulle wil so lewe. Volgens hom is hulle almal

41

onbetroubare suiplappe en daggarokers. Hy glo net nie dat hy beter gehalte werk sal kry as hy sy werkers se lewensomstandighede verbeter nie."

Miempie skud haar kop. "Hoe kan hy hulle so beskuldig van alles wat sleg is? En hoekom nie hulle omstandighede verbeter nie? Dit is tog sy plig as mens – het hy dan geen gewete nie? Sy werkers kry makliker allerhande siektes net omdat hulle leefplek so haglik is. Ek is doodseker van hulle het tuberkulose. Maar om hulle te dokter en dan terug te stuur na dieselfde omstandighede . . ."

"Ek weet, suster. Maar dit is wel jou plig om hulle te dokter. Die res val nie in jou posbeskrywing nie."

"In wie s'n val dit, meneer?"

"In baie streke stig die mense plaaswerkerverenigings of ander hulpdiensorganisasies wat wonderlike werk onder die plaaswerkers doen, juis op die gebied van opheffing en om lewensomstandighede te verbeter. Laat dit aan hulle oor."

Sy laat sak haar kop moedeloos. "Daar is só baie opheffingswerk wat gedoen moet word."

"Dit is waar, suster Rust, maar jy kan nie álles wil doen nie. Jy is een mens en . . ."

Sy kyk op toe hy aarsel en vul self aan: "En net die suster van die kliniek-op-wiele, soos ek hier bekend staan, wou u sê?"

"Ja. Dis wat ek wou sê. Ek het meneer Visser verseker ek sal die saak met jou bespreek en dat daar nie 'n herhaling sal wees nie. Kan ek op jou staatmaak dat dit so sal wees?"

Sy staan op, weet daar is geen ander antwoord nie. "Ek sal probeer, meneer Hough."

"Dankie, suster. Dit sal dan al wees."

Miempie is innig dankbaar toe sy Vrydagnamiddag haar woonstel oopsluit en haar skoene kan uitskop. Met 'n koppie tee in die hand sak sy op die rusbank neer. Dankie tog hierdie week is verby. Dit was in meer as een opsig ontstellend.

Sy leun agteroor, sluit haar oë en neem haar dinge voor wat sy vooraf weet sy nie gaan regkry nie: Hierdie naweek gaan sy aan niemand anders as haarself dink nie. Sy gaan vannag soos 'n klip slaap. Môreoggend gaan sy inkopies doen, en Saterdagmiddag gaan sy die woonstel van hoek tot kant skoonmaak en Saterdagaand met 'n interessante boek in die bed klim. En basta met Maria Benjamin, met Emile de Jongh, met die Vissers van Grootfontein en hul dogter Yolande. Meneer Hough het reg. Sy is een mens, een stem roepende in die woestyn, een swaeltjie in die middel van die winter, een . . . Baie teësinnig tel sy die gehoorbuis op toe die telefoon lui.

Dis Manie Bredenkamp . . . en haar ergernis verdwyn. Hy was toe vandag by oupa Jafta en ouma Ragel aan en hy sal graag verder met haar oor hulle wou gesels. Hoekom gaan hulle twee nie môreaand in die restaurant op die dorp eet nie, dan kan hy haar alles vertel.

Hy lyk verras met wat hy sien toe haar woonsteldeur die Saterdagaand op sy klop oopswaai. "Jy lyk pragtig, Miempie. Ek herken jou amper nie!"

Sy lag effens selfbewus. Sy is nie juis gewoond aan komplimente nie. Het dit ook van enigiemand anders gekom, sou sy dit ongeërg afgemaak het. Maar Manie is 'n opregte mens, het sy hom klaar opgesom. "En die boer van Baardskeerderspoort lyk ook vanaand heel anders as wat ek hom laas gesien het!"

Dit is nog 'n tydjie voordat hulle restaurant toe moet gaan en hy vertel haar van Jafta en Ragel. "Dit gaan nie so sleg met hulle soos wat ek aanvanklik verwag het nie. Gelukkig kry albei pensioen en hou hulle 'n redelike som oor nadat die huur en water en ligte betaal is. Hulle kan lewe, hoewel dit meet en pas kos. Daar kan een keer per week vleis gekoop word, asook vars groente en melk. Hulle het beslis 'n baie beter lewe op die plaas gehad. Ons plaaswerkers is meestal beter daaraan toe as die werkers op die dorp. Ek het besluit dat ek elke week wanneer ek dorp toe kom, vir hulle 'n stukkie vleis en groente en melk sal bring. Dit behoort baie te help. Maar ek het skrikwekkende ellende in daardie woonbuurt gesien. Kinders . . ." Hy skud sy kop. "'n Mens voel so magteloos, dit is soos 'n onstuitbare stroom waarteen jy probeer swem . . ."

Sy neem sy hand en gee dit 'n spontane drukkie. O, sy begryp so goed hoe hy voel! "Nietemin, Manie. Elke druppel help. Dankie dat jy na die twee ou mense omsien."

Hy hou haar hand in syne. "Dis ek wat vir jou moet dankie sê, Miempie. Ons het meer Miempies op hierdie aarde nodig, want ons is so dikwels siende blind."

In die restaurant sit Emile de Jongh met 'n onbekende skoonheid aan sy sy skuins oorkant hulle, en afgesien van 'n stywe knikgroet, ignoreer sy hulle, maar Manie gaan groet Emile en tot haar ontsteltenis nooi hy Emile en sy gesellin om ook by hulle tafel te kom sit. Sy sou veel eerder alleen saam met Manie wou geëet het. Dis egter toe die Vissers by hulle tafel verbykom en Manie hulle ook ewe gul by sy uitnodiging insluit, dat Miempie regtig ontsteld begin voel. Maar die Vissers is duidelik net so min lus vir haar geselskap as sy vir hulle s'n.

Met haar blik op Miempie sê Ruda uit die hoogte: "Dankie, Manie, maar ons sal liewer by ons eie tafel sit."

Toe hulle aanstap, wonder Emile hardop: "Nou wat sou hulle byt?"

Voordat Miempie haar vinnige tong kan keer, laat sy hoor: "O, dis ék wat hulle gebyt het."

Manie kyk verbaas na haar. "Wat op aarde, Miempie . . ."

Spyt dat sy dit opgehaal het, moet sy verder verduidelik.

"Jy is ongelooflik! Het jy dit régtig vir Ruda Visser gesê?" vra Emile.

Sy kyk hom koel aan. "Ek vertel nie leuens nie."

Hy frons. "Die werkers op daardie plaas se woonplek is regtig haglik. Ek is glad nie verbaas dat daar soveel gesondheidsprobleme is nie."

Manie stem saam. "Maar hoe jy vrou-alleen daardie mense uit hulle weeldeslaap gaan laat wakker skrik om iets aan die saligheid van hulle werkers te doen, wil ek nog sien. Selfs nie eens Florence Nightingale sou dit kon regkry nie – of Moeder Teresa."

Sy kyk hulle beurtelings krities aan. "Wat is 'n mens werd as jy nie meer ideale en 'n gewete het nie?"

Emile meet haar met die oë terwyl sy gesellin verveeld om haar rondkyk. "Wat probeer jy sê?"

"Ek sal myself ook nie juis wil verbeter as ek in sulke krotte moet bly nie. En dit lyk vir my of julle nie meer iets soos 'n hart en 'n gewete het nie."

"Jy is nou onregverdig. Hulle is gewoond daaraan om so te lewe – en hulle het ten minste werk en 'n dak oor hulle kop. Elke boer besluit self hoe hy sy werkers wil behandel en wat die gehalte van hulle blyplekke moet wees."

Haar oë blits in syne. "Ja, Emile de Jongh, glo jouself maar. 'n Kreef is ook gewoond daaraan om lewend in kookwater gegooi te word." Sy is sommer driftig.

Emile kyk Miempie vies aan. "Wat het krewe nou met plaaswerkers te doen?"

Sy gesellin stel geensins in die onderwerp belang nie. Sy sug oordrewe verveeld en kyk of Emile die boodskap kry.

Maar toe Emile geen reaksie van Miempie kry nie, frons hy vererg en sê: "Jy ruk die saak nou heeltemal uit verband."

"Nee, glad nie. Wat wel waar is, is dat jy net so onmenslik soos die Vissers is."

3

Miempie voel baie ontevrede met haarself toe sy daardie aand haar kamerlig afskakel. Sy het die hele aand bederf, nie net vir haarself nie, maar ook vir Manie en sonder twyfel ook vir Emile en sy gesellin. Ná haar ongevraagde aanval op Emile het Manie dadelik die gesprek in 'n ander rigting gestuur en sy bes gedoen om die gelaaide atmosfeer te ontlont. Sonder veel sukses. Die meisie aan Emile se sy was openlik ontevrede met die geselskap waarin sy gedwing is. Emile het Manie se moedige poging gerespekteer en oor rugby begin gesels sonder om weer een keer in haar rigting te kyk. Sy self het beskaamd en skuldig daar gesit en besluit sy sê nie weer 'n woord nie. Sy het genoeg gepraat. Te veel. Maar toe hulle tuis kom, het sy Manie om verskoning gevra.

"Ek is jammer, Manie. Ek het my nie goed gedra vanaand nie." Maar sy het geen verduideliking gegee nie, want 'n verduideliking sou 'n bietjie moeilik wees. Ruda Visser se hooghartige woorde het haar ontsenu en sy het haar gramskap onregverdiglik op Emile de Jongh uitgehaal.

Maar die liewe Manie het net goedig geglimlag. "Jy was 'n bietjie kras met Emile. Hy val nie in die Vissers se kategorie nie. Maar dis nie so erg nie. Dit sal oorwaai."

Sondagoggend gaan Miempie kerk toe, luister met gemengde gevoelens na die preek wat handel oor die vraag hoe jy kan sê dat die liefde van God in jou is terwyl jy sien dat jou broer gebrek ly en niks daaraan doen nie. Sy voel beslis 'n bietjie terneergedruk toe sy terug is in haar woonstel. Maar dan onthou sy meneer Hough se waarskuwing, en besef die fout wat sy begaan het. Sy wil oral help, alles wat verkeerd is, regdokter. Sy wil nuwe huise vir Grootfontein se werkers bou; sy wil 'n towerstaf swaai sodat daar uit die niet 'n geldskat in haar skoot sal val waarmee Maria volgende jaar medies kan gaan studeer; sy wil 'n wonderwerk bewerkstellig wat Yolande Visser se swangerskap op die een of ander wyse sal laat verdwyn; sy wil al die honger kinders wat sy daagliks sien, skottels vol kos gee en vir al die werkloses wil sy werk optower . . . Miskien het Emile de Jongh tog reg. Sy het perspektief verloor.

Diepe selfondersoek volg die res van die Sondag. Dis tyd dat sy haar perke besef, anders gaan sy haar elke keer vasloop en haarself benadeel. Sy kan nie vir Grootfontein se werkers huise bou nie. Sy kan geen swangerskap ongedaan maak nie. Dis nie haar verantwoordelikheid nie, dis die Vissers se probleem. Trek 'n streep daardeur en vergeet daarvan. Dis net prakties onmoontlik om elke honger mens in haar omgewing te voed en om werk aan al die werkloses te verskaf. Hou op om jou daaroor te verknies. En Maria . . . Geld . . . 'n Klomp geld soos wat Maria nodig het om haar droom te bewaarheid, val nie uit die bloue hemel nie. Dis dalk selfs verkeerd van haar om Maria aan te moedig, want volgens Maria is haar skoolprestasie maar gemiddeld. Sy sal in elk geval nie gekeur word vir die kursus nie. Dus . . . vergeet van Maria ook.

Dis makliker besluit as gedaan. Maandagoggend betrap sy haar dat sy 'n afspraak met Maria se skoolhoof maak.

Andrew Koopman lyk openlik bekommerd toe hy haar in sy kantoor ontvang. "Suster, jy het gesê jy wil met my oor Maria Benjamin gesels. Ek hoop nie jy het vir my slegte nuus nie."

Sy snap onmiddellik wat hy impliseer. Sy kan hom dadelik gerusstel. "Inteendeel, meneer Koopman. Ek glo Maria is op negentien nog 'n maagd – 'n ware prestasie in vandag se lewe."

Hy slaak 'n sug van verligting en knik. "Ja, suster, voorwaar 'n prestasie. En ek wil amper beweer dat sy van die weiniges in hierdie hoërskool is."

Sy kyk met waardering na die man wat nie huiwer om eerlik te wees nie. "Dit gaan glo nog erger in sommige stadskole, meneer Koopman. Ek het verlede week gruwelike dinge gehoor . . . Dis asof 'n epidemie van immoraliteit en onsedelikheid uitgebreek het."

"Ja. En ek vra my dikwels af hoekom dit anders was in my kinderdae . . . En waar dit alles begin skeefloop het. Een groot oorsaak is vir my duidelik: Daar is nie meer ouerlike gesag nie. Ek het bitter arm grootgeword. Ons was agt kinders. Maar ek het 'n kwaai pa gehad wat geen twak van 'n kind geduld het nie. Op haar eie manier was my ma ook baie streng. Vandag dank ek die Here dat ek sulke ouers gehad het, ouers wat nie toegelaat het dat hul kinders maak en breek soos hulle wil nie, maar toegesien het dat hul kinders doen wat vir hulle gesê word om te doen. Tog onthou ek maar min van al die swaar kry. Maar ek onthou baie goed dat ek altyd veilig gevoel het by Ma en Pa. Hoe swaar dit ook al gaan, en miskien nog kan gaan, Ma en Pa sal sorg. Dit het ek goed geweet."

Miempie glimlag. "Jy het 'n skoolhoof geword. Wat van jou broers en susters?"

"My een broer is ook 'n onderwyser en die ander een het 'n sendeling geword. Van my vyf susters is drie verpleegsters, een 'n onderwyseres en die ander een het verongeluk terwyl sy nog maatskaplike werk studeer het."

"En jou ouers?"

"Hulle is reeds albei dood . . . en ek wonder dikwels wat my pa en ma van my kinders sou gesê het. Maar eintlik hoef ek nie te wonder nie. Ek weet presies wat my pa sou gesê het."

Miempie luister gefassineerd. "Wat sou hy gesê het?"

Hy glimlag. "Ek kan dit nie in sy presiese woorde sê nie."

"Asseblief! Ek is nou verskriklik nuuskierig! Sê dit soos hy dit sou gesê het."

Hy lag verskonend. "My pa . . . hy was 'n ongeslypte diamant, suster. Hy het altyd verstaanbare taal gebruik. Hy sou vir my gesê het: Andrew, jy het hulle nie genoeg geneuk nie. Dis hoekom hulle nou ronddonner!" Miempie lag vrolik en dan sê hy ernstig: "En hy sou die spyker op die kop geslaan het – al word so iets deesdae as 'n soort skending van menseregte beskou! Maar suster het nie hierheen gekom om oor mý te gesels nie. Wat van Maria?"

"Ek wil graag weet hoe vaar sy in haar eksamen. Ek sal nou my redes gee hoekom ek vra."

"Ek kan dit uit die vuis verskaf, want ek hou haar dop. Sy is een van my blinkste sterre. Ek het geen vrese dat sy gaan druip nie."

Miempie voel hoe dankbaarheid haar hart vul. "Dis wonderlik om dit te hoor. Toe ek haar vra, het sy gesê sy vaar maar so-so."

"Sy behaal 'n gemiddelde van sestig persent."

Miempie se oë rek in ongeloof, en 'n opgewondenheid pak haar beet. "Sestig persent . . . en sy kry nooit tyd om te leer nie."

Hy frons. "Wat bedoel jy, suster? Ek sien haar dikwels pouses met 'n boek sit."

"Dan is dit die enigste geleentheid wat sy het om te leer. By die huis kry sy nooit tyd nie. Sy het my self gesê dat sy eksamen skryf op grond van wat sy in die klas inneem."

Hy sit terug en kyk haar stip aan. "Ek glo dit, suster. Maar as Maria die kans gegun word om werklik te kan studeer . . ."

"Presies!"

Andrew Koopman sug en die hartseer slaan deur in sy stem. "Daar is soveel potensiaal in my leerders . . . as hulle net die kans gegun word om dit te ontgin."

"Hulle kan almal vandag skool toe gaan, meneer Koopman," sê Miempie stil.

"Ja. Maar dis nie vir my leerders so maklik om hierdie voorreg ten volle te benut nie. Maria is 'n voorbeeld. Eintlik 'n briljante kind . . . maar haar lewensomstandighede is so dat sy nie haar volle potensiaal kan bereik nie. En dit is ook die geval met baie ander. Hul lewensomstandighede maak dit net nie moontlik nie. En daar is nog talle ander negatiewe faktore."

"Soos?"

"Ontoereikende geriewe. Onderwysers wat staak. Wit kinders se onderwysers is op hulle pos. Hulle het genoeg klaskamers, skoolbanke, boeke en apparaat. Wat gebeur in soveel bruin en swart skole? Onderwysers wat nie wil klas gee nie. Kinders wat nie wil skoolgaan nie. Skole wat afge-brand word. Kinders wat onderwysers intimideer. Daar is nie 'n einde aan die lys van onregte wat gepleeg word teenoor die Marias nie."

Sy kyk hom bekommerd aan. "Dink jy dat hier plaaslik ook probleme kan opduik?"

"Ek bid dat dit nie sal gebeur nie, maar ek het 'n snuf in die neus gekry daarvan. Die ding is net, ek kan niks doen voordat daar nie letterlik iets gebeur nie. Die vraag is bloot: wanneer gaan dit gebeur en wat gaan gebeur? Maar hier is deesdae 'n gesindheid in die skool waarvan ek nie hou nie. Instink waarsku my dat ons ook moeilikheid kan verwag."

Dis met gemengde gevoelens dat Miempie 'n rukkie later van die skoolhoof afskeid neem, deels geïnspireer deur die goeie verslag oor Maria, deels swaarmoedig oor dié dinge waarna meneer Koopman met kommer verwys het. As daar nou moeilikheid in hierdie skool moet ontstaan en Maria kan nie haar eksamen aflê nie . . . Dit mag nie gebeur nie! Maar dit kan. Dit gebeur reeds.

Sy onthou Andrew Koopman se afskeidswoorde aan haar. "Dankie, suster Rust, vir jou besoek. En 'n spesiale dankie dat jy omgee. Dis weer 'n riem onder die hart vir my."

Toe sy in die hoofstraat afry, sê sy saggies: "Ons weet albei omgee is nie genoeg nie. Maar wat kan 'n mens dóén?"

Toe Miempie na haar voordeur stap, sien sy dat iemand daar op haar wag. Emile de Jongh. Die kroonprins is die laaste mens wat sy nou wil sien, maar hy sal nie om dowe neute hier staan nie. Ná Saterdagaand sal hy beslis nie hierheen kom as daar nie 'n baie goeie rede voor is nie. Daar het iets gebeur . . . Iets op die plaas miskien . . . Dalk met Maria . . .

"Goeiemiddag, meneer De Jongh."

Hy kyk skrams na sy polshorlosie. "Dis al oor ses. Goeie-naand, suster Rust."

Sy sluit haar voordeur oop. "Ek is jammer as u lank moes

wag. *Het daar iets gebeur op La Rhône? Het iemand my nodig?*"

"Kan ons maar eers binnegaan, asseblief?"

"Ja, natuurlik."

Hulle gaan sit teenoor mekaar. "Ek wil met jou praat."

"Oor?"

"Oor Saterdagaand. Oor jou aanval op my."

Haar gesig verstyf. "Is dit hoekom jy hier is?"

"Ja."

Sy sê bot: "Ek dink nie ons moet hierdie gesprek verder voer nie."

"En ek is nie van plan om te loop nie, nie voordat . . ."

"Nie voordat ek om verskoning gevra het nie? Goed, meneer De Jongh. Ek vra om verskoning. Ek moes my beter gedra het. Ek moes my mond gehou het. Tevrede?"

"Nee. Jy mag jou mond so groot en wyd oopmaak soos jy wil – solank jy die waarheid praat en regverdig is in jou veroordeling van ander mense."

"En ek was nie?"

"Beslis nie . . . en jy weet dit baie goed."

"Ek sien. Ek het gejok toe ek gesê het die Vissers se werkers woon in krotte en . . ."

"Dis nie waarna ek verwys nie, Miempie, en jy weet dit. Ek praat van jou beskuldiging teen my dat ek nes die Vissers is."

"Jy ontken dus dat jy nie 'n hart vir jou medemens en 'n gewete ten opsigte van onreg teenoor mense op die grens van die lewe het nie."

"Selfs Manie het jou gewaarsku dat jy mense soos die Vissers moeilik sal rehabiliteer – nie eens as jy 'n soort plaaslike Moeder Teresa word nie. Ek keur die onetiese behandeling van hulle werkers nie goed nie. Maar ons kan nie vir hulle voorskryf wat hulle waardes moet wees of hulle dwing om dit te verander nie."

"Wel, as jy so praat dan het jy nie 'n gewete nie. Want

dan sal jy nie kan stilbly as jy werklike onreg sien nie. Hoe moet die wêreld ooit 'n beter plek word as almal maar net stilbly?"

"Maar dit is ook 'n feit dat daar mense is wat net nie vatbaar is vir opheffing nie en dié wat hulle wel wil verbeter. Ongeag op wie se plaas jy werk en wie jou werkgewer is. My kragtie, Miempie! Ek verwys nie net na bruin mense nie. Ek praat van wit mense ook! Jy het tog in jou lewe ook al met diesulkes te doen gekry."

Sy kyk hom moedig aan: "Ek vra om verskoning oor wat ek Saterdagaand gesê het. Ek was onredelik."

"Ek het nie hierheen gekom om 'n verskoning uit jou te dwing nie. Ek wou net myself verdedig het." Hy frons, ontwyk haar oë. Om die een of ander duistere rede het haar beskuldiging aan hom bly krap, soseer dat hy later ergerlik met homself was. Wat kan dit hom skeel wat die snip van 'n verpleegster van hom dink? Tog . . . hy het vanaand sy motor gevat en dorp toe gery en hier sit hy nou. En hy voel nie lus om, noudat sy om verskoning gevra het, sommer weer terug te ry La Rhône toe nie, al is dit duidelik dat sy dit verwag.

Hoe kan hy die gesprek tog voortsit. Die aangeleentheid voel so onafgerond.

"Manie het jou tog ook effens aangevat. En jy het steeds 'n hoë dunk van hom, nie waar nie?" vra hy met nadruk op die naam.

"Natuurlik."

"En jy vertrou sy oordeel?"

"Ja."

"Het hy nie aan jou verduidelik wat ons vir jou probeer sê het nie?"

"Ons het nie eintlik daaroor gepraat nie. Hy het net gesê ek was 'n bietjie kras met jou."

Emile glimlag skeef. "Goeie ou vriend. Ek kan verstaan dat jy baie van hom hou." Sy antwoord nie en hy vervolg: "Daar is 'n rede hoekom dit so lyk daar op Grootfontein.

Dis eenmaal waar dat 'n swak werkgewer swak werknemers het. As jy na jou werkers kyk, kyk hulle na jou. Visser betaal baie minder as die ander boere. 'n Werker met verstand en wat iets beteken, sal tien keer dink voordat hy na Visser toe gaan. Boonop behandel hy sy mense soos skuim. Hy reken die krotte waarin hulle bly, is al wat hulle werd is."

"Maar dis 'n bose kringloop! Betaal hy darem die minimumloon? Sy werkers kan hom arbeidshof toe vat as hy die wet oortree," protesteer sy.

"Dit is so. Maar daar is niks wat jý daaraan kan doen nie, Miempie. Hou jou maar uit die Vissers se sake uit. Hulle is nie maklike mense nie."

Hulle oë ontmoet en dan sug sy, laat haar blik sak. "Ja. Ek het dit reeds agtergekom. Maar daar is so verskriklik baie onreg wat reggestel moet word. Ons het tog 'n gewete!"

"Heeltemal reg, Miempie, maar jy moet onthou jy kan die perd tot by die krip lei en sorg dat daardie krip vol is, maar hy moet self vreet. Opheffing moet van twee kante kom. Die een moet dit moontlik maak, die ander moet dit benut."

Sy aarsel. Hulle sit nou so ontspanne en gesels oor iets wat haar baie na aan die hart lê. Sy wil nie weer 'n troebel atmosfeer veroorsaak nie. Maar omdat sy Miempie is, kan sy die vraag nie keer nie: "Maar as opheffing nie moontlik gemaak word nie, hoe kan die lydende party dit benut? Dit bestaan doodeenvoudig nie. In die geval van die Vissers maak jou redenasie nie vir my sin nie. En so dikwels weet die een kant nie werklik wat die ander kant nodig het om van hom 'n beter mens te maak nie. Weet jy werklik wat jóú werkers se behoeftes is?"

Hy frons liggies. "Ek is nie skaam vir wat ek vir my werkers doen en gee nie. Jy het self gesien in watter huise hulle bly. Goed. Dis nie luuks nie. Daar kan seker nog op verbeter word, maar dis nie strooise nie. Myns insiens betaal ons ook 'n heel aanvaarbare loon, nog meer as die minimumloon. En aan die einde van die jaar kry almal 'n bonus. Hulle kry goeie rantsoene en siekteverlof ook. Niemand ly honger op La Rhône nie. Saterdagaande kyk hulle televisie in die skuur." Hy kyk haar fronsend aan. "Maar te oordeel na die uitdrukking in jou oë is dit nog nie goed genoeg nie."

Sy sluk, bedwing haar. Wat van die kinders en die tieners, so baie ander dinge? Maar dit gaan bars om by haar voornemens te hou. "Nee, dit klink . . . alles goed."

"Maar nie goed genoeg vir suster Rust nie." Hy is terug in die luim waarin hy was toe hy hier aangekom het. "Wat de duiwel wil jy hê moet ek nóg doen? Vir elkeen 'n televisiestel in die huis sit en vir elkeen 'n swembad bou en hulle een keer per jaar see toe stuur met betaalde verlof?"

Die ontspanne atmosfeer lê aan skerwe. Haar oë blits en al haar goeie voornemens is daarmee heen. "Ek kan 'n hele paar dinge opnoem wat jou selfvoldaanheid soos 'n ballon sal laat bars, maar dan moet ek Maandag weer voor meneer Hough verskyn en moontlik my werk verloor."

Hy is nou regtig kwaad. "Luister nou mooi na my, Miempie Rust! Dis die tweede keer dat jy my met die Vissers vergelyk. Ek kan my man staan. Sê jou sê. Ek kan dit vat." Toe sy hom net sit en aankyk, bars hy weer los: "Toe! Praat nou! Waar sondig ek teenoor my werkers? Waar kom ek hulle te na en waar veronreg ek hulle?"

Sy kan haar tong afbyt, maar dis te laat. Soos Emile de Jongh nou lyk, gaan hy vanaand hier sit totdat hy gehoor het wat aan haar krap. En sy voel skielik so moeg. Sy het haar al weer in 'n ding ingepraat wat ver buite die bestek van haar werkpligte as verskaffer van primêre gesondheidsorg lê.

Sy kies haar woorde versigtig: "Dis nie dat jy jou mense te na kom of hulle veronreg nie."

"Maar ek bly in gebreke," daag hy haar uit.

"Dis . . . ek wonder maar net hoe goed kén jy die mense met wie jy elke dag saamwerk."

"Verduidelik, asseblief."

"Ek bedoel . . . jy ken hul name, weet dalk hoeveel kinders

hulle het. Maar dis al." Daar kom weer 'n flikkering in haar oë. Hy hoef haar nie te sit en aankyk asof sy twak verkoop nie! "Maar kén jy hulle werklik? Ken jy hulle vrese, hulle bekommernisse, hulle ambisies, hulle drome?" Hy sit haar net en aankyk en sy vervolg heftiger: "Hulle ken jóú drome en hulle weet van jóú ambisies. Trouens, hulle werk saam met jou om jou drome en ambisies te verwesenlik. Hulle weet jy wil daar dit en daar dat plant en jy verwag so en so 'n oes. Maar wat weet jy van húlle af, Emile? Hulle het ook drome."

"Drome, sê jy?"

"Ja. Of is hulle nie veronderstel om te droom nie?"

"Moenie sarkasties wees nie."

"Net so min as wat ek teenoor Ruda Visser beledigend en aanmatigend was, net so min was ek nou sarkasties. Soos in haar geval, het ek ook net 'n feit gestel."

"Watter feit? Jy het van drome gepraat . . . en drome is nie feite nie!"

"Dan sal ek dit eenvoudiger stel: Jy, Emile de Jongh, ken nie een van die mense op jou plaas nie, selfs nie eens dié wat daar gebore is nie."

"En hoe staaf jy hierdie feit?"

"Eenvoudig. Ek weet van een groot droom wat een van hulle al jare lank koester, 'n droom waaraan sy vandag nog vasklou ten spyte van die feit dat dit skynbaar 'n onmoontlike droom is. Weet jy daarvan?"

"Nee. Wie se droom is dit?"

"Maria s'n."

"Maria?"

"Ja. Sy bly al vanaf sy 'n dogtertjie is op La Rhône. Martha Benjamin se Maria."

"En waaroor droom sy?"

"Om 'n mediese dokter te word."

"'n . . . Maar dis tog belaglik! Ek bedoel, dis totaal onmoontlik!"

Haar mond trek wrang. "Ja. Dis seker belaglik en dis seker ook onmoontlik. Maar dis 'n droom in 'n jong hart. Dis maar een droom op jou plaas. Daar sal ander ook wees waarvan jy nie weet nie."

Sy stem is baie streng. "Miempie, ek hoop nie jy moedig haar aan nie. Om te droom is een ding, maar . . ."

"Nee. Ek moedig haar net aan om haar bes te doen op skool, al kry sy nie by die huis tyd om te leer nie . . . en intussen bid ek vir 'n wonderwerk."

"Soos wat? Dat daar 'n fortuin uit die hemel sal neerreën? Jy weet wat dit kos om medies te studeer. Alle universiteitskursusse kos vandag 'n plaas se geld. En daar is die keuring ook nog."

Haar meewarige glimlaggie is meer teen haarself gemik. "Ek is maar net so simpel soos Maria. Ek droom ook onmoontlike drome, selfs dat 'n fortuin op 'n dag uit die hemel sal neerreën . . . of dat ek haar pa sal opspoor. Miskien sal hý iets aan hierdie droom kan doen."

"Haar pa?" Hy lyk totaal verward.

"Ja. Haar wit pa," antwoord sy kalm.

Dit neem 'n tydjie voordat haar woorde insink. Dan: "Miempie! Waar kom jy aan . . .?"

"Ek weet dit net. Afgelei uit Martha se houding. En natuurlik Maria se steil hare."

Hy is op sy voete en dit lyk asof hy lus voel om haar aan die skouers te gryp en te skud. "Jy is besete, vroumens!"

"My instink sê vir my dit is so. Ek weet net Maria het 'n wit pa. Ek is oortuig daarvan."

"In hemelsnaam, Miempie, het jy dit vir Maria gesê?"

"Ek mag besete wees, maar ek is nie mal nie."

Sy vinger word byna teen haar neus gedruk. "Jy moet hierdie ding uitlos. Jy gaan nog in groot moeilikheid beland. Kom tot jou sinne! Maria kan 'n verpleegster word. Dit is binne haar bereik."

"Verstandelik het sy die potensiaal om 'n dokter te word. Ek was vanmiddag by haar skoolhoof. Sy vaar uitstekend op skool. Sy kan briljant vaar as sy genoeg tyd kry om regtig te leer."

"Staak dit, Miempie!" bulder hy. "Ek begin wonder of jy werklik 'n opheffingsfanatikus is en of jy nie bloot 'n bemoeisieke vroumens is wat haar neus in ander mense se sake steek nie!"

"Dis my neus en jy het geen seggenskap daaroor nie!" roep sy gefrustreerd uit. "Jy praat nes haar ma. Jy wil haar ook vaskluister aan die strooislewe – net soos Martha." Sy sien aan sy gespanne kaakspiere sy moet nou vinnig verduidelik. "Ek het met Martha gepraat, oor Maria se skoolganery. En toe sê sy Maria moet die end van die jaar plaas toe kom. Toe ek haar vertel dat haar kind geregtig is op 'n beter lewe, is haar antwoord dat dit beter is as Maria maar liewer net soos hulle bly. Buite die stroois wag daar net hartseer en trane op haar. En jy dink ook so," beskuldig sy reguit. "Maria moet maar plaas toe kom en haar drome begrawe."

"Ek het dit nie gesê nie! Ek het gesê sy kan 'n verpleegster word. Sy kan in 'n kantoor gaan werk, in 'n bank, enige plek."

"Maar in jou hart stem jy saam met Martha. Dis beter vir Maria om liewer haar droom te vergeet."

"Ja."

"In daardie geval, Emile de Jongh, het ek en jy niks verder om vir mekaar te sê nie. Ons sal mekaar nooit vind nie. Goeienaand."

Hy swaai op sy hakke om, kyk by die deur terug. "Jy, Miempie Rust, is self besig met 'n vergeefse droom. My ma het haar darem deeglik met jou misgis."

"Wat bedoel jy?"

"Dis nie meer van belang nie. Goeienaand, suster. Mag dit met jou en jou drome goed gaan . . . maar ek twyfel." En die deur word redelik hard agter hom toegetrek.

4

Laura de Jongh kyk op toe sy haar seun sien. Dan word haar blik ondersoekend toe sy die stormagtige uitdrukking op sy gesig sien. "Jy is gou terug. Het jy dan nie op die dorp gaan kuier nie?"

Hy gee 'n grimmige laggie. "Ja, as 'n mens dit kuier kan noem. Waar is Pa?"

"Hy het al gaan lê." Sy skakel die televisie af. "Ek gaan maak eers vir ons 'n bietjie tee voordat ek ook maar gaan inkruip." Toe sy by hom verbykom, vra sy nonchalant: "Uitval met jou jongste meisie gehad?"

Hy stap saam kombuis toe, antwoord: "Daar was 'n uitval, ja, maar nie met my jongste meisie nie."

"O?" Sy skakel die ketel aan. "Met wie dan? Na jou gesig te oordeel, het jy die onderspit gedelf."

"Dit sal die dag wees! Maar 'n mens kan nie met 'n vroumens redeneer wat 'n eenrigtingverstand het nie."

"Dan was dit tog 'n vroumens?" Sy kyk hom geamuseerd aan. Hy het beslis nie die beste daarvan afgekom nie!

Hy moet teen sy sin glimlag. "Toe, Ma! Vra wie dit is. Ek weet jy bars van nuuskierigheid."

Sy ma lag, begin die tee maak. "Goed. Vir wie het jy vanaand gaan kuier?"

"Vir Ma se Miempie." Hy hou 'n hand omhoog toe sy ma hom vinnig aankyk. "Hokaai. Moenie onnodig bly word nie. Dit was nie 'n gewone kuier nie. Ek . . . wou iets met haar bespreek, dis al."

Sy ma stoot sy koppie tee nader, gaan sit by die kombuistafel. "En toe loop dit op 'n rusie uit."

"Ja. Sy kan haar verskriklik gou wip, daardie vroumens."

Laura se gesig is ernstig, so ook haar vraag: "Waaroor het julle dan gestry?"

"Ma sal my nie glo nie. Oor Maria."

"Maria?"

"Maria Benjamin."

Laura kan die plooi van haar mondhoeke nie meer beheer nie. "Werklik, my seun, is daar nie meer romantiese onderwerpe as jy vir 'n meisie gaan kuier nie?"

Hy roer sy tee boosaardig. "Sy het die onderwerp gekies, nie ek nie."

"Jy begin oud raak, Emile. Jou sjarme begin jou in die steek laat."

"Moenie Ma ook nog begin nie! Daardie . . ." Sy gee hom 'n kloppie op die hand. "Ek terg maar net 'n bietjie. In alle erns nou . . . Waaroor het die rusie gegaan?"

Hy vertel haar kortliks en sien dat sy hom met ernstige oë aankyk. "Ja, Ma. Maria Benjamin wil 'n dokter word. En Miempie moedig haar blykbaar aan. Sý sê Maria kan 'n dokter word; sy het die intelligensie. Die enigste probleempie is fondse. Maar selfs daarmee het sy ook raad. Sy glo aan wonderwerke: dáárdie soort wat geld uit die hemel op Maria sal laat neerreën. En as dít nie gebeur nie, dan is daar nog 'n deur oop: Maria se wit pa sal dalk die nodige kan voorskiet."

"Wat?" Daar is nie 'n greintjie geamuseerdheid in Laura de Jongh oor nie.

Hy knik. "Ja. Ek was ook net so geskok toe sy met hierdie wilde bewering vorendag kom. Daardie meisiekind gaan nog oor laster in die hof beland."

"Waar kom sy aan dié storie?"

"Afleidings. Soos Maria se steil hare en Martha se houding. En dan natuurlik haar onfeilbare instink. Veral instink vertel haar Maria het 'n wit pa gehad. Sy weet nie wie hy is nie, maar sy glo hy is wit." Toe hy opkyk, kyk hy teen sy ma se neergeslane ooglede vas. "Weet Ma iets van Martha se geskiedenis voordat sy met Klaas getroud is en La Rhône toe gekom het? Waar het sy vandaan gekom?"

"Sover ek kan onthou van Baardskeerderspoort af. Haar mense het daar gebly, by die Bredenkamps."

"En sy het Maria reeds gehad voordat sy met Klaas getroud is. Hy is dus nie haar pa nie."

"Ja." Daar is kommer in haar oë toe sy eindelik opkyk. "Ek het nooit probeer vasstel wie Maria se pa was nie. Ag, jy weet mos. Sy was 'n voorkind, soos hulle dit in daardie dae genoem het, en dit is niks snaaks nie. Niemand lig eintlik 'n wenkbrou daaroor nie. Dit is 'n algemene verskynsel. Wil . . . wil Miempie nou probeer vasstel wie Maria se pa was?"

"Sy het dit nie so direk gesê nie, maar ek is seker sy gaan probeer. Martha is natuurlik die enigste een wat werklik weet, maar Martha wil nie praat nie, anders sou Miempie al geweet het wat sy naam is en hom al sweerlik bygedam het."

"Miempie moet hierdie ding liewer met rus laat."

"Ek het ook vir haar so gesê, maar sy sal nie. Nie sý nie. Ma het Ma darem lelik met haar misgis."

"Wat bedoel jy?"

"Ek aanvaar sy is 'n goeie mens, maar . . . wat die res betref, is sy 'n koppige vuurvreter . . . en Ma wil tog nie só 'n rebelse skoondogter hê nie, wil Ma?"

Sy ma glimlag. "Miskien het jy juis 'n parmantige vrou nodig."

Hy staan op. "Dan bly ek maar liewer 'n oujongkêrel. Nag, Ma."

"Nag, my seun." Maar toe hy uit is, sit Laura nog lank en peins en daar is kommer in haar oë . . . en dis nie kommer oor die moontlikheid dat haar jongste seun nooit sal trou nie.

Maandagoggend, terwyl sy met die dokter reël vir die tuberkulosetoetse wat op Grootfontein se werkers uitgevoer moet word, neem Miempie haar kans waar om ook oor ander belangrike dinge uit te vra.

"Dokter, kan jy my sê wat dit vandag kos om medies te loop?"

"'n Absolute fortuin. Hoekom wil jy weet?"

60

"Ek vind sommer vir iemand anders uit. Kan jy my 'n benaderde bedrag gee?" wil sy met 'n sinkende hart weet.

"Ag, as die student by 'n koshuis inwoon, seker maklik meer as honderdduisend rand."

Haar asem is byna weg. "Per jaar?"

"Ja. Daar is ook beurse en studielenings teen 'n lae rentekoers beskikbaar. Natuurlik eindig die student vol skuld wanneer hy uiteindelik klaar is. Dis 'n lang kursus – ses akademiese jaar, gevolg deur 'n internskap van twee jaar en een jaar gemeenskapsdiens . . . in hierdie stadium. Want deesdae verander alles maar voortdurend. En dan kerm die mense nog oor die hoë dokterstariewe," brom hy agterna. "O ja, die student moet eers aansoek doen vir die kursus. Die keuring is baie streng en dis dikwels net die toppresteerders wat die paal haal."

"Dankie, dokter. Ek sal die universiteit skakel en meer besonderhede oor toelatingsvereistes kry."

Haar navrae bevestig dokter Geertsema se inligting en al haar vrese. Sy moet tot die gevolgtrekking kom dat Maria se droom net 'n droom sal bly. Maria sal dit moet aanvaar . . . en sy ook. Sy het hierdie droom reeds te ver laat gaan, ook in haar eie hart. Geen wonder Emile de Jongh dink sy is besete nie. Die verpletterende syfers voor haar skok haar tot die nugtere besef: Emile de Jongh het reg. Daar staan ander deure vir Maria oop. Sy kan 'n verpleegster word . . .

Tog, toe sy die stuk papier opvou waarop al die vereistes en die skrikwekkende bedrae geld aangeteken is, skiet dit onwillekeurig weer deur haar: As ek net kan vasstel wie Maria se pa is . . . Miskien kan hy help . . . Wie weet . . .

Maandag is ook 'n deurmekaar dag vir Emile, hoewel dit glad nie blou begin nie. Invaltyd is almal daar, gereed vir die dag se werk. Nee, alles verloop glad, en tog loop die jong baas van La Rhône met 'n frons rond, en as iemand hom sou vra of iets skort, sou hy dit heftig ontken. Maar iets krap beslis aan hom.

Hy hou vandag sy werkers met meer aandag dop. Hy betrap homself dat hy na 'n gesig kyk en homself afvra wat agter daardie stoïsynse uitdrukking skuil. Nie dat sy mense nie gemoedelik gesels terwyl hulle werk nie. Maar in die stil oomblikke sien hy dat die gesigte niks verraai van wat binnekant aangaan nie. Soos Klaas Benjamin op die oomblik . . .

Hy stap nader na waar die man aan 'n draadheining tussen die boorde en die gesaaides werk. Hy soek 'n aanknopingspunt – iets vreemds vir hom. Ander dae sal hy kyk wat al gedoen is, miskien raad gee of vra wanneer die werk klaar sal wees, en dan wegstap. Maar vandag weet hy skielik nie wat om te sê toe hy by Klaas kom nie. Hy kan sien die man weet wat hy doen, dat hy dit goed doen en dat hy werk om klaar te kry. Tog stap hy nie weer weg soos ander dae nie.

Hy hurk langs hom, vra onnodig: "Het jy alles hier wat jy nodig het?"

"Ja, meneer."

Weer onnodig: "Wanneer sal jy klaar wees?"

"Ek is amper klaar, meneer," kom dit beleef.

Klaas, die werker, ken hy. Hy is 'n goeie werker. Klaas, die drinker, ken hy ook. As hy dronk is, slaan hy soms vir Martha en dan gee dit maar 'n taamlike herrie af. Maar dis nie al Klaas wat daar is nie. Daar is nie net 'n plaaswerker en soms 'n drinker in hom nie. Daar moet iets meer wees. Waaroor dink hy as hy so staan en werk? Wat gaan deur sy gedagtes wanneer hy ure lank op die trekker sit? Wat dink hy wanneer hy vanaand by die huis kom? Koester hy dalk ook drome? Wens hy dalk ook dat 'n wonderwerk sal gebeur?

Emile kom weer orent. "As jy hier klaar is, wil ek hê jy moet vir my die skaap uit die kampie haal en in die oorkantste land jaag, asseblief."

"Dis goed, meneer."

Hy praat byna hardop met homself toe hy wegstap. Deksels, dis waar! Hy ken nie sy mense nie! Klaas moet nou al goed twintig jaar hier werk. Hy het as 'n jong man na La

Rhône gekom, later met Martha getrou. Ja. Hy ken Klaas al twintig jaar lank. Ken? Hy grynslag. Ja, natuurlik ken hy vir Klaas Benjamin. Hy werk al twintig jaar lank op hierdie plaas. Hoe sal hy hom nie ken nie?

Emile klim in sy bakkie en ry na die koppie oorkant waar hy na 'n veesuiping gaan kyk. Maar hy sien die krip skaars raak. Hy staar voor hom uit. Kan dit wees dat 'n mens twintig jaar lank met 'n mens saamlewe en hom nie ken nie? Die antwoord is ja. Die besonderhede wat hy oor Klaas Benjamin kan opnoem, kan sy buurman ook opnoem. Almal weet hy is 'n goeie werker, dat hy soms 'n bietjie oorboord gaan met die bottel, dat hy dan en wan sy vrou slaan, dat hy sewe kinders het. Hy weet niks meer as die res van die buurt oor Klaas Benjamin nie. Daardie snipperige Miempie het reg.

Manie kyk verbaas op toe hy Emile se bakkie aangery sien kom, en hy stap nader.

"Jy het 'n mooi bulletjie daar," sê Emile waarderend toe hulle groet.

"Ja. Ek dink nie Zeus gaan my teleurstel nie. Hy gaan sy kant bring wanneer hy uitgegroei is."

Emile glimlag. "Is dit sy naam . . . Zeus?"

Manie lag hartlik. "Ja. Ken jy die Griekse mitologie?"

"Ek weet darem wie Zeus was."

"Maar weet jy hóé hy was?"

"Nee, hoe?"

"My vriend, hy het net nooit nee vir 'n antwoord aanvaar nie. Ek hoop maar net Zeus sal sy naamgenoot nie in die skande steek nie."

Hulle lag hartlik en dan vra Manie: "Wat bring jou op 'n Maandagoggend hier? Kan ek help met iets?"

"Ja . . . e . . . Ek wil 'n bietjie met jou gesels as jy tyd het."

"Natuurlik. Kom ons gaan huis toe. My keel voel al droog. Ons kan daar gesels."

Toe hulle elkeen met 'n koppie koffie voor hulle sit, kyk Manie sy buurman vraend aan.

Emile se gesig is ernstig en dit is baie duidelik dat hy iets op die hart het.

"Wel?" moedig Manie hom aan.

Emile soek na woorde. Hy voel half selfbewus, selfs verleë. Tog, die ding hinder hom. Hy moet dit met iemand bespreek. "Man, ja, miskien is ek nou onnodig op loop, maar vanoggend toe ek my werkers so dophou, het ek my afgevra: Ken ek dié mense regtig?" Hy kyk op in Manie se peinsende blik. Dit gee hom moed om voort te gaan: "Ek het skielik vanoggend besef dat ek net 'n werkgewer vir hulle is. Soggens deel ek die bevele uit en vanaand is dit uitgevoer. Dan gaan hulle huis toe en môreoggend begin ons maar weer op die ou trant. Verder . . . Daar is 'n goeie verstandhouding tussen ons, maar tog is hul rol so passief – in dié opsig dat ék dink en húlle doen. Hulle hande hou my boerdery in stand, maar is hulle harte ook daar? Verstaan jy wat ek bedoel?"

Manie het 'n ligte frons tussen sy wenkbroue. "Ja, maar gaan voort. Dis baie interessant."

"Neem Klaas Benjamin as voorbeeld. Hy is een van my staatmakers. As ek vir hom sê om 'n ding te doen, weet ek dit word gedoen en hy skeep nie af nie. Maar ek wonder nou . . . Stem hy altyd saam met wat ek gedoen wil hê? Het hy nie 'n mening van sy eie nie? Sou hy nie miskien die ding anders gedoen het nie? Miskien selfs op 'n doeltreffender manier as wat ek voorgestel het. Maar omdat die baas van die plaas só sê, word dit só gedoen. Moet ons nie ons werkers meer aktief betrek nie? Hulle laat voel húlle mening word ook in ag geneem nie? Trouens, die sukses van ons boerderye hang net soveel van hulle af as van ons, die base van die plase."

"Emile, jy praat nou so na my hart. Ek dink al lank oor hierdie ding, maar het nog niks daadwerkliks daaromtrent gedoen nie. Hoekom weet ek nie. Ek voel ook lankal die boerdery is net soveel hulle s'n as myne. Hulle moet ook voel hulle lewer 'n belangrike bydrae en dat hulle nie net werk omdat werk werk is nie."

Emile kyk hom verlig aan, glimlag. "Daar is ook ander dinge wat my pla. Ek weet nie wat die mense dink en voel nie. Klaas Benjamin is vir my 'n geslote boek. Miskien . . . miskien koester hy ook drome . . . het hy ook 'n ambisie wat in hom brand . . . sulke dinge."

"Jy is reg, Emile. Ons ken nie ons mense nie. Vriend, ek is baie bly jy het vandag met my kom gesels. Ek is oortuig daarvan dat jy jou gewig by die plaaswerkersvereniging moet ingooi. Hulle doen reeds baie in die rigting waarheen jy mik, hoewel jy die saak blykbaar in 'n nog breër konteks sien."

"Ja, ek weet jy het voorheen met my daaroor gepraat, maar ek het toe gedink ek doen genoeg vir my mense, of liewer, gee hulle genoeg. Ek het dit nie op my plaas nodig nie. Maar miskien moet jy my meer inligting gee oor die plaaswerkers-vereniging en wat hulle beoog."

"Dis die werk van 'n paar boere wat self met die ontwik-keling van hulle werkers begin het, en wat nou baie wyd uit-gekring het. Hulle doel is om die plaasgemeenskappe op te hef."

"Maar wat presies dóén hulle?"

"Hulle hoofdoel is die ontwikkeling van ons plaaswerkers. As ons genoeg boere met 'n positiewe gesindheid bymekaar kan kry, kan ons ons eie GOV stig."

"Wat is dit?"

"Dit staan vir gemeenskapsontwikkelingsvereniging."

"Goed. Maar in watter opsig is hulle betrokke by die plaaswerkers?"

"Daar is baie kursusse wat aangebied word, vir die boer self en ook vir sy werkers."

"Soos?"

"Vir die boer is daar kursusse in praktiese arbeidsverhou-dinge, algemene bestuur, produktiwiteit, kommunikasie, mannekragbeplanning, te veel om nou op te noem. Selfs die boervrou word nie oor die hoof gesien nie. Hulle kan 'n vroue-klub stig en verskillende kursusse aanbied: netheid, higiëne, lees- en skryfkursusse, kooklesse waarin hulle kan wys hoe om van min kos baie te maak, of selfs hoe om 'n bewaarskool te begin en te organiseer – iets wat baie belangrik is in ons soort boerdery wat so sterk op vrouekrag steun."

"Ja. Ek weet Klaas se vrou hou maar 'n ogie oor die klein-tjies wanneer die ander vroue landerye of boorde toe gaan."

"Maar sy kan leer hoe om dit rég te doen. Klaas kan 'n trekkerkursus bywoon en 'n sertifikaat kry as bewys dat hy die kursus geslaag het. Dit gee 'n mens selfvertroue; laat hom voel hy beteken iets. Dit doen wondere vir iemand se self-beeld."

Emile knik. "Ek begin al hoe meer besef daar is wel ruimte vir verbetering op La Rhône. Ons moet weer oor hierdie saak gesels, Manie."

"Beslis. Laat gaan jou gedagtes so 'n bietjie en dan kom ons vanaand bymekaar en bespreek die belangrikste kwessies."

"Goed. Kom jy oor na ons toe. Ek sal vir my ma sê jy eet ook sommer daar. Pa sal ook by ons bespreking moet wees. Hy is nog die baas van die plaas."

"Natuurlik."

Emile staan op. "Ek het jou nou lank genoeg opgehou. Ons praat vanaand verder." Hy glimlag skamper. "Daar is een ding wat ons twee beslis hoog op ons agenda sal moet plaas."

"Wat is dit?"

"Ek en jy sal moet vrou kry. Ek sien regtig nie kans vir bewaarskole en resepte nie!"

Manie lag hartlik. "Ja-nee, ou maat. Ons sal moet hulp kry!"

Emile loer onderlangs na hom. "Maar het jy nie dalk al een in die oog nie? Dit lyk my jy en ons plaaslike Florence Nightingale kom goed klaar."

Manie glimlag. "Ja, maar ek is nie haastig nie. Ek het maar

pas die boerdery oorgeneem en het nog te veel wat ek moet doen voordat ek aan trou kan dink. Daar is geen haas nie. Ek kuier maar net 'n bietjie. Miempie is 'n interessante meisie."

"Interessant, sê jy?" Emile se mondhoek trek. "Dalk het jy reg. Haar man sal seker nooit van verveling doodgaan nie. Sy kom met die . . . e . . . interessantste dinge op die interessantste tye vorendag."

Manie glimlag. "Ag, Emile, jy weet sy het nie regtig bedoel wat sy Saterdagaand gesê het nie. Sy was net ontsteld."

"Ja, ek weet. Toe maar. Ons het die sakie al uitgeklaar. Maar sy is nie 'n dametjie wat sonder handskoene gepak moet word nie."

Manie grinnik geamuseerd. "Jy kan dit weer sê!"

Toe Emile op La Rhône kom, gaan soek hy dadelik sy ma op om haar te sê dat Manie vanaand oorkom en ook daar sal eet.

"Alles reg, seun. O, terloops, Susan het na jou gesoek. Jy moet haar terugbel."

"Waaroor?" wil hy fronsend weet.

"Nee, hoe sal ek nou weet, Emile? Ek vra nie jou meisies uit nie."

Hy dink nie dis snaaks nie. "Ma praat altyd asof ek 'n dosyn of twee gelyk op sleeptou het."

"Het jy nie?"

"Ma!"

"Liewe land, Emile, ek terg jou net 'n bietjie! Jy het darem skielik baie knorrig geword."

Hy kyk weg. "Ja, maar ek is besig. Ek het nie nou tyd vir Susan se praatjies nie."

Sy ma kyk hom verlig agterna, dankbaar om te hoor Susan Kruger kwalifiseer blykbaar nie. Al is sy die bankbestuurder se dogter, sy bly 'n dramastudent met ambisie en drome om haar stempel glansryk in toneelkringe af te druk . . . die mees onvanpaste potensiële aspirant vir die pos van boervrou op

La Rhône. Sy stap sing-sing kombuis toe. Die pad is nog oop vir Miempie, die liewe kind.

Dié "liewe kind" is al weer besig met iets waarteen haar gesonde verstand haar dringend waarsku, maar soos sy nou maar aanmekaargeslaan is, reageer sy liewer op haar instink as op haar beterwete. Daardie middag ná werk klim sy in haar motortjie en in haar gedagtes hoor sy baie duidelik hoe sy weer daarvan beskuldig word dat sy haar bemoeisieke neus in ander mense se sake steek. Maar sy hou nietemin koers, hou later voor een van die identiese huisies in die woonbuurt stil. Vra is vry. Sy doen mos niks verkeerds deur net met die ou mense te gesels nie.

Die twee oues is verbaas én bly om haar weer te sien. Miempie het hulle nog op die plaas besoek voordat hulle dorp toe verhuis het, maar hulle onthou haar vriendelikheid en besorgdheid en sy word gul binnegenooi. Haar vlugtige blik vertel haar dat daar by húlle geen verval was weens moeiliker finansiële omstandighede nie. Alles om haar is kraaknet. Ook op hul persoon kan haar kritiese oog geen fout vind nie. Hoewel baie afgetrap, blink die ou man se skoene en is die broek netjies gepars en die hemp wat by die nek begin skif, is kraakwit. Ook sy vrou kan deur 'n ring getrek word, al is haar voorskoot heeltemal uitgebleik.

Vinnig word 'n hand oor 'n houtstoel gevee. "Wil suster nie sit nie?"

"Dankie, ouma Ragel." Sy gaan sit, kyk in die waterige ou oë. "Dis goed om julle weer te sien. Hoe gaan dit?"

Daar word land en sand gesels, en Miempie hoor dat Manie elke week rantsoene bring – groente en melk en 'n stukkie vleis en soms selfs eiers ook. Daardie Manie Bredenkamp laat haar hart warm klop. As daar maar meer Manies op die ou aarde was . . .

Versigtig begin sy die gesprek in die rigting stuur waarin sy dit wil hê. "Julle word baie op Baardskeerderspoort gemis, hoor?"

Die ou vrou sug. "Ja. Maar Piet en Sanna is mos daar om dinge reg te hou. Maar hulle is ook al gedaan, nè?"

"Ja. Oupa Piet se hart maak nou dat hy meestal maar lê en ouma Sanna se bene gee ook maar in."

"Ag, ja, die ouderdom," sug oupa Jafta.

"Meneer Manie vertel ons so," knik ouma Ragel. "Maar hy sê hulle gaan op die plaas bly, kan selfs daar begrawe word. Hy wou hoor of ons nie wil terugtrek plaas toe nie. Maar, ai, ons is nou hier, dis tog 'n te groot werklikheid die trekkery. Ons sien nie weer daarvoor kans nie. Ons sal maar hier bly. Noudat meneer Manie ons so te hulp kom met die ekstratjies, kom ons darem makliker deur. Dis net die medisyne wat so baie geld opvreet elke maand."

"Maar dis nie nodig dat julle so baie aan medisyne bestee nie, ouma Ragel. Daarvoor het ons die kliniek. En die dokter."

"Ja, ek weet, suster, maar dis maar moeilik om by dié plekke uit te kom. Ons moet met 'n taxi gaan en dit vreet geld. En dan is die ou liggaamskragte ook nie altyd só dat jy kans sien om tot daar te kom nie. Dié dat ek maar sorg dat daar altyd 'n bietjie winkelmedisyne in my trommeltjie is. Trek maar boegoe en smeer balsemkopiva en gebruik maar witdulsies en borsdruppels en so aan."

Miempie verstaan. Al die jare dokter hulle maar eers met die Hollandse botteltjies voordat daar dokter toe gegaan word. Sy wonder soms of die geloof in daardie botteltjies nie die eintlike kuur is nie eerder as die inhoud daarvan.

"Wanneer laas het suster vir Martha-hulle gesien?" vra oupa Jafta die vraag waarop Miempie gehoop het.

"Onlangs. Dit gaan goed met hulle. Maar ek sukkel 'n bietjie met Martha." Sy sien die vinnige opslaan van die oë, die kommer van 'n ouerhart daarin. Haar gemoed vul met deernis. Jou kind bly maar kind vir jou, al is sy al self 'n ma met groot kinders. In die verre verlede het hierdie kind hulle seker ook maar baie kommer gebaar.

"Wat is dit dan met haar, suster?" wil ouma Ragel dadelik weet.

"Die probleem lê blykbaar nie by haar nie, maar by Klaas. Hy wil nie hê sy moet weer die inspuiting neem nie. Hy wil hê sy moet weer verwagtend raak."

Oupa Jafta skud sy kop. "Ek weet nie wat makeer die man nie. In ons dae was daar nie al hierdie goed wat kon keer dat ons nie so baie kinders het nie. Maar met vandag se duur lewe . . ."

"Sal oupa nie probeer om met Klaas praat nie?"

"Ek sal hom sê, suster, nes ek hom weer sien. Martha het genoeg kinders in die lewe gebring. Een te veel."

Sy weet onmiddellik na watter een verwys word, maar Miempie hou haar ongeërg. Hulle is nou by die onderwerp waaroor sy wil praat.

"Ja, ek voel ook sy het haar deel gedoen. Sy was ook maar jonk toe sy vir Maria gekry het, nie waar nie?"

"Maar sewentien, suster. Al ons gepreek het niks gehelp nie. Toe sy in die moeilikheid beland, toe hol sy terug huis toe . . . soos dit maar altyd gaan," sug ouma Ragel.

"Hoe bedoel ouma dan nou? Het sy nie op Baardskeerderspoort in die moeilikheid beland nie?"

"Nee. Dit was op Grootfontein."

"By die Vissers? Wat het sy daar gedoen? Daar gewerk?"

"Ja. In die kantoor."

Miempie is verward. "Watse kantoor?"

"Meneer Visser se kantoor. Hy het so 'n plek gehad daar langs die skuur waar 'n telefoon en al sy papiere en ander plaasbesigheid was."

Miempie se wenkbroue lig. "En wat het Martha daar gedoen?"

"Sy was 'n soort sekretaresse vir hom, het ek afgelei."

"O?"

"Ja, sien, sy was 'n slim kind. Sy het graad nege gemaak. Kon lees en skryf en die foon beantwoord. Martha het gesê meneer Visser het nie tyd om die foon te sit en oppas nie. Martha moes al die navrae hanteer, boodskappe neem en sulke goed. As die mense van die stasie laat weet daar het goed vir die plaas aangekom, moes sy 'n lorrie reël om dit te gaan haal. Martha het graag vertel meneer Visser sê altyd hy kan nie sonder haar boer nie. Sy was goed in die kantoor en hy kon al sy aandag aan die boerdery gee."

"Ek sien. Het sy lank daar gewerk?"

"Nie só lank nie. So 'n jaar, of dalkies bietjie langer."

"En toe beland sy in die moeilikheid . . ."

"Ja. Op 'n dag het sy sak en pak met al haar grênd klere by die huis aangekom en ons moes hoor sy werk nie meer by meneer Visser nie."

"Het hy haar weggejaag?"

"Martha wou niks sê nie. Ons weet nie of sy weggejaag is en of sy self geloop het nie. Ek was jammer daaroor. Martha het goed geld verdien. Maar toe kom sit sy by ons en verseg om iets te doen terwyl sy vir die kind gewag het. Nie eers met al haar pa se belowe kon ons haar dwing nie. Sy het net gesê sy werk nie weer vir 'n wit man nie. En so het sy bly sit tot sy later met Klaas vort is La Rhône toe."

Miempie besef dat Martha haar woord gestand gedoen het. Vandag nog werk sy nie vir 'n wit man nie. Sy sal na die ander vrouens se kinders kyk sodat húlle kan gaan werk, maar sy self gaan nie verder as haar huis nie. Sy kies haar woorde versigtig: "Maar die kind se pa het darem seker vir haar geld gegee?"

"Nee, glad nie. Tot vandag toe weet ons nie wie Maria se pa is nie. Sy het 'n staatstoelaag gekry totdat Klaas haar gevat het. Toe het dit opgehou."

Toe sy afskeid neem van die twee ou mense, gee sy vir ouma Ragel 'n nuwe paar skoene en 'n paar sokkies, en 'n nuwe hemp en broek vir oupa Jafta. Dis items waarvoor daar seker nie meer geld in hierdie huisie is nie. Dit word met groot dankbaarheid ontvang.

71

Haar motor verdwyn om die hoek en ouma Ragel sê heel ernstig: "Ou man, sal dit darem nie gaaf wees as ons meneer Manie met hierdie sustertjie trou nie?"

Oupa Jafta gee 'n amper tandelose glimlag. "Ja, Ragel. Sal dit nie gaaf wees nie!"

Maar meneer Manie is besig om planne te maak wat niks met 'n trouery te doen het nie. Toe die drie mans hulle ná aandete terugtrek in die sitkamer op La Rhône, lê hy voorlopige planne en voorstelle op die tafel.

Oom Giel de Jongh kyk stil na sy seun en sê: "Praat julle twee maar. Ek sal luister."

Manie val sommer geesdriftig weg. "Die eerste ding wat ek op my agenda geplaas het, is pensioenskemas vir al my werkers. Daar is 'n dringende behoefte daaraan. Dit het maar onlangs onder my aandag gekom."

"Hoe so?" wil Emile weet.

"Miempie Rust het dit onder my aandag gebring."

Al weer Miempie . . . Is daar êrens 'n plek waar sy nie snuffel nie? Tog is daar opregte belangstelling in sy stem toe Emile vra: "Laat ons hoor."

Manie vertel wat met Ragel en Jafta gebeur het en in watter situasie hulle hulle nou bevind. "Ek voel dis nie reg nie. Daardie mense het hul lewe lank hard gewerk. Om aangewese te wees op staatshulp wanneer jy die dag oud is, is nie regverdig nie. Nie teenoor die staat nie en ook nie teenoor húlle nie. Daardie mense het vir óns gewerk, nie vir die staat nie. En skielik breek die dag aan dat hulle nie meer kan werk nie. Oornag het hulle geen salaris meer nie en ook niks om op terug te val nie. Alle ander sektore sorg vir pensioenfondse vir hul werkers. Trouens, dis so te sê verpligtend dat jy aan 'n pensioenskema moet behoort wanneer jy by watter onderneming ook al inval. Hoekom nie ons plaaswerkers ook nie?"

"Maar gaan hulle te vinde wees dat daar maandeliks of wekeliks van hul geld teruggehou word? Hulle ken dit nie."

"Hulle sal dit aanvaar as dit aan hulle verduidelik word.

En, soos met elke ander pensioenskema, sal die werkgewer ook 'n gedeelte, in ons geval moontlik die grootste gedeelte, moet bydra. Maar ek dink dis 'n moet. Dit sal ook mense-verhoudinge bevorder. Wanneer hulle hoor hul werkgewers gee om vir hulle, en as hulle besef wat eendag van hulle gaan word as hulle sonder pensioen sit, dink ek nie ons gaan teen-kanting kry nie. Hoe voel oom Giel hieroor?"

"Dit klink vir my na 'n goeie ding, Manie. Maar dis julle jong manne wat hieroor moet besluit."

Manie gaan voort. "Ek het 'n lys name opgestel van boere wat ek so gou moontlik gaan nader in verband met die stig-ting van 'n gemeenskapsontwikkelingsvereniging."

Emile neem die lys en laat sy blik daaroor dwaal, trek sy wenkbroue op. "Wilhelm Visser?"

"Ek het sy naam maar by die lys ingesluit en sal hom nie oorslaan nie, maar ek weet hy sal nie te vinde wees nie. Daar is nog 'n paar name waaraan ek sterk twyfel, en 'n paar grensgevalle. Maar ek gaan almal nader. Het jy aan iets ge-dink waarmee ons 'n begin kan maak?"

"Ja. Ons dink-doen-verhouding moet verander. Op die oomblik gee die een bevele en die ander moet dit uitvoer. Ek wil dit liewer omskep tot 'n span wat saamdink en saamdoen. Die werkers moet meer insae en seggenskap in die boerdery kry. Meer ruimte sodat elke man tot sy volle potensiaal ont-wikkel en benut word.

"Pa, ek wil hê dat ons Vrydagmiddae 'n algemene vergade-ring hou waar die afgelope week se probleme bespreek kan word en elkeen die reg het om op te staan en voorstelle te doen hoe dit opgelos kan word. Dan moet die volgende week se program bespreek word en weer moet almal die reg hê om daarteen beswaar te maak en sy redes te verskaf, of met pro-duktiewe voorstelle vorendag te kom. Dan kan ons besluite neem. Hierdie Maandagoggende se gesê van jy doen dit, jy doen dat en niemand het 'n tydrooster vir die week sodat hy weet wat om te verwag en waarop hy hom moet voorberei nie, is verkeerd. As hulle Maandagoggend begin werk, moet elke man reeds weet wat van hom verwag word en met sy werk begin."

Manie knik goedkeurend. "Dit klink sommer bak, Emile. Dit gaan jou verantwoordelikheid en jou toesighouding ook baie verminder. Jy hoef nie heeldag rond te hardloop om te kyk of dit of dat gedoen is nie."

"Presies. Ek gaan dit nóg makliker maak. Ek het gedink om voormanne aan te stel oor elke afdeling van die boerdery. 'n Voorman wat aan my verantwoordelik is en wat moet toesien dat alles vlot verloop in sy afdeling. Ek maak Stoffel byvoorbeeld voorman by die vee. As 'n bees siek is, moet dit eerste vir hom gesê word. Hy moet sy diagnose aan my kom gee en sê of ons die dier hier kan behandel en of die veearts moet kom. Klaas kan ek voorman maak oor die masjinerie en werktuie, want hy is meganies aangelê. As 'n trekker breek, moet hulle dit vir hom gaan sê, hy moet ondersoek instel en wanneer hy by my kom, moet hy my kan sê hoekom die trekker gebreek het, wat stukkend is en of ons dit hier kan herstel of eerder garage toe moet vat. As ons die mense meer verantwoordelikheid gee, meer onafhanklikheid in hul werk, sal hulle 'n werktrots ontwikkel wat net vir almal tot voordeel kan wees. Ook vir die boerdery self. Kom ons gee ons mense meer ruimte." Hy betrap sy pa se peinsende blik op hom. "Wat dink Pa?"

Die ouer man antwoord versigtig. "Dit klink baie . . . interessant. Of dit in die praktyk gaan werk, sal net die tyd leer."

"Maar het ek Pa se toestemming om dit uit te toets?"

Giel de Jongh staan op. "Jy het geen toestemming van my nodig nie, my seun. Dis jou boerdery."

"Maar, Pa . . ."

"Nee, ek het van vanaand af geen seggenskap meer nie. Ons twee sal later verder oor die saak gesels en tot 'n vergelyk kom. Maar wat die boerdery betref, moet jy maak soos jy goeddink."

Emile staan stadig op, kyk sy pa vierkant in die oë. "Bedoel Pa dit?"

Sy pa glimlag. "Natuurlik bedoel ek dit. Ek sal van die kantlyn af dophou om te sien of alles uitwerk en of jy droogmaak. Jou ma wil al lankal by die see gaan aftree. Ek dink dis nou tyd. Nag, Manie."

"Maar Pa kan nie nou al gaan slaap nie! Daar is nog baie ander goed wat bespreek moet word. Ek het byvoorbeeld daaraan gedink dat ons moet wegdoen met die bonus aan die einde van die jaar en hulle liewer 'n persentasie van die wins moet gee. Hoe groter die wins, hoe groter is hul aandeel. Dit sal entoesiasme en verantwoordelikheidsin kweek en ook doelgerigtheid in hul werk bring. Want dan werk hulle nie net vir die baas nie. Hulle werk vir hul eie sak ook."

"Maggies, Emile, maar ek hou hiervan. Ek dink dis 'n puik idee! En die een gaan die ander dophou en as een laat slap lê, gaan hy daarvan hoor."

"Presies."

"Kom ons bespreek hierdie ding in meer detail," laat Manie opgewonde hoor.

Oom Giel kyk hulle glimlaggend vanuit die deur aan, stap dan kombuis toe.

"Waar draai jy so lank?" wil hy gemoedelik by sy vrou weet.

"Ek sit net die teegoedjies reg vir later vanaand. Waaroor gesels julle so opgewonde daar binne?"

"Ag, oor dit en dat, die boerdery. Los maar die teegoed. Daardie twee sal nie vanaand aan tee dink nie en ek en jy kan maar gaan slaap."

"Dis mos nog vroeg, ou man."

Hy glimlag, sit sy arm om haar skouers. "Maar ek weet ek sal dadelik aan die slaap raak en soos 'n klip slaap."

Sy vrou kyk hom vraend aan.

"Vir die eerste keer is ek daarvan oortuig ek kan La Rhône maar met 'n geruste hart aan Emile oordra. 'n Man wat soos

75

daardie seun van ons kan dink, sal ook dink as hy die dag vrou vat." Hy kyk teen haar stralende gesig vas. "En jy, my lief, kan maar môre begin om jou seeklere reg te kry."

"My seeklere? Gaan ons met vakansie?"

"Ons gaan vir ons 'n aftreehuis by die see soek. Dis tyd dat ek en jy uitspan en die nuwe geslag kans gee om hulle slag te wys. Hulle dink anders as ons; doen anders as ons. Ek wou amper vanaand jaloers raak toe ek so na die twee jonges sit en luister. Ai, om weer jonk te wees en die lewe met al sy uitdagings lê voor jou, nie agter jou nie. Maar ek het vertroue in hulle, Laura. Hulle sal die wa deur die drif kry, want hulle het die moed om die uitdagings tegemoet te loop en die begrip om die probleme te verstaan en die visie om te weet wat reg en geregtigheid is. Kom ons gaan slaap, my vrou."

Maar terwyl oom Giel soos 'n pasgebore baba lê en slaap, rol Miempie Rust tot laatnag rond. Sy het haar arme verstand al amper aan die brand gedink, maar kry die geheim nie ontrafel nie. Al wat sy kan dink, is dat dit 'n lorriebestuurder kon gewees het wat die jonge Martha verlei het. Sy weet daar is boere wat hul eie goed vervoer, maar veral in spitstye word daar dikwels gebruik gemaak van vervoerkontrakteurs om produkte na en van die plase te vervoer. As Martha dan wel die sogenaamde sekretaresse was, en ook die vervoer na en van die dorp en voorraadmagasyne moes reël, sou sy beslis met die bestuurders van die lorries in aanraking gewees het. Het die glips dáár gekom . . . of slaan sy die bal heeltemal mis? Nie eens Martha se ouers weet wie Maria se pa is nie. Dis net Martha wat kan sê . . . en Martha swyg tot vandag toe nog. Lorriebestuurder of nie, maar sy is ná vandag nog meer daarvan oortuig dat die man wat Martha byna twintig jaar gelede swanger gemaak het, wit was. Al sou sy wonder bo wonder tog vasstel wie hierdie man is, begin sy al hoe meer twyfel of die arme Maria daarby sal kan baat.

76

5

Toe daar Maandagaand 'n klop aan haar voordeur kom, verwag sy dat dit Manie Bredenkamp kan wees. Maar toe die deur oopswaai, staan Emile de Jongh voor haar. Sy frons spontaan. Wat het sy tog nou weer gedoen waaroor hy haar wil kapittel?

Natuurlik is dit geen goeie begin vir enige besoek as die meisie onmiddellik 'n suur gesig opsit wanneer sy sien wie haar besoeker is nie. Op sy beurt wonder Emile ook skielik fronsend wat hy nou eintlik hier soek. Maar hy weet goed wat hom vanaand hierheen gebring het. Hy wou haar vertel van al die nuwe verwikkelinge wat op La Rhône gaan plaasvind. Dit behoort haar tevrede te stel . . . die snip.

"Naand, meneer De Jongh. Kan ek help?"

Hy vererg hom bloedig. En hy het sowaar nog met die gedagte gespeel om haar te vra om hom na die skoudans te vergesel. Manie het mos gesê daar is geen vaste verhouding tussen hulle nie, en hy het toe maar gedink . . . Maar nou . . . Wie wil so 'n suurpruim dans toe vat? Nie hy nie. "Jammer, suster Rust, ek is by die verkeerde deur. Tot siens." Hy draai summier om en begin aanstap.

Miempie is ietwat verdwaas. Hardekwas, nè? Sy storm agterna. "Emile! Moenie kinderagtig wees nie." Sy kry hom aan die mou beet en dwing hom tot stilstand.

Sy word ysig uit die hoogte aangekyk. "Ek? Kinderagtig?"

Sy trek haar asem in. Sy het genoeg bekommernisse dat Emile ook nog moet lol. "Goed dan. Moenie so liggeraak wees nie. Kom binne en vertel my waaraan ek hierdie besoek te danke het."

"Ek dink nie ek is meer lus vir hierdie besoek nie."

Dis nou haar beurt om haar te vererg. Sy staan terug. "Nou gaan dan in jou peetjie. Gaan soek geselskap by jou vele meisies. Wat het jy in elk geval hier kom soek?" Sy begin terugstap voordeur toe.

Maar dis nou háár arm wat vasgegryp word en sy word na hom teruggeswaai. "Jy weet, Miempie, jy is nie net snipperig en bemoeisiek nie, jy is nog onbeskof ook."

"En jý is gedurig aan die fout vind. Wat het ek nou weer gesondig?" vra sy reguit, maar ongerus. Sou hy uitgevind het van haar besoek aan Martha se ouers?

"Het jy 'n skuldige gewete?"

"Nee!"

"Hoekom dan so sterk op die verdediging?"

Sy sluk. Sy is nie onder 'n kalkoen uitgebroei nie. Hy is nie om dowe neute hier nie. "Dan wil jy my wysmaak jy is hier bloot op 'n sosiale besoekie?"

"Ja."

Haar oë straal haar ongeloof uit, maar hy bly koel terugkyk, en sy gee skielik bes, wys met die hand dat hy moet inkom en gee 'n stywe glimlaggie. "Goed. Kom in, Emile. Maak jou tuis."

"Dankie." Hy gaan sit en skuif hom gemaklik reg in die stoel – klaarblyklik van plan om sommer goed te kuier.

"Waaroor sal ons gesels?" vra sy toe sy ook gaan sit. Sy vou haar hande om haar knieë en kyk hom ondersoekend aan.

"Ek laat die keuse van 'n onderwerp aan jou oor."

"O." Sy maak keel skoon. "Gaaf." Sy soek in haar verstand rond, kry skielik iets beet terwyl sy sy geamuseerde gesig ignoreer. "Kom ons gesels oor boerdery."

Hy frons. Dan het Manie hom al voorgespring. Dis jammer. Hy sou haar graag eerste wou vertel het . . . die lig van verbasing en dan vreugde in haar oë wou gesien het. Hy knik. "Goed. Oor boerdery. Wat wil jy weet?"

"O . . . e . . . laat ek sien. Hoeveel groot lorries het jy?"

Hy lyk opreg verbaas, maar beantwoord die vraag kalm: "Twee."

"Vervoer jy self jou goed? Ek bedoel na en van die stasie of die koöperasie of die mark?"

"Ja."

"En die ander boere? Het hulle ook hul eie vervoer?"

"Party, ander nie. Ek neem aan jy wil weet of Manie ook lorries het?"

"Hoekom dink jy so?"

"Omdat ek weet jy stel baie in hom belang."

"Jy weet nogal baie. Goed: Het Manie ook lorries?"

"Ja. Ook twee."

"En so ook Grootfontein?"

"Nee, Wilhelm Visser maak gebruik van kontrakteurs."

Haar oë trek peinsend saam. Dan kan haar vermoede mos juis wees . . . "Al die jare maar?"

"Ja."

"Hoekom? Hoekom het hy nie ook sy eie lorries nie?"

"Omdat 'n lorriebestuurder baie meer verdien as 'n gewone plaaswerker. Hy kon nog nooit een kry nie, want hy betaal te min." Daar is nou agterdog in sy oë. Hy begin agterkom sy probeer nie doelbewus snaaks wees nie. Iets skuil agter hierdie vrae. "Waarop stuur jy af, Miempie?"

Haar oë is ontwykend. "Nee, ek . . . vra sommer net. Lorries is tog deel van die boerdery, nie waar nie?"

Hy is sommer weer ergerlik. "Ek is nie 'n aap nie, Miempie! Ek het natuurlik nie die vaagste benul hoekom jy hierdie vrae stel nie, want ek sal nooit verstaan hoe jou verstand werk nie. Maar jy is weer met iets besig, ek kan dit sweer."

Sy lag hom uit. "Moontlik. Nou is dit jou beurt om 'n onderwerp te kies. Waaroor wil jy gesels?"

"Oor die skoudans."

"O? Wil jy by my weet watter een van die vele moet jy vra? Dis maklik. Toe ons kinders was, het ons 'n speletjie gehad . . . Wegkruipertjie het ons dit genoem. Een moet oë toehou terwyl die ander gaan wegkruip. Maar om te besluit wie die eerste sal wees om oë toe te hou, het ons iekel-okkelblue-bottle gespeel en die een wat uiteindelik oorgebly het, moes oë toehou. Hoekom laat jy nie die klomp in 'n ry staan

79

en dan iekel-okkel-blue-bottle jy hulle ook nie? Die een wat oorbly, vat jy dans toe. Maklik."

"In hemelsnaam, Miempie! Jy is nog erger as my ma!"

"Maar dis 'n goeie plan, jy kan nie stry nie. En in watter opsig is ek erger as jou ma?"

Hy beteuel hom met moeite. "Ek is ernstig."

"Waaroor?"

"Ek is besig om jou te vra om saam met my skoudans toe te gaan."

"Asseblief."

Hy sug. Hoekom verduur hy hierdie treitering? "Asseblief."

"Hoekom?"

"Hoekom wat?"

"Hoekom vra jy mý?"

"Hoekom nie?" kap hy terug.

Sy meet hom met die oë. Dan antwoord sy op egalige toon wat die blits in haar oë weerspreek: "Omdat jy die verkeerde meisie soek om jou meisies mee te vermaak of jou te help om van hulle ontslae te raak."

"Daar bestaan nie so iets nie!" verdedig hy driftig. "Om liefdeswil, daar is geen spesiale meisie of meisies in my lewe nie!"

"Dan is Susan Bankbestuurder nou jou enigste?"

"Nee! Sy is beslis nie my enigste nie."

"En daar weerspreek jy jou weer."

Sy oë waarsku saam met sy stem: "Dis nou genoeg, Miempie. Sal jy asseblief saam met my na die dans gaan?"

Sy aarsel, skud dan haar kop. "Dankie vir die uitnodiging, maar nee, dankie."

"Mag ek vra hoekom nie?"

"Ek sal so onvanpas in jou geselskap wees soos . . . soos wat Maria volgens jou onvanpas in 'n doktersjas sal wees."

Sy kake werk. "Jy het Maria op jou brein. Kom ons los haar uit hierdie gesprek uit. Hoekom dink jy jy sal onvanpas wees?"

Sy staan op, keer haar rug op hom en peuter met die boeke op die boekrak. "Ek sal nie inpas in jou soort geselskap nie. Dis al. Ek het nie die agtergrond wat jy en jou groep vriende het nie."

Sy blik is skerp. "Ek vra jou bloot om saam met my te gaan dans. Dis al. Ek nooi jou nie na 'n geslagsregisteruitstalling toe uit nie."

Sy draai haar onwillig na hom terug. "Of ons dit nou wil erken of nie, maar agtergrond speel 'n geweldige rol in hierdie lewe. In 'n groot mate beheer dit jou lewe." Sy glimlag skeef. "Miskien daarom dat ek so 'n aanvoeling vir Maria het. Verskoon my dat ek haar naam weer noem, maar . . . in baie opsigte is ons lewens so eenders."

"Ag onsin, Miempie!"

"Dis nie onsin nie. Ek weet ook nie wie my pa was nie. Sy is eintlik beter daaraan toe as ek. Sy ken haar ma. Ek weet ook nie wie my ma was nie. Ek is uit 'n tehuis vir ongehude moeders gegee vir aanneming. Vandag het dinge baie verander, maar destyds het selfs nie eens die ouerpaar wat 'n baba aanneem, geweet wie die kind se biologiese ouers is nie. Ek weet dus nie wie my ouers was of is nie. Ek weet eintlik nie wie ek werklik is nie. Waar ek vandaan kom of waar ek uitgekruip het nie. Die enigste agtergrond wat ek het, is die liefde en sorg wat twee liewe aanneemouers my gegee het. Toe hulle dood is, was daar niks en niemand oor nie. Maria is ook 'n produk van onsekere afkoms. Selfs al is die Ontugwet reeds in 1985 afgeskaf, wou haar biologiese pa nie met Martha getrou en hulle kind 'n naam gegee het nie. Voor 1985 was dit teen die wet. Maar in die meeste gevalle was die mans wat hulle toe in so 'n situasie bevind het, net te dankbaar om agter daardie wet te skuil. Andersyds het ek weer 'n groot voordeel bo Maria gehad – my vel is wit. Maar daar is baie ooreenkomste tussen ons twee voorkinders. Baie ooreenkomste."

Emile staan op. Hy voel ongemaklik, weet nie heeltemal hoe om die situasie te hanteer nie. Dis die eerste keer in sy lewe dat hy voor so iets te staan kom. Maar sy hart gaan uit na haar. Hy stap nader. "Ek is jammer om dit alles te hoor, Miempie. Ek bedoel, ter wille van jou. Maar . . ."

Haar oë spot liggies. "Maar noudat jy alles weet, verstaan jy hoekom ek nie kan saamgaan nie."

Sy hande lê skielik op haar skouers. "Ek verstaan nog steeds glad nie. Jou agtergrond is nie vir my belangrik nie. Wat vir my belangrik is, is die mens wat jy is."

Haar oë bly spot. "Dan verstaan ek jou uitnodiging nog minder, want ek weet presies wat jy van my dink."

"Miempie, asseblief . . ."

Sy draai haar onder sy aanraking uit. "Nee, Emile. Kom ons los dit net daar. Ek sal nie saam met jou gaan nie. Vra die bankbestuurder se dogter. Jy sal die aand baie meer saam met haar geniet as saam met my."

Dis van teleurstelling dat hy sommer weer kwaad is. "Jy hoef nie vir my 'n maat vir die aand te soek nie. Ek kan dit self doen, dankie."

"Gaaf. Nou moet jy my asseblief verskoon. Ek het nog 'n paar dingetjies om te doen voordat ek kan gaan slaap."

"Goed. Maar jy jaag my verniet weg. Ek weet self wanneer ek moet loop. Goeienag."

Op pad terug plaas toe is hy die een oomblik so kwaad dat hy lus voel om die motor net daar om te swaai en terug te ry na die woonstel en vir haar te sê: Na die duiwel met jou agtergrond en die komplekse en verwronge idees wat jy daaroor het. Jy gaan saam met my dans toe en klaar! Hy het dan nog nie eens vir haar vertel wat hy haar graag wou vertel nie! Die volgende oomblik weer voel hy sy hart saamtrek in simpatie. Dit moet iets afgrysliks wees as jy absoluut niks van jou herkoms weet nie. Elke mens wil weet waar sy wortels lê. Jy wil weet uit watter soort aarde jy voed, goed of sleg. Maar om sommer net 'n suurstofplant te wees, iemand wat in die lug hang . . . 'n Sensitiewe mens sal dit veral moeilik verwerk. Hy hou voor hulle huis op La Rhône stil, skakel die motor en die ligte af. Sy pa en ma het al gaan slaap. Alles is rustig. En vanaand, in hierdie oomblik, besef Emile de Jongh eers werklik hoe bevoorreg hy is. Weet hoe goed God vir hom is. Tel hy sy seëninge . . . en staan beskaamd. Hy ken sy eie ouers. Hy het die voorreg gehad om deur hulle grootgemaak te word, om hulle vandag nog te ken en by hom te hê. Hy het 'n ouboet, ander familie, 'n geslagsregister. En daar is La Rhône . . . sy erfenis. Hy kan eerlik sê sy erfdeel is vir hom mooi. Daar is ander wat niks van die lewe geërf het nie . . . Baie ander . . . mense soos Miempie en Maria . . .

Hy sug saggies, spreek sy ma in sy gedagtes aan: Ek het probeer, Ma – maar hierdie bloudruk-Miempie van ons is baie koppig. Dit sal maar bars gaan om haar in die kraal te kry.

Miempie is die volgende dag op pad terug dorp toe toe sy 'n vurk in die pad nader. Sy kyk stip. Ja, dit is Maria op pad terug plaas toe ná die skooldag. Maar daar skort iets. Iets in haar houding laat Miempie nie by die vurk afdraai dorp toe nie, maar die ander pad kies. Sy hou langs Maria stil, sien dan dat sy wel loop en huil.

"Maria! Wat is dit?" Maria kyk op en Miempie se frons verdiep. Iets ernstigs het gebeur. "Hoekom huil jy?"

Sy kom nader, probeer die tranevloed keer. "Dis die kinders by die skool, suster. Hulle het ook met 'n boikot begin. Die voorbokke het ons huis toe gejaag. Gesê ons moet loop. Daar gaan nie meer skoolgegaan word nie."

Miempie se hart ruk. Andrew Koopman se vrese is bewaarheid.

"Maar dis dan so naby die eksamen! Wanneer moet julle begin skryf?"

"Oor ietsie meer as 'n maand, suster. Maar hulle sê daar sal ook nie eksamen geskryf word nie. Hulle sê as ons nie luister nie, sal hulle die skool afbrand. Hulle het al van die skoolboeke verbrand. Hulle sê dis gemors. Hulle wil niks daarmee te doen hê nie."

"Jou boeke ook?" vra Miempie ontsteld.

"Nee, suster. Ek het myne gegryp en gaan wegsteek in die toilet. Maar ek kon dit nie waag om dit saam te bring nie. Hulle sal dit afneem en ook uitbrand." Die trane begin weer loop.

Miempie sit haar arm om Maria se skouers. Daar is niks wat 'n mens kan doen nie. Sy probeer paai, weet dit is maar 'n skrale troos: "Ek sal probeer om jou boeke in die hande te kry, Maria. Luister, ek mag jou nie met die kombi huis toe neem nie. Stap nou maar so gou jy kan terug La Rhône toe. En moenie jou so ontstel nie. Wie weet, môre het alles dalk oorgewaai."

"Nee, suster. Hulle het gesê die een wat môre skool toe kom, gaan moeilikheid kry."

"Ag, dis sommer praatjies," probeer sy haarself én Maria gerusstel. "Dinge sal weer môre onder beheer wees. Ek sal intussen jou boeke in die hande probeer kry. Toe, loop nou gou."

Sy ry reguit na die polisiekantoor toe sy op die dorp kom. Daar is die sersant baie gaaf. Miempie verduidelik wat sy wil hê.

"Ek sal kyk wat ek kan doen, suster. Niemand word op die terrein toegelaat nie, want daar is dreigemente van brandstigting."

"Ek het so gehoor. Maar as julle net vir my die boeke kan kry, asseblief. Dis êrens in die meisies se toilette versteek. Ek sal later weer hier 'n draai kom maak. Baie dankie." Sy skud haar kop. "Ai, as die kinders net wil besef hulle doen hulleself die meeste skade aan."

"Dis net belhamels wat die ander opsweep en uiteindelik ly die onskuldiges die meeste daaronder."

"Kon julle nog nie van die belhamels in die hande kry nie?"

"Ons is op hulle spoor, maar die kinders is bang om te praat. Hulle word natuurlik ook gedreig."

Toe Miempie ná werk weer 'n draai daar maak, is sy innig dankbaar om Maria se boeke onbeskadig terug te vind, nog net so vasgedraai met die stuk rou riem. Sy bel dadelik La Rhône toe en vertel Laura de Jongh wat gebeur het en dat sy die boeke veilig teruggevind het.

Emile se ma is geskok. "Dis die eerste woord wat ek daarvan hoor. Natuurlik sal ek Maria dadelik laat weet haar boeke is veilig. Baie dankie, Miempie. Jy is darem 'n ou staatmaker. Ek hoop tog net hierdie ding sal gou onder beheer gebring word. Dit sal 'n vreeslike teleurstelling vir Maria wees as sy nie haar matriek kan skryf nie."

Miempie se stem is vol emosie: "Dít sal nie gebeur nie."

Maar toe sy wegdraai van die telefoon, weet Miempie dat so iets moontlik is, veral as die dreigement uitgevoer word om die skool ook af te brand. En dit in hierdie kritieke en deurslaggewende tyd in Maria se skoolloopbaan . . . Die arme kind . . .

Skoolboikotte en vandalisme wat ook na die platteland versprei, is daardie aand hoofnuus op televisie. 'n Diepe swaarmoedigheid oorval Miempie. Wat . . . wát moet van hierdie land word? wonder sy. Die enigste oplossing lê in opvoeding en onderwys, dink sy. Sy is dankbaar toe Manie bel.

Hy kan die pessimisme in haar stem hoor toe sy antwoord. Toe hy so na die nuus op die televisie gekyk het, het hy dadelik geweet sy sou haar dit baie aantrek. Miempie gee werklik vir dié mense se welsyn om. "Ek voel nie vanaand lus vir my eie geselskap nie. Ek nooi jou om saam met my te gaan uiteet."

Sy voel ook nie vanaand lus om alleen met haar bekommerde gedagtes te sit nie en aanvaar die uitnodiging onmiddellik.

Hulle kry 'n lekker hoekie in die restaurant wat hy kies.

"Moenie so verskriklik bekommerd lyk nie! Môre is alles weer normaal," sê Manie bemoedigend.

Sy glimlag swak. "Ja. Dis wat ek ook vanmiddag vir Maria

gesê het. Ek het haar al huilende op pad La Rhône toe ge-
kry."

Hy knik. "Maria het baie vir haar skoolgaan opgeoffer.
Dit moet 'n swaar slag vir haar wees. Ek onthou haar as 'n
dogtertjie – hoe sy elke dag kaalvoet dorp toe gehardloop
het op pad skool toe. Ek was van die begin af in die koshuis
op die dorp. Maandagoggende wanneer Pa my inneem en
Vrydagmiddae wanneer hy my kom haal, het ons haar langs
die pad gekry. Dan het Pa haar opgelaai. Ek onthou ek was
altyd getref deur die intelligente, wakker kyk in haar oë. En
sy het altyd so mooi dankie gesê wanneer sy afgelaai word."

Miempie het 'n knop in die keel, neem eers 'n slukkie wyn.
"Ja, Manie. Twaalf jaar lank het daardie kind elke dag in alle
weersomstandighede twaalf kilometer skool toe geloop. Ses
heen en ses terug. Só 'n kind verdien om gehelp te word in die
lewe . . . en sy verdien nie wat vandag gebeur het nie."

"Nee, dis waar. Ek voel ook baie jammer vir haar. En die
baie ander soos sy. Daar is baie kinders wat verskriklik opof-
fer vir hulle geleerdheid. Dis nie net Maria wat kilometers ver
na die naaste skool moet loop nie. Daar is talle ander. In 'n
mate het ek begrip vir hulle opstand. In die meeste wit skole
is daar geen tekort nie. Boeke, apparaat, alles wat nodig is, is
beskikbaar. Waardeer kinders ooit voorregte wat so maklik
in hulle skoot val? Hulle aanvaar dit as vanselfsprekend, of
wil selfs nie eens regtig leer en vorder nie."

Soos Yolande Visser, dink Miempie vlugtig, maar swyg. Sy
kyk Manie vraend aan: "Jy sê jy het begrip vir hierdie ding
wat vandag gebeur het?"

"Ja. O, ek besef dat daar baie opstokery aangaan. Dit ly
geen twyfel nie. Maar aan die ander kant weer . . . ons dra
ook skuld aan dit wat vandag gebeur het."

"Omdat hulle minderwaardige onderwys gekry het?" sê-
vra Miempie.

"Juis. Kinders wat elke dag moet opoffer, het op 'n dag
besef die standaard van húlle onderwys is hoegenaamd nie

gelykstaande aan dié van die wit kinders nie. Dit móét hulle bitter maak, Miempie."

"Ek het ook begrip daarvoor, maar om skole af te brand . . . Nou het hulle regtig niks nie."

"Ja. Dis ook waar. Maar wanneer 'n grootmens voel hy is verkul, wanneer frustrasie hoog in hom brand, kan hy dit selde nugter hanteer. Wat moet jy dan van kinders verwag? Hier is ons kos. Kom ons gesels nou oor aangenamer dinge."

Sy tel haar mes en vurk op. "Waaroor?"

"O, daar is baie goeie nuus waaroor ek kan praat."

"Soos?"

"Soos hoe ek en Emile 'n hele omwenteling in ons boerderye gaan teweegbring. Ons gaan 'n gemeenskapsontwikkelingsvereniging stig wat allerlei projekte gaan begin om die plaaswerkers te bemagtig en . . ."

"Sowaar?" Haar oë verhelder. "Dis wonderlike nuus, Manie! Dit is iets wat ons plaaswerkers in die distrik al soveel jare lank moes ontbeer." Sy kyk hom skerp aan. "Jy sê jy en Emile gaan so iets hier begin?"

"Ja. Eintlik het Emile die bal aan die rol gesit."

"Regtig?" Sy klink skepties, maar hy kom niks agter nie. Opgewonde vertel hy van al die nuwe verwikkelinge en Miempie sit doodstil en luister. "Emile is 'n man wat ver vooruit kan dink, hoor. Ons gaan nou eers die vereniging aan die gang kry. En sodra alles op dreef is, is daar 'n groot projek wat ons gaan aanpak."

"Wat is dit?"

"Emile voel ons moet iets meer vir ons werkers gee as net 'n televisiestel in 'n skuur op 'n Saterdagaand. Die mense moet in hulle vrye tyd iets meer opbouends doen. Op die dorp is daar geriewe vir gesonde, opbouende ontspanning, maar ons het niks op die plase vir die plaasmense nie. My plaas lê taamlik sentraal en Emile het voorgestel dat ons daar 'n sokker- of rugbyveld aanlê en 'n speelpark vir kinders en miskien selfs 'n netbal- of tennisbaan as daar genoeg belangstelling is. Sulke dinge. Goed wat gesonde ontspanning sal verskaf en hulle sal weghou van allerhande kattekwaad. Wat dink jy?"

Haar oë blink. "Ek dink dis 'n fantastiese idee."

Hy glimlag breed. "Ek dink ook so."

"Later kan 'n mens selfs aandag gee aan die gedagte om 'n ontspanningsaal vir hulle te bou. As hulle bereid is om self die meeste van die werk te doen, sê op Saterdagmiddae daaraan te gaan bou, behoort dit nie so uitermate duur te wees nie."

"Miempie, dis 'n oulike idee!" Hy kyk haar goedkeurend aan. "Emile het 'n punt gehad."

"Ja?"

"Hy het gesê voordat ons enigiets doen, moet ons twee, ek en hy, eers vrou kry. Hy is reg. Ons het die vroulike kreatiwiteit beslis nodig. Jy moet volgende keer by wees wanneer ek en Emile weer planne bespreek."

Sy lag afwerend. "Dan sal daar nooit iets tot stand kom nie. Ons baklei gedurig."

"Regtig? Waaroor?"

"Ek . . . weet self nie. Oor alles. Ons baklei net. Nee, los my maar uit. Ek sal sommer deur jou met voorstelle kom. Soos byvoorbeeld met die saal. Julle kan speletjies kry waarmee die jonges hulle kan besig hou. Jy kan selfs toelaat dat daar gedans word, natuurlik sonder alkohol. Julle kan van die ouer garde aanstel om toe te sien dat alles ordelik verloop. O, jy het my nou ook op hol met hierdie blink planne van julle!"

Hy glimlag ingenome. "Moenie bekommerd wees nie. Jy sal betrek word. Daarvoor gaan ek sorg."

Op La Rhône bespreek ouers en seun tydens aandete die aand se televisienuus.

"Dis darem jammer dat so iets nou moes gebeur het," laat Laura dan hoor.

"Ja." Emile se frons is diep. "Miempie Rust bekommer haar natuurlik nou mal hieroor."

"Hoekom bel jy haar nie?"

Hy lyk half onwillig. Sy ma weet nie op watter trant hulle uitmekaar is nie. Hy voel nog altyd 'n bietjie suur daaroor. Maar dan staan hy op. "Miskien moet ek maar."

Maar daar is nie antwoord by Miempie se woonstel nie. Die telefoon se gelui word stil net toe Miempie die voordeur oopstoot. "Ag, wie dit ook al is, sal weer bel as dit dringend is. Sit, Manie. Ek gaan maak vir ons koffie. Baie dankie. Dit was 'n heerlike aand en die ete was puik."

"Plesier. Maar ek wil jou 'n gunsie vra."

"Sê maar."

"Sal jy asseblief saam met my na die skoudans gaan?"

Sy hou haar baie doenig met die koffiekoppies. "Dankie, Manie, maar . . . nee."

Hy lyk eerlik verbaas. "Hoekom nie? Of het jy al 'n ander . . .?"

"Nee. Nee. Dis net . . . ek hou nie eintlik van deftige affêres nie. Ek sal ontuis voel in die plaaslike hoëlui se geselskap."

Hy lag haar uit. "Twak! Jy sal omtrent al die mense ken. Die hele boeregemeenskap sal daar wees en jy was al op elkeen se plaas. As jy nie reeds iemand anders belowe het nie, gaan ek nie nee vir 'n antwoord aanvaar nie."

Sy kyk hom pleitend aan. "Asseblief, Manie. Moet nou nie hierdie wonderlike aand bederf nie. Wees nou gaaf en aanvaar nee. Asseblief."

"In daardie geval kan ek ook nie gaan nie."

"Hoekom nie?" vra sy uit die veld geslaan.

"Ek wil geen ander meisie vra nie, en alleen sal ek nie gaan nie. Dis nogal jammer. Ek dink ek gaan die wisseltrofee vir die beste jaaroudbul wen . . . en dit word op die dans oorhandig."

Sy kyk hom tussen lag en kwaad wees aan. "Manie! Dis afpersing!"

"Dit is. Maar as dit al manier is om jou te oorreed . . ." Sy gesig word ernstig. "Ek maak nie grappies, Miempie. Ek gaan nie sonder jou nie."

"Manie, ek . . . asseblief . . ."

Sy weet nie hoe dit gebeur nie, maar toe hy by die voordeur uit is, het sy ingestem om saam te gaan . . . en sy wonder wat 'n sekere meneer gaan kwytraak as sy saam met Manie by die dans opdaag. Sy probeer haar skuldgevoel onderdruk. Dit is mos nie dat sy onder 'n verpligting was om vir Emile ja te sê nie. 'n Meisie kan mos kies met wie sy dans toe wil gaan . . .

Die volgende dag bel sy meneer Koopman, maar daar is geen antwoord in sy kantoor by die skool nie. Dan is die skool gesluit. Die boikot duur voort . . .

Toe sy die laaste plaas vir die dag besoek, kry sy die boodskap: Sy moet dadelik na La Rhône bel. Met 'n gevoel van onheil doen sy dit onmiddellik. Dis Emile wat antwoord.

"Ek het 'n boodskap gekry ek moet La Rhône toe bel. Wat . . .?"

"Ja. Hoe ver is jy met jou werk vir die dag?"

"Dis my laaste plaas."

"Goed. Ek sal jou by jou woonstel op die dorp kry."

"Het daar iets gebeur? Ek kan mos met my eie motor . . ."

"Nee. Ek wil nie hê jy moet op jou eie uitkom La Rhône toe nie. Dis te gevaarlik. Ek kry jou op die dorp. Jy ry saam met my en ek sal jou weer terugbring."

"Te gevaarlik? Die ses kilometer La Rhône toe? Emile, wat gaan aan? Wat het gebeur?"

"Maria het vandag teen alle bevele in tog skool toe gegaan."

"Maar die skool is toe. Die polisie bewaak die geboue. Daar was nie skool vandag nie."

"Ja, ek weet. Sy het daar rondgedwaal en toe maar weer teruggekom. Op pad hierheen is sy deur kwaaddoeners aangeval."

"Nee!"

"Die polisie vermoed dis van die belhamels wat agter die opstokery sit. Maria is baie ontsteld en sy wil niemand naby haar toelaat nie. Sy wil net vir jou hê."

"Het hulle haar baie seergemaak?" Sy voel siek van skok.
"Sy is verkrag, Miempie . . . deur al vyf."

6

Sy is nog in 'n geskokte toestand toe Emile haar woonstel binnestap.

"Dis verskriklik, Emile! Was die polisie al daar?"

"Natuurlik, maar Maria is nie in 'n toestand om 'n verklaring af te lê nie."

Miempie kom weer stadig tot verhaal. "Sy moet onmiddellik deur 'n dokter ondersoek word sodat hy kan bevestig dat sy wel verkrag is."

"Ja. So het die polisie gesê, maar ek het gesê ek sal jou maar eers in die hande kry om haar te kalmeer en dan kan ons by 'n dokter uitkom."

"Dis goed so. Kom ons ry." Sy skud haar kop verdwaas toe die motor wegtrek. "Maria het vir my gesê die polisie het gewaarsku dat die kinders wat tog skool toe gaan, moeilikheid sal kry. Hulle het natuurlik gesien sy is skool toe en het haar toe voorgelê om haar 'n les te leer."

"Dis nooit anders nie, die vuilgoed. Die polisie sê dis net 'n handjievol belhamels wat al die moeilikheid veroorsaak het."

Sy sug. "Dis so sinloos."

"Ja, hulle maak net staat op intimidasie. Een van die seuns het vir die polisie gesê die opstokers het hom gewaarsku dat sy ouers se huis afgebrand sal word as hy nie saamwerk nie. Hy moet doen wat hom voorgesê word, maar uiteindelik is hy die een wat in die tronk beland en die werklike skuldiges kom ongestraf daarvan af."

Miempie skud haar kop. "Ja. Die lewe is so onregverdig. En die onskuldiges ly gewoonlik die meeste."

Die motor kom tot stilstand en sy klim uit. Kinders staan verskrik en woordeloos teen die huis se muur. Hulle weet nog nie wat presies aangaan nie, maar hulle weet iets vreesliks het gebeur. Miempie stap die huis vinnig binne, loop haar vas teen 'n huilende Martha.

"Ag, Here, suster! Dis my meisiekind! Hulle het my meisiekind . . ."

"Toe nou maar, Martha. Jy moet nou probeer kalm bly ter wille van Maria."

"Maar die helkinders het haar . . ."

"Ek weet. Maar daar is darem een troos: Sy sal nie swanger word nie."

Martha kyk Miempie oorbluf aan.

"Sy wou graag die inspuiting neem. Ek het dit self vir haar gegee. Toe nou. Gaan troos nou jou ander kinders. Hulle staan soos verskrikte hase hier buite. Ek gaan nou na Maria toe."

Dis met vrees in haar hart dat Miempie deurstap na die ander vertrek. Sy kom tot stilstand langs die bed waar Maria met toe oë ineen gekrimp lê. Haar hele liggaam ruk nog van skok en emosie.

"Maria . . ."

Die donker oë vlieg oop, staar haar aan asof sy Miempie nie herken nie. Dan ruk sy orent en Miempie sak vinnig op die kant van die bed neer.

"Suster!"

Sy hou die huilende meisie teen haar vas, luister na die rou snikke wat diep vanuit 'n verskeurde hart en liggaam bars, streel oor haar hare terwyl sy voel hoe haar uniform nat raak van die bitter trane. Sy laat haar huil; hou haar net vas. Dit is goed dat sy verligting in trane kry. Dit sal die ergste spanning verlig. Dit het reeds skemer geword toe Maria eindelik uitgeput terugsak en Miempie net verwese lê en aankyk.

"Ek kom nou weer terug. Ek wil net vir jou ma sê sy moet 'n bietjie water warm maak dat ek jou kan skoonmaak."

In die tweede vertrek is 'n kers reeds aangesteek en Miempie gee haar bevele, stap dan vinnig by die deur uit na waar Emile nog steeds in die motor sit en wag.

"Dit gaan nog 'n ruk duur, Emile. Ons moet nou eers water warm maak dat sy kan was. Daarna sal ek haar probeer oorreed om saam te gaan dorp toe sodat die dokter haar kan ondersoek. Ek sal netnou hier wees."

Dan stap sy terug na die vertrek waar Martha nou ook 'n kers aangesteek het. Miempie gaan weer op die bed sit.

"Maria, ons gaan jou nou eers skoonmaak en daarna wil ek hê jy moet saam met my dorp toe gaan sodat die dokter jou kan ondersoek." Sy kyk in die bevreesde oë. "Daar is niks om voor bang te wees nie. Ek sal die hele tyd by jou bly. Maar die dokter moet jou ondersoek, want hy moet getuig dat hulle wel aan jou gedoen het wat hulle gedoen het. Verstaan jy? Ons mag nie toelaat dat hulle met hierdie ding wegkom nie. Kom nou, trek uit daardie geskeurde rok. Hier is die water."

Soos 'n slaapwandelaar gehoorsaam Maria en Miempie se hart krimp in medelye toe sy sien hoe die jong liggaam verniel is. Sy moes soos 'n besetene teen haar aanvallers baklei het. By party skrape het die bloed al gestol. Met deernis help sy om die grond en stof en bloed van haar af te kry, help haar om ander klere aan te trek. Die klere wat sy aangehad het, word sorgvuldig in 'n plastieksak gesteek om aan die polisie te oorhandig vir forensiese toetse. Dan stap sy weer deur na die voorste vertrek waar die res van die gesin swygsaam om die tafel sit asof almal skielik stom geword het. Klaas kyk nie op toe sy binnekom nie.

"Klaas, Martha, ek neem Maria saam met my dorp toe sodat sy by die dokter kan kom. Dan dink ek sy moet liewer eers by haar ouma en oupa op die dorp bly."

Martha is dadelik ontevrede. "Daar waar die kwajongens is?"

"Sy sal veilig wees by ouma Ragel en oupa Jafta. Ek sal

93

daar ook beter 'n ogie oor haar kan hou. Sy kan intussen daar leer terwyl die skool gesluit is. Ek het haar boeke gekry. Ons moet nou die beste vir Maria doen, Martha. Is dit dan reg so? Kan ons maar gaan?"

Martha sug, bedek haar oë met een hand. "Suster moet maar maak soos suster goeddink."

Miempie se oë flits vraend na Klaas en dié gee haar net so 'n skuins kyk en knik.

Miempie klim saam met Maria agter in die motor en Emile sê: "My ma het kos vir julle albei gereed. Wil julle nie eers kom eet nie?"

"Liewer nie, Emile. Sê vir jou ma baie dankie, maar daar is dinge wat nou eers dringend afgehandel moet word."

Hy laai hulle by die polisiekantoor af en dokter Geertsema word daarheen ontbied. Miempie laat Maria vir geen oomblik alleen nie, ook nie toe die dokter haar ondersoek nie. Sy hou haar hand die hele tyd vas, wetende dat hierdie ondersoek 'n ewe groot beproewing is. Daarna word sy toegelaat om Maria terug te bring na die woonstel.

Miempie besluit dat sy Maria eers môreoggend na haar ouma-hulle sal neem. Dit sal vir die twee ou mense 'n te groot skok wees as hulle hierdie tyd van die aand opgeklop moet word om te hoor wat met hul kleindogter gebeur het. Sy wil Maria self eers bystaan deur hierdie traumatiese tyd en seker maak dat sy kalmer is voordat sy haar in iemand anders se sorg plaas.

"Nou gaan ek vir jou lekker warm badwater intap, lekkerruikgoedjies ingooi en jy kan so lank as wat jy wil daarin lê en ontspan, terwyl ek vir jou 'n bed opmaak en vir ons kos maak."

Maria sug swaar. "Hoe . . . hoe kan ek suster ooit bedank vir alles?"

"Probeer jy maar net ontspan en rustig raak. Dis 'n groot tragedie – dit wat nou oor jou pad geval het. Maar saam sal ons hieroor kom en sorg dat jy aangaan met jou lewe, Maria."

"Ek weet nie of ek kans sien nie, suster . . ."

"Nou toe, kom bad maar eers net. Moenie verder dink nie. Ek het vir jou 'n nagrok ook. Hier is vir jou 'n handdoek."

Maria lyk steeds onseker toe Miempie by die badkamerdeur uitstap. Miempie se hart vul met deernis. Arme ding. Het sy al ooit in 'n bad gebad? Haar gedagtes bly maal terwyl sy die slaapbank begin opmaak. So neem ons so baie dinge in die lewe as vanselfsprekend aan . . . Soos 'n lekker warm bad, 'n gerieflike matras en mooi beddegoed, 'n kussing onder die kop, veiligheid, geleerdheid, werk . . . Ek het so baie voorregte, besef sy met 'n dankbare hart.

Sy loer by die badkamerdeur in, glimlag toe sy sien hoe Maria agteroor in die bad lê. Sy knik haar bemoedigend toe. "Dis reg. Geniet dit. Ek maak solank vir ons iets om te eet."

Sy stap aan kombuis toe. O, sy glo daar sal mense soos die Vissers wees wat die stuipe sal kry as hulle moet weet dat Maria op hierdie oomblik in haar bad lê, vanaand onder haar dak gaan slaap, saam met haar aan tafel gaan eet. Maar dit kan haar min skeel. Die kos is al klaar en Maria het nog nie haar opwagting gemaak nie. Miempie stoot die badkamerdeur oop. "Waar bly jy so lank? Wat doen jy, Maria?"

"Dit . . . dit voel asof ek my nooit skoon genoeg sal kan was nie, suster," sê sy sag.

Met 'n steekpyn in haar hart gee Miempie vir haar die handdoek aan. "Jy is nou skoon genoeg. Die kos word koud. Kom ons gaan."

Maria neem onseker plaas toe Miempie teenoor haar gaan sit. Sy het nog nooit sulke mooi borde gesien nie.

Miempie moedig haar aan: "Jy moet alles opeet, Maria. Ek is seker jy het nog nie vandag geëet nie."

"Nee, suster." Haar toebroodjies het hulle weggeklap toe hulle haar gegryp het.

Miempie sien die verdonkering van die oë en sê sag: "Eet nou eers en dan kan ons gesels. Toe, anders dink ek my kos is sleg."

Miempie keer haar gou toe sy ná die ete wil begin skottelgoed was: "Ons pak dit net in die wasbak. Dit kan wag tot môre. Dit sal niks oorkom nie. Kom sit nou hier by my op die bank." Sy neem Maria se hand in hare. "Vertel nou eers vir my hoekom jy dit gewaag het om skool toe te gaan. Jy weet tog daar was moeilikheid en hulle hét jou gewaarsku."

"Ek weet, suster, maar ek het gedink ek sal maar gaan kyk. Miskien is die skool tog oop. Die kleintjies het saamgestap. Ek het gedink dis veilig."

"En toe stap julle terug . . ."

Die kop sak. "Ja. Halfpad terug huis toe spring hulle skielik agter 'n bos uit en skreeu: Jy wil mos nie hoor nie, nou sal jy voel. Die ander kinders het weggehardloop. En toe . . . toe . . ."

"Maria, ek het met jou ma-hulle gereël dat jy van môre af by jou ouma-hulle gaan bly. Hierdie heen-en-weer-lopery het te gevaarlik geword. As jou oupa-hulle nie kans sien om jou tot die end van die jaar te huisves nie, gaan ek met meneer Koopman praat en hoor of hy nie weet waar jy vir die res van die jaar kan loseer nie. Maar intussen . . ." Sy staan op en gaan haal Maria se skoolboeke uit die kas. "Hier is jou boeke. Die feit dat daar nie op die oomblik skool is nie, beteken nie dat jy moet ophou leer nie. Eintlik is dit nou vir jou 'n goeie geleentheid om in te haal waarvoor jy voorheen nie tyd gekry het nie. Jy gaan baie makliker by jou oupa-hulle leer. Daar is nie ander kinders wat jou sal pla nie en hulle het elektrisiteit. Jy kan tot laat saans leer as jy wil. Jy gaan ook nie weer skool toe voordat ek jou kom sê dis veilig genoeg om terug te gaan nie, verstaan jy?" Maria knik en Miempie se oë is sag. "Maria, ek weet dis 'n baie swaar ding wat jou vandag getref het. Maar as jy gaan toelaat dat hierdie ding maak dat jy nie meer wil leer nie, gaan jy presies doen wat daardie kwaaddoeners wil hê jy moet doen. Moenie hulle hulle sin gee nie. Jy moet nou éérs leer, Maria! Asseblief! Moenie dat hierdie ding jou onderkry nie!"

Die donker oë is troebel. "Maar ons sal seker nie eens eksamen skryf nie."

"Julle sal. Jý sal, al moet ek hemel en aarde beweeg," belowe sy sommer blindelings. "Dit kan gereël word, maar ek is seker dinge sal weer rustig wees wanneer die eksamen aanbreek. Hulle sal teen daardie tyd al die belhamels gevang het. Maar jy moet dan gereed wees vir die eksamen. Ek wil hê jy moet 'n A-gemiddelde kry."

Maria se oë rek. "'n A-gemiddelde, suster?"

"Ja. Veral 'n A in wiskunde en wetenskap. Jy het nou tyd om te leer."

"Maar hoekom?"

"Vra jy vir mý, Maria? Het jy my dan nie van jou droom vertel nie?" Miempie sluk. Durf sy doen wat sy nou doen? "Of . . . of wil jy nie meer 'n dokter word nie?"

Maria se blik sak voor hare. "Dis net 'n droom, suster," sê sy gedemp. "Dit kan tog nooit waar word nie."

Miempie swyg eers, aarsel: "Drome word soms waar, Maria. 'n Mens moet nooit ophou glo nie. En jy moet hard werk."

"Nee, suster. Drome word nie waar vir ons nie. Nie vir ons . . . lemoenmense nie."

Miempie kyk haar vraend aan. "Wat bedoel jy . . . lemoenmense?" Dis stil. "Wat is 'n lemoenmens? Wat beteken dit?"

"Ken suster dan nie die grappie nie?"

"Grappie?"

"Ja. Die lemoengrap?"

"Nee. Waaroor gaan die grap?" vra sy.

"Oor die lemoen."

"Vertel dit vir my."

Die oë is ontwykend. "Dis sommer net 'n grap."

"Ek wil dit graag hoor."

Dis eers stil, dan: "Dis sommer 'n grap van die wit man en sy vrou wat op die plaas gebly het en ou Mieta wat al die jare by hulle gewerk het. Op 'n dag gaan hulle weer stad toe en hulle besluit om vir ou Mieta saam te vat want sy het nog nooit 'n groot stad gesien nie. Natuurlik het Mieta haar doodverwonder aan alles en toe hulle terugry plaas toe, toe vra die vrou vir Mieta: 'En wat het nou die diepste indruk op jou gemaak, ou Mieta?'" Maria bly ongemaklik stil.

Miempie kyk haar vraend aan. "Ja?" moedig sy aan.

Weer die aarseling, ontwyking: "Ag, dis sommer net 'n grap, suster."

"Wat antwoord Mieta toe?" dring Miempie egter aan.

"Sy sê toe dat die bruin en swart vroue so mooi aantrek. Waar sou hulle die geld vandaan kry vir al die mooi klere?"

"Ja?"

"En toe . . . toe sê die vrou hulle kry dit by die wit mans wat so by hulle slaap." Die oë lig uitdagend. "En ou Mieta sê: 'Ai! En al die jare kry ek net elke keer 'n lemoen!'"

Die laaste sin tref Miempie soos 'n koeëlskoot. Sy soek na woorde, kyk ontredderd in Maria se donker oë.

Maria gaan sag voort: "My ma het ook net 'n lemoen gekry, suster . . . en ek is die klein lemoentjie."

"Maria! O, Maria . . ." Daar is 'n snik in Miempie se stem en skielik is daar trane in haar oë. "Mariatjie . . ."

"Ek weet Klaas Benjamin is nie my pa nie. Ek het 'n wit pa. Ma is te bitter om daaroor te praat. Ek weet net dis 'n wit man wat haar hierdie lemoen gegee het," en sy druk teen haar bors.

Miempie laat sak haar oë skuldig, want sy weet sy kan Maria se skokkende stelling nie weerlê nie. Sy is self so te sê oortuig Martha Benjamin het destyds ook maar net 'n lemoen van die wit man gekry.

"Maria . . ." Wat kan sy sê? Sy kyk weer op. "Maria, luister. 'n Klein lemoentjie kan tot 'n groot lemoen groei . . . tot keurgraad . . . tot 'n uitvoerproduk waarop almal baie trots kan wees. Dit hang alles net van jouself af. Moenie bly vasstaar teen die verlede nie, Maria. Daar is ander dinge wat die Vader jou ook gegee het, behalwe 'n naamlose pa. Hy het jou verstand en ruggraat, 'n sterk karakter gegee. Jy het dit in jou om uit te styg bo al hierdie dinge. Om as mens, as mens uit eie reg, vir jou 'n plek in die lewe oop te skop en vir jou jou eie spesiale plekkie in die son te vind. Hy het jou 'n droom gegee. Hou daaraan vas!"

Die lippe bewe weer. "Dink suster ek wil nie? Dink suster ek wil nie ook uitstyg bo al hierdie . . . ellende om my nie? Ek wil ook eendag ordentlik lewe, soos suster. Ek wil ook eendag my kop oplig en daar moenie 'n deur wees wat ek nie kan oopsluit nie. Ek is moeg en sat vir die lewe waarin ek en my mense vasgevang is, suster! Ons is ook mense! Ons wil ook trots wees op onsself! Maar ons het nog nooit iets gehád om op trots te wees nie! Ons het nog nooit iets van ons eie besit nie! Hoe . . . hóé trek ek myself uit hierdie moeras uit? Hoe kan ek my broers en susters uit die modder van armoede en minderwaardigheid kry?"

"Deur te leer, Maria. Deur iets te bereik. Deur jouself in 'n posisie te kry waar jy 'n opheffende hand na jou mense kan uitsteek. Deur van jouself 'n voorbeeld te maak, iemand wat hulle sal inspireer om ook na bo te reik. Bring jouself dáár waar jy kan uitroep: 'Kyk na my! Ek kon dit regkry, julle kan ook!' Maar daar is net een pad wat jou daar kan bring, Maria: geleerdheid. Jy kan langs geen ander weg daar kom nie."

"Ek weet dit, suster, maar ek kan nie daardie pad stap nie. Dit kos baie geld om 'n dokter te word. Ek het dit nie; ek sal dit nooit hê nie."

"Kom ons leef een dag op 'n slag, Maria . . . en ons leef in die geloof. Al waaraan jy nou moet dink, is dat jy 'n A-gemiddelde in hierdie eksamen moet behaal. Want dis die vereiste om toegelaat te word tot 'n mediese kursus. Ons sal die hekke oopmaak soos ons by hulle kom. Hierdie een is die eerste hek voor jou. Kyk eers dat jy hom oopkry, want dit help niks om die geldhek daar vér oop te kry en jy het die hek reg voor jou nog nie oop nie. Verstaan jy?"

"Ek verstaan, suster. Maar . . ."

"Daar is geen maars nie, Maria. Ons het vir eers klaar gepraat. Ek gaan jou nou 'n slaappil gee en jy gaan nou rus. Dis eers genoeg vir een dag. Kom."

Maria lyk weer half verskrik. Sy kyk na die opgemaakte slaapbank, dan ongelowig terug na Miempie. "Baie, baie dankie, suster. Ek sal jou nooit kan vergoed vir alles nie . . .!"

'n Brandpyn skiet deur Miempie se hart toe sy vorentoe stap, die beddegoed oopmaak en met die kop wink. "Klim in, Maria. Ek gaan solank die water en die slaappil haal."

Woordeloos gehoorsaam Maria en met Miempie se sagte druk teen haar skouer sak sy terug teen die kussing. Haar liggaam is nog seer . . . maar sy voel dit skaars. Daar is iets besig om oop te kelk in haar . . . 'n dankbaarheid só groot dat dit vir haar voel asof dit uit haar borskas gaan bars; te groot vir die woorde om gestalte op haar lippe aan te neem, maar dit vorm in haar hart, styg omhoog: God seën jou, suster!

In Miempie se hart is ook 'n smeekgebed: Ek weet nie of ek reg of verkeerd gedoen het om haar vanaand te bemoedig nie, Here. Ek weet nie altyd hoe en wat ek moet bid wat regverdig teenoor haar sal wees nie. Tog, liewe Heer . . . as dit in U raadsbesluit lê, bid ek U vanaand . . . seën hierdie lemoentjie, maak dit vir haar moontlik om nie net ter wille van haarself nie, maar ook ter wille van haar mense haar droom waar te maak!

Toe daar 'n klop aan haar voordeur kom, is Miempie jammer dat al die ligte nie al afgeskakel is nie. Sy voel tot in haar siel toe moeg, uitgemergel deur skok en wanhoop en drome wat al verder wegskuif ten spyte van haar selfversekerde houding voor Maria. En dis al laat . . .

Maar sy maak die deur oop en dis Emile wat voor haar staan. Onmiddellik is die kommer terug in haar oë.

Hy hou 'n gerusstellende hand omhoog. "Nee, daar het niks gebeur nie. Ek het net kom kyk of alles reg is, of jy veilig is."

Sy kyk hom verbaas aan, nooi hom binne. "Hoekom sal ek nie veilig wees nie?"

"Omdat jy Maria na haar ouma-hulle toe sou neem. Dit kan gevaarlik wees om hierdie tyd van die aand daar in te gaan. Ons lewe in 'n deurmekaar wêreld."

"Nee, ek het haar toe nie geneem nie. Ek hou haar eers vannag by my. Ek sal haar môre na hulle toe neem."

Hy kyk om hom rond. "Maar waar slaap sy?" Haar oë is uitdagend. "Sy slaap by my in die kamer. Ek het 'n ekstra slaapbank." Hy sê niks daarop nie en sy vervolg, steeds op uitdagende toon: "Skok dit jou?"

Hy skud sy kop. "Nee, natuurlik nie. Ek is bly jy help haar."

"En?"

"En as jy anders opgetree het, sou jy nie Miempie gewees het nie." Hy glimlag skielik. "Niks wat jy doen, verbaas my meer nie. Ek sal nie eens verbaas wees as jy dit nog gaan regkry om van Maria 'n dokter te maak nie. Vir jou is alles blykbaar moontlik."

Die moegheid laat dit voel asof haar kop swem. "Is jy nou besig om met my te spot, Emile de Jongh? Of is jy net sarkasties? Want dan wil ek vir jou sê . . ."

"Nie een van die twee nie. Soos jy eenmaal gesê het, ek stel net 'n feit." Sy hande lê skielik op haar skouers en sy oë kyk bestuderend af op die moeë gesiggie. Dan word sy teen hom vasgetrek, haar kop 'n oomblik teen sy skouer vasgedruk . . . en vind sy lippe hare in 'n lang, teer soen.

"Jy is doodmoeg. Gaan slaap nou." By die deur kyk hy om. "Ek gaan vir 'n week weg na 'n landboukongres toe. Kyk mooi na jouself en onthou om die voordeur te sluit. Nag, Miempie."

Vroeg die volgende oggend lui die telefoon. Dis Laura de Jongh.

"Ek is jammer om jou so vroeg te pla, Miempie, maar ek

was bang ek kry jou nie voordat jy werk toe gaan nie. Hoe gaan dit met Maria? Emile sê my jy het haar verlede nag eers onder jou sorg geneem."

"Ja. Dit gaan in die omstandighede goed. Natuurlik sal dit lank duur, veral sielkundig, om oor hierdie ding te kom. Maar ek het vertroue in Maria dat sy dit sal verwerk. Ek gaan haar vanoggend voor werk na haar ouma-hulle toe neem. Ek sal nog met haar ma daaroor praat, maar ek dink Maria moet vir die res van die skooljaar daar bly. Sy gaan daar meer kans kry om te leer."

"Ek stem saam. Dis hoekom ek bel. Ek en oom Giel het gesels. Ons sal gereeld vir hulle voorrade neem as deel van ons bydrae vir haar losies."

Miempie se hart word week. O, as daar maar meer sulke helpende hande onder die bevoorregtes was!

"Baie dankie, tannie Laura, maar ek weet Manie neem reeds elke week vir hulle groente en vleis en melk. Ek sal die saak met hulle bespreek. Ons moet keer vir oorvleueling." Sy aarsel, het dan die vrymoedigheid om voort te gaan: "Miskien kan julle in 'n ander opsig 'n bydrae lewer."

"Natuurlik, kind. Sê net."

"Ek het vir Maria gesê dat sy nou baie hard by haar ouma-hulle moet leer. Miskien kan julle 'n bydrae maak tot die elektrisiteitsrekening, aangesien Maria seker tot laat in die nag sal studeer."

"Maar natuurlik, Miempie. Ons doen dit met graagte. Ons sal elke maand die water en elektrisiteit betaal."

Natuurlik is die twee ou mense geskok toe hulle hoor wat met Maria gebeur het. Tog is daar ook 'n gelatenheid in hulle wat Miempie aangryp. Is dit maar omdat hierdie mense gewoond is om alles wat oor hulle pad kom, te aanvaar as hulle afgemete deel . . . of is dit bloot geloof in die wete dat God weet wat Hy doen? Sy weet die twee ou mense is ware Christene, en dis met 'n geruste hart dat Miempie die jong meisie in hulle sorg laat.

102

Die week wat volg, is vol spanning en veral vir Maria bly dit traumaties. Die boosdoeners is gevang en sy moet hulle gaan uitken.

Meer as veertien dae verloop voordat daar weer kalmte en stabiliteit is en die skool heropen. Miempie troos haar daaraan dat Maria baie werk waarvoor sy nooit tyd gekry het nie, in hierdie tyd kon inhaal. Sy gaan lê nou gereeld besoek af by Loopstraat 68 en die ou mense bevestig elke keer dat Maria baie mooi leer.

"Ek weet nie wanneer die kind eintlik slaap nie. As ek in die nag wakker word, brand haar lig maar," vertel ouma Ragel, en Miempie het 'n vermoede waaroor dit gaan. Maria het aan haar erken dat sy sedert die verkragting soms nagmerries kry. Dan skrik sy wakker, papnat gesweet, en alles wat sy moes deurmaak, staan weer helder voor haar. Aan slaap is dan nie te dink nie. Dan gryp sy maar haar boeke en probeer só haar konsentrasie verplaas. Miempie se bydrae om dit vir Maria moontlik te maak om by haar ouma-hulle te bly, was die slaapbank wat toe in die voorhuis geplaas is. Maria kan dus tot diep in die nag leer sonder om die twee oues te steur. Miempie laat die mense op La Rhône gereeld weet hoe dit op die dorp gaan sodat Martha ook gerus kan wees oor haar kind. Dis altyd Laura wat die telefoon beantwoord, en daar word net oor Maria gesels. Elke keer is daar 'n vae gevoel van teleurstelling in Miempie wanneer sy die gehoorbuis neersit. Laura de Jongh het nie een keer na Emile verwys nie, of hy al terug is van die landboukongres, of hoe dit gaan nie.

Elke keer dat sy dié teleurstelling ervaar, moet sy haarself aanspreek. Hoekom sal Emile de Jongh nou met háár kontak maak nadat hy van die kongres teruggekeer het? Hy het geen rede om dit te doen nie. Een soen . . . 'n simpatieke soen soos hy dit sekerlik bedoel het . . . beteken mos nie dat hy haar dadelik moet bel en laat weet hy is weer terug nie. Een soen plaas niemand onder 'n verpligting nie . . . Sy is verspot om te wonder hoekom hy haar darem nie laat weet het hy is terug,

103

en na haar welstand verneem het nie. Hy hoor natuurlik by sy ma dit gaan goed. Hoekom sal hy dan self navraag doen?

Ook Manie is besonder stil deesdae. Hy het een aand gebel, net om te hoor hoe dit gaan en om te sê dat hy baie besig is met sy en Emile se planne. Hulle het genoeg boere gekry wat belangstel en kan nou hul eie vereniging stig. Die bal is aan die rol en hy het baie tevrede geklink. By die stigtingsvergadering sal 'n vakbondleier hulle ook kom toespreek en riglyne gee.

Met die gevoel dat sy êrens die bal misgeslaan het, verrig Miempie haar take en probeer om nie haar gedagtes vrye teuels te gee nie. Maar dit gaan moeilik in die lang ure wat sy agter die stuurwiel sit soos sy deur die distrik ry. Emile het natuurlik besluit dat sy gelyk gehad het wat haar agtergrond betref, ten spyte van sy mooi woorde daarna. La Rhône se vrou sal iemand moet wees met 'n stamboom wat pas by sy baas s'n. 'n Mens kan nie sommer enige vrou op daardie spogplaas kom neersit nie. En natuurlik moet 'n mens aan die toekoms ook dink. As daar eendag kinders is, moet hulle trots kan wees op waar hulle vandaan kom. Nie dat daar ooit 'n gedagte by hom ontstaan het dat sý 'n moontlike kandidaat vir die gesogte pos is nie, maak sy haarself meewarig wys. Hoekom jou tyd mors met 'n meisie wat jy weet geen rol in jou toekoms kan speel nie, en dit terwyl jy ernstig op die uitkyk is vir 'n vrou?

Sy voel maar bra bekaf deesdae, en hoe sy ook al probeer, sy kry dit nie reg om haar uit hierdie somber put te trek nie. Daar kom darem een ligpunt in hierdie dae – Maria se eksamenuitslae. Die skoolhoof bel Miempie spesiaal om haar daarvan te vertel. Maria het alle verwagtinge oortref. Sy het aan al die vereistes wat Miempie gestel het, voldoen. Meneer Koopman is vol vertroue dat sy dit ook die res van die jaar sal handhaaf noudat sy by haar ouma-hulle bly.

Maar dit bring, behalwe vreugde en dankbaarheid, ook opnuut kommer en probleme vir Miempie mee. Maria het haar kant gebring. Sy het die eerste hek oopgemaak . . . en dis haar, Miempie, se taak om die tweede hek oop te kry . . . Maar waar gaan sy die geld vandaan kry? wonder sy met 'n sinkende hart. Ook die tyd is teen haar. Daar moet nou al aansoek gedoen word by die universiteit en in 'n koshuis as Maria, wonder bo wonder, volgende jaar verder gaan studeer. Maar hoe kan sy dit doen voordat sy die geld het . . . en wáár moet dit vandaan kom?

Geruime tyd speel sy al met die vergesogte gedagte om self by 'n bank om 'n lening aansoek te doen. Hoe sy dit ooit terugbetaal gaan kry, het sy nie die vaagste benul nie. Honderdduisend rand is 'n fortuin vir 'n verpleegsuster wat net van haar salaris afhanklik is. Want sy is nie van die gelukkige mense wat ryk geërf het nie. Haar aangenome ouers was doodgewone middelklasmense, en hulle siekte het die bietjie spaargeld vinnig weggevreet. Daar was 'n skamele paar duisend rand oor en die paar meubelstukke wat nou in haar woonstel staan, toe die boedel afgehandel is. En daardie paar duisend rand het sy by haar spaargeldjies gesit om vir haar 'n tweedehandse motortjie te koop. Maar as sy haar motor verkoop . . . Miskien sal die bank tog vir haar die res leen.

Met min hoop, maar klouend aan elke grashalm, gaan spreek Miempie die bankbestuurder, maar hy, hoewel simpatiek, wys haar op die onmoontlikheid van haar plan. Die boekwaarde van haar motortjie is maar dertigduisend rand. Sy het geen sekuriteit om aan te bied nie. Haar salaris en die paar stukkies meubels is beslis nie goed genoeg nie.

Sy voel verleë en hartseer toe sy opstaan. "Dankie, meneer. Ek het net gevoel ek moet darem probeer, maar ek verstaan."

Die bankbestuurder bly peinsend sit toe die kantoordeur agter haar toegaan. Hoeveel mense sal bereid wees om dít vir 'n minderbevoorregte kind te doen? Hy twyfel. Suster Rust het sy algehele respek. Dan trek hy die lêer voor hom na-

105

der en bepaal hom by meneer Wilhelm Visser, die baas van Grootfontein. Wilhelm Visser het baie goed geërf. Maar hy is nie 'n goeie boer nie, nie volgens gerugte nie en ook nie volgens sy bankstaat nie. Nie dat hy nie genoeg in materiële waarde besit nie, maar besittings betaal nie rekeninge nie en gee nie kontant in die sak nie. Hy sal Wilhelm Visser moet aanspreek oor sy oortrokke rekening . . .

7

Dis weer tyd dat Miempie La Rhône, Baardskeerderspoort en Grootfontein moet aandoen, en sy bring Maria saam huis toe vir die skoolvakansie. Sy weet Maria sou verkies het om liewer op die dorp te bly en op pad plaas toe sê sy ook: "Ek sou liewer by ouma en oupa wou bly vir die vakansie, maar ek verlang huis toe." Sy gee 'n meewarige glimlaggie en kyk Miempie onseker aan. "Dit klink seker vir suster snaaks."

"Hoekom sal dit vir my snaaks klink, Maria?"

"Dat ek huis toe verlang. Maar ek mis hulle. Die kleintjies, vir Ma . . . selfs vir pa Klaas. En die ander."

"Natuurlik sal jy verlang. As jy nie verlang het nie, sou daar iets met jou verkeerd gewees het. Maria, jou mense bly jou mense. Dis bloed wat jou bind. En hoe eenvoudig die huis ook al is, dit is jou ouerhuis. Ek hoop jy sal dit altyd onthou, selfs as jy eendag ver bokant hulle en die werkers van La Rhône uitgestyg het. Die mens wat sy ouers vergeet, wat hom of haar skaam vir sy of haar ouerhuis . . . so 'n mens is sonder wortels . . . en iets sonder wortels word maklik deur die wind weggewaai. Sal jy dit altyd onthou, Maria?"

"Ek sal dit onthou, suster. Maar ek sal hulle nie vergeet nie, suster. Ek sal altyd terugkom."

Miempie se hart gee 'n draai in haar. Maria droom nog haar droom, en dis háár skuld. Maria praat van terugkom, want sy glo sy sal kan wegkom. Ag, Here, sal u nie asseblief vir ons hierdie hek oopmaak nie? bid sy byna hardop.

Toe hulle stilhou, storm almal vorentoe om Maria te verwelkom. Ook Martha, wat so selde werklik emosie toon, kan haar vreugde nie verberg nie.

Miempie sê glimlaggend: "Maria het baie goed in haar eksamen geslaag, Martha. Meneer Koopman noem haar die ster van sy skool. Jy en Klaas kan baie trots wees op haar."

Martha knik. "Dis goed, suster. Sy het nou slimmer as haar ma geword, maar . . . soms vang slim sy baas."

"Maria sal jou nie teleurstel nie, Martha. Jy kan jou dogter vertrou."

"Ons sal maar sien, suster. Ons sal maar sien . . ."

"Wel, ek vertrou haar ten volle." Miempie verander doelbewus die gesprek. "Wat gaan agter die huis aan?"

"Dis 'n ekstra kamer wat meneer Emile laat aanbou. Kyk, die ander huise s'n is al klaar. Dis nog net ons s'n wat nie heeltemal klaar is nie."

Miempie frons verwonderd, stap om die huis. "Maar dit lyk dan na twee vertrekke."

"Die een is 'n badkamer, en die ander 'n ekstra slaapkamer."

"'n Badkamer?"

"Daar is 'n stort in, en 'n wasbak en 'n toilet. Kom ons gaan kyk daar by die ander s'n wat al klaar is."

Miempie gaan kyk en staan verslae. "Het meneer Emile sowaar julle huise laat opknap en vergroot?" Miempie wil net omdraai toe iets op die dak haar aandag trek. "En wat is dit daardie?"

"Ek verstaan ook nie mooi hoe die ding werk nie, maar meneer Emile sê die son sal die water warm maak. Lena sê dis te heerlik. Dis nes in die groothuis. Jy draai net die kraan oop en daar is sommer dadelik warm water. En ons gaan nog ligte ook kry."

Miempie se oë rek. "Elektrisiteit?"

"Ja. Klaas sê meneer Emile het op die vergadering gesê dat

terwyl die enjin tog moet loop vir die groothuis, kan dit net sowel vir ons huise ook krag gee. Die enjin is sterk genoeg."

"Watse vergadering?" vra Miempie oorbluf.

"Nee, hier is mos nou elke Vrydag vergadering. Dan kom almal bymekaar in die skuur en dan word daar oor allerhande goed gepraat. As ons klagtes het, moet ons dit sê. En meneer Emile verduidelik dinge wat gedoen moet word en hoekom. En soms kom net die voormanne saam met meneer Emile bymekaar en dan bespreek hulle die afdelings."

"Afdelings?"

"Ja. Meneer Emile het alles mos nou in afdelings ingedeel, en elke afdeling het 'n voorman. Klaas is die voorman oor al die masjinerie. Hy is mos baie goed met enjins en sulke goed. En dan moet hulle aan meneer verslag lewer wat in elkeen se afdeling aangaan. Klaas sê hy werk nou baie lekkerder. Hy weet wat sy werk en verantwoordelikheid is. En hy sê meneer Emile luister ook na hom, vra hom selfs soms wat hý dink gedoen moet word."

Miempie is stom. La Rhône het 'n metamorfose ondergaan. Sy probeer ongeërg klink: "Waar is meneer Emile? Ek bedoel, is hy op die plaas?"

"Nee. Klaas het gesê hy en meneer Manie gaan vandag na 'n ramveiling. Klaas is hoofvoorman terwyl meneer Emile weg is."

"Maar is sy pa dan nie hier nie?"

"Nee. Hy en mevrou is weg see toe. Ek hoor 'n storie hulle gaan huis koop daar. Meneer Emile gaan seker nou trou. Mevrou het altyd gesê die dag as meneer Emile trou, trek sy dadelik. Twee vroue in een huis werk nie uit nie."

"Dan is daar niemand by die groothuis nie?"

"Nee, suster. Al die mense daar is vandag weg."

Miempie moet dus sonder haar gebruiklike koppie tee van La Rhône vertrek. En hoekom sy dit skielik vandag so mis, weet sy nie. Dan gaan Emile seker trou . . . Dié dat hy alles so opknap. En sy ma-hulle het gaan huis koop by die see. Sou

108

die bankbestuurder se dogter die nuwe mevrou De Jong van La Rhône word? Sy roep Susan se beeld voor haar op. Wel, op die oog af is sy ideaal vir die betrekking. Sy is baie mooi, baie verfynd . . .

Miempie maak ook vinnig klaar op Baardskeerderspoort. Geen geselsie met Manie vandag nie. Hy is mos saam met Emile om te gaan ramme koop . . .

Nou nog net Grootfontein en dan is sy klaar. Sy sal vandag vroeg terug wees by die kantoor.

Sy is nog besig om van die plaaswerkers op Grootfontein te ondersoek, toe die boodskap van die plaashuis af kom: Suster Rust moet asseblief onmiddellik daarheen kom. Dis dringend.

Sy reageer dadelik. Miskien was daar 'n ongeluk . . .

Sy tref Ruda Visser in 'n verskrikte toestand by die agterdeur aan waar sy haar angstig staan en inwag. Sy herken kwalik die histeriese vrou voor haar. Daar is geen teken van die hooghartige, afsydige mens van vroeër nie.

Ruda gryp Miempie aan die arm terwyl die trane oor haar wange stroom en sy gil histeries: "Kom tog gou! Sy gaan dood! Sy lê net daar!"

"Wie, mevrou?" vra Miempie uit die veld geslaan en storm agter die snikkende Ruda aan.

"My kind! Sy lê net daar en dit lyk asof sy reeds dood is! Sy het vanoggend niks makeer nie. En nou . . . nou . . . Kyk daar! Doen iets, suster, ek smeek jou!"

Een ervare blik vertel Miempie dat hier groot fout is. Sy lig 'n ooglid op, voel hoe die skok deur haar ruk. Hierdie kind is bewusteloos! Haar hand gly na die pols. Dis flou en swak. Wat op aarde . . .? Maar daar is nie tyd om te wonder nie.

"Bel julle huisdokter sodat hy solank by die hospitaal kan wag. Ek sal haar hospitaal toe bring." Sy roep hard kombuis se kant toe. "Siena! Kom help jy en Sarie my. Ons moet Yolande in die kombi kry. Maak gou!"

"Maar wat makeer haar? Sal sy lewe? Lewe sy ooit nog?"" kerm Ruda Visser.

Miempie sê streng: "Sy lewe nog. Doen wat ek sê! Gaan bel julle huisdokter. Onmiddellik!"

Toe hulle Yolande in die kombi het, verskyn haar ma weer. "Die suster sê hy is uit, maar sy sal hom laat soek en sê."

"Klim in."

Die deur is nog nie behoorlik toe nie toe trek Miempie al weg. Sy het 'n mislike kol op die krop van haar maag, hoor skaars wat Ruda Visser langs haar babbel. As sy haar net betyds daar kan kry . . . Wat het die kind tog aangevang?

". . . en toe haar pa haar rapport sien, het hy byna van sy kop af geraak. Hy is deesdae so knorrig dat 'n mens nie na sy kant toe kan kyk nie. En toe sê hy vir Yolande as sy haar nie van nou af gaan gedra en begin leer nie, gaan hy haar uit die huis skop. Natuurlik het hy dit nie bedoel nie! Sy is dan ons enigste kind. En toe sê Yolande dit sal nie nodig wees om haar uit te skop nie en sy storm kamer toe. Ek moes maar die rapport langer weggesteek het, eers gewag het dat hy in 'n beter luim is. Maar hy het gevra daarvoor. Wel, Yolande is toe kamer toe en ek het haar maar eers met rus gelaat tot haar pa later dorp toe is. En toe ek in die kamer kom . . . Suster, sal my kind nie doodgaan nie?"

"As ons haar net gou by die hospitaal kan kry, mevrou Visser." Toe hulle die grootpad bereik, trap sy die petrolpedaal weg. As daar net 'n dokter by die hospitaal is wanneer sy daar aankom . . .

Dokter Van der Westhuizen staan gereed toe hulle voor die ingang stilhou. Hy herken Ruda Visser, maar kyk vraend na Miempie.

"Yolande is bewusteloos. Ek vermoed 'n oordosis pille."

Verder praat is oorbodig. Nou word daar net opgetree. Toe Miempie die jong meisie veilig in die hande van die dokter sien, sluit sy haar oë. Dank die Here hulle was betyds! Sy sluit haar by 'n verwese Ruda Visser in die wagkamer aan.

110

Ruda kyk beangs op toe Miempie instap. "Wat . . .?"

"Dokter is nou besig met haar. Alles is reg."

"Maar wat makeer haar? Wat doen hy nou?"

Dit sal nie help om die waarheid te omseil nie. "Hy is besig om haar maag uit te pomp."

"Hoekom?" Totaal verward kom die vraag.

Miempie kyk haar met deernis aan. Al is sy 'n hoogmoedige, verwaande vrou, sy is 'n ma . . . "Sy het 'n oordosis pille gedrink."

Verbysterende skok lê in die vrou se oë. Dan verontwaardig: "Dis nie waar nie! My Yolande sal nooit . . ." Miempie sien met verligting hoe dokter Van der Westhuizen ingestap kom. "Dokter, my kind . . . Wat makeer haar? Sal sy lewe?"

"Ja. Sy sal lewe." Hy kyk vlugtig na Miempie. "Danksy suster Rust se vinnige optrede."

"Maar wat makeer haar?"

Die dokter kyk vraend na Miempie en dié trek haar skouers skaars merkbaar op. Ruda Visser moet die waarheid maar van die dokter verneem. Dan sal sy dit seker glo. Maar die moeder hoor meer as die waarheid, en selfs Miempie luister geskok na sy diagnose.

"Yolande het probeer selfmoord pleeg."

"Wat?" Dis net 'n fluistering.

Die dokter neem Ruda simpatiek aan die skouer. "Ek is jammer, Ruda, maar jy moet dit weet. Yolande het 'n oordosis pille gedrink en . . . en sy is swanger ook."

Miempie wend haar spontaan tot die vrou, maar die instinktiewe gebaar om haar arms om Ruda Visser te slaan en haar fisiek te onderskraag, stol. Want nie een van die twee dinge wat Miempie verwag het, gebeur nie. Ruda word nie flou nie, ook nie histeries nie. Sy versteen, word 'n roerlose wasbeeld met twee starende oë in 'n doodsbleek gelaat. Verpleegsuster en dokter kyk na mekaar.

Dan tree die dokter vinnig nader. "Ruda . . ."

Op daardie oomblik kom Wilhelm Visser by die ingang in-

111

gestap, gewaar hulle in die wagkamer en stap nader. Sy stem is bars: "Wat is hier aan die gang?"

Dokter Van der Westhuizen maak sy rug reguit, maar sy oë bly bekommerd op Ruda gerig en Wilhelm se blik gaan ook na sy vrou. "Is dit my vróú wat siek is? Ek het op die plaas aangekom en die huishulp het so 'n deurmekaar storie gehad. Toe bel ek die hospitaal en hulle sê vir my ek moet maar liewer hierheen kom. Wat makeer Ruda en . . . waar is Yolande? Hulle sê dan dis sý wat in die hospitaal . . ."

"Wilhelm, kom sit. Dis jou dogter wat siek is, maar jou vrou het ook 'n geweldige skok weg. Ek moet nou eers aandag aan haar gee." Sy blik dwaal na Miempie. "Ek kan 'n ander verpleegster ontbied, maar sy ken jou. Kan jy 'n rukkie by haar bly?"

Miempie knik dadelik. "Natuurlik. Sal ons haar iewers laat lê?"

"Ja. Vra vir suster Richter. Sy sal jou wys. Bly net by haar en roep my onmiddellik as jy onraad merk. Ek moet nou eers met meneer Visser praat."

"Reg, dokter." Miempie help 'n willose Ruda op die hospitaalbed, bedek haar met komberse, hou haar vinger op haar pols. Daar is niks meer wat sy kan doen nie. Net dophou . . . en sien hoe 'n hooghartige snob voor haar oë in 'n verwese vrou verander. Miempie voel die trane in haar oë opwel en sy weet nie wat haar die hartseerste maak nie . . . die toneel hier voor haar . . . of die beeld van 'n pragtige jong meisie van sestien in 'n koma . . .

En in die wagkamer kyk die dokter op Wilhelm Visser se geboë hoof af. Dit is 'n harde slag dié. Hy is self 'n pa.

Toe hy eindelik opkyk, lyk Wilhelm Visser veel ouer as sy vyf-en-veertig jaar. "Hoe . . . hoe gaan dit nou met haar?" vra hy met 'n gebroke stem.

"Ons was betyds. Dank die Vader dat suster Rust so blitsig opgetree het. Sy sal deurkom, maar natuurlik sal ons haar goed monitor. So iets is nie net 'n geweldige liggaamlike skok nie, maar ook geestelik. Wanneer sy hier opstaan, Wilhelm, sal jy haar stad toe moet neem vir dringende sielkundige hulp. Vir 'n jong kind van haar ouderdom om werklik so ver te gaan . . . Sy mag vir die res van haar lewe 'n knou oorhou." Wilhelm knik net, laat sy kop sak en die dokter vervolg: "Ek is ook oor Ruda bekommerd. Ons moet haar help om hierdie dubbele skok te verwerk. Ek wil voorstel dat sy eers vannag hier in die hospitaal bly. Hoe voel jý?" vra hy direk, ook bekommerd oor die man voor hom. Wilhelm het in 'n paar minute voor sy oë verouder.

"Ek is . . . reg, dankie. Hou Ruda dan ook maar eers hier." Hy staan wankelrig op, skud sy kop in algehele verdwasing. "Ek kan dit nie glo nie! Ek kan dit net nie glo nie."

Die dokter keer vinnig. "Wag eers, Wilhelm. Moenie nou al gaan nie. Jy kan by Ruda gaan sit . . ."

"Nee. Nee, ek gaan huis toe."

"Wag dan net eers. Net 'n oomblik. Sit eers weer. Ek is nou terug." Dokter Van der Westhuizen stap vinnig na die kamer waar Ruda lê, en toe hy inkom, skud Miempie haar kop.

"Geen verandering nie. Sy is nog in 'n totale toestand van skok."

"Ek sien. Suster, ek wil jou 'n groot guns vra."

"Natuurlik. As ek kan help . . ."

"Wilhelm wil terug plaas toe, maar ek is ook bekommerd oor hom. Hy is nie in 'n toestand om 'n motor te bestuur nie. Sal jy hom nie terugneem en 'n ruk by hom bly nie? Ek sal vir jou pille gee om hom tot rus te bring."

"Natuurlik sal ek dit doen as hy daarvoor te vinde sal wees. Ek sal jou sê wat ek sal doen. Ek moet die kombi terugneem kantoor toe. Ek sal my motor daar kry en hom uitneem plaas toe. Dan het ek vervoer om weer terug te kom op die dorp. Sy motor sal mos heeltemal veilig wees hier en hy het tog seker 'n bakkie waarmee hy kan ry as hy weer wil inkom."

Wilhelm is aanvanklik glad nie inskiklik nie, maar sy dokter hou voet by stuk en sê streng: "Jy kan kies, Wilhelm. Of

113

suster Rust neem jou uit, of jy bly vannag hier in die hospitaal."

Teen die end sit hy woordeloos langs haar in haar motor. Hulle ry by 'n donker La Rhône en 'n ewe donker Baardskeerderspoort verby. Emile en Manie is dus nog nie terug nie.

Daar is ook geen lig in Grootfontein se plaashuis nie, maar toe Wilhelm die lig aanskakel, verskyn Sarie in die streep lig wat oor die stoeptrap val.

"O, dis suster. Ons het maar later huis toe gegaan, maar ek kan maar . . ."

"Dis alles reg, Sarie. Ons sal regkom. Jy kan maar huis toe gaan."

Maar die nuuskierigheid kry die oorhand. "Waar is mevrou dan? En wat makeer juffrou Yolande? Is sy dood?"

"Natuurlik nie, Sarie! Die dokter sal haar gesond kry. En mevrou het by haar gebly. Toe, jy kan nou maar gaan slaap. Alles is reg," en sy druk sommer die deur toe, bang dat Sarie met nog probleemvrae vorendag sal kom.

In die gang draai Wilhelm Visser na die studeerkamer, gaan sak in 'n leerstoel neer en bedek sy gesig met sy hande. "As sy maar liewer dood was . . ." mompel hy stug.

Miempie kyk hom bekommerd aan, besluit om die saak eers daar te laat. Sy stap deur kombuis toe en sien dat Siena die aandete in die louoond gelaat het. Sy kan dit net weer opwarm. Sy begin soek na 'n skinkbord, na die messegoedlaai . . . en sy wonder hoe twee sulke trotse mense ooit oor hierdie ding gaan kom. Hoe kyk mense wat hulle nog altyd beter en hoër geag het, die wêreld in die oë ná vandag? En daar sal baie bespiegel word . . . en baie stertjies aangelas word. Wat hulle nie weet nie, is dat dit nie nodig is om stertjies aan te las nie: die waarheid is erg genoeg. Sy kry die Vissers uit haar hart jammer, en sy wonder of die ouerpaar nie die laaste mense is om van hulle dogter se donker geheime te hoor nie. Sarie se ogies beweeg juis so vinnig heen en weer. Miskien weet die huishulp op Grootfontein al lankal wat by Yolande aan die broei is. En die kinders by die skool ook . . . Onwillekeurig kom Rina Venter se woorde by haar op. Dit blyk nou dat dit geen skinderpraatjies was nie . . . Dis alles die waarheid . . . Ook die praatjies oor die dwelms? Haar hart ruk in haar keel. Waar het Yolande die pille gekry wat sy gedrink het? En wat was dit?

Terwyl die kos warm word, gaan loer sy eers weer by die studeerkamer in. Wilhelm Visser sit nog net soos sy hom gelaat het. Geluidloos draai sy in haar spore op die dik tapyt om en begin die trap klim na die boonste verdieping. Dit duur nie lank om te vind waarna sy soek nie. Sy kry dit onder die bed, en sy hoef nie eens die pil van nader te bekyk om dit te eien nie. Die verbode Mandrax. 'n Leë glas op die bedkassie vertel die res van die verhaal. Miempie voel behoorlik siek en dit kos al haar jare lange dissipline om met die skinkbord kos terug te stap na die studeerkamer en kalm te sê: "Meneer Visser, ek het iets vir u gebring om te eet."

Die kop skud, die oë bly toe. "Dankie, ek . . . wil nie eet nie."

"Asseblief, probeer iets eet. U sal beter voel," en sy klink vir haarself belaglik. Hoe kan kos 'n gebroke hart beter laat voel?

"Nee. Nee, ek . . . asseblief, vat weg . . ."

Sy sit maar die skinkbord neer, laat weer hoor: "Dokter het vir u pille voorgeskryf, maar u moet eers iets in die maag kry."

Eindelik sak die hande voor die gesig weg en, soos dokter Van der Westhuizen, besef Miempie dat Wilhelm Visser in die bestek van 'n paar uur 'n ou man geword het. Daar is diep groewe wat ontsierende spore laat op 'n andersins aantreklike gesig.

Sy probeer weer. "Meneer Visser, u moet asseblief die pille neem."

"Pille . . ." Hy draai sy gesig sywaarts asof hy skaam kry vir homself, asof hy weet hoe hy lyk. "Wat kan pille doen?"

115

Haar hart gaan na hom toe uit. "Dit kan 'n bietjie help," sê sy sag.

"Help? Waarvoor? Om die gemors op te ruim? Niks kan hierdie gemors ooit opruim nie."

Eintlik is sy woorde terapie vir die gespanne toestand waarin hy verkeer. Dis 'n uitlaatklep vir die skok. Sy weet hy praat meer met homself as met haar, en sy weet sy moet hom aanmoedig sodat hy uiting kan gee aan sy opgekropte emosies. Dis beter as dat hy toeklap soos sy vrou gedoen het. Dis soveel gevaarliker. En tog is sy bang vir wat sy gaan hoor; bang dat sy nie in staat sal wees om 'n bietjie troos te bied nie; 'n bietjie salf oor daardie rou vaderhart te smeer nie. Want wat sê 'n mens vir so 'n verbitterde pa?

Sy bid om die regte woorde en sê sag terwyl sy gaan sit: "Sy is nog jonk, meneer Visser. Die jeug het 'n wonderlike manier om te herstel. As u haar sal help, haar die kans sal gee om oor hierdie ding te kom . . ."

Hy kyk haar beskuldigend aan en ten spyte van die bars stemtoon lees sy die seer van 'n teleurgestelde vaderhart in sy oë. "Haar 'n kans gee? Hoeveel kanse het sy dan nodig? Hoeveel kanse wil sy nóg hê – teen watter prys? Ek moet haar nog 'n kans gee, maar ék is die een wat daarvoor moet betaal?"

Miempie aarsel. "Dis miskien juis u plig as pa, meneer Visser. Dis miskien hoekom u 'n pa is."

"Dan is dit mý skuld . . . alles wat nou gebeur het, is mý skuld?"

"Nee. O nee, dit sê ek nie. Maar sy bly u kind. Wat ook al gebeur, wat sy ook al doen, u kind bly u kind. Niks . . . niks op hierdie aarde kan dit ooit verander nie."

Sy oë ontmoet hare byna vyandig. "Dan kan 'n kind maar doen wat sy wil, haar lewe opmors soos sy wil, haar ma en pa se lewe ook opmors soos sy wil . . . Weet jy watter kanse het Yolande in haar lewe al gehad? Toe sy haar oë in die wêreld oopgemaak het, was sy die kind van ouers wat haar al die kanse in die lewe gegee het. Sy het van kleins af net die beste gekry. Net die beste was goed genoeg vir haar. En sy het alles gekry wat sy wou hê. Daar is nooit nee gesê nie. Sy het baie meer as al haar maats gekry. Niks het daardie kind ooit ontbreek nie." Miempie se mond gaan oop maar hy spring haar voor: "Ook nie liefde nie. Dis mos wat gewoonlik gesê word. As die lewe van 'n ryk man se kind skeefloop, word daar mos altyd gesê dis omdat die kind alles gekry het behalwe liefde en aandag. Dis nie in hierdie geval waar nie, sê ek jou! Yolande het al die liefde en aandag wat 'n kind maar kan nodig hê of verlang van my en haar ma gekry. Ruda verafgod haar en ek . . . ek ook. Ek het dit nie altyd so duidelik soos Ruda gewys nie, maar ek was trots op my mooi dogtertjie." Sy stem knak maar hy ruk hom reg. "Ek het haar nooit iets geweier nie. As sy iets wou gehad het, het sy dit gekry, al was dit ook teen my gesonde verstand in, soos met hierdie motorfiets. Sy het dit gekry. Aan alles waaraan sy wou deelneem, kon sy deelneem. Pa het betaal . . . met vreugde. Sy is my enigste." Hy swyg hartseer. "Maar dit was nie genoeg nie. Aan die begin het sy goed gevaar op skool. Sy het die verstand. Maar later . . . Sy wou nie leer nie. Sy het parmantig geword. Sy het haar ma begin oorheers. Háár woord is wet in hierdie huis. Hier het sy al die seggenskap. Sy het ons lewens begin reël soos dit háár pas. Ons moes almal dans soos sý die deuntjie fluit. En niemand het dit durf waag om haar te kritiseer nie. Sy het 'n mislike, eiesinnige, selfsugtige klein misbaksel geword."

"Meneer Visser . . ."

"En toe sit ek my voet neer. Toe sê ek tot hiertoe en nie verder nie. Toe ek haar rapport sien . . . Iets het net in my meegegee. Sy het elke geleentheid in die lewe, maar sy smeer haar daaraan af. Daar is nie een vak wat sy deurkom nie. Nie één nie! Ek weet sy het genoeg verstand. Haar rapport was die laaste strooi. Ek het besef ek sal iets drasties moet doen. Hierdie kind van my is op die verkeerde pad. Sy is besig om 'n gemors van haar lewe te maak. As pa moes ek ingryp."

"Was u nie miskien té drasties nie, meneer Visser?"

"Natuurlik het ek nie werklik bedoel wat ek gesê het nie. Ek was net op daardie oomblik woedend kwaad. Maar ek moes haar skrikmaak met iets! In die verlede het geen dreigement indruk op haar gemaak nie. Sy het ons soms selfs openlik uitgelag. Ek móés drasties wees. Toe gaan sluk sy 'n klomp pille . . ."

"In byna al die gevalle waar jong mense selfmoord probeer pleeg, is dit nie omdat hulle dit regtig wil doen nie. Dis 'n uitroep om hulp . . ."

"En om watter hulp roep Yolande? Dat ek haar van die gevolge van haar immorele gedrag moet red? Hoe doen 'n pa dit? Hoe tower 'n pa sy jong dogter se swangerskap weg? Is dit ook deel van 'n pa se plig? Is dit? Ek weet nie. Al wat ek weet, is dat sy nie net al die kanse wat die lewe haar gebied het, weggesmyt het nie, sy is ook 'n klein slet!"

Miempie ruk. "Meneer Visser . . ."

"Sy is 'n slet, suster Rust. Sy is volgende maand maar eers sestien en sy verwag 'n kind! Dis dinge wat met swakkelinge en deugniete gebeur . . ."

"U maak 'n fout, meneer Visser. Dit gebeur baie gereeld onder ordentlike mense ook."

Sy kyk hom vas aan en hy moet met 'n knik toegee: "Ja, ek weet. Ongelukkig is dit die waarheid . . . en my eie dogter is 'n sprekende voorbeeld. Ek weet nie hoe ek Yolande kan help nie. Ek is ook nie lus om haar te help nie. Ek sê dit eerlik. Al wat ek weet, is dat sy haar lewe opgemors het, en my en Ruda s'n daarmee saam. Dis die dank wat ons kry. Dis die loon wat 'n goeie ouer kry."

Wás jy? is die vraag wat sy nie uitspreek nie. Is 'n ouer soos Wilhelm Visser werklik 'n goeie ouer? Sy twyfel. Selfs met al die geld én liefde saamgegooi, het die Vissers in groot gebreke gebly. Hulle het hul kind nooit gedissiplineer nie en nagelaat om haar te leer wat ewewigtigheid in die lewe is. Geen kind kan "liefde" soos wat die Vissers op Yolande uitstort, hanteer sonder om vrot anderkant uit te kom nie.

Maar sy kan nie vanaand vir hierdie man 'n lesing gee oor hoe 'n goeie ouer moet wees nie. Dis in elk geval te laat. Die kwaad is klaar gedoen . . . en die skade is onberekenbaar. Sy moet probeer red wat te redde is: "Maar wil u haar nou op amper sestien, en swanger, in die wêreld uitstoot en u rug op haar draai? Gaan u dit oor u hart kry?"

Hy lag bitter. "Ek het nie meer 'n hart nie, suster. Daar waar my hart was . . . daar is niks nie. Dis leeg . . ."

"U is nog baie geskok en natuurlik begryp ek dit. Maar ook ter wille van u vrou . . . Dit kan weer regkom . . . eendag." Hy kyk haar net skepties aan en sy kyk weer na die skinkbord. "Die kos is koud. Sal ek dit weer gaan warm maak? Ek kan u nie die pille gee sonder iets in die maag nie, en dokter het aangedring dat u dit moet neem. Asseblief!"

Hy gee 'n mismoedige glimlaggie. O, sy kry hierdie man jammer!

"Gee maar hier, suster. Dit sal reg wees. Dit maak tog nie saak nie." Hy neem die skinkbord gehoorsaam, kyk op. "Wat van jou?"

"Ek sal vir my ook iets gaan haal, dankie."

Hulle sit teenoor mekaar en eet, maar sy weet vir albei smaak die kos soos semels. Albei wurg om dit af te kry. Sy is verlig toe hy halfpad deur die bord kos die skinkbord neersit en sê: "Ek kan net nie meer nie, dankie."

Sy gee hom die twee pille, sien toe dat hy dit sluk, tel die skinkborde op en neem dit terug kombuis toe. Toe sy weer in die studeerkamer kom, sê hy op kalmer toon: "Ek het nou genoeg van jou tyd in beslag geneem, suster. Ek sal regkom, dankie. Jy kan nou maar gaan. Ek sien dis al oor twaalf in die nag. Jammer dat ons jou . . ."

"Dit was my voorreg om te kon help. As u seker is . . ."

"Doodseker." Hy glimlag weemoedig, lyk effens skaam. "Jammer dat ek so teenoor jou uitgebars het."

"Ek verstaan." Sy glimlag terug. "Dan gaan ek nou maar."

Sy kyk in die truspieëltjie van haar motor toe sy wegry,

sien die eensame gestalte op die verligte stoeptrap staan . . .
en op hierdie oomblik lyk hy so pateties en godverlate dat
sy die trane in haar oë voel opwel. Op die ou end, Wilhelm
Visser, het die lewe jou ook maar net 'n lemoen gegee . . .
boonop nog vrot ook . . .

Miempie wens so dat die ligte in La Rhône se plaashuis moet
brand toe sy daar verbykom. Sy het so 'n behoefte daaraan
om vanaand weer vasgehou en troostend gesoen te word . . .
Maar die huis is donker en sy ry verby.

Sy bel die hospitaal vroeg die volgende oggend voordat sy
werk toe gaan. Sy word meegedeel dat Yolande 'n rustige nag
gehad het, onder verdowing gehou word en dat haar lewe
nie in gevaar is nie. Met mevrou Visser was dit 'n ander sto-
rie. Nadat sy uit die stomgeslane skoktoestand gekom het,
het hulle hulle hande met haar vol gehad totdat die dokter
haar 'n sterk inspuiting kom gee het. Op die oomblik slaap
sy nog.

Miempie se gedagtes bly maar die hele dag besig met die
ironie van die lewe. Hier het jy nou twee kinders. Die een is
met die goue lepel in die mond gebore. Alle deure in die lewe
staan vir haar oop. Sy kan kies en keur. Niks, letterlik niks
nie, staan in haar pad om 'n groot sukses van haar lewe te
maak. Alles is binne haar bereik.

En dan is daar die ander kind. Selfs haar menswees tel teen
haar. Van haar geboorte af moes sy stry teen al wat negatief
is. Haar lewe lank al baklei en offer sy op vir die bietjie . . . en
watter skrale bietjie . . . wat sy ontvang het. En hoe sy ook al
uithaal, die deure bly vir haar toe. Hoe sy ook al begeer om
uit te styg, sy loop haar vas teen die staalmuur van die om-
standighede waarin sy gebore is. Sy wíl . . . maar geen kans
word haar gegun nie . . .

Here, dis so onregverdig! redeneer sy met God in die ure
agter die kombi se stuurwiel. Kan U nie maar asseblief net 'n
bietjie van al die oorvloed van die Yolandes na die Marias se

kant toe laat oorvloei nie? Ek vra nie alles nie, Here! Ek vra net honderdduisend rand om Maria deur haar eerste jaar te help. Dalk kan ons later 'n beurs of studielening in die hande kry. As ons net deur hierdie eerste jaar kan kom . . . Sy onthou weer wat Emile gesê het. Hy het haar beskuldig dat sy die onmoontlike verwag – dat daar geld uit die hemel moet neerreën. Maar, Here, redeneer sy voort, U het toe u volk honger was, manna uit die hemel laat reën . . .

Miempie weet nie of sy welkom sal wees nie, maar sy gaan tog die middag ná werk hospitaal toe. Daar verneem sy mevrou Visser is terug plaas toe. Sy wou nie langer bly nie. Dokter het haar maar laat gaan nadat hy kalmeer- en slaappille voorgeskryf het. Meneer Visser het darem belowe hy sal die pille by hom hou en toesien dat sy dit reg gebruik. Daar kan so maklik nog 'n tragedie plaasvind.

Miempie stap by Yolande se kamer in, gaan staan langs die bed en kyk af op die wasbleek gesiggie en die toe oë. Sy lyk so bitter jonk! Sy is nog 'n blote kind! Sy lê haar hand versigtig oor die skraal pols en die oë gaan oop.

"Hallo, Yolande. Hoe gaan dit?" Geen antwoord nie.

"Onthou jy my nog?"

"Hoekom het jy dit gedoen?"

Miempie swyg, kyk net terug in die leë oë.

"Hulle sê my jy het met my hospitaal toe gejaag . . . Hoekom het jy dit gedóén?"

"Yolande . . ." Miempie buk af. "Ek kon nie toelaat dat 'n mooi jong lewe soos joune sommer net tot niet gaan nie. Jou hele toekoms lê nog voor."

"Weet jy wat lê in my toekoms? Ek verwag 'n kind . . ."

"Ek weet. Ek weet dis 'n swaar ding vir 'n jong mens soos jy. Maar dis nie die einde van die wêreld nie. Ons sal jou almal bystaan en jou help . . ."

"Wie is almal?"

"Jou ouers, natuurlik. En ek en die dokters sal ook help waar ons kan."

"My ouers . . . My pa gaan my uit die huis jaag en Ma . . . Ma wou 'n hartaanval kry toe sy hoor . . ."

"Jou pa sal jou nie wegjaag nie. Jy is sy kind," sê sy met meer oortuiging as wat sy voel. "En jou ma sal jou ook nie verstoot nie."

Die kop draai sywaarts, die oë sluit. "Ek wil nie meer lewe nie. Ek wil doodgaan."

"Yolandetjie, ek weet jy voel op die oomblik baie . . . mismoedig. Maar dit sal weer beter gaan. As jy eers weer nugter oor alles nagedink het, sal jy besef dat alles nie regtig so verlore is as wat jy nou dink nie. Môre gaan dit weer beter."

"Ek is bang vir môre. Suster . . ." Die oë smeek. "Het jy nie vir my 'n pil nie? Asseblief! Ek het dit nodig!"

Miempie se hart ruk. Sy weet dis nie 'n pynpil wat Yolande vra nie. "Ek het niks hier by my nie. Ek sal vir dokter vra."

Die hande reik na haar uit, gryp haar vas. "Ek moet iets kry! Jy moet my help!"

Sy hou die jong meisie teen haar vas, en weer kom die kontras tussen Yolande en 'n ander meisie wat sy kort gelede ook so vasgehou het, skreiend in haar gedagtes op.

"Ontspan nou. Ek belowe ek sal met jou dokter praat. Kom, wees nou rustig en probeer weer slaap."

"Jy belowe?"

"Ek belowe."

Sy kom haar belofte na. Dokter Van der Westhuizen lyk nie baie verbaas om te hoor wat Miempie hom te vertel het nie.

"Ek het self die vermoede gekry hier is dwelms ook by betrokke. Maar dis goed dat jy my gesê het, suster. Sy sal onttrekkingsimptome begin toon. Ek dink dit sal beter wees as Yolande na 'n inrigting in die stad oorgeplaas word waar sy behandeling vir haar verslaafdheid kan kry. Dis moeilik om so 'n geval in ons plaaslike hospitaal te hanteer. En ek moet eerlik sê, dit sal vir die Vissers beter wees as sy liewer op 'n ander plek behandel word."

Miempie knik, maar sy twyfel of dit die geskinder sal keer. Dit gons seker al op die dorp en in die distrik.

Dit is dan ook die geval. Toe sy die volgende oggend op kantoor kom, is die Vissers van Grootfontein druk onder bespreking.

"Ek hoor dit was jy wat met Yolande ingejaag het dorp toe."

"Ja." Miempie is duidelik teësinnig om aan die gesprek deel te neem.

Rina steur haar egter nie daaraan nie. "Ek hoor sy verwag . . . al vier maande ver ook. Ek wou sê ek het haar nou die dag in die straat sien stap en sy het nie vir my lekker gelyk nie. Ek het mos gesê dit gaan gebeur. Die pil vergeet en daar sit ta. Ek verstaan sy kan nie eens sê wie die pa is nie. Nes ek voorspel het."

Miempie draai haar beslis na die vrou. "Jy praat gevaarlike dinge, Rina. Ek dink ons moet die Vissers nou maar eers uitlos."

"Maar dis die waarheid! My buurvrou lê in die kamer langs Yolande. Sy vertel my dit was omtrent 'n affêre. Ou Ruda het daar ingestorm en geëis om te weet wie die pa is, en toe sê Yolande vir haar sy weet nie wie dit is nie. Ruda het glo byna 'n oorval gekry. Sy het histeries aan die gil gegaan en die susters moes die dokter ontbied. Bettie het alles lê en aanhoor; Ruda was glo half besete."

Teen uitvaltyd daardie middag verneem Miempie die res van die tragiese verhaal. Yolande is gedurende die dag oorgeplaas na Kaapstad. Ruda Visser het 'n totale ineenstorting gehad en is direk Stikland toe. Toe Miempie dokter Van der Westhuizen skakel, word dit bevestig. Soos Rina gesê het, sy het nie geskinder nie, sy het die waarheid gepraat.

"En meneer Visser?"

"Hy het sy vrou self Kaap toe geneem, maar Yolande is per ambulans weg."

Daardie aand voel sy innig dankbaar om Manie se stem oor die telefoon te hoor. Sy het iemand om mee te gesels bitter nodig en Manie is so 'n begrypende mens.

"Hoe het dit toe met die ramkopery gegaan?"

"Baie goed. Emile het 'n pragtige ram gekoop. Maar intussen klink dit my hiér het baie dinge gebeur."

"Dan het jy al van die Vissers gehoor?"

"Ja. Dit lê die hele dorp vol. Maar ek het eintlik die storie by ouma Sanna gehoor. Jy weet hoe dit gaan. Die werkers weet soms meer as ons."

"Ja. Ja, dis 'n hartseerstorie."

"Dis môre 'n vakansiedag. Hoekom kom jy nie vir die dag uit plaas toe nie? Dit sal jou goed doen. Toe, asseblief."

"Dankie, Manie. Ek sal graag 'n bietjie wil wegkom. Die wêreld raak soms maar nou vir my hier."

"Afgespreek. Sal ek jou kom haal of kom jy self?"

"Ek sal sommer self kom. Dan spaar ek jou twee ritte."

"Goed dan. Kom vroeg. Ek het baie om met jou oor te gesels."

Miempie wend die volgende dag 'n daadwerklike poging aan om alles waaroor sy haar so bekommer en wat haar die afgelope tyd so ontstel het, van haar af te skud. Sy geniet die dag terdeë saam met Manie. Hy wys haar sy hele boerdery, ry deur die boorde en die lande, bewonder Zeus in sy spesiale kampie.

"Dis hierdie meneer wat my die wisseltrofee gaan besorg. Almal sê hier is nie nog so 'n bul in die omtrek nie."

Die aand brand daar 'n gesellige kaggelvuur en Miempie kan nie help om te dink hoe bevoorreg die vrou sal wees wat Manie eendag oor sy drumpel gaan dra nie. Hy is 'n vooruitstrewende boer; 'n bestendige en begrypende mens. Hy sal 'n baie goeie man vir die regte vrou uitmaak. Iemand op wie sy vrou altyd sal kan reken.

Sy betrap sy blik op haar en hy sê tergend: "Jy dink darem diep op so 'n lekker vakansiedag!"

124

Sy glimlag, sê ontwykend: "Dis so heerlik hier voor die kaggel. Dit skep darem 'n wonderlike atmosfeer."

"Ja. Ek is self lief vir 'n kaggelvuur. Het jy jou dag geniet?"

"Natuurlik! Dit was wonderlik! Dankie dat jy my genooi het."

"Dan hou jy van die plaas?"

"Ja. Ek hou van 'n plaas. Dit was een van die beweegredes hoekom ek ná my studies juis platteland toe wou kom en primêre gesondheidsorg as spesialisrigting gekies het."

"Dis gaaf. Dan sal jy jou by die plaaslewe kan aanpas?"

Sy kyk hom fronsend aan. "Aanpas? Wat bedoel jy?"

Hy kom sit op die bank langs haar. "Ons het mekaar 'n rukkie nie gesien nie. Ek het na jou verlang. Het jy my darem ook gemis?"

"Natuurlik het ek. Jy is altyd opbeurende geselskap."

"Ek sou graag veel meer as geselskap vir jou wil wees, Miempie. Ek het 'n ruk gelede vir Emile gesê ek is nie haastig om vrou te vat nie. Ek wil nog te veel op die plaas doen. Maar ek het nou van plan verander. Hoekom kan ek en my vrou nie dié dinge saam doen nie? Dit hoort eintlik so, nie waar nie?"

Miempie kyk hom onseker aan. "Ja . . . a . . ."

Hy glimlag op haar af, sit sy arm om haar skouers, dwing haar 'n bietjie nader. "Ek het lief geraak vir jou, Miempie. Sal jy met my trou, asseblief?"

8

Miempie is so verslae dat sy Manie net kan sit en aankyk.

Hy frons liggies hoewel hy tergend sê: "Moenie so verdwaas lyk nie, asseblief! Jy het tog geweet ek hou baie van jou en ons twee kom baie goed klaar. Jy kon iets in hierdie rigting te wagte gewees het."

Maar sy skud haar kop, sê eerlik: "Ek het nooit gedroom . . . Jy kom nou te vinnig op my af met hierdie nuus."

Sy glimlag is nou heeltemal weg, die frons keep dieper. "Beteken dit dat jy nog nooit in so 'n rigting aan mý gedink het nie?"

"Nee." Sy kyk met ongelukkige oë na hom op. Sy haat dit om mense seer te maak, veral iemand so dierbaar soos Manie, en sy weet sy doen dit nou. Maar sy moet eerlik wees. "Nee, regtig nie, Manie. Ek het net gedink ons is goeie vriende."

"Dit is ons ook en dis 'n baie gesonde grondslag vir 'n dieper verhouding." Hy glimlag skielik weer, verberg sy teleurstelling. "Goed, my meisie. Ek sal nie haastig wees nie. Ek kan sien ek het jou onverhoeds betrap. Maar ek wil hê jy moet van nou af aan my as meer as 'n vriend dink. Dink aan my as jou toekomstige man, tensy jy glo ek sal nie 'n goeie man vir jou wees nie."

"Natuurlik sal jy 'n goeie man wees. Ek weet . . ." Sy keer haar spontane woorde toe sy die lig van hoop in sy oë sien ontbrand, keer vinnig: "Maar jy moet my tyd gee. Dis . . . 'n heel nuwe denkrigting wat jy voorstel!" probeer sy 'n ligter luim skep.

Hy moet daarmee tevrede wees, maar dit kan net goed doen om haar in die nuwe denkrigting aan te help. Hy neem haar ken tussen sy vingers, streel haar lippe met syne . . . en Miempie sit roerloos onder sy soen. Maar toe sy aanraking vuriger word, wel daar skielik 'n paniek in haar op en dit voel asof sy wil versmoor.

Uitkoms kom uit 'n onverwagte oord. 'n Motordeur slaan buite toe.

"Wie de duiwel kom nou hier aan?" laat Manie ontevrede hoor en lyk glad nie ingenome om sy buurman die volgende oomblik in die voordeur te gewaar nie. "O, dis jy."

"Naandsê. O, naand, Miempie. Ek wou sê dis jou motor wat hier buite staan." Hy stap ongeërg nader, plak hom op 'n stoel neer, en lyk glad nie asof hy agtergekom het dat sy kuier-

126

tjie ongeleë is nie. "Hoe gaan dit, Miempie? Jou lanklaas gesien. Ek het ook so 'n vol program gehad die afgelope tyd. Eers die herorganisasie van die boerdery . . . weet jy al daarvan?"

"Ja. Manie het my vertel. Dit klink baie goed," antwoord sy bedees.

"Eers was dit die landboukongres en daarna die ramkopery en toe ook nog die bouery aan die plaaswerkers se huise. Het jy dit al gesien?"

Sy kyk vlugtig in Manie se rigting en moet haar lippe vinnig reg geplooi kry. Die arme Manie lyk soos 'n kind wat gedink het hy gaan piekniek toe en nou moet hy hoor hy moet sy Sondagskoolles gaan leer! Sy klink dus nie so entoesiasties soos wat sy werklik oor die verbeteringe op La Rhône voel nie.

"Ja. Ek het dit gesien. Dis ook . . . baie goed."

Sy lees in sy oë dat hy dink daar kon darem 'n positiewer reaksie van haar kant gewees het, maar hy vervolg: "Ek het daardie aand met Maria gesien hoe jy by kerslig sukkel en hoe lank dit duur om water warm te maak. Ek het daar en dan besluit dis van die eerste goed op die plaas wat reggestel gaan word. En 'n tweevertrekhuis vir sulke groot gesinne is onvoldoende. Daarom bou ek nou by elke huis 'n badkamer en 'n ekstra kamer aan."

Dit lyk al asof Manie hom effens vererg. "Met die subsidie wat ons nou van die staat kry vir verbeteringe aan ons werkershuise, is dit ook nie 'n probleem nie."

Emile skud sy kop. "Al was daar ook geen subsidie nie, sou ek dit nogtans gedoen het. Die mense het die reg om 'n ordentlike blyplek te hê met die basiese geriewe."

Miempie kyk hom dankbaar aan. "Dankie, Emile. Ek weet hulle is baie dankbaar. Martha het haar byna doodgespog by my. Ek moes van huis tot huis gaan en alles bekyk. Ek weet ook dat hulle van hulle kant af hul huise netjies sal hou en oppas, want nou is hulle werklik trots daarop."

Hy glimlag haar goedig toe. "Dankie, Miempie. Ek begin

127

moed skep. Ek begin eindelik iets reg doen in jou oë. Ons het selfs lanklaas baklei!" Hy kyk laggend na Manie se taamlik betrokke gesig. "Ek en Miempie baklei mos gedurig."

Miempie probeer olie op die golwe giet. "Moenie so gou praat nie. Ons kan altyd weer begin."

Maar Emile se glimlag bly sit. "Ek is daarvan deeglik bewus, suster Rust. Dit kos nie veel om jóú aan die baklei te kry nie. Maar wees gerus. As hierdie wapenstilstand vervelig word, sal ek wel aan iets dink om die lewe weer 'n bietjie interessant te maak."

Manie vind die geselskap klaarblyklik vervelig en stuur dit in 'n ander rigting: "Dis darem 'n lelike ding hierdie van die Vissers, nè?"

Emile knik, sy oë nou ernstig. "Ja. Ek voel regtig jammer vir hulle. En soos ek verstaan, is dit nog nie die einde nie."

"Hoe so?"

"Ek het 'n voëltjie hoor fluit alles is nie so gesond op die finansiële front nie."

"Ag, nee, Emile! Daardie man het skatryk geërf. Pa het my vertel. Toe hy Grootfontein die dag van sy pa geërf het, was daar nie 'n sent skuld nie. Inteendeel. Ek het verstaan daar was nog 'n stewige bankbalans."

"Ja, dit is so. Maar ons weet albei Wilhelm is nie 'n boer nie, en sy vrou nog minder 'n boervrou. Sy is meer in die dorp as op die plaas. Ek het destyds verstaan haar boetiek was ook op die rand van bankrotskap toe sy dit verkoop het. Eintlik moes verkoop. Ek wonder of baie van Wilhelm se kapitaal nie daarin verdwyn het nie." Hy lag kortaf. "My pa het nie verniet gesê 'n boer moet dink wanneer hy vrou vat nie," sê hy met sy oë op Miempie. "Die verkeerde vrou kan hom breek. Ek het maar gehoor hoe my ma-hulle praat oor hoe Ruda te kere gaan. Dan is die tapyte nie meer dik genoeg nie en dan is die sitkamerstel uitgedien. En Ruda kán aantrek. Sy het die bietjie profyt wat sy in die boetiek gemaak het aan haar eie lyf gehang. Later het Yolande bygekom."

Manie glimlag terloops na Miempie. "Klink my ek het 'n suinige buurman. Sy vrou sal dit eendag maar hotagter kry!"

"Glad nie. Ek is nie suinig nie. Ek sal goed vir my vrou sorg. Ek sal goed wees vir haar . . . binne perke. Ek sal beslis nie toelaat dat sy my uittrek soos Ruda met Wilhelm gedoen het nie."

Dis Miempie wat eerste opstaan en verskonend laat hoor: "Julle sal my nou moet verskoon, asseblief. Ek moet nou gaan, Manie. Môre is 'n gewone werkdag vir my."

Manie laat veelbetekenend hoor: "Ja, eintlik vir ons almal."

Emile staan ook maar op. "Ja. Soos jy sê. Goed, Miempie. Ry jy voor sodat ek darem kan help as jou motor dalk 'n pap band kry."

Hoewel sy kan raai wat in Manie se gedagtes omgaan, is sy dankbaar vir hierdie uitkoms. Sy wil nie langer alleen met Manie wees nie. En sy wil veral nie hê hy moet haar weer soen nie.

Sy stap na buite, groet vinnig: "Baie dankie vir 'n heerlike dag, Manie. Ek het dit baie geniet. Lekker slaap, julle twee."

Toe die motorligte agter haar moet afdraai na La Rhône se plaashuis, word daar hewig geflikker en sy wil dit eers ignoreer, hou dan maar stil. Soos sy Emile de Jongh leer ken het, sal hy tot in die dorp agter haar aanry as sy nie stilhou nie.

Hy buig by die motorruit. "Ek wou net weet . . . het jy nie jou gedagtes weer laat gaan oor die skoudans nie? My aanbod staan nog."

Sy sluk. Sy het totaal van die skoudans vergeet! Sy skud haar kop beslis. "Die antwoord is steeds nee. Jammer, Emile."

Hy kyk peinsend in die skemerlig van die paneelbord na haar. "Ek en jy sal op 'n dag moet gesels, meisie. Ons moet hierdie saak uitpluis. Jy het geen enkele rede om 'n minderwaardigheidskompleks te hê nie."

"Ek het nie . . ." Sy swyg. Wat sal dit tog help om met hom te redeneer? "Nag, Emile."

Sy trek weg en hy staan die rooi liggies van haar motor en agternakyk. Hy het haar vanoggend sien verbykom en gewonder waarheen sy op pad is. Hy was juis van plan om gedurende die dag 'n draai by haar woonstel te maak. Maar die dag was later om en haar motor het nie weer verbygekom nie. Dis toe dat hy besluit om maar vir sy buurman te gaan kuier . . .

Miempie kry die res van die week nie kans om met Manie te gesels nie. Hy is een van die organiseerders van die skou en is dus baie besig. En miskien het hy besluit om haar in vrede oor sy huweliksaanbod te laat dink. Dááraan wil sy glad nie dink nie, hoewel sy dit self nie eintlik verstaan nie. Elke meisie sal haar ou skoene agternagooi om Manie Bredenkamp se vrou te word. Hy is 'n man uit een stuk. Wat makeer haar dan dat sy huweliksaanbod haar eerder ontstel as opgewonde maak? Maar sy weet sy speel net wegkruipertjie met haarself. Sy het Manie nie lief nie. Sy het 'n hoë dunk van hom en waardeer sy vriendskap . . . maar toe hy haar gesoen het, het sy geen opwinding gevoel nie. En toe sy aanraking 'n bietjie driftiger word, toe voel sy benoud! Met mag en mening probeer sy haar gedagtes beteuel, maar sy probeer haarself verniet bluf. Daar was iets anders, 'n sekere kwaliteit in Emile se soen wat haar nog altyd bybly, en toe Manie se lippe hare geraak het, het sy dit onmiddellik weer besef. Sy weet net sy was gelukkig in Emile se liefkosing, al het hy dit nie juis as 'n liefkosing bedoel nie. Hy was maar net jammer vir haar en hy wou haar maar net troos. Maar sy . . . sy het in sy omhelsing gestaan en so veilig en rustig gevoel . . . en sy lippe op hare het gevoel asof hulle daar hoort . . .

Nou ís jy regtig besete, raas sy met haarself. Van al die simpel idees wat jy al gehad het, is dit seker die simpelste dié. Kry jou feite reg, Miempie Rust. Die man staan op trou. Sy ouers is al op soek na 'n aftreehuis en hy is besig om die plaas te herorganiseer . . . Natuurlik om meer tyd te hê om by sy nuwe vrou deur te bring, en vir die opknap van La Rhône se plaaswerkershuise . . . Die De Jonghs sal hulle nie wil skaam voor die nuwe skoonfamilie nie. Die veranderings aan die huis sal seker eers plaasvind ná die troue sodat die nuwe bruid 'n persoonlike oog oor alles kan hou. En eers as tannie Laura se meubels weg is na die huis by die see, sal hulle meubels na die nuwe mevrou De Jongh se smaak gaan koop. Haar lippe trek meewarig. Maar daardie Susan Bankbestuurder sal darem ook nie kan maak en breek en koop nes sy lus voel nie. Emile het so gesê. Binne perke. Een ding sal sy moet weet, geen vrou sal op Emile de Jongh se kop sit nie . . .

Miempie probeer die Woensdag om Manie in die hande te kry om weer by hom te pleit om liewer 'n ander meisie na die skoudans te vra, maar sy loop 'n bloutjie. Sy is totaal op haar senuwees toe Saterdagaand aanbreek. Sy wil nie dans toe gaan nie! Maar Manie Bredenkamp kan ook maar goed koppig wees. Teen haar sin en haar geldsak – en daarmee werk sy deesdae baie suinig, want sy kan dalk geld in die toekoms nodig kry – het sy maar 'n semi-aandrok gaan koop. Sy het haarself daaraan getroos dat die geld darem nie verkwis is nie. As Maria . . . ás sy miskien (indien die een of ander wonderwerk sou plaasvind) op universiteit beland, kan sy dit maar kry . . .

Toe Manie in haar voordeur verskyn, lyk sy nie soos iemand wat uitsien na 'n aangename aand nie.

Maar hý lyk baie ingenome. "Jy lyk pragtig, my skat." Hy stap nader en neem haar besitlik in sy arms. "Kom. Ek wil met jou gaan spog vanaand."

Met 'n onhoorbare sug gooi sy die bypassende stola om haar skouers, en voel soos 'n lam wat ter slagting gelei word toe hulle by die deur uitstap.

Die landbouskou is altyd 'n groot okkasie. Van heinde en

ver word inskrywings ontvang, want omliggende dorpe doen graag mee. Die dans word in die stadsaal gehou en 'n orkes word spesiaal uit Kaapstad laat kom. 'n Vreeslike gedoente, dink Miempie benoud toe hulle in die deur verskyn en haar blik oor die massa mense gaan. Daar flikker 'n vlammetjie hoop in haar op. Miskien sal sy nie eens opgemerk word tussen al hierdie mense nie. Miskien sal hý nie eens agterkom sy is ook op die dans nie.

Die vlammetjie sterf 'n vroeë dood toe Manie haar na hul tafel lei. Emile en sy maat vir die aand, ene Susan Bankbestuurder, het reeds hul plekke ingeneem en sy en Manie is deel van die geselskap.

Wat kan sy anders doen as om in Susan se rigting te knik en dan Emile se oë te ontmoet?

"Goeienaand, suster Rust. Ek sien jy is ook hier."

Sy kan net knik, haar keel is te droog om 'n woord uit te kry. Sy gaan sit op die stoel wat Manie vir haar uitgetrek het en sy hoor hom vra: "Is jy met vakansie, Susan?"

"O nee, ek het spesiaal vir die naweek gekom. Ek mis nooit 'n skoudans nie!"

Sy sien hoe Emile en Susan 'n rukkie later die dansbaan open, hoor dan maar eers Emile is voorsitter van die landbouvereniging. Ten spyte van haar waarskuwing dat sy nie 'n watwonderse danser is nie, kom sy en Manie goed reg. As Emile se oë haar nie so gepla het nie, sou sy die aand kon geniet het. Almal is luimig, maar waar sy haar ook al draai, voel dit vir haar sy blik volg haar. Haar hart ruk toe hy teen die end van die aand sy hand na haar uithou. Sy hoor hom vra: "Mag ek met jou maat dans, Manie?"

"Natuurlik, buurman. Kom, Susan."

Sy kan nie teenstribbel nie, struikel effens toe hulle begin beweeg en voel hoe sy arm haar stywer vashou. Sy wil nie met hom dans nie! En sy is ook geen verduideliking aan hom verskuldig nie!

Die stilte word egter vir haar onuithoudbaar. Hier teen sy

skouer laat sy hoor: "Emile, ek is jammer. Maar Manie . . ."
Sy stem is doodkalm. "Niks om oor ontsteld te wees nie.
Jy het die reg om te kies met wie jy gesien wil word."
Sy kyk hom ongelukkig aan. "Asseblief! Dis nie wat jy
dink nie! Manie het my . . . so te sê afgepers!" Sy sien sy oë
lewe met koel spot en sy vervolg driftiger: "Dis waar! Hy hét
my afgedreig!"

Sy mondhoeke trek spottend. "My buurman is my een
voor. Hy het die regte benadering. 'n Man aanvaar nie nee
vir 'n antwoord nie. Jy moet wys wie is die baas. My fout."

Sy kyk hom onseker aan, maar sy kan niks uit sy gesigsuit-
drukking aflei nie en sy laat maar haar blik weer sak. Skielik
voel sy hoe sy onnodig styf teen hom vasgetrek word en sy
hoor hom by haar oor sê: "Goed, jy is vergewe. Maar in die
toekoms, suster Rust, gaan jy 'n ánder boer leer ken. Dit is
'n belofte." Toe sy haar gesig draai om na hom op te kyk,
sien sy sy glimlaggende mond byna teenaan hare en sy draai
haar kop vinnig weg en, dank die gode, die orkes hou op met
speel.

Soos Manie en almal verwag het, verower hy die wissel-
trofee vir die kampioen-jaaroudbul met Zeus. Hy wen ook
'n hele paar ander trofeë en daar word goedig gespot: "Jy sal
moet vrou vat, ou Manie. Wie moet daardie spul goed blink
hou?"

Manie laat hom dit welgeval, kap terug: "Ek is nog besig
om haar te leer om die poetslap te hanteer. Sodra sy dit na my
sin doen, trou ek!"

Emile verower ook 'n paar bekers, en om haar lewe te red,
kan Miempie Susan nie met 'n poetslap in die hand sien be-
kers blink vryf nie. Dit sal maar een van die huishulpskare
se werk moet wees om La Rhône se trofeë blink te hou, dink
sy spytig.

Miempie is bly dat Manie hierna blykbaar so besig is met
die boerdery dat hy nie kans sien om saans te kom kuier
nie. Hy bel haar gereeld, maar verwys gelukkig nie oor die

telefoon na sy huweliksaanbod nie. Dááraan probeer sy so min moontlik dink, hoewel sy weet Manie sal binnekort 'n antwoord wil hê.

Toe die telefoon die Donderdagaand lui en sy 'n manstem aan die ander kant hoor, neem sy sommer aan dis Manie.

"Hallo, Manie. Hoe gaan dit?"

"Dis nie Manie nie. Dis Emile."

"O? Naand, Emile."

'n Kort stilte. "Bel Manie jou dan so gereeld dat jy nou al aanneem dis hy as jou telefoon lui?"

Net omdat sy 'n gek voel, vererg sy haar. "Dít is seker my saak." 'n Onheilspellende pouse volg. Sy byt haar onderlip vas. Ag, goeiste, hier begin hulle al weer! "Is . . . is daar 'n probleem? Kan ek met iets help?"

"Hoekom sal daar 'n probleem wees?"

"Hoekom bel jy dan?"

Weer 'n kort stilte. "Ek wonder self."

"Ekskuus?"

"Toe maar. Los dit, ons kan gesels wanneer ek terugkom."

"Gaan jy dan weg?"

"Ja. My ma-hulle het 'n huis gekry waarin hulle belangstel, maar hulle wil eers my mening hoor voordat hulle koop. Ek sal maar gou ry en gaan kyk. Maar ek kom terug, Miempie."

Dit klink soos 'n dreigement . . . maar waaroor dit gaan, het sy nie die vaagste benul nie. "Sê baie groete vir hulle."

"Ek sal. Tot siens."

Sy staan nog 'n rukkie met die gehoorbuis in haar hand en wonder oor die doel van die oproep. Dan sit sy dit terug op die mik. Wat dit ook al was, hy het skoon daarvan vergeet toe hy hom so vir haar vererg het. Nou ja . . . terug op die ou paaie, Miempie! spot sy humorloos met haarself.

Die Vrydagnag word Miempie deur die gelui van die telefoon gewek. Sy is heeltemal deur die slaap toe sy antwoord.

"Suster? Suster, dis Maria wat praat."

134

"Maria?" Sy is dadelik wawyd wakker. "Wat is dit, Maria?"

"Sal suster nie asseblief uitkom La Rhône toe nie? Ek bel hier van die plaashuis af. Meneer Emile is nie hier nie. Hy is . . ."

"Ja, ek weet hy is weg vir die naweek. Wat is verkeerd daar, Maria?" vra sy onrustig. Al wat sy kan dink, is dat 'n dronk Klaas weer vir Martha bygedam het. Sy het nogal gehoop dit sal ophou noudat Emile hom soveel verantwoordelikheid gegee het.

"Dis Pa, suster. Hy het hier aangekom, die ene bloed. Sy een wang is heeltemal oopgekloof."

Dan het Klaas hierdie keer pak gekry. Sy wil amper sê goed so, maar vra skerp: "Wat het gebeur?"

"Ons weet nie en Pa praat so swaar met die oop wang dat ons nie eintlik kan verstaan nie. Maar dit klink my Pa het op Grootfontein aan die drink gegaan by ander mense en toe het meneer Visser hulle met die sambok bygekom."

"Ek kom dadelik, Maria." Miempie aarsel nie, hoewel sy weet sy het nie nodig om op so 'n oproep te reageer nie. Dis eintlik die polisie en die dokter aan diens by die hospitaal se noodgevalle-afdeling se terrein waarop sy nou gaan oortree. Maar omdat sy weet Emile is nie daar om Klaas in te bring dorp toe nie, sal sy maar gaan kyk wat daar aangaan. En dis Maria wat om hulp geroep het . . .

Sy maak seker dat sy alles in haar noodhulptassie het voordat sy vertrek. Toe sy voor Klaas Benjamin se huis stilhou, kan sy Emile de Jongh baie dinge vergewe net omdat die elektrisiteit reeds in gebruik is. Toe sy Klaas se wang sien, is sy nog dankbaarder dat sy nie in die flou lig van 'n kers hoef te werk nie. Haar bekwame hande neem oor en sy het nie veel meegevoel met sy gekreun terwyl sy die lelike sny toewerk nie. Haar tong spaar hom ook nie. Wat gaan soek hy op 'n ander plaas en drink hom dan nog dronk op die koop toe, en dit terwyl Emile weg is?

135

"Ek het iets saam met hulle gedrink, suster, maar ek was nie dronk nie. Van die ander manne het 'n bietjie te veel gevat. Ek het hulle nog probeer keer toe hulle aan die baklei gaan, maar die volgende oomblik voel ek net sambokhoue oor my val."

Martha laat stug hoor: "Wilhelm Visser was self dronk. Toe, vra vir Klaas. Hy sê hy het soos 'n mal mens daar onder hulle ingespring met die sambok en die vreeslikste vloeke op hulle gevloek."

Hierdie lojaliteit teenoor Klaas verwonder Miempie. Sy vind dit inderdaad onverstaanbaar. Klaas het haar in die verlede al ernstig beseer, maar bewaar die een wat aan Klaas vat.

Klaas keer vinnig. Hy wil nie meer moeilikheid hê as wat daar reeds is nie. Wanneer meneer Emile terugkom en hiervan hoor . . . Hy wil nie nou weggejaag word nie. Dis regtig nou lekker om op La Rhône te werk. "Ek sê nie hy was dronk nie, suster. Maar hy het snaaks gelyk . . . en ek het hom geruik ook."

Miempie is nou hewig ontsteld. "Hoe kon jy hom geruik het? Jy ruik self na drank."

"Ek sê mos ek het ook ietsie gedrink, maar dit was min!" stry Klaas terwyl hy sy seer wang vashou. "Ek wil nie weer dronk raak in my lewe nie. Dis die duiwel se sap daardie."

Miempie stap maar van die onderwerp af. "Het jy nog êrens anders ook seergekry?"

"Hier oor my rug en blaaie . . ."

Nadat sy die res van die sambokletsels behandel het, kyk sy Klaas streng aan. "Ek hoop jy het vannag jou les geleer, Klaas. Meng jou met die semels, dan vreet die varke jou. Jy het niks op Grootfontein, en veral by die spul daar, verloor nie. Jou plek is hier op La Rhône. Meneer Emile het jou vertrou om die plaas op te pas terwyl hy weg is en kyk hoe laat jy hom in die steek," sorg Miempie dat sy deeglik preek.

"Ek is bitter jammer ek het oorgestap soontoe. Ek sweer,

ek swéér by die Man daar Bo," en hy steek beide hande dramaties in die lug op, "ek sit nooit weer my mond aan 'n sopie nie. En ook nie weer my voete op Grootfontein nie."

Miempie sug. Dít het sy ook al tevore gehoor. "Nou goed dan maar, Klaas. Ek sal salf hier los wat Martha kan aansmeer aan die seerplekke. Maar jy sal antibiotikum vir daardie wang moet kry. Ek kom Maria Sondag haal, want die skool begin weer Maandag. Dan sal ek dit saambring. Hier is ook pille vir die pyn."

Sy stap na buite waar Maria op haar wag, gee die gebruiksaanwysings vir die salf en pille. "Ek het jou pa gesê ek sal jou Sondag sommer dorp toe neem, want die vakansie is verby. Ek sal dan vir hom nog pille saambring, maar as hy baie pyn het en die plek lyk nie goed nie, moet julle maar dadelik weer bel. Waar is jou ma?"

Maria lyk ongemaklik. "Sy . . . het geloop, suster."

Miempie frons skerp. "Waarheen?"

"Sy het nie gesê nie. Net gesê ek moet na die kleintjies omsien. Maar sy het in Grootfontein se rigting gestap."

Miempie kyk in die rigting van Wilhelm Visser se plaas. "Grootfontein toe? Maar wat op aarde wil sy hierdie tyd van die nag daar gaan maak?"

"Ek weet nie, suster. Sy het net gesê sy het besigheid om af te handel."

Miempie hoor die kommer in Maria se stem en sy voel hoe 'n gevoel van onheil skielik oor haar kom. Sy aarsel. Miskien moet sy liewer die polisie ontbied dat hulle die saak verder hanteer. Of miskien moet sy maar eers self gaan kyk wat in Martha gevaar het . . .

"Ek sal gaan kyk."

"Ek sal saamgaan, suster."

"Nee, bly hier en sien na jou pa en die ander kinders om. Almal is op hol. Ek sal regkom."

Sy verwag nie om Martha op die pad tussen La Rhône en Grootfontein raak te loop nie. Laasgenoemde het natuurlik kortpad deur die veld gevat. Toe sy by Baardskeerderspoort verbyry, speel sy met die gedagte om Manie op te klop. Maar dis halftwee in die nag. Sy dink ook nie daar is enige werklike gevaar nie. Ná die drag slae sal die klomp drinkebroers seker nie lus voel om verder amok te maak nie. As sy vinnig ry, kan sy Martha dalk voorkeer voordat sy by die strooise aanland.

Maar dis grafstil by die strooise, nes sy vermoed het. Sy glo daar is van hulle nog wakker, maar nie 'n lig gaan aan of 'n deur word oopgemaak toe sy haar motor afskakel nie. Natuurlik bang dis die polisie. Nou is almal skielik vas aan die slaap.

Haar blik dwaal na die plaashuis. Daar brand nog lig. Dit skyn uit die studeerkamervenster. Sy voel bekommerd. Die man is deur diep waters. Sy kind lê in 'n inrigting en sy vrou is in Stikland vir sielkundige of psigiatriese hulp. Sy het nog nooit gehoor dat hy 'n drinker is nie, maar sy wil amper Klaas se woord aanvaar dat Wilhelm Visser ook vannag iets tussen die blaaie kan hê. Waar sou Martha wees?

Dan sien Miempie haar. Sy is besig om die plaashuis te nader. Sy sien haar in die ligstraal wat vanuit die studeerkamer na buite val. Sy beweeg na die venster, loer na binne en stap dan om na die voordeur. Miempie volg haar vinnig en sy bereik die trap toe Martha in die studeerkamerdeur verskyn.

Wilhelm Visser staar die bruin vrou aan asof hy 'n spook sien. Miempie verskyn agter Martha en sien oor haar skouer die halfleë glas langs sy hand.

"Wat soek jy hier?" vra hy skor.

"Vannag maak ek jou vrek, jou wit hond!"

Wilhelm is op sy voete, gee 'n tree vorentoe en klap Martha dat sy steier.

Maar Martha kom weer orent en skree: "Daar was 'n tyd toe jy nie klappe uitgedeel het nie, Wilhelm Visser . . . of het jy daarvan vergeet?" Sy storm op die man af. "Maar vannag gaan jy vrek!"

138

Weer lig die man sy hand en Martha word met 'n geweldige hou teen die grond geslinger.

Miempie reageer instinktief. "Martha! In hemelsnaam . . ."

Maar Martha sien of hoor haar nie eens nie. Die donker oë gloei soos twee kole vuur en Miempie voel hoe haar liggaam van emosie ruk toe sy by haar kniel en haar aan die skouers gryp.

"Jy slaan aan Klaas! Jy waag dit om aan Klaas Benjamin te slaan. Aan Kláás! Aan dié man wat al die jare vir jóú kind gewerk het! Aan Klaas Benjamin wat al die jare jóú kind kos gegee het!" Histeriese snikke oorweldig haar waar sy nog op haar sy lê en 'n woedende, magtelose vuis slaan weer en weer en weer op die tapyt. "Hy het vir jóú kind gesorg! Hy het soos 'n pa vir haar gesorg! En jy . . . sláán hom . . ."

Bokant die huilende Martha ontmoet Miempie en Wilhelm Visser se oë . . . en dit voel vir Miempie asof sy haar in die middel van 'n nagmerrie bevind. Hy staan vasgenael terwyl Martha se wrede, rou snikke die vertrek vul. Steeds met 'n verstarde houding draai hy om en stap die donker huis in. Miempie kyk na die huilende vrou voor haar . . . en haar hart bloei.

"Kom, Martha. Kom. Dis ek . . . suster. Kom saam met my."

Martha skud haar kop wild en die vuis kom weer op die tapyt neer. "Nee! Hy moet vrek! Hy verdien nie om te lewe nie!"

"Kom, Martha! Jy kom nou saam met my. Ons gaan terug huis toe." Sy weet nie waar sy die krag vandaan kry om Martha op haar voete te dwing nie. Dan slaan sy haar arm stewig om die huilende vrou se skouers en begin aanstap deur toe. "Kom. Ons moet huis toe gaan. Klaas het jou nodig."

Teen die tyd dat hulle La Rhône bereik, het die snikke bedaar. Daar is net nou en dan 'n gesnuif. Verder is dit stil. Nie een van hulle praat nie. Sy lei Martha die huis in, lees die verwese bitterheid duidelik op haar gesig in die helder elektriese lig, wens amper dat daar liewer maar 'n kers gebrand het. Sy druk haar na Maria toe.

"Sit jou ma in die bed en gee haar hierdie pille. Sy sal slaap daarvan." Hul oë ontmoet, maar Miempie is verniet bang dat die ander sal vrae vra. Want Maria is 'n swaarkrykind. Sy het al geleer wanneer om vrae te vra . . . en wanneer om te swyg. Vannag is 'n nag om te swyg.

Miempie hou 'n ruk later vertwyfeld voor Grootfontein se huis stil. Sy is bang vir wat sy hier sal aantref, en tog moes sy terugkom. Sy kan Wilhelm Visser nie in hierdie nag net so aan homself oorlaat nie.

Toe sy in die studeerkamer se deur verskyn, sien sy hom weer op dieselfde stoel sit, sy hand om die glas geklem. Hy bly onbewus daarvan dat iemand binnegestap het totdat sy die glas uit sy hand neem. Sy sit dit op die kaggelrak, ontmoet sy oë.

"Dít sal nie help nie, meneer Visser. Miskien kan ék help." Hy sit haar net en aankyk en sy kan nie glo dat 'n mens in so 'n kort tydjie só agteruit kon gaan nie. Van daardie dag, nou sowat twee weke gelede, dat sy hom die hospitaal sien instap het tot vanaand, het Wilhelm Visser in 'n stokou man verander.

Dan skud hy sy kop heen en weer, laat sy gesig in sy een hand sak. "Niemand kan help nie. Ek is klaar. Dis . . . alles verby." Miempie staan nog en bid om die regte woorde toe hy vervolg: "Ek moes Martha toegelaat het om te doen wat sy gekom het om te doen. God sal haar daarvoor vergewe, want my sonde teenoor haar verdien die dood." Eindelik lig sy oë weer. Hy vra nie waar sy vandaan kom en wat sy hier soek nie. Dis nie van belang nie. Sy is 'n mens . . . sy is hier by hom . . . iemand om mee te praat . . . "Ek het nie geweet dis vir Klaas wat ek so slaan nie. Ek het hier gesit en . . . drink . . . en toe hoor ek die geraas . . . Ek het net berserk geraak. Ek kon nie vanaand nog 'n dronk spul ook vat nie. Ek het berserk geraak, die sambok gegryp, daarheen gehardloop en net geslaan en geslaan tot daar niemand meer in sig was om te slaan nie. Ek het nie eens geweet wie dit is wat ek slaan nie."

Sy kyk hom met begrip aan. Sy verstaan. Eintlik was die houe nie teen die dronk spul gerig nie, maar teen die lewe wat hom die afgelope tyd so stief behandel het. Hy wou terugslaan. En dat dit baie wreed en onregverdig was om sy woede en opstand op 'n klompie onskuldige mense uit te haal . . . daaraan dink hy nie eens een oomblik nie.

"Ek is jammer oor Klaas. Hy is die laaste mens op aarde aan wie ek durf slaan. Hy het al die jare my plek vol gestaan."

"Dan . . . dan is Maria u kind?"

"Ja. Sy is my kind."

Sy kyk hom met ontsetting aan. "Het u dit al die jare geweet?"

Hy knik, wil nie langer wegkruip nie. "Ja, ek het geweet. Ek weet al die jare Maria is my kind. As ek haar gesien het, het ek weggekyk – gemaak of ek haar nie sien nie. Maar ek het geweet . . . dis mý kind wat daar loop."

Skok stomp Miempie se gevoelens totaal af. Sy weet nie wat sy in hierdie oomblik teenoor hierdie man voel nie. Afkeer? Afgryse? Selfs haat? Of . . . jammerte?

"Hoe het dit dan gebeur . . . as u my daarvan wil vertel."

"Eintlik so onskuldig. Soos alle sondes maar seker begin. Martha het die destydse standerd vyf gehad. Ek kon haar handig in my buitekantoor gebruik. Sy was al sewentien en sy kon die telefoon beantwoord, boodskappe neerskryf terwyl ek na my boerdery omsien. My vrou het haar boetiek op die dorp gehad. Sy kon my nie help nie. Martha het baie gou gesnap wat van haar verlang word. Sy het al hoe meer in die kantoor begin doen. Sy het eintlik onmisbaar geword. Ek het destyds nog 'n groot boerdery gehad. Dit het deur die jare agteruit begin gaan. Ek weet."

"En dit was in daardie tyd dat . . . dinge handuit geruk het?"

"Ja. Ons het elke dag so intiem saamgewerk. Ek het later nie meer haar bruin vel of haar jonkheid raakgesien nie. Sy was soos 'n vennoot vir my. Ons het al meer eie met mekaar geraak . . ."

"Toe word sy swanger."

"Ja. Ek het my tot my sinne geskrik. Ek, Wilhelm Visser, het 'n kind by 'n kind verwek."

"Sy was maar sewentien."

"Ja. Ek was angsbevange dat Ruda dit sou uitvind. Yolande was nog nie daar nie. Sy is eers drie jaar later gebore. Boonop kon ek tronk toe gaan. Dit was toe nog ontug." Hy kyk haar peinsend aan en hy lyk skielik in beheer van homself. "Ek weet wat jy dink, wat jy voel, suster. Ek neem jou nie kwalik nie. Jy dink ek het maklik daarvan afgekom. Jy dink ek het Martha weggejaag en die saak was afgehandel. Maar dit is nie so nie. Elke keer dat ek Maria langs die grootpad gesien het, kon ek daardie nag nie slaap nie, het my gewete my getreiter. Veral toe Yolande drie jaar later kom . . . Elke keer dat ek in my mooi blouoogdogtertjie se ogies gekyk het, het 'n paar swartes voor my ingeskuif. Dit was hel." Hy vee oor sy oë. "Maar Martha het die swaarste daarvan afgekom. Ek het haar weggejaag toe sy met die storie kom dat sy my kind verwag. Ek het beweer sy het rondgeslaap, dat sy geen bewys het dat dit my kind is nie, en as sy dit durf waag om so iets te beweer, ek haar in die hof uitmekaar sal skeur. Sy was jonk en sy is geïntimideer deur my dreigemente. Sy is terug Baardskeerderspoort toe, na haar ma-hulle toe." Hy vee weer oor sy oë. "Maar God se meule maal, al is dit langsaam. Waar lê my vrou vannag? Waar lê my dogter vannag? God het gesorg dat ek betaal . . . dubbel en dwars betaal."

Miempie voel skielik rustiger. Sy gaan sit teenoor hom. "Was u nooit nuuskierig om te weet watter soort mens Maria is nie, nuuskierig om meer omtrent haar te wete te kom nie? Weet u iets van haar af?"

"Nee. Ek weet niks van haar af nie. Ek wou en wil ook niks van haar weet nie."

"Maar sy is 'n mens, meneer Visser. Sy is u dogter. U oudste dogter." Sy kyk hom vas in die oë. "Laat my dan toe om aan u te sê dat u trots kan wees op haar. Elke pa kan trots wees op Maria. Klaas Benjamin gaan nog eendag soet vrugte pluk omdat hy vaderskap oor haar aanvaar het."

En toe begin Miempie hom vertel van Maria . . . en Wilhelm Visser sit net stom en luister. En Miempie sien skielik geldnote uit die hemel neerreën . . .

"Sy is regtig 'n slim kind. Sy leer so hard. Sy wil so graag eendag 'n mediese dokter word. Maar Klaas Benjamin is haar pa. Daar is nie geld nie." Sy bedel skaamteloos. "As sy net die eerste jaar se klas- en losiesgeld in die hande kan kry, selfs êrens te leen kan kry . . . Van die tweede jaar af kan sy om 'n beurs of studielening aansoek doen. Dalk kom sy so reg." Sy staan op, besef dat dit byna dagbreek is. Die nag is om. Sy leun vorentoe, lê vlugtig 'n hand op sy skouer. "Ek sal vir u bid. Tot siens."

Sy stap uit op die stoep, aarsel. Sy kyk op na die hemelruim. Sy sien die sterre begin reeds verdof in die naderende lig van 'n nuwe dag. En sy sluit haar oë en bid.

In die studeerkamer laat Wilhelm Visser weer sy gesig in sy hande sak . . . en die trane loop deur sy vingers en drup op die tapyt voor hom.

9

Saterdagaand kom Manie kuier, maar om die een of ander rede het Miempie nie lus om hom van die debakel van die vorige aand op La Rhône en Grootfontein te vertel nie. Dit het niks met hom te doen nie, vertel sy haarself. Dis of die aand nie suksesvol wil wees nie. Sy maak vir hulle kos, hulle gesels oor ditjies en datjies en Manie lyk ietwat verward. Hy kan die atmosfeer vanaand nie heeltemal peil nie. Daar skort iets, maar hy kan nie agterkom wat nie. Dis asof Miempie gespanne is. Hy dink nie daaraan dat sy die oomblik vrees dat hy sy huweliksaanbod herhaal nie. Tog voel hy aan vanaand is nie die aand om daaroor te gesels nie en dis nog redelik vroeg toe hy met 'n kort soentjie nag sê en vertrek.

Sy probeer haarself nie om die bos lei oor die vreugde in haar hart toe daar Sondagmiddag 'n klop aan haar voordeur is en Emile voor haar staan nie. Dan is hy terug!

Haar glimlag vertel hom dat hy hierdie keer beslis welkom is en hy slaak innerlik 'n sug van verligting. 'n Mens weet nooit met hierdie Miempie nie. Sy is maar vol draadwerk.

"Kom binne. Hoe gaan dit met jou ouers?"

"Goed, dankie. Hulle laat weet baie groete."

"Dankie. Het hulle toe op 'n huis besluit?"

"Ja. Hulle het 'n oulike plekkie in 'n aftree-oord in Mosselbaai gekoop. Ma wou eers niks daarvan weet nie. Haar redenasie is: Waar kry almal slaapplek wanneer haar kinders en kleinkinders kom kuier? Maar ek het haar omgepraat om af te sien van die strandhuis wat sy in die oog gehad het. Dis onsinnig om so 'n groot plek aan te skaf vir jou oudag, en dit net omdat kinders een keer in 'n jaar kom kuier. Kinders moet na hulself kyk wanneer hulle die dag grootmense is."

Sy glimlag. "Dit klink my jy sal eendag maar 'n kwaai pa wees!"

"Nee. Of ja, seker maar. Ek het nog altyd geglo as 'n ouer 'n kind grootgemaak en hom geleerdheid gegee het, is hy klaar met sy verantwoordelikheid van versorging. Daarna moet die kind op sy eie bene staan en vir homself sorg."

"Seg dié heer wat 'n plaas soos La Rhône op 'n skinkbord gekry het."

Sy het nie bedoel om krities te wees nie, maar hy frons ontevrede. "Ek het dit nie verniet gekry nie. Ek werk al tien jaar dat dit bars op daardie plaas, al dink jy ek het nog net altyd my tyd met die een meisie na die ander verkwis."

144

"Ek het dit nie . . ."

"Ek weet ek is baie bevoorreg om Giel de Jongh se seun te wees en om so 'n begin in die lewe te kon kry. Ek waardeer dit. Maar ek sal moet werk om dit te behou. Om 'n plaas te erf, is die maklike deel. Om dit verder op te bou, is 'n ander storie. Kyk hoe lyk dit vandag op Grootfontein. En dan sal ek ook ná my ouers se dood my ouer broer moet uitbetaal." Sy gryp hierna om die onderwerp te verander. Sy wil regtig nie nou met hom baklei nie. Sy is te bly om hom te sien. "Ek weet jy het 'n ouer broer, maar ek weet niks verder nie. Wat doen hy?"

"Hy is 'n ingenieur in Kaapstad. Hennie was nooit 'n boer nie. Hy is akademies aangelê. Hy en Mathilda het twee kinders, 'n dogtertjie van ses en 'n seun van dertien. Jy sal van hulle hou." Hy glimlag weer. "Nou toe. Het hier oor die naweek iets snaaks gebeur?"

Sy sal hom moet vertel. Hy sal dit tog hoor wanneer hy op La Rhône aanland. Hy luister fronsend, begin al kwaaier lyk, en sy doen haar bes om te keer dat 'n donderstorm op die plaas losbars wanneer hy daar aankom.

"Ek glo Klaas dat hy nie baie gedrink het nie. Trouens, hy het heeltemal normaal gepraat nadat ek sy wang toegewerk het. Hy het na wyn geruik, maar hy was beslis nie dronk nie."

"Hy het niks te soeke gehad op Grootfontein nie."

"Dit is so, Emile, maar dit was Vrydagaand en hy het miskien na ander geselskap verlang. Moenie die onmoontlike van Klaas verwag nie."

"Miempie, ek het hom in 'n verantwoordelike posisie geplaas. Ek het op hom vertrou. Maar dit lyk my dit help nie om Klaas verantwoordelikheid te gee nie. Sodra jy jou rug draai . . ."

"Jy is nou onredelik. Jy verwag Klaas moet sommer oornag in 'n engeltjie verander. Dit werk nie so nie," sê sy nou ook ietwat heftig. "Daarom het ek aan Manie voorgestel dat julle saamstaan en 'n gemeenskapsaal bou waar almal oor

145

naweke gesellig bymekaar kan kom onder toesig van die ouer mense."

"Hy het dit nog nooit teenoor my genoem nie."

"Wel, ek het dit voorgestel en hy het ingenome daarmee geklink."

"Hm." Hy kyk haar ondersoekend aan. "Jy en Manie gesels diep dinge. Is dit ál waaroor julle gesels wanneer julle saam is . . . oor die opheffing en sosiale lewe van ons werkers?"

Miempie sug onhoorbaar. Regtig, Emile soek vir baklei.

"Onder meer." Haar oë waarsku hom om nie verder op hierdie onderwerp in te gaan nie.

Maar daar is 'n moedswillige trek om sy mondhoeke. "Hoe ver het julle vriendskap al gevorder?" Sy sit hom net en aankyk. "Ek wil jou maar net waarsku. Hy het eenmaal aan my gesê hy dink nie nou al aan trou nie. Hy wil nog te veel op die plaas doen."

"Dis gaaf van jou om my te waarsku sodat ek nie dalk aspirasies in daardie rigting begin koester nie." Toe sy die tevrede lig in sy oë sien, rys haar nekhare en laat sy uitdagend hoor: "Maar dis elke mens se goeie reg om van plan te verander . . . Manie s'n ook."

Sy frons is onmiddellik terug. "Dan het hy jou gevra om met hom te trou?"

Wat genoeg is, is genoeg. Hy soek vir baklei; hy gaan dit kry. "Hou op om jou met my en Manie se sake te bemoei! Gaan liewer plaas toe en gaan kyk na jou boerdery en pas self jou mense op sodat ek nie ná middernag agter hulle moet aanry om te keer dat daar op ander plase moord gepleeg word nie!"

Die oomblik toe sy stilbly, besef sy sy het 'n groot flater begaan. Sy was nie van plan om hom van die res te vertel nie. Dis genoeg dat hy weet hoe Klaas seergekry het. Van Martha se deel hoef hy nie te weet nie. Maar nou . . .

"Wat bedoel jy? Jy moes keer dat 'n moord gepleeg word?" Haar ontwykende oë vertel hom genoeg. "Wat presies het

Vrydagnag aangegaan, Miempie? Ek wil die volle waarheid hoor! Nóú! Jy steek goed vir my weg!"

Die res moet ook maar uitkom, maar voordat sy nog klaar vertel het, bars hy los: "Is jy dan van jou verstand af, vroumens? Om agter Martha aan te ry Grootfontein toe waar daar dronknes gehou word?"

"Ek was nooit in gevaar nie!" verweer sy driftig.

"Stil! Jy praat deur jou nek! Weet jy hoe besete raak 'n man as hy dagga en drank in het? En jy gaan stap ná middernag so waaragtig binne-in so 'n spul in om Martha – wat nie daar hoort nie en net moeilikheid gaan soek – te beskerm?"

Sy is sprakeloos. Sy ontsteltenis is buitensporig, maar sy weet ook hy praat die waarheid. Toe sy agter Martha aan is, het sy egter vir geen oomblik gedink sy stel haarself in gevaar nie. "Ek wou net help, keer . . ." verweer sy lamlendig.

Maar hy vee dit met minagting weg. "Jy het in die eerste plek niks op La Rhône verloor nie. Maria het geen reg gehad om jou te bel nie. Vrydagnag se dinge was die polisie en die dokter se werk, nie joune nie. Wat het Martha in elk geval op Grootfontein gaan soek?"

"Sy het Wilhelm Visser gaan aanval omdat hy Klaas geslaan het," antwoord sy bot, glad nie lus om hom van haar ontdekking te vertel nie.

"O so?" Emile se oë blits. "Haar man stap oor na 'n ander man se plaas, drink saam en maak amok, en as daardie man orde herstel, dan wip Martha haar daaroor. Dis goed jy sê my. Nou weet ek presies wat om te doen."

"Emile!" Sy keer hom voor hy die deur bereik. "Asseblief, wat wil jy doen?"

Hy kyk haar kil aan, gooi haar woorde terug na haar: "Bemoei jou met jou eie sake."

"Jy gaan hulle nie wegjaag nie! Dis wat jy van plan is om te doen, is dit nie?"

"En hoekom nie? Kyk wat het ek alles vir daardie Benjamins gedoen. Al die verbeteringe, die geriewe, hoër salarisse, beter vooruitsigte, meer seggenskap. En wat kry ek terug? Die oomblik toe ek my rug draai . . ."

"Emile, jy verstaan nie!"

"Ek verstaan maar te goed, suster Rust. Ek het eers jou bemoeienis met die plaaswerkers bewonder. Maar nou . . . nou begin ek dink jy is nie so 'n goeie invloed op hulle nie."

"Wat!"

"Ja. Jy sterk hulle in hulle kwaad. Jy praat hulle voor en praat hul verkeerde dade reg. Kan 'n mens Wilhelm Visser kwalik neem dat hy die saak wou regstel – met die sambok."

Haar oë rek verskrik. "Jy gaan nie aan hulle slaan nie!"

"As ek hulle wil foeter, sal ek nie jou verlof vra nie. Nee. Ek sal nie my sambok gaan uithaal nie. Maar hulle sorg eenvoudig dat hulle vanaand van my grond af is."

"Jy mag nie . . ."

"Hulle kan hulle goed op my vragmotor laai en ek sal Klaas drie maande se salaris betaal. Dis veel meer as wat hulle verdien. Maar dis al. En jy, jý, Miempie Rust, gaan nie langer aan my voorskryf hoe ek my werkers moet behandel nie. Jy hou jou neus in die toekoms uit my sake en bepaal jou by die werk waarvoor jy betaal word. Tot siens."

Sy hardloop agter hom aan en roep agterna en gee nie 'n duiwel om wie haar hoor nie: "Dis reg! Hardloop weg van jou plig teenoor jou naaste! Dis mos die maklikste! Dis een van die redes hoekom hierdie land in so 'n gemors is! Gee die ander man nie 'n kans om te verduidelik nie! Jaag hom net weg! Luister nie eens na sý kant nie! Probeer nie eens verstaan hoekom dinge gebeur het nie! Nee, dis reg! Jaag hulle weg! Ek sal hier op die dorp vir jou vragmotor wag en kyk hoe ek hulle kan help. En onthou net, hulle het ook hulle regte as werkers – jy moenie dink ek ken nie die arbeidswet op die punte van my vingers nie. En ek sal hulle inlig oor hulle regte . . ."

Die motordeur klap hard toe en die bande skree, en Miempie keer die snikke in haar keel tot haar voordeur veilig agter haar toe is.

Toe Emile op die plaas aanland, stap hy met kwaai hale na sy lessenaar, sak daaragter neer, druk sy vingerpunte teen sy voorkop en sluit sy oë. Kragtie, hy weet nie wanneer laas hy so kwaad was nie! Besef die vroumens dan nie waaraan sy haar Vrydagnag blootgestel het nie? Hy kry koue rillings terwyl allerhande gruwelbeelde voor hom verbyflits . . . hoe sy verkrag word . . . met 'n mes gesteek word . . . verwurg word . . . Hemel! Daar is sweet op sy voorkop.

En dan het sy nog die vermetelheid om op hóm te skree! Sy kort 'n afgedankste loesing, die domastrante klein . . . snip!

Toe Klaas Benjamin skielik hoed in die hand in die stoepdeur verskyn, kyk hy hom strak aan. Klaas lyk uiters verleë, streel-streel oor sy seer wang.

"Middag, meneer. Ek het sommer dadelik gekom toe ek sien meneer is terug. Ek . . . ek het iets om meneer te vertel . . ."

Dis reg! Jaag hulle weg! Luister nie na wat hy te sê het nie. Probeer nie eens verstaan nie. Dis mos die maklikste manier om van jou plig teenoor jou naaste weg te hardloop!

"Dag, Klaas." Hy wys na 'n stoel. "Sit."

Klaas neem onseker op die puntjie plaas, die hoed al draaiende tussen sy hande.

Wilhelm Visser het bedoel om te slaan, dink Emile. Dis 'n lelike hou. Daar sal waarskynlik altyd 'n litteken bly. Hy maak keel skoon, kyk die bruin man vas in die oë. "Goed, Klaas. Begin met jou storie."

Hy val hom nie in die rede nie, ook nie toe Klaas verskonend en pleitend afsluit nie: "Ek is jammer, meneer. Ek moes nie oorgestap het Grootfontein toe nie. Maar ek het rêrig nie dronk geraak nie. Ek het twee slukke aan die bottel gevat, want ek wil nie eintlik meer drink nie. Ja, meneer. Want as ek drink, slaan ek my vrou. En ek wil haar nie rêrig slaan nie. Martha is 'n goeie vrou. En ek wil ook nie moeilikheid maak nie. Ek wil nie van La Rhône af geskop word nie. Meneer is so goed vir ons. Ek ruil my werk vandag met niemand anders s'n nie. Ek het 'n fout gemaak, meneer . . . maar, ag, meneer, asseblief, vergewe my maar. Ek sweer by die Man daar Bo," en die hande gaan dramaties die lug in, "dit sal nie weer gebeur nie. Ek het Vrydagnag die laaste keer my mond aan die duiwel se sap gesit. Maar ek het nie baklei nie. Ek het nog gekeer toe die manne begin hitsig raak het . . . Ek praat die waarheid, meneer, asseblief tog!"

Dit word rustiger in Emile. Magtie, Klaas sal nie weet hoe verlig hy voel nie! Hy wil die man nie verloor nie. Hy is sy beste voorman. En hy weet hy kan hom vertrou. As Klaas soms 'n bietjie uit die spoor trap . . . Hy is 'n mens, nie volmaak nie. Wie is dan volmaak? En soos daardie parmant gesê het, hy kan nie verwag Klaas moet oornag in 'n engel verander nie. Feit bly, daar loop geen engel op aarde rond nie, nie met 'n bruin of met 'n swart of met 'n wit vel nie.

Hy kan selfs nou 'n klein glimlaggie om sy mondhoeke geplooi kry. "Goed, Klaas. Ek aanvaar jy het my die volle waarheid vertel."

"Die volle, heilige waarheid, meneer!" en die hande styg weer omhoog.

"Goed. Vertel my nou wat het Martha op Grootfontein gaan soek?"

"Martha was nie daar nie, meneer. Ek was alleen oor."

"Ek praat van nadat die suster jou wang toegewerk het. Wat het sy toe op Grootfontein gaan maak?"

Hy weet Klaas praat die waarheid toe hy totaal verward sê: "Ek weet daar niks van nie, meneer. Was Martha Grootfontein toe? Om wat te maak?"

"Ek vra vir jou, Klaas."

"Nee, meneer, rêrig . . . ek weet niks daarvan nie. Die suster het my slaappille gegee en ek het dadelik aan die slaap geraak. Ek weet niks daarvan dat Martha Grootfontein toe geloop het nie."

"Nou goed dan, Klaas. Ek hoop jy het jou les geleer."

"Ek het, meneer. Ek sweer," en die hande wil-wil weer die lug inklim.

Emile sê vinnig: "Dan is dit reg so. Ek wou maar net sê . . . ek is bly jy het met my kom praat. Ek was woedend toe ek die storie gehoor het."

Klaas se laggie verwater vinnig en hy gryp na sy wang. "Ek verstaan, meneer, maar meneer Emile sal sien . . . Nooit, net nooit weer nie. Ek sweer . . ."

Emile lag saggies toe Klaas by die deur uit is, en hy skud sy kop. Hy wonder wie van hulle twee die gelukkigste is dat hierdie onderhoud só afgeloop het! Dan versag sy glimlag. Daardie snip het haar roeping gemis. Sy hoort in die diplomatieke diens. Maar hy sal dit nie vir haar sê nie. Die plek waar sy tot haar reg sal kom, is op 'n plaas. Hy frons. Maar beslis nie Baardskeerderspoort nie . . .

Hy is net op pad om sy tas uit die motor te gaan haal – hy was te ontstoke om dit te doen toe hy stilgehou het – toe haar motor die werf ingery kom en langs syne kom stilhou. 'n Gestaltetjie wip agter die stuurwiel uit en loop reg op hom af . . . en Emile wonder geamuseerd of hy moet koes of weghardloop. Toe hy haar ernstige gesig sien, trek hy syne ook maar op 'n plooi.

"Ek kom vra toestemming om jou plaas te betree, asseblief."

"Jy het geen toestemming nodig nie. Jy kan permanent hier kom bly as jy so voel."

Maar sy gee nie 'n sentimeter toe nie. Dié dame is nog steeds woedend kwaad. "Ek wil net die doel van my besoek bekend maak. Ek het Maria belowe ek sal haar vanmiddag kom haal. Haar skool begin weer môre."

Hy knik, kyk haar peinsend aan. Dis darem nie nodig om só kwaad te wees nie. "Natuurlik, Miempie. Maar kom eers binne. Daar is geen haas . . ."

"Jammer. Ek is haastig. Dankie vir jou verlof." Sy draai

kort om en hy moet lang treë gee om by haar vinnige treetjies by te hou.

"Ag, kom nou, Miempie. Moet nou nie kinderagtig wees nie. Kom binne en laat ons die ding uitpraat."

Maar sy wip agter die stuurwiel in en trek die deur beslis agter haar toe. "Jammer, maar ek het mos gesê ek is haastig."

"Jy is 'n mooi een om vir my te wil preek! Wat doen jý nou? Gee my geen kans nie, wil nie na my luister nie, hardloop net weg." Haar hand reik na die aansitter en hy vervolg vinnig: "Ken nie jou plig teenoor jou naaste nie, nè?"

Hy kry 'n koel blik. "Ek het geen plig teenoor jou nie, meneer De Jongh. Jy kan na jouself kyk. Ek het 'n plig teenoor mense wat my nodig het."

"Maar ek hét jou nodig!"

"Twak!" en hy moet opsy staan toe sy vervaard wegtrek.

By die Benjamins se huis aangekom, lyk dit nie of daar 'n inpakkery of 'n trekkery in die vooruitsig gestel word nie. Sy wil nie aan haarself erken hoe verlig sy daaroor voel nie. Miskien het iets wat sy gesê het tog in Emile de Jongh se harde klapperdop ingedring.

"Ek wil Klaas se wang sien. Waar is hy?"

"Hy is by die beeskraal. Die voorman oor die diere het afnaweek, nou moet hy kyk. Hy kla nie van sy wang nie. Hy sê dis nie meer so erg seer nie," lig Martha haar in, bly haar oë ontwyk. "Maria sal nou hier wees. Sy pak net die laaste strykgoedjies in."

"En hoe gaan dit met jou, Martha?" Geen antwoord nie. "Is jy darem al kalmer?"

Die oë flits heen en weer. "Dis 'n gemors, suster. 'n Gemors . . ."

"Ja, Martha. Maar ons sal iets sinvols uit hierdie gemors moet probeer skep, anders gaan baie mense ten gronde." Sy sien Martha begryp nie wat sy bedoel nie en sê vinnig toe Maria met haar tas aangestap kom: "Ons praat later weer.

Kyk mooi na Klaas se wang. Hallo, Maria. En hoe voel jy? Reg vir die nuwe kwartaal?"

"O ja, suster! Ek kan nie wag om te begin nie!"

As Miempie half en half verwag om weer deur die baas van die plaas voorgekeer te word, misgis sy haar. Sy word toegelaat om La Rhône ongehinderd te verlaat, maar dit beteken nie dat haar vertrek nie dopgehou word nie. Emile bring die beker koffie na sy mond, suig stadig daaraan terwyl sy blik die stofwolk volg. Daar sal 'n plan gemaak moet word om jou in te breek, sustertjie. Anders sal jy later onuithoudbaar word. Dis tyd dat jy 'n baas kry. Hy sit die leë beker neer, kyk diep ingedagte voor hom op die mat. Dan glimlag hy skielik. 'n Bietjie lokaas sal help . . . en hy weet presies watter soort lokaas Miempie Rust in die versoeking sal lei. Hy lag skielik saggies en sy oë blink. Daar is baie maniere om 'n kwaai kat mak te maak . . . só mak dat sy op jou skoot sal lê en spin . . .

Sy blik dwaal na die geraamde foto van sy ouers teen die muur. Nooit geweet hy het so 'n versiende, slim ma nie . . . Sy het sowaar al die tyd geweet waar hierdie verpleegstertjie regtig tuis hoort . . .

Toe Emile die Maandagoggend vroeg in die bankbestuurder se kantoor verskyn, word hy met 'n stewige handdruk gegroet. Emile is nie net een van sy sterkste kliënte nie, maar daar is 'n vae hoop in die bestuurder se hart dat hy nog familie ook kan word. As Susan net haar kaarte reg speel . . .

"En wat bring jou so vroeg op 'n Maandagoggend na die bankbestuurder toe? Kom vra jy nóg 'n oortrokke rekening?" terg hy.

"Ja. Dis presies wat ek kom vra."

Die bankbestuurder se wenkbroue lig geskok en dan gaan daar vir hom lig op. "O, ek verstaan. Dan het jy gehoor Visser gaan Grootfontein verkoop. Julle twee het toe privaat onderhandel?"

Emile frons. "Gaan Visser verkoop?"

"Ja. Het jy nie gehoor nie? Hy gaan maar padgee. Ek moet sê, ek dink dis 'n wyse besluit. Ná alles wat gebeur het . . . Dan is dit ook beter om nou te onttrek en nog met iets uit te stap as om te lank te wag en uiteindelik bankrot te speel. As hy Grootfontein vandag verkoop, is hy nog steeds 'n ryk man. Grootfontein behoort 'n goeie prys te haal ten spyte daarvan dat Wilhelm meer agteruit as vorentoe geboer het. Maar dis 'n goeie plaas en sal 'n goeie belegging wees. Stel jy nie belang nie? Jy weet tog daar is nie probleme by die bank nie."

"Ja, ek weet, maar . . . nee, ek dink dis 'n beter proposisie vir Manie. Sy plaas grens aan Grootfontein. Ek sal liewer wag totdat Brakpoort in die mark kom. Dit sal my beter pas. Soos jy weet, behoort dit aan ou tant Miemie en die dag dat sy sterf, moet dit verkoop word. Intussen huur Floors Pieterse die plek en hy pas die plaas mooi op."

"Ja, dit is so. Wel, as dit dan nie 'n plaas se geld is wat jy wil leen nie, hoeveel . . ."

"Nee, dis nie 'n plaas se geld nie. Dis net honderdduisend rand . . . voorlopig."

Die bestuurder lag. "Ag, Emile, jy weet mos wat jou oortrokke fasiliteite is. Jy hoef my mos nie vir so 'n bedraggie te kom vra nie. Waarvoor jy dit ook al wil hê, skryf die tjek uit."

"Dankie, oom Chris. Ja, ek weet ek hoef nie eintlik jou toestemming te vra nie, maar ek hou nie daarvan om so iets te doen sonder dat my bankbestuurder daarvan weet nie. Oor 'n maand sal dit ook gedelg wees, want dan kom daar van die vaste deposito's los. Ek wil jou sê waarvoor ek dit wil hê."

"Asseblief, jong vriend, ek wil nie weet nie. Jy hoef nie vir my te sê waarvoor jy dit wil hê nie," keer die ouer man laggend, sy oë goedkeurend. Mag, dis darem 'n plesier om hierdie man as kliënt te hê. Dit sal 'n nog groter plesier wees om hom as skoonseun te hê.

"Ek weet, maar ek moet jou vertel, want jy is by die transaksie betrokke. Jy moet die middelman wees, asseblief, oom Chris."

"Goed. As ek kan help."

"Ek wil hê hierdie geld moet in 'n sekere persoon se bankrekening inbetaal word. En as sy nie 'n rekening by hierdie bank het nie, moet een vir haar oopgemaak word."

"Haar?" Oom Chris se oë begin rek.

"Ja. En sy mag nie weet van wie die geld kom nie."

"O? En wie is . . . sy?"

"Miempie Rust, een van ons plaaslike verpleegsusters. Sy behartig die mobiele kliniek vir die plaaswerkers se primêre gesondheidsorg. Oom ken haar seker nie."

"Ek weet van haar. Wag 'n bietjie . . . Ja, sy was onlangs hier by my, wou hoor of ek haar kon help met . . . honderdduisend rand." Die ooreenkoms tref hom onmiddellik en hy frons. Wat is hier aan die gang?

"Sy was hier by oom? Wou soveel geld leen? Op haar naam?"

"Ja. En al wat sy as sekuriteit kon bied, was haar tweedehandse motor wat kwalik dertigduisend sal haal en 'n paar stukke meubels van haar oorlede ouers. En haar salaris wat geen sekuriteit is nie, want as sy dalk môre haar werk verloor . . . Ek kon haar eenvoudig net nie help nie."

Emile skud sy kop, 'n sagte glimlag om sy lippe. Sy Miempie . . .

Die bankbestuurder se nuuskierigheid is nou deeglik geprikkel. "Hoekom wil jy so 'n bedrag in suster Rust se rekening inbetaal?"

"Dit is nie eintlik vir haar nie. Sy moet dit maar net administreer vir 'n bruin meisie op La Rhône."

Die ouer man sit terug. "Jy bedoel . . . jy wil honderdduisend rand vir 'n . . . 'n . . . bruin meisie gee?" Hy voel sy ore toeslaan. "Genugtig, Emile! Wat het jy aangevang?"

Maar Emile lag hartlik, hou sy hand omhoog. "Bedaar, oom Chris! Dis nie wat jy dink nie! Nee, Maria Benjamin is 'n hoogs intelligente kind. Sy is nou in graad twaalf. Miempie soek die geld vir die meisie se eerste jaar as mediese student. Daarna kan ons weer praat. Daar kan blykbaar makliker hulp uit ander oorde van die tweede jaar af verkry word – as sy natuurlik haar kant bring en 'n uithalerstudent op akademiese gebied sal wees."

"En jy wil nou die geld voorskiet? Hoekom?"

Vra 'n verliefde man hoekom hy mal dinge doen? antwoord hy stilswyend, sê dan hardop: "Omdat ek glo Maria sal Miempie se geloof nie beskaam nie. En ook omdat ek glo dat dit ons plig is; omdat ons wat kan help, 'n helpende hand moet uitsteek na húlle wat boontoe beur ten spyte van die feit dat hulle niks het nie. Ek voel saam met suster Rust. Hierdie kind moet 'n kans gegun word."

Die bestuurder laat hoor 'n groot sug. Wel, dis Emile se geld. Hy kan daarmee maak wat hy wil. "Dis 'n baie mooi gebaar van jou kant af, Emile, maar jy gaan darem seker die een of ander skriftelike kontrak . . ."

"Nee. Niks nie. Dit word op Miempie se naam belê, dis al. Ek sal haar vertrou met alles wat ek besit." Hy sien die skeptiese lig in die bankbestuurder se oë. "Oom Chris, ons land is op die meeste terreine in 'n redelike gemors. Ons moet dit regkry voordat ons kinders die gemors erf. Manie Bredenkamp het nou die dag iets só waar vir my gesê. Ons het oor landstoestande gepraat en toe het hy gesê: 'Al wat ons deur hierdie deurmekaarspul gaan help, is geloof en 'n humorsin. Sonder daardie twee eienskappe gaan ons nie anderkant uitkom nie.' Maar ek wil 'n derde ding byvoeg. Ons moet ook meer doen, meer betrokke raak. Ek, jy, almal . . . vir mekaar omgee, mekaar help. Ons moet hande vat in hierdie land."

Die ouer man knik, bly steeds skepties. "Dit mag alles waar wees wat jy sê, my jonge vriend . . . maar wat as jy daardie geld verloor? Dit is darem 'n paar rand."

Maar Emile glimlag weer. "Dan, oom Chris, stel ek nommer twee in werking. Ek hoop my humorsin sal my dan te

156

hulp kom! Maar intussen voel ek dit is die moeite werd om dit te waag en daardeur vir iemand 'n nuwe, beter toekoms te help skep." Hy sien die kommer op die ander man se gesig en word ernstig. "Ek het baie hieroor gedink, oom Chris. Ek het nie sommer net impulsief besluit nie. Maar jy weet, toe ek so sit en dink het, het ek baie skaam gekry. Ek erf La Rhône, 'n pragplaas wat vandag, as dit in die mark moet kom, 'n hele paar miljoen sal haal. Dis wat die lewe my gegee het deur my ouers. En wat het Maria Benjamin van die lewe ontvang deur háár ouers? 'n Bruin vel. Het oom al so daaraan gedink? Sy het waaragtig net 'n bruin vel gekry . . . en verstand. En dis nie haar ouers se skuld dat hulle niks meer het om haar te bied nie. Waar moet hulle dit nogal vandaan kry? Hulle het met 'n agterstand in die lewe begin, en moes maar net spook en spartel om kop bo water te hou. Dan, oom Chris, is honderdduisend rand regtig niks nie."

Die bestuurder is stil. "Goed. Suster Rust het nie 'n bankrekening by ons nie. Ek sal haar moet inroep om die nodige te kom teken. Jy het gesê jy wil anoniem bly."

Emile glimlag. "Soort van . . . en ook nie eintlik nie."

"Wat beteken dit?"

"Sy sal wil weet van wie die geld kom. Dan sê jy eers nee, die persoon wil anoniem bly. Maar soos ek Miempie ken, sal sy daarop aandring om te weet. Sy is nie 'n dame wat sommer tou opgooi nie. Dan vertel jy haar, in die grootste geheimhouding, dat dit ek is."

Arme oom Chris lyk nou heeltemal verward. Hy mag nie sê nie, maar eintlik moet hy sê . . .

Emile staan op. Die onderhoud is verby. "All is fair in love and war. Op die oomblik is dit nog oorlog. Maar wie weet, dalk vermurwe die gebaar 'n sekere dame se hart só dat net liefde oorbly! Tot siens, oom Chris!"

Hy sit en kyk hoe die deur toegaan, draai dan sy kop na die venster . . . en sien hoe sy droom daar uitvlieg.

Miempie kan glad nie dink waaroor die bankbestuurder haar ontbied nie, maar sy gaan nietemin. Miskien het hy tog sy weg begin oopsien om haar te help. Die nuus wat sy egter ontvang, laat haar totaal verbysterd. Die bankbestuurder kyk haar ongemerk goed deur. Nie so mooi soos sy Susan nie, maar . . . nou ja, die spreekwoord sê mos die liefde is blind. Gelukkige meisie!

"As jy net daar en daar ook vir ons sal teken en hier 'n proefhandtekening sal gee, asseblief," laat hy saaklik hoor. Toe sy doodstil gehoorsaam, kan hy nie help om te vra nie: "Is jy nie nuuskierig om te weet wie dié barmhartige Samaritaan is nie, juffrou?"

Sy kyk glimlaggend op, en dit begin stadig tot haar deurdring dat die geld toe wel uit die hemel neergereën het. "Ek weet wie dit is, meneer. Maar aangesien hy verkies om anoniem te bly, sal ek sy wens eerbiedig. Baie dankie."

Miempie is oorstelp toe sy by die bank uitstap. Dan het Wilhelm Visser eindelik besluit om sy plig teenoor sy kind na te kom. Haar eerste gedagte is om die wonderlike nuus aan Maria oor te dra, maar dan bedwing sy haar. Sy sal eers met Klaas en Martha moet praat. Daar kan dalk teenstand van Martha se kant af kom. Trouens, sy verwag dit. Maar Martha sal net moet toegee en haar kind toelaat om hierdie eenmalige geleentheid aan te gryp. Sy kan intussen aansoek doen by die universiteit en 'n koshuis. O, Maria . . . Dankie, Here, bid sy sommer hardop toe sy in haar motor klim.

Op La Rhône word dit laatmiddag, word dit aand, word dit laataand, en Emile gaan maar later slaap. Daar het seker iets voorgeval. Sy sal môre bel. Maar die volgende oggend is die telefoon ook stil en teen namiddag kan Emile dit nie meer uithou nie. Hy bel die bankbestuurder. Ja, sy was daar, die geld is op haar naam belê. Nee, sy het nie eens gevra wie dié meneer Anoniem is nie. Sy weet te vertel sy weet wie dit is en sy sal sy wens om anoniem te bly eerbiedig. Nee, jou naam is glad nie genoem nie. Hoekom? Sy het dan gesê sy weet wie dit is.

Totaal verward én bekommerd sit Emile die telefoon neer. Maar hy bly dit oppas. Sy sal bel. Hy ken darem vir Miempie teen hierdie tyd. Al is sy nog kwaad vir hom, sy sal darem dankie sê . . . of sal sy?

Miempie besluit om liewer die skoolhoof met die wonderlike nuus uit te stuur La Rhône toe. Martha sal moontlik eerder na hom luister as na haar. Hy was natuurlik in die wolke toe hy die nuus verneem, eintlik openlik aangedaan, en Miempie kon haar eie bewoënheid kwalik wegsteek. Maar meneer Koopman kom met slegte nuus terug. Klaas sê Maria kan maar gaan leer, maar Martha sê Maria kom terug plaas toe. Sy wil glad nie daarvan hoor dat Maria volgende jaar verder gaan studeer nie.

"Ek kan die vrou nie verstaan nie! Hoe kan sy haar kind só 'n gulde geleentheid in die lewe ontneem?" wil hy weet.

"Ek sal ook gaan praat," troos Miempie, want vir haar is die rede nie so duister as vir die skoolhoof nie.

Saterdagmiddag ry sy uit na La Rhône toe. Daar is nie 'n teken van lewe by die plaashuis nie. Emile het uit frustrasie sy tennisraket gevat en dorp toe gegaan, hoewel hy eintlik rugby speel. Maar vandag voel hy lus om iets te moker. Wat op aarde sal daardie vroumens se harde hart dan vermurwe? wonder hy by homself.

Martha is openlik vyandig toe sy sien wie dit is wat voor hul huis stilhou. Miempie stap egter vasberade nader. Vandag is die dag dat sy en Martha baie reguit gaan praat.

Natuurlik bondel die ander nuuskierig nader, maar Miempie sê kortaf: "Kom sit by my in die motor. Ek wil met jou praat. Kom, Martha!"

Toe hulle buite hoorafstand is, sê Martha: "Daar is niks om oor te praat nie. Ek sal nie toelaat dat Maria daardie wit hond se geld gebruik nie! Ons het nog nooit 'n sent van hom gevra nie. Ons gaan ook nie vorentoe nie. Maria kom plaas toe en kom werk in die boorde en op die landerye."

"Klim in, Martha." Miempie klap die deur toe en klim aan haar kant in. Sy kyk Martha vas aan. "Sal ons die keuse aan Maria oorlaat? Dis immers háár toekoms. Daardie wit hond is haar pa."

10

Die bitterheid drup uit Martha se woorde: "Ja. En hy het dit al die jare geweet. Hoekom nou skielik iets vir sy kind wil doen? Hoekom nou skielik erken hy het 'n kind by 'n bruin vrou gehad? Wel, hierdie bruin vrou en haar kind het niks van Wilhelm Visser nodig nie!"

"Maar ons weet nie of dit hy is wat die geld voorskiet nie, Martha. Ons raai maar dis hy. Die bankbestuurder het gesê die persoon wil nie sy naam bekend gemaak hê nie. Dit kan ook iemand anders wees wat sy hart vir Maria oopgemaak het. Daarom voel ek jy kan Maria dit nie aandoen om te weier nie."

"Hoekom sal iemand anders so baie geld vir Maria wil gee? Dit kan mos net haar pa wees. Dit is net hy. En nou wil hy my omkoop met hierdie geld om nie aan die wêreld te verkondig wie Maria se pa werklik is nie. Hy het hom dood-geskrik Vrydagnag. Martha het mos al die jare haar mond gehou. Hy het nooit verwag Martha sal op 'n dag openlik daarmee uitkom nie."

Miempie kyk haar onrustig aan. "Maar jy gaan nie openlik daarmee uitkom nie . . . nie nóú, ná al die jare nie, Martha? Daar is geen sin in nie. Jy weet wat alles die afgelope tyd op Grootfontein gebeur het. Om nou hierdie bom te los . . . Wil jy regtig nóú gaan verkondig Wilhelm Visser is die pa van jou kind?"

"Nee, maar hy dink ek sal. Nee, ek wil nie en ek sal nie. Die dag toe hy my weggejaag het van Grootfontein af, het ek gesweer ek sal niks van hierdie wit man vra nie. Ek sal my kind kry en ek sal hom of haar grootmaak. Maar die Here hoor my vandag, suster. Eendag sal die klippe uitroep. Eendag sal die klippe getuig teen dié wit mans wat ons bruin en swart vroue gebruik het. Ons misbruik het. Ek is nie al een nie. Kan jy dit ontken?"

Miempie kyk Martha half moedeloos aan. "Nee, Martha. Ek kan dit nie ontken nie. Ek weet daar is meer gevalle soos joune. Baie meer. Maar . . ." en sy pen Martha se swart oë vas. "Maar, Martha, jý is ook nie vry te spreek nie. Laat ons reguit wees. Eendag kan die klippe jou naam ook uitroep. Eendag kan die klippe teen jou ook getuig. Jy is so bitter vandag omdat jy voel daar is 'n geweldige onreg teen jou gepleeg. Maar jy, Martha, jý het geweet jy doen verkeerd. Jy het net so 'n groot onreg gepleeg teenoor Ruda Visser; jy het jouself aan 'n getroude man gegee. Jy en Wilhelm Visser het ewe groot teen God gesondig. Kom tot jou sinne, Martha! Weet jy wat is jy nou besig om te doen? Jy wil Maria nou laat boet vir die onreg wat jy voel Wilhelm Visser teenoor jou gepleeg het. Jy skuld jou kind net soveel as wat Visser haar skuld. Jy en Visser het haar saam gemaak. Julle plig teenoor haar is ewe groot. Visser kan sy plig nakom deur vir haar geleerdheid te betaal en so vir haar 'n toekoms te skep. En jy, Martha, jou plig is om dit vir Maria te gun."

Dit lyk of Martha wil uitklim, en Miempie vervolg, hewig ontsteld: "Jy wil nou wegloop, jou rug op my keer. Maar dis nie op my dat jy jou rug keer nie, Martha. Jy keer dit op Maria en haar toekoms. Jy het eenkeer vir my gesê dis beter as Maria liewer bly waar sy is. Maar jy glo dit nie werklik nie, nè, Martha? Glo jy regtig dat dit vir haar beter sal wees om volgende jaar hier op die plaas te kom sit en krepeer van die ellende omdat haar lewensdrome verydel is? Of gun jy jou kind om uit te styg en iemand te word wat almal in die oë kan kyk, wat vir geen mens – bruin, swart of wit – hoef terug te staan nie? Het jy Maria dan nie lief nie?"

Martha bars in trane uit, kyk Miempie stormagtig aan. "Natuurlik het ek my kind lief! En ek is vir haar jammer ook . . . van die begin af so jammer."

Deernisvol druk sy haar hand op Martha se skouer. "En soos Wilhelm Visser loop jy ook deur al die jare met 'n diepe skuldgevoel teenoor haar in jou hart rond. Maar kan jy dan nie sién nie, Martha? Jy kan daardie skuldgevoelens nou kanselleer deur hierdie aanbod te aanvaar. Jy en Wilhelm Visser kan die papier tussen julle twee vandag skoonmaak. Julle kan julle skuld teenoor julle kind vandag uitvee. Jy loop al die jare rond met soveel bitterheid en haat teenoor Wilhelm Visser. En nie net teenoor hom nie. Teenoor elke wit mens koester jy 'n wrok. Maar, Martha, ons moet in hierdie mooi land gister se dinge agterlaat. Dis tyd dat ons al die bitterheid begrawe. Ons is dit aan ons kinders verskuldig. Ons sal onbekwame ouers wees as ons dit nie doen nie. Die goeie kan uit die kwade voortvloei as ons dit net wil toelaat om te gebeur. Dis ek en jy wat dit moet laat gebeur, Martha, om vir ons kinders 'n beter, vreedsamer, mooier toekoms te skep. As jy Maria hierdie groot kans gaan ontneem, gaan jou bitterheid ál wees wat sy van jou sal erf. Wil jy dit regtig hê? Want eendag sal sy dit hoor . . . eendag wanneer die klippe uitroep, Martha, sal alles openbaar gemaak word. En Maria sal hoor wat jy vandag aan haar gedoen het. Maar tot daardie dag toe sal sy ook saamlewe met die bittere gevoel van veronregting omdat sy wou, maar nie kon nie. Sy was in staat om iets in die lewe te bereik, maar omdat sy Martha Benjamin se kind was, kon sy nie."

Dit word stil in die motor. Baie stil. Dan sak Martha se kop, hang ver vooroor, die oë styf toegeknyp. En dan kom dit: "Dis dan maar goed so, suster. Maria kan maar gaan leer."

Miempie bring 'n ruk later haar motor op Grootfontein se werf tot stilstand. Dinge het darem baie verander, dink sy by haarself. Sommer nog kort gelede sou sy nooit kon droom

162

dat sy op 'n Saterdagmiddag uit eie vrye wil 'n besoek aan hierdie plaas sou bring en dit nogal met groot vrymoedigheid sou doen nie. Die lewe het 'n manier om soms baie skielik 'n hele ommeswaai te bewerkstellig. Hierdie keer is dit ten goede. Dank die Here daarvoor. Sy stap die stoeptreetjies op. Maar sy móés kom. Daar is 'n groot dankie wat in haar hart lê wat gesê moet word.

As sy nog bedenkinge gehad het of sy welkom sal wees, verdwyn dit onmiddellik toe sy Wilhelm Visser se gesig sien opklaar toe hy sien wie sy besoeker is.

"Suster Rust! Baie welkom!"

Sy skud sy hand, glimlag dankbaar. "Goeiemiddag, meneer Visser. Ek was in die omtrek en toe het ek gedink ek kan hierlangs kom en kom hoor hoe dit gaan."

"Ek is baie dankbaar en baie bly jy het hier aangekom. Want jy is net die persoon wat ek wil sien. Ek was van plan om jou môre te bel."

Toe hulle die studeerkamer bereik en Miempie gaan sit het, vervolg hy: "Ek kon jou nie eerder kontak nie, want ek moes eers wag en seker maak dat die saak finaal beklink is voordat ek met jou praat." Hy vervolg op haar vraende blik: "Ek het my plaas verkoop."

Haar oë rek. "Grootfontein is verkoop?"

"Ja." Hy sug. "Dit was nie maklik nie. Dis erfgrond hierdie. Ek glo my pa draai seker vandag in sy graf om, maar . . . ek het geen keuse nie. Dis veral ter wille van my vrou en Yolande dat ek voel dis beter om maar liewer pad te gee."

Sy knik begrypend. "Hoe gaan dit nou met hulle?"

Die pyn in sy oë is getemper. Daar is geen opstand nie. "Yolande vorder. Sy het aan die begin bitter swaar gekry, maar dit gaan nou beter. Sy vorder eintlik goed, volgens die dokter."

"Alles reg met die . . . baba?" vra Miempie versigtig. Sy vrees nog altyd dat Yolande deur haar dwelmgebruik haar baba onberekenbare skade berokken het. Veral gedurende die eerste paar maande van swangerskap kan dwelms tragiese en onomkeerbare skade aan 'n fetus aanrig. Maar sy word gerusgestel.

"Dis blykbaar alles reg. Hulle het die nodige toetse gedoen."

Miempie glimlag dankbaar. "Ek is so bly om dit te hoor, meneer Visser! En hoe gaan dit met u vrou?"

"Sy is terug. Ek het haar Vrydag gaan haal." Hy skud sy kop. "Dit gaan maar nog . . . swaar. Dit sal nog lank duur voordat sy oor alles is . . . as 'n mens ooit regtig oor so iets kom. Kom 'n mens?"

Hulle kyk mekaar stil aan en dan sê sy sag: "Seker nie heeltemal nie, maar . . . die genade van God sal elke dag genoeg wees."

"Die genade van God . . . Ja, dis al waarop ek deesdae bestaan. Dit . . . en die hoop dat my sonde my eendag vergewe sal word."

"As u berou het oor wat gebeur het, dan is dit reeds vergewe."

Hy kyk haar skepties aan. "Is dit werklik só eenvoudig? Jy sê jy is jammer en jy is vergewe?"

Sy glimlag vol vertroue. "Dis só eenvoudig, meneer Visser."

Hy sug. "Ek wens ek het jou geloof gehad, suster. Dis nie só eenvoudig vir my nie. Maar dit bring my by dit waaroor ek met jou wou gesels. Soos ek gesê het, Grootfontein is vanoggend verkoop. Ek wou eers alles opveil, maar Manie het my so 'n goeie aanbod gemaak dat ek besluit het om dit sommer uit die hand te verkoop. Die losgoed sal op 'n vendusie kom."

"Manie? Manie Bredenkamp van Baardskeerderspoort?"

"Ja. Ons het die saak vanoggend beklink." Hy kyk eers weg, kyk dan weer moedig terug na haar. "Nou kan ek vir jou sê dat ek vir Maria sal betaal. Ek sal sodra ek my geld van Manie af kry, honderdduisend rand aan jou gee. Ek wil jou

164

asseblief vra of jy dit sal administreer." Miempie kan hom net sit en aankyk, en hy vervolg: "Jy kan intussen kyk of jy vir haar plek kan kry. As daar geld vooruitbetaalbaar is, sê my net."

"Maar . . ."

"Daar is net een teer puntjie." Sy sien sy adamsappel op en af beweeg soos hy eers sluk. "Die skenker bly anoniem. Ek vra dit ter wille van my vrou en Yolande, suster. Veral my vrou. As Ruda nou weer 'n groot skok moet belewe . . ."

"Ek begryp, meneer Visser. Ek stem ook saam. Daar is geen sin in om die waarheid nou uit te lap nie. Dit sal veel meer kwaad as goed doen." Dan helder haar oë. "Dankie, meneer Visser. Baie, baie dankie."

Hy skud sy kop. "Dis ek wat vir jou moet dankie sê, suster. Ek is ook diep in die skuld by jou. En ek sê ook dankie vir wat jy vorentoe vir . . . vir Maria gaan doen en beteken. Sal jy asseblief altyd 'n oog oor haar hou?"

Dis nou Miempie se beurt om te sluk, maar sy kan die blink in haar oë nie keer nie. "Dis 'n belofte uit my hart uit. Maria sal altyd deel van my lewe wees."

"Dankie." Sy stem is onvas. "Ek sal altyd met jou kontak hou. Jy sal altyd weet waar om my te vind. Sodra ons 'n nuwe blyplek het, sal ek jou my adres stuur. Ek het nog 'n guns om te vra, asseblief."

"Natuurlik."

"Ek glo Ruda sal jou graag wil sien. Wil jy nie vir haar gaan dag sê nie? Sy is op die boonste verdieping, die tweede deur regs."

Miempie knik, staan dadelik op. "Natuurlik sal ek."

Miempie kom tot stilstand in die slaapkamerdeur en wat sy sien, laat haar besef dat daar nog 'n lang pad vir hierdie vrou voorlê. Sy stap vinnig nader, probeer kalm glimlag ter-wyl sy geskok op die eens mooi vrou afkyk. Ruda Visser het selfs grys geword!

"Hoe gaan dit, mevrou?"

Sy kom orent en dit lyk asof sy Miempie nie dadelik kan plaas nie. "Suster? Suster Rust?"

"Ja, dis ek." Miempie sak op die kant van die bed neer, neem die een bewende hand in hare en dit pyn in haar. "Ek het kom hoor hoe dit gaan."

"Dit . . . gaan . . . goed, dankie." Die oë staar na Miempie en vul dan stadig met trane. "Ag, Here, suster, my arme kind! My Yolandetjie! Sy is só gebreek en . . . tot niet!"

Miempie vou die vermaerde vrou teen haar bors vas, laat haar huil, voel weer hoe haar rok nat word. En sy onthou hoe sy Maria 'n ruk gelede ook so vasgehou het. Dit was ook bitter trane wat toe op haar rok gedrup het . . . Soos met Maria kan sy hierdie vrou ook net vashou . . . en bid dat God se genade elke dag genoeg sal wees . . .

Miempie ry by Baardskeerderspoort aan op haar pad terug. Sy is nou vandag besig met die rondte van vader Cloete, sy kan dus maar alles afhandel wat afgehandel moet word. Manie Bredenkamp is die volgende op haar lys.

Toe sy stilhou, is hy dadelik by.

"Miempie! Ek het jou gaan soek op die dorp, want ek het 'n verrassing vir jou, maar ek kon jou nêrens kry nie. Waar loop jy rond?"

"Ek was op Grootfontein." Sy glimlag. "Ek hoor toe ek moet ene Manie Bredenkamp gelukwens. Hy is die baas van nog 'n plaas!"

"Ag nee. Ek wou die groot nuus sélf vertel en nou is ek voorgespring! Ja, ek weet nie of ek 'n te groot hap afgebyt het nie, maar ek kon so 'n kans nie laat verbygaan nie. Pa voel ook ek moet maar die kans waag, al dompel dit my in die skuld. Daar sal gewerk moet word, dis seker."

Sy knik. "Maar jy is jonk en sterk en vol ideale en planne. Ek twyfel geen oomblik dat jy suksesvol sal wees nie, Manie."

Hy kyk diep in haar oë. "Dankie vir jou vertroue, Miempie. Ek sal dit sekerlik kan doen as ek weet dat my vrou my sal bystaan. Jy sal mos, Miempie?"

Haar ooglede val. "Ek is jammer, Manie, maar . . . ek glo nie ek is die regte vrou nie. Ek dink . . . ek gló vorentoe wag die regte een nog. Moenie vir my kwaad wees nie, asseblief. Ek waardeer ons vriendskap so baie. Ek wil dit nie graag verloor nie."

Hy kan nie sy teleurstelling verberg nie. Maar dan ruk hy hom reg, glimlag en neem haar aan die arm. "Dis alles reg, Miempie. As jy nie so voel nie . . . ek respekteer dit. En natuurlik, liewe mens, niks op aarde sal ons vriendskap skaad nie."

Sy streel sy wang vlugtig. "Dankie, Manie."

"Maar kom binne."

"Nie vandag nie. Ek het nog sake om af te handel."

"Dit klink gewigtig."

"Dit is. O, Manie, daar het iets wonderliks gebeur! Ek het die geld in die hande gekry vir Maria se eerste jaar op universiteit! Is dit nie wonderlik nie?"

Hy is verbaas. "Regtig? Waar op aarde . . .?"

"'n Anonieme skenker. Die persoon het gehoor van Maria en haar droom en toe het hy aangebied om vir haar eerste jaar te betaal."

"Maggies, dis 'n mooi gebaar. Ek is bly, Miempie. Vir Maria, maar ook vir jou. Mooi, meisiekind! Dit wys jou net. Aanhouer wen, nè?"

"Ek is nou op pad La Rhône toe. Daar is so baie wat gereël moet word. Ek hoop tog net daar is nog vir haar plek, maar ek dink nie ons is te laat nie. Hou al jou duime vas, asseblief."

Toe sy wegry, staan hy haar en agternakyk, trek dan sy skouers op. Nou ja. So is dit dan. Gelukkig het hy 'n verwaarloosde plaas om op te bou. Hy sal nie veel tyd hê om te huil nie.

167

Parmantig kom Miempie se motor met 'n Kaapse draai voor La Rhône se opstal tot stilstand.

Emile staan suur en toekyk. Hy is pas terug van die dorp, klaar gestort, maar al die gemoker aan die tennisballe het niks gehelp nie. Hy is so gefrustreerd dat hy gerus iets kan oorkom daarvan. Ná tennis het hy teen al sy voornemens in tog 'n draai by die woonstel gegooi, maar alles was grafstil en toegesluit.

Bekaf moes hy maar weer in die motor klim. Natuurlik by Manie Bredenkamp. Vier natuurlik die koop van Grootfontein. Sy gesig het al hoe suurder en stroewer geword. Kragtie, hy moes vroeër opgetree het. Nou het Manie hom voorgespring.

Maar wat sal sy nou hier kom soek? As dit is om dankie te sê, kan sy dit hou. Hy het vir Maria die geld voorgeskiet, nie vir haar nie, dink hy knorrig toe hy op haar klop voordeur toe stap.

Hy val ook sommer dadelik weg toe die deur oopswaai. "As dit is om toestemming te kry om my plaas te betree, dan is die antwoord nee."

Sy het nie verwag hy sou haar om die hals val nie, maar ongeskik hoef hy darem ook nie te wees nie. Haar neus druk die lug in. "Ek vra nie toestemming nie. Ek het verlof om selfs hier te kom bly as ek so voel."

"Jy kan nie op twee plekke wil bly nie. Jy moet kies."

"Twee plekke?"

"Ja. Jy kan nie op La Rhône én Baardskeerderspoort gelyk bly nie. My vrou is mý vrou alleen en klaar."

"Wie het van vrou gepraat?"

"Ek praat van trou en vrou. Maar ons praat blykbaar nie oor dieselfde ding nie. Wat wil jy hê?"

"Ek wil niks van jou hê nie, Emile de Jongh. Trouens, ek kom net iets vir jou teruggee . . . en volgende keer wag jy eers tot jy gevra word voordat jy die duisende begin uitdeel."

Hy is stil, kyk haar net aan en sê dan droog: "Dan het jy

darem eindelik jou maniere onthou en kom dankie sê. Dis goed."

"Ek het g'n kom dankie sê nie. Ek sê mos ek het die geld kom teruggee. Ek sal dit Maandag weer laat terugplaas in jou rekening."

Dit begin tot hom deurdring dat sy ernstig is. Hulle staan boosaardig teenoor mekaar in die voordeur. "Miempie, ek is nie in 'n luim vir snert nie. Ek het daardie geld vir Maria gegee om te gaan studeer."

"Hoekom?"

Hy sug gefrustreerd. Die vroumens moet ook alles altyd tot op die been oopvlek. Ou Manie gaan maar bars . . .

"Om verskeie redes."

"Noem hulle."

"In die eerste plek glo ek Maria moet die kans gegun word. Ek kan haar help en daarom doen ek dit. Tevrede?"

"Nee. Noem die ander redes."

"Dis my saak."

"Ek het 'n vermoede dis myne ook."

"Wat bedoel jy?"

"Sê dit, asseblief." Haar stem klink amper smekend.

"Luister, ek gee vir Maria daardie geld bloot en suiwer omdat ek dit wíl gee, nie omdat ek móét nie, verstaan jy? Ek ontken beslis vaderskap."

"Wat?" Dan bars sy uit van die lag. "Ek glo jou! Anders moes jy elf gewees het toe sy verwek is en dít sit nie eens in Emile de Jongh se broek nie!"

"Jy's nie snaaks nie."

"Nee, dis nie snaaks nie. Dis mooi . . . en pragtig . . . Dit laat my stom." Haar oë is baie sag. "Maar ek verstaan nog steeds nie, Emile. Hoekom? Gaan dit net om Maria . . . dat jy dit graag wou doen – nét vir haar?"

"Kom ons gaan sit. Nee, binnekant." Hulle neem plaas en dan sê hy kalmer: "Ek wil Maria help. Jy het my oortuig van haar intelligensie en moontlikhede. Maar my aanbod is nie regtig heeltemal so onselfsugtig soos wat dit mag voorkom nie. Daar was ook 'n ander rede. Maar dit maak nie nou meer saak nie. Jy en Manie gaan natuurlik nou trou en . . ."

"En niks. Jy, Emile de Jongh, het 'n manier om my lewe vir my te wil reël. Sal jy daarmee ophou, asseblief?"

"Hoor wie praat! Van die oomblik dat ek jou die eerste keer onder oë gekry het, deel jy net bevele uit en reël en organiseer dinge só hier op La Rhône dat ek my eie plaas nie meer ken nie!"

Sy glimlag ongeërg. "Jy het my nie net onder oë gekry nie. Jy het my bekyk asof ek 'n stoetding is wat jy wil koop . . . en moenie dit ontken nie! Jy was onbeskaamd!"

Hy begin saggies lag. "Maar my ma het my laat verstaan dat ene Miempie Rust die ideale vrou vir La Rhône is en natuurlik moes ek haar gaan deurkyk. My kragtie, ek koop geen ram voordat ek hom nie eers goed deurgekyk het nie. Verwag jy dat ek 'n vrou sommer voetstoots moet vat?" Sy oë kyk ernstig terwyl sy lippe nog lag. "Gaan jy en Manie trou?"

"Nee. Ek weet nie waar jy daaraan kom nie."

"Manie wil. Ek weet."

"Maar ek wil nie."

Hulle oë hou mekaar.

"Trou dan asseblief met my?"

"Omdat jou ma dink ek sal die ideale vrou vir La Rhône wees?"

Die volgende oomblik is hy by haar, word sy op haar voete gepluk en taamlik hardhandig teen hom vasgeruk. "Kom hier, jou klein snip. Ek laat my nie van my ma voorskryf nie. Ek sal my veral ook nie van my vrou laat voorskryf nie. Verstaan jy dit? Baie duidelik?"

Haar oë blink in syne op. "Hoekom moet ek dit verstaan? Dit het mos niks met my . . ."

Maar sy kom nie verder nie. Doelgerig en vasberade kom sy mond op hare neer. Eindelik lig hy sy kop op. "Ek bedoel

170

dit nie regtig nie. Ek sal altyd bereid wees om na die goeie raad van my vrou te luister, maar beslis nie na die kritiek van 'n snipperige verpleegsuster nie."

"Dan sal ek met jou móét trou, want ek het nog baie te sê!" Dan word haar oë ernstig. "Het jy dit bedoel toe jy my gevra het om te trou?"

"Ek het dit bedoel." Sy oë kyk ernstig in hare af. "Ek het eindelik die soort vrou gekry na wie ek al die jare gesoek het."

"Watter soort is ek?"

"Dié soort . . . en ek wonder of daar meer as een van jou soort is . . . met die giftige tongetjie en . . ."

"Dis nie waar nie!"

"Nee, dit is nie waar nie. Jy is altyd net eerlik en opreg in wat jy doen en sê. En getrou en lojaal – jy staan onwrikbaar by die mense vir wie jy omgee. En jy is die onselfsugtigste mens wat ek ken. Die mens met die ruimste hart wat ek ken. Toe ek by oom Chris hoor hoe jy by hom kom bedel het vir geld . . . hoe jy bereid was om al jou aardse besittinkies prys te gee om aan iemand anders 'n beter lewe te bied . . . Ek hoop maar oom Chris het dit nie gesien nie, maar ek het trane in my oë gekry. Asseblief, Miempie, ek kan nie sonder jou lewe nie. Ek het jou só lief. Ek sal nóg soveel geld opdok as jy my ook net 'n bietjie lief kan kry."

Dis haar oë wat nou skielik vreemd blink. "Was dit ook een van die redes hoekom jy bereid was om Maria te help? Om my hart te vermurwe?"

"Ja," bely hy skuldig. "Jy was só kwaad vir my. Ek was desperaat. Ek moes iéts doen. Ek was so bang Manie gryp jou voor my neus weg."

Sy frons ontevrede. "Maar ek verstaan nie, Emile. Jy wou anoniem bly. Hoe sou ek dan uitvind dit is jý wat die geld gegee het?"

Hy lag verleë. "Ek het my met jou misgis . . . soos dit nou al gewoonte geword het. Ek het vir oom Chris gesê ek wil

171

anoniem bly, maar ek het voorspel jy sou aanhou probeer uitvind en dan moes hy maar sê dis ek." Hy lyk skuldig voor haar verwytende oë. "Ek weet dit klink nie nou mooi nie, maar ek was 'n desperate man!" Hy frons. "Hoekom het jy nie aangedring om te weet wie die skenker is nie? Jy hou nie van geheime nie. Jy wil altyd alles ontrafel. Hoekom was jy nie nuuskierig om uit te vind wie die anonieme persoon is nie? Oom Chris sê jy het gesê jy weet wie dit is, maar hoe kon jy? Of het jy sommer aanvaar dis Manie?"

"Nee, Manie het nie eens in my gedagtes opgekom nie. Nee, ek het gedink dis iemand anders."

"Wie?"

"Wilhelm Visser."

"Wilhelm . . . In godesnaam, hoekom Wilhelm Visser?"

"Emile, baie dankie vir jou bereidwilligheid om Maria te help. Ek sal dit nooit vergeet nie. Maar ek was ernstig toe ek gesê het ek sal die geld terugplaas in jou rekening. Wilhelm Visser sal vir Maria betaal."

Hy kyk haar agterdogtig aan. "*Wilhelm Visser*! Miempie . . .?"

Sy knik. "Ja. Hy is Maria se pa."

Emile trek sy asem in, laat dit dan weer stadig uit. Sy oë trek peinsend saam. "My ma . . . Toe ek haar vertel het dat jy glo Maria het 'n wit pa, was my ma taamlik ontwykend. Ek sweer sy het dit al die jare geweet, of ten minste vermoed."

"Jou ma is 'n baie intelligente vrou."

Hy glimlag breed. "Sê dit weer. Sy soek die voortreflikste skoondogters vir haar uit."

"O so? Het sy iets met jou ouer broer se keuse ook te doen gehad?"

"Alte beslis. Sy het net vir Hennie gesê: 'Dáárdie meisie is die vrou vir jou . . .' en hoe hard ou Hennie ook al laat spaander het, Ma en Mathilda het hom ingehardloop. Hy is vandag nog nie spyt daaroor nie!"

"Jy maak my nou bang vir tannie Laura."

Hy lag. "Jy hoef nie bang te wees nie. Sy is mal oor jou. Natuurlik, as jy haar jongste seuntjie slaan of verniel of verwaarloos wanneer ons getroud is, sal jy wel deeglik met haar te doen kry. Jy moet maar liewer in jou spoor trap en mooi na my kyk . . . én luister! Miempie, asseblief, jy het nog nie ja gesê nie."

Sy glimlag in sy oë op, laat haar arms stadig om sy nek gly, maar op daardie oomblik is daar 'n geluid by die deur en hulle kyk om. Maria staan voor hulle.

"Maria! Ek het nie geweet jy is hier op die plaas nie?"

Dis Emile wat antwoord. "Ek het haar vanmiddag opgelaai op pad hierheen van die dorp af. Ek het haar langs die pad gekry. Sy het gesê sy verlang skielik vreeslik na haar ma, en toe het sy maar besluit om 'n bietjie uit te kom."

Miempie glimlag, dink by haarself: Dis 'n goeie mens hierdie. Sy het geen vrese in haar oor Maria se toekoms meer nie.

"Wat is dit, Maria? Jy lyk baie opgewonde."

"Ja, suster. Suster . . ." Die oë staan stokstyf in hul kasse. "Ek wou net kom seker maak. Ek het gesien suster se motor staan hier. Is dit waar?"

"Wat, Maria?"

"Ma sê . . . Ma sê iemand het geld gegee dat ek volgende jaar kan gaan leer. Is dit regtig waar, suster?"

"Ja, Maria. Ek wou jou nie daarvan vertel voordat alles nie eers doodseker was nie. Maar dit is nou. Jy kan volgende jaar met jou mediese kursus begin."

"Wie . . . ?"

"Die persoon wil nie sy naam bekend maak nie. Dis ook nie regtig van belang nie. Die belangrikste ding is dat jy volgende jaar universiteit toe kan gaan."

Skielik spat die trane letterlik uit die donker oë en tot hul verbystering val Maria skielik voor Emile se voete neer, gryp sy enkels vas en begin sy voete soen. Hulle staan 'n oomblik roerloos van skok terwyl hulle na Maria se hartstogtelike uitroepe luister.

173

"Dis meneer! O, dankie, meneer Emile! Die Here seën jou! Dankie! Dankie!"

Emile se kaakspiere werk toe hy buk en haar vinnig aan die skouers optrek. 'n Oomblik lank is hy stom. Haar hele hart sit in daardie swart oë. "Dis nie ek nie, Maria. Jy raai verkeerd. Dis . . . iemand anders."

"Iemand . . . anders?" Haar blik draai na Miempie en hulle kyk diep in mekaar se oë en vir Miempie voel dit asof Maria tot in haar siel kyk en die naam van die skenker daar lees. Dan sê Maria kalmer, hoewel die trane nog vloei. "Wie hy dan ook al is . . . mag God hom seën."

Toe sy by die deur uit is, stap Emile nader, lê sy hande op Miempie se rukkende skouers en draai haar om na hom, hou haar styf vas.

"O, Emile, is dit nie verskriklik ironies en hartverskeurend nie? Sy het 'n seën oor hom uitgespreek!"

Hy soen haar troostend teen die voorkop. "Ja. Ek weet. Dis . . . hartroerend."

Sy staan 'n bietjie terug, kyk met nat oë na hom op. "Jy weet, Martha het vandag vir my gesê eendag sal die klippe uitroep. Hulle sal, Emile. Ons kan daar nie verbykom nie."

Hy knik. "Dit is so, my meisie. Maar miskien moet ons minder na die negatiewe kyk en meer op die positiewe konsentreer. Dan kan die klippe dalk eendag in vreugde uitroep."

Sy oë bly op haar en sy vee sommer met die rugkant van haar hand die trane van haar wange af. Dan glimlag sy en vir die tweede keer sien Emile 'n hele hart in die oë lê.

"Ek is so bly jy het my eerste gevra. Die hoofdoel van my besoek vanmiddag aan jou was om my soos Maria aan jou voete te werp en jou te smeek om met my te trou. Ek wil nie meer sonder jou lewe nie." Toe sy weer in sy omhelsing instap, blink haar oë tergend en gelukkig: "Maar gelukkig was dit toe nie nodig nie! Môre sit ek jou geld terug in jou bankrekening, meneer De Jongh . . . en dan kan jy vir my 'n verloofring daarmee koop!"

174

Sy lippe beweeg besitlik teen hare. "Daar begin jy al weer. Ons is nog nie eens getroud nie en jy deel al klaar bevele uit! Maar hierdie een, my Miempie, gaan ek beslis uitvoer!"

Die tonnel

1

"Hy moet van sy sinne beroof gewees het!"

Die man agter die swaar, outydse lessenaar se gelaatstrekke versag 'n oomblik terwyl sy oë met meer simpatie op die onstuimige jong man voor hom rus.

Mynhardt Wessels spring op uit sy stoel en kyk die ouer man uitdagend maar tog ook wanhopig aan. Hy sien die simpatie op sy gesig raak, maar weet dat dit hom niks sal help nie. Met 'n swaai van sy atletiese liggaam draai hy na die venster en staar na die malende mensemassa ver onder in die straat. Sy gedagtes is bitter en sy bruin oë hard.

Die man agter die lessenaar sug onhoorbaar en laat sy blik weer eens oor die dokumente voor hom dwaal. Sy prokureursbrein bestudeer elke woord met die uiterste noukeurigheid, maar toe hy eindelik klaar gelees het, weet hy dat daar geen uitkomkans is nie. Eintlik was dit nie nodig om alles weer te lees nie, want hy ken elke reël uit sy kop. Hy het self elke woord neergeskryf, selfs seker gemaak dat geen hof die geldigheid daarvan kan betwis nie. Jakobus Stander onthou nog so goed die dag toe Markus Rademeyer hom laat roep het . . .

Hulle was saam op universiteit. Hy het regte gekies en Markus het 'n wetenskaplike kursus gevolg. Ten spyte van hulle uiteenlopende kursusse en belangstellings het hulle goeie vriende geword. Hy het baie van die stil, teruggetrokke jong man gehou. Later het hulle kontak verloor, maar kort gelede het hy gelees dat Markus, wat reeds naam gemaak het as wetenskaplike, hom hier kom vestig het. Hy het dadelik sy ou vriend opgesoek en was geskok om te sien hoe hy verouder en agteruitgegaan het. Nie dat hy verwag het om dieselfde man van dertig jaar gelede te sien nie, maar tog . . . Dit was asof sy vriend nog stiller was as tevore. Maar nou ja, Markus het tog sy vrou kort gelede verloor. Dit moet die rede vir die aftakeling wees, het hy gedink. Eers toe hy die middag gegroet het om te vertrek, het hy begin wonder of daar nie miskien 'n ander rede vir Markus se agteruitgang was nie.

"Ek is bly dat jy my kom opsoek het, Jakobus. Jy moet weer kom. Daar is 'n paar dingetjies wat ek graag met jou wil bespreek," het Markus gesê toe hulle mekaar 'n handdruk gee.

"As vriend of as prokureur?" het hy niksvermoedend, laggend gevra.

"As vriend én prokureur," was die ernstige antwoord.

Toe hy 'n maand later weer besoek by sy vriend aflê, was dit selfs vir hom as leek baie duidelik dat hy baie siek was.

Markus het op die man af gepraat. "Jakobus, dit sal nie help om doekies om te draai nie. Ek is 'n baie siek man. Om die waarheid te sê, ek is sterwend. Ek is nie bang vir die dood nie, maar ek is bang om . . . om weg te gaan, ter wille van hulle wat moet agterbly."

Jakobus het geen kommentaar gelewer nie, en die moeë stem het voortgegaan: "Ek het 'n dogter uit my eerste huwelik. Toe sy omtrent 'n jaar oud was, was sy en haar ma in 'n motorongeluk. My vrou het gesterf en my dogter se rug is so beseer dat sy die gebruik van haar bene verloor het."

"Ek is jammer om dit te hoor." Toe het Jakobus effens ongemaklik opgemerk: "Ek het nie geweet dat jy twee keer getroud is nie."

"Ja, ek is kort ná my eerste vrou se dood weer getroud. Jy weet, wetenskaplikes is geneig om die wêreld om hulle te vergeet wanneer hulle die laboratoriumdeur agter hulle toetrek. Ek moes gou weer trou om iemand te hê om vir my hulpelose dogtertjie te sorg. Daar was nou wel die betroubare Liza, die swart vrou wat netnou die voordeur vir jou oopgemaak het,

180

maar ek het gevoel dat sy die sorg en liefde van 'n ma nodig het, veral in háár besondere geval. Ek is toe weer getroud met 'n weduwee, Rina Wessels, wat ook 'n kind uit haar eerste huwelik gehad het. Hy was reeds veertien jaar oud toe ons getroud is. My tweede huwelik was 'n totale mislukking. Ek het kort ná die troue agtergekom dat Rina net met my getrou het om aan die wêreld te kan verkondig dat sy die vrou van Markus Rademeyer, die bekende wetenskaplike, is. Sy het geen tyd vir my verlamde dogtertjie gehad nie en dus was dit op die end tog maar Liza wat haar versorg het."

Markus se stem was steeds kalm en Jakobus Stander het hom verwonder aan die gebrek aan emosie op sy vriend se gelaat. Maar toe hy sy volgende woorde hoor, het hy verstaan.

"Ek het my al hoe meer in my werk verdiep en daarom kan ek haar nie verwyt nie. Miskien, as ek ook 'n daadwerklike poging aangewend het om haar liefde te wen, sou ons lewe anders gewees het. Maar ek het met haar getrou sodat sy vir Ilze kon sorg, nie omdat ek haar liefgehad het nie. Toe sy in daardie opsig faal, het ek alle belangstelling verloor. Daar was gedurig rusies en onenigheid in die huis, veral oor haar seun, Mynhardt, wat sy tot in die afgrond toe bederf het. Mettertyd het ek geleer dat dit veel makliker is om die swye te bewaar en my in my laboratoriumwerk te verdiep. In daardie opsig het ek ook verkeerd opgetree, want dit was mý plig om Mynhardt die regte opvoeding te gee. My eie kind het ek ook onvergeeflik verwaarloos. Sy is net so 'n vreemdeling vir my as haar stiefbroer."

Daar was bittere selfverwyt in sy stem en Jakobus het sy hand vertroostend gedruk.

"Ons almal maak foute, my vriend."

"Ja." Hy het swaar gesug en verlangend vervolg: "Ek wens net myne was minder en kleiner."

"Wat het van die seun geword?" het Jakobus belangstellend gevra.

"Mynhardt is een van die belowendste jong sakemanne in die stad."

"Wil jy vir my sê hy is dié Mynhardt Wessels?" het Jakobus verbaas uitgeroep.

"Ja." Weer 'n sug. "Ja, hy is dié Mynhardt Wessels. Toe hy klaar gestudeer het, het hy sy eie sakeonderneming begin met erfgeld van sy eie pa. Op 'n dag het die swerfkoors hom egter beetgepak. Hy het 'n bestuurder vir sy onderneming gekry en die wye wêreld in verdwyn. Jare lank het ons niks van hom gehoor nie. Gedurende daardie tyd het ek sy ma werklik jammer gekry. Mynhardt was haar begin en einde. Gelukkig het hy betyds teruggekeer om haar te sien voordat sy gesterf het. Ek het hóm toe ook jammer gekry. Hy het nie besef dat sy so na aan haar einde was nie. Met dié skok moes hy ook nog vasstel dat alles nie so voor die wind met sy onderneming gegaan het nie. Om die waarheid te sê, dit het op die randjie van bankrotskap gehuiwer toe hy weer vir die eerste keer in jare by sy kantoor ingestap het."

Jakobus het geknik en toe opgemerk: "Maar dit lyk nie juis of dit sleg gaan met sy onderneming nie."

"Nee. Op die oomblik haal hy weer asem, want ek het vir hom drie miljoen rand geleen – álles wat ek besit," was die droë antwoord.

"Drie miljoen! Liewe hemel, Markus, dis baie geld! En as dit al is wat jy besit, was dit baie onverstandig van jou!" het Jakobus ontsteld uitgeroep en toe haastig, verskonend gemompel: "Ek is jammer. Dit is natuurlik jou saak wat jy met jou geld maak . . ."

"Uit 'n sakehoek gesien, stem ek volkome met jou saam, maar daar is 'n ander sy."

"'n Ander sy?"

"Ek het my plig as pa deur die jare skandelik verwaarloos. En toe Mynhardt in die moeilikheid beland, het ek besef dat ek hom kon help. Dit sou darem effens vergoed vir die foute van die verlede. Ek is nie bang dat ek my geld sal verloor nie.

Mynhardt het 'n kop op sy lyf en as daar één ding is waaroor hy werklik ernstig is, dan is dit sy sakeonderneming. Maar ek moes ook aan my dogter dink. Sy sal nooit kan werk nie. Ná my dood sal sy afhanklik wees van die geld wat ek haar nalaat. Nou het ek alles vir Mynhardt geleen en sal daar niks vir háár wees nie."

"Tog het jy dit gedoen," het Jakobus sag gesê.

"Ja. Ek het die geld aan hom geleen. Vir die eerste keer in al die jare dat ons mekaar ken, het ons nader aan mekaar gekom. Ek het hom beter leer ken, en glo my, hy het baie belowende eienskappe. Daar lê baie karakter in hom verskuil en ek hoop dat daardie eienskappe al hoe meer op die voorgrond sal tree."

Jakobus het wyslik geswyg. Hy het nie die hart gehad om sy vriend te ontnugter nie. Te oordeel na wat hy al van Mynhardt Wessels gehoor het, was daar maar bra weinig wat 'n mens tot sy eer kon sê. Hy het egter net belangstellend gevra: "En wat nou van jou dogter?"

"Ek het 'n plan. Was dit nie dat ek Mynhardt die afgelope tyd beter leer ken het en nou vas oortuig is dat hy nog eendag 'n gerespekteerde man sal word nie, sou ek nie aan hierdie vergesogte gedagte toegegee het nie. Maar soos dit vir my lyk, is dit al uitweg."

"Dít klink interessant," het Jakobus opgemerk. "Daar behoort nie probleme te wees nie. As jy die geld net aan hom geleen het, is hy verplig om ná jou . . . ná jy . . . weg is, die geld in die boedel in te betaal."

"Dis heeltemal reg, maar ek weet dat my tyd baie min is. As ek binne die volgende paar maande sterf, sal Mynhardt finansieel nie sterk genoeg wees om die geld in te betaal nie. Dán sal hy werklik bankrot wees."

"Maar hy sal seker êrens geld kan leen. Hy is 'n bekende figuur in die sakewêreld."

"Nie soos sake vandag staan nie, my vriend. Was dit 'n kleiner bedrag, miskien ja, maar drie miljoen rand . . ."

183

"Ja, dis waar. Nou, aan watter plan het jy gedink?"

Daar was 'n oomblik lank stilte en toe het Markus peinsend vervolg: "Al sou Mynhardt ook die geld kon inbetaal en al sou Ilse daardie groot bedrag erf en geldelik onafhanklik wees vir die res van haar lewe, is daar nog steeds 'n gevaar aan verbonde. Ilse het tot dusver 'n baie beskermde lewe gelei. Tot my skande kan 'n mens dit amper 'n kluisenaarsbestaan noem. Ek voel baie bekommerd oor haar toekoms. Sy het geen ondervinding van mans nie en as sy eendag 'n ryk erfgenaam gaan wees, sal daar sekerlik ook geldwolwe wees wat haar ter wille van die geld enigiets sal wysmaak. Ek durf haar nie aan so 'n gevaar blootstel nie. Op die een of ander manier sal ek haar teen sulke mans moet beskerm. Ek het my plig as pa teenoor háár ook lank genoeg versuim."

"Dus?"

"Dus is ek verplig om iets te doen wat nie deur ander, en seker ook nie deur Mynhardt en Ilse, as regverdig beskou sal word nie, maar as ek hulle albei wil help, is daar vir my net hierdie een weg oop." Hy het na sy vriend gekyk. "Ek sal weer daaroor nadink, maar sodra ek definitief besluit het, sal ek jou laat roep. Ek weet my sake is veilig in jou hande."

"Ek sal my bes doen, my vriend," het Jakobus gerusstellend en effens aangedaan geantwoord.

'n Week later is hy een nag deur die skril gelui van die telefoon wakker gemaak. Dit was Liza wat hom na sy vriend se huis ontbied het. Hy het dadelik gegaan. Toe hy in die kamer kom, het hy die skaduwee van die dood aangevoel.

"Jakobus! Gou! Pen en papier! Skryf!" het Markus hom aangejaag.

Hy het die woorde neergeskryf wat die sterwende man hom voorgesê het. Alhoewel hy sy bes gedoen het om sy emosies in toom te hou, kon hy later nie meer stilbly nie.

"Markus, hierdie plan van jou is te ongelooflik . . . te onmoontlik! Dis . . ."

"Ek kan nie nou met jou redeneer nie, Jakobus. Daar is nie tyd nie! Het jy alles neergeskryf?"

Die sieke se stem het swaar en moeisaam geklink. Jakobus het geknik.

"Lees dit asseblief weer vir my," het die sterwende man beveel.

Toe die prokureur se stem wegsterf, het hy tevrede geknik.

"Ek wou nog die plan met jou bespreek het, maar . . . soos dit vir my lyk . . . is daar nie meer tyd nie . . ."

'n Verpleegster het oor Markus gebuk en die sweetdruppels met 'n nat lap van sy gesig afgevee.

"Ek het die dokter ontbied. Hy is seker al op pad," het sy gesê en toe na Jakobus gedraai: "Die pyn moet onbeskryflik wees."

"Dankie, suster. Ek kan . . . dit byna . . . nie meer . . . uithou nie. Jakobus, kom . . . nader . . ."

Hy het gehoorsaam en sy vriend se bewende hande in syne toegevou.

"Ek is hier, Markus," het hy met 'n growwe stem geantwoord.

"Jakobus, jy moet vir hulle sê . . . dat ek dit gedoen het omdat ek hulle liefhet . . . hulle wil help. Dis al plan . . . hulle te beskerm . . ."

Jakobus kon net knik. Voordat die dokter die naald laat wegsak het in die uitgeteerde arm, het Markus Rademeyer bewerig maar duidelik sy naam onderaan die papier geteken wat Jakobus vir hom vasgehou het.

Hy het na die dokter en verpleegster gewys en eers nadat hulle as getuies geteken het, het hy sy oë tevrede gesluit om hulle nie weer oop te maak nie.

En nou sit en kyk Jakobus na die breë, ongenaakbare rug van Mynhardt Wessels. In sy hart is 'n innige jammerte, 'n jammerte vir sy vriend wie se lewe so eensaam en liefdeloos was, 'n jammerte ook vir hierdie woedende jong man en die hulpelose Ilse wat agtergebly het.

"Hy moet van sy kop af gewees het!"

Mynhardt swaai om en sy donker oë kyk blitsend na die prokureur. Maar die ouer man hou sy hand gebiedend omhoog.

"Ek sal maar aanneem dat jy dit nie werklik bedoel nie . . ."

"Maar natuurlik bedoel ek wat ek sê! Geen normale mens sal so 'n vergesogte, veragtelike . . ."

Jakobus val hom beslis in die rede: "Ek is bevrees jy kan maar daardie gedagte uit jou kop sit. Jou stiefpa was verstandelik so normaal soos ek en jy toe hy hier geteken het. Die dokter en verpleegster het as getuies geteken en as jy my nie wil glo nie, kan jy enigeen van hulle gaan spreek."

Mynhardt voel meteens asof 'n band stadig maar seker om sy keel span. Vir hom as selfstandige en onafhanklike mens was dit 'n bitter pil om te sluk toe hy noodgedwonge sy stiefpa om finansiële hulp moes vra. Maar die wete dat daardie stuk papier voor die prokureur sy hele toekoms beheer, is nóg swaarder . . . onuithoudbaar! Hy klem sy kake opmekaar.

Jakobus staan op en stap om sy lessenaar. "Mynhardt, jy beskou hierdie hele saak net uit jóú oogpunt. As jy in jou pa se plek was, sou jy miskien dieselfde gedoen het."

Daar kom egter geen versagting op Mynhardt se gelaat nie. Terwyl Jakobus weer gaan sit, kyk hy Mynhardt ernstig aan.

"Ek was by jou pa toe hy sy laaste woorde uitgespreek het," vervolg hy sag. "Hy was 'n groot vriend van my, en ek is dankbaar dat ek in sy laaste oomblikke by hom kon wees." Hy maak swaar keel skoon. "Hy het my ook 'n boodskap gegee om aan julle oor te dra . . . aan jou en Ilse."

Hy voel die donker oë op hom en hy kyk op.

"Hy het gesê: 'Sê aan hulle dat ek dit gedoen het om hulle te help. Omdat ek hulle liefhet. Dis al plan om hulle albei te beskerm . . .' "

186

Mynhardt lag smalend.

"O, dís wat hy dit noem, vaderliefde! Ba!"

Daar verskyn 'n pyntrek op die prokureur se gesig.

"Die jeug is so lief om gou te oordeel," laat hy dan sag hoor.

"Ek is 'n man van vyf-en-dertig, nie meer 'n kind nie!"

"En jy dink jy het die wêreld se wysheid in pag!"

Jakobus begin stadigaan sy humeur verloor. "Jy mag vyf-en-dertig wees, maar jy weet nog níks van die lewe nie! Nee, my jong vriend, jy weet nog nie wat lewe is nie, want jy het nog nooit werklik swaargekry nie. Jy dink omdat jy jou sakeonderneming van bankrotskap moes red, omdat jy finansiële probleme te bowe moes kom, dat jy weet wat swaarkry is en dat jy jou die reg mag toe-eien om 'n ander se dade te oordeel. Nee, Mynhardt, ek het deur die jare geleer – en jy kan my maar glo dat ek weet waarvan ek praat ná dertig jaar as prokureur – dat dit nie uiterlike omstandighede is wat 'n mens louter nie. Dis dié dinge hier in jou hart, die verliese wat 'n mens nie in rand en sent kan bereken nie, wat van jou 'n man maak, wat 'n volwasse gees skep, wat aan jou die lewenswysheid gee en die reg om te oordeel – ás daar dan so 'n reg aan die mens toegesê is." Sy oë raak nog ernstiger. "Jy het tot dusver nog net oor die oppervlak van die lewe geskaats. Maar eendag gaan daardie dun lagie ys onder jou voete breek en dan gaan jy seerkry."

"U praat in raaisels," antwoord Mynhardt en kyk die prokureur stip in die oë. Waarop sinspeel die man? wonder hy.

"Dan is dit beter dat ons maar padlangs praat," vervolg Jakobus en sy oë is onverskrokke. "Jou stiefpa was 'n baie eensame mens, Mynhardt, veral vandat hy siek geword het. Selfs in die laaste uur van sy lewe moes 'n buitestander sy hand vashou. Nie één van sy eie mense was by hom nie." Mynhardt antwoord nie en hy vervolg: "Ek sê nie dat ek hierdie . . . plan van jou pa goedkeur nie, alhoewel ek besef dat dit ál manier was waarop hy vir jou sowel as vir Ilse kon

187

help. En het jy al daaraan gedink, Mynhardt, dat dit nie vir hom werklik nodig was om jou in ag te neem nie? Wat het jy in die verlede vir hom beteken dat hy aan jou moes dink tot nadeel van sy eie kind? Ek het Ilse nog nie eens ontmoet nie, maar ek het al van jóú gehoor."

"Die geklets van die ledige, ryk tannies van ons stad!" laat Mynhardt sarkasties hoor.

"Ek hou my nie op met kletsery nie. Maar jy is 'n bekende persoon, 'n gewilde jong man, en alles wat jy doen, word deur die publiek raakgesien."

"Hoekom het u dan nie my stiefpa daarvan vertel nie? Dan sou hy nie hierdie onsinnige testament opgestel het nie!"

"Ek het nie die moed gehad nie. Hy het die afgelope tyd sy mening omtrent jou verander en heelwat vertroue in jou gekry. Ek het eenvoudig net nie kans gesien om hom van jou drinkpartye en ontelbare flirtasies te vertel nie." Jakobus huiwer, maar hoewel Mynhardt se gelaat strak en bleek is van ingehoue woede, het hy blykbaar niks hierop te antwoord nie. "Later, toe ek wel die moed gehad het om hom oor jou lewe in te lig, was hy sterwend. Daar was geen tyd om te verspeel nie. Hy kon skaars die testament onderteken voordat alles verby was."

"En nou sit óns met die gemors!" merk Mynhardt verbitterd op.

"Wel, as ek jy was, sou ek uit dankbaarheid op my knieë gegaan het!"

Die twee mans kyk mekaar takserend aan en dan staan Mynhardt haastig op.

"Wanneer u met Ilse ook gepraat het, kan u weer met my in aanraking kom."

Mynhardt verlaat die kantoor met gemengde gevoelens. Toe hy 'n ruk later die motor weer tot stilstand bring, is hy verbaas om te sien dat hy ingedraai het by die hekke van die groot erf wat sy oorlede stiefpa as trougeskenk aan sy tweede vrou gegee het. Hy weet nie hoekom hy juis hierheen gery het nie, want hy het sy eie groot, moderne woonstel in die middestad.

Dan trek 'n beweging tussen die blomme sy aandag en 'n oomblik later beweeg 'n meisie in 'n rolstoel stadig in sy rigting. Sy oë vernou terwyl hy haar aanstaar.

Ilse kyk eers op toe haar stoel 'n paar treë van hom af is. Haar gelaat verbleek van skrik toe sy die roerlose gestalte meteens voor haar sien staan. En toe sy in sy koue, bestuderende oë kyk, vou haar hande senuweeagtig inmekaar.

Mynhardt se frons verdiep toe hy die vrees in haar oë gewaar. Dis meteens of iets te groot binne-in hom word. Die begeerte om sy sterk hande om die skraal skouers te span en haar uit die stoel te ruk, is byna oorweldigend. Sy lippe bewe om uit te skree: "Loop! Staan op en lóóp!" Sy hande vou krampagtig saam en in sy magteloosheid wil hy haar seermaak, verneder en breek. Hy kyk na die reisdeken om haar bene en 'n oomblik lank voel dit vir hom asof hy sy hele toekoms, al sy drome, al sy ideale, in 'n hopie op haar skoot sien lê. Daar is 'n blinde waas voor sy oë; dan skuif die sluier voor sy oë weg en sien hy hoe onnatuurlik groot haar gesperde oë in die wasbleek gesiggie vertoon.

"Ilse!"

Die enkele woord ontglip sy lippe en die veragting wat daarin saamgevat is, skok selfs vir hom. Dan verskyn 'n bitter hoonlag om sy mond en dan, met 'n laaste veragtende kyk na die reisdeken om haar bene, draai hy om en stap haastig terug na sy motor.

Verslae staar Ilse die motor agterna totdat dit deur die hekke verdwyn. Sy klem die armleunings van die stoel so styf vas dat haar kneukels wit deur die dun vel skyn. Wat gaan met Mynhardt aan? wonder sy. Hy het so snaaks gelyk. Daar was 'n vreemde lig in sy oë. En die veragting in sy stem . . . Dit het aan afsku gegrens! 'n Vreemde gevoel van onrus word in haar wakker, 'n gevoel dat daar meteens 'n dreigende wolk oor haar hang. 'n Koue rilling gaan deur haar en eensklaps

189

voel sy bang . . . só bang en alleen. Vinnig swaai sy haar stoel om en stuur dit behendig in die rigting van die huis. Maar dan ruk haar hart weer eens tot stilstand. 'n Tweede motor ry deur die hekke en kom stadig in die rylaan op.

Jakobus Stander het haar reeds gewaar. Toe hy uit sy motor klim, stap hy reguit op haar af. Hy frons toe hy die bleek gesiggie en bang oë sien. Dit lyk behoorlik asof sy bang is dat ek haar leed sal aandoen, dink hy verwonderd. Daarom glimlag hy op sy breedste toe hy by haar kom en hou sy hand uit.

"Jy is Ilse, nie waar nie?"

Sy knik woordeloos en lê terselfdertyd 'n bewende hand in syne. Sy vingers sluit sterk, gerusstellend om hare, en dis asof die vrees effens uit haar oë verdwyn.

"Ek is Jakobus Stander," stel hy homself bekend.

"Ek weet. U was 'n vriend van Pappa."

"Jy weet van my?" vra hy verras en kyk haar belangstellend aan.

"Ja. Pappa het soms van u gepraat en eenmaal 'n groepfoto waarop u ook is aan my gewys." Dan wink sy met 'n maer hand. "Kom ons gaan sit daar onder die boom by die tafeltjie, dan kan Liza vir ons tee bring." Toe hy in haar rigting beweeg om haar stoel te stoot, sê sy vinnig: "Dis nie nodig nie, dankie. Ek is al gewoond daaraan. Dis in elk geval ook al oefening wat ek kry."

Die belangstelling in sy oë verskerp. Daar was geen bitterheid in haar stem met die laaste sin nie, maar 'n kalme berusting. Toe sy begin praat het, is hy ook dadelik deur haar lieflike stem getref. Terwyl hy haar tersluiks bestudeer, bemerk hy die fyn struktuur van haar gesig en besef dat sy in werklikheid 'n mooi meisie is. Met 'n bietjie aandag sal sy in 'n beeldskone vrou ontwikkel. Die fyn gesiggie word omring deur kort, ligbruin krulle, en haar liggaam lyk tenger en breekbaar in die groot rystoel. Dan kom sy blik tot stilstand op die reisdeken om haar bene en hy frons bekommerd.

Ilse, wat hóm ook die hele tyd dopgehou het, voel instink-
tief aan dat hierdie man nie op 'n blote besoek hier is nie.
Dieselfde gevoel van onrus herleef weer in haar hart. Sou sy
besoek enige verband hou met Mynhardt se vreemde optrede
van netnou? wonder sy onrustig.

"Hier kom Liza met die tee. Sy het ons seker al gewaar,"
verbreek sy die stilte.

Die huishulp sit die skinkbord op die tafeltjie neer en glim-
lag breed vir die gas.

"Dis Liza, meneer Stander. Sy het my grootgemaak," ver-
duidelik Ilse.

"Ons ken mekaar al, nè, Liza?" sê-vra Jakobus vriende-
lik.

"Ja, meneer. Ek is bly meneer het daardie aand gekom,
anders was Ilse se pa alleen toe hy . . ."

"Ja," val hy haar vinnig in die rede. "En ek is net so bly dat
jy hier is om Ilse te help."

"Ek is baie lief vir haar. Sy is soos my eie kind. Het ek dan
nie vir haar van . . ."

"Liza, ek is seker die kos is besig om aan te brand. Moet jy
nie eers gaan loer nie?" val Ilse haar in die rede en met 'n ge-
mompelde verskoning haas die swart vrou haar terug na die
huis. Ilse glimlag verskonend. "U moet haar maar verskoon,
meneer Stander. Wanneer sy op daardie onderwerp kom, kos
dit omtrent 'n bom om haar stil te kry!"

Jakobus lag.

"Dis alles reg, Ilse. Jy gee nie om dat ek jou so noem nie,
nè? Jy kan my gerus maar oom Jakobus noem. Ons sal in die
toekoms nog baie met mekaar te doen kry en formele aan-
spreekvorms het my nog nooit aangestaan nie."

"Goed, oom Jakobus," stem sy in en weet meteens dat sy
vandag 'n vriend bygekry het. Sy het tot dusver 'n baie geslote
lewe gevoer en baie selde met mense in aanraking gekom. Sy
het selfs in die teenwoordigheid van haar familie ongemaklik
en selfbewus gevoel. Maar hierdie man is anders. Sy voel som-

191

mer tuis in sy geselskap en die vriendelike, opregte, belangstellende kyk in sy oë het dadelik haar vertroue gewen.

"Nou ja, dan verstaan ons mekaar, my kind. Ek het nog nie my meegevoel met jou pa se heengaan betuig nie."

Sy kyk hom 'n oomblik stil aan en sê dan eerlik: "Dankie . . . maar hy was 'n vreemdeling vir my. Ons het mekaar skaars geken. Ek sal baie vals wees as ek voorgee dat daar met sy dood 'n groot leemte in my lewe gekom het. Maar hy wás my pa, die enigste lewende siel wat ek my eie kon noem. En nou is hý ook nie eens meer daar nie . . ."

Jakobus lê 'n simpatieke hand oor hare.

"Ek weet. Hy het my vertel. Al het dit nie so gelyk nie, het hy jou liefgehad en was hy die afgelope tyd baie bekommerd oor jou. Hy het baie van jou gepraat."

Hy sien die verbasing op haar gesig en vervolg sag: "Hy was tog jou pa, my kind, en hy het hom bitterlik verwyt dat hy jou so verwaarloos het. Moet hom nie te hard oordeel nie, Ilse." Toe sy nie antwoord nie, word sy stem dringend. "Ek weet dis maklik vir 'n buitestander om so iets te sê, maar sal jy nie probeer nie? Jou pa se lewe was baie eensaam, en vir die foute wat hy in sy lewe begaan het, het hy dubbel en dwars geboet met die groot lyding aan die einde."

"Ek voel nie haatdraend en verbitterd teenoor hom nie, as dit is wat u vrees. Ek sal nie ontken dat sy vreemde, onpersoonlike houding teenoor my my seergemaak het nie, maar ek het mettertyd daaraan gewoond geraak en aangeneem dat dit seker maar sy geaardheid was, want teenoor my oorlede stiefma en stiefbroer het hy ook nooit enige teken van gevoel getoon nie. Dis net . . ." Sy soek na woorde. "Dis net dat ek nie hartseer oor sy afsterwe kan voel nie, dat ek hom nie mis nie. O, ek het hom jammer gekry tydens sy siekte, maar soos wat ek vir 'n vreemdeling of iemand wat ek nie juis goed ken nie, jammer sou voel. Maar of ek kan sê dat ek 'n persoonlike verlies gely het met sy afsterwe . . . Ek weet nie of u kan verstaan wat ek bedoel nie . . ."

"Ek verstaan, my kind. 'n Mens kan nie liefde verwag waar jy nie liefde gegee het nie. 'n Mens kan ook nie rou van 'n vreemdeling verwag die dag wanneer jy sterf nie." Dan draai hy doelbewus na haar en kyk haar eers 'n ruk stilswyend aan. Daar is 'n huiwering in sy hart. "Ilse, eintlik is ek hier op 'n sakebesoek. Dis in verband met jou pa se testament," laat hy dan eindelik hoor. Sy kyk hom vraend aan, en hy vervolg: "Wil jy hê dat ek dit vir jou moet voorlees, of kan ek maar net die inhoud kortliks vir jou skets?"

"Moet Mynhardt nie ook by wees nie?"

"Nee. Dit was jou pa se uitdruklike wens dat julle apart ingelig moet word oor die inhoud daarvan."

Sy huiwer en dan vra sy, haar oë ondersoekend: "En het u 'n kort rukkie gelede die inhoud daarvan met Mynhardt bespreek?"

Hy kyk haar verbaas aan.

"Ja. Was hy hier?"

Sy laat haar ooglede vinnig sak om die onrus daarin weg te steek.

"Ja, maar hy het my niks vertel nie."

Jakobus kyk haar bekommerd aan en skuif ongemaklik rond. Hy is bly dat sy oorlede vriend uitdruklik in die testament gevra het dat Mynhardt en Ilse apart vertel moet word. Hy is dankbaar dat Ilse nie teenwoordig was toe Mynhardt vir die eerste keer van die bepalings gehoor het nie. Die dinge wat hy gesê het, sou hierdie kind baie seergemaak het. Markus Rademeyer het nie besef in watter moeilike posisie hy sy prokureursvriend sou plaas nie. Hy weet nie hoe en waar hy moet begin nie!

"Skort iets, oom Jakobus? U lyk so bekommerd . . ." dring Ilse se onrustige stem tot hom deur.

"Nee . . . nee! Dis maar net . . . Ilse, ek wil jou vooraf waarsku dat dit nie 'n gewone testament is nie." Sonder om haar kans te gee om te antwoord, vervolg hy: "Maar voordat ons begin, wil ek net 'n boodskap van jou pa oordra." Hy

193

vertel van die laaste uur van sy vriend se lewe en van sy laaste woorde. Dan sluit hy af: "Ek wil hê jy moet dit onthou wanneer ek vir jou vertel wat in die testament staan."

Sy knik stilswyend, maar met die intuïsie van 'n vrou weet sy dat wat sy nou gaan hoor haar hele lewe gaan verander.

Jakobus begin om haar te vertel van haar pa se bekommernis oor haar en Mynhardt se welsyn, die groot bedrag wat Mynhardt by hom geleen het, en sy begeerte om hulle albei te help.

"Om dit te kon doen, was daar net een weg vir hom oop." Hy kyk weg en sug. "Indien jy en Mynhardt binne 'n maand ná sy dood in die huwelik tree, hou Mynhardt die geld wat hy geleen het. Maar hy moet dan swart op wit belowe dat hy nie van jou sal skei nie, dat julle saam in een huis sal bly en dat hy vir jou sal sorg tot jou dood. Indien hy voor jou sterf, moet daardie bedrag aan jou uitbetaal word en so 'n skuldbewys moet opgestel word ten gunste van jou. Indien hy nie hierdie bepalings nakom nie, is hy verplig om die volle bedrag wat hy geleen het, aan jou uit te betaal. Indien een of albei van julle weier om in die huwelik te tree, sal die bedrag onvoorwaardelik op jou naam geplaas word en ek as eksekuteur van die boedel sal dit in maandelikse paaiemente aan jou uitbetaal totdat jy mondig is. Mynhardt erf dan niks, behalwe die motor en die erf."

2

Mynhardt se hande bewe toe hy uiteindelik voor die moderne woonstelblok stilhou. Daar is 'n woelende, kolkende woede in hom wat tot uitbarsting wil kom. Hy sukkel om die voordeursleutel van sy woonstel in die slot te kry, maar dan gaan die deur onverwags voor hom oop en twee sagte arms gly om sy nek.

"Hallo, my liefling. Waar bly jy dan so laat? Het jy vergeet dat ons vanaand gaan dans?"

Hy stamp die deur agter hom toe en trek ergerlik aan die twee sagte hande agter sy nek.

"Hoe kom jy in my woonstel, Heloïse?"

Sy gee 'n tree agteruit en kyk na hom met 'n frons tussen haar netjies geplukte wenkbroue.

"Jy weet net so goed soos ek dat jý vir my 'n duplikaat-sleutel van jou woonstel gegee het."

"O ja."

Hy stap by haar verby sonder om weer na haar te kyk en sak moeg op die rusbank neer. Hy leun vooroor en vee met sy hande oor sy gesig.

Heloïse Malan staar hom verbaas aan. Dis die eerste keer dat hy so vreemd optree. Almal ken Mynhardt as die inne-mendste en hoflikste man wat daar is. Hy is altyd opgewek, die siel van elke partytjie, die heimlike droom van elke vrou. Terwyl sy fronsend na hom staar, besef sy opnuut watter geweldige houvas hierdie man op haar het, en voel byna bang vir die vuur wat sy blote teenwoordigheid in haar laat opvlam. Daar verskyn 'n sagte lig in haar oë toe sy op die armleuning gaan sit en haar vingers deur sy donker hare trek.

"Wat makeer, my skat?"

Haar stem is warm, intiem, haar asem strelend teen sy slaap, maar vandag faal dit om enige emosie behalwe erger-nis in hom wakker te maak.

Toe hy nie antwoord nie, vervolg sy koketterig: "Die grys langs jou slape is nou wel baie aantreklik, maar dis ook 'n teken dat jy nou aan trou moet begin dink, anders bly sit jy op die rak!"

Hy spring op en draai met blitsende oë na haar.

"Trou! Is dit dalk 'n huweliksaanbod?" vra hy met 'n ge-vaarlik sagte stem.

Haar oë rek verskrik.

195

"Mynhardt! Wat gaan met jou aan? Ek het maar net 'n grap . . ."

Hy gee 'n smalende laggie.

"O! Ek wou net sê! Wanneer ek die dag besluit om te trou, Heloïse, is ek mans genoeg om sélf die vrawerk te doen. Dit sal miskien goed wees as jy dit in die toekoms sal onthou!"

'n Rooi blos kleur haar wange, maar dan begin haar oë gevaarlik flikker.

"Ek weet nie wat met jou aangaan nie, Mynhardt. Ek sal maar liewer gaan. Ek het nou genoeg beledigings van jou gesluk vir een aand!"

Sy gryp haar handsak en swaai om. Maar nog voordat sy by die deur kan kom, omsirkel sterk arms haar en voel sy sy brandende lippe teen haar nek.

"Vergewe my, Heloïse. Ek is jammer. Ek weet nie wat my makeer om so . . ."

Daar verskyn 'n triomfantelike glimlaggie om haar mond en sy leun geredelik teen hom aan. Hy tel haar op en dra haar na die rusbank.

"Jy werk te hard, my arme liefling. Vergeet nou vanaand van al die ou probleme. Solank ons twee by mekaar is, is alles mos reg," fluister sy sag en kyk intiem in sy oë.

Sy mond soek hare in roekelose ongeduld, asof hy op hierdie oomblik werklik van alles wil vergeet. Maar wanneer hy eindelik sy mond van hare wegneem, voel hy leër as ooit tevore. Hy voel hoe sy haar arms styf om sy nek strengel en weet dat sy soen die hartstog soos 'n vuur in haar ontketen het. Maar vanaand wag hy vergeefs dat dit ook in hom moet oplaai. Sy liggaam bly gespanne en ontoegeeflik in haar omhelsing. Hy voel die sagtheid en soepelheid van haar vroulike liggaam teen hom, maar meteens walg die openlike manier hom waarop sy haarself so aan hom opdring.

Met 'n skaars onderdrukte vloek skeur hy hom van haar af weg en spring op. By sy kamerdeur draai hy om en slaag met moeite daarin om te glimlag.

"Skink solank vir ons 'n drankie terwyl ek aantrek. Maak myne maar taamlik sterk."

Sy swaai haar bene van die rusbank af en staan lui op.

"Is dit nie 'n bietjie roekeloos nie? Dis nog baie vroeg," sê sy tergend.

"Ek vóél roekeloos!" antwoord hy toe hy die deur toemaak.

Maar hoe hy ook al probeer, kan Mynhardt die aand nie op dreef kom nie. Hy slaan die een drankie na die ander weg, maar selfs dít help nie. Tot die meisies se teleurstelling staan hy die grootste deel van die aand eenkant teen die muur en die hele tyd is daar 'n donker frons tussen sy oë. Toe die orkes die laaste dans begin speel, stap Heloïse na hom toe. Sy is woedend omdat hy die hele aand nog nie met haar gedans het nie en haar feitlik geheel en al geïgnoreer het.

"Ek is jammer as ek jou in jou interessante mymeringe steur, maar dis die laaste dans. Aangesien jy vanaand nog nie een keer met my gedans het nie, sal ek myself maar verneder en jou vir die laaste dans vra," sê sy snedig en kan skaars haar woede verberg.

Woordeloos neem hy haar in sy arms en kyk skuldig in haar gloeiende oë.

"Ek maak nou al die hele aand verskoning en ek is werklik jammer. Ek weet dat ek die aand vir jou bederf het. Vergewe my maar hierdie keer. Ek sal op 'n ander aand weer vergoed," sê hy berouvol.

Heloïse bestudeer hom 'n ruk lank in stilte.

"Daar het iets gebeur, Mynhardt. Wil jy my nie maar vertel wat skort nie?" vra sy, dadelik weer gemoedelik.

Hy sug.

"Daar is niks wat jy kan doen nie, maar dankie dat jy belangstel," antwoord hy vinnig en wens sy wil ophou lastige vrae vra.

Sy kyk hom onseker aan, maar vra dan reguit: "Is dit miskien geldelike probleme?"

Hy kyk haar skerp aan. Het hy miskien Heloïse se intelligensie onderskat?

"Hoekom vra jy so?"

"Ek raai maar net."

"En ás dit so is, wat kan jy daaraan doen?" vra hy versigtig en hou haar fyn dop.

"Ék sal nie juis iets kan doen nie, maar my pa kan dalk help."

Mynhardt se oë vernou. Hy is bewus van die feit dat Petrus Malan 'n ryk man is. Maar wat hy óók weet, is dat hy net so suinig is as wat hy ryk is.

"En wat sal die prys wees wat ek vir daardie hulp sal moet betaal?"

Heloïse kyk in sy oë en byt haar onderlip vas. Dan lig sy haar kop uitdagend omhoog. Sy weet dat sy nou alles gaan waag, maar . . . 'n Mens weet nooit . . . Sy wil vir Mynhardt Wessels hê en sy sal hom kry, al moet sy dan nou ook van haar pa se geld gebruik maak om haar doel te bereik! Sy is ook nou oortuig daarvan dat Mynhardt werklik in 'n finansiële verknorsing is. As sy haar kaarte reg speel . . .

"Jy weet dat my pa 'n baie versigtige sakeman is en dat hy nie sommer hier en daar en oral geld sal uitleen nie. Maar . . ."

Mynhardt hou haar die hele tyd speurend dop en merk haar huiwering. Daar verskyn 'n vreemde lig in sy oë.

"Maar wát, Heloïse?" vra hy gedemp.

"Jy . . . Hy het 'n hoë dunk van jou en as jy nou nog sy . . ."

Sy swyg en kyk stip na sy swart strikdas.

"Maar as ek nou nog sy skoonseun ook is, sal hy nie omgee om my met 'n klomp duisend rand te help nie. Dit is wat jy wou sê, nie waar nie?"

Haar lippe bewe.

"Ja, dis wat ek wou sê," erken sy.

Daar flits 'n byna wrede trek oor sy gesig en hy dans doelbewus in die rigting van die oop glasdeure wat op die terras uitlei. Toe hulle uit die gesigsveld van die dansende pare is, los hy haar en gryp haar aan die skouers. Sy een hand dwing haar ken omhoog en wat sy in sy oë lees, laat haar na asem snak.

"Met ander woorde, jy wil my kóóp vir 'n klomp duisend rand! Ek behoort natuurlik gevlei te voel dat ek darem 'n paar duisend werd is, maar ongelukkig vir jou het jy 'n bietjie te laat begin bie."

"Wat bedoel jy?" roep sy uit en in die flou lig wat van die dansbaan se kant af skyn, kan hy sien hoe die bloed uit haar gesig wegsypel.

Hy lag bars.

"Dit beteken net een ding, my liewe Heloïse. Van vanaand af is ek klaar met jou. Wat my betref, kan jy en jou pa mét sy geld na die duiwel vlieg!"

Hy swaai van haar af weg en begin hardloop. 'n Paar sekondes later hoor sy hoe sy motor met skreeuende bande wegtrek. Met 'n sidderende sug sak sy op die gras neer. Sy besef dat sy vanaand die grootste flater van haar lewe begaan het. Sy het alles gewaag . . . en alles verloor!

Waar Mynhardt in dolle vaart deur die strate van die stad jaag, voel dit vir hom asof hy waansinnig aan die lag kan gaan.

"Hemel, is ek dan 'n skaap wat op vendusie is, wat aan die hoogste bieër opgeveil word?" vra hy homself hardop af.

Terwyl Mynhardt sy motor roekeloos die nag laat inskiet, lê Ilse met oopgesperde, brandende oë na die maanverligte kamervenster en staar. Sy dink terug aan haar gesprek met Jakobus Stander. Kort nadat hy haar die inhoud van die testament meegedeel het, het hy vertrek.

"Dink nou goed oor die saak na, my kind. Moenie oorhaastig wees nie. Onthou, jy hoef nie met Mynhardt te trou as jy nie wil nie," was sy afskeidswoorde.

Gedurende die aand het sy telkens Liza se bekommerde oë op haar gevoel, maar sy het niks aan die getroue ou huishulp vertel nie. Sy wens met haar hele hart dat sy ook hierdie keer, soos in die verlede, haar probleme met haar kon deel, want Liza is al ma wat sy ooit geken het. Maar sy besef dat sy hierdie keer heeltemal alleen staan, dat selfs haar jare lange vertroueling haar hierdie keer nie kan help nie. Haar gedagtes dwaal terug na die verlede en haar oë verdonker.

Vandat sy kan onthou, was daar maar net één persoon op wie se liefde en bystand sy kon reken – Liza. Haar pa was 'n lang, maer vreemdeling uit wie se pad sy moes bly sodat sy hom nie miskien in sy belangrike werk as wetenskaplike sou steur nie. Soms, wanneer sy in sy oë gekyk het, het sy die indruk gekry dat hy nie heeltemal bewus was van wat om hom aangaan nie, asof sy gedagtes met dinge ver bo haar begrip besig was. Dit was maar eers 'n kort rukkie voor sy dood dat hy tot haar verbasing en ontsteltenis soms 'n oomblik by haar in die tuin kom sit het. Meestal het hy haar iets van sy lewe vertel, grepe uit sy verlede, en dit was ook by een van dié geleenthede dat sy die eerste keer Jakobus Stander se naam gehoor het.

Haar ma, of liewer die vrou wat moes deurgaan as haar ma en haar gereeld vertel het dat sy nie haar wérklike ma is nie, wil sy liefs vergeet. Die herinnering aan haar is pynlik en vernederend. Sy sal nooit daardie dag vergeet toe sy haar stiefma aan 'n paar vriendinne hoor sê het nie: "Ja, ek het die stomme bloedjie ook maar jammer gekry en toe maar besluit om met Markus te trou. Maar sy is baie nors van geaardheid, en so onaantreklik. Net die teenoorgestelde van my Mynhardt. Hy is so 'n talentvolle en aantreklike seun, dink julle nie ook so nie? Ek sal nog eendag trots wees op hom, maar die arme Ilse sal seker vir die res van ons lewe soos 'n meulsteen om ons nek hang."

Sy was maar sewe jaar oud en nog nie voorheen blootgestel aan die wreedheid van die lewe nie. Sy het haar stoel snikkend weggerol van onder die venster en dit was teen Liza se bors dat sy haar kinderleed uitgestort het. Van daardie dag af het sy so ver moontlik uit haar stiefma se pad gebly. Die wrede woorde het haar nog meer as tevore in haarself laat keer. Wanneer daar gaste in die huis was, het sy soos 'n bang hasie in haar kamer gebly en mettertyd heeltemal afgesonder van die res van die gesin begin lewe. Met hongerige, verlangende oë het sy deur haar kamervenster na haar stiefbroer en sy vriende gestaar terwyl hulle op die groot, groen grasperke voor die huis gespeel het. Later, toe hulle groter was en Mynhardt gedurende universiteitsvakansies meisies huis toe gebring het, is sy direk beveel om uit sy pad te bly, want haar gebrek sou Mynhardt in verleentheid bring. Dit was nie moeilik om te gehoorsaam nie, want teen daardie tyd het haar stiefma gesorg dat sy 'n woonstelletjie aan die een kant van die huis gehad het sodat sy nooit met Mynhardt en sy vriende in aanraking gekom het nie. Soms het sy gedink Mynhardt het heeltemal vergeet dat hy nog 'n stiefsuster het, tot die dag toe sy dit gewaag het om 'n bietjie tussen die blomme te gaan rondry. Sy het byna haar rolstoel omgegooi en sou haarself lelik beseer het, as dit nie was vir Mynhardt wat haar net betyds gevang het nie. Sy het opgekyk na hom en daar het meteens iets snaaks met haar hart gebeur. Sy het hom byna nie herken nie. Sy het haar blik oor hom laat dwaal, oor sy fors gestalte, sy donker, golwende hare, en toe het sy vas in sy donkerbruin, deurdringende oë gekyk.

"Mynhardt!"

Sy was bly om hom weer te sien en die uitroep het spontaan oor haar lippe gekom. Maar toe het sy die twee meisies agter hom gewaar en pynlik gebloos. Sy het haar stoel omgeswaai en dit so vinnig moontlik in die rigting van die huis gestuur, want die vrees vir mense en dat hulle haar sou seermaak, was weer op die voorgrond. Maar sy was nie vinnig genoeg nie en haar hart het ineengekrimp toe sy Mynhardt hoor sê: "Dis my stiefsuster. Julle moet haar maar verskoon. Sy is maar van kleins af so . . . snaaks."

201

Op daardie oomblik het sy hom gehaat. Al die onregver-digheid van die verlede het in haar hart opgestoot en sy het haarself vertel dat sy hom haat. En tog het sy beeld in haar hart bly voortlewe. Sy het dieselfde vreemde gevoel in haar binneste ervaar toe sy hom weer gesien het nadat hy uit die buiteland teruggekeer het. Elke keer daarna moes sy van haar swaargewonne kalmte prysgee wanneer hy in haar teenwoor-digheid was. Nie dat hy eintlik aandag aan haar gegee het nie, maar net die noem van sy naam het haar hande onver-klaarbaar laat bewe. Sy het aan haarself erken dat sy bang is vir hom, bang vir die vreemde emosies wat hy in haar wakker maak.

Ure van bittere trane en eensaamheid het haar eindelik so-ver gebring om haar gebrek te aanvaar en daarin te berus, maar vanaand herleef sy weer daardie gevoel van verbittering en frustrasie. Haar hele wese roep uit na daardie dinge wat 'n normale vrou as haar geboortereg beskou – 'n man en kin-ders van haar eie. En nou het daardie droom nader aan die werklikheid geskuif as wat sy durf hoop het, en tog . . . Die onmoontlikheid daarvan dring ten volle tot haar deur. As sy net nie verlam was nie . . . Haar oë rus magteloos, wanhopig op die buitelyne van haar bene wat sigbaar is in die halfske-merte van die kamer. Sy weet dat daardie dinge nie vir haar beskore is nie. Sy roep Mynhardt se beeld in haar gedagtes op soos hy die middag voor haar gestaan het, sy mond honend, sy oë vol afsku. Warm trane brand agter haar ooglede en haastig druk sy haar gesig in die kussing.

Hoekom moet ek verlam wees? Hoekom kan ek nie soos 'n normale vrou wees nie? Leer my tog om te loop! Loop! Loop! roep haar hart wanhopig, opstandig teen haar lot uit terwyl haar vuisies magteloos teen die kussing slaan. Maar terwyl haar trane die kussing vlek, bly die beeld van 'n jong man prominent in haar gedagtes: 'n jong man met donker, golwende hare, en onuitspreeklike veragting wat in sy oë weerkaats.

Twee weke later sit Ilse weer op dieselfde plek onder die groot boom waar sy en Jakobus Stander tee gedrink het. Hierdie keer is daar egter 'n netjiese kanttafeldoek oor die houttafel gegooi. Aan die teegerei is dit duidelik dat sy gaste verwag.

Sy sit baie stil, haar blik vasgenael op die twee groot, versierde ysterhekke. 'n Ruk later ry 'n motor by die oprit op en word kort daarna deur nog een gevolg. Die twee mans klim uit en sluit hulle by mekaar aan. Woordeloos stap hulle na haar toe.

"Goeiemiddag, Ilse," groet Jakobus Stander haar en druk 'n vaderlike soen op haar voorkop.

Ilse kyk dankbaar na hom. Sy weet dat hy deur hierdie gebaar aan haar wil wys dat sy op hom kan reken, wat haar besluit ook al mag wees. Sy waag dit om vinnig na die ander persoon te kyk, maar sy geslote gesig vertel haar niks.

"Goeiemiddag, Ilse."

"Middag, Mynhardt." Dan vervolg sy meteens weer senuweeagtig: "Sit gerus. Ek skink eers vir ons tee."

Jakobus probeer om 'n gesprek aan die gang te sit, maar die lang, swanger stilte stem hom ook neerdrukkend. Later is daar volkome stilte, elkeen se gedagtes worstel met dieselfde probleem.

"Dit sal beter wees as ons nou maar liewer tot die punt kan kom," sê die prokureur terwyl hy sy leë koppie neersit. "Daar is nog 'n week oor, maar indien julle besluit het om saam te gaan met die eerste deel van die testament, is daar baie dinge wat gereël moet word. 'n Mens kan nie sommer net na 'n landdros toe stap en gaan trou nie. Daar is 'n hele paar vorms wat ingevul moet word en nog ander dinge wat in orde gebring moet word." Hy swyg en kyk Ilse dan direk aan. "Wat het jy besluit?"

Daar is 'n oomblik lank stilte en sy is bewus van die skerp oë wat op haar gerig is. Maar sy waag dit nie om na Mynhardt se kant toe te kyk nie. Sy lig haar ken op en hoewel haar hande bewe, is haar stem kalm en gelykmatig toe sy ant-

203

woord: "Ek is jammer, maar 'n huwelik tussen my en Mynhardt is buite die kwessie." Sy kyk die prokureur vas aan en 'n vlugtige oomblik sien sy verligting in sy oë. Dan skraap sy al haar moed bymekaar en draai na die stroewe jong man wat langs die prokureur sit. "Jy moet my nie kwalik neem nie, Mynhardt. Dit is nie dat ek iets persoonliks teen jou het nie, maar 'n meisie soos . . . soos ek kan nie van trou droom nie. Dis tog vanselfsprekend. Pappa het dit miskien goed bedoel, maar . . ."

Haar stem sterf weg en sy bloos pynlik onder die bestuderende, koue oë van haar stiefbroer.

"En jy, Mynhardt?" vra Jakobus onseker.

"Ek is bereid om met haar te trou."

Jakobus frons en die twee mans kyk mekaar stip aan. Ilse snak na asem.

"Mynhardt, jy kan dit nie werklik bedoel nie!" roep sy geskok, verward uit.

Hy kyk haar onpersoonlik aan.

"Hoekom nie?" vra hy koel. "Ek wil my onderneming red. Dit is by my die hoofsaak." Hy staan op. "Dit lyk my nie ons sal vanmiddag eenstemmigheid bereik nie. Ons moet maar die oorblywende week van grasie gebruik om weer oor die saak na te dink."

Jakobus kyk hom fronsend, ontevrede aan.

"Maar as Ilse klaar besluit het, is . . ."

Mynhardt se oë vernou.

"Ek het die reg op nog 'n week," val hy hom in die rede.

Jakobus staan op en kyk die jonger man agterdogtig aan.

"As jy daarop aandring, kan ek nie weier nie, maar Ilse het klaar besluit en ek sien geen rede hoekom die saak nog 'n week langer moet sloer nie."

Daar verskyn 'n vreemde lig in Mynhardt se oë. Dan glimlag hy meteens vir Ilse.

"Besluite kan soms verander word," merk hy droog op. "Volgende week, Saterdag, is die tyd verstreke. Ons sal mekaar dus weer Vrydagmiddag hier ontmoet. Baie dankie vir die tee."

Met 'n kort kopknik verlaat hy hulle.

Daardie aand sit Ilse in die sitkamer. Hoewel haar hande besig is met breiwerk, is haar aandag nie by wat sy doen nie. Herhaaldelik herleef sy die gebeure van die middag, maar hoe sy ook al probeer om Mynhardt se houding en besluit te verstaan, kan sy net nie daarin slaag nie. Sy kan haarself net nie voorstel dat 'n man tot sulke uiterstes sal gaan nie – en dit bloot vir geld! Hý wat in die verlede sy bes gedoen het om sy vriende uit haar pad te hou, wat skaam was om haar as sy suster bekend te stel! Hy wat jare lank saam met haar in een huis gelewe het en nooit die moeite gedoen het om haar op te soek en haar eensame lewe te probeer veraangenaam nie.

Ja, hý wil nou met haar trou . . . Besef hy dat dit vir 'n leeftyd sal wees? Besef hy dat hy haar dan as sy vróú aan die wêreld sal moet bekend stel, dié persoon vir wie daar in die verlede geen tyd of plek in sy lewe was nie? Sien hy werklik kans om alle hoop op huweliksgeluk en kinders van sy eie oorboord te gooi ter wille van 'n paar miserabele rand?

Dis eers toe Mynhardt praat dat sy besef dat sy nie meer alleen is nie.

"Goeienaand, Ilse."

Met 'n ruk van haar kop kyk sy op en staar hom verbaas aan.

"Ek is nie welkom nie?" sê-vra hy met 'n glimlaggie.

"Natuurlik . . . natuurlik, Mynhardt! Dit was nog altyd jou huis," antwoord sy dan ongemaklik.

Hy gaan sit en kyk haar ondersoekend aan.

"Ek het nie vir die huis kom kuier nie," merk hy op en vra dan skielik: "Hoe oud is jy, Ilse?"

"Negentien, amper twintig," antwoord sy, verbaas oor sy vraag.

"En ek is vyf-en-dertig. 'n Groot verskil."

205

Hy sien dat sy hom wantrouig aankyk en besef dat hy sy kaarte mooi sal moet speel. Te oordeel na die gesprek van vanmiddag is sy geensins onnosel nie. As sy tog maar net nie so 'n kind was nie! dink hy ergerlik. Hy beskou haar krities. Daar is geen spoor van grimering op die onskuldige gesiggie nie en haar groot, blou oë weerspieël alles wat in haar gedagtes omgaan, al doen sy haar bes om dit weg te steek. Hy weet dat sy senuweeagtig voel in sy teenwoordigheid. Meer nog, haar oë vertel hom dat sy bang is vir hom. Hy is verbaas dat daar in hierdie moderne tyd nog 'n meisie soos sy kan wees, 'n meisie wat op twintigjarige ouderdom nog so kinderlik onskuldig en onvolwasse kan wees. Selfs haar liggaam wek die indruk dat sy 'n baie tenger dogtertjie is in plaas van 'n vrou. 'n Oomblik lank kom die beeld van Heloïse Malan voor hom op en hy verwonder hom dat die een vrou se liggaam so uitspattig vol kan wees en die ander s'n so afgeskeep. Hy het nog altyd van 'n meisie gehou met 'n beeldskone gesig en 'n vol, vroulike liggaam, 'n meisie wat die kuns verstaan om die passie in hom te laat ontbrand. Sal dit sy lot wees om vir die res van sy lewe aan hierdie eienaardige kreatuur verbind te wees? Dan frons hy diep. Daar is baie meisies wat enigiets sal gee om met hom getroud te wees, en hierdie . . . hierdie kind weier beslis om dit te doen!

"Is dít die rede waarom jy nie met my wil trou nie, Ilse?"

"Nee, natuurlik nie! Ouderdom het niks met die saak te doen nie. Ek het jou tog reeds my rede gegee."

"Dit is geen rede nie. Al sou jy ook geen gebrek gehad het nie, sou daar nie 'n normale huwelik tussen ons kon bestaan nie. Daarvoor is die verskil tussen ons te hemelsbreed. Maar ek sien geen rede hoekom ons dit nie op 'n vriendskaplike basis kan doen nie."

"Wat bedoel jy?"

"Ek gaan heeltemal eerlik met jou wees, Ilse. Ek het daardie geld nodig – dringend nodig. Ek móét dit net eenvoudig in my onderneming behou. Hoekom kan ons nie trou nie?

Dit sal my onderneming red, jy sal 'n huis hê en iemand wat vir jou sal sorg tot jou dood. Jy sal nie alleen wees nie. Aangesien daar tog nooit 'n normale huwelikslewe tussen ons kan bestaan nie, hoef jy nie bang te wees dat ek my aan jou sal opdring nie. Ons kan ons lewe voortsit asof daar nie 'n huwelik bestaan nie. Ek sal my gang gaan, en jy joune."

Hulle kyk mekaar 'n oomblik in stilte aan, en dan vra Ilse: "En wat gebeur as jy die dag iemand ontmoet met wie jy wil trou?"

"Dan moet jy vir my my vryheid gee, en ek sal die geld aan jou uitbetaal. Hierdie reëling is natuurlik wederkerig. Indien jy jóú vryheid verlang, belowe ek dat ek dit vir jou sal gee."

'n Vreemde opwinding roer in Ilse se hart. As sy Mynhardt se vrou kon wees . . . Die wete dat sy hom liefhet, het die afgelope dae tot haar deurgedring. Dit help nie meer om dit te ontken nie. Maar dan omklem die bittere besef haar: Al sou sy ook instem tot hierdie fantastiese plan, sal sy tog nooit sy vrou wees nie, nie soos sy dit met haar hele hart begeer nie. En dit is duidelik dat Mynhardt hoegenaamd nie as vrou aan haar dink nie. Hy het dit reguit gesê! Dis net die geldelike nood wat hom tot hierdie daad dwing.

"Vertrou jy my dan nie?" vra hy reguit toe sy nie dadelik antwoord nie. "Ilse, ek is seker jy het nog nie só oor die saak gedink nie. Belowe my dat jy jou besluit sal heroorweeg, asseblief," pleit hy dringend.

Sy huiwer 'n oomblik en sê dan: "Goed, Mynhardt, ek sal weer oor die saak dink."

"Baie dankie, Ilse. Ek gee jou my woord van eer dat ek nie in jou lewe sal inmeng nie." Hy staan op. "Kan ek dan maar Donderdagaand weer kom om te hoor wat jy besluit het?"

Sy knik instemmend. Maar in die dae wat volg, is sy jammer dat sy hom dit belowe het. Toe hy Donderdagaand uiteindelik weer vertrek, verberg sy haar gesig in haar hande en snik sag. Hoekom sy huil, verstaan sy self nie. Daardie nag slaap sy byna niks en toe sy die Vrydagmiddag weer op dieselfde plek onder die boom op Jakobus en Mynhardt wag, lyk sy baie bleek en gespanne.

"Nou ja, dis seker die laaste van hierdie gesprekke. Laat ons hoor, Ilse," val Jakobus dan ook dadelik met die deur in die huis.

'n Oomblik hou Mynhardt se oë hare gevange en dis asof die hipnotiese mag van sy donker, dringende oë die antwoord uit haar dwing.

"Ek het besluit om tog maar met Mynhardt te trou."

Jakobus staar haar ongelowig aan. "Ilse!" Dan kyk hy na Mynhardt en sê reguit: "Dis jóú werk dié, nè?"

Mynhardt se oë flits gevaarlik.

"Ilse het besluit om met my te trou. Dis wat haar pa ook wou gehad het. U mening is nie van belang nie."

Daar is 'n waarskuwende noot in sy stem en Jakobus besef dat hy miskien sy perke oorskry het. Maar om hierdie onskuldige kind aan die genade van Mynhardt Wessels oor te laat . . .

Hy sit agteroor terwyl sy verstand blitsvinnig werk. Om nou 'n rusie met Mynhardt aan die gang te sit, sal Ilse niks help nie. Nee, hy sal maar moet wag totdat hy en sy weer alleen is. Hy staan op en draai na haar toe.

"Daar is nog tot môremiddag tyd, my kind. Dink weer oor die saak na." Terwyl hy Mynhardt heeltemal ignoreer, stap hy na sy motor.

Dis eers toe sy motor deur die ysterhekke verdwyn dat Mynhardt ontspan en na Ilse kyk. Hy sien dat sy hewig ontsteld is, en die trek om sy mond raak nog meer vasbeslote.

"Baie dankie, Ilse, dat jy jou belofte van gisteraand nagekom het. Maar nou wil ek jou nog 'n guns vra."

Sy kyk hom met wydgerekte, bang oë aan. Die vrees dat sy verkeerd besluit het, knaag weer aan haar binneste.

"Ek het vanoggend reeds alle reëlings vir ons huwelik getref," vervolg hy. Hy huiwer. Haar oë is so vreesbevange op hom gerig. Sy is nog so onskuldig . . . Dan stoot hy die steurende gedagtes met geweld van hom af weg. Hy móét daardie geld behou, en Jakobus Stander is van plan om alles in sy vermoë te doen om dit te verhoed. Dit kan hy sien! "Ek het ook met 'n predikant gereël om ons sommer vanmiddag hier in die huis in die huwelik te kom bevestig." Sy snak na asem en Mynhardt draai na haar. "Ek het gedink hoe gouer ons alles agter die rug kry, hoe beter. Waarvoor sal ons wag? Dis onnodig om die spanning langer uit te rek. En aangesien jy belowe het om met my te trou . . ." Hy swyg betekenisvol.

'n Paar uur later, nadat 'n baie bekommerde Liza aandete aan die twee voorgesit het, staan Mynhardt op en stoot sy stoel weer onder die tafel in.

"Ek wil weer eens vir jou dankie sê, Ilse. Ek hoop nie jy sal ooit spyt wees nie. As jy my sal verskoon, ek moet gaan. Ek het 'n afspraak."

Toe buk hy af en soen haar liggies op die wang. Lank nadat hy vertrek het, sit sy nog so met haar een hand op die plek waar sy lippe gerus het. Haar oë blink oneindig treurig. En so tref Jakobus haar aan. Hy maak ook geen geheim van die doel van sy besoek nie.

"Dis nie my gewoonte om ander mense te beswadder nie, maar in hierdie geval . . ." Hy sug en sê dan reguit: "Ilse, jy is besig om op 'n afgrond af te stuur en ek durf dit nie toelaat nie. Nee, wag dat ek klaar praat. Ek het in die verlede allerhande lelike dinge van Mynhardt gehoor, en nadat ek vanmiddag hier van julle af weg is, het ek bewyse gaan soek. Die stories wat van hom vertel word, is waar."

"Watter stories, oom Jakobus?" Daar is vrees in haar oë.

"Hy is jou stiefbroer, my kind, maar, nou ja . . . Hy het nie 'n te mooi reputasie wat vroue betref nie. Verder ken hy soms nie sy perke met drank nie, en die keuse van sy vriende laat ook veel te wense oor."

Terwyl hy praat, verbleek Ilse al hoe meer en fluister dan skor: "Is dit die waarheid, oom Jakobus?"

"Ja, my kind. Ek is jammer, Ilse, maar ek was verplig om

dit te doen. Jy durf nie met so 'n man trou nie. Jy is nog so onskuldig, weet nog so min van die lewe af." Hy kyk na haar doodsbleek gelaat en sê vertroostend: "Toe maar, my kind, ek sal self vir Mynhardt sê dat jy nie kans sien om met hom te trou nie."

"Ek . . . oom Jakobus, ek kan nie meer terugdraai nie."

"Wat bedoel jy?" vra hy angstig.

"Ek . . . ek en Mynhardt is vanmiddag getroud!"

Die aand toe Ilse in die bed lê, dink sy weer aan wat die prokureur haar vertel het. As dit werklik alles waar moet wees! Sy sidder. Jakobus Stander was verskriklik ontsteld nadat sy hom van die huwelik vertel het, maar hy het, net soos sy, besef dat daar nou niks meer aan verander kon word nie.

Sy is nog so ingedagte toe sy die voordeur hoor oopgaan en Mynhardt se voetstappe in die gang hoor afkom. Dis reeds lank ná middernag en die angs verskerp in haar hart toe sy hom voor haar kamerdeur hoor huiwer. Met bewende hande trek sy die beddegoed op tot teen haar ken en staar stip na die deur wat stadig oopswaai. Die kamer is in helder maanlig gebaai, dus kan sy sy gestalte duidelik in die deur sien staan. Sy trek haar asem skerp in toe hy met onseker treë na die bed toe stap. Hy buk oor haar en die drankreuk wat aan hom kleef, walg haar. Dan voel sy sy hande op haar hare en sy maak haar lippe oop om te skree, maar geen geluid wil uit haar toegetrekte keel kom nie.

"Ilsetjie," fluister hy met 'n swaar tong bokant haar kop. "Goeie, dierbare, ou Ilsetjie! Gee sjommer klompe geld weg!" Hy hik en 'n oomblik lank lyk dit asof hy bo-op haar gaan val, maar hy herwin sy balans net betyds. Sy bewe onder die aanraking van sy hand en hy gee 'n skor laggie. "Isj jy dan bang vir my? Jy hoef nie bang te weesj nie. Ek hou van vrouensj soos Helo . . . Heloïsje . . ." Hy knik weer en kyk haar half onseker aan. Dan draai hy om. "Sjlaap lekker, my vrou!" Hy loop-val deur toe. "My vróú!"

Sy smalende, spottende lag bereik haar ore en dan is hy weg. Haar hele liggaam bewe van ontsteltenis terwyl warm trane oor haar wange rol. My eerste huweliksnag! Wat hét my besiel?

En soos 'n tergende refrein eggo haar verwonde hart agterna: Wat hét my besiel . . .?

3

Die volgende oggend draai Ilse met opset lank voordat sy uit haar kamer kom. Sy slaak 'n sug van verligting toe Liza vir haar sê dat Mynhardt al weg is. Sy is bly. Sy het eenvoudig nie die moed om hom vanoggend in die oë te kyk nie. Ná wat gisteraand gebeur het . . . Dan stoot sy die herinnering uit haar gedagtes. Indien sy ooit weer vrede in haarself wil vind, sal sy dié episode moet vergeet. Diep in haar hart het sy gehoop dat wat oom Jakobus haar vertel het net die gif van kwaadaardige skindertonge was, maar nou weet sy met sekerheid dat alles waar is. Sy lê 'n oomblik haar hande oor haar seer, brandende oë. Wat hou die toekoms vir haar in? Alhoewel die ontbloting van die ander sy van Mynhardt haar diep geskok en seergemaak het, weet sy dat sy hom nog liefhet. Tog sal sy daardie liefde diep in haar hart moet wegbêre, veral teenoor hom sal sy nooit iets durf wys nie. Hoe sal hy haar nie uitlag nie! Sy onthou daardie smalende toon in sy stem toe hy uitgeroep het: "My vróú!" Vernederender kan haar posisie kwalik wees.

Mynhardt kom nie vir middagete huis toe nie. Dis eers toe dit byna tyd is vir Jakobus Stander om te kom sodat hulle die nodige dokumente kan onderteken dat sy motor by die groot hekke indraai. Sy wonder angstig hoe hy teenoor haar sal optree en is verbaas om te sien dat hy heeltemal kalm en selfversekerd is, so asof niks gebeur het nie. Daar flits eerder 'n spottende lig in sy oë toe hy by haar kom sit, so asof hy hom in haar ongemak verlustig.

Ilse is verlig om oom Jakobus kort daarna by die hekke te sien indraai, want sy voel meteens weer selfbewus en baie jonk in haar man se teenwoordigheid.

"Gaan u ons nie gelukwens met ons huwelik nie?"

Jakobus sien die spottende kyk in Mynhardt se oë. Hy kan nie die veragting uit sy stem hou toe hy antwoord nie: "Dit was 'n gemene ding om te doen, Wessels, en ek gee nie om om dit reguit in jou gesig te sê nie." Mynhardt lag, maar Jakobus draai sy rug op hom en buig oor na Ilse. "Teken hier, asseblief," vra hy terwyl hy die dokument voor haar neersit.

"Net 'n oomblik." Mynhardt buk en tel die papiere op. "Voordat ons teken, wil ek eers die kontrak deurgaan."

"Bang?" vra Jakobus sarkasties.

Mynhardt lig sy wenkbroue.

"Nee, net versigtig, veral vir prokureurs!" Daar volg 'n kort stilte en dan lê hy die dokument weer voor Ilse neer. "Jy kan maar teken. Dis in orde."

"Ek is bly jy voel tevrede," merk Jakobus droog op.

"Dink u nie ek behóórt tevrede te voel nie?" Mynhardt gee weer die tergende, sarkastiese laggie en Jakobus bal sy vuiste, maar ter wille van Ilse bedwing hy sy woede. Die arme kind lyk reeds asof sy elke oomblik in trane kan uitbars.

Nadat albei geteken het, kyk die ouer man Mynhardt berekenend aan en sê dan: "As ek jy was, sou ek ten minste dankie gesê het."

Vir die eerste keer daardie middag is Mynhardt se stem ernstig.

"Ek is dankbaar." Hy buk af en voordat Ilse mooi besef wat gebeur, soen hy haar vol op die mond. "Dankie, Ilse."

Toe hy in haar verskrikte oë kyk, speel die spottende glimlag weer eens om sy mond. "Moenie so ontsteld wees nie. Die soen was maar net om jou oom Jakobus tevrede te stel!" Dan kom hy regop. "Ek sal nie vir tee bly nie, as julle my sal verskoon. Tot siens, my vrou. Vaarwel, meneer Stander, of sal ons mekaar weer sien?" en sonder om te wag op 'n antwoord stap hy weg.

Terwyl Jakobus die lenige gestalte agternastaar, is daar vrees in sy hart, vrees ter wille van Ilse. Het jy nie miskien die grootste fout van jou lewe begaan toe jy daardie testament laat opstel het nie, Markus? wonder hy woordeloos. Toe hy na Ilse kyk en die trane in haar oë sien, voel hy instinktief aan dat dit maar die eerste van baie is.

Soos 'n verskrikte dier sonder Ilse haar af in die weke wat volg. Sy doen haar bes om uit Mynhardt se pad te bly en dit is duidelik dat hy ook nie eintlik gretig is om haar geselskap op te soek nie. Daar gaan selfs dae verby dat hulle mekaar nie eens een maal sien nie. Volgens die testament was Mynhardt verplig om sy woonstel in die stad op te gee en sy intrek by Ilse te neem, maar hy vertrek soggens lank voordat sy uit haar kamer kom, en keer meestal eers weer terug wanneer sy al in die bed is. Sy lê die donker ure en omworstel terwyl haar gedagtes haar pynig.

'n Maand ná haar blitshuwelik sit Ilse een middag weer in die tuin onder die groot boom en tee drink. Soos gewoonlik is haar gedagtes met Mynhardt besig. Sy is so diep ingedagte dat sy nie die man opmerk wat na haar toe aangestap kom nie.

"Verskoon my . . ."

Die vreemde man kug ongemaklik en Ilse kyk verskrik op.

"Ek is jammer as ek jou laat skrik het, maar ek soek na iemand . . ."

Ilse glimlag. "Dis alles reg, meneer. Na wie soek jy?"

Wat 'n pragtige stem! dink Johan Jordaan en antwoord ietwat verstrooid: "Ek soek na meneer Wessels, maar ek het seker die verkeerde adres. Ek is jammer as ek jou gepla het . . ."

"Meneer Mynhardt Wessels?"

213

"Ja. Ken jy hom miskien?"

"Jy is by die regte adres, meneer. Ek is mevrou Wessels."

Johan Jordaan se oë rek wyd. Duidelike verbasing is op sy gesig te lees. Dan kry hy sy gevoelens met moeite onder beheer.

"Ek . . . ek is bly om kennis te maak, mevrou. Ek is Johan Jordaan."

"Aangename kennis, meneer. Wou jy my . . . Mynhardt spreek? Hy is ongelukkig nie nou hier nie. Is daar miskien 'n boodskap?"

"Nee, dankie, ek wou hom net . . ." Hy huiwer. "Ek wou hom sommer net iets gevra het."

Hy ontwyk haar oë en dink: Liewe hemel! As daar kapok uit die blou hemel geval het, sou hy nie meer verbaas gewees het as toe hierdie vrou haar as mevrou Wessels voorgestel het nie. Mynhardt se vróú! Dit is ongelooflik! Net gisteraand nog was hy en 'n ander meisie saam op die partytjie om sy terugkeer uit die buiteland te vier. En die lig wat daar in sy ou vriend se oë was, het net één ding beteken: Mynhardt het al weer 'n nuwe "liefde" ontdek. Die drankies het ook al begin praat teen die einde van die aand en dit was al ná twee in die oggend toe hy en die meisie vertrek het. En al die tyd is hy getroud, en dit met hierdie verlamde, kinderlike meisie met die sagte glimlag en mooi stem! Maar wat hom die meeste dronkslaan, is dat Mynhardt hom nie daarvan vertel het nie, of dat niemand anders hom daaromtrent ingelig het nie. Of sou hulle nie weet nie?

"Wil jy nie 'n koppie tee saam met my drink nie?" nooi Ilse en op die ingewing van die oomblik neem hy haar uitnodiging aan.

"Jy het 'n mooi tuin, mevrou," merk hy geselsend op terwyl hy sy tee drink.

Ilse glimlag, maar terselfdertyd raak haar oë treurig. Mevrou! Hierdie vreemdeling is die eerste persoon wat haar tot dusver so aangespreek het, en dit 'n maand ná haar troue!

Johan, wat 'n fyn mensekenner is danksy sy ervaring as joernalis, merk dadelik die treurige trek om haar mond en hy wonder wat meteens die lig in haar oë uitgedoof het. Hy kyk haar met meer belangstelling aan. Miskien is sy glad nie so kinderlik as wat hy met die eerste oogopslag gedink het nie. Die geheimsinnige huwelik van sy vriend en die ewe geheimsinnige vrou met wie hy getrou het, maak dadelik die nuuskierigheid van 'n joernalis in hom wakker. Hy besluit dat dit miskien interessant sal wees om mevrou Wessels nader te leer ken. Daarom gee hy sy mooiste glimlag en sê: "Ek en Mynhardt het mekaar in die buiteland leer ken. Dis nou maar 'n week dat ek terug is in Suid-Afrika."

Sy kyk hom belangstellend aan.

"Jy moet 'n baie interessante lewe gehad het," merk sy verlangend op. "En noem my gerus Ilse. Dis nie nodig om so formeel te wees nie."

Hy begin haar van sy wedervaringe in die buiteland vertel. Onder sy vriendelike gemoedelikheid begin sy ontspan en later gesels hulle soos ou kennisse. Telkens klink haar lag op totdat Liza haar nuuskierigheid nie langer kan bedwing nie en skelm om die huis se hoek loer. Sy sien die vreemde jong man met die blonde kuif by haar kleinjuffrou sit en toe sy die glimlag op Ilse se gesig sien, glimlag sy ook tevrede. "Foei tog! Sy het so lanklaas gelag," klik sy met haar tong. "Kammakastig getroud en sien haar man nooit!" sê sy dan hardop.

Dit is heelwat later toe Johan opstaan en sy hand na haar toe uithou.

"Dit was nou werklik 'n baie aangename middag. Ek hoop nie ek het jou met al my stories verveel nie, Ilse."

Sy kyk glimlaggend op na hom en haar gesig lyk soos dié van 'n kind wat onverwags 'n lank begeerde geskenk ontvang het.

"O nee, ek sal nog ure na jou kan luister!" verseker sy hom.

"Dan sal ek weer kom, as ek welkom sal wees," sê hy,

verbaas oor sy impulsiewe voorstel. Dié gedagte was glad nie in sy kop nie!

"Sal jy? O, dit sal wonderlik wees, Johan!"

Hy glimlag oor haar entoesiasme en sê: "Nou ja, belofte maak skuld!"

Terwyl Ilse sy motor agternastaar, voel haar hart ligter. Meteens lyk die toekoms nie meer so donker nie. Sy kan nie glo dat sy so met 'n wildvreemde man kon sit en gesels asof hulle mekaar al jare ken nie. Van haar gewone teruggetrokkenheid was daar niks te bespeur nie. Hy het vir haar 'n nuwe wêreld met hom saamgebring, en sy wens die tyd tot sy volgende besoek sal gou verbygaan.

Daardie aand kom Mynhardt net vlugtig huis toe. Teen die tyd dat Ilse hom gewaar, is hy reeds weer op pad na sy motor, geklee in 'n swart aandpak wat sy aantreklikheid komplimenteer. Die gevoel van blymoedigheid verdwyn uit haar hart en sy weet dat sy weer tot die vroeë oggendure op sy terugkeer sal lê en wag.

Mynhardt dink egter glad nie aan sy vrou terwyl hy in die rigting van die middestad ry nie. Hy sien besonder baie uit na die aand wat voorlê, want die meisie na wie toe hy op pad is, het hy pas vanoggend ontmoet en hy is gretig om haar beter te leer ken.

Johan Jordaan se oë vernou toe hy Mynhardt in die deur gewaar. Selfs oor die hele lengte van die danssaal kan hy sien dat die meisie wat so intiem vir hom glimlag, beeldskoon is. Hy draai die glasie mymerend om en om in sy hand en wend hom dan met 'n laggie na sy gesellin.

"Ou Mynhardt se smaak het darem nie verswak vandat ek hom laas gesien het nie!"

Heloïse Malan se oë kyk koel in die rigting waarheen Johan wys en haar mond trek smalend.

"As jy al daardie grimering afkrap, is daar ook nie veel aan haar nie!" antwoord sy katterig.

En as 'n mens al die grimering van jóú moet afkrap, is daar ook niks aan jóú nie! dink hy by homself, maar sê laggend: "Maar dit lyk tog nie of een van hulle hom al gevang het nie!"

Heloïse se oë verhard.

"Die dag wanneer Mynhardt Wessels trou, eet ek al my nuwe modeskeppings op."

Johan kan hom skaars bedwing om nie hardop te lag nie. Dan sal jy moet begin kou, niggie! sê hy vir homself, maar dan frons hy. Dis duidelik dat niemand weet Mynhardt is getroud nie. Hoekom hou hy sy huwelik geheim? Is dit omdat hy skaam is vir sy verlamde vrou, of is daar 'n ander rede? Dan hoor hy Mynhardt se opgewekte lag bo die ander uitklink en meteens is dit vir hom hinderlik. Hy het geen reg om hier te wees nie! Sy plek is by sy vrou! Haar ongelukkige gesig verskyn voor sy geestesoog en meteens voel hy innig jammer vir haar. Hy neem hom voor om so gou moontlik weer vir haar te gaan kuier.

Toe hy laat die nag 'n laaste sigaret in die bed rook, wonder hy hoekom hy Mynhardt nie vertel het dat hy Ilse ontmoet het nie. Hy wil net insluimer toe dit hom tref dat ook Ilse nie vir Mynhardt van sy besoek vertel het nie, en hy voel onverklaarbaar bly en verlig daaroor.

Aangesien hy eers oor 'n maand weer begin werk en baie vrye tyd tot sy beskikking het, besluit Johan om sommer die volgende middag weer vir Ilse te gaan kuier. Hy is nie bang dat hy Mynhardt daar sal raakloop nie, want soos dit vir hom lyk, is Mynhardt maar selde tuis.

Johan voel hoe iets aan sy hart ruk toe hy die blydskap in Ilse se oë gewaar toe hy by haar onder die boom gaan sit.

"Dit lyk my ek is al weer betyds vir tee," sê hy laggend.

"Ja, en ek is baie bly. Dis nie lekker om alleen tee te drink nie," antwoord sy met blink oë.

"Wat maak jy om die tyd om te kry?" vra hy belangstellend.

217

Gewoonlik sou sy selfbewus geraak het aangesien sy vraag 'n indirekte verwysing na haar gebrek is, maar nou antwoord sy doodnatuurlik: "O, ek brei of doen naaldwerk. Ek lees ook graag. En dan speel ek klavier en sing so 'n bietjie vir my eie vermaak."

"Sal jy eendag vir my speel?"

"Ag, nee, Johan! Asseblief nie! Ek het myself maar geleer."

"Dit maak nie saak nie. Toe, belowe nou eers." Toe hy die onsekerheid op haar gesig gewaar, vervolg hy dreigend: "Anders vertel ek jou nooit weer iets van al daardie eksotiese plekke waar ek al was nie!"

"Johan!" Ilse lag en hy gewaar nou eers hoe oulik haar neus in fyn plooitjies optrek wanneer sy lag. "Jy is 'n afperser!" beskuldig sy hom.

"Noem my wat jy wil, maar ek hou voet by stuk!"

Sy sug en sê gelate: "Nou goed. Maar onthou, ek het jou gewaarsku!"

"Mag ek dan Saterdagaand oorkom om te kom luister?" vra hy haastig. Soos hy Mynhardt ken, sal hy sekerlik nie op 'n Saterdagaand tuis sit nie.

Ilse kyk hom onseker aan. Sy voel ietwat skuldig oor hierdie vriendskap wat so plotseling tussen hulle ontluik het. Nie dat daar iets mee verkeerd is nie, maar . . . Hoewel sy vanoggend probeer het om vir Mynhardt daarvan te vertel, het sy die geleentheid wat sy gehad het, ongebruik laat verbygaan. Tog sien sy geen rede hoekom sy skuldig moet voel nie, want dit was Mynhardt self wat gesê het dat elkeen sy eie gang sal gaan en dat hulle hulle nie in mekaar se lewens sal inmeng nie. Dan neem sy 'n besluit. Sy sal nie langer toelaat dat Mynhardt haar hele lewe oorheers nie. Hy neem háár beslis nie in ag nie. Sy sal Johan se geselskap Saterdagaand geniet. Hy is die eerste, wonderlikste vriend, behalwe oom Jakobus, wat sy nog ooit gehad het.

"Goed, Johan. Maar is jy seker dat jy nie liewer êrens anders heen wou gaan nie?"

"Nee, meisiekind. Ek sal graag hier wil ontspan terwyl jy vir my klavier speel. Ek kan aan geen aangenamer manier dink om die aand deur te bring nie."

Sy glimlag dankbaar vir hom. Dis wonderlik om te weet dat daar darem één persoon is wat haar geselskap bo ander dinge en mense verkies.

"Dankie, Johan. Dis nou maar die tweede keer dat jy hier is, maar jy sal nooit kan dink wat ons geselsies vir my beteken nie."

Sy sê dit so kinderlik openhartig en opreg dat hy dit glad nie as 'n goedkoop uitnodiging kan beskou nie. Hy besef weer eens hoe 'n skone kind hierdie vrou van Mynhardt nog is. Ja, 'n kind, maar tog . . . Terwyl hy in haar oë kyk, wat nou so sag van dankbaarheid is, besef hy dat sy meteens ook vir hom 'n baie aantreklike vrou geword het . . .

Dis met 'n vreemde gevoel van opwinding dat Johan Saterdagaand aan Ilse se voordeur klop. Hy trek senuweeagtig aan sy kraag en glimlag ongemaklik. 'n Mens sou sweer ek is 'n vryer wat die jawoord kom vra! spot hy met homself. Dan swaai die deur oop en kyk hy in Liza se glimlaggende gesig vas.

"Is meneer Wessels tuis?" vra hy vir die skyn indien Mynhardt dalk werklik tuis is.

Liza glimlag skelm.

"Nee, maar kleinjuffrou Ilse is tuis," antwoord sy en knipoog voorbarig. "Ek is so bly meneer het gekom. Die kleinjuffrou is so alleen. Daardie man van haar . . ." Sy sluk haastig die woorde weg wat sy wou sê en vervolg: "Meneer weet, dis net vandat meneer hier kom kuier dat die kleinjuffrou weer lag en sing, en dit maak my ou hart warm van dankbaarheid."

Johan glimlag. Dis duidelik dat hy in Liza 'n bondgenoot gevind het. Ewe geheimsinnig fluister hy terug: "Dis goed, Liza. Ek sal sorg dat ek in die toekoms baie kom kuier."

Dan stap hy met 'n breë glimlag die vertrek binne.

"Johan! Jy lyk soos 'n kat wat in 'n kan room geval het!"

219

roep Ilse bly uit toe sy hom gewaar. Dan sien sy Liza se breë glimlag raak en kyk hulle agterdogtig aan. "Wat is dit? Hoekom lag julle?"

"Dis 'n geheim tussen my en Liza!" terg Johan terwyl Liza haar haastig uit die voete maak.

Laggend vertel Johan haar wat Liza gesê het.

"Ag, sy is verspot," sê Ilse ongemaklik.

Sy wil haar stoel omswaai, maar hy hou haar terug.

"Is jy ongelukkig, Ilse?" vra hy ernstig. Sy laat haar kop sak en hy sug. "Ek is jammer. Ek het natuurlik nie die reg om so iets te vra nie," sê hy sag.

Sy kyk hom 'n oomblik stil aan en sê dan: "Johan, ek waardeer jou . . . besorgdheid oor my geluk, maar dis beter as ons liewer nie daaroor praat nie. Ek wil nie jou gevoelens kwets nie, maar ek hoop jy verstaan."

Hulle kyk 'n oomblik lank diep in mekaar se oë en hy besef dat Ilse tog meer volwasse is as wat hy gedink het, en hy sou enigiets wou gee dat dit nie deur vernedering en trane moet geskied nie.

Toe dit byna tyd is vir hom om te gaan, herinner hy haar aan haar belofte om vir hom klavier te speel. Sy swaai na die groot vleuelklavier wat in die een hoek staan. Hy volg haar en stryk bewonderend oor die donker, glimmende oppervlak.

"Dis 'n pragstuk!"

"Ja. Dit was my eie ma s'n. Sy kon glo wonderlik klavier speel. Pappa het dit as 'n trougeskenk aan haar gegee."

"Het jy haar nooit self hoor speel nie?"

"Nee. Ek was maar baie klein toe ons in die motorongeluk was. Sy was op slag dood, en ek . . ."

Sy swyg.

"En jy het verlam agtergebly," voltooi hy sag en lê 'n simpatieke hand op haar geboë skouers.

Sy knik stilswyend en laat haar vingers oor die klawers gly.

Johan sak neer in die gemakstoel langs haar, leun agteroor

en sluit sy oë. Hy besef dadelik dat sy geen besonderse talent het nie, maar tog is die strelende klanke wat sy optower op hierdie oomblik vir hom genoeg. Hy sug behaaglik en strek sy bene lank voor hom uit. 'n Rukkie later begin sy sing. Eers sag en dan met al hoe meer selfvertroue. En vir die tweede keer vandat hy Ilse ken, rek sy oë wawyd oop. Sy het nie 'n sterk stem nie, maar dit besit 'n besonderse kwaliteit. Die vreemde manier waarop sy sing, trek dadelik sy aandag. Dis asof haar stem 'n mens meevoer en terselfdertyd kalmeer. Toe sy die lied klaar gesing het, kyk sy na hom en dis asof sy nou eers weer van sy teenwoordigheid bewus word. Sy bloos toe sy sien hoe bewonderend hy haar aankyk en kyk verleë af na haar hande.

"Ilse, jy sing pragtig! Hoekom neem jy nie sanglesse nie?" Sy draai opgewonde na hom.

"Dink jy ek moet, Johan? Ek het soms al lus gehad om dit te doen," erken sy.

"Hoekom nie? Ek weet van iemand hier in die stad wat vir jou by die huis sal kan les gee. Ek sal sommer net Maandag by haar gaan hoor of sy tyd vir nog 'n leerling het."

"O, sal jy, Johan? Ek sal so bly wees!" sê sy dankbaar.

Hy kyk na die stralende gesig en in die sagte lig van die staanlamp lyk sy vir hom meteens soos iets onwerkliks, so fyn en broos. Hoe min is tog nodig om haar gelukkig te maak! Besef Mynhardt nie watter juweel hy besit nie? wonder hy en is ontsteld om ook 'n bietjie afguns teenoor sy vriend in sy hart te ontdek. Dit kan tog nie wees dat hy jaloers is op Mynhardt nie? Maar is dit so onmoontlik? Hy staan vinnig op. Dit sal beter wees om nie te diep op sy gevoelens in te gaan nie. Dit kan net ongelukkigheid bring – vir homself, maar ook vir Ilse, hierdie jong kind-vrou wat op so 'n geheimsinnige wyse so maklik en so diep in sy hart ingekruip het.

"Dis al laat. Liza sal my kom wegjaag as ek jou langer uit die slaap hou," sê hy glimlaggend en uit sy oë straal opregte vriendskap toe hy vinnig afbuk en haar op die voorkop soen.

221

"Baie dankie vir die genoeglike aand en veral vir die sang. Ek het werklik lanklaas 'n aand so geniet. Mag ek weer kom?"

"Wil jy dit doen omdat jy vir my jammer voel, Johan?" vra sy sag.

Die glimlag verdwyn van sy gesig af en hy kyk haar ernstig, somber aan.

"Ek voel nie vir jóú jammer nie, Ilse. As daar een persoon is vir wie ek jammer voel, dan is dit vir Mynhardt, daardie man van jou wat so blind en onnosel is!"

Sy stem klink hard en kwaad en haar gelaat verstyf. Sy oë vernou.

"Jy hou nie daarvan dat iemand hom kritiseer nie, nè, Ilse? Al is dit ook die waarheid?"

"Hy is my man, Johan," fluister sy treurig.

Hy plaas sy hande op haar skouers. "Kyk na my, Ilse!" beveel hy dringend. Toe haar oë syne ontmoet, vra hy skor: "Daar is net één vraag wat ek jou wil vra, Ilse, as jou vriend. Sal jy dit beantwoord?"

"As ek kan."

"Het jy hom lief? Het jy hom werklik lief, meisie?"

Haar oë vul met trane, maar sy antwoord duidelik, eerlik: "Ja, Johan. Ek het hom werklik lief."

Hy laat sy hande van haar skouers val.

"Dis al wat ek wou weet. Dankie dat jy eerlik met my was." Hy huiwer asof hy nog iets wil sê, maar vervolg dan: "Goeienag, Ilse. Ek sal jou Maandag kom sê wat ek in verband met die sanglesse uitgevoer het."

Dis met gemengde gevoelens dat Johan terugry na sy woonstel. Fragmente van sy lewe flits voor sy oë verby en hy besef dat hy nog nooit 'n meisie soos Ilse ontmoet het nie. Die een oomblik kan sy so kinderlik onskuldig in 'n mens se oë kyk; die volgende oomblik verander sy weer eensklaps in 'n vrou, 'n vrou met 'n treurige glimlag om die vol, jong mond. Hy dink aan alles wat hy tot dusver al aangevang en beleef het en besef dat hy en Mynhardt mekaar nie juis kan

222

verwyt nie. Maar Mynhardt is 'n getroude man! Hy sal alles wat hy besit daarop verwed dat Mynhardt vanaand met die een of ander beeldskone meisie gaan dans het. En wat gebeur wanneer hy in die vroeë oggendure besope huis toe kom? Johan kners op sy tande. As hy darem moet agterkom dat Mynhardt 'n vinger op Ilse lê . . . Dan sug hy diep as hy die hopeloosheid van sy posisie insien. Hy sal magteloos wees om op te tree. Ilse self het baie duidelik gewys dat sy lojaal teenoor haar man is en dat hy hom nie mag inmeng in haar huwelik nie.

Johan besef dat sy gevoel vir Ilse meer is as vriendskap. En hy sal sy gevoel vir haar betyds moet keer voordat dit hom dalk heeltemal meesleur. Maar al manier om dít te verhoed, is om van haar af weg te bly. Sy hart kom in opstand hierteen. Dis duidelik dat hy al vriend is wat sy het. Nee, hy sal aan 'n ander plan moet dink.

Op daardie oomblik kyk Mynhardt diep in Heloïse Malan se oë en glimlag. Sy glimlag tevrede terug. Daardie lig in Mynhardt se oë ken sy maar te goed!

"Is jy nog kwaad vir my?" vra sy, haar oë tergend, uitnodigend op hom gerig.

"Nie as jy só na my kyk nie!" antwoord hy en hou haar stywer vas. "Jy was nog altyd soos wyn vir my."

"En wat doen wyn aan jou?" vra sy gemaak nuuskierig, hoewel sy kan raai wat sy antwoord gaan wees.

"Dit verdoof my sinne en bedwelm my verstand en laat my dinge doen wat ek nie mag doen nie," antwoord hy, sy donker kop baie naby hare.

"Dít klink interessant!"

"Hmmm!"

Sy vly haar kop teen sy skouer aan en sluit haar oë. Toe sy die naglug teen haar kaal hals en skouers voel, weet sy dat hy met haar tot in die tuin gedans het. Sy roer in sy arms en toe hulle lippe ontmoet, weet sy dat die rusie tussen hulle iets van die verlede is.

"Ek het só na jou verlang, Mynhardt!" fluister sy en glim-
lag selfversekerd toe sy sy gesmoorde antwoord hoor:
"Jy is so pragtig, Heloïse . . ."

4

Ilse kon nie wag dat dit Maandagmiddag moes word nie. Toe
Johan se motor eindelik voor die deur stilhou, kon sy huil
van verligting toe sy sien dat daar 'n ouer vrou by hom is wat
baie gekunsteld en wêreldwys lyk.

"Daar is sy," sê Johan en kyk dan bekommerd na sy gesel-
lin wat gerusstellend na hom glimlag. Dan is hulle by Ilse en
hy stel die twee vroue aan mekaar bekend.

"Ek waardeer dit baie dat u die moeite gedoen het om my
hier te kom besoek," sê Ilse beleef.

"Vir sang sal ek énigiets doen," antwoord Esmé Fouché in
haar bekoorlike Franse aksent en glimlag innemend. Sy begin
gesellig vertel van die kunstenaars wat sy ken en Ilse hang
aan haar lippe.

"Ag, foei tog, Johan, ons het jou byna vergeet! Is jy al ver-
veeld?" roep Ilse later verontskuldigend uit.

Johan glimlag meewarig.

"Nee, maar ek sal graag wil hê dat jy nou vir Esmé moet
sing. Ek kan die spanning nie meer verdra nie!" Die twee
vroue lag.

"As u dan nie omgee nie, mevrou, sal ons maar binnetoe
gaan?"

"Wie begelei jou gewoonlik?" vra Esmé terwyl sy dadelik
na die vleuelklavier toe stap.

"Ek self, maar ek is nog maar 'n beginner!"

"Kies 'n eenvoudige lied, dan sal ek jou begelei," bied
Esmé aan.

Die bekende wiegeliedjie van Brahms klink in die vertrek

224

op en Johan hou die ouer vrou angstig dop, maar haar gesigsuitdrukking verklap niks. Toe die laaste klanke wegsterf, draai Esmé Fouché na Ilse en sê glimlaggend: "Met 'n bietjie afrigting behoort jy 'n mooi stem te hê. Jy sal nooit 'n operasangeres word nie," sê sy op haar reguit manier wat Ilse nog later beter sal leer ken, "maar jou stem het 'n sekere kwaliteit wat baie bekoorlik is. Ek is bereid om jou te help."

"O, mevrou, dankie! Baie dankie! U weet nie hoeveel dit vir my beteken nie!" roep Ilse opgewonde uit.

Nadat Johan haar ook gelukgewens het, staan Esmé Fouché op.

"Ek sal jou môre bel om te sê watter dae ek kan kom. Nou sal ek regtig moet gaan."

"Nogmaals dankie, mevrou," laat Ilse weer dankbaar hoor.

"Noem my Esmé. Al my leerlinge noem my op my naam. Dit laat my nie so oud voel nie!" sê sy tergend.

"Ek is baie dankbaar dat jy bereid is om haar te help," sê Johan op pad terug stad toe.

Esmé glimlag net. Eintlik sou sy Ilse onder gewone omstandighede nie geneem het nie. Haar leerlinge is gewoonlik mense wat van sang 'n loopbaan wil maak, maar nadat sy Ilse ontmoet het, het sy besluit om haar êrens in te pas tussen haar veelvuldige verpligtinge. Sy kry die jong vrou baie jammer, en haar deurdringende blou oë het meer raakgesien as wat Ilse of Johan vermoed.

Van daardie dag af verander Ilse se lewe meteens. Sy lewe vir die twee uur per week wanneer Esmé Fouché haar kom afrig, en hoewel sy die beperkings van haar stem ken, doen sy nietemin haar bes en toon sy baie gou wonderlike vordering onder haar leermeesteres se meesterlike leiding. Terwyl hulle oefen, is Esmé die streng onderwyseres wat net die beste verwag waartoe haar leerling in staat is. Maar wanneer hulle ná 'n les tee drink, gesels hulle lekker. Mettertyd ontwikkel daar 'n mooi en opregte vriendskap tussen die twee vroue.

Vir die eerste keer in haar lewe is daar 'n vrou teenoor wie

Ilse haar hart kan uitpraat, want hoewel Johan 'n dierbare en byna onmisbare vriend geword het, is hy tog 'n man. Daar is sekere dinge wat sy net nie met hom kan bespreek nie.

Onder die gekunstelde uiterlike van die ouer vrou het Ilse egter 'n sagte, simpatieke hart ontdek en dit was nie lank nie of Esmé Fouché het haar lewensgeskiedenis geken, ofskoon Ilse haarself nie sover kon kry om haar van haar huwelik te vertel nie.

Terwyl hulle weer een middag aan die oefen is, hou Esmé meteens op met speel en swaai om na Ilse sodat sy haar vas in die oë kyk.

"Dis nou die vierde agtereenvolgende keer dat jy dieselfde fout begaan," sê sy beskuldigend.

Ilse bloos en laat haar kop sak.

"Ek is jammer," fluister sy verskonend, maar Esmé hoor duidelik die trane in haar stem.

Sy staan op en maak die klavier toe. Dan stap sy nader en lê 'n hand op die geboë kop.

"Wat is dit? Ná veertig somers het ek ook al heelwat van die lewe geleer. Kan ek nie help nie?"

Ilse bedek haar gesig met haar hande en snik saggies. Esmé se oë word sag.

"Huil maar, my kind. Dit sal jou goed doen. Daarna kan jy my vertel. Intussen gaan ek vir Liza sê dat ons vanmiddag vroeër sal tee drink."

Sy verlaat die vertrek en toe sy weer terugkom, sien sy dat Ilse kalmer is hoewel haar lippe nog bewe.

"Jy hoef my nie te vertel as jy nie wil nie, Ilse. Maar soms help dit om uit te praat. Dis jou huwelik, nie waar nie?"

Ilse knik en dan, asof sy haarself nie meer kan keer nie, vertel sy van die eensame dae en aande, van die nagte wanneer Mynhardt eers in die vroeë oggendure huis toe kom, van die vrees in haar hart wanneer sy sy slepende voetstappe in die gang hoor afkom. Sy vertel ook van die testament en die rede hoekom sy en Mynhardt getroud is.

"En hoe pas Johan Jordaan in die prentjie?" vra Esmé en hou Ilse stip dop.

Maar Ilse se oë is onskuldig en eerlik.

"Hy is net 'n vriend. Hy ken ook vir Mynhardt. Sy vriendskap beteken vir my baie."

"Is jy seker dis net vriendskap wat jy vir hom voel?"

"Natuurlik!" Ilse lyk geskok en Esmé glimlag.

Hoe min weet die kind tog nie van die lewe af nie! Ek wonder wat sy sal sê as ek haar moet vertel dat Johan haar liefhet? wonder sy. Want hierdie wêreldwyse vrou het reeds daardie eerste dag Johan se geheim geraai, hoewel sy byna seker is dat Johan self nog onbewus daarvan is, of onwillig is om dit aan homself te erken.

"En Mynhardt? Wat is jou gevoel vir hom?"

"Ek het hom lief," is die eenvoudige antwoord.

"Veg dan vir hom. Moenie dieselfde fout as ek begaan nie."

Ilse kyk verwonderd op.

"Ek het toegelaat dat 'n ander vrou my man van my afrokkel en ek het nie 'n vinger verroer om dit te verhoed nie. Ek was te trots. Dit was eers toe ek alleen en eensaam was, dat ek besef het ek moes teruggeveg het."

"Ek is jammer," sê Ilse simpatiek.

"Ja, dit is jammer, maar dit bring hom nie na my toe terug nie. Jy het Mynhardt lief, so sê jy."

"Ja."

Ilse bloos, maar kyk die ander vrou met belangstelling aan. Sal hierdie vrou haar kan help?

"Vég dan vir jou liefde."

"Maar . . . maar ek is verlam! Ek kan nie wedywer met daardie ander meisies nie!"

"Hoekom nie? Om jou bene te kan gebruik, is nie alles in die lewe nie. 'n Man kyk tog nie net na 'n paar mooi bene wanneer hy die dag wil trou nie!"

"Maar ek is verlám!" roep Ilse met traangevulde oë uit.

227

"Ek weet van 'n hele paar verlamde mans en vroue wat 'n baie gelukkige huwelikslewe lei," kap Esmé terug.

"Ja, maar . . . Ag, dis tog so onmoontlik dat Mynhardt . . . Dis hopeloos!"

"Solank jy in daardie groef bly, sál Mynhardt rondloop. Dit kan ek jou verseker!" laat Esmé beslis hoor. "Jy het niks om te verloor nie. As jy nie slaag nie, sal jy net weer wees waar jy nóú is. Behaal jy sukses . . . Nou ja, dan verdubbel ek die fooie van jou sanglesse!"

"Esmé, dan spot jy nog!" verwyt Ilse, maar daar is 'n lig van hoop in haar oë.

"Terloops, wie betaal vir jou sanglesse?" vra Esmé nuuskierig.

"Ek betaal dit uit die maandelikse toelaag wat ek van Mynhardt ontvang."

"Dan moet dit 'n taamlik rojale bedrag wees."

"Nie juis nie. Maar ek het so min nodig dat dit nie eintlik saak maak nie."

"Wel, van nou af sal jy maar sanglesse op skuld moet neem. Jy hoef nie bang te wees nie, ek sal élke les aanteken. Eendag, wanneer jy en jou man op julle wittebroodsreis vertrek, sal ek vir hóm die rekening pos!"

Ilse kyk haar verward aan.

"Wat bedoel jy?" vra sy verstom.

Esmé lag en vervolg dan opgewonde: "Mevrou Wessels, van vandag af bestee jy elke sent van daardie toelaag aan jouself! Jy gaan vir jou nuwe klere koop en vir 'n reeks skoonheidsbehandelings gaan. Jy was glad te lank 'n vaal ou muisie. Wanneer Mynhardt weer sy oë uitvee, gaan hy liewer saans tuis bly om te keer dat 'n ander man dalk met sy vrou wegloop!"

Ilse kyk haar eers verslae aan, maar vra dan opgewonde: "Esmé, dink jy regtig dit sal help?"

"As dit nie help nie, my kind, dan is daardie man van jou nie 'n sent werd nie! Jy sal moet leer om meer selfvertroue te hê. Ek gaan jou onderrig in al daardie fyn puntjies wat so 'n noodsaaklike deel van elke vrou is. Jy weet, ek raak heeltemal opgewonde oor hierdie eksperiment!" eindig sy geesdriftig. "As dit maar sal help! Esmé, ek sal jou nooit genoeg dankbaar kan wees nie!" sê Ilse, haar stem bewend. "Net môre begin ons," belowe die ouer vrou.

Toe Johan die volgende middag daar aankom, word hy deur Liza voorgekeer.

"Meneer kan nie nou ingaan nie. Die kleinjuffrou en mevrou Esmé is besig."

"Maar dis nie vandag Ilse se oefendag nie. Wat maak hulle, Liza?"

"Ek weet nie, meneer. Mevrou Esmé het hier aangekom met 'n klomp botteltjies en potjies en daar was 'n ander vrou ook by. Later het die ander vrou weer gery, maar mevrou Esmé is nog altyd binne," verduidelik sy met groot oë.

"Wel, ek gaan kyk wat aangaan," sê Johan beslis en stap binne.

"Liewe hemel, wat máák julle?" vra hy verbaas vanuit die deur.

Esmé kyk vinnig op en is verplig om te glimlag toe sy Johan se oë op Ilse gewaar, maar dan beveel sy streng: "Jy is nie veronderstel om hier te wees nie, Johan. Maak dat jy wegkom."

"Nie voor ek weet wat aangaan nie," sê hy. "Is dit deel van haar sanglesse? Wat het dié goed met haar stem uit te waai? As sy dit geëet het, sou ek miskien die spul nog kon verstaan, maar op haar gesig!"

Esmé lag hardop en stoot hom by die deur uit.

"Loop nou, toe! Gaan sit en wag in die tuin. Ons sal netnou vir jou die resultaat kom wys."

"En hoe lank is netnou?" vra hy agterdogtig.

"So oor 'n uur . . ."

"Vaderland!" sug hy, maar gehoorsaam tog.

Onder veel gegiggel wat meer by twee skoolmeisies sou

pas as by twee volwasse vroue, staan Esmé terug en bekyk haar handewerk. Sy voel meer as tevrede.

"Ilse, ek het nooit kon droom dat jy so pragtig is nie!" merk sy met opregte bewondering op.

Ilse bloos ingenome. Dis die eerste keer dat iemand haar vertel dat sy mooi is, en sy is vroulik genoeg om daarvan te hou.

"As jy my nie nou op die daad 'n spieël gee nie, bars ek van nuuskierigheid," sê sy opgewonde.

Esmé stoot haar tot reg voor die lang spieël teen die muur en Ilse se oë rek wyd. Haar hare is in sagte golwe en krulle gekam deur die haarkapster wat Esmé saamgebring het. Die haarwasmiddel wat sy gebruik het, het die natuurlike glans van haar hare uitgebring en dit omraam haar gesiggie in blink, sagte voue. Daar is 'n blos van opgewondenheid op haar wange wat die skittering in haar oë verdiep. Haar lippe is 'n sagte rooi en haar ken is uitdagend uitgestoot. Haar skouers lyk meteens meer vierkantig en haar vel is sag en albasterkleurig. Die nuwe rokke wat Esmé saamgebring het, pas haar perfek. Selfs terwyl sy sit, kan 'n mens haar ongelooflike skraal middeltjie duidelik sien. Esmé het die reisdeken wat sy gewoonlik om haar bene dra, vir Liza gegee om weg te pak.

"Jy gaan nie weer daardie ding om jou bene dra nie," het sy beslis gesê en Ilse is dankbaar.

Die wye romp val in sagte voue om die twee dooie ledemate, sodat net 'n paar fyn enkeltjies sigbaar is. Sy het 'n paar ligte sandale aan haar voete en as sy in 'n gewone stoel moes sit, sou 'n vreemdeling nooit kon raai dat sy verlam is nie.

Trane van dankbaarheid blink in haar oë, maar Esmé wat haar die hele tyd dopgehou het, praat vinnig agter haar.

"O nee, jy gaan nie nóú huil nie! Ek wil met jou gaan spog voor Johan. Kom, ons het die arme man reeds so lank laat wag."

Johan staan op toe hy hulle gewaar. Sy mond val oop van verbasing toe hy vir Ilse sien.

"Ilse! Maar hoe . . .?" Dan lag hy en stap nader. Terwyl hy bewonderend na haar kyk, vervolg hy: "Julle twee is darem skelms!" Hy kyk Ilse 'n oomblik lank ernstig aan en sê dan: "Jy lyk pragtig!" en in sy hart voeg hy by: En ek het jou lief!

"Jy moet Esmé gelukwens. Dis háár handewerk," sê Ilse vinnig, ongemaklik onder die vreemde erns in Johan se oë.

"As jy nie van nature 'n mooi mens was nie, sou al my moeite niks gehelp het nie," verweer Esmé. "Die volgende stap is om haar bekend te stel," vervolg sy laggend, maar haar oë is ernstig terwyl sy na Johan kyk.

"Bekend te stel?" Hy frons. "Aan wie nogal?"

"Aan haar man, natuurlik! Ons het al hierdie moeite tog net vir hóm gedoen."

Die frons tussen Johan se oë verdiep en Ilse bloos weer. Dis nie nodig vir Esmé om háár persoonlike sake so in die openbaar uit te lap nie! Johan en Esmé kyk mekaar 'n oomblik in stilte aan en hy besef dat Esmé bewus is van sy gevoel vir Ilse. In haar oë lees hy 'n waarskuwing en haar woorde vertel hom dat hy nie 'n plek in Ilse se toekoms het nie. Dit is Mynhardt wat van nou af op die voorgrond sal wees. Hy voel hoe die verset in hom opstoot. Hoekom moet so 'n lieflike mens soos Ilse vermors word op 'n man soos Mynhardt? 'n Man wat haar nie eens raaksien nie! En hy wat Johan is, het haar lief! Hy wil sy hele lewe aan haar voete neerlê!

"Ek moet teruggaan stad toe. Gee jy om om my te neem, Johan?" onderbreek Esmé sy gedagtegang. "Ek het saam met my haarkapster gekom en sy is al weg."

Hy is verplig om in te stem, maar op pad word dit vir hom duidelik dat dit net 'n plan van haar was om alleen met hom te gesels.

"Johan, sal jy vir my 'n guns doen, of liewer, vir Ilse?"

Hy kyk haar agterdogtig aan. Hy vertrou meteens nie meer Esmé se planne nie.

"Laat ek hoor," sê hy egter en laat niks van sy gevoelens deurskemer nie.

231

"Ek gaan baie reguit met jou praat sodat ons mekaar goed verstaan. Jy is verlief op Ilse, nè?"

"Korreksie, asseblief! Ek is nie verlief op haar nie. Ek is lief vir haar!" antwoord hy en frons vir haar uitgesprokenheid. "Maar ek kan nie insien wat dit met jóú te doen het nie."

Sy glimlag.

"Toe nou, Johan, dis nie nodig om jou te wip nie! Dis geen skande om haar lief te hê nie. Sy is enige man se liefde waardig. Maar as jy haar werklik liefhet, sal jy tog seker enigiets doen om haar gelukkig te maak . . ."

"Dis vanselfsprekend. Maar moenie draaie loop nie, Esmé. Wat wil jy hê moet ek doen?" vra hy ongeduldig terwyl die onrus in sy hart groei.

"Ek wil hê jy moet Ilse die hof maak," antwoord sy kalm.

Johan trek sy motor van die pad af en draai na haar toe. Sy oë kyk onstuimig in hare.

"En waarom moet ek 'n getroude vrou die hof maak? Wag, moenie antwoord nie – ek sal. Om haar man jaloers te maak, nie waar nie?"

"Korrek!"

Esmé word glad nie deur sy skroeiende kyk van stryk gebring nie.

"So! Jy het nou die rol van Kupido oorgeneem! En sal Kupido asseblief vir my sê hoekom Mynhardt nou skielik jaloers gemaak moet word, en hoekom ék uitgesoek word?"

"Moenie so verspot en kinderagtig wees nie, Johan! Die rede is tog voor die hand liggend! Uiterlik mag julle mans 'n bietjie verskil, maar inherent is julle almal eenders. Geen man sal daarvan hou dat 'n ander man sy vrou begeer en die hof maak nie – al stel hy self ook hóé min in haar belang! Dit streel elke man se ego om te weet dat daardie vrou net aan hóm behoort, en hy sal hemel en aarde versit as hy agterkom dat sy vrou in 'n ánder man belangstel!"

"Goed. Ek sal my met al daardie vroulike wysheid vereenselwig. Maar kan ek jou nou net op één klein puntjie wys

232

wat jy blykbaar uit die oog verloor het. Ilse stel nie in daardie opsig in my belang nie. Sy hou van my as vriend – en dit is al!" eindig hy verbitterd.

Esmé se oë is vol deernis toe sy haar hand op sy arm plaas. Dan antwoord sy: "Met die hof maak bedoel ek nie dat jy haar met liefdesbetuigings moet oorlaai nie. Maar jy is die enigste man wat sy ken van wie sy rose of sjokolade sal ontvang of soms mee sal uitgaan. As Mynhardt dan agterkom dat daar 'n man is wat besonderse aandag aan sy vrou skenk, sal hy begin wonder . . ."

"Jy neem nie juis mý gevoelens in ag nie! Hoe dink jy moet ék voel . . ."

"Ek weet," val sy hom simpatiek in die rede. "Maar dis juis die opoffering wat jou liefde van jou verg. Jou liefde vir haar sal nie iets beteken as jy nie haar geluk bó joune stel nie. En sy hét Mynhardt lief. Daar bestaan geen ander man vir haar nie."

"Dis nie nodig om dit in te vryf nie."

"Ek vryf dit nie in nie, Johan, ek wil jou net laat verstaan dat Ilse se geluk by Mynhardt lê en dat dit ons twee, die enigste vriende wat sy het, se plig is om haar te help om daardie geluk te verwesenlik."

Johan skakel die motor aan en toe hy weer op die pad is, is daar 'n gelatenheid in sy stem toe hy sê: "Goed, Esmé, ek sal probeer. Maar die Vader weet, dit sal nie maklik wees nie. Ek het haar lief en ek is ook maar net 'n mens . . ."

Hoewel Esmé Johan innig jammer kry, sorg sy dat daar nie gras oor sy belofte groei nie. Die volgende oggend bel sy hom om hom daaraan te herinner.

Daardie middag rek Liza se oë toe daar 'n groot ruiker by die huis afgelewer word.

"O, Liza, is dit nie pragtig nie!" roep Ilse vol bewondering uit toe sy die bos tulpe uitlig. "Hier is 'n kaartjie by."

Dan lees sy hardop: *"Die nuwe Ilse laat my aan hierdie tulpe dink – so pragtig en betowerend! 'n Vriend."*

233

Liza glimlag van oor tot oor.

"Ai, dié meneer Johan! Hy is nie sommer só 'n man nie!"

"Maar wie sê dis meneer Johan?" vra Ilse.

"Maar natuurlik is dit hy! Wie dan anders?"

Ilse glimlag, maar haar oë is somber. Ja, natuurlik kan dit net Johan wees! 'n Oomblik het sy gedink . . . Sy sug. Mynhardt het die nuwe Ilse nog nie eens gesien nie. Sy het gisteraand spesiaal laat opgebly, maar was verplig om maar later kamer toe te gaan. Vanoggend het sy ook heelwat vroeër as gewoonlik opgestaan, maar hy het reeds vertrek toe sy uiteindelik klaar was. Met teleurstelling in haar hart rangskik sy later die tulpe en voel skuldig. Dit was dierbaar van Johan om dit vir haar te stuur. Tog kan sy nie help om diep in haar hart te wens dat dit liewer van Mynhardt gekom het nie.

Daardie middag verras Jakob Stander haar met 'n besoek. Ilse is baie bly om hom te sien.

"Liewe land, Ilse! Ek het jou amper nie herken nie!" sê hy verras.

Sy bloos. Sy kan maar net nie gewoond raak aan al die bewondering wat sy van alle kante ontvang nie. Maar met die selfvertroue wat stadig maar seker besig is om die plek van die ou minderwaardigheidsgevoel in te neem, kyk sy hom vriendelik aan.

"Hoe gaan dit, oom Jakobus? Ek het u lanklaas gesien."

"Ek is jammer dat ek jou nog nie weer besoek het nie, maar ek het gevoel dat ek liewer die eerste ruk uit Mynhardt se pad moet bly. Met my gesondheid gaan dit ook nie te goed nie. Die dokters het aanbeveel dat ek na 'n dorp of stad in 'n ander klimaatstreek moet verhuis. Daarom het ek vanmiddag hierheen gekom om te hoor of ek maar jou sake in die hande van my opvolger kan plaas."

"Ek is baie jammer om dit te hoor, oom Jakobus. U moet maar maak soos u goeddink. Wanneer vertrek u?"

"Môreoggend. Ek gaan eers 'n rukkie by familie kuier."

"Ek sal u mis. U was die eerste vriend wat ek in my lewe gehad het. U moet vir my skryf, asseblief."

"Ek sal," belowe hy. "En onthou, Ilse, al is ek nie meer jou prokureur nie, bly ek jou vriend. Jy moenie huiwer om my te nader indien ek jou kan help nie."

Toe hy weg is, sit Ilse alleen met haar gedagtes. Sy voel hartseer omdat sy sy vriendskap sal moet ontbeer, maar die gedagte aan Johan en Esmé troos darem 'n bietjie.

Daardie aand, terwyl sy haar gereed maak vir aandete, kom Mynhardt onverwags huis toe.

Daar is 'n onvergenoegde frons tussen sy oë toe hy die eetkamer binnestap. Hy het met Heloïse afgespreek om saam met hom na 'n opvoering te gaan kyk, maar ter elfder ure het sy hom laat weet dat sy siek voel en nie sal kan gaan nie.

"Waar is my vrou?" vra hy aan Liza terwyl hy sy stoel uittrek.

"In die kamer, meneer. Sy kom nou."

Hy trommel ongeduldig met sy vingers op die tafelblad terwyl hy op haar wag. Sy oë dwaal na die gedekte plek oorkant hom en sy frons verdiep. As Ilse net nie so 'n eenvoudige stukkie mens was nie, kon hy dit nog gewaag het om sy vriende tuis te onthaal. Maar dit lyk behoorlik of sy bang is dat hy haar sal eet as hy net na haar kyk! Hy besef met 'n skok dat hy haar 'n hele paar dae laas gesien het. Dis seker sy plig om darem soms te vra hoe dit met haar gaan. Dan trek hy sy skouers ongeërg op. Hulle het tog ooreengekom dat hulle elkeen hulle eie lewe sal lei.

Sy aandag word skielik getrek deur die vaas vol tulpe wat eenkant op die tafel staan. Hy het taamlike kennis van blomme omdat hy minstens een maal per week blomme aan die een of ander meisie stuur, en hy sien dadelik dat dit van die duurste tulpe is wat 'n mens kan kry.

Liza, wat sy skerp blik op die blomme gewaar, glimlag geheimsinnig en verdwyn gou in die rigting van die kombuis.

Voordat Mynhardt egter verder oor die saak kan dink,

verskyn Ilse in die deur en hulle staar mekaar in stilte aan. Dan staan Mynhardt stadig op en Liza, wat skelm om die kombuisdeur loer, glimlag tevrede. Volkome verbystering is op sy gesig te lees. Hy kan nie glo dat dit Ilse is wat hy hier voor hom sien nie!

Sy het 'n swart rok met 'n groot, spierwit kraag aan. Onder die rok se soom steek modieuse sandale uit. Haar hare is saamgevat agter haar kop en die sagte krulle val tot in haar nek.

Haar spieël het haar vertel dat sy mooi lyk en dis met selfvertroue dat sy haar stoel na die eetvertrek gestoot het. Maar terwyl sy na haar man se donker, aantreklike gesig opkyk, voel sy hoe die paniek van ouds in haar opstoot. Dan onthou sy Esmé se raad toe sy 'n rukkie gelede met haar oor die telefoon gepraat het.

"Hou jou kop hoog en kyk hom koel in die oë. Praat met 'n kalm, beheerste stem, maar hou jou afsydig."

"Maar, Esmé, ek moet hom tog antwoord!" het sy geprotesteer.

"Jy vertel hom niks van jou doen en late nie, hoor? Hou jou geheimsinnig. Nou toe, gaan eet nou. Ek is bly hy is vanaand tuis." Sy het afgelui voordat Ilse aan nog besware kon dink en vir haarself gesê: Ek wed my nuwe Persiese tapyt dat meneer Mynhardt nie vanaand weer sal uitgaan nie. Ek hoop net Liza het gedoen wat ek vir haar gevra het . . .

Gedagtig aan Esmé se raad, lig Ilse nou haar kop en hoewel die onstuimige klop van haar hart duidelik in die kuiltjie in haar nek sigbaar is, is haar oë koel en onpersoonlik toe sy in haar sagte stem sê: "Goeienaand, Mynhardt. Liza, jy kan maar die kos bring, asseblief."

Mynhardt stap vinnig om die tafel en help haar om haar rolstoel tot voor haar plek te bring. Sy bedank hom en begin eet sonder om enige verdere aandag aan hom te gee. Hy kyk haar telkens fronsend aan. Wat het met haar gebeur? vra hy hom verwonderd af. Sy is pragtig, en as ek dit nie geweet het nie, sou ek nooit gesê het sy is verlam nie.

"Jy het duur smaak," verbreek hy eindelik die ongemaklike stilte.

Sy kyk vraend op en hy knik in die rigting van die tulpe.

"Hoeveel het jy vir hulle betaal?"

Ilse glimlag effens. "Hulle is pragtig, nè?" antwoord sy dan in 'n stemtoon wat vriendelik maar tog ook onpersoonlik klink.

'n Ligte rooi kruip langs Mynhardt se nek op. Hy voel soos 'n kind wat oor die vingers getik is omdat hy te nuuskierig was.

Toe Ilse die ergerlikheid in sy oë sien, moet sy haarself bedwing om nie te lag nie. Al die senuweeagtigheid verdwyn uit haar en sy kan hom nou kalm in die oë kyk. Sy merk op dat hy reeds klaar geëet het en met haar oë steeds op haar bord gerig, sê sy vriendelik: "As jy haastig is, kan jy maar gaan."

Met 'n gemompelde verskoning staan hy vinnig op en loop die gang af na sy studeerkamer. Weer eens voel hy soos 'n kind wat kwaad gedoen het en nou van die tafel af weggestuur is. Die ergernis in hom verdiep.

Hy sak neer in een van die gemakstoele en staar verward na die mat. Hierdie nuwe Ilse lýk nie net anders nie, sy ís ook anders! Met nougetrekte oë wonder hy wat hierdie verandering teweeggebring het. Sy is nie meer die onbeholpe, senuweeagtige kind van 'n paar weke gelede nie. Sy het meteens in 'n vrou verander – 'n geheimsinnige, baie aantreklike vrou! Diep ingedagte trek hy 'n kaartjie uit wat effens uitsteek onder die kladpapier wat op die skryftafelblad lê. Dan frons hy diep.

Die nuwe Ilse laat my aan hierdie tulpe dink – so pragtig en betowerend! 'n Vriend.

Hy lees dit weer en staan dan vinnig op, frons skerp. Wat gaan hier agter sy rug aan? Nou verstaan hy hoekom sy sy vraag ontduik het. Sy weet self nie hoeveel egte Hollandse tulpe werklik kos nie! 'n Vriend! 'n Smalende laggie ontsier sy lippe. Hierdie danige "vriend" sal gou besef dat Mynhardt

237

Wessels hom nie vir die gek laat hou nie! Sy is darem 'n getroude vrou – vir wat dit werd is!

Hy stap in die rigting van die sitkamer van waar hy die klanke van 'n lied hoor kom. Toe hy in die deur verskyn, is hy verplig om eers stil te staan. Sy skep 'n lieflike prentjie voor die klavier. In die lig van die staanlamp wat sag oor haar skyn, lyk haar vel roomwit en haar lippe vol en aanloklik. Maar dan val sy blik op die klavier en hy keer net betyds 'n kragwoord. Nóg tulpe! Liewe hemel, is daar dan in elke vertrek 'n bak vol blomme? wonder hy woedend. Hy stap nietemin saggies binne en gaan sit skuins agter haar.

Ilse het hom hoor binnekom, maar sy laat nie blyk dat sy van sy teenwoordigheid bewus is nie. Sy hou aan met speel totdat Liza later met tee binnekom. Dan swaai sy om en kyk hom gemaak verbaas aan.

"O, ek het nie geweet jy sit hier nie! Ek het gedink jy is weer uit."

Hoewel sy dit op 'n doodgewone manier gesê het, kan hy nie help om ongemaklik te voel nie. Dit het amper geklink asof sy hom verwyt omdat hy elke aand uitgaan. Of verbeel hy hom dit maar? Wat gaan vanaand aan? vra hy hom af. Verbeel ek my dalk dinge wat nie bestaan nie?

"Liza, bring asseblief vir meneer ook tee," vra sy en is verplig om die ou huishulp se oë te ontwyk, want die ingenome trek op die swart gelaat is duidelik vir almal om te sien.

Terwyl hulle tee drink, vertel sy hom van Jakobus se besoek en verligting spoel oor hom. Dis natuurlik hý wat die tulpe gestuur het, flits dit deur sy kop. Natuurlik is dit hy! Ilse het tog nie ander mansvriende nie.

"As jy my sal verskoon, wil ek nou maar kamer toe gaan. Ek is gewoond om saans vroeg te gaan slaap," sê Ilse, hoewel sy glad nie vaak voel nie.

"Dis nog skaars halfnege!" opper hy vinnig beswaar.

"Ek weet. Goeienag, Mynhardt."

Mynhardt volg haar met sy oë totdat sy die rystoel voor

haar kamerdeur tot stilstand bring. Dan, asof hy skielik 'n besluit neem, stap hy agterna.

"Ilse, ek het gewonder . . ."

'n Koue vrees pak om haar hart. Sê nou hy vra my om sy vryheid! dink sy beangs, maar toe sy antwoord, is haar stem kalm: "Ja, Mynhardt?"

Hy kyk haar onseker aan.

"Nee. Dis niks."

Hy draai om en stap weg terwyl sy hom met verlangende, ongelukkige oë agternastaar.

Esmé is baie ingenome met die verloop van sake toe Ilse die volgende middag "verslag doen", soos Johan dit later stel.

"Nou sien jy, Ilse? Ek het mos gesê! Jy moet nou net leer om vertroue in jouself . . ."

Ilse val haar beslis in die rede.

"Dis nie meer nodig nie, Esmé. Ek het ál my spanning en vrees vir Mynhardt verloor." Haar oë raak dromerig. "Gister-aand het hy my baie aan 'n verwarde seuntjie laat dink. Ek het ook tot 'n ander besef gekom. Ek moet leer om meer selfstandig te wees, om, figuurlik gesproke, op my eie bene te staan. Al het ek Mynhardt hóé lief, gaan ek nie toelaat dat hy my hele lewe so regeer soos in die verlede nie. Ek gaan nie toelaat dat hy my langer rondgooi soos hy wil nie. Hy sal moet leer dat ék ook 'n mens is met begeertes en verlangens van my eie, en dat hy mý ook in ag moet neem."

Esmé kyk haar verstom aan. Is dít werklik die onsekere, bang kind van 'n paar weke gelede wat só praat?

"En wanneer het jy hierdie wysheid ontdek?" vra sy open-lik nuuskierig.

Ilse glimlag.

"Gisteraand. Ek het lank wakker gelê en my lewe in oën-skou geneem. In die verlede was ek skaam vir my gebrek, so asof dit 'n sonde is. Nou weet ek dat daar baie ander mense soos ek is en dat dit niks is om oor skaam te wees nie."

239

Daar is meteens trane in die ouer vrou se oë en Ilse kyk haar verbaas aan. Om trane in Esmé se oë te sien, is iets vreemds.

"Ek is só bly vir jou onthalwe, Ilse. Al sal jy dalk nie daarin slaag om Mynhardt se liefde te wen nie, sal die poging ten minste die moeite werd gewees het, want jy het jouself gevind. Jy het eindelik besluit om jou regmatige plek in die lewe vol te staan, of liewer vol te sit, nè?"

Die twee vroue glimlag teenoor mekaar en so tref Johan hulle aan.

"Wat gaan aan met julle? Het julle 'n lotery gewen?"

Esmé knipoog vir Ilse.

"Nee, iets veel beters het gebeur, maar dis ons twee se geheim!"

"Hmm." Hy kyk hulle agterdogtig aan, maar dring nie op 'n verduideliking aan nie. "Ek het gewonder of julle twee nie lus is om vanaand saam met my na 'n opvoering te gaan nie?"

"Dis baie gaaf van jou, Johan. Baie dankie vir die uitnodiging. Ek sal natuurlik nie kan gaan nie, maar neem gerus vir Esmé," antwoord Ilse.

"En hoekom kan jy nie gaan nie? As ons vroeg gaan, sal daar nie 'n probleem wees nie," val Esmé haar in die rede.

"Ja-nee, só maklik trek jy nie kop uit nie!" laat Johan ook hoor.

Ilse kyk van die een na die ander. Waar sal sy weer sulke vriende kry, wonder sy, en lig dan haar ken uitdagend.

"Goed. Ek sal saamgaan."

Daardie aand, terwyl Ilse na die geselsende menigte om haar kyk, wonder sy hoekom sy haarself so lank van die wêreld onttrek het. Daar het reeds heelwat mense gesit toe Johan met haar in sy arms die paadjie afgeloop het. Sy het haar gestaal teen die menigte nuuskierige oë wat op haar gerig sou word, maar toe sy dit uiteindelik waag om op te kyk, het sy net hier en daar 'n simpatieke blik op haar gewaar. Die res het skaars aandag aan die vreemde prosessie gegee.

Ná die eerste helfte van die opvoering, gedurende die pouse, maak Johan verskoning en staan op. Esmé is druk in gesprek met die persoon langs haar en Ilse is bly dat niemand met haar praat nie. Dis asof sy nie genoeg na die bont menigte om haar kan kyk nie. Meteens voel sy bly dat sy gekom het. Eindelik is sy ook deel van die lewende, bewegende massa. Sy was so lank eensaam en verstote. Haar hart word warm teenoor haar twee vriende wat so baie vir haar beteken. Weer laat sy haar blik byna liefkosend oor die skare van gesigte dwaal, en dan rus dit asof vasgenael op 'n man en vrou wat aan die ander kant van die groot saal opstaan. Mynhardt! Sy donker gelaat vertoon nog aantrekliker as gewoonlik in die dowwe beligting en haar blik gly besitlik oor hom. Háár man. Haar hart pyn wanneer sy na die meisie by hom kyk. Hiervandaan lyk sy soos 'n eksotiese blom. Is dit miskien die Heloïse na wie Mynhardt op hulle eerste huweliksaand verwys het? wonder sy diep ongelukkig. 'n Felle jaloesie wat haar verstom, ontbrand in haar hart. Sy wonder wat Mynhardt se reaksie sou wees as hy moet weet dat sy op hierdie oomblik na hom kyk . . .

Hulle verdwyn by die hoofingang uit en 'n oomblik later sluit Johan hom weer by haar en Esmé aan. Hy plaas 'n groot doos sjokolade op elkeen se skoot.

"Onse wêreld, Johan! Jy sal maak dat ek die stryd teen die middeljare se vetrolletjies verloor!" terg Esmé, maar kyk hom goedkeurend aan.

Hy glimlag.

"Maak dan joune oop, dan help ons jou om dit op te eet. Ilse kan hare hou en later alleen verslind. Sy kan 'n paar vetrolletjies bekostig."

Die res van die aand geniet Ilse die opvoering nie meer so baie nie. Sy doen haar bes om op die spelers voor haar op die verhoog te konsentreer, maar haar gedagtes bly maar terugdwaal en dwing haar kop al om in Mynhardt se rigting

241

te draai. Ná die vertoning wag hulle totdat die meeste mense reeds die saal verlaat het voordat Johan haar optel.

"Johan, jy sal een van die dae met sterk boarmspiere kan spog!" terg sy.

Hy glimlag vir haar. Hoe pragtig lyk sy nie, dink hy met weemoed in sy hart, maar sy stem klink opgewek toe hy antwoord: "Nie van hierdie ou bietjie gewig nie! Jy sal eers 'n paar kilogramme moet bykry!"

Esmé nooi hulle vir tee na haar woonstel, dus is dit reeds baie laat toe Johan haar eindelik by die stoeptrap opdra.

"Goeienag, Johan, en baie dankie. Dit was een van die wonderlikste aande van my lewe," sê sy dankbaar en hou haar hande na hom uit.

Hy buk af en druk 'n haastige soen op haar pols.

"Ek het dit ook geniet, en ek is bly as ek jou deur so 'n ou klein dingetjie gelukkig gemaak het." Sy stem is skor toe hy vervolg: "Jy was die heel mooiste vrou in die saal. Goeienag."

Ilse wil net haar kamerdeur oopmaak toe sy 'n motordeur hoor klap. Gedagtig dat dit miskien Johan is wat om die een of ander rede teruggekom het, swaai sy haar stoel weer om. Die volgende oomblik maak Mynhardt die voordeur agter hom toe en draai om.

Daar is verbasing op sy gesig te lees en sy kan in sy oë sien dat hy haar nie hier verwag het nie.

"Jy is laat wakker," sê hy en kom nader.

Dan vernou sy oë terwyl hy na haar kyk. Dit word vir hom duidelik dat Ilse nie vanaand tuis was nie.

Sy is geklee is 'n oesterwit kantrok wat die roomkleur van haar hals en arm vlei. Fyn pêreloorkrabbetjies swaai aan haar ore en 'n enkele string pêrels versier haar hals. Sy lyk so broos soos 'n feetjie uit 'n kinderverhaal, sodat Mynhardt sy asem intrek. Hy lig sy wenkbroue vraend, maar Ilse swaai haar stoel om.

"Ek was net op pad kamer toe. Goeienag, Mynhardt."

Maar sy hand skiet uit, sluit vasberade om die rugleuning van die stoel.

"Nie so haastig nie," sê hy in 'n vreemde, sagte stem. "Gaan jy my nie vertel waar jy vanaand was nie?" Hy moet die agterdog met moeite uit sy stem hou. Dieselfde vreemde gevoel waarvan hy die vorige aand bewus geword het, stoot weer in hom op en sy oë verhard.

Ilse draai haar kop en kyk na hom op. "Nee, ek gaan jou nie vertel nie!"

"En as ek aandring om te weet?" Haar oë flits koel. "Jy is my vrou!"

Sy lig haar wenkbroue in verbasing en sê sag, sarkasties: "Regtig? Dís nuus vir my!"

Met 'n besliste beweging stoot sy haar stoel vorentoe en verdwyn in haar kamer, maar toe die deur agter haar toeklik, is daar spore van trane op haar wange.

Mynhardt staar fronsend na die toe deur. Eers is hy lus om haar te volg, maar dan draai hy om. Sy het heeltemal gelyk. As hy elke keer verslag moet doen oor waar hý was, sal hy hom in 'n ongemaklike posisie bevind, dis alte seker! Maar tog voel hy verontwaardig omdat sy so beslis geweier het om hom te antwoord. Hy wonder saam met wie sy was . . . Jakobus Stander het reeds vertrek, dus kan dit nie hy wees nie. Maar wié dan?

Hy gaan vly hom neer op die rusbank in die sitkamer en staar fronsend voor hom uit. Dan kom hy weer orent. 'n Groot doos sjokolade lê op die een tafeltjie. Hy tel dit op. Ilse moes dit vanaand gekry het by die persoon saam met wie sy uitgegaan het. Dit kan dan net 'n man wees, want dis net 'n man wat so iets sal koop! Daardie tulpe! Hy het aangeneem dat sy dit van Jakobus Stander ontvang het, maar nou . . . Sy oog val op 'n konsertprogram wat eenkant op die tafel lê. Hy staar ongelowig na die titel boaan. Dis dieselfde opvoering wat hy en Heloïse vanaand bygewoon het! Was Ilse ook in die saal? Het sy hulle gesien? Saam met wie wás sy?

243

Hy sak terug in sy stoel. Eers is daar verdwasing op sy gesig te lees terwyl die een vraag ná die ander voor hom opduik. Wie is hierdie man wat bereid is om 'n ander man se verlamde vrou na 'n opvoering te neem, wat haar seker voor 'n vol saal moes dra tot by haar sitplek? Wie is hierdie man wat duur tulpe en groot dose sjokolade vir sy vrou koop?

Hy spring op en begin rusteloos heen en weer stap. Hy kan al hierdie vreemde gevoelens wat so skielik in hom wakker gemaak is nie verstaan nie. Vanaand, terwyl hy en Heloïse op pad was na die opvoering, het hy vir die eerste keer 'n bietjie skuldig gevoel, so asof hy ontrou is teenoor sy vrou. Ná die opvoering, terwyl hy Heloïse gesoen het, het Ilse se beeld meteens voor hom opgeduik. Hy het sy lippe heelwat gouer as gewoonlik weggetrek en meteens het Heloïse se intieme fluistering hom geïrriteer.

Dan hou hy op om heen en weer te loop en staar stip na die doos sjokolade. 'n Vasbeslote lig flikker in sy oë. Van vanaand af sal hy sy oog 'n bietjie oor Ilse hou! Hy wil weet wat agter sy rug aangaan terwyl hy nie tuis is nie! Ilse is 'n getroude vrou, en hoe gouer daardie ander man dit besef, hoe beter!

5

Die volgende middag, net toe Esmé ná 'n sangles wil vertrek, swaai Mynhardt se motor by die groot hekke in.

"Hmm!" laat Esmé veelbetekenend hoor en kyk tergend na Ilse se blosende gesig. "Ek sien die medisyne begin werk!"

"Esmé, asseblief, moet nou nie weer onmoontlik wees nie!" fluister Ilse benoud terwyl Mynhardt nader stap.

Sy stel hulle aan mekaar voor en Mynhardt kyk Esmé belangstellend aan. Esmé Fouché is 'n welbekende persoonlikheid in die stad en hy wonder van waar Ilse haar ken. Hy begin al hoe meer besef dat hy in werklikheid bitter min van sy vrou af weet.

"Ek sal nou werklik moet gaan," laat Esmé hoor en draai glimlaggend na Mynhardt. "Ek en Ilse is al ou vriendinne, en ek wil jou gelukwens met jou smaak. Sy is die oulikste mens wat ek ken." Sy buk af en soen Ilse vlugtig op die wang terwyl sy ondeund knipoog. "Tot siens, my skat. Ek sal gou weer kom kuier."

"Ek het nie geweet dat jy sulke intieme bande met beroemde mense het nie," merk Mynhardt op toe Esmé se motor uit sig verdwyn.

Sy glimlag.

"Ek weet nie veel van Esmé se beroemdheid af nie. Al wat ek weet, is dat sy een van die dierbaarste mense is wat ek ken, en 'n lojale en ware vriendin," antwoord sy sag.

Dit lyk asof hy haar verder wil uitvra, maar sy swaai haar stoel om.

"Ek sal vir Liza gaan sê om vir jou 'n koppie tee te bring, of wil jy liewer koffie hê?"

"Tee sal lekker smaak, dankie, maar dan moet jy saam met my drink," antwoord hy. "Of wil jy nie?"

"Ek sal nooit nee sê vir tee nie!" sê sy effens uitasem, en terwyl sy haar stoel ywerig in die gang af stoot, is daar 'n lied in haar hart.

Haar verbasing groei nog meer toe dit ná aandete duidelik word dat Mynhardt nie van plan is om uit te gaan nie. Hy het vir hom gemakliker klere gaan aantrek en toe by haar in die sitkamer voor die televisie kom sit. Hy tel die breipatroon wat langs haar lê op en kyk 'n ruk lank na die foto van die trui.

"Dis 'n mooi patroon," merk hy op.

Ilse voel skuldig, want dis 'n manstrui waarmee sy besig is. Johan verjaar oor 'n paar dae en sy het besluit om vir hom 'n handgebreide trui present te gee. Sy lewer egter geen kommentaar op sy opmerking nie, maar gaan rustig voort.

Mynhardt leun agteroor en bestudeer haar met halfgeslote

245

oë. Sy is pragtig, erken hy weer eens aan homself. Sy het nie dieselfde popgesigskoonheid van Heloïse nie, maar in haar gesig is karakter en 'n breekbare eienskap wat onwillekeurig sy beskermingsdrang opwek. Daardie kinderlike onskuld wat aan haar kleef, ontbreek by die meisies wat hy ken. Hy wonder of sy al ooit 'n man gesoen het. Dan frons hy. Daardie danige "vriend" van haar het haar seker al geleer! Hy maak sy oë oop en betrap haar blou oë op hom. Ilse laat haar ooglede vinnig sak, maar herwin byna dadelik haar selfvertroue.

"Liewe land, maar jy lyk kwaai!" sê sy laggend. Hy lyk verleë.

"Ek het sommer aan iets gedink," sê hy verskonend.

'n Ruk lank heers daar 'n ongemaklike stilte. Dan kyk sy hom reguit aan. Nie een gee aandag aan die televisie nie.

"Mynhardt, onthou jy dat ons besluit het indien een van ons sy of haar vryheid wil terughê, sal die ander een dit dadelik toestaan?"

Mynhardt se frons verdiep. Wat probeer Ilse hom vra?

"Ja, ek onthou," antwoord hy en kyk haar speurend aan.

"Wil jy miskien jou vryheid hê?" vra sy uiterlik kalm, terwyl haar hart saamtrek. Sê nou maar net hy sê ja! dink sy benoud. "Die gedagte het maar net by my opgekom. Ek het gedink dat jy miskien jou vryheid wil terughê, maar omdat jy dan so 'n groot bedrag aan my sal moet uitbetaal, jy nie . . ."

Haar stem sterf weg onder die donker, stormagtige uitdrukking in sy oë.

"Ek wil nie my vryheid hê nie – altans nie tot dusver nie," sê hy afgemete.

"O!" Daar is só 'n groot verligting in haar hart dat sy met moeite haar opgewondenheid kan beteuel. "Ek wil dan net vir jou sê dat indien jy wil skei, ek jou nie sal verplig om die hele bedrag dadelik aan my terug te betaal nie. Jy kan my maar betaal soos dit vir jou moontlik is."

Daar verskyn 'n spotlag om sy lippe, maar sy oë is staalhard.

246

"Baie dankie vir die gulle aanbod, my vrou. Jy maak dit vir my baie maklik om van jou ontslae te raak!"

'n Pyntrek flits in haar oë, maar sy antwoord nie. "En jy? Wil jy nie miskien jóú vryheid hê nie?" Sy hou haar oë afgewend.

"Nee, dankie. Ek . . . ek sal jou eerlik daarom vra wanneer ek dit wil hê," antwoord sy sag en die trane brand agter haar ooglede.

"Is jy dan maar net besig om my voor te berei vir die dag wanneer jy dit wel sál kom vra?"

Ilse antwoord nie, want sy moet hard daarteen veg om nie in trane uit te bars nie. Maar Mynhardt beskou haar stilswye as 'n erkenning en met 'n skaars gesmoorde kragwoord spring hy op. Hy kyk haar 'n oomblik lank met gloeiende oë aan, swaai dan om en verlaat haastig die vertrek. Terwyl hy met 'n woeste vaart by die hekke uitry, klim die onrus al hoe hoër in sy hart. Hier is iets aan die gang. Wát? vra hy homself amper hardop af.

'n Paar dae later verhelder Ilse se gelaat toe sy Johan se motor sien aankom. Sy het die afgelope paar dae so eensaam gevoel. Ná hulle gesprek van daardie aand het dit vir haar gelyk asof Mynhardt haar nog meer as vantevore vermy. Daarom is haar oë nou stralend toe sy haar hand na Johan toe uitsteek.

"Johan! Dit is 'n aangename verrassing! Jy het my afgeskeep die laaste paar dae!" verwyt sy hom goedig en hy glimlag.

"Ek is jammer, maar ek het weer begin werk en was 'n bietjie besig," antwoord hy en wonder wat sy sal sê as hy haar moet vertel hoeveel keer hy op pad was na haar toe, maar telkens weer omgedraai het. Hy het tot die besef gekom dat hy homself nie meer in haar teenwoordigheid kan vertrou nie. Sy gevoel vir haar word by die dag sterker en dit raak al hoe moeiliker om dit weg te steek. Daarom het hy ook maar

247

sy vakansie kortgeknip en weer 'n betrekking aanvaar. Miskien sal dit help as hy besig bly.

"Dan vergewe ek jou. Kom sit," nooi sy, onbewus van die malende gevoelens in hom.

"Ek het vir jou iets saamgebring."

"Wat is dit?" vra sy opgewonde.

"Ek sal dit gaan haal. Dis in die motor."

Hy is net halfpad terug na haar toe, toe hy verplig is om die woelende bondeltjie in sy arms los te laat. Die volgende oomblik is die klein hondjie bo-op Ilse se skoot en dadelik weer af. Dan moet Johan hom haas om Ilse se rok te red waar die hondjie met alle mag besig is om aan die soom te trek. Voordat hy kan keer, is sy skoenveters ook los. Teen hierdie tyd is hulle albei hulpeloos van die lag en die opregte wolfhondjie gaan sit eenkant met sy koppie effens skuins, 'n verbaasde uitdrukking op sy gesig, asof hy wil vra: Wat is die grap?

"O, hy is te dierbaar!" roep Ilse uit. "Dis die pragtigste present wat ek nog ooit gekry het. Baie dankie, Johan."

Johan trek sy vingers deur sy deurmekaar kuif.

"Ek wonder tog of ek hom moes gebring het. Hy is baie lewendig," sê hy vertwyfeld.

"Jy gaan hom nie terugneem nie!" sê sy ontsteld.

"Klein hondjies is baie stout, Ilse. Hy sal alles verrinneweer wat hy in die hande kry," waarsku hy.

"Dit maak nie saak nie. Ek het hom al klaar lief." Dan wys sy met haar vinger. "O, kýk daar, Johan!" sy skaterlag en Johan is verplig om weer haastig op te spring.

Liza het met die tee om die hoek gekom en die hond nooit gewaar nie. Hy het teen haar opgespring en nou sit Liza met haar bene lank voor haar uitgestrek op die grond, terwyl die lawwe hond heerlik smul aan die tert wat oor die gras versprei lê. Dan kyk hy op. Sy hele gesig is vol room. Hy loer wantrouig na Liza wat hom sprakeloos sit en aangaap. Die heerlike tert moes hom seker beter laat voel het, want hy spring op haar skoot en lek haar gesig sopnat.

"Sie jy, brak!" skree sy vererg. Johan is so hulpeloos van die lag dat hy nie juis veel uitgerig kry om die klein woelwater van haar af te trek nie. Later, toe hy en Liza albei besmeer is met room, gee hy maar die stryd gewonne.

"Voertsek!" sê Liza en haar hand kom met mening op die woelende diertjie se boud te lande.

Hy gee 'n skerp tjank en stert tussen die bene draf hy terug na Ilse wat hom met moederlike besorgdheid teen haar vasdruk. Intussen lig Liza haar so statig moontlik van die grond af op en kyk Johan selfbejammerend aan.

"Aai, meneer Johan, wat het meneer my aangedoen om daardie brak hierheen te bring?"

Johan probeer sy gesig so sedig moontlik hou, maar slaag nie daarin nie. "Dis nie 'n brak nie, Liza. Dis 'n opreggeteelde wolfhond," verduidelik hy.

"Aikôna. Hy is eerder 'n opregte kwajong," laat sy hoor, maar dan glimlag sy.

Toe Mynhardt daardie aand by die voordeur inkom, word hy deur Bonzo voorgekeer. Ilse probeer hom vanuit die kamer terugroep, maar hy blaf so oorverdowend dat hy haar nie kan hoor nie.

"Is dit jóú hond?" roep Mynhardt hard terwyl hy sy lag nie kan hou vir die astrante hondjie nie.

"Ja. Bonzo! Kom, ounooi se honne!"

Maar Bonzo wil niks weet nie.

"Hy wil nie hê ek moet inkom nie!" roep Mynhardt en tel dan die hondjie vinnig op. "Mag ek maar binnekom?"

"Ja, seker." Dan spreek sy die hondjie aan wat nog steeds stoeiend in Mynhardt se arms lê: "Bonzo! Gedra jou!" Mynhardt sit hom in sy kassie voor haar bed neer.

"Ek weet dis nie eintlik die regte plek vir hom nie, maar hy is nog so klein," sê sy verontskuldigend.

"Dis 'n mooi hondjie. Hy lyk opreg. Waar kry jy hom?"

Toe sy nie antwoord nie, draai hy na haar en kyk haar fronsend aan.

"Of is dit weer een van daardie vrae wat jy nie gaan beantwoord nie?"

"Ek stel die persoon wat hom vir my gegee het se vriendskap baie hoog op prys," antwoord sy en Mynhardt verstyf.

"Baie slim geantwoord, my vrou," merk hy droog op, maar sy kan die woede in sy oë sien broei.

'n Oomblik lank is hy stil terwyl hy sy blik oor haar laat dwaal. Senuweeagtig trek sy die laken nog hoër teen haar ken op. Dan vervolg hy in 'n harde stem: "Dis dieselfde 'vriend' wat ook vir jou duur Hollandse tulpe en groot dose sjokolade gestuur het, nie waar nie?"

Toe sy nie antwoord nie, kom hy 'n tree nader en sit sy hand onder haar ken.

"Nie waar nie?" vra hy sag met nougetrekte oë.

Hoewel sy nog steeds nie antwoord nie, lees hy die waarheid in haar oë.

"En nou het hy al so ver gegaan om vir jou 'n hond te gee. Seker om jou teen jou eie man te beskerm!"

"Mynhardt! Moenie kinderagtig wees nie!"

Sy donker oë flits.

"O, nou is ék kinderagtig! Is dit kinderagtig van 'n man om kwaad te word as 'n ander man sy vrou die hof maak?"

Maar Ilse het nou ook genoeg gehad. Die vermetelheid om haar van 'n ongeoorloofde verhouding met 'n ander man te beskuldig terwyl hy self agter die deur staan! Haar oë begin gevaarlik blits.

"En wat maak dit vir jóú saak as 'n ander man my die hof maak? Ek is ook net 'n mens! As my eie man hom dan nie verwerdig om aandag aan my te gee nie, hoekom sal ek nie die aandag van 'n ander man aanvaar en geniet nie? Wat meer is, ek het die volste reg om 'n vriendskap met 'n ander man aan te knoop. Dít was ons ooreenkoms! Jy lei jou lewe en ek myne!"

Mynhardt gryp haar aan die skouers.

"Dus erken jy dat daar 'n ander man is?"

Sy kyk onverskrokke na hom.

"Ja! Ek hét 'n vriend!"

"'n Báie goeie vriend!"

"Ja! 'n Báie goeie vriend!"

Hy los haar skouers en staan terug.

"Van vanaand af bestaan daardie ooreenkoms waarvan jy so pas gepraat het, nie meer nie. Het jy my goed verstaan? In die toekoms sal jy jou soos 'n getroude vrou gedra!"

Haar oë raak spottend.

"En jy?"

'n Donkerrooi blos kleur sy gesig, maar hy antwoord nie. Meteens verlaat die woede haar en sy voel hoe hartseer haar hele wese vul. Maar Mynhardt is nog te kwaad om die verandering op te merk.

"Jy moet dus vir daardie kêrel van jou sê om in die toekoms sy aandag elders te bepaal!"

"Johan is nie my kêrel nie!" verweer sy haar, haar stem dik van ingehoue trane.

"O, Johan! Ons vorder darem so stadigaan. Sy naam is Johan! Wat is sy van?"

Sy antwoord nie en draai haar kop weg. Weer eens sluit sy hande om haar skouers en hy ruk haar met geweld na hom toe.

"Antwoord my! Wat is sy van?"

Sy kan die trane nie meer keer nie. Hy hou haar magteloos gevange sodat sy verplig is om hom in die oë te kyk. "Wat maak dit saak wat sy van is? Al wat ek weet, is dat hy honderd maal meer 'n man is as wat jy ooit sal wees!" roep sy wild uit.

"Bly stil! Jy weet nie waarvan jy praat nie!"

Maar daar is nou nie meer keer aan haar woordevloed nie. Snikkend vervolg sy: "Hy hou ten minste nie 'n hele stad vol meisies aan nie! Hy is ook nie skaam om met my in die openbaar gesien te word nie! Nie soos jy wat my wegsteek asof ek iets vuils is nie!"

"Ilse!"

Sy gesig is strak. Dan wyk sy woede voor die smart wat so helder in haar oë lê. Sonder dat hy dit weet, verteder sy gelaat. "Ilse! Moenie so huil nie!" fluister hy en wil haar in sy arms trek, maar sy stamp hom met geweld van haar af weg.

"Los my! Hou jou hande van my af! Ek is nie daardie Heloïse van jou wat jy die eerste aand van ons troue so in my keel afgedruk het nie! Loop! Gaan na haar toe!"

Sy val huilend teen die kussing terug en hy staar haar verslae, magteloos aan.

Hy sou nooit kon droom dat daar soveel vuur in daardie tenger liggaam skuil nie! Dan verlaat hy woordeloos die vertrek. 'n Vreemde uitdrukking van onsekerheid en verwarring verskyn op sy andersins selfversekerde gelaat. Vir die eerste keer in sy lewe weet Mynhardt Wessels nie hoe om 'n moeilike situasie te hanteer nie. En vir die eerste keer in sy lewe voel hy skuldig en skaam vir die aandeel wat hy daarin het.

Die volgende dag lyk Ilse baie bleek en gespanne. Die emosionele storm van die vorige aand het haar totaal uitgeput. Selfs nie eens Bonzo met al sy verspotte speletjies kan haar 'n oomblik van die pyn in haar hart laat vergeet nie. Dis met 'n gevoel wat byna aan vrees grens dat sy haar hand na Johan uitsteek toe hy later daar aankom.

Hy kyk haar stip aan en hoewel sy sy oë ontwyk, vertel die res van haar bleek gesig hom genoeg.

"Ilse, wat makeer?"

Hy vra dit sag asof hy bang is om te hard te praat uit vrees dat sy weer kan seerkry.

Haar lippe bewe. Dit sal nie help om haar pyn vir Johan weg te steek nie, besef sy. Hy ken haar te goed.

"Ek wil dit liewer nie bespreek nie, Johan, as jy nie omgee nie," antwoord sy egter dapper.

Hy gaan sit op sy hurke voor haar sodat hy kan opkyk

in haar oë. Die trane wat hy daarin sien blink, laat sy hart ineenkrimp.

"Ilse, my meisie, wil jy nie maar vir my sê nie? Ek wil jou so graag help."

Die teerheid in sy stem dwing die trane onder haar ooglede uit en met 'n gesmoorde kreet gryp hy haar in sy arms vas.

"Ilse, my skat, moenie!"

Teer streel hy oor haar hare en druk haar beskermend, styf teen hom aan.

"O, my liefling, ek het jou so lief!" fluister hy skor in haar oor.

"Johan!" Sy beur weg en staar hom ongelowig aan. "Johan! Nee!"

Hy glimlag meewarig en streel oor haar een traanbenatte wang.

"Dit help nie om dit te ontken nie, Ilse. Dis waar. Ek het jou lankal lief!"

Haar oë is groot en geskok terwyl die trane nog aan haar wimpers hang. Sy staar hom sprakeloos aan.

"Ek kan dit nie help nie, Ilse. Ek het lank daarteen probeer stry, maar . . . dis sterker as ek." Dan raak sy stem dringend. "Ilse, kom saam met my! Ek het jou lief. Ek sal jou gelukkig maak. Mynhardt het jou nie lief nie. Hy sal jou net smart en trane besorg. Asseblief, my liefling . . ."

"Johan, nee! Jy mag nie so praat nie! Mynhardt is my man . . ."

"Jou man!" Hy spring op en daar is 'n harde lig in sy oë. "Maar watse sóórt man?" Hy swaai met 'n desperate woede na haar. "Weet jy dat hy niémand, niémand vertel het dat hy getroud is nie? Weet jy dat hy die lewe van 'n ongetroude man lei?"

Ilse verbleek.

"Ja, ek weet, Johan."

"En gaan jy toelaat dat hy jou vir die res van jou lewe so verneder? Wat van jou vroulike trots?"

Daar is 'n wêreld van treurigheid in haar stem toe sy antwoord: "Wanneer 'n vrou werklik liefhet, besit sy geen trots nie!"

"Maar, Ilse, dink tog 'n bietjie! Hoe lank moet dit nog so aanhou? Hy sal jou hele lewe verwoes en jou dan eenkant toe gooi soos 'n ou kledingstuk wat nie meer waarde het nie!"

Hy buk weer oor haar en sy oë word vol deernis toe hy die vars trane op haar wange sien. "Ek weet ek sê wrede dinge, my skat. Maar is dit nie beter om die feite nóú in die gesig te staar nie, solank daar nog tyd is, solank jy nog 'n nuwe lewe saam met my kan begin?"

Sy sug diep en kyk hom liefdevol aan.

"Ek waardeer jou besorgdheid oor my. Die wete dat jy my liefhet, sal ek altyd in my hart bewaar soos 'n kosbare kleinood, maar, Johan, vir my is jy net 'n vriend, 'n dierbare, onmisbare vriend. My hart behoort aan Mynhardt – my man."

"Maar ek het jou lief! Ek sal jou gelukkig maak. Ek het genoeg liefde vir ons albei. Jy sal later leer om my ook lief te kry," smeek hy.

Sy neem sy gesig tussen haar hande en skud haar kop terwyl 'n treurige glimlag om haar mondhoeke speel.

"Nee, my vriend, dit sal nie werk nie. Dink jy dat as ek my liefde so maklik van die een na die ander kon oorplaas, ek dit nie lankal sou gedoen het nie? Hoeveel makliker sou dit nie vir my wees om jóú te bemin in plaas van Mynhardt nie? Maar dit sal nooit moontlik wees nie. O, Johan, ek wil nie gevoelloos klink nie, maar ek móét eerlik met jou wees!"

Hy verberg sy kop in haar skoot sodat sy nie die pyn in sy oë moet sien nie, en 'n lang oomblik is daar net stilte. Ilse streel sag oor sy hare en op hierdie oomblik voel sy soveel ouer as hy, soveel meer volwasse. In die verlede was dit hý wat aan háár raad en leiding gegee het. Nou is dit sý wat die leiding moet neem. Hoe aanloklik Johan se voorstel ook al lyk, durf sy nie swak wees en ingee nie, want dit kan net trane en ongeluk vir hulle albei bring. Hoe dierbaar Johan ook al vir haar is, sal hy nooit die plek wat Mynhardt in haar hart verower het, kan inneem nie.

Meteens word daar 'n nuwe hartseer in haar gebore, 'n nuwe wond geslaan. Sy besef dat sy vanmiddag 'n wonderlike vriend verloor het. Ná wat tussen hulle gesê is, sal dit vir hulle onmoontlik wees om terug te gaan na daardie opregte vriendskap wat tussen hulle bestaan het.

"Jy besef natuurlik dat dit beter sal wees as ons mekaar nie weer sien nie?" sê sy later sag.

"Wil jy my nou ook jou vriendskap ontsê?" vra hy stil.

"Jy weet dat jou vriendskap vir my oneindig veel beteken, Johan," antwoord sy hartseer. "Maar ter wille van jou is dit beter so."

Hy skud sy kop en staan op.

"Nee, Ilse, moenie vir my vra om van jou af weg te bly nie. As jy gelukkig was, sou ek uit jou lewe verdwyn het, maar . . ."

"Dink weer oor die saak, Johan, en ek is seker jy sal met my saamstem," sê sy sag. Dan dwing sy 'n glimlag op haar lippe. "Ons is glad te ernstig, en dit nogal op jou verjaardag."

Hy glimlag treurig.

"Baie geluk, Johan. Mag die toekoms vir jou anders uitwerk as wat jy dit op hierdie oomblik sien." Sy hou 'n pakkie na hom toe uit. "Hier is so 'n klein aandenking van my af."

Hy haal die papier af en hou die trui wat sy gebrei het op.

"Dis baie mooi, Ilse. Baie dankie. Wanneer ek dit aantrek, sal ek altyd aan jou dink." Hy twyfel 'n oomblik, maar buk dan af en soen haar sag op haar lippe. Dan raak sy aanraking vol hartstog en hy vou haar toe in 'n vurige omhelsing.

"Johan! Nee!"

Die volgende oomblik swaai hy om en hardloop na sy motor toe terwyl Ilse hom snikkend agternastaar.

"Dis beter so," sê sy hardop aan haarself, maar dis rou en seer binne-in haar toe sy uiteindelik haar stoel omdraai huis toe.

255

Daardie aand is daar 'n klop aan Esmé se woonsteldeur. Toe sy dit oopmaak, staan Johan voor haar.

"Johan! Kom binne!" Sy kyk hom bestuderend aan. "Jy lyk nie juis na 'n prentjie van geluk nie, veral as 'n mens in aanmerking neem dat jy vandag verjaar!"

Johan se oë is diep ongelukkig toe hy na haar kyk.

"Dis die ongelukkigste verjaardag van my lewe! Ilse het my van haar af weggestuur."

Esmé se oë rek verbaas.

"Maar, Johan, jou vriendskap beteken vir haar geweldig baie. Het julle dan woorde gehad?"

Hy sug. "Nee, maar ek het my selfbeheersing verloor," erken hy eerlik. "Ek kon sien dat sy diep ongelukkig was toe ek by haar kom. Toe sy begin huil, was al my goeie voornemens na die maan. Ek het haar vertel van my liefde vir haar."

Esmé antwoord nie, maar haar bewondering vir die jong vrou styg. Dit verg 'n sterk persoonlikheid om Johan se liefde van die hand te wys, veral nadat hy so baie vir haar gedoen en beteken het.

"Dis háár voorstel dat ons mekaar liewer nie weer moet sien nie. Sy sê dis beter so, makliker vir my . . ."

"Dink jy nie ook so nie, Johan?" vra Esmé sag. "Julle sal nooit weer julle verhouding kan terugbring tot op die platoniese vlak waar dit was nie."

"Dis waar, ja, maar nadat ek gesien het . . ."

"Wat?"

Sy gelaat is bleek en hy bal sy vuiste.

"Ek het haar nie laat agterkom dat ek dit opgemerk het nie, want dit sou haar net nog meer ontstel het. Sy het 'n stola om haar skouers gehad en een keer het dit afgeglip. Op haar boarms was duidelike vingermerke . . ."

"Johan!"

"Dis die reine waarheid! Esmé, my hart het gebreek! Kan jy nou insien dat ek haar nie durf alleen laat nie? As ek daardie vuilgoed in die hande kry . . ."

256

Hy swyg en Esmé kyk hom angstig aan. Intuïtief voel sy aan dat dit nie meer lank sal wees voordat Johan en Mynhardt teenoor mekaar te staan sal kom nie. Wat sal dán gebeur?

"Johan, moenie te haastig wees nie. Ek sal môremiddag by Ilse 'n draai gaan maak en probeer agterkom wat gebeur het," probeer sy hom kalmeer.

Die volgende aand haal Johan die blou trui wat Ilse vir hom gebrei het uit sy kas en trek dit doelbewus aan. Daar is 'n koue lig in die oë wat na hom terugkyk vanuit die spieël. Sy gelaat is bleek, maar daar is 'n vasberade trek op sy gesig. Hy ry reguit na 'n hotel toe en stap by die swaaideure van die kroeg in. Hy laat sy blik 'n paar oomblikke oor die aanwesiges dwaal en draai dan weer om. Dieselfde prosedure word by 'n hele paar ander hotelle gevolg totdat hy eindelik een kroeg se deure agter hom laat toeswaai. Hy kyk stip na een persoon terwyl hy nader stap.

"My genade! Kyk wie kom hier aan! Ek het jóú lanklaas gesien. Waar kruip jy weg?"

Johan word taamlik hard op die rug geklop en dis met moeite dat hy sy selfbeheersing behou. Daar is 'n byna onbedwingbare begeerte in hom om die aantreklike gesig wat so naby aan sy eie is pap te slaan.

"Ek wil jou graag privaat spreek. Dis dringend," fluister hy sodat die ander mense hom nie kan hoor nie. "Kom saam met my," beveel hy kortaf en begin ook sommer aanstap.

Hy gaan eers staan toe hulle 'n hele ent van die verligte hotel af weg is. Hy gaan staan só dat die straatlig vol op hom val en trek dan sy baadjie uit.

"Ken jy hierdie trui, Mynhardt?" vra hy sag.

Mynhardt frons en gee 'n tree nader.

"Maar dit lyk dan net soos die een wat . . ."

Hy swyg en kyk dan vinnig na Johan.

"Jy wou sê wat jou vrou gebrei het?" vra Johan op afgemete toon.

Mynhardt se oë vernou.

257

"Ek weet nie waarvan jy praat nie!"

Maar Johan maak asof hy hom nie hoor nie.

"Hierdie trui het Ilse, jóú vrou, vir my gebrei en vir my verjaardag aan my gegee. Ek is die 'vriend' wat aan haar tulpe en sjokolade gegee het, die 'vriend' oor wie jy jou vrou, jou hulpelose, verlamde vrou, aangerand het!"

In die lig van die straatlamp kan Johan duidelik sien hoe Mynhardt se gelaat verstrak en sy oë staalhard word.

"Ek weet nie waar jy aan dié storie kom nie, maar dis 'n infame leuen! Ek het Ilse nog nooit aangerand nie. Jy sal my dadelik om verskoning vra en daardie aantyging terugtrek!"

Daar is 'n dreigende toon in sy sagte stem en in die bewing daarvan kan Johan hoor dat ook Mynhardt met moeite sy selfbeheersing behou.

Maar Johan lag minagtend.

"Hierdie keer het jy nie met 'n weerlose vrou te doen nie, Mynhardt Wessels! Hierdie keer is dit 'n man teenoor wie jy jou hand gaan oplig. Ek sal jou die eer gee om die eerste hou te . . ."

Maar hy kry nie sy sin voltooi nie. Mynhardt se vuis skiet uit en Johan steier terug. Die volgende oomblik is hy egter weer op sy voete en dan skiet ook sy vuis vorentoe.

'n Hele ruk lank kan net die gejaagde asemhaling van die twee mans en die geluid van vuiste wat hard teen sagte vleis te lande kom, gehoor word. Dan kyk Johan op na die man wat soos 'n briesende leeu oor hom troon. Met die rugkant van sy hand vee hy die bloed af wat uit die een hoek van sy mond sypel waar sy tande sy wang gesny het. Dan fluister hy, nog steeds uitasem: "Goed. Jy het my op die grond, Mynhardt. Maar ek trek nie my woorde terug nie. En ek waarsku jou, raak net aan Ilse. Ráák net aan haar en ek sal sorg dat jý die een is wat van die grond af opgetel sal moet word."

Die laaste woorde moet hy uitskree, want Mynhardt het reeds omgeswaai en in die donkerte verdwyn.

'n Paar minute later fluister 'n kelner 'n boodskap in Heloïse se oor waar sy in die hotel op Mynhardt sit en wag. Sy gooi haar baadjie om haar skouers en staan haastig op.

Mynhardt staan en wag vir haar by sy motor. Toe hy die motordeur vir haar oophou, roep sy geskok uit: "Liewe hemel, Mynhardt! Wat makeer jou gesig?"

Hy antwoord nie, maar gaan sit langs haar en trek met 'n vaart weg.

"Kom in," sê sy toe hulle voor haar ouers se luukse huis stilhou. "Daardie gesig van jou moet skoongemaak word. Jou oog lyk lelik."

Hy laat haar toe om sy gesig skoon te maak en die stukkende plek langs sy oog te ontsmet. Die hele tyd is daar 'n donker, onheilspellende frons tussen sy oë. Toe sy klaar is, staar sy hom stilswyend aan. Dan druk sy meteens haar lippe smagtend op syne.

"Mynhardt, moenie weer vir my kwaad word nie, maar hoe lank moet ons nog so voortgaan? Wanneer kan ons verloof raak?"

Hy maak sy oë oop en kyk haar spottend aan. "So? Jy wil verloof raak!"

'n Ligte blos sprei oor haar wange.

"Is hier 'n soort verloofring in die huis?" vra hy met 'n vreemde glinstering in sy oë.

Sy kyk hom verbaas aan.

"Ek het my ma se verloofring . . ."

"Gaan haal dit," beveel hy kortaf.

"Maar . . ."

"Maak soos ek sê! Gaan haal jou ma se verloofring!"

Daar is 'n vreemde glimlag op sy gesig en sy staar hom 'n ruk fronsend aan. Dan gehoorsaam sy. Toe sy terugkom, neem hy die ring uit haar hand en steek dit aan haar ringvinger. Hy hou haar hand omhoog.

"So! Daar is die ring! Nou is jy verloof! Sal jy nou ophou om by my te neul?"

"Mynhardt! Jy . . ."

Hy gooi sy kop agteroor en lag hard.

"Ek is 'n verloofde man!" Hy lag al hoe harder. "Hoor jy, Johan Jordaan? By alles het ek nog gaan staan en verloof raak ook!"

Hy swaai om en sonder om na haar kant toe te kyk, verlaat hy die vertrek. Die klank van sy lag verstil eers toe hy met 'n woeste vaart wegtrek.

6

Esmé Fouché neem die middagkoerant en gaan sit op die balkon van haar woonstel. Sy blaai tot by die sosiale blad en laat haar blik belangstellend oor die foto's dwaal. Meteens sit sy regop. Ongeloof en woede wissel mekaar af op haar gesig. Haar lippe pers saam. Sy spring op en begin haastig verklee. Tien minute later ry sy in haar motortjie die straat af, middagkoerant langs haar op die sitplek.

'n Rukkie later hou sy stil voor 'n groot gebou in die middestad en stap met vasberade treë na die ingang, die koerant onder haar arm vasgeknyp. Dit is byna tyd vir die sakeonderneming om te sluit vir die dag, maar sy laat haar nie afskrik deur die ontevrede trek op die gesig van die jong meisie wat agter die toonbank staan nie.

"Kan ek meneer Wessels spreek, asseblief?" vra sy en 'n paar minute later bevind sy haar in Mynhardt se kantoor. Haar woede maak 'n oomblik plek vir verbasing toe sy na hom kyk. Sy gesig is oortrek met bloupers kneusplekke en hy dra 'n klap oor sy een oog.

"Wie het jou só geslaan?" vra sy op haar reguit manier sonder om te groet, hoewel sy kan raai wie daarvoor verantwoordelik is.

Hy kyk haar vererg aan.

"Toe maar, jy hoef nie te antwoord nie. Dit het seker niks

met my te doen nie. Ek is net jammer dat die persoon wat daarvoor verantwoordelik was nie sommer ook jou nek omgedraai het nie!"

Mynhardt wil eers glimlag, maar tot sy verbasing merk hy op dat die vrou hier voor hom doodernstig is. Hy frons verward.

"Ek weet nie wat jy bedoel nie, mevrou Fouché."

"Nie?" Haar vroulikheid ten spyt, gee sy 'n minagtende snork. "Dan moet jy nóg dikvelliger wees as wat ek gedink het!"

Mynhardt se oë waarsku haar dat hy ook begin kwaad word, maar dit skrik haar nie af nie. Sy kyk hom met openlike veragting aan.

"Mevrou, sal ons maar ophou met dié speletjie en tot die punt kom? Jy kom hier in my kantoor in en beledig my sonder dat ek weet wat aangaan. Volgens die uitdrukking op jou gesig is jy baie lus om my te vermoor. Hoekom, as ek mag vra?"

"Ek het nooit kon dink dat 'n man só laag en gemeen kan wees nie, Mynhardt Wessels! Ek wens uit die diepte van my hart dat Ilse van jou sal skei. Dit sal, soos die Engelse spreekwoord sê, 'good riddance' wees!"

"Mevrou Fouché, aangesien jy blykbaar hierheen gekom het met die uitsluitlike doel om my te beledig, wil ek jou vra om my kantoor te verlaat voordat ek my humeur verloor."

Esmé staan ook op.

"Ek sal gaan, ja. Ek wil nie 'n oomblik langer as wat absoluut noodsaaklik is in jou teenwoordigheid vertoef nie, dit kan ek jou verseker!" Sy gooi die koerant voor hom op die lessenaar neer. "Daar! En mag jou gewete jou bloots ry!"

Sy klap die deur agter haar toe sodat die kosyn bewe. Mynhardt staar verslae na die toe deur. Hy skud sy kop. Hiervan begryp hy niks! Dan tel hy die koerant op en laat sy blik oor die blad voor hom dwaal. Meteens swik sy bene onder hom en hy gaan sit stadig, verdwaas, op sy stoel. Heloïse se glimlaggende gesig staar na hom vanuit die blad. Dan lees hy die onderskrif hardop, asof hy dit moet hóór om dit te kan glo: *"Mejuffrou Heloïse Malan maak hiermee haar verlowing aan meneer Mynhardt Wessels bekend. Albei is welbekende persoonlikhede van die stad."*

Hy frommel die koerant op en gooi dit op die vloer neer, kreun hardop en laat sy kop in sy hande sak. Wat het hom besiel om so 'n mal ding aan te vang? Hy was só woedend dat hy nie normaal kon dink nie. Natuurlik sal Heloïse aan die hele wêreld wil vertel van haar vangs. Geen wonder Esmé Fouché wou hom vermoor nie! En hy het elke woord wat sy gesê het, verdien. Maar die hele affêre was 'n grap. Hy het dit tog nie werklik bedoel nie. Hy is mos 'n getroude man! Wat sal gebeur as Ilse hierdie berig moet lees? Hy word yskoud.

Esmé se woede het nog lank nie afgekoel toe sy weer haar motor aanskakel nie. Dieselfde vasberade trek van so pas is steeds om haar mond toe sy in die verkeer inswaai. 'n Ruk later staar sy na die luukse dubbelverdiepinghuis voor haar en klim uit. Daar is 'n ondersoekende blik in haar oë toe Heloïse Malan die sitkamer binnestap waar Esmé op haar sit en wag.

Sy stel haarself bekend en Heloïse glimlag innemend.

"Ek het al van jou gehoor, maar nog nie die eer gehad om jou te ontmoet nie."

Ek weet nie of jy dit nog altyd as 'n sodanige éér sal beskou as ek met jóú klaar is nie, dink Esmé terwyl sy Heloïse noukeurig sit en beskou.

"Ek sien jy is verloof," merk sy op terwyl haar oë op Heloïse se hand rus.

"Ja." Sy bloos en giggel soos 'n verspotte skoolmeisie en Esmé se afkeer van die vrou neem toe. Liewe land, om darem hierdie vroumens bo Ilse te verkies!

"My verloofde is Mynhardt Wessels. Jy het seker al van hom gehoor?" sê-vra Heloïse met duidelike trots in haar stem.

"Ja, ek het nie net van hom gehoor nie. Ek ken hom en sy vrou baie goed," antwoord Esmé kalm.

Die jong meisie se oë rek en dan skud sy haar kop laggend. "Dis dan seker nie dieselfde persoon nie. Ek sal tog nie aan 'n getroude man verloof raak nie!"

Esmé kyk haar koud aan. "Ongelukkig vir jou hét jy, juffrou Malan! Ek kom so pas van Mynhardt af en hy is net so verslae soos ek oor die aankondiging. Hy het my vertel hoe dit gebeur het en dat dit 'n blote grap was en dat jy dit geweet het!" waag sy 'n skoot in die donker. Sy slaak 'n innerlike sug van verligting toe sy die skrik op die ander vrou se gesig sien. "Mynhardt is reeds getroud en 'n mens kan hom nie kwalik neem dat hy baie ontevrede is nie. Dis vir geen getroude man aangenaam om 'n berig van sy verlowing aan 'n ander meisie aan sy vrou te verduidelik nie."

Heloïse spring op. Vir haar is dit die vernederendste oomblik van haar lewe. Sy twyfel geen oomblik daaraan dat wat Esmé haar vertel die waarheid is nie. Hoe durf Mynhardt haar so vir die gek hou! Sy probeer om haar gewonde trots agter 'n masker van sarkasme en gemaakte onverskilligheid te verberg.

"Maar as hy gelukkig getroud is, hoekom het hy niemand van sy huwelik vertel nie? Hoe is dit dan moontlik dat ons omtrent elke aand tot watter tyd saam uit is?" wil sy uitdagend weet.

Esmé glimlag.

"Ag, jy weet tog hoe 'n man is. Daar is maar min getroude mans wat nie die een of ander tyd 'n bietjie rondloop nie. En aangesien sy vrou verlam is . . . Sy is 'n wonderlike vrou, juffrou Malan. Sy moedig Mynhardt selfs aan om soms met ander meisies uit te gaan omdat sy hom nie kan vergesel nie. Daar is geen geheime tussen hulle nie. Gewoonlik lag hulle saam oor die meisies wat so op hom verlief raak!"

Teen hierdie tyd lyk dit asof Heloïse gaan flou word, so wit is haar gesig.

"Hoe durf hy!" roep sy byna in trane uit. Haar hele liggaam bewe van woede en vernedering. "Ek sal hom hof toe neem! Dít sal hom 'n les leer!"

Esmé glimlag simpatiek.

"Dis juis hoekom ek jou kom spreek het. Ek het jou kom waarsku." Sy trek haar skouers op. "Of jy my raad sal aanvaar, weet ek nie, maar ek sal jou aanraai om môre 'n berig in die koerant te laat plaas dat hierdie aankondiging 'n fout is. Mynhardt is van plan om jóú hof toe te neem vir naamskending."

"Wát?"

"Dis wat hy gesê het. Hy sê jy het geen reg gehad om so 'n aankondiging in die koerant te plaas nie aangesien jy geen getuies het nie en omdat hy boonop 'n getroude man is."

Esmé hoop en bid dat sy nou reg gepraat het, maar aan die verslae uitdrukking op Heloïse Malan se gesig kan sy sien dat sy baie ver van selfversekerd af voel. Dan bars sy in trane uit en Esmé voel vir die eerste keer gedurende hierdie gesprek effens skuldig. Daarom klink haar stem meer simpatiek toe sy vervolg: "Arme kind! Ek voel jammer vir jou. Maar as ek jy was, sou ek daardie berig plaas. Jy kan 'n ruk lank weggaan en wanneer jy weer terugkom, het daar al gras oor die hele affêre gegroei. Dis beter só as om die vernedering van so 'n hofsaak, te ondervind. Want al wen jy ook die saak, sal almal jou uitlag. Dink net aan wat die mense alles sal sê! Julle is albei so bekend in die stad. Heloïse Malan moes 'n getroude man hof toe neem omdat hy met haar die gek geskeer het!"

Sy lê 'n simpatieke hand op die rukkende skouers. "Ek is regtig jammer, maar as jy ooit eendag Mynhardt se vrou leer ken, sal jy besef dat geen man 'n ander vrou bo haar sal verkies nie. Sy is 'n juweel."

Terwyl Esmé haar motor in die rigting van die stad stuur, is daar 'n tevrede gevoel in haar hart. Maar wanneer sy aan Mynhardt se gesig dink en die blitsende lig in sy oë onthou, bid sy in stilte dat hy nooit van haar besoek aan Heloïse Malan te hore moet kom nie. Sy speel met die gedagte om by Ilse aan te gaan, maar dis reeds laat en sy sien maar af van die gedagte. Mynhardt sal heel moontlik ook teen hierdie tyd al daar wees, en dit sal beter wees om liewer 'n paar dae uit sy pad te bly.

Mynhardt maak die voordeur oop en word uitbundig deur Bonzo verwelkom. Hy glimlag en tel hom op. "Waar is die nooi, Bonzo?" vra hy en stap die gang af.

Hy loer by die sitkamer in, maar daar is niemand nie. Hy gaan staan stil. Die ongewone stilte in die huis tref hom meteens. Met 'n vreemde gevoel van onrus sit hy vir Bonzo op die vloer neer en stap haastig na Ilse se kamer. Hy klop, maar kry geen antwoord nie. Versigtig maak hy die deur oop en stap binne. Sy blik val dadelik op die oop koerant op die bed. Met een tree is hy by die bed. Daar is ontsteltenis in sy oë toe hy sien dat dit oop lê by die bladsy waarop Heloïse se foto pryk. Dan word sy aandag getrek deur 'n wit koevert wat teen die wekker op die bedkassie staan. Met bewende vingers skeur hy dit oop.

Hoekom was jy nie eerlik met my nie, Mynhardt? Ek sou jou jou vryheid gegee het, dit weet jy tog. Gaan na prokureur Van der Merwe, wat oom Jakobus se praktyk oorgeneem het. Jy sal alle besonderhede daar kry. Mag jy en Heloïse Malan baie gelukkig wees. Ilse.

Stadig sak hy op die bed neer en staar met nikssiende oë voor hom uit. Ilse! Sy is weg! Dan spring hy op. Hy moet haar so gou moontlik vind. Hy móét, want hy het haar lief! Dié wete tref hom met een verblindende slag, maar saam met die wonder daarvan kom ook die kommer en angs. In die gang struikel hy amper oor Bonzo wat droewig sit en tjank. Hy buk af en streel die koppie.

"Toe maar, oubaas sal haar gaan haal, my honne, al is sy ook wáár!"

Ongeduldig skakel hy 'n nommer en sug verlig toe hy Esmé se stem aan die ander kant herken.

265

"Mevrou Fouché, is Ilse by jou?" vra hy gejaag.

"Nee, natuurlik nie. Sy is seker by die huis." Dan trek sy haar asem skerp in. "Mynhardt, is dit jy? Hoekom vra jy vir my só 'n vraag? Van waar af skakel jy?" vra sy bekommerd.

"Van die huis af. Toe ek vanmiddag hier kom, was sy . . . weg . . ." Daar is 'n desperate klank in sy stem. "Mevrou, asseblief! Sê vir my waar Ilse is! Ek móét met haar praat!"

"Ek is regtig jammer, Mynhardt, maar ek kan jou nie help nie. Ek het Ilse vandag nog nie gesien nie. Al ander plek waaraan ek kan dink waar sy kan wees . . ."

"Johan Jordaan! Ek gaan dadelik na hom toe," roep Mynhardt uit en gooi die gehoorbuis neer.

Met 'n bekommerde trek op haar gesig plaas Esmé stadig die gehoorbuis terug op die mik. Dan gryp sy 'n serp en hardloop na die deur. Sy moet liewer sorg dat sy daar is wanneer Mynhardt by Johan aankom. In die toestand waarin Mynhardt verkeer, soos sy oor die telefoon kon aflei, kan 'n mens enigiets verwag. Dan glimlag sy. Mynhardt het so bekommerd geklink. Het hy dan nou eindelik besef wat Ilse vir hom beteken?

Roekeloos jaag Mynhardt deur die strate. Dis net aan sy vaardigheid te danke dat hy nie in 'n ongeluk betrokke raak op pad na Johan se woonstel nie. Met skreeuende bande bring hy die motor tot stilstand en hardloop die trap op. Sonder om te klop, storm hy die woonstel binne.

"Waar is sy?"

Johan kyk hom verbaas aan. "Wie?"

"Moenie met my die gek skeer nie! Waar is Ilse?" skree hy.

Johan se gesig is die ene verwarring.

"Waarvan praat jy? Sy is seker by die huis!" En dan, asof 'n gedagte hom tref, kyk hy Mynhardt meer ondersoekend aan. "Waar ánders sal sy wees?"

Mynhardt gryp hom aan die bors en sis: "Johan Jordaan, al moet ek dit uit jou wurg . . ."

"Mynhardt, ruk jouself reg!" klink Esmé se stem agter hulle op.

266

"Esmé, sal jy my asseblief verduidelik wat aangaan? Mynhardt kom hier soos 'n mal mens . . ."

"Jy sal ook so te kere gaan as jy by die huis kom en jou vrou het verdwyn – veral as sy in Ilse se toestand is," antwoord sy sag.

"Wát? Maar hoekom het jy my nie gesê nie?" verwyt hy vir Mynhardt. Mynhardt gooi sy hande in die lug.

"Praat! Praat! Praat! Dit sal ons niks verder bring nie! Wáár is Ilse?" vra hy met gloeiende oë, sy blik op Johan gerig.

"Ek weet nie." Hy sien hoe Mynhardt nader staan en herhaal vinnig, bekommerd: "Ek weet régtig nie! Ek het Ilse 'n hele paar dae laas gesien, met my verjaardag."

"As daar iets met haar moet gebeur . . ."

Daar volg 'n swanger stilte terwyl Johan en Esmé bekommerd na Mynhardt staar toe hy met sy kop tussen sy hande op 'n stoel neersak. Johan kyk verbaas na Esmé en ten spyte van haar kommer, glimlag sy. Dan vra Johan reguit: "Maar ek verstaan nie . . . Hoekom sou Ilse sommer net verdwyn het? Daar moet iets gebeur het." Hy kyk dreigend na Mynhardt se geboë hoof.

Esmé verduidelik van die verlowing en tree net betyds voor Johan in.

"Moet tog nie so opvlieënd wees nie, Johan! Wag totdat ek klaar gepraat het," sê sy vererg en vervolg dan: "Dit was sommer voorbarig van Heloïse. Môre sal sy 'n berig in die koerant laat plaas om die verlowing te ontken."

Dis Mynhardt wat nou opspring en haar ongelowig aanstaar.

"Waar hoor jy dit?"

"Maak dit saak?" Sy glimlag. "Maar jy kan maar gerus die koerante dophou!"

"Hemel, wat 'n verligting! Ek hoop Ilse sien dit raak." Dan sê hy meer tot homself: "Asof ek ooit vir háár bo Ilse sou verkies!"

Johan frons onbegrypend.

"Mynhardt, wat bedoel jy met daardie laaste sin?"

Maar dis Esmé wat antwoord: "Natuurlik dat hy Ilse lief-het, nie waar nie, Mynhardt?" en sy kyk hom met 'n geluk-kige glimlag aan.

'n Oomblik lank breek die spanning op sy gelaat en dan glimlag hy terug.

"Ja, Esmé, ek het haar lief. Dit was eers toe ek vanaand in haar kamer gestaan en besef het dat sy weg is, dat dit tot my deurgedring het. Ek het haar lief en móét haar vind! Waar sal ek haar gaan soek?"

Hy lyk meteens vir Esmé soos 'n seuntjie en sy kry hom innig jammer.

"Ons moet onthou Liza is by haar," probeer sy troos, hoe-wel sy self baie onrustig voel. "Ilse het die afgelope tyd baie verstandig geword en ek is seker sy sal besef dat sy nie ver sal kom sonder geld nie. Die toelaag wat sy die einde van ver-lede maand van jou ontvang het, sal tog nie vir ewig hou nie. Kom ons wag tot môre. Ek is seker sy sal met een van ons in verbinding tree."

"Dis omtrent al wat ons kan doen," sug Johan.

Mynhardt antwoord nie.

"As ek net kan weet of sy veilig is," fluister hy ná 'n ruk.

"Ons moet maar hoop vir die beste. Ek gaan nou eers vir ons iets te drinke maak," sê Esmé en verdwyn in Johan se klein kombuisie.

"As jy wil, kan jy vanaand by my slaap," bied Johan aan. Mynhardt kyk verbaas op en die twee mans staar mekaar 'n oomblik woordeloos aan. Dan glimlag hulle gelyk en stilswy-end reik hulle mekaar die hand. "Sy sal nie maklik huis toe bel nie, maar moontlik hierheen. Dan is jy hier."

"Dankie, Johan, maar vir ingeval Ilse miskien vannag te-rugkom, moet ek by die huis wees," antwoord Mynhardt dan dankbaar.

"Ja, natuurlik. Ek het nie daaraan gedink nie."

Dit is 'n lang nag.

Ná Esmé en Mynhardt se vertrek vly Johan hom op die rusbank neer. Hy probeer om sy aandag by 'n tydskrif te bepaal, maar gooi dit later op die vloer neer. Hy kruis sy hande agter sy kop en sluit sy oë. Hy sien Mynhardt se gesig voor hom – bleek en gespanne – en weet sonder twyfel dat Mynhardt dit hierdie keer ernstig bedoel. Hy het tot inkeer gekom. Hy voel bly, maar ook treurig. Bly, ter wille van Ilse, en hartseer, omdat hy besef dat die verwesenliking van háár geluk die einde van syne beteken. In hom kom lê die wete dat Ilse nou nog meer as tevore vir hom verlore is.

Esmé self staan maar later weer uit die bed uit op en gaan sit op die balkon. Sy staar na die stadsliggies en na die helder verligte straat ver onder haar en glimlag ten spyte van haar kommer. Dit was miskien die beste skuif, kindjie, dink sy. Maar moenie te lank wegbly nie. Wáár ís jy?

Toe dit vir Mynhardt voel asof die mure van die sitkamer hom stadigaan gaan doodsmoor, staan hy op en gaan buitentoe. Hy laat die voordeur oopstaan sodat hy die telefoon kan hoor lui as Ilse miskien sou bel. Hy voel hoe die koel vingers van die nagwind teen sy slape streel en sluit sy oë 'n oomblik lank. Die nag is baie donker, maar in sy hart is dit nóg donkerder. Verwyt en selfveragting wissel mekaar binne-in hom af en die donker nagure teken nuwe lyne op sy gesig. En vir die eerste keer in baie jare bid hy weer . . .

In 'n kamer nie ver van hom af nie, in 'n klein hotel, lê Ilse en staar vanuit haar bed na die donker naghemel deur die venster. Daar is geen trane meer in haar nie. Telkens herleef sy die oomblik in die tuin toe sy die koerant oopgemaak en daardie paar woorde, daardie enkele sin gelees het wat haar hele wêreld om haar in duie laat stort het. Sy het 'n lang ruk bewegingloos gesit asof haar verstand die betekenis nie ten volle wou snap nie. Toe het sy na Liza geroep. Sy het geen verduideliking gegee nie, maar Liza het net een keer na haar wasbleek gelaat gekyk en toe omgedraai om die koffers te

269

gaan haal soos sy beveel het. Selfs vanaand nadat sy Ilse versorg en in die bed gesit het, het sy nog geen vrae gestel nie, maar haar hart het gebloei en sy het besef dat Ilse se smart ver bó haar begrip gaan.

Met weemoed het Ilse besef dat sy niemand het na wie toe sy kon gaan nie. Tot Johan durf sy haar nie wend nie. As hy nog die vriend van die verlede was, sou sy dit met vrymoedigheid kon doen, maar omdat hy haar liefhet, mag sy nie sy gevoel vir haar misbruik nie, want sy het niks om in ruil daarvoor te gee nie. Na Esmé kon sy ook nie gaan nie, want sy wou haar vriendin nie in die verleentheid stel nie. Indien Mynhardt by haar sou navraag doen, sou sy in alle eerlikheid kon sê dat sy nie weet waar sy, Ilse, is nie. Later, wanneer sy eers weg is, sal sy aan haar skryf. Later, wanneer haar wonde nie meer so rou is nie . . .

Die dag het reeds gebreek toe die telefoon vir die eerste keer in die gang lui. Lighoofdig van die min slaap haas Mynhardt hom om dit te beantwoord, maar dis Esmé se stem wat oor die gehoorbuis na hom kom. Hulle spreek af dat hy en Johan later in die oggend na haar woonstel toe sal kom. Dan lui hy af en sug. Hy voel uitgeput en suf, maar van rus is daar nie sprake nie. Hy trek sy motor uit die garage en 'n paar minute later hou hy voor die prokureurskantoor stil.

Prokureur Pieter van der Merwe is nog 'n jong man en hy kyk belangstellend na die vreemdeling wat so bleek en gespanne lyk.

"Ek is Mynhardt Wessels. Ek . . ." Hy swyg en die ander man knik begrypend.

"Jy kom seker in verband met die brief van jou vrou?"

"Dan het jy van haar gehoor?" vra hy opgewonde en leun vorentoe. "Waar is sy?"

Die prokureur skud sy kop.

"Ongelukkig is daar geen adres op die brief nie. Al wat ek weet, is dat dit in die stad gepos is." Hy sien die teleurstelling op sy kliënt se gesig en sy belangstelling verdiep. "Verskoon my as ek te persoonlik is, maar ek kan nie help om te sê dat dit 'n eienaardige brief is nie. Wag, ek sal dit vir jou wys. Ek het dit met vanoggend se pos ontvang." Hy soek in een van die lessenaarlaaie en hou dan 'n koevert na Mynhardt toe uit. "Lees dit self."

Mynhardt vou die enkele vel papier oop.

"Ek sien sy skryf dat sy weer met jou in verbinding sal tree en haar adres sal verskaf. Ek weet sy vra uitdruklik dat jy dit aan niemand mag verstrek nie, maar . . ."

"Maar jy wil hê dat ek haar adres aan jou moet bekend maak?" vra die prokureur simpatiek. Toe Mynhardt instemmend knik, vervolg hy egter: "Ek is jammer, meneer Wessels, maar ek mag dit nie doen nie. Ek weet dat jy onder baie groot spanning verkeer en dat jy baie bekommerd is, maar ek sal jou nie kan help nie. Al wat ek jou kan belowe, is dat ek jou in kennis sal stel elke keer wanneer ek van haar hoor en hoe dit met haar gaan. Maar haar adres, as sy dit so wil hê, mag ek nie bekend maak nie."

Mynhardt knik en verlaat die kantoor. Terwyl hy sy motor in die rigting van Esmé se woonstel stuur, is daar 'n bitter, wrang smaak in sy mond. As hy tog maar net nog één kans kan kry! As hy haar maar net één maal van sy liefde kan vertel! Sal sy hom ooit kan vergewe vir al die pyn, al die vernedering wat sy as gevolg van hóm moes verduur? Meteens tref 'n gedagte hom. Wie sê Ilse het hóm lief? Sy gedagtes flits terug na Johan. Hy onthou meteens dat hy nooit probeer vasstel het hoe die vriendskap tussen hom en Ilse ontstaan het nie, en nog belangriker, hoe ver die vriendskap gevorder het nie. Hy weet dat Johan Ilse liefhet, maar wat van haar? Maar dan sou sy seker om haar vryheid gevra het. Of sou sy? Die nuwe Ilse wat hy leer ken het, sou nie 'n huwelik aangaan en dit dan weer so maklik ontbind nie. Daarvoor is sy te edel, te karaktervol om vir eie gewin so 'n heilige band te verbreek. Tog het sy so maklik met hom getrou! Vir die

271

eerste keer wonder hy hoekom sy ingestem het om met hom te trou. Eintlik het sy niks daardeur gewen nie, maar baie geld verloor. Die frons tussen sy oë verdiep. Sou sy werklik so onselfsugtig wees om net ter wille van hom, om hóm te help, só 'n ernstige stap te neem? Maar hoekom?

Hy het haar deur al die jare geïgnoreer. Hy het nooit probeer om haar eensame lewe 'n bietjie te veraangenaam nie. Hy het nooit enigiets gedoen wat haar die gevoel kon gee dat sy hom iets verskuldig is nie. Dis tog onmoontlik om te aanvaar dat sy hom miskien in stilte liefgehad het! Hoe kon sy? Hy was altyd so haatlik en beledigend teenoor haar. Die een vraag ná die ander maal deur sy kop sonder dat hy op een 'n antwoord kry. Op hierdie oomblik leer hy dat dit onmoontlik is om die hart van 'n vrou te verstaan, en later – heelwat later – sou hy ook nog leer dat dit onmoontlik is om die liefde van 'n vrou te peil.

Terwyl Mynhardt Esmé se woonstel binnestap om aan haar en Johan te vertel wat hy by die prokureur gehoor het, fluit 'n trein skril en helder en begin dan stadig by die menigte op die perron verbybeweeg. Mense lag en hier en daar val 'n traan, en niemand sien skynbaar die verwese figuurtjie wat by een van die vensters uitstaar nie. Soos beelde uit 'n rolprent flits die skare se gesigte by Ilse verby, gevolg deur die stasiegebou, die paar palmbome, die hoë geboue op die agtergrond . . . Dan is hulle meteens in 'n tonnel. Alles is stikdonker om haar en dit verdiep die donkerte in haar eie hart. Die volgende oomblik verblind die helder daglig haar weer en sy draai haar gesig weg van die venster af. Haar oë is onuitspreeklik treurig. Sal sy ooit uitkom uit hierdie lang, donker tonnel waarin sy haar bevind? vra sy haar af. Sal haar hart ooit ophou bloei en pyn? Sal daar weer 'n dag van lig en sonskyn en vreugde aanbreek?

Hoeveel eensaamheid en smart is daar nie, dink sy stil. Hoeveel donker tonnels. Daar is Johan wat in die tonnel van vergeefse liefde die lewe sal moet voortsit. Daar is Esmé wie se lewenspaadjie in die donker tonnel van 'n verlore liefde ingedraai het. En dan is daar sy self . . . Sy, wat nie eens 'n naam kan vind vir hierdie lang, donker tonnel waarin sy haar bevind nie. Dit strek eindeloos voor haar uit sonder selfs die kleinste ligopeninkie daar voor wat haar weer met hoop en geloof kan besiel. Die eensaamheid sluit haar van alle kante in, en ook die bitter wete dat sy alleen is . . . heeltemal alleen . . .

Maar soos die mens verplig is om sy smart saam met sy vreugde op te tel en aan te stap op die pad wat vir hom uitgelê is, so moet Ilse ook die ure wat volg alleen deurworstel. Toe die taxi die volgende dag by die witgekalkte hekke inswaai, lig sy haar oë op en kyk na die naam boaan die boog oor die hek. Rus-'n-Bietjie. Toe sluit sy haar oë vermoeid en wonder of sy die rus waarna sy so intens hunker hier sal vind.

7

Rus-'n-Bietjie is in die Noordweste, verskuil tussen die ysterklipkoppies en lae karoobossies. Gewoonlik is dit bejaardes wat hierdie vakansieplaas besoek, want vermaak is daar nie veel nie. Die naaste dorp, Gannaleegte, is vyftig kilometer ver. 'n Mens wonder hoekom hulle juis hier, so ver weg van die beskawing, 'n vakansieplaas opgerig het. Tog staan die paar kamers en rondawels selde leeg. Later, wanneer 'n mens reeds 'n paar dae hier tuis is, besef jy eers dat dit juis te danke is aan die afgesonderdheid dat Rus-'n-Bietjie so gewild is, want die oorgrote meerderheid wat na plesier en avontuur soek, kom nie hierheen nie. Mense wat moeg en tam geraak het op die lang pad van die lewe, wat eenkant, in stilte, rowe 'n kans wil gee om te groei oor die rou en seer wonde van die hart, vlug hierheen. Hier in die eensaamheid, waar die ewige stilte van die natuur so luid tot die gees spreek, hier tussen die

273

vaal vlaktes wat ná 'n reën tot 'n lushof van kleur omgeskep word, ja, hier skraap menige gebroke lewe weer die stukke bymekaar en drup die onpeilbare, helende stilte balsem op die rou wonde.

Edna Conradie wat saam met haar man die boerdery en vakansieplaas behartig, kyk effens verbaas op toe sy die gedreun van 'n motor hoor. Sy lê die tuinslang versigtig neer tussen die jong plantjies wat sy besig is om uit te plant en trek haar tuinhandskoene uit. Dan stap sy met 'n verwelkomende glimlag nader.

"Goeiemiddag. Ek is mevrou Conradie. Welkom by Rus-'n-Bietjie," sê sy vriendelik.

"Goeiemiddag. Ek is . . . Ilse Rademeyer," antwoord Ilse. "Ek het nie plek bespreek nie, maar kan u my dalk 'n onbepaalde tyd lank huisves?"

"Alte seker, juffrou Rademeyer. Ons kry nie juis veel gaste gedurende die middel van die somer nie. Die meeste mense verkies om kus toe te gaan. Kom, klim af. Jy voel seker moeg en warm," nooi sy en maak die motordeur oop.

"Ek het Liza, my hulp, ook saamgebring. Ek hoop julle het vir haar ook plek?" vra Ilse angstig, en nou eers sien Edna die swart vrou agter in die motor.

"Sekerlik." Die vriendelike en gasvrye vrou kan egter kwalik die verbasing in haar stem wegsteek.

"Dankie, ek waardeer dit." Ilse sug van verligting en draai na die bestuurder. "Sal jy so vriendelik wees om my stoel eerste uit te haal, asseblief?"

Met 'n skok besef Edna dat haar nuwe gas verlam is.

"As jy ons laat weet het, sou ons jou die koste van die taxi kon bespaar het. My man is juis weg stasie toe om 'n gas te gaan haal. Hy sal seker nou-nou terug wees. Die ander persoon moes met dieselfde trein as jy gekom het."

Ilse doen haar bes om belangstellend te lyk, maar slaag nie daarin nie. Dis nou twee nagte dat sy geen oog toegemaak het nie en die gestamp van die trein en die slegte grondpad het haar laaste bietjie krag geput. Maar Edna Conradie het die vermoeide lyne op die jong meisie se gesig raakgesien en neem haar gas sonder verwyl na haar kamer.

"Ek gee jou maar 'n kamer in die hoofgebou, dan kan jy die sit- en eetkamer makliker bereik."

Liza help Ilse dadelik in die bed en sy het skaars haar oë toegemaak of sy sink in 'n diep slaap weg.

Toe 'n tweede motor die werf binnery, stap Edna weer buitentoe. Jasper Conradie maak die motordeur oop en 'n blonde meisie klim uit. 'n Oomblik lank kyk sy om haar heen, dan hoor sy 'n stem agter haar.

"Juffrou Malan?"

Sy draai om en kyk in Edna Conradie se vriendelike gesig vas.

"Ja. Goeiemiddag, mevrou."

"Welkom by Rus-'n-Bietjie. Kom binne. Jy is seker lus vir 'n koppie tee."

Heloïse Malan glimlag, maar die skaduwee in haar oë bly sigbaar.

"Dit sal lekker smaak, dankie. Ek wil net gou gaan was en verklee."

"Ek hoop jy sal die tyd hier geniet, juffrou," sê Edna later toe sy vir haar gas 'n koppie tee in die sitkamer skink. "Jy het nie in jou telegram genoem hoe lank jy van plan is om te bly nie."

"Ek het nog nie besluit nie. Wil jy vooraf weet of kan ek jou maar later sê?"

"Jy kan bly so lank as wat jy wil. Hierdie tyd van die jaar kry ons nie veel gaste nie. Jy sal dit miskien baie alleen en vervelig vind, maar gelukkig het hier pas voor jou nog 'n jong meisie opgedaag. Nou sal julle twee mekaar darem geselskap kan hou."

Heloïse antwoord nie. Eintlik is sy jammer dat sy nie die enigste gas is nie. Sy het juis hierheen gevlug om weg te kom van mense, weg van al die nuuskierige en spottende oë.

Nadat Esmé Fouché die huis verlaat het, het sy lank besluiteloos voor haar uitgestaar. Toe het sy Esmé se raad onthou: "As ek jy was, sou ek eers 'n ruk lank weggaan." Sy het opgespring en dadelik begin inpak. Eers toe sy voor die kaartjieskantoor op die stasie gestaan het, het sy besef sy het geen benul waarheen sy kon gaan nie.

"Meneer, weet jy nie van 'n stil plekkie so ver moontlik van die stad af waarheen ek kan gaan om te rus nie?" het sy met 'n gejaagde asem aan die verbaasde klerk gevra.

Hy het sy kop gekrap en toe geantwoord: "Wel, dame, sowat vyftig kilometer van die dorp af waar ek grootgeword het, is die vakansieplaas van die Conradies, Rus-'n-Bietjie. Dis in die hartjie van die Groot-Karoo en baie stil."

"Dis net waarna ek soek," het sy hom vinnig, verlig gekeer voordat hy nog plekke begin opnoem. "Gee my asseblief 'n kaartjie daarheen, en wanneer is daar 'n trein?"

"Oor 'n uur vertrek die trein in daardie rigting. Jy sal net môremiddag moet wag op Naboom. Môre is daar egter 'n ander trein wat direk gaan tot op Gannaleegte, as jy tot dan wil wag . . ."

"Nee! Nee! Gee my maar 'n enkelkaartjie, asseblief."

Hy het haar weer verbaas aangekyk, maar sy skouers opgetrek. Hy het al geleer om hom nie meer oor die grille van die publiek te bekommer nie.

Die uur voordat die trein sou vertrek, het haar genoeg tyd gegee om 'n telegram na die vakansieplaas te stuur. Toe het sy op die trein geklim en gewonder waarheen dit haar sou neem.

Terwyl sy die rantjie agter die huis uitklim en later moeg op 'n klip neersak, wonder sy wat sy hier kom soek het, want die vernedering en pyn in haar hart het sy saam met haar gebring. Sy kon dit nie ontvlug nie.

Daardie aand aan tafel stel Edna haar aan die ander gaste voor. Sy knik kortaf met haar kop en begin dan eet, onbewus van die verbysterde oë wat haar ongelowig vanaf die oorkant van die tafel aanstaar.

276

Terwyl Ilse na die beeldskone gelaat staar, vra sy haar af: Watter wrede noodlot het Heloïse Malan na Rus-'n-Bietjie gebring? Is dit om haar rou hart nog meer te gesel en te verneder? Wat het sy hier kom soek? Met 'n strak gelaat swaai sy haar rolstoel weg van die tafel en verlaat die vertrek. Op daardie oomblik kyk Heloïse op en gewaar haar. Ook sy verbleek. Dan buk sy oor en vra aan die middeljarige man wat by hulle aan die tafel sit: "Verskoon my, meneer, maar wat is daardie vrou se van?"

"Ek dink mevrou Conradie het gesê sy is juffrou Rademeyer."

"O!" Haar gelaat ontspan. "Dankie."

Heloïse voel die klam sweet op haar handpalms. 'n Oomblik het sy gedink . . . Dan skud sy haar kop. Dit was 'n verspotte gedagte. Wat sal Mynhardt Wessels se vrou hier soek?

Daardie nag is daar ten minste twee van Edna Conradie se gaste wat nie kan slaap nie.

Ilse lê met brandende oë na die donker plafon en staar. Herhaaldelik kom die vraag by haar op: Wat het Heloïse hier kom maak? Hoekom is sy nie by Mynhardt nie? Daar is tog niks meer wat hulle van mekaar skei nie. Sy, Ilse, is uit die pad. Selfs geld hoef nie meer by Mynhardt 'n kwessie te wees nie. Hoekom het Heloïse dan vanaand aan tafel so diep ongelukkig gelyk? Hoekom was daar donker kringe onder haar oë, 'n bitter trek om haar mond? Dit is eers teen die vroeë oggendure dat die slaap haar eindelik verlos van al die teisterende vrae wat so onbeantwoord in die stille ure van die nag om haar gehang het.

Maar in 'n kamer verder af in die gang lê Heloïse met dowwe oë na die eerste glim van die rooidag en kyk. 'n Nuwe dag word gebore, maar vir haar is dit van geen betekenis nie. Binne-in haar is dit koud en leeg en donker soos 'n wintersnag wat geen hoop op 'n môre het nie, soos 'n lang, donker tonnel sonder einde. Om haar begin die natuur lewe

277

toon, maar in haar hart is daar geen lus vir die lewe oor nie. Sy spoel haar gesig haastig met koue water af en trek 'n ander rok aan. Toe loop sy, sonder om haar aan die ontbytklokkie te steur, by die voordeur uit en begin stap sonder om te weet waarheen. Daar is 'n drang by haar om weg te kom, van wát weet sy self nie.

Ilse staar verslae en ontsteld na die jong meisie op die grond 'n paar tree voor haar. Liza het haar met die dowwe paadjie langs gestoot tot by die rivieroewer. Daar het hulle lank gesit. Bo haar, aan die dun lote van die treurwilgers, het die kunstig gevlegte nessies van die vinke heen en weer gewieg. Voor haar, waar die rivier in 'n gat gemaal het, het die water in silwer rimpels gelê en bak in die oggendson terwyl die wildeganse en die mak eende van die plaaswerf in kameraadskaplike mededeelsaamheid daarin rondbaljaar. Die helder lug was die kleur van blouwit diamante, en die kleur van die teer blaartjies van die wilgers 'n sagte groen. Bo haar kop het die vinke sonder skaamte hul skindertog luid voortgesit en langs haar voet het 'n miskruier met moeite sy bondeltjie 'n paar sentimeter vorentoe geskuif. Meteens het dit vir haar gevoel asof 'n stukkie van die vrede wat in hierdie natuurhoekie skuil ook in haar hart nesgeskop het. Sy het 'n gebreekte nessie eenkant op die grond gewaar en skielik besef hoe baie sy daaruit kan leer. Met moeite en toewyding het die vinkie sy nessie gebou, elke grassie so sekuur op sy plek geplaas. En toe het die storm gekom en baie dae se moeitevolle arbeid was daarmee heen. Maar dapper is die vink wat nou, terwyl hy ywerig aan die geselskap deelneem, weer van voor af aan vleg – 'n nuwe nessie is in aanbou, totdat die volgende storm weer kom.

Jy het 'n dapper hartjie, het sy gedink terwyl sy die dartelende bedrywigheid bokant haar kop bekyk het.

Dit was met nuwe moed in haar hart dat sy Liza eindelik gevra het om haar terug te stoot. En toe hulle om 'n draai kom . . .

Ilse draai om na Liza en fluister iets. Dan knik die ouer

278

vrou en verdwyn. Haar oë gaan terug na die rukkende skouers hier voor haar en daar is meteens deernis in haar hart. Sy het hierdie vrou gehaat omdat sy Mynhardt van haar gesteel het, maar nou voel sy net 'n innige jammerte in haar opwel. Hoe mateloos moet hierdie vrou se smart nie wees om haar tot in die stof te dwing nie.

Dan kyk Heloïse op. Stilswyend staar die twee vroue mekaar aan. Dan verbreek Ilse die stilte.

"Kan ek help, Heloïse?"

"Waar . . . waar kom jy vandaan?" vra Heloïse verbouereerd terwyl sy vinnig opstaan en selfbewus die stof van haar gesig probeer afvee.

"Ek is jammer. Ek het nie bedoel om op jou te spioeneer nie," antwoord Ilse verskonend. "Kom saam met my. Hier onder is 'n rivier. Jy kan jou gesig daar gaan was. Jy kan nie só teruggaan nie."

Heloïse kom nader.

"Baie dankie," sê sy sag, ontbloot van alle selfversekerdheid. "Ek sal jou stoel stoot," bied sy aan.

"Asseblief, ja. Die paadjie is 'n bietjie ongelyk. Ek sal nie die stoel alleen kan behartig nie."

Hulle is stil terwyl hulle die rivier nader. Selfs nadat Heloïse haar gesig in die koel water gebaai en langs Ilse se stoel op die gras gaan sit het, duur die stilte voort.

"Ek . . . ek is jammer. Ek voel nou skaam oor my gebrek aan selfbeheersing," verbreek Heloïse later die swye.

"Dis nie nodig om skaam te voel daaroor nie. Soms kan 'n mens se hart te groot word vir jou om te dra."

Heloïse wat voor haar op die gras staar, kyk vinnig op.

"Jy ook?" vra sy dan sag.

"Ja." Maar daar is 'n nuwe klank van berusting in Ilse se stem. "Het jy dan nie geweet dat daar in elke hart smart skuil nie? En elkeen verbeel hom sy of haar smart is die grootste," sê sy meer tot haarself.

Heloïse frons en antwoord dan effens verbaas: "Dis waar!

279

Ek het netnou gedink dat daar niemand op aarde is wat 'n groter smart as ek kan hê nie . . ."

"En nou?"

Sy antwoord nie dadelik nie. Sy kyk 'n oomblik in stilte na die fyn gelaat voor haar, na die treurige oë en die lyne van diep weemoed om die jong mond. Dan rus haar blik net vlugtig op die paar roerlose bene.

"Ek weet nie. Ek is nie meer so seker nie . . . Kan 'n mens smart meet?"

"Nee." Ilse sug sag en sluit haar oë. Sy leun agteroor en toe sy praat, is dit asof sy hardop dink: "Geen mens kan 'n ander se smart ten volle begryp nie . . . of die diepte daarvan peil nie. Ook kan geen mens 'n ander se smart weeg of die rede daarvoor weet nie. Hoe kán jy as jy soms jou eie smart nie verstaan nie? Al wat jy kan doen, is om te aanvaar dat dit so moet wees, en om jou daarin te berus."

"Maar soms kan smart so sinloos wees!" protesteer Heloïse.

"Nee, smart is nooit sinloos of sonder waarde nie. Ek het iewers gelees: Hoe dieper leed in jou wese inkerf, hoe meer vreugde kan jy in jou hou."

"Glo jy dit?"

Ilse lig haar ooglede en kyk die ander vrou met traangevulde oë aan.

"Ek móét dit glo. Dis my behoud," antwoord sy eenvoudig.

Heloïse kyk voor haar uit oor die water en daar brand ook trane in háár oë, maar dis nie meer trane van opstand teen die onregverdigheid van haar pyn nie.

"Ek sal daardie woorde ook probeer onthou."

Liza verskyn agter hulle met 'n bekommerde trek op haar gesig, maar sug dan verlig.

"Kleinjuffrou, die teeklok het lankal gelui. Die mevrou het my gestuur om te kom kyk waar bly julle dan!"

Die twee vroue glimlag spontaan vir mekaar.

"Ons kom!" roep Heloïse en spring op. "Ek sal jou terug-stoot."

'n Week ná Ilse se verdwyning ontdek Pieter van der Merwe een oggend 'n brief tussen sy pos wat hom dadelik alle ander posstukke opsy laat skuif. Terselfdertyd gaan sy hand uit na die telefoon.

"Ek wil so gou moontlik met meneer Mynhardt Wessels praat. Jy het mos sy nommer?" sê-vra hy vir sy sekretaresse.

Terwyl hy wag, blik hy vlugtig oor die paar geskrewe reëls en hy slaak hoorbaar 'n sug van verligting.

"Ek het so pas 'n brief van jou vrou ontvang," sê hy toe hy Mynhardt se stem aan die ander kant herken. Hy hoor die skerp intrek van asem en vervolg vinnig: "Sy is heeltemal veilig en goed versorg. Jy hoef nie oor haar bekommerd te wees nie."

"Waar is sy?" Mynhardt se stem klink skor.

Die antwoord is simpatiek maar nietemin beslis: "Dit spyt my, maar ek mag jou nie sê nie. Sy het dit weer in hierdie brief baie duidelik gestel dat haar adres onder geen omstandighede bekend gemaak mag word nie – veral nie aan jou nie!"

"Maar dit kan tog nie vir ewig so voortgaan nie!" roep hy ongeduldig uit.

"Nee, maar . . . Nou ja, ek weet ook nie. Miskien moet 'n mens haar eers 'n bietjie tyd gee." Hy huiwer en besluit dan dat wat hy wou sê tog geen kwaad kan doen nie. "Sy is taamlik ver hiervandaan." Mynhardt antwoord nie en hy vervolg: "Sy vra of jy al iets besluit het in verband met haar toelaag. Sy het nog geld, maar dit sal binnekort op wees. As jy wil, kan jy 'n brief vir haar skryf, dan sal ek dit by my antwoord insluit."

"Baie dankie, meneer Van der Merwe. Ek sal dit sekerlik doen, as dit dan al manier is hoe ek met haar in aanraking kan kom. Ek sal vandag vir haar 'n rekening by die bank gaan open en geld daarin deponeer."

'n Paar dae later kyk Ilse verbaas na die klomp pos wat sy

ontvang. Heel eerste maak sy die prokureur se brief oop en daar verskyn 'n frons op haar voorkop.

"Ek het vir meneer Wessels gesê dat hy 'n brief aan jou kan skryf en dat ek dit dan na jou sal aanstuur," lees sy. Hy maak ook melding van die bankrekening wat in haar naam geopen is en sluit die tjekboek en 'n bewys van die saldo in. Met onseker oë staar sy na die ander koevert. Dit moet Mynhardt se brief wees. Sy hou dit besluiteloos tussen haar hande.

Haar blik draai na Heloïse wat 'n entjie van haar af haar ouers se brief sit en lees. Haar gelaat is heelwat kalmer en die verbitterde trek om haar mond het vervaag. Tog weet Ilse dat die skaduwees nog nie uit haar oë verdwyn het nie en dat die pyn binne-in haar nog baie nagte trane na die oppervlak dwing. Net soos in haar eie hart, lewe die beeld van Mynhardt in Heloïse voort, en sy wonder of hierdie jong vrou ooit heeltemal weer die onbesorgde, lewenslustige mens sal word wat sy vantevore was. Wat sal gebeur as Heloïse die dag hier moet weggaan en weer die lewe en die wêreld in die gesig moet staar? Sal die wond wat Mynhardt haar toegedien het nie weer opnuut oopgeruk word en van voor af begin bloei nie?

Sy vee oor die brief in haar hand. Dan span haar vingers stywer en sy skeur die ongeopende koevert in fyn stukkies. Haar oë is hard en gevoelloos terwyl sy na die stukkies papier op haar skoot kyk.

Wat Mynhardt aan haar gedoen het, kan sy hom nog vergewe. Sy ontrou teenoor haar kan sy nog oor die hoof sien. Hy kan tog nie help dat hy haar nie liefhet nie. Maar wat hy aan Heloïse gedoen het, sal sy hom nie vergewe nie. Sy weet nie presies wat plaasgevind het nie, want Heloïse het haar nog niks vertel nie, maar sy het haar eie afleidings gemaak. Sy weet dat hy Heloïse aanleiding gegee het. Sy het hulle tog met haar eie oë saam gesien! En 'n meisie sal tog nie haar verlowing aan die hele wêreld gaan verkondig as die man geen kennis daarvan dra nie.

Aan die prokureur se brief is daar ook 'n koerantuitknipsel

vasgesteek – 'n berig waarin Heloïse haar verlowing aan meneer Mynhardt Wessels ontken en verklaar dat die aankondiging 'n misverstand was. Watter verskriklike vernedering moet dit nie vir haar gewees het nie! Hoekom was Mynhardt so wreed? Was dit omdat hy bang was oor die geld wat hy dan aan haar, sy vrou, sou moes uitbetaal? Sy kan byna nie glo dat hy werklik só selfsugtig kan wees nie.

Sy tel die stukkies papier op en maak haar hand oop. 'n Ligte windjie tel hulle op en voer hulle al hoe verder en verder weg. Vir Ilse voel dit asof dit die laaste skakel was wat haar aan Mynhardt verbind het. Dis beter só, vertel sy haarself, maar terselfdertyd is haar oë vol trane en voel haar hart verguis.

Heloïse kyk op en gewaar die trane aan Ilse se wimpers.

"Ilse! Het jy slegte nuus ontvang?" vra sy bekommerd.

Ilse glimlag dapper.

"Nee. Net 'n brief van my prokureur. Ek verlang sommer net 'n bietjie," antwoord sy kalm.

Heloïse dring nie aan op 'n verdere verduideliking nie, maar kyk haar net stil aan. Weer eens vra sy haar af: Wie is Ilse Rademeyer? Sy is bewus van die feit dat Ilse, nes sy, deur 'n moeilike tyd gaan, maar sy wil nie uitvra nie. Die afgelope twee weke het sy geleer dat 'n mens graag jou vreugde met ander deel, maar dat dit beter is om te swyg oor dié dinge wat jou hart laat pyn. Soms wonder sy of Ilse se leed nie miskien soveel dieper gaan, soveel intenser is as haar eie nie. Sy weet nie dat Ilse die rede van haar smart ken nie, en daardeur haar eie smart soveel feller laat brand nie.

Gedurende die volgende paar weke kom daar saam met elke brief van die prokureur 'n brief van Mynhardt, maar elke keer skeur Ilse dit ongeopend op. Pieter van der Merwe vra gereeld in sy briewe of sy Mynhardt se briewe kry, maar sy ag dit nie die moeite werd om hom te antwoord nie. Dié deel van haar lewe waarin Mynhardt 'n rol gespeel het, het sy finaal agter haar geplaas.

"Jy kry darem baie gereeld pos van daardie prokureur van

283

jou!" merk Heloïse tergend op toe sy een middag 'n koevert aan Ilse oorhandig.

"Jy vis op droë grond. Hy behartig my geldsake. Dis al," antwoord Ilse met 'n glimlag.

"Ek het nie vandag pos gekry nie, maar jy kan maar jou brief lees," sê Heloïse en vly haar in 'n stoel neer.

"Dit kan tot later wag. Dis nie so belangrik nie," sê Ilse en sit die brief langs haar op die tafeltjie neer. "Dis 'n lieflike dag. Wil jy nie weer gaan swem nie?"

"Ja, maar dan moet jy saamgaan."

"Hoekom vra jy nie liewer vir ou oom Bruwer nie?"

Heloïse kyk haar verontwaardig aan en Ilse lag lekker. Vandat oom Bruwer 'n week gelede hier aangekom het, kon hy sy oë nie van Heloïse afhou nie en het sy moeite om sy geselskap te ontglip, tot groot vermaak van Ilse.

"Toe maar, ek sal saamgaan," troos sy vinnig. "Maar dan moet jy gou maak, voordat hy jou gewaar."

Ilse sit rustig en lees terwyl Heloïse na hartelus in die sementdam baljaar. Toe sy uitasem langs Ilse in die son kom lê, sit Ilse die boek neer en kyk haar bewonderend aan.

"Jy is pragtig gebou, Heloïse," merk sy op en net 'n kort oomblik rus haar oë op die paar mooi gevormde, bruingebrande bene langs haar stoel.

"Jy beny my my gesonde bene, nie waar nie, Ilse?" vra Heloïse en kyk haar met deernis aan.

Ilse sug. "Ja," erken sy eerlik. "Ek is ook maar net 'n mens. Ek is jaloers op jou sterk, gesonde bene."

"Snaaks, ek beny jóú weer," sê Heloïse sag.

"Vir my?" Sy kyk haar nuwe vriendin verbaas aan. Daar is 'n verbitterde klank in haar stem toe sy vervolg: "Wat is daar aan my wat jy kan beny, Heloïse?"

Heloïse lê 'n hand op haar knie.

"Wat makeer, Ilse? Ek ken jou nie as 'n verbitterde mens nie," vra sy sag.

Ilse draai haar kop weg.

"Ek wys dit maar net nie, Heloïse," antwoord sy in 'n rou stem. "Maar die verbittering is daar. Ek weet ek mag nie so wees nie, maar dis soms so swaar . . . so bitter swaar . . ."

Haar stem sterf weg en Heloïse vee vinnig oor haar oë.

"En tog, Ilse, sou ek met jou plekke geruil het as dit moontlik was."

Ilse draai haar kop na Heloïse en kyk haar vraend, met traangevulde oë aan.

"Ek sou my bene vir jou gee in ruil vir jou mooi innerlike," vervolg sy. "Ek het baie geleer die afgelope paar weke, Ilse. Ek het geleer dat dit nie 'n mooi liggaam of 'n mooi gesig is wat tel nie, dis dié dinge binne-in jou wat waarde het. My hele lewe lank was ek 'n gevoellose, mooi poppie wat net in klere en juwele belanggestel het. My lewe was sinloos, doelloos, 'n gejaag na . . . niks! En toe die lewe my in die weegskaal gegooi het, is ek te lig bevind. Ek wens ek kon soos jy, ten spyte van die smeltkroes waardeur jy self gaan, vir ander tot soveel troos en aanmoediging wees as wat jy vir my is. Terwyl jy self gevoel het hoe die smart en pyn jou eie hart verbrysel, kon jy vir my sê: 'Hoe dieper leed in 'n mens se wese inkerf, hoe meer vreugde kan jy in jou hou.'"

"Heloïse!" Die trane rol nou ongehinderd en die twee vriendinne se hande omsluit mekaar innig. "Dis die mooiste woorde wat iemand nog ooit vir my gesê het. Ek verdien dit nie. O, sal ek dan nie weet hoe min ek hulle waardig is nie. Maar nietemin sê ek dankie, baie dankie. Ek sal daardie woorde nooit vergeet nie!"

Hulle albei weet dat daar van daardie oomblik af 'n band tussen hulle gesmee is wat nooit weer verbreek sal word nie. En hoewel Heloïse nie bewus is daarvan nie, weet Ilse dat dit juis moontlik gemaak is omdat hulle albei se smart om één persoon draai – Mynhardt.

Eers laat die aand, toe sy al in die bed is, onthou Ilse van die brief wat sy die middag ontvang het. Sy kan dit maar môre lees, dink sy en skakel die lig af.

Miskien is dit ook maar beter dat sy dit nie daardie aand gelees het nie, want die inhoud daarvan sou weer, soos soveel keer in die verlede, die slaap van haar laat wyk het en die rowe wat stadig besig was om die rou wonde te bedek, afgeruk en die bloed opnuut laat vloei het.

8

Die trein fluit en trek dan stadig by die stasie uit. Weer eens flits gesigte en stasiegeboue voor Ilse verby, maar sy sien dit nog minder raak as die vorige keer. Met 'n laaste wuif na Heloïse wat op die perron agterbly, leun sy agteroor en sluit haar oë. In haar hand klem sy 'n brief vas.

Dit kan nie waar wees nie! maal dit deur haar kop. Asof sy haar weer wil vergewis dat sy reg gelees het, vou sy die brief oop en laat haar blik oor die paar geskrewe reëls gly.

Liewe Ilse

Ek handel nou direk teen Mynhardt se bevele in, maar ek voel dat ons jou nie in die duister durf hou nie. Pieter van der Merwe wil jou nie graag teen Mynhardt se wense daarvan in kennis stel nie, maar nadat ek hom belowe het dat ek self die gevolge sal dra, was hy bereid om hierdie brief aan jou te stuur.

Mynhardt was in 'n motorongeluk betrokke en hoewel dit gelyk het asof hy niks oorgekom het nie, het sy toestand meteens versleg. Dit lyk asof hy aan ernstige inwendige beserings ly. Moontlik moet daar nog 'n operasie gedoen word en ek voel dat jy daarvan moet weet.

Ek weet nie of jou gevoel vir hom miskien in die afgelope tyd verander het nie, maar sy lewe is in die weegskaal. Ilse, ek skryf nie hierdie dinge dat jy verplig moet voel om terug te kom nie. Mynhardt het ons in elk geval streng belet om

286

jou van die ongeluk te vertel. Ek laat dit aan jou oor om te besluit wat jy gaan doen. Maar jy is tog sy vrou!

Liefde
Esmé

Toe sy die eerste keer die brief gelees het, kon sy die volle betekenis nie dadelik begryp nie. Sy het lank roerloos met die brief tussen haar vingers gesit. Skrikwekkende vrae het deur haar verstand geflits. Is hy nie miskien al dood nie? Is hy vermink? Toe het sy na Edna Conradie gaan soek en 'n uur later was sy op pad stasie toe.

"Wil jy nie maar hê ek moet saamgaan nie, Ilse?" het Heloïse weer vir oulaas bekommerd gevra.

Maar Ilse het haar kop geskud.

"Dankie, Heloïse, maar . . . ek wil liewer alleen gaan."

Heloïse kon maar nie die kommer van haar afskud nie. Ilse het vir niemand gesê wat die rede vir haar skielike vertrek is nie, maar dit was vir almal duidelik dat daar êrens groot fout is. Sy het egter meer getroos gevoel deur die feit dat Liza darem by haar is.

"Kom jy weer terug?" het sy toe gevra.

"Ek weet nie. Miskien . . . later . . ."

"Hier is my adres in die stad. Ek dink nie ek sal veel langer hier bly nie, veral noudat jy ook weggaan. Ek sal maar huis toe gaan."

Ilse het die stukkie papier geneem sonder om daarna te kyk of te antwoord. Toe het die twee vroue wie se vriendskap in sulke vreemde omstandighede gesmee is, mekaar 'n oomblik omhels.

Heloïse se oë was vol trane toe sy wegstaan.

"Tot siens, Ilse, en . . . baie dankie vir alles."

Ilse het geweet dat dit uit haar hart kom.

"Ek moet vir jou ook dankie sê, Heloïse," het sy stil, weemoedig geantwoord. Sy was dankbaar dat haar vriendin nie gevra het waarvoor sy haar bedank nie.

Toe Ilse by die huis kom, gaan sy dadelik na die telefoon en skakel 'n nommer.

"Esmé? Dis Ilse hier."

"Ilse! O, ek is bly om weer jou stem te hoor! Van waar af bel jy?" vra die ouer vrou opgewonde.

"Van die huis af. Hoe gaan dit met Mynhardt?"

"Taamlik sleg, Ilse. Hy word môre geopereer as daar vandag geen verandering intree nie. Hy verloor soms sy bewussyn en verduur baie pyn."

Ilse sluit haar oë.

"Wanneer sal ek na hom toe kan gaan?" vra sy fluisterend.

"Vanaand. Ek en Johan sal jou kom oplaai. Ilse . . ."

"Ja?"

"Mynhardt het baie verander."

"Bedoel jy sy toestand het baie versleg?"

"Ja, dit ook, maar geestelik het hy baie meer verander. Hy het ouer en wyser geword. Ek weet jy het ook baie gely, my kind, maar ek het Mynhardt die afgelope tyd goed leer ken en . . . my hart het soms vir hom gebloei."

Wat bedoel Esmé met hierdie woorde? wonder sy, maar wil nie toelaat dat die hoop opnuut in haar opvlam nie, want sy weet wanneer dit weer sterf, sal net trane en pyn oorbly. Daarom antwoord sy nou net: "Goed, Esmé, ek sal vir julle wag."

Johan is oorstelp van vreugde om haar weer te sien. Sy ontsteltenis oor sy so baie verander het, hou hy vir homself. Dit is 'n vreemde, onbekende Ilse wat hy voor hom sien. Sy is nie meer 'n kind nie, maar 'n vrou – volwasse en wyser.

Hulle lê die ent pad na die hospitaal in swye af. Daar is baie vrae wat tussen hulle hang, maar nie een het die moed om hulle te vra nie. Die ou spontaneïteit tussen hulle het verdwyn. Hulle voel meteens soos vreemdelinge teenoor mekaar, asof hierdie paar weke dat Ilse weg was 'n onoorbrugbare kloof tussen hulle gebring het.

Veral Johan voel verbitterd. In die verlede het hy Ilse se vreugde en leed gedeel, maar waar sy met 'n bleek gelaat en 'n veraf uitdrukking in haar oë langs hom sit, weet hy dat sy hom dit nie langer gaan toelaat nie. Haar oë is versluier wanneer sy na hom kyk en hy besef dat sy haar hart vir hom in die toekoms dig gaan hou.

"Hoe gaan dit met meneer Wessels?" vra Esmé aan die suster wat hulle in die gang raakloop.

Haar gesig lyk bekommerd.

"Hy is van vanmiddag af bewusteloos. Verder is sy toestand maar dieselfde. Hy roep nog steeds na Ilse."

Esmé wink na Johan wat vir Ilse vashou.

"Wel, hier is Ilse nou. Ek hoop haar teenwoordigheid sal help."

Stil gaan hulle die private kamer binne. Esmé trek 'n stoel nader en Johan sit Ilse versigtig daarop neer. Dan draai die drie paar oë na die stil figuur op die bed en Ilse kyk hartseer na die vervalle gelaat op die kussing. Spontaan steek sy haar hand uit en raak sy wang teer aan. 'n Oomblik lank is al die bitter gedagtes vergete en weet sy dat sy hom liefhet en dat hy moet lewe.

"Mynhardt."

Dit was 'n byna onhoorbare fluistering, maar tog is dit asof haar stem tot sy onderbewussyn deurdring. Hy beweeg sy kop en roer sy bleek lippe. Daar is geen geluid hoorbaar nie, maar sy mond vorm duidelik die woord: Ilse.

Nie een van die twee toeskouers verbreek die stilte nie. Esmé kyk tevrede na Ilse en Mynhardt, maar in Johan se oë is daar pyn. Dit is asof hy op hierdie oomblik eers werklik besef dat Ilse haar man liefhet, en dat sy vir hom nooit iets meer as vriendskap sal voel nie. Toe die klokkie in die gang lui om die einde van die besoekuur aan te kondig, gaan hy na Ilse met 'n nuwe berusting in sy hart, maar toe hy haar wil optel, skud sy haar kop.

"Dankie, Johan, maar ek bly hier."

"Maar, Ilse, jy is reeds so moeg. Jy sal dit nooit hou nie," maak Esmé beswaar.

Maar Ilse is beslis.

"Hierdie stoel is heeltemal gemaklik. Asseblief, moet julle nie oor my bekommer nie. Ek was so lank van hom af weg. Hy het my nodig. Ek sal tog nie vannag kan slaap nie, al is ek by die huis."

"Laat ons dan ook hier bly," bied Johan aan, maar daarvan wil sy nie hoor nie. Hulle is verplig om later maar sonder haar te vertrek.

Dit is 'n baie lang nag wat volg vir die stil figuurtjie wat in 'n biddende houding voor die wit hospitaalbed sit en waak. Soms voel dit vir haar asof die donkerte van die nag in die kamertjie insypel en haar en die beweginglose figuur op die bed verstikkend omsluit. Soms lyk dit asof die vreemde skaduwees wat die bedlampie oor die bleek gelaat op die kussings werp meteens onheilspellend verdiep. Dan strek sy haar hand uit en lê dit angstig op sy pols waar sy die vae klop van sy hart kan voel. Soms skuur 'n wit gestalte by haar verby soos 'n skim uit 'n ander wêreld. Telkens sak die naald diep weg in die sagte vleis en voel Ilse hoe 'n siddering deur haar liggaam gaan. Maar die stil figuur op die bed is onbewus daarvan, net soos hy ook onbewus is van die verlangende, angstige oë wat deur die lang, donker ure van die nag onafgebroke op sy wit gelaat rus of van die vingers wat so innig teer oor sy hand streel.

Teen die vroeë oggendure sak haar oë toe van vermoeidheid, maar die angstige klopping van haar hart wil haar nie tot ruste laat kom nie. Meteens voel sy sy hand roer onder hare en deur 'n waas van uitputting en kommer kyk sy op. Sy oë rus koorsig op haar.

"Ilse!"

Sy druk haar lippe bewend teen sy hand en prewel sag, snikkend soos 'n kind: "Mynhardt! O, Mynhardt . . ."

Sy is nie in staat om meer te sê nie, maar sy vingers streel 'n oomblik bewend oor haar nat wange. Toe sy later opkyk, is sy asemhaling diep en egalig. Hy slaap rustig en sy laat sak haar kop op sy hand. Hoewel sy tot die dood toe vermoeid is, sing haar hart, want sy weet dat hy sal lewe.

Toe Johan die middag met Ilse in sy arms by die deur instap, lê Mynhardt hulle met ongelowige oë en aanstaar. Dan sê hy sag, verwonderd: "Dan was dit tog nie net 'n droom nie!"

"Watter droom, Mynhardt?" vra Johan nadat hy Ilse in die stoel voor die bed neergesit het.

Sonder om sy oë van Ilse af te neem, antwoord hy: "Ek het gedroom Ilse het teruggekom, dat sy verlede nag hier by my bed gesit en my hand vasgehou het." En in sy hart voeg hy by: En daar was trane op jou wange, my liefling. Trane oor mý! 'n Treurige glimlaggie verskyn om sy mond. "Maar dit was natuurlik net 'n droom . . ."

Johan maak sy mond oop, maar Esmé knipoog vir hom en sê dan glimlaggend: "Ek is seker julle het baie om oor te gesels. Ek en Johan gaan solank in die hospitaaltuin rond-loop."

Daar is 'n lang ruk stilte tussen dié twee terwyl hulle stadig met die sementpaadjie langs loop. Dan sug Johan diep en Esmé neem sy hand. Hy weet dat sy hom met hierdie gebaar wil troos, en hy gee haar hand 'n dankbare druk.

"Ek veronderstel dit is nou alles verby."

Esmé se oë raak peinsend.

"Miskien."

Johan kyk haar half ergerlik aan.

"Nie miskien nie. Dit sál natuurlik so wees! Hulle is nou besig om oor en weer te bieg en wanneer ons teruggaan, sal ons hulle seker met blink, stralende oë aantref."

"Miskien," antwoord Esmé weer geheimsinnig en daar is kommer in haar oë. Maar toe sy na Johan kyk, glimlag sy: "Vergeet nou eers van daardie twee. Ons het gedoen wat ons kon."

Toe die deur agter Esmé-hulle toegaan, draai Ilse haar kop

na Mynhardt, maar laat dan haar ooglede vinnig sak. Sy voel verbouereerd. Hoekom kyk hy só na my? wonder sy. Sy oë is warm en so . . . ja, so teer! Meteens voel sy vererg. Hy het geen reg om só na haar te kyk nie! Hy speel met vroueharte soos 'n seun met albasters. Hy is selfsugtig! Sy moet dit onthou. Sy mag nie toelaat dat enigiets wat hy sê of doen haar weerstand verswak nie. Sy gaan hom nie weer 'n kans gee om haar hart te breek en haar te verneder nie.

"Ilse . . ."

"Ja?"

"Kyk na my," beveel hy, en daar is openlike verlange in sy stem.

Sy sluit haar oë eers 'n oomblik. Jy mág my nie verraai nie, beveel sy weer eens haar hart. Dan lig sy haar ken en kyk hom vas in die oë. Haar oë is vriendelik, maar terselfdertyd onpersoonlik. Sy oë kyk dringend in hare, gaan dan soekend oor haar gelaat, maar dis asof hy nie vind waarna hy soek nie.

"Hoekom het jy teruggekom?"

Sy huiwer. Sy weet dat sy Esmé se aandeel nie mag verraai nie, dus antwoord sy ontwykend: "Maak dit saak? Ek is terug. Of wil jý my nie hier hê nie?"

"Die rede hoekom jy teruggekom het, is vir my van die allergrootste belang. Ek gaan jou vraag nie beantwoord nie. Die antwoord kan jy in my oë lees."

Sy draai haar kop vinnig weg en byt haar onderlip vas.

"My vrou . . ."

"Hoe voel jy vandag, Mynhardt?" val sy hom haastig in die rede.

Hy kyk haar stil aan.

"Jy wil nie hê dat ek jou moet uitvra nie. Is jy bang?" vra hy en ignoreer haar vraag. "Goed, Ilse, ons sal nie nou daaroor praat nie, maar wanneer ek uit die hospitaal kom . . ." Hy bly stil en vra dan reguit, sy oë stip op haar gerig: "Net hierdie een vraag nog, asseblief. Het iemand jou van my ongeluk laat weet, of het jy uit jou eie teruggekom?"

Sy strengel haar vingers senuweeagtig ineen en waag dit nie om op te kyk nie.

"Ek . . . Niemand het my gevra om terug te kom nie. Ek het self besluit."

"Ek sien." Sy oë is peinsend, opsommend op haar gerig. "Maar dan kan ek dit nog nie verstaan nie. Dan kan daar net een rede wees hoekom jy teruggekom het: dat jy tog omgee. En tog . . . Dit lyk nie of dit die rede is nie. Of het jy net kom kyk of ek al getroud is met Heloïse Malan?" vra hy, sy stem verbitterd.

Sy kyk op en daar flits meteens 'n vreemde lig in haar oë.

"Ons moet liewer nie oor Heloïse Malan praat nie."

"Hoekom nie?" Hy lig hom swak op sy een arm regop en leun effens nader. "Ilse, hoekom het jy nooit my briewe beantwoord nie? Het jy hulle ooit gelees?"

"Was daar dan 'n verskoning wat jy kon aanvoer vir jou . . . verlowing aan 'n ander meisie terwyl jy tog getroud is?"

"Jy het my briewe dus nooit gelees nie! Ek het so gedink." Sy hand skiet uit en met verbasende krag vir so 'n siek man omsluit sy vingers haar hand. "O, Ilse, as jy dit maar gelees het! By my eerste brief aan jou het ek 'n koerantuitknipsel ingesluit. Daarin sou jy gelees het dat Heloïse Malan die verlowing ontken."

Ilse staar hom geskok aan. Dat hy Heloïse kon dwing om so 'n vernederende ding te doen! En dit ter wille van 'n paar rand! Dat hy so genadeloos 'n vrou se hart kon breek! Daar flits veragting in haar oë. Maar voordat sy kan antwoord, swaai die deur oop en 'n jong verpleegster maak haar verskyning.

"U het gelui, meneer. Kan ek iets doen?" vra sy vriendelik.

"Nee dankie. Ek het seker net per ongeluk op die klokkie gedruk," antwoord Mynhardt effens kortaf oor die onderbreking.

"O, ek is jammer . . ."

"Ag, sal jy asseblief so gaaf wees om te kyk of jy vir mevrou Fouché in die hande kan kry? Ek voel 'n bietjie moeg. Sy en meneer Jordaan kan maar kom," sê Ilse vinnig.

Toe die deur toegaan, kyk man en vrou mekaar stil aan. Mynhardt se oë vernou.

"Jy hardloop gou weg, Ilse," merk hy dan sag op. Daar is 'n waarskuwende noot in sy stem toe hy vervolg: "Maar daar sal 'n dag kom dat jy nie meer van my af sal kan weghardloop nie, my vrou!"

Esmé en Johan kom die vertrek binne. Net 'n vinnige kyk na die twee gesigte vertel Esmé alles wat sy wil weet. Die misverstand tussen Ilse en Mynhardt is nog nie uit die weg geruim nie. Johan kyk fronsend van die een na die ander. Dan kyk hy vinnig na Esmé asof hy wil sê: Ek sien jy was reg.

"Ek voel 'n bietjie moeg. As julle nie omgee nie, wil ek nou graag huis toe gaan," sê Ilse kalm.

Johan buk en tel haar in sy arms op.

"Ek kan dit glo. Jy het dan die hele nag . . ."

Esmé gee hom 'n stamp in sy rug sodat hy net betyds sy woorde sluk.

"Wat het sy die hele nag gedoen, Johan?" vra Mynhardt egter, sy oë ondersoekend op Johan se gesig wat duidelik skuldig lyk.

"Sy het die hele nag trein gery," jok Esmé glad. "Tot siens, Mynhardt."

Maar Mynhardt kyk na Ilse in Johan se arms.

"Jy het my nog nie gegroet nie, weet jy?" sê hy sag.

Tot haar ontsteltenis vlek 'n donkerrooi blos haar wange.

"Bring my vrou nader, Johan. Netnou hardloop sy weer weg en dan het ek haar nie eens één keer gesoen nie!" beveel Mynhardt. Daar dans meteens duiweltjies in sy oë en 'n fyn spotlaggie speel om sy lippe.

"Nee . . ." probeer sy dit verhoed, maar Johan het haar reeds binne bereik van Mynhardt se arms gebring en haar kop word beslis nader getrek.

'n Ruk lank kyk hy in die gloeiende oë van sy vrou en die

spotlag verdwyn toe hy die trane daarin sien blink. Sy oë word teer en eers wil hy haar maar laat gaan. Maar dan rus sy blik op die bewende, vol, jong mond so naby syne en met 'n vinnige beweging van sy kop druk hy sy lippe lank, besitlik, hongerig op hare.

Daar is 'n gespanne uitdrukking op sy gesig toe hy haar eindelik laat gaan en sy snikkend in Johan se arms omswaai en haar gesig teen sy bors verberg.

"Toe maar, ek weet wat jy vir my wil sê," keer hy vir Esmé toe Johan met die ontstelde Ilse in die gang verdwyn. "Ek weet ek is te haastig met haar. Maar, liewe hemel, Esmé, ek het só na haar verlang, en ek het haar lief!"

Sy oë is hard en sy mond verbitterd toe hy weer alleen is. Maar hierdie keer is die verwytende gedagtes teen homself gemik. Sy was so koud vanmiddag. Sal ek ooit daarin slaag om deur haar weerstand te breek? vra Mynhardt hom bekommerd af. Dan verskyn 'n vasbeslote trek in sy oë. Ek sal! Ek móét! Ek sal veg vir haar liefde! Daar is Johan . . .

Maar as Mynhardt se gedagtes verward is, is Ilse s'n in chaos. Sy kan Mynhardt se sagte oë en hunkerende soen nie plaas nie. Dis asof dit nie pas in die prentjie wat hy self so helder en duidelik van homself in die verlede geskilder het nie. Hoe vals kan 'n mens wees? wonder sy en skud haar kop. Sy sal maar liewer nie probeer om Mynhardt se innerlike gevoelens te ontsyfer nie, want sy weet dat haar hart maar te maklik verskonings vir hom sal vind, en sy durf dit nie toelaat nie. Sodra Mynhardt se operasie verby is en hy herstel het, sal sy weer uit sy lewe verdwyn, maar hierdie keer sal dit vir altyd wees. Haar gesigsuitdrukking is beslis, maar toe sy opkyk in haar eie oë wat na haar terugstaar vanuit die spieël terwyl sy haar hare asof in 'n dwaal borsel, kan sy die pyn en verlange daarin sien. Sy weet dat sy nooit heeltemal van hom af sal kan wegvlug nie, want sy beeld sal bly voortlewe in haar hart en sy sal dit saamdra met haar waarheen sy ook al gaan.

Twee dae later kyk sy met 'n hart wat angstig klop hoe twee gemaskerde verpleegsters met die operasietrollie in die gang af kom. Daar is iets onbegrypliks in die oë wat na haar staar en dit voel asof hy tot diep binne-in haar hart kan sien, daar waar die angs en die liefde hand aan hand die botoon voer. Dan buk sy af en vir die eerste keer lê sy haar lippe gewillig op syne.

Sy lig haar kop en baie stadig neem sy haar hande van sy gesig af weg. Niemand praat nie. Dan beweeg die trollie vorentoe en hulle oë hou mekaar gevange totdat hulle die groot glasdeure bereik. Behendig word die pasiënt in die operasiesaal ingestoot en die groot glasdeure finaal toegedruk.

Verwese staar die drie na die ondeursigtige glas en in elkeen se hart is die woordelose gebed dat hy moet terugkom. Esmé bid omdat sy so graag wil sien dat Ilse eindelik geluk smaak; Johan, omdat hy die afgelope weke tot die troostende besef gekom het dat Mynhardt sy vrou werklik bemin en omdat hy geleer het dat ware liefde onselfsugtig is; en Ilse, omdat sy Mynhardt liefhet en omdat sy, ten spyte van haar besliste voorneme dat hulle paadjies moet skei, tog nog diep in haar hart bly hoop dat hulle ééndag mekaar se vreugde en leed sal kan deel.

Sy is so verdiep in haar eie smart, smart wat sy hierdie keer nie ter wille van haarself ly nie, maar ter wille van die man wat sy liefhet, dat sy nie die vrou opmerk wat 'n paar tree voor haar tot stilstand kom nie. Dis eers toe sy haar naam in 'n geskokte uitroep hoor dat sy weer tot die werklikheid teruggeroep word.

"Ilse!"

Esmé tree vinnig na vore asof sy haar vriendin wil beskerm.

"Jy! Dan . . ." Heloïse se oë vergroot en daar verskyn teleurstelling op haar gesig. "Dan wás jy al die tyd Ilse Wessels! O, hoe kón jy! Hoe kón jy my so bedrieg het! En ek het gedink dat jy . . . wonderlik was . . ."

"Heloïse! Asseblief! Luister na my!" roep Ilse ontsteld uit.
"Nee!" Die jong vrou se oë verhard. "Nee! Jy het my een maal bedrieg!"

Maar Esmé tree nou beslis op.

"Heloïse, ek wil jou vra om Ilse nie te ontstel nie. Mynhardt is nou net in vir 'n groot operasie . . ."

"Wát?" Heloïse verbleek merkbaar. "Ek het vanoggend eers teruggekeer en toe van die ongeluk gehoor. Ek het dadelik na die hospitaal gekom. Ek het gehoop dat hulle my 'n paar minute by hom sal toelaat. Maar nou . . ." Haar stem breek af in 'n snik en sy verberg haar gesig in haar hande.

Ilse kyk haar met innige jammerte aan. Heloïse het nog nie daarin geslaag om Mynhardt uit haar hart te verban nie, besef sy terwyl sy na haar vriendin se rukkende skouers kyk. Hulle het hom nog albei lief, ten spyte van al die leed en vernedering wat hy hulle aangedoen het.

Hoe onverstaanbaar is die liefde van 'n vrou nie! flits dit deur Johan se gedagtes terwyl hy Heloïse aan die arm neem.

"Ons gaan nou almal na Ilse se huis en daar kan ons alles verduidelik. Ek weet nie waar julle mekaar leer ken het nie, maar dit lyk my daar is êrens 'n misverstand," sê hy en knik vir Esmé.

Terwyl hy Ilse in sy arms optel, laat Heloïse toe dat Esmé haar weglei. Dis eers toe hulle almal in Ilse se sitkamer sit dat Heloïse haar betraande gesig oplig en die twee vriendinne mekaar woordeloos aankyk.

Ilse se stem is smekend toe sy eindelik sê: "Heloïse, glo my as ek sê dat ek jou nie bedrieg het met die doel om jou seer te maak nie. Dit was vir my net so 'n groot skok toe ek jou daardie dag voor my gesien het. As ek jou tóé vertel het dat ek Mynhardt se vrou is, sou jy nooit die rus en vrede gevind het waarna jy gaan soek het nie."

'n Mate van die bitterheid verdwyn uit die jong gesig en sy is heelwat kalmer toe sy antwoord: "Miskien is jy reg, Ilse. Daardie tyd het ek jou gehaat omdat jy Mynhardt se vrou was, omdat jy sy liefde besit het, die liefde waarop ek jare lank vergeefs gewag het."

"Daar maak jy 'n fout, Heloïse. Ek het nog nooit Mynhardt se liefde besit nie," antwoord Ilse kalm, maar daar is pyn in haar oë.

Heloïse staar haar verbaas aan en kyk dan beskuldigend na Esmé. Die ouer vrou staan op.

"Ek en Johan sal liewer gaan. Juffrou Malan, jy kan maar vir Ilse sê wat ek jou daardie dag vertel het. Dit maak nie saak nie. Ek het dit gedoen omdat ek vir Ilse se geluk geveg het, omdat ek geweet het dat sy haar man hartstogtelik liefhet. En ek is nou nog nie jammer dat ek met jou gaan praat het nie. Ek het nie net vir Ilse daardeur gehelp nie, maar ook vir jou. Tot watter nut sou dit gewees het as jy in 'n gekkeparadys bly voortlewe het?"

Sy verlaat haastig die vertrek, gevolg deur Johan, en die twee vroue bly alleen agter terwyl hulle mekaar met vraende oë aankyk.

"Heloïse . . .?"

"Nee, Ilse, voordat jy begin vrae vra, wil ek eers iets weet," keer Heloïse haar en haar stem is meteens sterk en vol selfvertroue. "Het jy Mynhardt lief?"

"Is dit nodig om daarop te antwoord?" vra sy en sug. Dan antwoord sy eerlik: "Ja, Heloïse, ek het Mynhardt lief. Daar sal nooit 'n ander man vir my wees nie. Ek . . . ek het hom probeer haat en verag vir alles wat hy aan my én jou gedoen het, vir al die vernedering en pyn wat ons as gevolg van hom moes ly, maar . . ."

Sy is nie in staat om voort te gaan nie en Heloïse se oë versag. Ilse het haar op Rus-'n-Bietjie vertel van haar eensame kinderjare en meteens weet sy dat al sou Mynhardt vandag na haar toe kom en haar vra om die toekoms met hom te deel, sy dit nie sal doen nie. Sy sal dit nié aan Ilse doen nie. Dis 'n ryper, wyser Heloïse wat op hierdie oomblik tot die besef kom dat daar iets groters, iets wonderlikers is as die liefde tussen 'n man en sy vrou – die onselfsugtige opoffering van jou eie geluk ter wille van die geluk van jou naaste. Daarom antwoord sy kalm toe Ilse haar vra wat Esmé haar vertel het: "Niks besonders nie. Sy het my net gevra of ek bewus is van die feit dat Mynhardt 'n getroude man is."

Dan glimlag sy en meteens is dit vir haar asof sy eindelik grootgeword het en sy vervolg: "Laat ons nooit weer oor daardie ongelukkige episode praat nie, Ilse. Dis iets van die verlede. Wanneer Mynhardt uit die hospitaal kom, wag daar 'n wonderlike toekoms op julle, en ek wil die eerste persoon wees wat julle gelukwens."

Ilse kyk haar verbaas aan. Is dit moontlik dat dit dieselfde verbitterde meisie van 'n paar weke gelede is wat só praat? Heloïse sien die verslae uitdrukking op haar gesig en sy stap vinnig nader. Terwyl sy voor Ilse se stoel neersak en haar hande uitsteek, kyk sy op in die vraende blou oë en haar eie oë is eerlik en opreg toe sy sê: "Ek het eindelik grootgeword, Ilse. Ek kan jou nie genoeg bedank vir wat ek van jou geleer het nie. Ek het Mynhardt nog lief, dit erken ek, maar dis nie meer 'n vuur wat my aandryf en verteer nie. Ek gun hom en sy liefde met my hele hart vir jou, en as ek sê dat ek julle alle geluk moontlik toewens, dan kom dit uit my hart. Jy moet my glo."

Ilse neem Heloïse se gesig in haar hande en soen haar liggies op die voorkop. Dan sluit die twee paar hande stewig inmekaar in volkome begrip. Maar toe Heloïse weg is, is daar net 'n knaende pyn in Ilse se hart. Hoe nutteloos is Heloïse se offer nie, dink sy. Sy lê haar liefde op die altaar ter wille van my geluk, maar Mynhardt het my nie lief nie! En al sou 'n groot wonder ook gebeur en hy word later wel lief vir my, sal dit vir my onmoontlik wees om dit aan te neem, want ek is . . . verlam . . . Daar sal nooit 'n werklike huwelik tussen ons kan bestaan nie. Daar sal nie kinders kan wees nie en ons sal nie saam dinge kan doen wat so deel van die getroude lewe uitmaak nie. Sy glimlag wrang. Miskien is dit dan ook maar beter dat Mynhardt my nie liefhet nie, want as ek moet weet dat hy my ook bemin, hoeveel swaarder sal dit nie vir my wees om dán van hom afskeid te neem nie – om te weet dat sy liefde aan my behoort, maar dat ek dit nie durf aanneem nie.

Toe Esmé, Johan en Ilse dié aand vir Mynhardt besoek, is hy nog nie heeltemal onder die invloed van die narkose uit nie. Hy rol sy kop heen en weer en sy lippe prewel deurmekaar woorde en sinlose frases. Tog is daar 'n paar gebroke sinne wat hulle duidelik kan hoor: "Sy is weg . . . Ilse . . . sy moet terugkom . . ."

"Mynhardt, ek is hier by jou. Ek hét teruggekom," probeer Ilse hom saggies troos, maar haar stem dring nie tot hom deur nie.

"Sy is weg . . . Ilse . . . my vrou . . ."

Die volgende dag toe Ilse weer in die stoel voor sy bed sit, voel sy selfbewus toe hy na haar kyk. Die vorige nag kon sy nie slaap van opgewondenheid nie. Sy gebroke sinne het gedurig na haar teruggekeer en hoewel haar verstand haar gemaan het om geen waarde daaraan te heg nie, het haar verraderlike hart onstuimig geklop en die bloed deur haar are laat jaag. Is dit moontlik dat hy ook na haar verlang het, haar gemis het terwyl sy weg was? het sy haar met blink oë afgevra en die waarskuwings van haar nugtere denke van haar af weggestoot. Met 'n kloppende hart kyk sy nou op.

"Hoe voel jy vandag, Mynhardt?"

"Baie beter as gister, dankie. Die suster sê my dat julle gisteraand ook hier was, maar toe was ek nog deurmekaar. Ek hoop nie ek het allerhande geheime uitgelap nie! Gewoonlik praat 'n mens mos die grootste klomp onsin wanneer jy nog onder die invloed van narkose is," spot hy laggend.

"Jy het geen onsin gepraat nie. Net die waarheid," antwoord Johan gerusstellend met 'n vonkel in sy oë.

"Dan hét ek gepraat! Wat het ek alles gesê?" vra Mynhardt nou duidelik bekommerd sodat Esmé lag.

300

"Jy lyk taamlik benoud!" terg sy. "Laat Ilse jou vertel."

Ilse kyk haar ontsteld aan, maar Esmé kyk uitdagend terug. "Hulle is sommer laf! Jy het sommer deurmekaar gebabbel," antwoord sy dan verbouereerd.

"Dis nie waar nie, Ilse," sê Mynhardt sag. "Vertel vir my, toe! Het ek my hartsgeheime verklap?"

"Nie direk nie, maar as sy nou al die dinge met mekaar in verband bring . . ." terg Johan.

Ilse kyk hom verwytend aan.

"Julle is nou regtig verspot!" antwoord sy boos. "Mynhardt het niks van belang gesê nie."

Mynhardt se oë word ernstig.

"Jy bedoel, wat ek gesê het, is nie vir jóú van belang nie, nè, Ilse?" Dan sien hy die trane in haar oë en vervolg vinnig: "Toe maar, ons terg jou maar net 'n bietjie. Wat ek vir jou wil sê, sal ek sê wanneer ek by my volle verstand is, en dis wanneer ek uit die hospitaal kom, anders dink jy ek yl nog. Jy . . ."

Sy gelaat verstrak en sy sien sy oë is vasgenael op iets of iemand agter haar rug. Dan hoor sy die kamerdeur toegaan en 'n opgeruimde stem agter haar sê: "My liewe tyd, Mynhardt, 'n mens sal nooit sê dat jy gister 'n groot operasie ondergaan het nie! Goeiemiddag, almal!"

Ilse kyk om en Heloïse soen haar vlugtig op die wang.

"Hallo, Ilse! As jy gaan volhou om hom so te bederf, gaan hy een van die dae vir jou 'n oorlas by die huis wees!" Sy hou haar hand uit na die verslae Mynhardt. "Hoe gaan dit, Mynhardt? Jy lyk baie goed. Maar dis seker omdat Ilse hier langs jou sit, nè?" terg sy.

"Kom sit, Heloïse. Hier is 'n stoel," nooi Johan, en hoewel hy hom ook jammer kry, kan hy nie help om Mynhardt se verslae verleentheid in stilte te geniet nie.

Maar Heloïse wys sy vriendelike aanbod van die hand en stap deur toe.

"Ek kan regtig nie sit nie. Hier is nog iemand wat ek wil

301

besoek. Alle beterskap, Mynhardt. Ek kom kuier vanaand vir jou, Ilse," voeg sy by tot Mynhardt se verdere ontsteltenis.

"Goed. Esmé en Johan, julle kan gerus ook kom," nooi Ilse.

"Op een voorwaarde, jy moet vir ons sing," antwoord Johan.

"Sing?"

Mynhardt kyk vraend van die een na die ander.

"Ja. Sing!" antwoord Esmé en Mynhardt kyk haar onbegrypend aan.

Dan is dit asof daar 'n lig vir hom opgaan en hy kyk Ilse verwytend aan.

"Sal jy vir mý ook sing wanneer ek weer by die huis is?"

Sy bloos. "Wat bedoel jy?"

Meteens is daar 'n vreemde onrus in sy hart en hy word koud as hy daaraan dink dat hy haar miskien weer gaan verloor.

Heloïse merk haar ongemak en snel haar te hulp. Met 'n verdere skertswoord aan Mynhardt sê sy tot siens en toe begin Esmé oor iets heeltemal anders gesels.

Een middag, terwyl Mynhardt ongeduldig lê en wag dat sy kamerdeur moet oopgaan en Johan met Ilse moet binnekom, is daar 'n klop aan die deur en Pieter van der Merwe stap nader. Ilse het saam met hom 'n boodskap gestuur dat sy hom nie vanmiddag sal besoek nie, aangesien sy en Esmé 'n bietjie wil oefen. Mynhardt kan beswaarlik sy teleurstelling verberg.

"Meneer Stander is ook in die stad," vervolg die prokureur.

"Jakobus Stander?"

"Ja. Ek het hom juis daar by Ilse gekry. Hy is net vir 'n heen-en-weertjie hier." Hy verswyg liewer dat Jakobus Stander hierheen gekom het om Ilse te sien nadat hy, Pieter, in 'n brief aan hom vertel het van die verwikkelinge van die afgelope paar weke. Hy vervolg onseker: "Ek hoop nie jy is baie ontevrede met my nie . . ."

Mynhardt kyk hom verbaas aan.

"Oor die brief van mevrou Fouché wat ek aan jou vrou gestuur het," verduidelik hy. "Ek het haar gewaarsku dat sy die gevolge sal moet dra, aangesien jy my uitdruklik belet het om jou vrou van die ongeluk in kennis te stel. Maar ek is bly dat jy nie ontevrede daaroor voel nie."

Die prokureur gesels onderhoudend voort, maar Mynhardt luister skaars. Dis asof sy bed meteens te klein word vir hom en toe die deur agter sy besoeker toegaan, staan hy op en soek na sy kamerjas. Die saalsuster lyk ontsteld toe sy haar pasiënt voor haar lessenaar gewaar.

"Meneer Wessels! Jy mag nog nie rondloop nie. Jy moet dadelik weer in die bed gaan klim."

Maar Mynhardt steur hom nie aan haar nie.

"Mag ek my vrou bel, asseblief?"

"Ek is jammer, maar pasiënte mag nie van hierdie telefoon af persoonlike oproepe maak nie."

"Nou ja, bel jý dan my vrou en sê vir haar dat ek haar onmiddellik wil spreek. Sy moet dadelik hierheen kom," beveel hy kortaf.

"Maar besoekure is reeds verby!" opper sy beswaar en kyk bekommerd na sy bleek gesig.

"Ek gee nie om nie. Ek wil met my vrou praat. Nóú. Dadelik!"

Haar oë rek, maar dan gee sy toe.

"Goed, meneer Wessels. Ek sal dadelik bel."

"Dankie."

"Ek wonder wat dit kan wees?" vra Ilse bekommerd terwyl Johan se motor deur die verkeer vleg op pad hospitaal toe.

"Ek het ook al probeer dink waaroor hy jou so dringend wil spreek," antwoord Johan met 'n frons. "Is jy seker die suster het gesê sy toestand het nie versleg nie?" vra hy aan Esmé wat die telefoon beantwoord het.

"Wel, sy het my verseker dat dit goed gaan met hom en dat hy bedags al so 'n bietjie begin opstaan," antwoord Esmé.

Toe Johan met Ilse in sy arms die kamer binnekom, staan Mynhardt hulle voor die venster in sy kamerjas en inwag. Die blydskap om hom weer op sy voete te sien ná soveel weke, verdwyn toe hulle die strak uitdrukking op sy gesig gewaar. Al drie besef dadelik dat Mynhardt woedend kwaad is.

Woordeloos beduie hy na die stoel voor hom en Johan laat die bewende Ilse daarin neersak.

Met sy hand op die rugleuning kyk Mynhardt na die ander twee wat ongemaklik eenkant staan.

"As julle nie omgee nie, wil ek graag alleen met Ilse praat."

Johan sien die vrees in Ilse se oë en huiwer.

"Of is dit te veel gevra as 'n man 'n rukkie alleen met sy vrou wil wees?" vra Mynhardt sarkasties terwyl sy gloeiende oë van die een na die ander flits.

Johan vererg hom, maar Esmé lê 'n kalmerende hand op sy arm.

"Kom, Johan," beveel sy en hy is verplig om haar te volg.

Toe die deur agter hulle toegaan, is daar 'n lang stilte totdat dit vir Ilse voel asof sy die spanning nie 'n oomblik langer kan verdra nie. Sy het Mynhardt nog nooit so kwaad gesien nie.

Dan buk hy voor haar en sy hand onder haar ken dwing haar om in sy oë te kyk.

"Hoekom het jy teruggekom?"

"Het jy my hierheen laat kom om dit te vra?" vra sy met bewende lippe.

"Ja! Ek wil nóú die antwoord hê, of is jy bang om my te antwoord? Moet ék jou vertel hoekom jy teruggekom het?"

Sy kan geen woord uitkry nie, maar staar hom met bang oë aan.

"Omdat Esmé jou van my ongeluk laat weet het, nie waar nie?" Sy stem is verbitterd. "Omdat jy gevoel het dat dit jou plig is om terug te kom. Ek is seker daarvan dat jy weer sal verdwyn sodra ek herstel het, nè?"

Hy lees die waarheid in haar oë en gaan sit vinnig op die stoel se armleuning met sy gesig na haar toe. Soos eenmaal vantevore, sluit sy hande om haar skouers en dwing hy haar kop terug teen die rugleuning. Sy bleek gelaat is so naby hare dat sy sy warm asem op haar wang kan voel.

"Watter gek is ek nie! Hier lewe ek nou al dae lank in 'n gekkeparadys omdat jy teruggekom het. Ek het gedink, gehoop omdat jy darem 'n bietjie vir my omgee. Nou weet ek dit was uit plig, omdat jy gevoel het jou plek is by jou man in sulke omstandighede, al verag en haat en verafsku jy my ook hoe baie!"

"Mynhardt! Asseblief! Luister na my . . ."

"Moenie meer leuens vertel nie, Ilse. Ek weet nou presies waar ek met jou staan. Daar is net nog één ding wat ek nie kan begryp nie. Hoekom het jy die prokureur gevra om daardie skuldbewys van drie miljoen rand te vernietig? Hoekom het jy in jou eerste brief aan hom gesê dat ek dit nooit aan jou hoef terug te betaal nie, dat jy bereid is om 'n klein maandelikse bedrag van my te ontvang? Was dit ook jou verwronge pligsbesef wat die oorhand gekry het?"

"Ek . . . ek wou dit net vir jou makliker maak . . ."

Haar wimpers glinster van ongestorte trane en haar lippe bewe onder sy speurende, ondersoekende blik.

"Om van jou te skei? Is jou haat vir my só intens dat jy liewer so 'n groot skade sal ly as om met ons huwelik voort te gaan?"

Haar weerstand breek onder sy harde woorde en sy verslap in sy greep. Haar kop val vooroor terwyl rou snikke uit haar bors skeur.

"Ilse!" Mynhardt laat sy kop sak en sy gesig is baie naby aan hare. Die bitterheid verdwyn uit sy stem en die woedende gloed in sy oë word deur hunkering vervang. "O, my vrou, wees net eerlik met my! Ek kan hierdie onsekerheid nie meer verdra nie!"

"Ek . . . ek haat jou nie!" fluister sy tussen die snikke deur.

"Verag jy my nie?"

"Nee! Nee!"

Sy oë pleit dringend.

"Wat voel jy dan vir my? Sê vir my!" fluister hy skor, sy oë smekend, teer.

Sy kyk op na hom en slinger haar arms om sy nek.

"Ek het jou lief! O, Mynhardt! Mynhardt! Ek het jou van die begin af liefgehad!"

Snikkend lê sy teen sy bors en sy oë staar groot, ongelowig voor hom uit. Dan beur hy haar kop weg van sy skouer af en kyk soekend in haar oë.

"Dit kan nie wees nie . . . Dis onmoontlik!"

Sy glimlag deur haar trane vir hom.

"Dis waar, Mynhardt. Wat sal dit help om dit langer te ontken? Ek het jou lief!"

"Ilse! Ek kan dit nie glo nie!" Dan gryp hy haar in sy arms vas en terwyl sy lippe soekend, smagtend oor haar gesig beweeg, fluister hy: "Ek het jou ook lief, my vrou!" Dan vind sy lippe hare en sy gee haar volkome aan sy omhelsing oor, terwyl sy die stem van haar verstand met alle mag onderdruk.

Môre, oormôre, sal sy weer nugter dink, sal sy van haar voorneme onthou. Maar op hierdie oomblik wil sy die genot van die erkenning van hul liefde smaak, wil sy vergeet hoe onmoontlik hierdie liefde tussen hulle twee is. Desperaat sluit haar arms om sy nek en met 'n wilde drif druk hy haar stywer teen hom vas asof hy haar nooit weer wil laat gaan nie, asof hy meteens 'n voorgevoel kry dat hy haar miskien weer gaan verloor . . .

9

In die twee weke wat volg, gaan daar 'n nuwe wêreld vir Ilse en Mynhardt oop. Hy is nou al só sterk dat hy toegelaat word om rond te loop en tot Ilse se ontsteltenis dring hy daarop aan om haar uit Johan se arms te neem en self na die stoel te dra. Hy gaan sit dan meestal self in die stoel met haar op sy skoot en soen laggend haar vermanings weg dat hy versigtiger moes wees.

"Ek is jaloers op Johan wat so bevoorreg is om 'n ander man se vrou in sy arms rond te dra," sê hy eenkeer, maar kyk glimlaggend na die verleë Johan, seker dat sy vrou nou volkome aan hom behoort en dat geen ander man haar van hom sal wegneem nie. "Ek was 'n tyd terug baie jaloers op jou!" terg hy dan verder sodat Ilse verplig is om haar vriend te hulp te snel.

"Skaam jou, Mynhardt, om Johan so te terg." Haar oë glinster uitdagend. "En dit kan ek vir jou sê: As jý nie daar was nie, sou dit maklik gewees het om op Johan verlief te raak."

Mynhardt kyk haar gemaak dreigend aan.

"Maar jy moet liewer onthou dat ek wel hier is, mevrou Wessels! As ek ooit weer so iets van jou hoor, sal ek jou seer sekerlik oor my skoot trek!"

Toe hulle lippe ontmoet, vergeet hulle dat hulle nie alleen is nie. Esmé, Johan en Jakobus maak hulle toe maar haastig en beleef uit die voete en kom eers terug toe die besoektyd amper verby is. Ilse en Mynhardt waardeer hulle bedagsaamheid. Veral vir Ilse is hierdie kort tydjies alleen met haar man dubbel waardevol. In die eensame jare wat voorlê, sal dit juis die herinnering aan hierdie oomblikke in sy arms wees wat haar die moed sal moet gee om voort te gaan. Haar honger hart sal juis op hierdie goue oomblikke moet teer.

In die ure wat sy by hom deurbring, ontwyk Ilse doelbewus die gedagte aan die toekoms, maar soms duik dit onverwags en ongevraag op. In sulke oomblikke verbaas Mynhardt hom oor die vuur waarmee sy sy liefkosings beantwoord en hoewel dit hom met groot vreugde vervul, maak dit ook 'n vae onrus in sy hart wakker. Want soms soek haar lippe byna wanhopig na syne, so asof sy besig is om van hom afskeid te neem . . .

Een middag, toe hulle van die hospitaal af terugkeer, nooi Ilse vir Jakobus binne. Toe hulle in die sitkamer kom, sê hy: "Ek vertrek môreoggend weer, Ilse. Ek is baie lus om na Rus-'n-Bietjie te gaan. Volgens jou beskrywing is dit net die plek wat ek soek om 'n bietjie te gaan ontspan."

"Ek is seker u sal daarvan hou. Dis ver van die stadsgewoel af, net soos u daarvan hou. Ek sal self later graag weer daarheen wil gaan," antwoord sy en daar is 'n skaduwee in haar oë. Miskien gouer as wat ek dink, dink sy. Mynhardt het al so te sê herstel. Die tydjie raak so kort, só kort . . .

Daardie aand word sy hoog in die lug geswaai voordat Mynhardt haar neersit. Hy is so opgewonde soos 'n kind toe hy verduidelik: "Ek kan môreoggend huis toe gaan! Julle kan my elfuur kom haal. Is dit nie wonderlik nie, my liefling?"

Esmé en Johan stap vinnig nader en wens hom opgewonde geluk, maar Jakobus buk vinnig af oor die figuurtjie wat haastig haar gesig in haar hande verberg. Sy oë lyk bekommerd toe hy sy arm om haar skouers slaan, maar hy laat niks van sy onrus blyk nie. Dan is Mynhardt voor hulle.

"Ilse! My liefling, wat makeer? Is jy dan nie bly nie?" vra hy ontsteld en trek haar in sy arms in.

Sy kyk op en net sy alleen weet wat dit van haar verg om op hierdie oomblik deur haar trane vir hom te glimlag.

"Natuurlik, my man!" verseker sy hom met bewende lippe. Sy oë raak teer.

"Dit was 'n skok vir jou. Ek moes dit nie so uitgebasuin het nie, maar ek kon nie help nie." Hy neem haar gesiggie tussen sy twee sterk hande. "Om te dink, my vrou, môreaand hierdie tyd is ek terug by jou, vir altyd!"

Die ander drie maak aanstaltes om te loop, maar Ilse keer hulle. "O nee, vanaand gaan julle nie weer verdwyn nie. Bly hier by ons sodat ons almal lekker saam kan gesels," sê sy en daar is iets smekends in haar oë toe sy na hulle kyk.

Mynhardt beaam haar versoek en die ander drie gaan sit weer. Hy is so verspot soos 'n kind en sy grappe laat hulle telkens skaterlag. Niemand merk op dat Ilse se oë treurig en bewolk bly nie, al speel 'n effense glimlaggie om haar mondhoeke. Sy moet haar tot die uiterste toe inspan om haar trane te keer en die rou seer in haar hart groei aan tot 'n pyn wat haar wil oorweldig.

Toe die oomblik aanbreek dat sy vir oulaas sy dierbare gesig tussen haar hande neem, dwaal haar blik oor hom asof sy elke gelaatstrek tot in die fynste besonderhede in haar hart wil ingraveer. Miskien voel Mynhardt ook op hierdie oomblik aan dat dit nie 'n gewone tot siens is nie, want toe sy lippe oor hare sluit, is daar geen hartstog in sy aanraking nie, maar net 'n oneindige teerheid. Nadat hy sy lippe van hare weggeneem het, hou hy haar nog 'n oomblik teen hom vas, sy oë ernstig.

"Tot siens, my skat, tot môre."

Sy raak sy lippe teer aan met haar vingerpunte in 'n laaste vaarwel. Dan fluister sy: "Tot siens, my man!"

Maar toe hulle weg is, verdwyn die glimlag van sy gesig en hy staar fronsend na die toe deur. Daar is meteens 'n drang in hom om agter hulle aan te hardloop en Ilse terug te dra na sy kamer. Dieselfde vreemde onrus wat hy voorheen ervaar het, roer weer in sy hart. Hy het 'n vreemde voorgevoel dat hy haar nie weer sal sien nie.

Dan glimlag Mynhardt. Hy is verspot, dink hy. Môre gaan hy huis toe en dan sal hulle vir altyd saam wees. Daar is niks wat hulle meer van mekaar kan skei nie.

"Wat makeer, my kind?" vra Jakobus sag nadat Johan en Esmé vertrek het. Hy kyk haar bekommerd aan. Dis duidelik dat Ilse gespanne is.

Sy kyk op en hy is geskok deur die naakte smart wat vlak in haar oë lê.

"Kan ek maar môreoggend saam met u na Rus-'n-Bietjie gaan?"

Hy kyk haar onbegrypend aan.

"Saam met my? Maar, Ilse, ek verstaan nie. Mynhardt kom dan môre huis toe!"

"Juis daarom vra ek u. Ek moet weg wees voordat hy by die huis kom."

Hy gaan sit langs haar en neem haar hande in syne.

"Vertel my liewer alles van die begin af, my kind. Wat is dit dan?"

Sy sluk swaar.

"Oom Jakobus, ek het besluit om weer uit Mynhardt se lewe te verdwyn, maar hierdie keer vir goed!"

Hy kyk haar ongelowig aan.

"Maar hoekom dan? Jy het hom tog lief!"

"Ja." Haar stem is hees. "Maar dis juis omdat ek hom so liefhet dat ek hom sy vryheid moet gee." Hy staar haar nog steeds stomgeslaan aan, en Ilse gryp magteloos sy skouers vas: "Kan u dan nie begryp nie? Ek kan Mynhardt nie vir die res van sy lewe met 'n verlamde vrou opsaal nie! Hy is so aantreklik en gewild. Hy is 'n bekende sakeman en beweeg in die hoogste sosiale kringe. Tot watter nut sal 'n verlamde vrou vir hom wees?" vra sy verbitterd.

Jakobus kyk haar bekommerd aan.

"Maar, my kind, hy het jou lief!"

"Ja, wel. Op die oomblik het hy my lief," erken sy en kyk hom dan hartseer aan. "Maar later, oor 'n paar jaar? Sal hy dan nog tevrede wees om by die huis by sy verlamde vrou te sit? Sal ek nie mettertyd net 'n meulsteen om sy nek word nie?"

"Onderskat jy hom nie, Ilse? As 'n man 'n vrou werklik liefhet, hoef hy nie sy geluk buite sy huis te gaan soek nie. Hy sal dit in sy eie huis kry – by sy vrou, en later by sy kinders."

Die pyn in haar oë verdiep.

"Kinders . . . Daar sal nooit kinders wees nie, oom Jakobus. Elke man hunker daarna om sy kind voor hom te sien staan, daardie kind of kinders wat man en vrou vir ewig aan mekaar verbind." Sy byt op haar onderlip en gaan dan moedig voort. "Dis die rede hoekom ek vir Pieter van der Merwe gevra het om die skuldbewys te vernietig. Dit sal Mynhardt in staat stel om later vir hom 'n vrou te kan soek wat hom sal kan bystaan en wat kinders vir hom sal kan gee – sonder die vrees dat hy miskien finansieel daardeur gebreek sal word."

Jakobus staan vinnig op en keer sy rug op haar. Sou jy nog daardie testament gemaak het as jy moes weet hoeveel smart dit jou eie kind sou berokken? vra hy sy oorlede vriend in stilte. Dan draai hy terug.

"Dit is jóú toekoms. Net jý kan besluit. Maar ek bewonder jou moed en onselfsugtigheid. Jou pa sou op hierdie oomblik met reg trots op jou kon wees."

Sy leun met haar kop teen sy bors en hy voel hoe sy bewe.

"Dankie, oom Jakobus. Ek klink maar so selfversekerd. Ek is bang, bang vir hierdie eensame pad vorentoe, die lang, donker tonnel wat voor my uitstrek. Sal u by my bly?"

"Ek sal by jou bly, my kind. Jy sal nie alleen wees nie," antwoord hy gerusstellend, en ook sý stem bewe.

Omstreeks tienuur die volgende oggend draai Johan se motor by die hekke in en hy hou voor die huis stil. Hy is verbaas om te sien dat die wye glasdeure toe is. Dan kyk hy fronsend na Bonzo wat in 'n treurige bondel voor die voordeur lê. Hy het gedink dat Ilse al angstig in die tuin op hom sou sit en wag. Die huis is doodstil toe hy binnegaan en daar is niemand in die sitkamer of die kombuis nie. Hy loer by Ilse se kamer in. Dit is netjies aan die kant en sy oë val op die spieëltafel wat heeltemal leeg is. Daar is nie eens 'n kam of 'n borsel op nie. Hy frons. Hy haas hom na die telefoon en in die verbygaan loer hy by die studeerkamer in. Sy aandag word dadelik ge-

311

trek deur 'n wit koevert wat op die kaal lessenaarblad lê. Hy staar lank na die brief voordat hy dit optel en daarmee na die telefoon loop.

"Is Ilse by jou?" vra hy dadelik sonder om te groet toe Esmé antwoord.

"Nee!" sê sy verbaas. "Hoekom vra jy? Johan, wat makeer?"

"Esmé, Ilse het wéér verdwyn!"

"Ag nee, Johan! Moenie verspot wees nie! Mynhardt kom dan . . ."

"Ek sê jou, sy is weg! Ek het die hele huis deurgesoek. Hier is niemand nie. Haar spieëltafel is leeg en hier is 'n brief vir Mynhardt."

"Wát? Wag, Johan, ek is nou daar!" sê Esmé vinnig en sit die gehoorbuis neer.

'n Kwartier later staar die twee mekaar met onrustige oë aan. Esmé het al Ilse se kaste oopgemaak om haar te vergewis dat Johan se vermoede reg is, maar daar bestaan geen twyfel nie. Sy is weg.

"Dit sal nie help om hier te staan en tob nie," sê sy bekommerd. "Die vraag is, wat gaan ons doen? Hoe en wat gaan ons vir Mynhardt sê?"

"Ja . . . ja, natuurlik. Ek weet nie of ek die moed sal hê om hom te vertel nie. Hy sien so geweldig uit daarna om huis toe te kom. En huis beteken vir hom Ilse."

"Ek wens ek het geweet wat in daardie brief staan," mymer Esmé en kyk dan op. "Is dit nie al tyd om hospitaal toe te gaan nie?"

"Ja." Johan kyk haar smekend aan. "Asseblief, Esmé. Ek kan nie alleen gaan nie. Kom saam! Ek weet nie wat om vir die man te sê nie!"

"Ons moet maar wag totdat ons by die huis is voordat ons hom vertel. Kom ons ry."

Mynhardt, wat al die hele oggend soos 'n broeis hen op en af in die hospitaalgange paradeer tot groot ergernis van die besige hospitaalpersoneel, loop hulle tegemoet toe hy hulle gewaar.

"Ek het gedink julle kom nie meer nie!" sê hy met openlike ongeduld. "Waar is Ilse?" Hy wag nie op hulle antwoord nie, maar draai haastig om. "Kom! Kom! Kry solank my tas in die kamer, Johan. Ek wil net gou die suster gaan groet. Ilse is seker by die huis. Ek kan nie meer wag nie . . ."

Hy verdwyn in die suster se kantoor en Johan en Esmé kyk mekaar onseker, ongelukkig aan.

"Ek sal maar die koffer gaan haal," sê Johan dan.

Op pad terug gee Mynhardt hulle nie kans om op sy vele vrae te antwoord nie. Hy praat aanmekaar en sy twee toehoorders is heimlik verlig en baie dankbaar daaroor.

"Johan, jy ry glad te stadig, man!" roep hy eenkeer ongeduldig uit. "Trap daai petrolpedaal!"

Johan sluk eers voordat hy antwoord: "Wil jy wéér in die hospitaal beland?"

Die motor het nog nie behoorlik tot stilstand gekom nie, of Mynhardt klim uit en word byna onderstebo gespring deur Bonzo. Hy gun homself die tyd om vinnig die hond se ore te krap, dan hardloop hy die huis binne met die blaffende Bonzo op sy hakke. Johan en Esmé kyk mekaar weer eens hulpsoekend, magteloos aan.

"Hemel, Esmé, wat gaan ons doen?" vra Johan.

Esmé skud haar kop woordeloos en stap stadig nader.

Vanuit die huis kan hulle Mynhardt na Ilse hoor roep.

Dan storm hy by die glasdeure uit en sy oë is onrustig, vraend op hulle gerig.

"Esmé . . . Johan . . . Waar is sy?"

Johan kyk Esmé smekend aan.

"Johan Jordaan, waar is my vrou?" vra Mynhardt dan meteens woedend en stap doelgerig nader.

Esmé tree vinnig tussenbeide.

"Jy moet liewer eers hierdie brief lees. Johan het dit vanoggend in die studeerkamer gekry."

313

Mynhardt kyk haar onbegrypend aan. Dan neem hy die brief uit haar hand en staar na sy naam op die koevert. Met bewende vingers skeur hy dit oop en lees hardop:

My liefling

Wanneer jy hierdie brief lees, sal ek reeds weg wees. Miskien sal jy my haat, maar eendag sal jy besef dat dit die beste ding was om te doen. Moenie dink dat dit vir my maklik is nie. Dit breek my hart net om daaraan te dink dat ek vir altyd uit jou lewe moet verdwyn. Maar dis beter so, my man. Ek gun jou 'n vrou op wie jy trots kan voel, wat jou kan bystaan, 'n lewensmaat wat jou in alle opsigte kan aanvul en bevredig, 'n vrou wat aan jou 'n kind kan skenk. Ek is verlam, Mynhardt. Ek sal nooit vir jou 'n vrou kan wees soos ek moet en wil nie. Ek sal nie die ma van jou kinders kan wees nie. Daarom gaan ek weg. Ek het jou te lief om jou aan 'n halwe mens geketting te hou.

Moenie probeer om my op te spoor nie. En maak die egskeiding so gou moontlik aanhangig. Hoe gouer alle bande tussen ons verbreek word, hoe beter. O, my liefling, ek weet ek is wreed, maar daar is vir ons geen toekoms saam nie.

Moenie verbitterd teenoor my word nie. My hele hart roep uit dat ek hierdie geluk wat oor my pad gekom het met albei hande moet aangryp. Maar ek mag nie, durf nie – ter wille van jou!

As dit eendag vir jou moontlik is, probeer om my te vergewe, want ek moet my eie hart breek en uit jou lewe verdwyn – alles ter wille van die man wat ek meer as enigiets op aarde begeer en bemin.

Joune vir altyd
Ilse

Toe sy stem wegsterf, kan net Esmé se snikke gehoor word.

"Dit kan nie waar wees nie!" Mynhardt verberg sy kop tussen sy hande. "Dit kán nie waar wees nie!" herhaal hy, sy stem rou en ongelowig. Hy staan 'n rukkie so, dan laat hy sy hande sak. Die gloeiende oë wat na hulle kyk, is hard en vasberade.

"Ek gaan haar soek! Ek sál haar kry!" Hy swaai om en hardloop onder die verslae oë van sy twee vriende na die motor.

Asof in 'n dwaal volg hulle hom. Eers toe hulle in die motor sit, kry Johan kans om asem te skep en te vra: "Waarheen gaan ons?"

Met 'n moordende vaart draai Mynhardt die motor by die grootpad in sodat die bande protesterend op die teer skreeu. Dan antwoord hy deur stywe lippe: "Na Van der Merwe. En vandag sál hy praat!"

Nie een van die ander waag dit om die gespanne stilte wat volg te verbreek nie, en sover dit Mynhardt aangaan, kon hulle net sowel nie in die motor gewees het nie.

Pieter van der Merwe hoor sy sekretaresse se protesterende stem en kyk verbaas op toe sy kantoordeur met geweld oopgegooi word. Sy verbasing slaan oor in verslaentheid toe hy Mynhardt se strak gelaat en wit lippe gewaar. Hy voel selfs 'n bietjie bang toe hy in die gloeiende oë kyk.

"Van der Merwe, waarheen is my vrou?"

Esmé sien dadelik dat die prokureur geen benul het waarvan Mynhardt praat nie en sy verduidelik vinnig wat gebeur het. Die verbasing op sy gesig is eg, maar Mynhardt kyk hom steeds dreigend, agterdogtig aan.

"Ek kan julle verseker dat sy my hierdie keer nie laat weet het waarheen sy gaan nie. Dis die eerste woord wat ek daarvan hoor," verseker hy hulle.

"Wat is die plek se naam waarheen sy die eerste keer gevlug het? Ek wou haar nog altyd vra, maar dit het my ontgaan," vra Mynhardt, nou oortuig van die prokureur se onskuld.

"Dis 'n vakansieplaas, Rus-'n-Bietjie, omtrent vyftig kilometer anderkant Gannaleegte, 'n plattelandse dorpie in die Groot-Karoo."

"Dink jy sy sou weer daarheen gegaan het?" vra Johan.

"Ek weet nie, maar dis baie onwaarskynlik. Sy sal dan te

maklik opgespoor word. Maar ek sal in elk geval soontoe bel." Hy draai na Johan. "Gaan stasie toe en stel vas of sy met die een of ander trein weg is," beveel hy.

Terwyl hulle wag dat die oproep na Rus-'n-Bietjie moet deurkom, keer Johan van die stasie af terug met die nuus dat Ilse nie met 'n trein weg is nie. Daar was beslis nie 'n verlamde passasier op die trein nie.

"Wag 'n bietjie!" Esmé kyk hulle opgewonde aan. "Jakobus Stander sou mos vanoggend vertrek het."

Die drie mans se oë rek.

"Wil jy glo! Sy is natuurlik saam met hom!" roep Johan uit, maar dan sak sy skouers moedeloos. "Maar wat help dit? Waar gaan ons hóm in die hande kry?"

"Ek het 'n hele paar adresse en telefoonnommers waar ek hom in die hande kan kry wanneer ek hom nodig het. Ek sal dadelik oral heen bel," troos Van der Merwe.

Maar nie een van die oproepe werp vrugte af nie. Later, nadat die kantoor vir die dag gesluit is, gaan hulle almal na Mynhardt se huis. Daar is 'n desperate lig in sy oë toe hy opstaan en weer telefoon toe loop.

"Daar is nog net een nommer oor wat ons weer kan probeer, Rus-'n-Bietjie s'n. As sy saam met Jakobus Stander is, behoort hulle nou al daar te wees."

Die spanning het byna breekpunt bereik toe die oproep na veel vertraging deurkom.

"Nee, meneer. Hier het geen mevrou Wessels aangekom nie," antwoord Edna Conradie op sy vraag.

"En iemand met die naam Jakobus Stander?" vra hy byna smekend.

"Nee. Ek is jammer . . ."

"Het hulle nie miskien plek bespreek nie?" vra hy in 'n laaste wanhopige poging.

"Nee. Net 'n meneer Le Roux het netnou van die dorp af gebel en drie kamers bespreek. Dis al bespreking wat gedoen is."

"O! Nou ja, baie dankie, mevrou. Ek sal seker later weer navraag doen," en hy kan die teleurstelling nie uit sy stem weer nie.

Almal is stil toe hy van die telefoon af wegdraai. Hy kyk hulpsoekend van die een na die ander, maar hulle vermy vinnig sy oë.

10

Die Conradies is bly om Ilse weer te sien en ontvang haar en haar "oom", meneer "Le Roux", soos sy veiligheidshalwe vir Jakobus voorstel, met ope arms. Jakobus hou sommer dadelik van Rus-'n-Bietjie en daardie aand gesels hy soos 'n ou vriend met die ander gaste. Ilse is besonder stil, maar niemand merk dit blykbaar op nie. Later die aand voeg nog twee gaste hulle by die gesellige groep en Edna stel hulle voor as dokter en mevrou Weber, 'n afgetrede mediese praktisyn wat 'n bietjie hier kom rus voordat hulle op 'n uitgebreide oorsese reis vertrek. Dan maak Edna verskoning en gaan kombuis toe om tee te gaan maak en terselfdertyd die telefoon te beantwoord wat skril in die kantoortjie lui. Sy frons toe sy die stem aan die ander kant herken.

"Ek is jammer, meneer, maar ek kan jou nog nie help nie."

Sy luister 'n paar oomblikke in stilte en daar is verbasing op haar gesig te lees, maar toe sy antwoord, is haar stem vriendelik maar beslis: "Ek is jammer, meneer. Tot siens."

Sy stap terug na die sitkamer en bestudeer Ilse ongemerk vanuit die deur. Sy sien die spanning en hartseer om die jong mond en die skaduwees in die blou oë. Dan flits haar blik na die rolstoel.

Ilse kyk op en betrap haar gasvrou se oë op haar. Woordeloos wink Edna haar om haar te volg en toe hulle in die ruim kombuis kom, kyk sy Ilse vraend, bekommerd aan.

"Van vanoggend af bel hier 'n man, ene meneer Wessels, om vas te stel of sy vrou hier is," sê sy reguit.

Ilse antwoord nie en sy vervolg: "Hy het so pas weer gebel en vir my 'n beskrywing van haar gegee, asook van die man wat miskien by haar is."

"En wat het jy vir hom gesê?" vra Ilse gespanne.

"Dat hier nie sulke mense is nie."

Ilse kyk haar verras aan en glimlag dankbaar vir die ouer vrou wat haar nog steeds bekommerd staan en aankyk.

"O, baie dankie, mevrou! Ek . . . ek kan nie nou alles verduidelik nie, maar jy het reg opgetree. Baie dankie dat jy nie my geheim verklap het nie."

Sy snik saggies en Edna se arms gaan moederlik om haar.

"Toe maar, my kind. Ek weet nie wat die moeilikheid is nie, maar tyd bring raad. As dit van my en my man afhang, sal jou man nooit weet dat jy hier is nie."

Toe Ilse die kamer verlaat, leun dokter Weber oor na Jakobus en vra belangstellend: "As u my nie sal verkwalik dat ek so persoonlik is nie, meneer, sal ek graag wou weet waarom Ilse verlam is."

"Toe nou, Pappa, jy is nie nou in jou spreekkamer nie," betig sy vrou hom.

"Dis alles reg, mevrou. Ek gee nie om om jou man se vraag te beantwoord nie." Dan kyk hy na die dokter. "As eenjarige meisietjie was sy in 'n motorongeluk betrokke. Haar rug het baie seergekry en sedertdien is sy verlam."

"Het haar ouers enige poging aangewend om haar na 'n spesialis te neem wat haar dalk kon help om die gebruik van haar bene terug te kry?"

"O ja, maar daar kan niks aan gedoen word nie. Ek kry die arme kind baie jammer. Sy het al baie swaar gehad en gaan nou weer deur 'n baie moeilike tyd."

"Ek sien."

Dan verander hy die onderwerp, maar besluit in stilte om later meer daaroor uit te vind. Weens swak gesondheid was hy verplig om sy roeping vaarwel te sê, maar sy belangstelling in sy medemens het nog geensins verflou nie.

Dis dan ook sommer die volgende dag dat hy Jakobus weer pols en dis nie lank nie of hy ken Ilse se lewensgeskiedenis. 'n Dag later kom hy op haar af waar sy op dieselfde plek sit waar sy en Heloïse hulle intieme gesprek gevoer het, langs die rivier onder die wilgers.

"Goeiemiddag, dokter," groet sy en hy kom nader.

"Goeiemiddag. Mag ek so 'n rukkie hier sit?" vra hy.

Sy knik en hy kyk haar bestuderend aan.

"Juffrou, jou oom het my die een en ander van jou vertel en hoe dit gebeur het dat jy verlam is. Ek hoop nie jy dink dit is voorbarig van my nie ..."

Sy glimlag gerusstellend.

"Nee, dokter, dis alles reg. Ek het lankal geleer om nie selfbewus oor my gebrek te voel nie."

Hy glimlag verlig. "Dan is ek bly. Gee jy om as ons 'n bietjie daaroor gesels?"

"Nee, glad nie. Maar wat sal dit help? Daar is tog geen hoop dat ek ooit sal herstel nie," antwoord sy met 'n tikkie verbittering in haar stem.

Hy dink aan wat Jakobus hom vertel het van haar huwelik en hy kom tot 'n besluit.

"Sal jy my toelaat om jou te ondersoek?"

Sy kyk hom verbaas aan en hy vervolg: "Ek was 'n ortopeed. Volgens jou oom was jy jare geledc by 'n spesialis. Miskien het daar intussen verbetering ingetree wat die kans dat jy weer sal kan loop nie so onmoontlik maak nie. Daar is deesdae wonderlike nuwe operasietegnieke. Maar as jy nie wil nie, maak dit nie saak nie. Ek stel maar net belang en wil jou graag help as dit moontlik is."

Ilse kyk hom sprakeloos aan en hy staan effens teleurgesteld op. "Toe maar, juffrou. Vergeet maar daarvan. Ek neem jou nie kwalik nie. Almal is maar soms bang vir 'n risiko of verdere teleurstellings."

319

"Nee, dokter, wag 'n bietjie," keer sy hom toe hy wil omdraai. "As jy my graag wil ondersoek, gee ek nie om nie. Dis net . . ." Sy kyk hom vas aan. "Ek berus nou al soveel jare in die wete dat niks menslik gesproke vir my gedoen kan word nie, dat dit vir my onmoontlik is om selfs net daaraan te dink dat ek miskien eendag sal kan loop."

"Dit op sigself is 'n oorwinning waarop jy trots kan voel, juffrou. Berusting is nie maklik nie. Veral nie vir die jeug nie. Dan mag ek jou ondersoek?"

"Ja, dokter, u kan my maar ondersoek," stem sy in.

Dis 'n uur later. Ilse kyk op in dokter Weber se gesig en in sy oë kan sy die antwoord op haar onuitgesproke vraag lees.

"Ek is jammer . . ." Hy swyg en kyk haar smekend aan. "Ek weet dat ek die skuld van hierdie teleurstelling dra . . ."

Sy neem sy hand en probeer haar diepe teleurstelling agter 'n glimlag verberg.

"Hierdie dinge is nie in ons hande nie, dokter."

"Maar ek het die hoop laat herlewe!"

"Ek het my nie toegelaat om te veel te hoop nie," antwoord sy sag.

"Mevrou Wessels . . ."

"Dan weet jy?" vra sy verras.

"Ja. Meneer Stander het dit goedgedink om my te vertel. Ek is bly hy het. Daar is darem ten minste hierdie een kwessie waaroor ek jou kan gerusstel."

Hy swyg en kyk haar dan reguit aan. "Jy glo dat jou gebrek in die pad van jou geluk staan, nie waar nie?"

Ilse laat haar ooglede vinnig sak.

"Dis tog so 'n onnodige vraag, dokter. Daar kan tog geen huwelikslewe vir my wees nie. As 'n man die dag trou, wil hy tog 'n vrou en kinders hê. Hy het ook die reg daarop."

"En daar is niks wat in jou weg staan om 'n vrou vir jou man te wees én vir hom kinders te gee nie," sê dokter Weber sag.

"Ek verstaan nie . . ." sê sy fronsend.

"Mevrou, daar is baie verlamde vroue wat kinders in die lewe bring. Vroue soos jy. Daar moet net baie versigtiger te werk gegaan word as met 'n vrou wat kan loop. Gedurende my ondersoek het ek vasgestel dat niks jou verhoed om eendag ook 'n trotse ma te wees nie."

Ilse staar hom sprakeloos aan, haar oë groot, haar hande baie stil in haar skoot.

"Is dit die waarheid?" vra sy fluisterend.

Hy knik en sy lê haar hande bewend teen haar hals waar rou snikke in haar opstoot. Dan val sy vooroor met haar arms gekruis op haar verlamde bene, haar kop in die voue van haar rok.

"Ek het nie geweet nie!" snik sy. "O, Mynhardt, ek het nie geweet nie!"

Heloïse gee 'n ligte kloppie aan die glasdeure en stap dan binne. Sy tref Mynhardt en Esmé in die sitkamer aan en staar geskok na hulle.

"Wat gaan aan, Mynhardt? Jy lyk soos 'n spook!"

"Middag, Heloïse. Kom sit," antwoord hy moeg en beduie na 'n stoel.

Sy kyk vraend na Esmé.

"Wat is dit? Hoekom lyk julle so . . . ek weet nie hoe nie? Waar is Ilse?"

"Dis die vraag wat ek elke sekonde van die afgelope drie dae vir myself gevra het," antwoord Mynhardt verbitterd en gaan sit weer.

Esmé verduidelik wat gebeur het en Heloïse kyk haar ontsteld aan.

"Maar hoekom? Ek het dan gedink . . ."

Mynhardt val haar verbitterd in die rede.

"Omdat sy verlam is, voel Ilse sy kan nie my liefde aanvaar nie. Dis die grootste . . . twak wat ek nog gehoor het! Wat maak dit saak of sy kan loop of nie? Ek het haar lief soos sy is!" bars hy los.

"'n Man se liefde is van nature selfsugtig, Mynhardt. Maar wanneer 'n vrou werklik liefhet, dink sy nie aan haar eie geluk nie. Sy wil net vir die man wat sy bemin die beste gee, al beteken dit dan ook dat sy haar eie liefde op die altaar moet lê," sê sy sag.

Esmé kyk haar verbaas aan en Mynhardt, onredelik in sy smart, sê sarkasties: "Om sulke woorde van jóú te hoor is werklik 'n openbaring!"

Heloïse bloos pynlik en haar lippe bewe.

"Ek verdien dit seker, Mynhardt, maar ek het ook baie geleer."

Hy skaam hom meteens vir sy wrede woorde en sê verskonend: "Ek is jammer, Heloïse. Omdat ek seerkry, wil ek ander ook laat ly. As ek net weet wáár om te begin soek!" roep hy radeloos uit.

"Het jy al by Rus-'n-Bietjie probeer?" vra Heloïse.

Esmé knik.

"Ja. Sy is nie daar nie."

Heloïse kyk vinnig op.

"Het julle al daaraan gedink dat sy miskien 'n ander naam gebruik? Sy het dit die vorige keer gedoen. Ek dink sy het haar plek bespreek onder haar nooiensvan, Rademeyer."

"Wát?" Mynhardt is op sy voete. "Maar ek het 'n baie duidelike beskrywing van Ilse én Jakobus gegee, maar die vrou het volgehou dat daar nie sulke mense is nie."

"Dit beteken niks. Mevrou Conradie het baie van Ilse gehou. Ilse sou haar gevra het om nie te verklap dat hulle daar is nie."

"In daardie geval, gaan kyk ek self of sy daar is of nie. Ek vertrek dadelik na Rus-'n-Bietjie toe. Jy was 'n onontbeerlike skakel in ons verlede, Heloïse. Was dit nie vir jou nie, sou Ilse nie die eerste keer weggegaan het nie en sou ek nie besef het hoe belangrik sy vir my is nie. Dankie." Hy wend hom na Esmé. "Ek vertrek dadelik. Wil jy saamkom?"

Esmé glimlag en haak by Heloïse in.

"Jy is 'n treurige vryer, Mynhardt Wessels, al stem die helfte van die stad se meisies nie met my saam nie. Jy moet gedurig hulp inroep. Is dit nie Heloïse nie, dan is dit ek. Hierdie keer gaan jy sélf jou sake regstel. Dit is lankal tyd dat jy vir daardie rondlopervrou van jou wys wie baas is, of hoe?" Mynhardt glimlag van oor tot oor.

"Julle is twee juwele! Wat sou ek sonder julle gedoen het? Goed, Esmé, ek gaan alleen en ek verseker jou, sonder Ilse kom ek nie terug nie. Ek wéét net sy is daar."

Mynhardt kom eers laat die nag op Gannaleegte aan. Dit was 'n lang pad en hy het ook teëspoed met sy motor gehad. Hoewel sy hart van ongeduld brand, besluit hy om op Gannaleegte te oornag en die laaste vyftig kilometer die volgende oggend vroeg af te lê.

Hy kan nie slaap nie, maar hoor die een uur ná die ander op die kerkhorlosie slaan. Hy merk dit egter skaars. Hy vou sy hande agter sy kop en staar met oop oë die donkerte in. Sy gedagtes is gevul met die gebeure van die verlede en met drome van die toekoms. Telkens vra hy hom af hoe groot 'n vrou se liefde dan kan wees. Dan besef hy dat hy nooit die antwoord op daardie vraag sal kan vind nie. Hy voel skaam en klein voor die groot liefdesdaad van sy vrou, die groot offer wat sy ter wille van hom gebring het. Maar in sy hart neem hy 'n eed dat hy haar sal wys dat hy haar liefde waardig is. Haar gesiggie met die groot, treurige oë verskyn voor sy geestesoog en hartstog en verlange na haar bruis in hom op. Maar groter nog as dit, is die matelose teerheid wat die herinnering aan haar in hom opwek. En Mynhardt Wessels, die man wat kon kies en keur onder die stad se mooiste meisies, erken met 'n tevrede glimlaggie aan homself dat hierdie verlamde vroutjie van hom sy hart, sy hele wese, in haar hande hou en dat hy nie in die minste omgee nie!

Waar Ilse eindelik ná 'n vermoeide dag tussen die lakens inkruip, is daar trane gemeng met vreugde in haar hart. Die

wonderlike wete dat sy soos enige ander vrou 'n ware le-
wensmaat vir haar man kan wees en later ook die ma van
sy kinders, besorg haar vreugde sowel as pyn. Want hierdie
kennis het te laat gekom. Sy het Mynhardt reeds onherroep-
lik uit haar lewe verban. Teen hierdie tyd voel hy waarskyn-
lik verbitterd teenoor haar. Of miskien heimlik verlig! Haar
hart krimp ineen by hierdie gedagte, maar hoewel sy weet dat
sy hom oneer aandoen, kan sy haarself nie help nie. Dokter
Weber se woorde het al die skanse wat sy so naarstig die af-
gelope dae teen hom in haar hart opgebou het, vir altyd laat
verbrokkel. Sy weet dat sy geen weerstand sal hê as hy haar
moet opspoor nie. 'n Kort oomblik het 'n sonstraal deur die
nag van die donker tonnel geskiet, toe het die duisternis weer
toegesak.

Ilse slaap nog toe Mynhardt die volgende oggend sy motor
voor die plaashuis tot stilstand bring. Jakobus, wat buite in
die tuin sy eerste koppie koffie drink, gewaar hom en stap
nader. Daar is 'n tevrede vonkeling in sy oë.

"U lyk nie juis verbaas om my te sien nie," sê Mynhardt
nadat hulle gegroet het.

Jakobus glimlag.

"Nee. Ek het geweet jy sal die een of ander tyd hier op-
daag. Ilse slaap nog. Ek weet jy brand om haar te sien, maar
kom sit eers hier. Daar is iets wat ek jou wil vertel."

Mynhardt bedwing sy ongeduld en gehoorsaam. Jakobus
vertel hom dat dokter Weber Ilse die vorige dag ondersoek
het.

"Maar daar is geen hoop dat sy sal kan loop nie. Ilse is na-
tuurlik baie teleurgesteld, hoewel sy dit baie dapper probeer
wegsteek."

Mynhardt se hart pyn vir haar.

"En ek was nie hier om haar teleurstelling te help dra nie,"
sê hy selfverwytend.

"Mynhardt, ek wil jou graag net een vraag vra . . ."

"Ja?"

"Die feit dat daar geen hoop is dat Ilse ooit sal kan loop nie . . . maak dit enige verskil?"

"Ek het Ilse liefgehad lank voordat dokter Weber haar ondersoek het. Dit lyk my niemand wil dit glo nie. Of dink u dat ek dit net sê om die vervloekte drie miljoen rand te behou?"

'n Ergerlike blos verskyn op Jakobus se wange en hy kyk die jonger man kwaai aan. Maar voordat hy kan antwoord, vervolg Mynhardt: "Dan hoef u nie te vrees dat sy die geld sal verloor nie. Ek sal elke jaar 'n bedrag in haar bankrekening inbetaal as afbetaling. Ek het reeds 'n paar duisend rand op haar naam gedeponeer."

Skielik lag Jakobus hardop en sê goedkeurend met 'n vonkel in sy oë: "Mooi so! Ek sal jou hierdie keer toelaat om my op my plek te sit, maar nie weer nie! Ek is baie ouer as jy. Oor die geld voel ek nie bekommerd nie. Ek is seker jy sal dit terugbetaal, want daar lê 'n hele leeftyd voor om dit te doen." Hy kyk die jonger man ondersoekend aan en sê dan reguit: "Ek het nooit veel van jou gehou nie, weet jy? Jy was te veel van 'n windlawaai. Maar dit wil my voorkom asof my ou vriend tog nie so onnosel was toe hy daardie testament opgestel het nie."

Mynhardt kyk hom eers vererg aan, maar toe hy Jakobus se uitgestrekte hand gewaar, neem hy dit en glimlag breed. Dan staan Jakobus op.

"Ek sal nie langer jou geduld beproef nie. Liza kan nou maar vir Ilse gaan sê jy is hier."

Maar Mynhardt het ander planne.

"As u nie omgee nie, gaan ek sommer na haar kamer."

Jakobus kyk hom geskok aan en Mynhardt lag hardop.

"Of is dit my nie veroorloof om in my vrou se kamer te kom nie?" vra hy tergend.

Die ouer man lag verleë. "Ja. Ja, natuurlik! Ek het vergeet . . . Julle is mos darem getroud!"

Versigtig maak Mynhardt die deur agter hom toe en stap op sy tone na die bed. Hy buk oor haar en 'n oomblik lank oorweldig sy emosies hom byna. Sy blik flits onstuimig oor haar gesig wat nog kleiner as gewoonlik vertoon. Die sagte krulle lê in blink wanorde oor die kussing versprei. Vir die man wat haar roerloos staan en beskou, is dit asof hy op sy knieë moet gaan. Sy lyk so weerloos, so breekbaar, dat sy hande onwillekeurig uitgaan en haar teen sy bors vashou. Sy roer in sy arms, maar hy laat haar nie gaan nie.

"Ek droom . . . Dis net 'n droom!" hoor hy haar prewel en hy antwoord fluisterend, sodat die werklikheid stadig tot haar moet deurdring: "'n Lieflike, goddelike droom, my dierbaarste. 'n Droom wat 'n hele leeftyd gaan voortduur."

Hy hoor die sagte snak na asem en dan kan hy hom nie langer keer nie. Hy dwing haar kop weg van sy skouer af sodat sy oë diep in hare kyk.

"Mynhardt!"

Haar stem is 'n ongelowige fluistering en sy raak sy wang onseker aan, asof sy nog nie kan besef dat dit werklik hy is nie. Dan is sy lippe op hare en is sy verplig om dit te glo. Met 'n snik gooi sy haar arms om sy nek.

"O, Mynhardt, ek het gedink jy kom nooit nie!" fluister sy.

Hy glimlag teer.

"Ek het so gou moontlik gekom, maar ek moes na regte langer weggebly het."

Sy kyk hom verskrik aan.

"Hoekom?"

"Om jou net so 'n klein bietjie te straf vir al die kere dat jy van my af weggeloop het. Maar as jy nou belowe dat jy dit nooit, nóóit weer sal doen nie . . ."

"Nooit, nóóit weer nie!" belowe sy plegtig, haastig. "Nou sal jy darem nooit eendag kan sê dat ek agter jou aangeloop het nie!" terg sy terug.

"Ek gee nie om dat die hele wêreld weet dat ek agter jóú aangeloop het nie, my vrou. Dit was die moeite werd. Maar dit moet nou end kry," sê hy waarskuwend.

326

Sy neem sy gesig tussen haar hande en kyk hom ernstig, blosend aan.

"Mynhardt, dokter Weber sê dat ons . . . dat ons eendag kinders kan hê!"

Sy oë blink aanbiddend.

"Dit was ook een van jou vrese, nie waar nie, my skat? Dit sal wonderlik wees, maar eintlik het ek nou geen behoefte aan enigiets of enigiemand anders behalwe aan my vrou nie."

Ná 'n lang stilte lig hy sy kop: "Vanmiddag vertrek ons op ons lank vertraagde wittebroodsreis – ek en jy alleen."

"En Liza, Mynhardt? Ek kan nie sonder haar sorg klaarkom nie."

"Ek en jy alléén!" herhaal hy beslis.

"Maar, Mynhardt . . ."

Hy glimlag geduldig en tel haar in sy arms op en hou haar omhoog.

"So 'n ou klein mensie!" sê hy sag, oneindig teer. "Dink jy dat ek nie kans sien om na jou te kyk nie, my vrou?"

Die protes sterf weg op haar lippe en toe sy in haar man se oë kyk, weet sy dat sy die einde van die lang tonnel bereik het.

Keerkring van die hart

1

"Paps, laat Kas gou vir my die lisensieskyfie teen my motor se ruit sit. En dan wil ek asseblief 'n ou tjekkie hê. Ek wil 'n aandrok vir Saterdagaand kry."

"Al weer 'n aandrok, kleintjie? Maar het jy dan nie verlede maand . . .?"

"Ja, Paps, ek weet, maar Saterdagaand is 'n baie spesiale geleentheid. Dis Rob se verjaardagpartytjie, onthou? Ek kan net eenvoudig nie in 'n ou ding gaan nie. Asseblief, Paps!"

Daar uit die hoek voor die liasseerkabinet hoef Kasper Burger nie eens op te kyk om te sien wat sy baas gaan doen nie. Hy hou sy oë stip op die kaarte voor hom terwyl hy sien, sonder om regtig te kyk, hoe Faan Dempers sy tjekboek met 'n toegewende glimlaggie oopmaak en sy pen optel.

"Hoeveel moet dit hierdie keer wees? Jy gaan 'n bietjie kwaai aan, my kind. Jou klererekening kan seker meeding met die koningin van Engeland s'n."

"O, Paps! Dis nie waar nie! Pa vergroot verskriklik!" Sy lag haar borrelende laggie, gooi die slanke arms om sy nek en gee hom 'n klapsoen op sy bles. Ook dit sien Kasper Burger sonder om sy kop te draai. Hy hoor haar vervolg in daardie stemtoon waarmee sy, soos 'n ieder en 'n elk op Grasbult al weet, Faan Dempers om haar skraal pinkie draai. "Maak dit nou 'n ou klein grotetjie, dan val ek Paps nie gou weer lastig nie. Toe tog, my ou dierbare, enigste Paps."

Faan Dempers sug, maar sy hand begin geredelik skryf en dan hou hy die tjek na haar toe uit.

"Nou toe. Hier. En dit moet vir ses maande voldoende

331

wees, hoor?" sê hy kastig streng, maar die teerheid in sy oë verraai hom.

Sy lag en soen hom weer vlugtig op die bles en steek die tjek in haar handsak. Sy is reeds halfpad deur toe, toe sy weer om- swaai en vir die eerste keer kyk sy na die man in die hoek.

"Het jy die skyfie al teen die ruit gesit?"

Kas Burger voel iets in hom styfskop. Hy hou sy oë op die kaarte voor hom en hoor hoe haar stem, nou openlik onge- duldig, weer opklink: "Kas! Ek is haastig."

Hy kyk eindelik op, direk na haar, na die koperrooi hare en die blou-blou oë, en sy opstand verdwyn soos mis voor die son. Hy druk die liasseerkabinet se laai toe, beweeg geredelik na die deur se kant toe. Hier êrens diep agterin hom sê iets hom hy is 'n swaap, 'n lafaard, 'n opregte lamsak om elke keer so geredelik te hardloop wanneer Liesel Dempers net die geringste versoek tot hom rig. Hy ken daardie rympie al uit sy kop. Dis al vier jaar lank wat daardie stemmetjie hom dit elke keer vertel, en hy weet ook presies wat hierop volg. Terwyl hy haar geringste wens uitvoer, sal hy met daardie stemmetjie redeneer: "Kyk, wat kan ek anders doen? Sy is my baas se dogter. Wie is ek om haar teen te gaan, haar 'n slag goed die waarheid te vertel, haar presies te vertel wat ek – en 'n groot deel van Grasbult – van haar dink? Dat sy opgeblase is, gans te groot vir haar skoene, tot in die verdoemenis be- dorwe. Hoe kan ek, wat maar 'n vierdejaarklerk by die dorp se bekendste prokureur is, ék, ou Joop Burger se seun, ék, 'n brandarm kerkmuis wat grootgeword het in die onderdorp, vir Grasbult se voorste jong dame vertel dat dit tyd is dat sy haar hooghartige neusie laat sak, dat dit tyd is dat sy moet leer daar bestaan twee woordjies soos asseblief en dankie, dat dit tyd is dat sy moet leer geld en prestige en status is nie alles in die lewe nie?"

O ja, hy ken daardie ou storie uit sy kop. So sal hy staan en redeneer en verskonings aanvoer terwyl hy gelate haar jongste opdrag uitvoer. En wanneer hy aan niks meer kan dink om as verdere verskonings aan te voer nie, sal daardie stemmetjie die laaste woord sê. Hy sê dit altyd. "Jy is en bly 'n sot, Kasparus Burger," sal hy sê, en hy wat Kas is, sal swyg maar saamstem!

Hy druk die skyfie met 'n finale slag teen die ruit vas en staan dan terug sodat die eienares kan verbykom om agter die stuurwiel in te skuif. Weer flits die blou-blou oë ongeduldig na hom op omdat hy nie dadelik die deur toedruk nie.

"Sê haar nou! Dis 'n ideale geleentheid. Sê haar nou sy is 'n mislike klein snob!" hou die stemmetjie vol, vandag besonder hardkoppig om terug te gaan na sy lêplek om daar te sluimer tot vanaand wanneer hy in die bed lê en hy dan na hartelus sy siel kan treiter.

"Komaan, Kas, ek is haastig. Wat is dit vandag met jou?"

Hy druk die deur met 'n taamlike slag toe, staan gedwee terug, voel hoe sy hart ineenkrimp toe hy die ietwat spottende hooghartigheid in haar oë lees. Sy weet! Hy is seker sy weet en sy vind dit amusant! Dan sien hy die oë verkil en dis asof hulle 'n direkte waarskuwing na hom uitstraal: "Hou jou op jou plek, Kas Burger! Ons is nie uit een kraal nie!"

Die rooi motortjie trek weg en skiet in die straat af. Dat sy nog nie vir spoed gevang is nie, is 'n wonderwerk. Of miskien ook nie so 'n wonderwerk nie. Liesel Dempers sal die duiwel van sy vurk berowe deur net te glimlag, en ou Daan Visser, hoofverkeersman van hierdie gebied, het in elk geval 'n swak vir mooi vroumense . . .

Hy sug, stap terug kantoor toe, merk nie eens op toe hy weer stelling voor die liasseerkabinet inneem dat sy baas nie meer agter sy lessenaar sit nie, maar by die venster staan en peinsend na die straat staar waar sy dogter 'n oomblik gelede verdwyn het. Hy sou, as hy nie so moes staan en worstel om weer sy gedagtes by sy werk terug te kry nie, opmerk dat Faan Dempers nie meer so baie na 'n liefdevolle, trotse pa van die mooiste jong meisie op die dorp lyk nie, maar veel eerder na 'n baie bekommerde pa.

Toe Kas by hom verbykom op pad na sy eie kantoor toe, roep sy stem die jong man tot stilstand.

"Kas . . ."

"Ja, meneer?"

Hy draai weg van die venster af, kyk die jong man stip aan. 'n Aantreklike seun. Nie mooi nie, maar 'n sterk gesig, karakter in die gelaatstrekke. Nog 'n bietjie seunsagtig, nog maar besig om man te word, maar die eerste belowende tekens is reeds daar.

"Hoe oud is jy nou?"

"Twee-en-twintig, meneer."

"Liesel was pas agtien."

'n Ligte fronsie pluk aan die jong man se vaal wenkbroue. Ja, dit weet hy. Sy het verlede jaar matriek geskryf, maar vandat sy maar nog in die laerskool was, is sy al 'n grootmensie. Op agtien het Liesel Dempers lankal haar kinderskoene ontgroei.

Hy kyk fronsend terug. Maar hoekom maak Faan Dempers daarvan melding? Wat het Liesel se ouderdom, wat het Liesel hoegenaamd met hóm te doen?

"Gaan jy ook na Rob se partytjie toe?"

"Ék? Nee, natuurlik . . . nie. Nee, meneer."

Nou kyk Faan Dempers weg. Dit was ontaktvol van hom, besef hy. Natuurlik sal Kas Burger nie na Rob Rabe se partytjie toe gaan nie. Hy sal nie genooi wees nie. En al was hy ook genooi, sou hy nie gegaan het nie, vermoed die ervare mensekenner. Kas is nie op dieselfde golflengte as die groep jong mense waarin Rob Rabe en sy dogter beweeg nie. Nie net is hulle nie van dieselfde status nie, maar Kas is nie 'n juis een vir partytjies en sosiale verkeer nie. Eintlik is hy gans te teruggetrokke vir 'n jong man van sy ouderdom.

"Ek verstaan."

"Hoekom vra meneer?"

Die jong oë is skerp. Faan Dempers kyk weg, kug, stap terug na sy lessenaar toe. Ja, hoekom het hy gevra? Sal hy rondborstig erken dat hy gehoop het Kas sal ook daar wees om 'n soort vaderlike oog oor sy pragtige dogter te hou? Maar hoe kan hy so iets verwag van so 'n jong man? Kas is self nog maar 'n seun, weliswaar gebrei deur 'n harde, arm jeug en boonop blind, soos wat hý blind is, vir sy dogter se foute – want Kas se geheim is lankal nie meer net sý geheim nie. Ook die pa weet wat in die jongmanshart omgaan elke keer dat Liesel, soos vanoggend, by die kantoor ingewaai kom net om gou "'n ou tjekkie" te kom haal . . .

Hy lees dit elke keer in die jong man se oë, in die manier waarop hy haar geringste wens oorhaastig uitvoer. Arme Kas! En dan kry hy selde eens 'n "dankie" daarvoor. Dit weet die pa ook. Hy het al sy dogter daaroor probeer aanspreek dat selfs "ou Kas", soos sy graag na hom verwys, geregtig is op beleefdheid en erkentlikheid. Maar elke keer het die fyn handjie ongeërg gewaai: "Ag . . . Kas! Hy maak my siek met sy verliefde skaapoë."

"Liesel," het hy dan teen sy beterwete probeer, wetende dat dit tog nie sou help nie. "Kas is 'n ordentlike jong man . . ."

"Ek het ook nie gesê hy is nie ordentlik nie. Maar wil Paps hê ek moet ou Joop Burger se seun aanmoedig? As Mamma . . ."

"Jou ma is in haar graf. Ek sê ook nie jy moet hom aanmoedig nie. Maar net 'n bietjie meer beleef wees en . . ."

"O, Pa ken nog nie dáárdie soort nie. As ek vir Kas die pinkie gee, gaan hy die hele hand gryp. Nee, dis al manier om hom op 'n afstand te hou."

"Kas is nie dáárdie soort nie, my kind. Soos ek hom ken, sal hy hom nooit opdring of indring nie. Jy . . ."

"Pa is skielik vreeslik danig met hom," het die ongeduldige stem hom weer kortgeknip. "As ek reg onthou, het Pa saam met Mamma altyd vir my gepreek van wie my klas is, en soort hoort by soort en . . ."

Dit was sy beurt om haar in die rede te val.

"Ja, ek weet, Liesel. Ag, laat staan tog maar. As jy eendag ouer is, sal jy miskien beter begryp."

Hy het nie weer met haar probeer redeneer nie, en eers nadat sy uit was, het hy ongemaklik ontdek dat die deur tussen sy kantoor en die aangrensende kantoor nie heeltemal toe was nie. Hy het byna hardop 'n sug geslaak toe Kas 'n oomblik later by die voorste deur ingekom het. Dan was hy gelukkig nie op kantoor nie, het hy gedink. Die jong man se gesig het hom niks vertel nie, ook nie dat hy al enkele minute gelede van die landdroskantoor af terug was en al 'n hele rukkie in die voorste kantoor gewag het dat Liesel uit haar pa se kantoor moes kom nie. Niks in sy stil gesig het sy baas vertel dat hy saam met die tikster na die gesprek geluister het nie.

Hierdie voorval het plaasgevind kort nadat Kas hom by prokureur Dempers ingeskryf het as prokureursklerk. Vier jaar het sedertdien verloop. Die situasie het niks verander nie. Liesel is verlede jaar uit die skool en sy het besluit om eers 'n jaar by die huis te bly voordat sy universiteit toe gaan om 'n kursus in beeldende kuns te volg, want haar ma het haar in haar laaste skooljaar ontval en dit was eintlik ter wille van haar pa dat sy besluit het om eers haar planne vir 'n jaar uit te stel.

Nie dat haar pa veel van haar te sien gekry het nie. Dit was uitsonderlik as sy twee aande van die week tuis was. Faan Dempers het dit maar eers oogluikend toegelaat. Liesel is jonk, het hy gedink en haar uithuisigheid verontskuldig. Dis beter dat sy liewer besig bly, opgaan in die sosiale lewe van die dorp as om, saam met hom, saans met die smart van verlange en hartseer tuis te sit. Maar haar ma is nou al byna 'n jaar oorlede en nog gaan die dolle plesiervaart voort. Dit neem eerder in tempo toe – en Faan Dempers begin bekommerd word. Nie dat hy omgee dat sy dogter genot uit die lewe put en alles uit haar jeug haal nie. Hy misgun haar nie die jonkheidsvreugde van die lente nie. Maar wat hom al hoe meer kwel, is die geselskap waarin sy dit vind.

En dit is die vreemde deel van sy kommer. Rob Rabe en sy groep is die groep waarin sy dogter grootgemaak is. Van kleins af het hy en sy vrou hulle geselskap en vriende fyn gekeur. Die Rabes van Rondom was onder hulle vriende. Hulle, die Rabes en enkele ander gesinne, het 'n geslote kring gevorm – 'n uitverkore, hoogste kring in die dorp se sosiale lewe. Nie dat Faan Dempers ooit in sy hart 'n snob geword het nie. In sy hart het hy die eenvoudige boerseun gebly, maar die vrou met wie hy getrou het en die kring waarin veral sy gesorg het dat hulle beweeg, het noodgedwonge meegebring dat hy daardie boerseun diep in sy hart moes wegsluit. Hy moes meedoen en beantwoord aan die ongeskrewe reëls van daardie besondere kring waarin hy beweeg het.

Baie dikwels, onthou hy nou in hierdie dae van eensaamheid vandat sy lewensmaat hom ontval het, het hy verlang na die eenvoudiger lewe wat hy as seun op Skaars-van-als, die ou familieplaas, geken het. Hoekom dit so is, kan hy self nie juis duidelik verklaar nie en het hy nog nie werklik gaan sit en probeer uitpluis nie, maar hy verlang deesdae al hoe meer na die geselskap van eenvoudige mense – of wat Grasbult se elite as eenvoudig beskou. Hy verlang in sy wese terug na die eenvoudige dinge van die lewe, die eenvoudige waarhede wat hy as seun geken het. In die kring waarin hy al baie jare lank beweeg, word daar nooit oor sulke dinge gesels nie. Daar word baie gesels, ja, maar daar word nooit veel gesê nie – nooit iets wat jy voel tot jou siel deurdring, iets wat jy met jou kan saamneem wanneer jy weer groet nie.

En namate hierdie nuwe, vreemde gewaarwordinge in hom toeneem, neem ook sy kommer oor sy dogter toe. Hierdie pragtige en enigste dogter van hom word ook vasgevang in die web van prestige, status, geld en valse waardes waarin hy haar laat grootword het. Dis met knaende kommer en selfverwyt dat hy opmerk dat sy gedurig na partytjies toe gaan. Saterdag is dit Rob se partytjie, Woensdag is dit Marie se mondigwording, volgende Saterdag is dit weer 'n troue . . .

337

Dis 'n leë, doellose sirkel waarin sy dogter vasgevang is, en sy koop die een nuwe aandrok ná die ander, en kort-kort wil sy 'n nuwe sportmotor hê.

En die geselskap waarin sy haar kosbare jeugure deurbring . . . Dis die grootpratery van 'n Rob Rabe, 'n klein windlawaai wat van kleins af, nes Liesel, nooit die woordjie nee gehoor het nie. Dis haar vriendinne wat net oor klere en modewinkels kan gesels, dis ander jong manne wat hulle bes doen om te kyk hoe goed hulle die verkeersmanne kan flous, hoe ver hulle tot op die gevaarstreep kan beweeg sonder om gevang te word. Hulle is die kinders van vooraanstaande mense, maar binne-in, weet Faan Dempers, is die verrotting reeds besig om dit wat kerngesond moet wees, te bederf.

Hulle is nog baie jonk, dink hy. Hulle is nog maar net kinders, al dink hulle hulle is reeds grootmense. Hulle sal regkom. Hulle is maar almal om en by twintig. Hy is verniet bekommerd. Liesel en haar maats is darem tog volgens 'n sekere kode grootgemaak. Hulle sal nie werklik ontrou daaraan raak nie. Dis maar net omdat hulle nog nie verantwoordelikhede moes dra nie.

En dan, onwillekeurig, verskyn sy jong klerk se gesig voor hom – jong Kas Burger, wat deur so baie mense hier op die dorp geminag word, ook deur sy eie dogter, bloot omdat hy ou Joop Burger se seun is, 'n man wat sy lewe lank sy munisipale loon uitgedrink en sy huis verwaarloos het sodat sy vrou met stop- en naaldwerkies en wasgoed was die pot aan die kook moes hou. 'n Man wat eindelik deur siekte en selfaftakeling sy werk en gesondheid verloor het en, sonder hulp van 'n inrigting of enige ander medemens, die stryd teen die drank gewen het en nou, in die laat jare van sy lewe, gebroke na gees en liggaam, van ouderdomspensioen lewe in die platdakhuisie duskant die noodsloot.

Faan Dempers kyk op en sien dat die jong man nog steeds beleef staan en wag by die deur. Hy knip sy oë, dwing sy gedagtes 'n oomblik terug na die hede.

338

"Dankie, Kas. Ek sal jou roep sodra ek klaar is met hierdie watersaak. Ons kan dit gerus dan 'n bietjie bespreek."

"Goed, meneer."

Die deur gaan agter Kas toe en Faan bly daarna staar. Joop Burger se seun – maar beslis nie 'n tweede Joop Burger nie. Hy onthou die dag nog goed toe die jong Kas, nog in sy matriekjaar, in verslete maar skoon klere voor sy lessenaar gestaan en die wens uitgespreek, eintlik gesmeek het, om hom van die volgende jaar af by hom in die kantoor in te skryf as prokureursklerk. Hy het gehou van wat hy gesien het, en nog meer gehou van wat hy gehoor het, want Grasbult is nie so groot dat die mense nie maar, soos in die meeste gevalle op dorpe, alles van almal geweet het nie. Hy het reeds geweet dat klein Kas van ou Joop elke kwartaal eerste in sy klas gestaan het, dat hy tot dusver wonderlike simbole gehandhaaf het, dat hy 'n goeie verstand het en 'n gebore student is. Dat ou Joop Burger nou so 'n slim kind moet hê . . . 'n Mens kan wonder waar kom dit vandaan, was die algemene gevoel van die dorpenaars wanneer klein Kas die enkele kere onder bespreking gekom het.

Faan het daardie middag afgestap in die rigting van ou Joop se huisie. Hy het lank daar aan die oorkant van die straat gestaan en daarna gekyk – die viervertrek-platdakhuisie, spierwit afgekalk met 'n lowergroen wingerdstok al om die voordeur gerank. 'n Netjies gesnyde soutboslaning het die klein erfie afgekamp van die langsaan geleë sportterrein van die dorp en hier, weerskante van die voordeur, aan die voorkant van die wingerdstok, het twee roosboompies en 'n paar vilette enkele pers en rooi spatsels teen die wit muur geteken. Dit was baie eenvoudig en armoedig, en tog mooi. In hierdie laat uur van die middag, met die oranje skakerings van 'n plattelandse sonsondergang as agtergrond, het die huisie die hartsnare van die ryk prokureur diep aangegryp en byna weemoed in hom opgetower.

Hy het nader gestap, die houthekkie oopgedruk en toe die

skarnier sy klaaggeluidjie uitstuur, het ou Joop in die voor-deur verskyn. Die prokureur het die instinktiewe verstrak-king van Joop se gesig gesien wat altyd kom as 'n ryk en invloedryke man onverwags voor hom verskyn.

"Middag, Joop."

"Middag, meneer."

Hy het dit tevore nog nie opgemerk nie. Daardie middag het dit hom opgeval – dat die arm man so dikwels sommer net Joop is en die ryk man, veel meer sy junior, meneer. Êrens in sy agterkop het iets hom laat voel dat dit nie eintlik so hoort nie, maar dit was net vir 'n breukdeel van 'n sekonde.

"Klein Kas was by my. Hy wil graag volgende jaar by my kom werk."

"So sê hy. Wil . . . wil meneer dalk inkom?"

Die huiwering was daar, en weer het Faan geweet dat dit genadiger is om jou baie haastig te hou, net kortliks te sê wat jy wil sê en dan maar liewer te loop. Dit spaar verleentheid aan beide kante. Dit spaar pynlike ongemak en selfbewust-heid vir die gasheer as die onverwagse gas liewer maar nie binnekom nie. Maar Faan het meteens 'n onkeerbare drang ondervind om binne te gaan.

"Dankie, Joop. Ek sal jou nie lank ophou nie."

Hy het ingegaan, wetende dat daardie woorde maar kon gebly het. Dit was gebruiklik, maar heeltemal onnodig, want Joop Burger het baie tyd – vier-en-twintig uur elke dag om om te sukkel met 'n liggaam wat kromgetrek is van rumatiek en 'n gedagtewêreld waarin hy beslis verdwaal moet raak.

"Wil meneer nie sit nie?"

"Dankie, ja." Hy het gaan sit en, ook soos gebruiklik, sy blik vlugtig om hom laat dwaal. Daar was iets vreemd be-kend vir hom aan die vertrekkie. Die stywe, regop stoele teen die mure het sy hart meteens laat ruk en hy het aandagtiger gekyk, toe meteens ontspan en geglimlag.

"Magtie, Joop, maar hoe laat jy my nou terugverlang plaas toe. My oorlede ma het net sulke stoele in ons spens gehad.

Hulle is absoluut identies – tot die patroontjie wat daarop uitgekerf is. En jy het 'n hele stel daarvan!"

Ou Joop het na die stoele gekyk asof hy hulle tóé weer vir die eerste keer in jare raakgesien het. Toe het hy ook geglimlag, en die warmte het in die glansloosheid van sy kykers verskyn.

"Ja, meneer. Dit kom uit my oorlede vrou se voorgeslagte."

"Hulle is baie werd vandag, hoor?"

"Dit wil so voorkom, meneer. Mevrou Bernstein het my al blink gesoebat vir hulle, maar klein Kas wil niks weet nie."

"Ja, klein Kas . . . Jy het 'n baie oulike seun, Joop."

Die ooglede het geval, die knopperige vingers het onnodig begin vroetel.

"Ja, 'k . . . so sê hulle. 'n Goeie seun."

"Hy verdien 'n geleentheid in die lewe, Joop. Ek is bly hy het na my toe gekom. Ek sal hom graag by my in die kantoor wil neem, as jy tevrede is."

Die kop het net geknik, terwyl albei geweet het dat dit nie werklik van belang was wat Joop wil hê nie, want Joop het sy regte en sy wil aangaande die seun wat laat in sy lewe gekom het, jare gelede al deur 'n bottel se nek afgespoel.

Daar was meteens niks meer om te sê nie. Die stiltetjie het ongemaklik begin word en net toe Faan maar wou opstaan, het Joop weer opgekyk en sy oë was nie meer leeg soos Grasbult hulle maar ken nie.

"Klein Kas . . . klein Kas verdien iets beters . . . beter as ek, meneer Dempers. Hy moes liewer jóú seun gewees het . . ."

Die spontane reaksie in Faan Dempers se hart was op daardie oomblik om volmondig saam te stem, maar toe het iets in hom hom genoop om te swyg . . . Hy het 'n oomblik stil na die man voor hom gekyk, 'n man wat sy lewe weggesmyt het, maar 'n man met 'n kosbare kleinood in sy besit, 'n briljante seun, en die besef dat hy daardie kleinood nie waardig is nie . . .

Hy kon Joop nie antwoord nie. Hy het opgestaan en sy hand 'n oomblik spontaan op die een skouer gedruk, toe hy die voordeur uitgestap. By die hekkie het hy omgedraai, teruggekyk.

"Sê vir klein Kas ek verwag hom die vyfde Januarie die oggend om agtuur in my kantoor. Wederom, Joop."

Maar op sy terugpad huis toe het ou Joop se woorde hom bygebly, en in daardie oomblik, met sy kommer oor sy dogter helder in sy hart, het dit weer na hom teruggekeer . . .

Op daardie oomblik het hy opnuut besef dat God nie 'n fout maak nie. Kas moes juis Joop se seun gewees het, want as Kas Faan Dempers se seun was, sou hy miskien vandag nie dié Kas gewees het wat hy wel is nie. As hy Kas Dempers was, sou hy 'n tweede Liesel, 'n tweede Rob Rabe gewees het. Maar hy is ou Joop se seun, en daarom weet hy wat nee beteken, weet hy dat hy niks agter hom het om hom vorentoe te stoot nie behalwe sy eie deursettingsvermoë en dat daar niks vorentoe wag behalwe wat hy self tot stand sal bring nie. Hy weet nie wat dit beteken om te veel te gou te kry nie. Miskien, is die ontsettende besef op hierdie oomblik, ja, miskien was ou dronk Joop Burger 'n beter pa as Faan Dempers . . . Of miskien is dit vir sekere kinders beter, veel beter om 'n Joop Burger as pa te hê as 'n Faan Dempers . . .

Kas het daardie oggend van die vyfde Januarie die kantoor van prokureur Dempers binnegestap en Faan was nog nie een dag spyt nie. Soos sy onderwysers, het Faan gevind dat die jong Kas Burger 'n knap verstand het, vinnig snap en, verbasend vir sy teruggetrokke geaardheid, 'n briljante redenaar is wat sy gedagtes netjies kan formuleer, goed kan oordra en 'n jong man wat by sy standpunt kan staan as hy daarvan oortuig is. 'n Jong man wat eendag, en miskien ook glad nie so ver in die toekoms nie, sy spoor gaan trap. Faan Dempers het in die gewoonte geraak om probleme en hofsake vooraf met Kas te begin bespreek, en hy was telkens verras met die jong man se insig en versiendheid. Dit het al hoe meer gebeur dat Kas 'n punt uitgewys het wat Faan se aandag ontglip het, of wat soms vir hom minder belangrik gelyk het en teen die end, nadat Kas dit uitgewys en ontrafel het, geblyk het 'n sleutelpunt te wees.

Nee, as daar een man op Grasbult was wat Kas Burger se waarde reg geskat het, was dit Faan Dempers, maar in die res van Grasbult se oë is Kas net Joop Burger se seun, en niks meer nie.

Intussen het Liesel begin grootword, ontluik en oopgekelk tot volle vroulike wasdom. Heel aan die begin het dit Faan ietwat geamuseer om die begogeling in die jong Kas se oë te sien wanneer Liesel soms met haar kort skoolrokkie of tennisklere daar by die kantoor ingewaai gekom het. Hy, sowel as Liesel, wat in daardie stadium 'n regte klein snip was, het dit opgemerk, en ook die tikster en 'n paar ander mense van Grasbult. Nie een het hulle veel daaraan gesteur nie. Liesel was pragtig en sy het in elk geval al wat mansmens was op Grasbult betower en om haar pinkie gedraai, hoekom nie ook klein Kas nie? Al was hy Joop Burger se seun, is hy nog 'n mens.

Maar mettertyd het dit Faan nie meer geamuseer nie en het dit, baie duidelik, vir Liesel begin irriteer. Die feit dat hierdie begogeling, soos Liesel katterig en eg vroulik daarna verwys het, nou al vier jaar aanhou, kan nie meer afgemaak word met "Ag, dis 'n stadium wat weer sal verbygaan" nie. As Kas ook ander jong vriendinne gehad het, sou dit nie so opmerklik gewees het nie, maar Kas het nie in een van die talle jong meisies van die Karoodorp belanggestel nie, al was daar genoeg wat stadigaan bereid geraak het om, al is dit net vir 'n fliekaand, te vergeet dat hy ou Joop se seun is.

Nie dat Kas 'n lewe van afsondering gelei het nie. Hy het aktief deelgeneem aan wat die dorp kon bied, en het veral as rugbyspeler uitgeblink. Hy is baie gewild onder die manne en op sy besadigde, stil manier het hy al vir homself 'n pad oopgestoot na vele huise waar hy vroeër as gelaptebroek-seuntjie nie welkom was nie. Maar hy het liewer, wanneer die ander jongklomp partytjies gehou het, oor sy studietake gebuig gesit en die geldjies wat hy kon afknyp, nie aan plesier nie, maar liewer aan regsboeke bestee. Die resultate hiervan is in sy eksamens gesien, uitslae waarmee Faan Dempers trots te koop geloop het en wat ou Joop met beskaamde dankbaarheid in sy hart geberg het.

En so het die tyd aangerol; vier jaar het nou al verloop sedert daardie dag toe die jong Kas hom met platgekamde kuif en sy enigste kerkpak aan vir die eerste dag se werk kom aanmeld het. En in daardie vier jaar het klein Kas van ou Joop nie net vir homself 'n plekkie begin oopskop in die samelewing van Grasbult nie, maar ook beslis 'n besondere plekkie van toegeneentheid in die hart van Faan Dempers. Faan het sy vordering met 'n arendsoog en 'n soort vaderlike trots dopgehou, en soos sy toegeneentheid vir hierdie jong man gegroei het, het sy kommer oor sy dogter al hoe meer begin toeneem. Soos wat hy duidelik kon sien hoe Kas Burger in 'n positiewe, vooruitstrewende rigting die lewe in beweeg, kon hy al hoe duideliker ook sien dat sy dogter in die teenoorgestelde rigting begin ontplooi. En nie net sy nie, maar die oorgrote meerderheid van die groep, van die elitekring waarin sy beweeg het. Waar Kas 'n verterende ambisie in hom omgedra het, kon sy baas niks daarvan in Liesel en haar vriende bemerk nie.

Hy dink nou veral aan jong Rob Rabe. Robert Rabe se seun het nie nodig om juis ambisie te hê nie. Sy pa het reeds alles, of byna alles, vir hom bereik. Hulle is van die rykstes in Grasbult se distrik. Rondom, die Rabes se modelplaas net vyf kilometer buite Grasbult, is reeds tot volle kapasiteit bewerk en ontwikkel. Al wat Rob sal moet doen, is om dit wat reeds bereik is, in orde en in stand te hou. Natuurlik is daar altyd die moontlikheid van uitbreiding. Grond kan gekoop word waarop nog meer modelplase tot stand gebring kan word. Maar ou Robert is 'n verstandige man en daarby nog 'n perfeksionis ook. Op Rondom lê die spreekwoordelike klip nie uit sy plek nie, en daarom dat hy nie verder uitbrei as die een groot modelplaas nie, omdat hy besef dat 'n man net sóveel kan behartig en nie meer nie. Maar of die jong Rob 'n waardige opvolger vir sy pa sal wees, betwyfel Faan. Ook as enigste kind tot in die afgrond bederf, lyk dit nie of hy hom baie bekommer oor die toekoms en die verantwoordelikhede wat so 'n erfenis eendag op sy skouers gaan laai nie. Wel is dit wonderlik om eendag 'n erfenis soos Rondom te kan ontvang, maar dit bring ook groot verantwoordelikhede mee – en Faan Dempers betwyfel dit sterk of dáárdie skouers dié verantwoordelikheid kan dra.

En daar is deesdae 'n besondere verhouding tussen Liesel en Rob Rabe. Hy weet nie of hy baie daarvan hou nie. Op die oog af is Rob nou die mees gesogte man op Grasbult, maar hier diep in Faan Dempers se hart lê die twyfel. Hy weet nie . . . hy weet nie of Rob Rabe 'n waardige erfgenaam vir Rondom en, vir hom persoonlik van meer belang, 'n waardige man vir sy vrou sal wees nie. Daar is tekens, nou nog baie vaag, miskien selfs baie misleidend in hierdie vroeë jeugstadium, dat Rob Rabe maar taamlik onverantwoordelik is. Daar is 'n onrus in Faan Dempers en 'n heimlike wens dat hierdie vriendskap tussen Rob en Liesel mettertyd liewer moet oorwaai.

Nie dat 'n vriendskap tussen Rob en Liesel iets nuuts is nie. Hulle het saam grootgeword. Die ouers aan beide kante is deur al die jare intieme huisvriende. Maar dis tog vir Faan asof daar die afgelope tyd iets meer intiems in die vriendskap tussen die twee jong mense ingesluip het, en hy behoort eintlik verbaas te wees dat hy teenstand hierteen in sy hart ervaar. Of is Kas miskien die oorsaak dat hy deesdae so krities teenoor Liesel se vriende staan? wonder hy meteens. Hy het nie miskien in die gewoonte verval om elke jong man wat sy voete oor die drumpel van Hartelus sit, te meet aan die jong Kas Burger, te weeg naas ou Joop van die onderdorp

345

se seun nie? En weet hy nie in sy hart na watter kant toe die weegskaal sak nie?

Dis 'n hele ruk later dat Kas opstaan en die dokumente bymekaarmaak. Hy en sy senior het die watersaak klaar bespreek. Maar Faan se stem hou hom terug.

"Net 'n oomblik, Kas. Sit. Daar is iets . . ."

Kas gaan sit, kyk reguit terug.

"Ja, meneer?"

Faan aarsel, maar kyk dan op.

"Ek wil jou iets vra, en wat hier gesê word, bly natuurlik net tussen ons. Dis in verband met Rob Rabe en die kring waarin my dogter beweeg." Hy sien onmiddellik die waaksaamheid in die jong man se oë, die verstilling in die mondhoeke, en hy weet instinktief dat sy agterdog gegrond is. Rob is nie die man wat hy voorgee om te wees nie.

"Ek wil weet watter soort man hy werklik is, Kas. Voor my en Liesel sit hy natuurlik sy beste voetjie voor. Ek het die gevoel ek ken hom nie werklik nie, al ken ek hom eintlik van sy babadae af. Ek weet jy beweeg nie in dieselfde kring nie, maar julle jong mense praat tog onder mekaar, hoor dinge waarvan ons ouer mense nooit hoor nie."

Daar is duidelike onwilligheid in die jong stem toe Kas eindelik antwoord.

"Miskien moet u liewer hierdie vrae vir iemand anders vra, meneer. Ek . . . is nie die aangewese persoon om u te sê nie. Vra liewer . . ."

"Maar jy is, Kas. Niemand anders sal my die waarheid vertel nie. Almal sal wegskram. Ek kan net vir jou vra. Liesel is my enigste kind, Kas. Ek is bekommerd, baie bekommerd. Liesel is in die verkeerde rigting aan 't beweeg en ek weet nie eintlik hoe ek haar moet keer nie, want ek het haar op daardie pad gehelp." Hy sug terwyl hy hierdie eerlike belydenis doen, kyk dan weer op, en meteens is hy en die jong man voor hom gelykes, kan Faan Dempers sy hart oopmaak teenoor ou Joop se seun soos wat hy dit nie teenoor sy intiemste vriend kan doen nie. Hulle gesels lank, baie langer as 'n rukkie gelede oor die watersaak, en baie ernstiger, want vir albei is hierdie gesprek van groot belang, en albei weet dat dit om Liesel gaan . . . Liesel wat vir hulle albei so baie beteken.

Daardie aand het pa en dogter 'n ope gesprek, 'n gesprek wat later byna in 'n rusie ontaard. Enersyds is daar Faan Dempers se beslistheid om sy dogter te probeer red van die duidelike afgrond wat hy voor haar sien gaap. Andersyds is daar die opstand en verset van die jeugdige Liesel wat byna vir die eerste keer in haar lewe teengegaan word en voorskrifte kry.

"Dis 'n sieklike geskinder. Ek glo nie hierdie stories nie. Rob het hom nog altyd goed gedra waar ek by was."

"Ja, dit glo ek, hoop ek, altans, maar hy is nie dieselfde man wanneer jou en my en sy pa se rug gedraai is nie. Ek erken dat my bronne van inligting uitdruklik gesê het dat dit stories is wat rondgaan, maar die lewe het my geleer, Liesel, dat stories selde heeltemal losgemaak kan word van die waarheid. Êrens is daar altyd 'n stukkie waarheid in 'n geskinder, en net daardie tikkie is genoeg vir my."

"Wie is Pa se bronne van inligting?"

"Dit is nie van belang nie . . ."

"Ja, dit is. Is dit Kas Burger? Kan Paps dan nie sommer weet dat hy Rob doelbewus by jou sal beswadder nie?"

"Kas is nie daardie soort man nie, Liesel. En ek wil jou waarsku – nie een enkele woord van ons gesprek vanaand aan Rob of sy ouers nie."

"Hoekom nie?" Sy staan uitdagend voor hom. "Hoekom nie vir Rob en Kas bymekaarbring en laat Kas sy bewyse aan hom voorlê nie? Hoekom 'n man sommer verdoem op grond van wat ou Joop Burger se seun oor hom te sê het?"

"Kas het nie kwaadgepraat nie, Liesel. Ek moes hom so te sê dwing om my hierdie dinge te vertel. Ek moes by iemand vasstel of my vermoedens korrek is. Ek is lankal bekommerd, my kind, veral ook oor jou. Ek wil meer doel en rigting in jou lewe sien. Ek waardeer dit dat jy tuis gebly het ná Ma se dood, maar . . . die lewe gaan voort. Jou lewe moet nou weer rigting kry. Ek gaan jou en tant Miemie oorsee stuur. Daarna, wanneer jy terug is, moet jy jou inskryf vir daardie kursus aan die universiteit en volgende jaar gaan jy universiteit toe."

Iets in haar pa se stem, sy hele houding, vertel Liesel dat sy hom nie meer so maklik soos altyd om haar pinkie gedraai gaan kry nie. Nie vanaand nie. Dis 'n vreemde, streng pa wat voor haar staan en haar woede teenoor Kas Burger neem buite verhouding toe.

"En as ek weier?"

"Dis nie vir jou om te weier nie, Liesel." Sy wenkbroue flikker waarskuwend en hy hoor weer die jong Kas sê: "Ek sou haar so ver as moontlik van Rob Rabe af weggehou het, meneer. As sy my dogter was, sou ek haar oorsee gestuur het, haar dwing as dit nie anders kan nie. Sy is nog onmondig." Hy herhaal nou daardie woorde.

"Jy is nog onmondig. Tot dusver het ek jou vrylik jou gang laat gaan, Liesel. Nie meer nie. Van nou af maak jy soos ek sê. Ek gaan nou vir tant Miemie bel en sodra ons dit gereël kan kry, vertrek julle."

Hy draai om en stap uit. Liesel storm voordeur toe, spring in haar motor en eers toe sy voor die platdakhuisie in die onderdorp stilhou, besef sy waarheen sy gery het. Sy loop hom by die voordeur raak en nog nooit was haar oë vir Kas Burger so blou as in hierdie stormagtige oomblikke nie. Toe sy eindelik klaar is, het hy nog geen woord ter selfverdediging gesê nie. Alles binne-in haar het uitgeborrel sonder voorbehoud totdat sy eindelik stil geraak het soos 'n dam wat leeggeloop het. Toe draai sy om en sy blik volg haar na die motor, sien hoe sy wegtrek, en binne-in hom loop die dam van opstand vol met strome van verbittering wat soos stormwaters op die keerwalle van sy hart afstorm. As hy net nie Joop Burger se seun was nie . . . As hy net nie ou Joop van die onderdorp se seun was nie! En toe sy vuiste gebal teen die kosyn tot ruste kom, met sy voorkop hard teen die hout gedruk, draai sy pa om en verdwyn by die agterdeur uit, stap uit op die werf sonder om iets raak te sien.

Hy het haar nie weer gesien nie. Maande sou verloop voordat Kas Burger weer in daardie blou oë sou afkyk en die veragting daarin sou lees. Sy het in die daaropvolgende week nie weer in die kantoor verskyn nie en 'n week later, die Saterdagaand toe Rob Rabe se verjaardagpartytjie in die groot wolskuur van Rondom gehou is, was sy in die vliegtuig op pad Europa toe.

2

In die maande wat volg, is dit asof Kas nog meer in homself gekeer raak, nog 'n bietjie stiller as voorheen. Hy werp homself so volkome in sy werk en regstudie dat sy baas later verplig is om hom daaroor aan te spreek.

"Kas, dis pragtig en goed soos wat jy studeer en werk, maar jy ken mos darem ook die Engelse gesegdetjie: All work and no play . . . 'n Mens moet altyd balans behou, seun." Sy stem is vaderlik betigtigend terwyl hy na die skraal jong man kyk, sy oë bekommerd. Dis asof Kas die afgelope maande berserk geraak het. Dis asof hy alles in een dag wil vermag, alles in een jaar wil bereik.

Kas antwoord nie, en hy vervolg: "Hoekom speel jy nie weer hierdie seisoen rugby nie? Die manne voel nie lekker daaroor nie. Ek ook nie. Ons span kan kwalik sonder jou klaarkom."

Kas glimlag effens. Hy het verwag dat die manne vir Faan Dempers sou aansê om hom oor te haal, maar hy gaan nie kopgee nie. Later, eendag wanneer hy bereik het wat hy wil bereik, sal daar weer tyd wees vir speel. Maar vir hom is speeltyd voorlopig verby. Dis nou werktyd, swoegtyd vir Joop Burger se seun. Laat die Rob Rabes maar speel. Hulle kan dit bekostig. Hy kan nie. Hy skud sy kop.

"Jammer, oom Faan," sê hy nou stil maar beslis, en spreek sy baas aan soos wat dié 'n paar weke gelede versoek het. "Nie hierdie seisoen nie. Maar u is verniet bekommerd. Ek draf elke oggend en elke aand. Ek bly fiks."

Oom Faan sug. Hy moes vooraf geweet het. Teen hierdie tyd ken hy Kas Burger al goed genoeg om te weet dat niks en niemand hom sal beweeg van die pad wat hy gekies het nie. En dis 'n harde pad vir so 'n jong man. 'n Pad wat nie net hoë intelligensie, ure lange studie en selfdissipline van hom gaan verg nie, maar ook groot opoffering. Hy het besluit dat hy die einde van die jaar sy finale prokureurseksamen wil aflê – en hy gaan dit ook doen, soos wat Faan Dempers hom ken. Dan sal hy maar pas drie-en-twintig wees. Oom Faan weet dat hy trotser as enigiemand anders sal wees as Kas dit gaan regkry, want veral hierdie afgelope maande nadat Liesel ook weg is, het Kas vir hom die seun geword wat hy nooit gehad het nie. Maar hy wil nie hê dat Kas hom daarvoor moet breek nie. Daar is nog baie tyd. Hy sê dit ook nou.

"Ek weet nie hoekom jy so dringend haastig is nie, Kas. Jy is nog bloedjonk. Stel jou mikpunt liewer vir die einde van aanstaande jaar."

Maar die jong man skud sy kop, die ken beslis, die oë uitdagend.

"Nee, oom Faan. Ek móét die einde van hierdie jaar klaarmaak."

Oom Faan beduie met sy hand, gee dan maar met 'n trotse glimlaggie toe. Ai, wat 'n jong man!

Maar toe Kas uit is, versomber sy gesig. Wat is dit wat Kas so dryf? wonder hy vir die hoeveelste keer. Op die oog af is die redes voor die hand liggend, en tog vermoed oom Faan dat daar nog 'n beweegrede is en dat dit miskien die sterkste beweegrede is. Maar dan twyfel hy weer. Nog nie een keer het Kas navraag gedoen oor Liesel sedert sy weg is nie. Aan die begin het hy Kas gereeld die nuus vertel, watter reisplan sy en tant Miemie volg en haar indrukke. Maar Kas het nooit kommentaar te lewer gehad nie en mettertyd het hy nie meer vertel nie. Ook dit het geen reaksie by die jong man uitgelok nie. Liesel se naam is weke gelede tussen hulle genoem.

Oom Joop was nog meer as Faan Dempers in hierdie maande bewus van die byna koorsige gejaagdheid in sy seun. Pa en seun het nog nooit veel vir mekaar te sê gehad nie, maar sedert daardie laatmiddag toe Liesel Dempers op die stoeptrappie van die platdakhuisie verskyn het, het oom Joop 'n fyn studie van sy seun begin maak. Dit was asof die harde, wrede woorde wat in jeugdige onbesonnenheid uitgespreek is, sy hart net so diep getref het as die jong en kwesbare jongmanshart, en dit was asof dit Joop Burger uit 'n diepe dwelmslaap wakker gemaak het. Vir die eerste keer het hy sy seun werklik raakgesien, werklik in hom as mens begin belangstel. Van kleins af het pa en seun op verskillende golflengtes gelewe, by mekaar verby, sonder enige kontak of selfs 'n poging om mekaar te begryp. Maar ook dit het skielik hierdie afgelope maande begin verander, eers van oom Joop se kant af.

Die eerste toenadering was 'n eenvoudige koppie koffie met 'n bewende hand onder die geboë kop ingeskuif om een-uur in die nag. Met verbaasde, moeë oë het Kas opgekyk.

"Drink eers 'n bietjie koffie en laat jou oë 'n paar minute rus, seun. Dan kan jy weer voortgaan," het hy gesê.

"Dankie, Pa." Hy het aan sy koffie geproe, toe na die in-eengetrekte gestalte op die kant van die bed gekyk. "Hoekom slaap Pa nie?"

Die ou man het selfbewus met sy knopperige hande beduie. Snaaks hoe dinge verander. Kas was maar net Kas in die verlede, maar dis mos al of hy sy eie seun deesdae nie lekker in die oë kan kyk nie, half selfbewus in sy teenwoordigheid voel.

"Nee wat. Ou mense soos ek het nie baie slaap nodig nie. Die lang slaap lê voor."

Die oë wat na hom gekyk het, was skielik skerp.

"Voel Pa siek?"

"Nee. Nee, natuurlik nie. Die ou rumatiek pla so 'n bietjie, maar 'n mens raak alles gewoond – gelukkig. Nog 'n bietjie koffie?"

"Nee dankie, Pa. Dit was lekker. Dit was net wat ek nodig gehad het. Pa kan nou maar weer gaan lê."

Hy het stil by die deur uit verdwyn soos hy gekom het, en vir 'n kort oomblik het Kas se gedagtes om hom bly dwaal. Pa . . . 'n woord. 'n Naam. Vir hom, tot dusver, 'n blote biologiese feit. Elke mens moet 'n pa hê. Hy is noodsaaklik vir jou ontstaan as mens. Maar dit was al. Joop Burger was en is sy pa. So was dit beskik. Bloot net die persoon wat aan hom die lewe gegee het – en dis al. Maar vannag . . . Hy het gesug, sy pen weer opgeneem. Hy het nie tyd om te wonder hoekom Joop Burger vannag meteens om eenuur nie net sy pa was nie, maar ook 'n vader.

Maar in die nagte wat sou kom, sou die gereelde koppie koffie om eenuur die nag Kas dwing om dieper hieroor te dink; hom dwing om te sien dat Joop Burger nie net bloot 'n pa is nie, maar ook tog 'n vader.

Toe die koppie koffie weer een nag onder sy neus ingeskuif word, draai hy direk na die ou man toe en daar is 'n vreemde warmte in sy stem wat ou Joop nog nooit gehoor het nie.

"Dankie, Pa. Kom drink 'n koppie koffie saam met my."

Die ou man knik, skuifel terug na die aangrensende kombuisie toe en kom met sy wit bekertjie te voorskyn. Hy neem weer op die kant van die bed plaas, die ooglede neergeslaan, bewus daarvan dat sy seun se oë peinsend op hom rus en weer eens pynlik bewus daarvan dat Kas nie meer 'n kind is nie, maar 'n groot man, sy gelyke, sy meerdere in die meeste opsigte.

Dis 'n rukkie stil terwyl hulle stilswyend aan hulle koffie

proe. Kas se oë bly rus op die ou man voor hom, probeer hom sien vir wat hy is, soos hy is – 'n afgetakelde ou man met net 'n pad van mislukkings agter hom en 'n groot niks voor hom. Hy probeer onthou . . . daardie dae toe hy nog 'n seuntjie was, die droë pap wat wurgend in sy keel bly vassit het, die skaamte vir die gelapte broekie, die skurwe hakskene van die kaal voete in die winter, die dungewaste kombersie oor 'n maer lyfie, die koue, die honger soms, die verskriklike lus vir die lekkers agter die glaskassies in die winkel . . . en binne-in hierdie keerkring van herinneringe staan hierdie man as sentrale punt, as die as waarom alles draai . . . Maar vannag het die verbittering meteens stil geraak, is daar eerder 'n weemoed, 'n vreemde hartseer in hom terwyl hy na die man kyk wat sy pa is . . . wat daardie tyd ook sy pa was. Die prentjie wat hy aldeur met hom saamgedra het, vervaag – die prentjie van 'n besope man wat slingerend die strate afkom, 'n walm in die kamer wanneer hy op die bed neerval, die leë bottels in die vuilgoedblik buite . . . die prentjie voor hom vannag vang hom vas, verdryf daardie ander beeld uit sy jeugjare en hy sien die spore op die gesig – diep, lelike groewe, die genadelose kerwing van die jare wat geleef is met hulle eie verhaal op die gelaatstrekke gegraveer. Meteens is dit vir die jong oë wat so stip kyk asof hy vreemde groewe op die gesig sien, groewe waarvan hy die verhaal nie ken nie.

"Pa . . . mag ek Pa iets vra?"

"Ja, kind, vra maar."

Albei weet dit gaan nie 'n gewone vraag wees nie.

"Was dit . . . baie swaar daardie tyd toe . . . toe Pa die drank laat staan het?"

Eindelik kyk hy van die wit bekertjie af op.

"Dit was smartlik, Kassie . . . smartlik."

"Pa het nooit iets gesê nie. Ek bedoel, nooit gepraat . . ."

Die bekertjie word op die hoek van die tafel neergesit.

"Nee. Daar was niks om te sê nie . . . niemand om mee te praat nie . . . Dit was net ek en die smartlikheid . . ."

353

Kas knik, wetende dat hy nie werklik begryp nie, nooit werklik sal begryp nie. Net nog 'n ander alkoholis sal weet, hom dit kan voorstel. Hy kyk weer op. Hierdie man het 'n hel vir sy vrou en kind op aarde geskep, maar hy het ook sy eie hel geskep – miskien die grootste hel vir homself, want waar is daar 'n groter hel as om te weet jy het dit vir jouself geskep? 'n Aardse hel is draaglik as jy met die vinger na 'n ander kan wys, maar as die vinger omdraai en na jouself keer . . . Kas se oë vernou. Hy het netnou vir Joop Burger gesien as 'n man met 'n lang pad van mislukkings agter hom? Dan het hy verkeerd gekyk, besef hy. Daar is wel baie mislukkings, maar ook een oorwinning, van die grootste oorwinnings wat 'n mens op hierdie aarde kan behaal. En hy het dit manalleen behaal sonder hulp van behandeling of inrigtings of selfs die bystand van 'n geliefde of 'n medemens.

Hy glimlag meteens.

"Ek is trots op Pa."

Die woorde val sag en tog ook oorverdowend in hierdie laat naguur tussen pa en seun, word byna iets tasbaars tussen hulle. Stadig, baie stadig lig die ooglede.

"Kas . . . Kassie, ek wou nog altyd vir jou sê . . . ek is jammer . . ."

"Jammer, Pa?"

"Ja. Ek is jammer die lot het op my geval om jou pa te gewees het. Ek is jammer . . . vir alles . . . alles." Die knopperige vingers swaai in 'n halfsirkel, sluit alles saam in 'n enkele keerkring, prop jare van hartseer en frustrasie, jare van skaamte en skande, dekades van verbittering en byna haat in een eng sirkel in. Dit sluit meer as net die gelapte broek, die skurwe, koue voete, die dun kombersie in. Dit sluit ook die klad in, die stigma om ou Joop van die onderdorp se seun te wees . . .

"Ek is jammer, seun . . ."

"Ek is nie . . . nie meer nie." Weer is dit of hulle die woorde kan aanraak. Die oë kyk reguit. "Regtig, Pa, ek bedoel dit. Ek erken ek wás, maar . . . ná vannag nie meer nie. Ek is bly

. . . en dankbaar ek is Joop Burger se seun. Pa . . . Pa, vertel my asseblief, hoe stry 'n mens teen iets wat groter is as jyself? Vertel my hoe ek moet maak, asseblief."

Die ou man vra nie vrae nie. Dit is nie nodig nie. Hy weet, al van daardie aand af toe Liesel Dempers sy seun geboë en meteens volwasse agtergelaat het, dat Kas 'n stryd voer . . . 'n stryd teen iets groter as hyself. Hy knik nou net, staan op, tel die wit bekertjie op, kyk dan af in die smekende oë hier digby hom.

"Jy het die regte resep, Kasman. Harde werk en . . . die knieë buig. Hard werk en hard bid, seun. Dis die enigste resep wat daar is."

Dis 'n hele rukkie later dat Kas sy oë weggeskeur kry van die donker deuropening waar sy pa verdwyn het. Dan druk hy sy voorkop teen sy saamgeknelde vingers. Wie op Grasbult sal ooit dink dat ou Joop ook 'n resep het, 'n resep wat so baie van Grasbult se voorstes nie het nie, juis omdat hulle dit nog nooit nodig gehad het nie? As Robert Rabe sy pa was, sou hy vannag miskien vergeefs gepleit het vir 'n resep waarvolgens hy kan handel om 'n persoonlike stryd te stry, om 'n oorwinning oor homself te behaal. Maar dank God hy is Joop Burger se seun. Anders sou hierdie seun nie die resep by sy pa kon kry nie.

Ons sal hulle wys, Pa, dink hy. Ons sal hulle wys waar ou Joop en sy seun nog eendag gaan kom, Pa. Ons sal háár wys . . .

Die jaar begin ten einde spoed. Die dag breek aan dat Liesel en haar pa se oujongnooisuster uit die buiteland moet terugkeer. 'n Groot verwelkomingspartytjie word gereël.

"Ek is nie juis lus vir so 'n affêre nie, maar soveel mense het nou al geskimp in daardie rigting dat ek verplig voel om 'n verwelkomingsgeselligheidjie vir Liesel te gee. Jy kom natuurlik ook, Kas."

"Dankie, oom Faan, maar . . ."

355

"Ek gaan nie hierdie keer nee aanvaar nie, Kas," laat oom Faan onnodig streng hoor. "Ek wil jou graag daar hê. Asseblief!"

"Dit glo ek, maar dis Liesel se partytjie en sy sal nie ingenome wees met u keuse van gaste nie." Hy hou sy hand omhoog toe dit lyk of oom Faan heftig wil protesteer. "Asseblief. Ons laat dit daar. Ek sal daaroor dink."

Daardie aand sit pa en seun saam om die kombuistafel terwyl hulle aandete geniet. Oom Joop hou sy seun onderlangs dop. Die afgelope twee, drie weke is daar 'n merkbare rusteloosheid in Kas te bespeur en oom Joop dink hy weet wat die rede is. Die datum van Liesel se terugkeer kom nou vinnig nader.

Hy aarsel eers. Daar het die afgelope tyd baie groter vrymoedigheid tussen pa en seun ingetree as wat daar eers was, maar Kas se innerlike was nog altyd net sy eiendom. Hy skink die wit bekertjie weer vol koffie en laat dan ongeërg hoor: "Dit is mos haas tyd dat Liesel Dempers huis toe kom, nie waar nie?"

Die oë bly op die bord voor hom gerig.

"Ja. Sy kom aanstaande week."

"Hm. Ek verstaan Faan Dempers gaan 'n groot opskop gee ter viering daarvan."

"Ja."

"Ek neem aan jy gaan ook?"

Die oë lig nou omhoog, strak, reguit.

"Nee, Pa. Ek gaan nie – en Pa weet dit."

"Hoekom nie, Kas? Hoekom wil jy nie gaan nie? Skaam? Nog altyd skaam? Ek het gedink dis 'n saak wat jy lankal met jouself uitgemaak het. Of het jy daardie aand vir my gelieg, sommer maar net gepraat?"

Kas frons skerp.

"Waarvan praat Pa? Wat . . .?"

"Daardie nag, Kas, onthou jy nie? 'n Klompie maande gelede . . . Jy het daardie nag vir my gesê jy is nie meer skaam

356

omdat . . . omdat jy my kind is nie. Maar jy het dit nie regtig bedoel nie, nè, Kassie? Jy wou Pa se gevoelens maar net nie kwets nie, want jy is 'n goeie seun. Jy was maar net jammer vir my . . ."

"Pa!" Hy sluk, sy stem skor. "Pa, ek het dit werklik bedoel! Maar . . . maar dis nie mý plek daar nie. Verstaan dan tog! Ek . . . hoort nie daar nie!"

"Hoekom nie? Hoekom hoort Robert Rabe se seun dan daar en jy nie? Die verskil is nie in die seuns nie, nè, Kasman? Dit is in die pa's. Dis omdat jy ou Joop se seun is dat jy voel jy hoort nie daar nie." Kas antwoord nie, maar die ou man knik op die vraag in sy oë. "Ja, ek . . . ek was in die kombuis daardie dag toe sy . . . toe Liesel hier was. Ek het gehoor, Kassie. Gaan na daardie partytjie toe . . . ter wille van my, asseblief. Gaan stap daar in, nie as ou Joop van die onderdorp se seun nie, maar as Joop Burger se seun. Gaan wys hulle dat ou Joop nie 'n minderwaardige seun het nie, maar 'n seun op wie elke pa trots kan wees."

Kas se adamsappel beweeg pynlik op en af.

"Pa, ek . . . kan nie! Ek wéét ek sal nie welkom wees nie."

"Vir my, Kasman. Doen dit vir Pa, Kassie."

"Pa . . ." Hy sug, vee oor sy oë. "Dit gaan 'n groot gedoente wees. Aanddrag en . . . so aan. Ek het nie eens die regte klere nie."

"Ek sal dit vir jou gee. Jy kyk my verniet so ongelowig aan. Ek het genoeg geld vir 'n aandpak vir jou. Ek het klaar seker gemaak."

"Ek gaan nie Pa se geld vat nie . . ."

"Jy vat dit mos nie. Ek géé dit vir jou. Om die waarheid te sê, sal dit die eerste keer wees dat ek werklik iets vir jou gee. Ek het nog nooit iets vir jou gegee nie, nè? Van kleintyd af het jy nie so iets geken nie. Toe ander seuns fietse, later motorkarre en sulke dinge by hulle pa's gekry het, het jy niks gekry nie . . ."

"Asseblief, Pa! Ons . . . omstandighede was anders . . ."

"Ja." Hy sug. "Selfgeskepte omstandighede. Nou toe dan maar, Kassie. Nes jy goeddink. Pa het maar net gemeen . . . En ek wag lankal op 'n geleentheid om iets vir jou te gee wat vir jou van waarde sal wees. Ek meen, ek sit lankal daardie geldjies weg, bietjie-bietjie elke maand . . . eintlik gedink ek sal dit vir jou gee wanneer jy jou laaste eksamen skryf. Dan kan jy daarmee doen wat jy wil. Maar toe hoor ek van die opskop en toe het ek maar gedink . . ."

Daardie nag om eenuur toe die koppie leeg is en oom Joop dit weer neem om terug te vat kombuis toe, kom hy in sy sukkelende spoor tot stilstand toe sy seun se stem opklink.

"Pa . . ."

"Ja?"

"Ek het gedink . . . as Pa dit werklik sou kon spaar, sal ek . . . sal ek graag daardie aandpak-aanbod aanvaar."

Die ou man glimlag, knik.

"Pa kan dit spaar." Dan sagter, heelwat sagter: "Dankie, Kasman."

Kas en oom Faan het nie weer die saak van die partytjie opgehaal nie, maar oom Faan wys openlik sy blydskap daardie aand toe hy meteens die lang, skraal gestalte in sy voordeur sien verskyn. Vir 'n oomblik herken hy hom amper nie. Dan stap hy vinnig nader.

"Kas! Kom binne, kêrel."

"Naand, oom Faan."

Dan sak sy blik af na die gesiggie wat meteens hier langs oom Faan se skouer verskyn. Hy buig effens.

"Goeienaand, juffrou Dempers. Welkom terug."

Sy het hom onmiddellik gewaar toe hy in die voordeur verskyn het en haar eerste gedagte was om te wonder wie dit is. Toe het herkenning gekom en sy het teen haar sin nader beweeg, maar sy ietwat koel verwelkoming, die wyse waarop die grys oë haar krities en opsommend beskou, bring die laaste keer toe hulle mekaar gesien het, helder na haar terug. Haar gesig verstrak en ook haar oë verkoel merkbaar.

Sy wend nie 'n poging aan om haar hand uit te steek nie, maar kyk hom met haar óú hooghartigheid aan, hoewel dit vir haar voel asof sy met groter hooghartigheid aangekyk word, byna 'n meerderwaardigheid waarvoor sy haar op die plek bloedig vererg.

"Goeienaand, meneer Burger," beantwoord sy sy groet met fyn sarkasme. Sy draai dadelik na haar pa. "Paps, gaan ons twee nie die baan open nie? Die jongklomp is al lus vir dans."

Oom Faan skud sy kop.

"Nee wat, kleinding. My ou litte is al te stram. Laat Kas liewer."

Sy frons ontevrede en die frons verdiep toe sy opkyk in oë wat meteens uitdagend in hare rus. Dan maak hy weer die buiginkie en antwoord beleef voordat sy nog iets kan sê.

"Dankie vir die eer, juffrou, maar . . . ek is nie juis 'n danser nie."

Sy swaai met 'n verergde, hooghartige beweging van die kop om, stap direk op Rob Rabe af waar hy met 'n onbekende meisie staan en gesels. Kas kyk stilswyend, met 'n uitdrukkinglose gesig toe terwyl hulle wegdans. Ander pare begin ook dans en dan hoor hy oom Faan se stem.

"Marlise, kom hier, kind. Ek wil jou voorstel aan Kas, my regterhand en toekomstige vennoot. Kas, dis nou Marlise, 'n ou vriend van my se dogter. Sy het saam met Liesel van die Kaap af gekom."

Dis 'n mooi donkerkop wat voor Kas staan en oor Rob Rabe se skouer sien Liesel hoe hy Marlise se hand neem. Sy gesig verander meteens en ontspan in 'n glimlag. Hy maak weer 'n buiginkie en Marlise se laggende gesig terwyl hulle begin wegdans, voltooi die prentjie. Net vlugtig, baie vlugtig ontmoet haar oë die grys blik en sy kyk vinnig weg, probeer konsentreer op wat Rob in haar oor fluister.

"Jy is pragtiger as ooit. Ek het my doodverlang na jou, meisie."

Sy glimlag effens, maar haar oë is somber. Is dit waar? wonder sy. Al hierdie maande wat sy weg was, het sy bly wonder of dit wat Kas haar pa vertel het, waar was van Rob. Dan verdwyn die twyfel meteens. Die feit dat Rob vanaand sonder 'n spesifieke meisie na haar partytjie gekom het en baie duidelik in haar afwesigheid nie 'n vaste meisie in haar plek aangeskaf het nie, is bewys genoeg dat dit net 'n swartsmeerdery van Kas was.

Uit die hoek van haar oog herken sy haar vriendin hier langs haar en sy leun vir 'n oomblik met haar kop teen Rob se skouer, kyk na hom op en glimlag.

"Ek het gedink jy sou my vergeet het, Rob."

Hy glimlag in haar oë af en sy arm span stywer om haar. Vlugtig, met die vernuf van 'n ervare man, miskien gans te ervare vir sy jare, druk Rob sy lippe teen haar voorkop.

"Ons kan weer die drade optel waar ons dit maande gelede moes knip, meisie, kan ons nie?"

Sy weet Marlise en haar dansmaat dans hier dig teen haar, en haar glimlag is onnodig breed en tegemoetkomend toe sy antwoord, 'n bietjie te hard vir die intimiteit van dié soort gesprek.

"Natuurlik, Rob. Ses maande oorsee het niks aan my verander nie. Niks."

"Gaaf, meisie. Gaaf." Hy swaai haar meteens in 'n wilde rondomtalie en haar laggie klink oor die ander pare uit. Uit die een hoek, waar hy in geselskap van Rob se ouers sit, kyk Faan Dempers met 'n glimlag op, 'n glimlag wat effens verstrak toe hy sien met wie sy dogter so vrolik is. Byna hulpsoekend gaan sy blik na die paar langsaan, maar Kas is diep geïnteresseerd in wat die mooi meisie in sy arms te sê het en het blykbaar nie eens die verspottigheid van die ander twee agtergekom nie.

Die res van die aand bly oom Faan se oë donker met versluierde kommer. Dis of Liesel met byna koorsagtige uitgelatenheid deelneem aan die plesierigheid, en dis net sy en Rob.

Sy dans kwalik met iemand anders. En wat oom Faan op 'n vreemde manier ook kwel, is die feit dat sy aanstaande vennoot, soos hy klaar besluit het, net oë vir Marlise Joubert het en dat dié twee beslis die aand saam geniet en baie vir mekaar te sê het. Daar is 'n magteloosheid in oom Faan toe hy en die twee meisies eindelik ure later alleen in die groot sitkamer van Hartelus agterbly.

"O, dit was 'n wonderlike aand, oom Faan. Baie dankie," lag Marlise. "As ek geweet het hierdie vaal Karoo het sulke gawe jong mans, het ek lankal kom kuier!"

Oom Faan se glimlaggie is effens stram, maar sy oë goedig. Marlise is 'n dierbare, spontane kind, die dogter van 'n jare lange prokureursvriend in die Kaap.

Liesel kyk haar lig fronsend aan.

"Ag, dit het dan vir my gelyk asof jy die hele aand met ou Kas opgeskeep was. Ek het gewonder of jy ooit die partytjie geniet."

Marlise kyk haar vriendin grootogig aan. Dan lag sy hartlik.

"Liewe mens, dis juis Kas wat my aand gemaak het! Hy was die oulikste man op die partytjie. Nie eens jou Rob, met alle respek, kom naby hom nie."

"Jy is verspot! Daar is geen vergelyking nie!" antwoord Liesel skerp, maar Marlise kyk kalm terug.

"Toe maar, ons sal nie daaroor stry nie. Elkeen na sy smaak. Sê my, het hy 'n meisie, 'n vaste meisie, bedoel ek?"

"Nee, natuurlik nie!"

Marlise frons ook nou liggies.

"Wat is so natuurlik aan daardie feit? Dis vir my bra onnatuurlik dat 'n man soos hy nie 'n sleepsel vroumense agter hom sal aanhê nie."

Oom Faan tree vinnig tussenbeide, en daar is geen glimlag op sy gesig nie.

"Ek dink Kas kan maklik 'n sleepsel vroumense, soos jy dit stel, agter hom aanhê, maar hy is besig met sy finale eksamen en het die afgelope vier jaar baie hard gestudeer. Hy gun homself nie die tyd vir sulke dinge nie. Ek moes hom soebat om vanaand hierheen te kom."

"Soebat?" Liesel se oë flits op na haar pa. "Vir wat het Paps hom gesoebat? Hy kon maar gebly het. Dit sou niks aan my partytjie gedoen het nie. Ons sou heeltemal goed sonder hom klaargekom het."

Oom Faan frons nou skerp op sy dogter af en ook haar vriendin kyk haar verbaas aan. Liesel is byna openlik vyandig in haar houding teenoor Kas Burger. Dit kom beslis 'n bietjie vreemd voor, veral omdat sy hom vanaand vir die eerste keer ná maande weer gesien het. Marlise spring oom Faan voor en laat gemaak opgewek hoor: "Wel, aan my sou dit beslis 'n verskil gemaak het. Ek is baie bly oom het hom gesoebat, oom Faan. Mag ek môre kom tee drink in die kantoor?"

Oom Faan knik, probeer ook glimlag.

"Natuurlik – as jy koek saambring. Kas hou van sjokolade-koek."

Marlise haak by hom in en hulle begin aanstap gang toe.

"Sjokoladekoek sal daar wees – ek belowe! Hulle sê mos die pad na 'n man se hart loop deur sy maag, dan nie?"

Liesel hoor hulle lag en die ergernis neem in haar toe. Marlise is verspot. Sy hoop regtig nie sy gaan haar goedkoop maak voor Kas Burger nie. Sy kan haar gerus môre 'n bietjie deur die dorp neem en terloops wys waar Kas woon. Dit behoort haar oë oop te maak.

Maar ook hierin spring Marlise haar voor. Die volgende oggend, toe oom Faan met die trappie afstap op pad kantoor toe, tref hy sy dogter se vriendin in die blomtuin aan, besig om blomme te pluk.

"Môre, oom Faan. Ek het sommer eie reg gebruik en begin blomme pluk vir die huis. Ek hoop nie oom is kwaad nie?"

"Nee, natuurlik nie, kind. Gaan gerus voort. Maar ek het gedink jy slaap nog."

"Liesel slaap nog maar ek is al vroeg wakker. Ek wil netnou 'n bietjie deur die dorp stap. Ek brand om dit te sien. Dis 'n pragtige plekkie. Klein, maar intiem, en dit het soveel atmosfeer."

Oom Faan se oë is warm. Die pad na sý hart loop beslis deur Grasbult. Vir baie stedelinge is Grasbult, wanneer hulle met die snelweg na die Noorde hier verbykom, 'n simpel klein dorpie, en baie wonder hoe enige mens by sy volle verstand uit vrye keuse op so 'n ou plekkie kan woon. Maar vir oom Faan en die ander Grasbulters wat hier uit sy stofaarde gebore en getoë is, is Grasbult 'n klein hawe van rus, 'n klein oase in 'n wêreld wat verleer het wat rustigheid en kalmte is. Op Grasbult is die dolle gejaag van die moderne lewe, die geweldige spanning, iets vreemds. Op Grasbult haas jy jou langsaam, en op die ou end, het oom Faan al agtergekom, kry hulle meer uitgevoer as daardie man wie se lewe van soggens vroeg tot saans laat in die malle rondomtalie van die stadslewe vasgevang is.

Hy glimlag nou breed vir haar.

"Onthou die sjokoladekoek!" sê hy voordat hy in die motor klim.

"O, dít sal ek beslis nie vergeet nie!" roep sy en wuif tot siens.

Marlise rangskik eers die blomme en sit oral bakke vol in die huis rond terwyl sy saggies neurie. Wanneer laas het sy so gelukkig . . . en so opgewonde gevoel? Sy is 'n stadskind, en dis die eerste keer dat sy op Grasbult kom kuier, hoewel die Demperse en Jouberts al jare lank vriende is en Liesel al dikwels met skoolvakansies by haar in die stad kom kuier het. Maar sy het nog nooit sinnigheid gehad om 'n vakansie hier op Grasbult te kom deurbring nie. Vanoggend kan sy haarself skop daaroor.

En amper het sy hierdie keer ook nie gekom nie. Dit was net Liesel se gekerm wat haar eindelik maar laat toegee het om vir 'n week saam te kom. En vanoggend, net maar twee dae ná haar aankoms, wens sy sy kon die week na jare uitrek.

Sy hou van Grasbult en sy mense. Die dorp self is nie meer vir haar 'n vaal ou dorpie soos sy dit altyd in haar gedagtes geskets het nie. Dis nou 'n klein stukkie paradys waar jy soggens vroeg wakker word met duisende voëls se gesang in jou ore, en saans voordat jy in droomland wegsink, die kriekies hoor skree en die paddatjies hoor roep en selfs 'n uil êrens in een van die bome 'n geheimsinnige hoe-hoe laat hoor. Dis 'n dorpie waar jy by elke hekkie waar jy verbygaan vriendelik gegroet word, vreemdeling of nie; 'n plek waar jy sommer ná bekendstelling op die voornaam genoem word, 'n plek met gawe mense, aardse mense van wie sy hou. Ja, sy hou sommer baie van hierdie wêreld en sy mense . . . en sommer baie, baie van Kas Burger.

'n Rukkie later stap Marlise luierend onder die bome deur en kies sommer 'n koers terwyl sy belangstellend alles om haar bekyk, en dit wat vreemd en nuut is, van naderby gaan beskou. Eerlank is sy aan die kant van die dorp en lê die sportterrein met nog net een platdakhuisie daarnaas voor haar. Sy wil net omdraai en terugstap sodat sy Kas se sjokoladekoek kan gaan bak, toe sy hom gewaar.

Oom Joop is besig om 'n halsstarrige haan in die hok te probeer kry. Hy is onbewus daarvan dat hy 'n toeskouer het en, in sy onmag met die rumatiekbene om die ratse haan in 'n hoek te dryf, vertel hy hom ook in geen onsekere taal wat hy met hom sal doen as hy hom in die hande kry nie, die ditse ding! 'n Hartlike skaterlag agter hom laat hom wip soos hy skrik en dan verleë omdraai.

"Lyk my daardie haan is nog net vir een ding goed, oom, en dis om heerlik bruin te braai in sy eie vet met lekker bruingebakte aartappeltjies om hom."

"Dit kan jy weer sê, meisie. Dis net wat met hom gaan gebeur as ek hom in die hande kry!" beaam oom Joop pootuit en vee die sweet met 'n kakiesakdoek uit sy oë.

Weer lag Marlise spontaan, die lewensvreugde borrelend in haar.

"Ek sal oom help, maar op een voorwaarde – ek word ook vir die dis genooi. Top?"

"Top!"

Oom Joop staan terug en nou is dit sy beurt om te lag totdat die trane rol. Die meisie lyk gehawend toe sy eindelik trots tussen die drade en bosse orent kom, die rooi haan stewig vasgevat, haar oë skitterend.

"Hy het my laat sukkel, oom, maar ek het hom. Waar moet ek nou met hom heen?"

Oom Joop skuifel vinnig nader.

"Hier, meisie. Sit hom in hierdie draadhokkie en môre waai sy kop."

"Wanneer eet ons hom – môremiddag?"

"Top!"

"Niks hou my môremiddag hier weg nie! Ek het hard gewerk vir daardie stukkie kos! Ek sal nou eers moet loop, oom. Tot môremiddag, hoor?"

"Tot siens, meisiekind. Kom seker. Jy is baie welkom."

Laggend en onbewus van haar geskraapte knieë en die feit dat dit lyk asof sy deur 'n warrelwind opgetel en êrens neergegooi is, stap Marlise terug huis toe. Sy sal haar moet roer as sy daardie koek betyds gebak wil kry sodat sy dit nog voor teetyd kan versier.

Liesel tref haar 'n rukkie later in die kombuis aan, druk besig. "Wat maak jy?"

"Ek bak koek. Nee, gaan sit op 'n ander plek, jy is in my pad," beveel sy sommer eiegeregtig en Liesel gaan plak haar aan die oorkant op 'n stoel neer. Sy frons.

"Marlise, jy gaan tog nie so verspot wees om regtig 'n sjokoladekoek vir Kas Burger te bak nie."

Marlise kyk op en vee met 'n meelhand haar kuif uit die oë. As skoolmeisies was sy en Liesel groot maats, maar sy is nie meer so seker of sy nog soveel van haar eertydse vriendin hou noudat hulle jong meisies geword het nie.

"Ja, ek gaan."

"Jy kan nie ernstig wees nie!"

"Natuurlik is ek. Liesel, ek is 'n jaar ouer as jy, nè? En jy weet ook ek het baie mansvriende. Maar Kas is anders. Kas was vir my iets . . . iets spesiaals vandat ek hom die eerste oomblik gewaar het."

Liesel lyk openlik geskok.

"Maar jy ken hom nie! Jy weet nie wie en wat hy is, waar hy uitkom nie, waar . . ."

"Ek hoef nie te weet nie – nie regtig nie. Alles wat ek wil weet of hoef te weet, kan ek in Kas self sien. Liesel, ek kan jou dit maar sê, want daar is tog geen gevaar dat ek miskien op jóú tone sal trap nie: ek is verlief op Kas Burger. Ek is vir die eerste keer werklik verlief en ek gaan my uiterste bes doen om hom beïndruk te kry, al sê jou pa hy het nie tyd vir ons geslag nie."

3

Marlise het die koek gebak, 'n rukkie later versier en trots daarmee kantoor toe vertrek. Liesel wou nie saamgaan nie, en sy het nie aangedring nie.

Kas is besig met sy tweede stuk koek toe oom Faan weggeroep word na die telefoon en die twee jong mense vir 'n oomblik alleen is.

"Wat makeer jou knie? Dis velaf," laat Kas dan hoor, en sy lag ietwat selfbewus en probeer haar kort rokkie sonder veel sukses daaroor trek.

"Ek het 'n hoenderhaan help vang!"

"'n Hoenderhaan?"

"Ja!" Sy lag en vertel hom van die petalje. "En ek is môremiddag genooi vir 'n koningsmaal! Dis my beloning vir al die wonde opgedoen."

"Gaan jy regtig daar eet?"

"Natuurlik!" Sy kyk hom verbaas aan. "Hoekom nie? Moenie jy ook soos Liesel begin word nie!" Sy is sommer meteens kwaad en onverklaarbaar hartseer, en sy begryp nie die uitdrukking op sy strak gesig nie. Sy laggie is kortaf, vreemd bitter.

"Ek is die laaste mens op Grasbult wat dit sal durf waag om soos Liesel Dempers te word, want ek het niks om op te roem nie. Inteendeel. Daardie eenvoudige ou man wat jy vanoggend gehelp het, is my pa, Marlise, en die platdakhuisie is mý huis. Nou weet jy."

"Ja. Nou weet ek, nè? Nou weet ek dat jy aanstellerige mense selfs in platdakhuisies aantref." Sy spring op, begin oorhaastig die koekbordjies opmekaarstapel terwyl sy haar oë vinnig moet knip. Wat het skeefgeloop? wonder sy hartseer.

Hy staan meteens langs haar, sy stem laag. "Marlise! Asseblief! Jy verstaan nie! Jy is Liesel se vriendin en ek is . . ."

"Ja, ek weet wie jy is. Ek weet dit nou. Jy is die snobseun van 'n dierbare oubaas wat in 'n platdakhuisie daar duskant die sloot woon. Maar of jy my nou daar wil hê of nie, ek kom môremiddag daar eet. En as jy te hooghartig is en te veel van jouself dink om saam met my en jou pa bruingebraaide hoender en aartappeltjies te eet, hoekom gaan vra jy nie vir Liesel om saam met jou in die hotel te gaan eet nie?"

"Marlise, ek het nie bedoel . . ." Hy swyg en kyk in haar oë af. "Meisie, ek dink jy is die wonderlikste mens wat ek nog ooit geken het . . . en niks gaan my môremiddag van daardie feesmaal af weghou nie."

Hulle glimlag vir mekaar en Liesel is reeds by hulle voordat hulle haar gewaar. Kas staan effens opsy en die warmte verdwyn uit sy oë en stem.

"Môre, juffrou."

Die blou oë kyk koel terug, byna openlik vyandig.

"Môre, meneer Burger. Is jy klaar met jou teepartytjie,

Marlise? Rob wag vir ons. Ons gaan uit Rondom toe vir die res van die dag."

'n Rukkie later waai Marlise vrolik tot siens toe hulle voor die kantoor wegtrek, maar die warm glimlag huiwer net vir 'n rukkie om Kas se mondhoeke. Toe hy omdraai om terug te keer na sy werk toe, is die ou somberheid terug in sy oë.

Marlise sorg dat sy vroeg die volgende middag al by die platdakhuisie aankom. Gedeeltelik is dit om oom Joop hand te gee met die ete, tafel te dek en so meer, gedeeltelik ook om weg te kom van Hartelus en die gespanne atmosfeer wat so skielik tussen haar en haar jeugvriendin ontstaan het. Liesel het tot haar verbasing niks te sê gehad toe sy haar ingelig het oor hierdie afspraak van haar met oom Joop nie, en sy was heimlik verlig. Sy wil liewer nie met Liesel oor hierdie omstrede onderwerp gesels nie, want sy hoop in stilte dat Liesel haar sal nooi om langer te kuier – 'n aanbod wat sy met albei hande sal aangryp.

Toe Kas om twintig voor een van die kantoor af kom, lei sy neus hom na die kombuisie toe en hy kom in die deur tot stilstand. Marlise en oom Joop is druk doenig by die swart koolstoof. Marlise is besig om klein, goudbruin aartappeltjies om die geurige hoender te rangskik en oom Joop om geelrys met rosyne in 'n skottel te skep. Die meisie kyk op en haar hart skop hoog toe sy Kas gewaar.

"Jy is byna laat . . . en laatkommers kry nie kos nie, veral as hulle nie help werk het vir die kos nie."

"Verskoon my, juffrou. Wie dink jy het vanoggend douvoordag opgestaan, die haan se kop afgekap en hom skoongepluk?"

Sy sit die hoender in die middel van die tafel neer en kyk byna teer daarna.

"Daar! Ek gaan darem lekker eet vandag. So 'n vloeksteen het my darem laat hardloop!"

Die verbasing op Kas se gesig laat haar skaterlag en dan

moet hy ook glimlag terwyl hy in oom Joop se rigting laat hoor: "Pa, ons moenie toelaat dat die stadsjuffrou ons verkeerde woorde leer nie!"

Oom Joop glimlag verleë en Marlise is dadelik op die verdediging.

"Los jy vir my en oom Joop doodstil uit! Vloeksteen is nog gans te sag vir hom. Al my knievelle is daarmee heen. Toe dan nou, Kas! Loop was jou hande dat ons kan eet. Ek kan sterf van hongerte!"

Die res van die week gaan wonderlik vir Marlise verby, maar teen die einde daarvan moet sy aan haarself erken dat sy nie juis veel vordering gemaak het nie. Sy en Kas het groot maats geword en daar is byna nie 'n onderwerp onder die son waaroor hulle nie ernstig gesels of geskerts of goedig geredekawel het nie. Maar net een onderwerp was taboe: die oomblik dat Liesel se naam in 'n gesprek opgeduik het, het Kas Burger stil en teruggetrokke geword. Hy het net geweier om hom te laat uitlok.

Die middag voordat sy die aandtrein terug stad toe moet haal – oom Faan het haar wel genooi om langer te kuier, maar Liesel het nie – kom groet sy Kas spesiaal teen toemaaktyd by die kantoor.

Sy is dankbaar dat sy liewer die groetery so gereël het en nie gewag het tot Kas al terug van die kantoor af was nie, want toe sy oom Joop by die voorhekkie van die platdakhuisie groet, kon sy die trane nie keer nie. Oom Joop het 'n ongemaklike, bewende hand op die jong skouer geplaas.

"Ag nee, kind, wat is dit dan nou?" het hy onnodig gevra en sy het moedig teen haar trane gestry, toe opgekyk in die ou oë wat so lankal in haar hart gekyk het.

"Ek gaan so verlang na Grasbult en sy mense, oom Joop. Ek het so . . . so lief vir julle almal geword."

Oom Joop het gekug, rondgeskuifel en daar was ook hartseer in sy oë.

"Ja, kind, ons het ook almal lief vir jou geword. Jy moet

weer kom kuier. Laat weet vroegtydig, dan sorg ek dat daar weer 'n haan in die vetmaakhokkie is," het hy probeer skerts, maar albei het geweet dat sy seker nie gou weer op Grasbult sal kom nie. Marlise het die vermoede dat Liesel haar nie weer sal nooi nie.

Nou keer Marlise haar direk na Kas en glimlag dapper.

"Wel, Kas, ek het vanmiddag eintlik net kom groet. Ek vertrek met die aandtrein." Sy aarsel, kyk hom dan vas aan. "Kas, mag ek iets vir jou sê?" Hy frons effens en knik, en sy vervolg op gedempte toon: "Belowe my dat jy nie sal toelaat dat Liesel jou dooddruk nie. Asseblief!"

Sy frons keep dieper en sy oë kyk ook strak terug.

"Ek begryp nie, Marlise ..."

"Ja, jy begryp baie goed. Ek gaan nou weg en ons sal mekaar seker nie gou weer sien nie, en daarom het ek die moed om dit vir jou te sê. Jy is 'n mens soos elke ander mens, Kas. Jy het net soveel reg as Liesel Dempers om jou plek in die samelewing in te neem."

"Marlise, ek weet werklik nie waarop jy afstuur nie . . ."

"Ja, jy weet, Kas . . . maar jy wil dit net nie erken nie. Ek verwag ook nie jy moet dit teenoor my erken nie, maar . . . dink weer daaroor na, sal jy?" Sy lê haar hande meteens weerskante van sy gesig en lig haar kop omhoog. "Tot siens, Kas . . . en dankie vir alles."

Oom Faan en Liesel kom by eersgenoemde se kantoor uitgestap, maar Marlise trek Kas se kop af en soen hom innig. Sy staan terug. "Belowe om my te kom opsoek wanneer jy vir jou mondelinge eksamen Kaap toe kom?"

"Ek sal sien . . ."

"Nee, belowe!"

Hy gee toe met 'n sagte glimlag. "Goed, ek belowe."

'n Paar weke later is Kas Kaap toe om sy mondelinge eksamen te gaan aflê, en soos hy belowe het, gaan soek hy Marlise op en sy laat hom dadelik uit die hotel trek waar hy tuis is en ten spyte van sy proteste, neem hy vir die paar dae sy intrek by die Jouberts. Soos almal verwag het, gaan dit uitstekend met die eksamen en Marlise maak geen geheim van haar trots nie. Kas wil natuurlik onmiddellik na Grasbult toe terugkeer, maar Marlise steek daar 'n stokkie voor.

"Jy het self gesê jy het in al hierdie jare nog nooit vakansie geneem nie, Kas. Jy kan dit nou bekostig om 'n paar dae te ontspan. Nee, ek wil niks hoor nie. Ek gaan nou vir oom Faan bel en vra of jy nie maar nog 'n week kan kuier nie."

Kas het haar maar laat begaan. Hy is werklik moeg, besef hy terwyl hy luister hoe sy sommer alles met oom Faan reël. Hy het homself nooit tyd gegun vir 'n ordentlike vakansie nie. Noudat die laaste werk agter die rug is, besef hy eers hoe uitputtend die afgelope jare wel was. En dit doen sy hart goed om by die Jouberts te kuier. Hulle is welgestelde mense, maar mense wat ten spyte van voorspoed en sukses die regte waardes in die lewe behou het, mense wat jou beoordeel op eie meriete, vir wat jy is en nie vir wat jy was of wie se kind jy is of waar jy woon nie.

Kas was heeltemal bewus van die opsommende oë daardie dag toe Marlise hom na haar ouerhuis toe gebring het. Hy het maar te goed besef dat hy deeglik deurgekyk en geweeg word, want sy is die Jouberts se enigste dogter. Maar uit die staanspoor het daar 'n goeie gees en gemaklike verhouding tussen hom en die ouerpaar sowel as haar twee broers ontstaan. Hulle het hom tuis en soos een van hulle laat voel, en hy het soms 'n lastige knop in sy keel voel opstoot. Die dankbaarheid in sy hart was grensloos. Hier was hy Kas Burger – en daar was 'n onwilligheid in hom om terug te keer na Grasbult, daar waar hy maar net weer ou Joop se seun sal wees, soos hy nog altyd was.

Oom Faan is dadelik te vinde vir die voorstel en ook baie ingenome met die verloop van sake.

"Natuurlik, kind. Hou hom daar so lank jy kan. Hy verdien 'n goeie rus."

Toe oom Faan omdraai van die telefoon af, gewaar hy Liesel agter hom.

"Dit was Marlise. Sy wil Kas nog 'n paar dae daar hou." Hy glimlag. "Die mannetjie verdien 'n blaaskansie. Hy het die afgelope jare soos 'n esel gewerk en dit het glo wonderlik goed gegaan met die eksamen." Hy frons effens en lag dan weer. "Ek hoop net nie Marlise maak die bande te styf vas en rokkel naderhand vir Kas af nie. Ek het al so bederf geraak dat ek nie meer sonder die man kan klaarkom nie."

Liesel lyk nie juis geïnteresseerd nie, en daar is 'n fyn fronsie tussen haar wenkbroue. Tog vra sy terloops: "Hoe lank gaan hy dan nog bly? Kan Paps sonder hom klaarkom?"

"Marlise praat van 'n week. Ek sal darem seker vir 'n week kan uithou."

Die res van daardie week word Kas se naam nie weer tussen pa en dogter genoem nie, en voordat Kas terugkeer, vertrek Liesel universiteit toe vir haar kursus in die beeldende kunste.

Maande gaan verby waarin die kontak tussen Liesel en Kas heeltemal verbreek word. Hy sien haar in die twee jaar wat verloop net 'n paar keer terloops gedurende vakansies, en dan gewoonlik in die geselskap van Rob Rabe.

Dat oom Faan nog steeds ontevrede voel oor die vriendskap tussen hierdie twee, daarvan is albei prokureurs bewus, maar hierdie saak word nooit weer tussen die ouer en jonger vennoot geopper nie. Oom Faan het 'n onwilligheid in Kas agtergekom om sy mening aangaande Liesel te lug en dis eintlik vreemd dat hierdie twee, wat mettertyd 'n pa-seunverhouding opgebou het en vrymoedig teenoor mekaar is in alle ander opsigte, nie oor Liesel kan gesels nie. Elke keer dat oom Faan nog met Kas oor Liesel en sy kommer oor haar probeer praat het, was dit duidelik hoe iets in Kas toeslaan, hoe hy hom terugtrek en distansieer van enigiets wat oom Faan kwytraak.

Nie Kas of enigiemand anders op Grasbult is juis verbaas

toe Liesel en Rob se verlowing aan die einde van haar tweede jaar op universiteit aangekondig word nie. En dis net sy jong vennoot wat die vermoede het dat oom Faan nie so ingenome met die verloop van sake is nie. Die res van Grasbult se gemeenskap het dit verwag. Van kleintyd af was hulle maats, het hulle saam grootgeword en hoewel Grasbult se mense goed weet hoeveel los verhoudings Rob Rabe op sy kerfstok het, het almal verwag dat hy en Liesel op die ou end tog by mekaar sou uitkom.

Liesel is die naweek voordat sy terugkeer huis toe by die Jouberts, en die twee meisies is alleen in die kamer toe Marlise met 'n openlike tikkie verlange in haar stem sê: "Ek sal darem graag weer die klomp Grasbulters wil sien. Ek was nog nooit weer daar sedert die eerste keer nie en ek verlang nogal. Miskien slaan ek hierdie vakansie onverwags daar uit – as ek welkom sal wees, natuurlik."

Liesel kyk op, haar oë skerp.

"Verlang jy werklik, of eintlik net na een bepaalde Grasbulter?"

Marlise lag skuldig en bloos.

"Veral na een spesifieke Grasbulter! Ek moet erken, ek sal graag weer vir Kas wil sien. Ons skryf wel gereeld aan mekaar, maar . . . dis nie dieselfde nie. Ek het die grootste vrees dat een of ander oulike nooientjie op Grasbult hom gevang sal kry voordat ek nog vir laas probeer het."

Liesel lag nie saam nie.

"Jy is seker nie regtig ernstig nie, Marlise. Liewe land, jy kan kies en keur . . ."

Ook Marlise se gesig versomber en word ernstig.

"Ja. Ek kan – maar die een man na wie se aandag ek werklik verlang . . . Ek is ernstig, Liesel. Ek kan Kas nie vergeet nie. Ek het probeer, want iets hier binne vertel my dat Kas net 'n dierbare vriend van sy kant af is en niks meer nie. Maar 'n mens is mos 'n verspotte ding. Jou hart luister mos nie na jou verstand nie. En dan is ek nie so seker of my saak regtig so hopeloos is as wat ek soms dink nie. Sover ek weet en by oom Faan kon vasstel, het Kas nog nie 'n vaste meisie nie, hoewel hy glo baie gewild is. Volgens oom Joop hardloop die jong meisies hulle bene af agter hom aan, maar dit sê nie veel nie. Kas het sy eie eienaardige idees oor die lewe en wat moet en hoe dit moet. Hy het self eenkeer gesê hy sal nie droom om aan trou te dink voordat hy nie homself bewys het nie. Wel, dit het hy beslis gedoen. Jou pa sê vir my tot van die naburige dorpe se mense is nou al kliënte van hulle, almal agter Kas aan. Hy is besig om vir homself naam te maak in daardie kontrei. Finansieel staan hy al glo stewig op eie bene en in sy laaste brief vertel hy dat hy die stuk grond langs sy pa se erf gekoop het en aan die huis bou is. Dis wat my so onrustig maak. Aan die een kant kan ek begryp dat dit die eerste ding sal wees wat Kas sal wil doen – om 'n ordentlike huis vir hom te laat bou. Maar nou vertel die duiwel my dis nie net daarom nie, maar dat hy miskien ook trouplanne kan hê. Ek sal baie graag self wil gaan kyk wat presies daar aangaan en hoe goed my kanse is om die vrou in daardie huis te word."

Liesel is doenig voor die hangkas en praat oor haar skouer, en as Marlise nie so bekommerd was oor Kas en sy huisbouery nie, sou sy die koelheid in haar vriendin se stem opgemerk het.

"Wel, dan kan jy oor veertien dae kom kyk, want dan raak ek en Rob verloof en ek verwag jou by die partytjie."

Marlise ruk haar gedagtes van haar eie probleme af weg en kyk haar vriendin skerp aan, die teleurstelling duidelik in haar stem.

"Jy en Rob verloof?"

Liesel draai om en nou is haar oë selfs kil.

"Ja. Hoekom nie? Wat het jy teen Rob?"

Marlise frons en aarsel. Sy wil nie op haar vriendin se tone trap nie, maar sy probeer ook nie voorgee dat sy ingenome is met die aankondiging nie. Sy kan dit nie help nie, maar sy kan net nie vat aan hierdie rykmanseun kry nie, soos die Grasbulters dit sou stel. Dis of sy die man net nie kan vertrou nie. Sy weet sy ken hom te swak om so 'n sterk standpunt in te neem, maar sy het net die gevoel dat Liesel 'n fout begaan. Haar antwoord is ontwykend, bekommerd.

"Nee . . . ek kan niks teen hom inbring nie. Hoe kan ek? Ek ken hom skaars. Dis net . . . Is julle nie 'n bietjie haastig nie? Ek bedoel . . . jy is nog jonk en . . ."

"Moenie verspot wees nie, Marlise. Ek en Rob ken mekaar van kleins af. Hoe sal ons nou te haastig wees? Ek was al mondig. Baie van ons skoolmaats is al getroud. Hoekom sê jy nie liewer jy hou nie van Rob nie?"

"Liesel, ek . . ."

"Kas het jou natuurlik beïnvloed."

"Kas? Kas het nog nooit . . ."

"Het hy nie? Hoekom voel jy dan so teenoor Rob? Jy sê self jy ken hom skaars."

Marlise spring ontsteld op.

"Maar dit is waar! Kas het nog nooit, nooit een keer Rob se naam teenoor my genoem nie. Hoekom sal hy my beïnvloed teen Rob? Wat het dit met hom te doen?"

"Dis wat ek ook graag wil weet," sê die yskoue stemmetjie. "Hy het Paps teen Rob laat draai. In elk geval, jy is welkom om na my verlowingspartytjie toe te kom."

"Ek weet nie of ek sal kom nie, Liesel. Ek sou graag wou maar . . . as Kas nie welkom daar sal wees nie, weet ek nie of ek . . ."

"Ag, in hemelsnaam, jy het Kas Burger op jou brein. Bring hom saam as jy dan moet. Dit sal aan my geen verskil maak nie. Wat sal ek my tog aan ou Joop se seun steur?"

Vir die eerste keer kom hierdie twee vriendinne baie naby daaraan om openlik te stry.

"Liesel, ek hou nie van die manier waarop jy na Kas se pa verwys nie. Goed, hy bly in die onderdorp, soos julle Grasbulters dit noem. Hy is 'n eenvoudige, arm ou man met nie veel om op te roem nie, maar as jy oom Joop werklik ken soos ek hom leer ken het, dan . . . dan word jy lief vir hom en jy kan baie by hom leer."

Liesel kyk haar vererg aan.

"Ag, Marlise, ons gaan tog sekerlik nie oor Kas en sy ou pa baklei nie! Dis nie die moeite werd nie!"

Marlise se gesig bly strak.

"Dis vir mý die moeite werd, want hulle is vir my belangrik. Daar is niks wat ek graagter in hierdie lewe wil wees as ou Joop van die onderdorp se skoondogter nie. Daar. Ek erken dit openlik. Nou weet jy. Ek sal my mond van Rob Rabe af hou en jy hou in die toekoms jou mond van oom Joop af. Dis al manier waarop ek en jy vriendinne sal kan bly."

"Jy is besimpeld! Maar goed. Ons laat dit daar."

Vir die eerste keer het daar spanning tussen hierdie twee vriendinne ingesluip, 'n spanning wat albei onmiddellik weer aanvoel toe Marlise die middag op Grasbult aankom om betyds te wees vir die verlowingspartytjie wat daardie aand in Rondom se groot skuur gehou sal word.

Liesel kyk haar met 'n frons agterna toe sy pas ná haar aankoms met die straat af koers kry in die rigting van die sportterrein.

Maar Marlise steur haar nie daaraan nie. Sy kan net nie gou genoeg by daardie platdakhuisie kom nie.

Die weersiens is wonderlik vir albei. Sy val oom Joop spontaan om die nek en die ou man kry sommer trane in die oë. Ai, dis darem 'n liewe kind. As Kassie maar sinnigheid in haar wil kry . . . Wie weet, met hierdie skielike huisbouery van hom het hy dalk sulke planne.

Nadat hulle langs die kombuistafel koffie en beskuit gesit en eet het en oom Joop sy storie moes ken om op al die gretige vrae te antwoord, stap hulle saam na buite in die rigting van die aangrensende erf waar 'n luukse woonhuis reeds dakhoogte bereik het. Marlise kan 'n uitroep nie keer nie.

"O, oom Joop! Dis pragtig! En die tuin is ook al byna

klaar uitgelê! O, dit gaan iets besonders wees wanneer alles klaar is."

"Ja, Kassie werk baie hard. Elke middag tot saans laat is hy in die tuin doenig en jy moet weet, dis alles sy eie idees. Die huis ook. Hy het dit self ontwerp, die hele plan self opgetrek. Ek weet nie wat hy met so 'n groot affêre wil maak nie. Vier slaapkamers, en dan nog 'n ekstra kinderkamer . . . of wat 'n mens dit ook al noem . . ." Hy lag, die trots stralend uit sy oë. "Dit kom my mos voor my seun het toekomsplanne! Ek het hom nou die dag gesê die kar is nou voor die perde – 'n mens soek eers vrou en dan bou jy huis. Maar Kassie was mos almelee anders. Nee, hy sê eers die huis, dan die vrou!"

Dit voel vir haar asof haar hart omkeer, en hoewel sy glimlag, is daar onrus in haar stem.

"Het hy darem al 'n vrou in die oog, oom?"

"Ek weet nie, kind. Kassie is mos nie 'n man wat praat nie. Hier is 'n klompie meisiekinders wat hy uitneem, maar . . . ek weet nie of daar al 'n besondere een is nie. Ek weet van een donkerkop oor wie hy baie danig is. Hy gesels baie oor haar en lees altyd haar briewe voor," en die ou oë glinster in hare.

Marlise glimlag en die onrus bedaar 'n bietjie. Sy blik na die straat se kant toe.

"Hy moes al van die kantoor af gekom het, dan nie?" vra sy dan onwillekeurig, maar oom Joop skud sy kop.

"Nee, hy is nie vandag op kantoor nie. Meneer Dempers het hom ingespan om stoele en tafels uit te ry Rondom toe vir vanaand se ding. Hy is al heeldag daarmee doenig."

"O!" Marlise kan huil van teleurstelling. Noudat sy weer vir oom Joop gesien het, kan sy haar verlange na Kas byna nie bedwing nie. Geen wonder Liesel dink sy is besimpeld nie, dink sy meewarig. Dit is seker dwaas van haar om soveel hoop te koester, want nie een keer was Kas se briewe in die verlede iets meer as vriendskaplik nie. Hoe sy ook al daarna gesoek het, was daar nooit 'n aanduiding van iets meer as net opregte vriendskap nie. Tog het sy bly vasklou aan die hoop en haarself getroos met die gedagte dat Kas uitstel om iets meer as vriendskap van haar te vra totdat hy voel dat hy in status haar gelyke is en finansieel vir haar kan sorg soos wat sy gewoond was in haar ouerhuis.

En terwyl Marlise so met teenstrydige emosies van hoop en wanhoop binne-in haar na Kas se nuwe huis staan en kyk, is almal druk besig met die finale voorbereidings vir die partytjie in Rondom se skuur. Ook Liesel steek nie lyf weg nie. Die versiering van die saal is een van die belangrikste take wat afgehandel moet word en daaroor hou Liesel self 'n oog.

Groot en swaar massarangskikkings word in die dak op-gehys en sy is juis besig om een so hoog as wat sy kan op te lig sodat een van die helpers bo in die dak die haak kan laat afsak waaraan dit moet hang, toe sy meteens arms om haar voel skuif en sterk hande die swaar gewig van die pot uit haar hande neem.

"Jy sal jou verongeluk."

Sy herken die stem onmiddellik, 'n stem wat sy baie lank-laas gehoor het. En soos altyd, onverklaarbaar, is sy intens bewus van sy teenwoordigheid hier dig teen haar, bewus daarvan dat sy nog steeds in die sirkel van sy arms staan soos hy die pot uit haar greep geneem het en dat sy stem hier vlak agter haar opklink. Sy verstyf onmiddellik, maar hou haar oë op die pot gerig wat stadig omhoog gehys word.

Sy voel sy hande terugsak na sy sye, maar hy staan ook nie onmiddellik terug nie. Sy voel dat hy op haar afkyk, maar sy hou haar blik stip op die pot gerig.

"Liesel, is jy seker jy doen die regte ding?"

Sy is eindelik verplig om haar kop te draai en vir die eerste keer in byna jare kyk sy Kas Burger vas in die oë.

"Wat bedoel jy?"

"Jy weet wat ek bedoel. Is jy seker Rob is die regte man vir jou?"

Sy voel iets nog stywer in haar saamtrek en onmiddellik is die opstand terug in haar.

"Maar natuurlik! Hoekom anders het ek dan aan hom verloof geraak?"

Vir die eerste keer in haar lewe sien sy dat Kas Burger grys oë het en dat hulle kan verdonker.

"Ek vra maar net. Hoekom is jy op die verdediging?"

Die blou oë begin flits. "Ek is nie op die verdediging nie. Jy praat twak. Ek is besig." Sy wil by hom verbystap, maar vir die eerste keer voel sy ook die aanraking van Kas Burger se hand op haar arm.

"Dis nog nie te laat om jou fout uit te vind nie." Toe sy weer opkyk, is dit of die oë 'n heeltemal donkergrys kleur aangeneem het. "Dis nog nie te laat nie, Liesel."

Daar is meteens 'n vreemde bewing in haar en dis met moeite dat sy haar ontsteltenis verberg. Wat gaan vandag met Kas aan? Vir jare het hy haar middeldeur gekyk as sy toevallig in sy gesigsveld kom, en vandag . . .

"Ek weet nie wat jy praat nie en ek stel ook nie belang om daarna te luister nie. Jy het niks met my sake te doen nie. My lewe gaan jou nie aan nie."

Sy voel die hand van haar af weggly en sy stap blindelings vorentoe.

"Pasop!"

Sy voel hoe sy weggeruk word en agter haar is die geluid van die swaar pot wat van sy haak losgegly het en aan skerwe op die sementblad val terwyl water en blomme in alle rigtings spat. Maar dis of al hierdie geluide en die ontstelde uitroepe vreemd dof in haar ore klink waar sy styf teen Kas aangedruk staan. En meteens voel dit vir haar asof sy wil huil.

Maar sy moet haar ontsteltenis vinnig terugsluk toe hy haar meteens laat gaan, en toe sy vlugtig na hom opkyk, is sy oë op die hangende potte gerig.

"Ons sal al hierdie hake goed moet nagaan, Lafras. Mense kan seerkry."

Toe sy tuis kom, wag Marlise haar by die hekkie in. "Alles al reg daar op Rondom?"

"So te sê."

Marlise kyk haar ondersoekend aan.

"Wat makeer, Liesel? Jy lyk bleek."

Haar vriendin stap haastig aan.

"Dis seker maar die hitte en . . . so aan. Ons sal stadigaan moet begin gereed maak. Ek moet vroeg weer uitgaan sodat ek daar is wanneer die eerste gaste opdaag." Sy stap die gang af met haar vriendin op haar hakke. "Kom Kas jou hier haal?"

"Ja. Hy was nie tuis nie, het glo gehelp op die plaas, maar oom Joop het gesê hy het laat weet hy sal my kom haal."

"O, wel, dan is jou vervoer gereël. Ek en Paps sal 'n rukkie vroeër moet vertrek." By die deur draai sy terug. "Ek gaan nou bad en 'n bietjie rus. Het jy miskien vir my iets vir hoofpyn?"

"Ja, seker. Is jou kop seer?"

"Effens. Dis maar die spanning . . ."

Die orkes wat van 'n naburige dorp af gekom het vir die aand, is reeds 'n hele rukkie aan't speel toe Kas en Marlise hul verskyning maak. Liesel merk hulle dadelik in die deur op en weer is dit of daar 'n skroef binne-in haar aangedraai word. Marlise is stralend en lyk pragtig. Die blou oë draai na die man langs haar. Kas Burger het die afgelope twee jaar beslis 'n groot man geword. Die effense seunsagtigheid is weg. Hy is lank en atleties en – dit moet sy teen wil en dank erken – baie aantreklik in sy aandpak. Vanaand kan sy verstaan hoekom Grasbult se meisies deesdae wedywer om die jong prokureur se oog te trek.

Sy stap nader en hou haar blik op Marlise wat blykbaar moeite ondervind om enige ander plek te kyk behalwe na die man aan haar sy.

"Ek het vir julle by ons tafel plek gehou. As jy jou stola wil gaan neersit – daardie deur regs," beduie sy, en toe Marlise wegstap, is sy verplig om na hom op te kyk. Sy gesig is stil en uitdrukkingloos soos sy dit maar altyd ken wanneer hy na haar kyk. "Ons . . . ons kan maar solank gaan sit," laat sy vinnig hoor en stap terug na die tafel. 'n Ongemaklike stiltetjie volg en sy sê: "Die orkes speel lekker, nè?"

Hy knik skaars, kyk na die deur waar Marlise verdwyn het, en Liesel laat haar blik oor haar gaste dwaal. Sy sug byna hardop van verligting toe Marlise weer haar verskyning maak en haar glimlag is onnodig breed toe sy praat.

"Dis 'n pragtige rok, Marlise. Sy lyk mooi, nè, Kas?"

Kas knik en kyk glimlaggend na Marlise.

"Sy is altyd pragtig – van die min werklik pragtige mense wat ek ken."

Liesel kyk vinnig weg en blik in die rigting van die kroegtoonbank.

"Dans gerus. Rob sal nou kom. Hy kyk net dat almal geholpe is."

Sy sien hulle wegdans, Kas se kop gebuig oor die pragtige gesig wat na hom opgelig is, en weer kyk Liesel vinnig weg, sien haar pa langs haar inskuif.

"Marlise en Kas is 'n mooi paartjie, nè, Paps? Kyk hoe mooi dans hulle saam." Sy lag effens. "Ek het nie eens geweet Kas kan dans nie; nie só nie, in elk geval. Hy was mos nie 'n man wat veel aan die sosiale lewe deelgeneem het nie."

"Nee, maar hy het die afgelope twee jaar uit sy dop begin kruip. Kas lei nou heeltemal 'n aktiewe lewe en is 'n gunsteling onder die gasvroue van Grasbult. Ja, hulle maak 'n oulike paartjie uit. Geen wonder Kas begin huis bou nie."

Sy dogter kyk vinnig na hom op.

"Dan is hy van plan om Marlise te vra?"

"Ek dink so. Hy het nog niks laat blyk nie. Kas is baie geheimsinnig, lag dit maar net weg as ek hom probeer pols. Maar elke meisie kan dankbaar wees om sy vrou te word. Hy is 'n man uit een stuk. Hier is 'n hele paar pa's wat bly sal wees as hy hulle skoonseun kan word."

Liesel sak terug teen die stoelleuning en bewaar liewer die swye. Sy weet dat haar pa een van daardie pa's is. Hy het wel toegestem dat sy aan Rob verloof raak, maar sy weet dat hy nie baie gelukkig daaroor voel nie. Hy sou, soos blykbaar baie ander pa's op Grasbult, ou Joop se seun verkies het ... ou Joop se seun wat meteens so 'n geweldige metamorfose ondergaan het en vanaand soos 'n vreemdeling vertoon, soos iemand wat sy vanaand vir die eerste keer werklik raaksien ...

4

As oom Faan nog die vae hoop in sy hart vertroetel het dat hierdie verhouding nie verder as 'n verlowing sou gaan nie, word dit gou die nekslag toegedien. Liesel en Rob wil oor drie maande trou.

Oom Faan probeer vir laas wal gooi.

"Maar hoekom so gou, Liesel? Watse vreeslike haas is dit?" Liesel se oë is ontwykend.

"Ek het tog reeds verduidelik, Paps. Rob se ouers gaan in die Strand aftree en hulle kan toevallig dadelik besit neem van die woonstel wat hulle in die oog het."

"Maar dit is nog geen rede hoekom jy en Rob so haastig moet trou nie. Rob sal niks oorkom as hy 'n paar maande alleen op Rondom moet bly nie. Dan kan julle die einde van die jaar trou."

Sy dogter se blou oë flits ergerlik.

"Maar hoekom moet hy vir 'n paar maande alleen bly en hoekom moet ons eers die einde van die jaar trou? Ons gaan tóg trou en ..."

"Liesel ... Liesel, my kind, is jy seker? Is jy baie seker Rob is die man wat jy wil hê?"

Sy kyk verslae terug in haar pa se bekommerde oë en meteens, so ontydig, hoor sy iemand anders se stem weer vra:

"Liesel, is jy seker jy doen die regte ding?" En juis omdat 'n vreemde onrus in haar roer sedert hierdie laaste vraag aan haar gestel is, is haar verweer heftiger as wat nodig is. Oom Faan sug en beduie met die hand.

"Goed, goed, ek het maar net gevra. As jy dan werklik seker is wat jy wil doen, kan ek jou nie keer nie. Jy is al mondig."

Daar is 'n vreemde hardheid, 'n ongekende beslistheid in sy dogter se stem toe sy antwoord: "Nee, ek is bevrees Paps kan my nie keer nie."

Toe sy 'n paar weke later in die stad is om die nodige reëlings te tref, is dieselfde vreemde harde pit binne-in haar toe Marlise haar haar trougeskenk oorhandig – 'n fyn eetservies.

"Ek gee dit maar nou, Liesel, sodat jy dit saam met jou kan terugneem. Dis van my en Kas. Hy het gesê ek moet maar iets uitsoek en toe gooi ons sommer saam. Ek hoop jy sal dit kan gebruik."

Liesel soen haar vriendin innig en protesteer.

"Maar dis 'n te groot geskenk, Marlise. Dis vreslik dierbaar van jou . . . e . . . julle, maar dis darem 'n te duur ding . . ."

"Kas het gesê ek moet iets goeds koop. Hy het gesê dit maak nie saak wat dit kos nie. Dit moes die beste wees wat ek kon kry."

Liesel se ooglede sak en skiclik moet sy teen die trane stry. Sy hou haar doenig om die fyn porselein te bewonder.

"En wanneer gaan jy en Kas afhaak? Sy huis is al klaar, en dis 'n pragstuk. Ek het nou die dag daar verbygery. Die tuin is al mooi en sy grasperk is 'n lus vir die oog."

Marlise hou haar ook maar doenig met 'n bord.

"O, daar is nog baie tyd. Ons is nie so haastig soos jy en Rob nie. Jy ken mos vir Kas. Hy het sy eie idees oor sake en wanneer dit die regte tyd vir die regte ding is."

Op pad terug Grasbult toe daardie middag, die eetservies

versigtig verpak en agter in die motor in kartondose, dwaal Liesel se gedagtes terug na hierdie gesprek. Dan was haar vermoede juis. Kas het die praghuis vir Marlise laat bou. Nie meer so lank nie, dan sal haar vriendin daar intrek, sal haar hartsbegeerte vervul wees – om ou Joop se skoondogter te wees . . .

Dis toevallig dat sy die volgende middag weer voor Kas se nuwe huis verbyry en op die ingewing van die oomblik stilhou en uitklim. Sy stap 'n bietjie selfbewus nader, maar Kas kom haar tegemoet by die voorhekkie en daar is niks op sy gesig of in sy oë wat haar vertel dat hy haar besoek vreemd vind nie. Soos altyd is hy onpersoonlik beleef.

"Ek het . . . ek het net kom dankie sê vir die pragtige geskenk," verduidelik sy dadelik en hy knik, lewer geen kommentaar nie, maar hou die hekkie oop.

"Wil jy nie binnekom nie?"

Sy aarsel, maar laat dan toe dat haar nuuskierigheid die oorhand kry. Die hele dorp praat net van Kas se nuwe huis. Dit is glo iets om te sien. Sy stap deur en kyk om haar rond en haar stem klink opreg bewonderend toe sy laat hoor: "Wie sal ooit kon sê dis die ou vuilgoed-begroeide erf? Jy het wondere verrig, Kas."

"Ja, maar dit het harde werk gekos. Dit was egter die moeite werd. Kom binne."

Hy neem haar deur die hele huis en hoewel Liesel besonder swygsaam is, kan hy sien dat sy hou van wat sy sien. Grasbult is nie verniet gaande hieroor nie. Daar staan nie nog so 'n huis op Grasbult wat met soveel eenvoud en goeie smaak gemeubileer is nie.

"Daar is nog nie veel tierlantyntjies nie, net die nodige. Die res moet maar . . . eendag kom. Dit is die hoofslaapkamer met sy eie badkamer dié en daardie skuifdeur lei in 'n kinderkamer en speelstoep wat met glas toegemaak is. Dis die enigste vertrek wat nie gemeubileer is nie. Dié moet ook maar wag vir eendag."

'n Vreemde benoudheid pak meteens op Liesel se bors en

sy draai vinnig om. Haar stem klink vreemd gejaagd toe sy laggend laat hoor terwyl sy na die sitkamer toe terugstap: "Jy het eenvoudig aan alles gedink!"

"Ja. Ek het genoeg tyd gehad om aan alles te dink. Dis baie jare al dat ek op hierdie perseel my droomhuis beplan. Nou . . . staan dit."

"Dit moet wonderlik wees om jou drome so in werklikheid voor jou gestalte te sien kry."

"Ja, maar die huis is maar 'n deel van die droom."

Weer voel sy iets swaars op haar afdruk, maar sy lig haar kop en die blou oë vonkel tergend.

"Natuurlik! Die vrou vir die huis moet nog kom, nè? Maar dié sal seker ook nie meer lank wees voordat dit werklikheid word nie."

Maar hy glimlag nie terug nie, kyk net met daardie onpeilbare uitdrukking op haar af.

"Ek weet nie. Ek het geleer om nie te ver in die toekoms te leef nie. Maar dit sal, as dit gebeur, nie te gou gebeur nie, dink ek."

"O . . ." Liesel draai om. Sy het meteens niks meer om te sê nie. "Wel, ek moet gaan. Ek het maar net gekom . . ."

"Ja, hoekom het jy gekom?"

Sy kyk verbaas na hom.

"Ek het mos gesê ek het net kom dankie sê vir die trougeskenk." Haar stem is styf, weer meteens vyandig en hooghartig soos hy dit maar deur die jare leer ken het. "Ek is jammer as ek my kom indring het waar ek nie welkom was nie. Ek was maar net nuuskierig om Marlise se smaak te sien."

"Ek sien. En noudat jy klaar gesien het . . . is jy tevrede dat ou Joop se seun darem ook ordentlik kan lewe as hy die kans gegun word?"

Sy snak na asem en vir 'n oomblik kyk sy hom geskok aan. Dan, sonder 'n woord, draai sy om en stap by die huis uit. Agter Kas se rug aarsel Joop, kyk eers na die nuwe stoele en besluit dan hy sal maar liewer staan.

"Vandag skaam ou Joop hom vir sy seun."

Kas swaai om, frons skerp.

"Wat bedoel Pa?"

"Net wat ek sê, Kassie. Jy verstaan mos Afrikaans."

Hy trek eers sy asem diep in en beduie dan met sy hand.

"Sit, Pa."

"Nee dankie, seun. Ek staan liewer. Jy het nou te deftig vir my geword . . ."

"Pa, in hemelsnaam! Dis aardse goed. Ek gee nie 'n duiwel vir hulle om nie. Laat hulle vuil word. Laat hulle . . ."

Die ou man gaan sit op die puntjie van 'n stoel, leun met sy twee hande oormekaar gevou op die kierieknop en kyk stip.

"Jy het soveel oorwinnings behaal, Kasman. Daar is soveel dinge wat jy onder die knie gekry het. Net . . . die oorwinning oor jouself kan jy maar net nie behaal nie, nè, seun?"

"Ek weet nie waarvan Pa praat nie."

"Ja, jy weet. Daardie ou bitterheid, daardie ou gevoel van veronregting, daardie ou skaamte om ou Joop se seun te wees, het jy nog nie oorwin nie."

"Pa!"

"Ja, Kasman, ja! Jy het hoog geklim die afgelope jare – van 'n arm seun tot die gewildste prokureur in die kontrei. Geld stroom deesdae in. Die gelapte-broekdae is verby." Hy skud sy kop en die weemoed lê vlak in sy oë. "Ja, die lap op die broek se sitvlak is weg, maar die lap op die hart het gebly, Kassie. In jou hart is jy nog steeds die seuntjie wat gelapte goed dra – en dis 'n lap wat jy self aangewerk het, 'n lap wat jy oor en oor vaswerk . . . soos netnou."

Kas sak ook in 'n stoel neer, sy kop tussen sy hande.

"Hoekom maak dit nog steeds so seer ná al die jare, seun? Jy het baie bereik. Waarom voel jy dan nog so bitter oor die verlede?"

Kas lig sy kop op, sy gesig strak en byna net so bleek soos dié van Liesel toe sy 'n rukkie gelede hier uitgestap het.

"Pa, sal Pa van Marlise as skoondogter hou?"

Die ou man kyk eers sy seun stil aan, staan dan op.

"As sy die vrou is wat jy werklik wil hê – ja. Maar is sy, Kassie?"

Dis 'n paar weke later dat oom Faan ietwat verbaas na sy jong vennoot kyk.

"Vakansie? Nóú?"

"Ja, oom, as dit moontlik is. Op die oomblik is dit redelik stil op kantoor. Die kleiner sake wat daar is, sal oom kan behartig. Al is dit net veertien dae."

Oom Faan frons. Hy weet daar is geen rede hoekom Kas nie nou 'n paar dae vakansie kan neem nie, maar hierdie versoek van hom is so skielik. En ontydig, voel dit vir oom Faan.

"Nee, dis heeltemal reg, maar . . . Liesel trou daardie tyd."

Kas antwoord niks hierop nie en oom Faan sê gelate: "Tref dan maar jou reëlings. Waarheen gaan jy – as ek mag vra?"

"Bosveld toe. Ek is genooi om te gaan jag. Die jagseisoen het begin. Dankie, oom."

Daardie aand kyk Liesel haar pa vraend aan.

"Wat makeer, Paps? Pa sit al die hele aand en frons."

"Nee, dis nie juis iets nie. Dis net Kas . . ."

"Kas?" Sy frons ook nou.

"Ja, hy het skielik 'n begeerte om met vakansie te gaan – is glo genooi Bosveld toe om te gaan jag. Hy sal nie hier wees met jou troue nie."

"O . . ." Sy kyk weer af na die stukkie borduurwerk in haar hande. "Marlise sal baie teleurgesteld wees. Ek wonder of sy daarvan weet."

"Seker. Hulle skryf mos gereeld vir mekaar."

"Ja, dis ook weer waar."

"Het . . . het Marlise nog niks vir jou gesê nie? Ek bedoel, iets in verband met haar en Kas . . . Dit lyk mos asof dié twee besonder geheg is aan mekaar en noudat Kas se huis klaar is . . ."

"Nee, nie juis nie. Sy het net gesê hulle is nie haastig nie. Hulle sal seker maar die een of ander tyd trou."

Oom Faan kyk sy dogter agterna toe sy opstaan en uitstap. Sy kommer oor haar wil maar nie gaan lê nie. En dis meer as net die feit dat sy op trou staan met Rob Rabe. Liesel is nie vir hom soos 'n bruid moet wees nie. Veral die afgelope weke is sy besonder stil, soms selfs amper bot. Sy is nie stralend soos 'n jong meisie moet wees wat een van die dae gaan trou nie.

Hy sug saggies by homself. Hy verstaan nie altyd vandag se jong mense nie. Neem nou maar vir Kas. Dié man is ook die afgelope tyd nie soos wat hy hom ken nie. Dis of hulle twee nie meer so lekker vrymoedig kan gesels nie. Hy is so toe soos 'n klemskulp sodra hy probeer uitvis oor sy toekomsplanne. En nou die ontydige vakansiehouery. Hy kon mos maar gewag het tot ná Liesel se troue. Die wild sal nie opraak nie. Maar hy is danig haastig. Hy wil al volgende week wegkom as dit kan . . .

Vir maande daarna sou Grasbult nog nie uitgepraat wees oor die troue van die jaar nie. Alles was net reg en Grasbult se mense was dit eens dat dit in geen opsig beter kon gewees het nie. Die jong egpaar is eers laat die aand toegelaat om op hul wittebrood na Mauritius te vertrek en toe hulle veertien dae later terugkeer, was hulle goudbruin van die ontspantyd in die son en baie duidelik die gewildste jonggetroude paar in die distrik. Rondom het tydig en ontydig gaste gelok en 'n eksklusiewe groep het hulle om die jong Rabes begin skaar.

Net oom Faan was nie tevrede nie. Liesel het net vir 'n vinnige heen-en-weertjie by die kantoor ingeloer, Kas soos altyd net met 'n kopknik gegroet en toe terloops laat hoor: "Ons braai vanaand vleis op Rondom. As jy daarna voel, is jy welkom, Kas. Bring gerus 'n maat saam."

Kas, self diepbruin van die jag in die Bosveld, knik ook net met 'n vae dankie en geen belofte dat hy wel die uitnodiging sal aanneem nie. Tot dusver was hy nog nie juis genooi na die gereelde partytjies op Rondom nie en hy lyk nie juis of dit hom kwel nie.

"Al weer, Liesel? Word dit darem nie nou 'n bietjie erg nie, my kind?" laat oom Faan ontevrede hoor. "Jy is al so maer soos 'n kraai. Jy is nooit sonder kuiergaste nie."

Liesel lag, maar is bewus van die kritiese blik van haar pa se jong vennoot wat oor haar dwaal.

"Toe nou, Paps! Dis nie vleiend nie! Dis die mode om so te lyk."

"Mode se voet. Dit lyk of die wind jou kan wegwaai. Ek sal Rob moet aanspreek om beter vir my dogter te sorg."

"Dis nie Rob se skuld dat ek so maer is nie," laat Liesel vinnig hoor. Sy kyk vlugtig na Kas en sy sien dat hy haar op sy kenmerkend ernstige manier staan en gadeslaan.

"Wel, dan sê ek maar eers tot siens. Sien jou, Kas."

Weer net 'n kopknik, en toe Liesel in haar motor klim, wonder sy hoekom sy die moeite gedoen het om die uitnodiging te rig. Kas het al duidelik die afgelope ses maande sedert sy getroud is, getoon dat hy geensins gretig is om by hulle groep betrek te word nie. Dis maar ter wille van haar pa dat sy hom weer genooi het, maak sy haarself wys toe sy die pad na Rondom vat. As hy nie wil kom nie, is dit tot daarnatoe.

Sy is verbaas om sy motor daardie aand op die werf te sien stilhou. Sy sien Ansa Helm, die nuwe blonde onderwyseres, voor langs hom uitklim. Hy het selfs 'n maat saamgebring!

"Mag! En wat dra Kas vanaand hier op my werf aan?" laat Rob onder gelag hoor en stap vinnig nader, en 'n vae somberheid verdryf die vlugtige vreugde in sy vrou se oë. Ansa Helm is 'n mooi meisie, gekurf op die regte plekke, met lang, golwende blonde hare en 'n magnoliavel. Sy is 'n fiksheidsfanatikus en beslis iets vir die oog – beslis iets vir Rob se oog, 'n oog wat maar geneig is om te dwaal, soos sy al agtergekom het.

Maar toe Kas en sy blonde treffer van die aand haar bereik, is daar geen teken van die woelende gedagtes in haar nie, glimlag sy net effens na hom op en knik vir die blondekop.

Later in die aand is sy spyt dat Kas nie maar by sy gewoonte gehou het om Rondom te vermy nie. Dit gaan alte vrolik toe, soms 'n bietjie uitbundig vrolik, en sy kan duidelik op sy gesig lees dat wat hy sien, hom nie aanstaan nie. Hulle is aan die vleis braai op die groot grasperk voor die huis terwyl die paartjies op die skemerdonker stoep dans. Die swaaiende figure kan duidelik gesien word van die vuur se ligkring af, en dat daar veral twee mense is wat hierdie vrolikheid terdeë geniet, is duidelik.

Liesel het reeds vroegaand haar rug op die stoep gekeer en toesig gehou oor die vleisbraaiery. Reeds ná 'n korte ses maande as Rob Rabe se vrou, het sy geleer om haar liewer soms blind en doof te hou. By vorige geleenthede het sy redelik goed daarin geslaag om die skyn te handhaaf dat sy totaal onbewus is van wat agter haar rug aangaan; het sy dit reggekry om haar kop trots omhoog te hou en die vriendelike gasvrou te bly. Maar dis asof dit vanaand nie so maklik gaan nie.

Dis asof sy vanaand meer intens as ooit tevore daarvan bewus is dat Rob hom sleg gedra en sy vind dit vanaand moeiliker om die vernedering weg te steek. Diep in haar hart weet sy hoekom dit so is. Dis omdat Kas Burger dit ook aanskou – juis Kas Burger. Dit grief haar vanaand tot in haar siel dat Rob haar veral voor Kas so verneder en sy is meteens bitter spyt dat sy ooit daaraan gedink het om hom te nooi.

Dis al 'n hele rukkie dat hy stelling langs haar by die vuur ingeneem het, maar tot dusver weier sy om op te kyk en hou haar onnodig doenig met die vleisomdraaiery totdat hy meteens langs haar sê: "Klaas lyk vir my heeltemal in beheer van sake hier. Sal ons gaan dans?"

Sy kan kwalik weier en stap met die grootste onwilligheid voor hom uit. Toe hulle die stoep bereik, sien sy hoe Ansa en Rob teësinnig wegbreek van mekaar en dit brand soos 'n kool vuur in haar, want sy weet Kas moes dit ook gesien het. Met 'n breë, onnatuurlike glimlag draai sy na hom toe.

"Wêreld, Kas, weet jy dis die eerste keer dat ons twee met mekaar dans?"

Hy doen nie die moeite om daarop te antwoord nie, trek haar net in sy arms in en begin dan stadig dans. En weer eens, soos daardie middag voor haar verlowingspartytjie, is sy bewus van sy arms om haar, vreemd bewus van Kas se nabyheid. Die hand wat in syne rus, bewe liggies in die vingerpunte en sy voel sy vingers stywer om hare knel, voel sy ander arm haar ietwat nader aan hom trek en met ontsetting besef sy dat sy meteens die drang ondervind om haar kop teen sy skouer te lê en toe te gee aan die trane wat hier diep agter haar oë brand.

Sy ruk haar doelbewus reg, trek haar rug 'n bietjie stywer en onmiddellik verslap sy greep weer. Sy weet sonder om op te kyk dat die ernstige gesig oor haar gebuig is, dat daardie ernstige oë stip afkyk, maar sy lig haar ken omhoog, die trotse boog van haar nek duidelik sigbaar, en hou haar blik strak oor sy skouer gerig op die gloed van die vuur. Sy kan die stilte tussen hulle later nie meer verduur nie, maar sy moet eers al haar moed bymekaarskraap voordat sy dit regkry om direk na hom op te kyk.

"Wat hoor jy van Marlise? Die skelm skryf mos nie juis meer vir my nie."

"Dit gaan baie goed," antwoord die stil stem. "Sy is van plan om volgende jaar haar musiekopleiding in Londen te gaan voortsit."

"Werklik?" sy frons liggies. "En wat dan van . . .?"

Toe sy vinnig swyg, kyk hy af, direk in haar oë.

"Ja? Jy wou vra?"

Sy laat haar blik sak, byt liggies op haar onderlip. Dan lag sy. "Ek wou eintlik vra wat dan van die mooi nuwe huis wat staan en wag. Ek het gedink . . . wel, gedink . . ."

"Jy dink, soos gewoonlik, verkeerd."

Sy kyk vlugtig op, bewus daarvan dat hy verstyf het en skerp frons.

"Maar dis nie net ek wat so gedink het nie. Almal op Grasbult dink dit. Waarvoor sal jy dan so 'n huis bou as jy nie trouplanne het nie?"

Hy antwoord nie dadelik nie en dis eers toe die musiek ophou en hulle tot stilstand kom, dat hy haar antwoord.

"Die huis is maar net 'n droom wat gestalte gekry het – 'n leë droom." Hy neem haar hand en stap met die stoeptrappies af en lei haar terug na die vuur. "Dankie."

Toe die laaste motor se rooi liggies verdwyn, begin Liesel opruim en Rob laat hoor: "Laat staan tog die goed tot môre. Kom ons gaan slaap."

"Gaan lê jy maar solank. Ek wil darem net die ergste opruim. Dit sal nie lank duur nie."

Sy hoor hom wegstap en sy gaan voort om vuil borde en papierservette en glase bymekaar te pak. Eers toe alles verwyder is en die tafel op die grasperk netjies is, kom sy tot stilstand, weet sy dat sy nie langer van haar eie gedagtes kan weghardloop nie. Haar gedagtes spring rond soos verwilderde hase en toe sy eindelik die slaapkamer bereik, is sy dankbaar om Rob rustig te hoor snork.

Kas Burger se besoek aan Rondom word nie herhaal nie. Daar word ook nie weer 'n uitnodiging gerig nie. Kas is wel weer daarna deur Rob genooi, maar aangesien die gasvrou nie een keer hierdie uitnodiging onderskryf nie, vind Kas baie maklik verskonings.

Toe Marlise skielik op 'n dag bel, is Liesel openlik verbaas.

"Hallo, vreemdeling, ek herken skaars jou stem," laat Liesel ook onomwonde hoor en aan die ander kant klink Marlise se stem skuldig.

"Ja, ek weet en ek pleit skuldig. Maar dit het die afgelope tyd maar 'n bietjie wild gegaan hier by my. Dit was net oefen, oefen, vir die finale eksamen."

"Ja. Ek het 'n paar maande gelede van Kas verstaan jy wil volgende jaar verder gaan studeer."

"So is die plan nog, na gelang van . . ." Sy swyg en vra dan reguit: "Liesel, mag ek vir 'n naweek kom kuier, asseblief?"

Liesel frons liggies, maar haar stem verraai niks.

"Maar natuurlik, mens! Waarvoor vra jy nog? Enige naweek sal ons pas. Kom gerus."

"Dankie, Liesel. Dan maak ons dit eerskomende naweek, of hoe?"

"Afgespreek. Kom jy met die trein?"

"Nee. Pa het vir my 'n motortjie gegee. Sien julle dan Vrydagmiddag as alles goed gaan."

Toe Liesel die telefoon neersit, verdiep die fronsie tussen haar oë.

Daardie Vrydagmiddag sit sy en haar ou vriendin en tee drink op die breë stoep van Rondom.

"Hoe gaan dit met Kas?" vra Marlise.

Liesel hou haar doenig met die teekoppies.

"Goed. Ek sien hom byna nooit, maar sover ek weet, is daar nie probleme nie. Hy is 'n baie suksesvolle prokureur."

Marlise kyk haar skerp aan.

"Hoe bedoel jy, jy sien hom byna nooit? Julle bly tog saam op 'n dorpie . . ."

"Ja, maar selfs dorpies het hul groepe. Kas is nie een van ons groep nie." Liesel kyk op in haar fronsende vriendin se oë. "Ons het hom probeer betrek, maar hy stel blykbaar nie belang nie."

"Ek sien. Dan weet jy ook nie of hy 'n meisie het nie?"

Dis nou Liesel se beurt om fronsend op te kyk.

"Nee. Hy is baie gewild en neem baie meisies uit, maar ek weet nie van een spesifiek nie. Maar ek verstaan nie nou nie, Marlise. Is daar dan nie 'n vaste verhouding tussen jou en Kas

nie? Ons het almal gedink toe hy die huis laat bou het . . ."
Sy swyg terwyl Kas se antwoord van daardie aand weer by haar opkom, en Marlise lag effens bitter.

"Ja, ek het self so gedink. Toe ek hoor van die huisbouery, het ek self ook gedink Kas wil . . . wel, sal sake na 'n punt toe bring, maar Kas swyg nog steeds. O, ons skryf nog gereeld vir mekaar en wanneer hy in die stad kom, kom soek hy my gereeld op en so aan, maar . . . verder as dit kom dit nie."
Sy sug en bieg dan eerlik: "Dis hoekom ek hierdie naweek gekom het, Liesel. Ek wil hom nog hierdie een keer die geleentheid gee om iets te sê, al is dit net die geringste wat my sal laat hoop dat daar eendag iets meer as net 'n mooi vriendskap tussen ons sal wees. Ek is bereid om al my reëlings wat reeds getref is om oorsee te gaan, net so te kanselleer. Alles hang net van Kas af."

Toe Liesel 'n ruk later die motor voor Kas se huis tot stilstand bring, kyk die twee vriendinne eers 'n rukkie in stilte daarna.

"Ek kan sterf van nuuskierigheid om dit van binne te sien. Na die tuine en buite-aansig te oordeel, het Kas goeie smaak," sê Marlise.

Liesel frons weer liggies.

"Maar jy behoort mos 'n idee te hê. Het jy hom dit dan nie help meubileer nie, ek bedoel, die meubels help uitsoek en so meer nie?"

Marlise skud haar kop, haar oë somber.

"Nee, ek sou met graagte, maar hy het my nie gevra nie. Hy het alles self gedoen."

Liesel swyg. Soos Kas daardie aand gesê het, het sy al weer verkeerd gedink, want sy was nog altyd onder die indruk dat Marlise verantwoordelik was vir die binnekant.

Hy verskyn in die voordeur.

"Daar is hy nou," sê Liesel vinnig. "Ek sal by Paps wees as jy my nodig het. Miskien bied Kas aan om jou self uit te bring plaas toe. Laat my dan net weet."

In die truspieëltjie sien Liesel die ontmoeting by die voor-hekkie en hoe hulle mekaar spontaan soengroet.

"Dis mos Liesel. Wou sy nie afklim nie?" vra Kas.

"Nee, sy wil glo nog 'n paar plekke aangaan. O, Kas, maar dis te pragtig! Alles is net te mooi!"

Toe Liesel om die draai gaan, sien sy hoe hy sy arm om Marlise se skouers sit terwyl hulle met die tuinpaadjie aan-stap na die voordeur toe. Sy ry reguit na Hartelus toe, want sy het nie werklik ander plekke om aan te gaan soos sy Mar-lise laat verstaan het nie. Sy tref haar pa in sy studeerkamer aan. Hy het haar nog nie opgemerk nie, en vir 'n rukkie staan sy hom stilswyend vanuit die deur en bekyk. Paps word oud, flits die gedagte vir die eerste keer deur haar en sy voel skielik benoud. As Paps moet wegval . . .

'n Rukkie later skril die telefoon op die lessenaar en toe oom Faan dit neersit, sê hy: "Dit was Marlise. Sy sê jy hoef nie vir haar te wag nie. Kas sal haar sommer plaas toe bring."

Sy knik en staan dadelik op.

"Dan sal ek nou moet spore maak. Dit word laat."

Skielik is haar pa se arm om haar skouers en word sy ge-dwing om na hom op te kyk.

"Liesel . . ."

"Ja? Wat is dit, Paps? Pa lyk deesdae vir my so bekom-merd. Is Pa gesond?"

"Ja, ek makeer niks. Dis net . . . kleintjie, is jy gelukkig?"

Die ooglede fladder vinnig, maar die blou oë bly terugkyk. "Maar natuurlik! Hoekom sou ek nie wees nie?"

"Nee, ek vra maar net, my kind. Jy is die belangrikste. Ek wil net hê jy moet gelukkig wees."

"Ek is, Paps. Pa hoef jou nie oor my te bekommer nie. Regtig."

Hy soen haar innig op die voorkop en druk die skraal ge-stalte 'n oomblik teer teen hom vas. Dan maak niks anders saak nie. Solank sy kind net gelukkig is . . .

Dis baie laat die aand toe Liesel die dreuning van 'n motor hoor en dit op die werf hoor stilhou. Langs haar slaap Rob rustig. Hy weet nie van die spanning waarin sy vrou al die hele aand die ure lê en aftel nie, en noudat sy die motor gehoor het, is sy nog meer gespanne.

In die motor onder die groot seringboom skakel Kas die enjin af. Hulle sit 'n rukkie in stilte. Dan vra Marlise gedemp: "Hoe gaan dit werklik met Liesel en Rob? Op die oog af lyk alles wonderlik, maar . . . daar is vir my iets in haar, iets in haar oë wat my bly ontwyk."

"Ek sal nie kan sê nie, Marlise. Ek kom maar bloedweinig met hulle in aanraking. Ons beweeg nie in dieselfde kring nie."

"So sê sy vir my. Sy sê jy stel nie belang om by hulle groep aan te sluit nie." Toe hy geen kommentaar lewer nie, laat sy hoor: "Oom Faan het ook vir my oud geword."

"Ja, hy het."

Marlise weet dat sy die gesprek nie langer kan uitrek nie. Dis tyd om nag te sê. Sy sug onwillekeurig.

"En dit? Wat druk so swaar?" vra hy.

"Ek dink maar net . . . hoe vreeslik ek gaan verlang wanneer ek daar oorkant sit."

"Jy sal gelukkig baie besig wees en jy sal nie so lank alleen wees nie. Jy is iemand wat mense na jou toe aantrek."

Ja, dink sy effens bitter, behalwe die een mens wat sy graag wíl aantrek, só aantrek dat hy die res van sy lewe met haar sal wil deel. Hulle het die hele middag en aand land en sand gesels, gelag, geskerts. Hulle het later oorgestap na oom Joop toe – oom Joop wat beslis weier om saam met sy seun in die deftige, nuwe huis te bly.

"Jy kan gerus ook jou invloed probeer gebruik, Marlise. Hy is so koppig soos 'n muilesel," het Kas gekla, maar oom Joop het net laggend sy kop geskud.

"Nee wat, Kassie, Pa bly maar hier. Ek pas hier. Ek is gewoond hier. Moenie 'n ou man uit sy gewoontes vat nie. Eendag, as jy vrou vat, sal sy nie daarvan hou om so 'n ou man in haar huis te hê nie."

Marlise het die woorde net betyds gekeer. Dit was op die punt van haar tong om hom te verseker dat sý hom beslis daar met liefde sal ontvang, maar sy het geweet dat sy geen reg of sekerheid het om so iets te sê nie, want nie een keer het Kas haar die geringste aanleiding of hoop gegee nie. Inteendeel. Hy het haar eerder aangemoedig met haar toekomsplanne.

"Jy is 'n baie begaafde mens, Marlise. Jy is dit aan jou talent verskuldig om die hoogste sport te bereik," het hy gesê en sy het diep in haar hart geweet dat sy hierdie naweek verniet Grasbult toe gekom het.

Hulle klim nou uit en stap stadig in die rigting van die voordeur waar 'n flou lanternliggie nog brand vir haar tuiskoms. Sy draai na hom toe en weer soen hulle mekaar spontaan nag en vir die oë wat na hulle kyk, lyk dit hartstogteliker as wat dit werklik is.

"Lekker slaap, meisie. Sien jou weer môre."

Dis eers toe Marlise se kamerdeur agter haar toegaan, dat Liesel weer omdraai van die venster af en versigtig langs Rob inskuif. Nie een van die twee jare lange vriendinne weet dat die ander die nagure lê en omtel en dankbaar is toe die eerste flou skemering van 'n nuwe dag deur die venster begin loer nie.

5

Weer verstryk 'n paar maande waarin die lewe oënskynlik op die gewone trant voortgaan. Grasbult bly Grasbult en sy kleinmensies gaan voort met die daaglikse roetine, die daaglikse stryd om te bestaan. Elke dag het genoeg aan sy eie lief en leed – die lief soms aan almal bekend, die leed in die meeste gevalle geheime leed wat net in die keerkring van die hart geberg word, agter die walle waar niemand van weet nie.

Marlise is oorsee en volgens briewe wat ontvang word, vorder sy uitstekend met die studie en het sy, soos Kas voorspel het, reeds 'n groot vriendekring om haar saamgetrek. "Van wie 'n klomp Suid-Afrikaners is," skryf sy. "Soms, as die verlange te groot word, huil ons maar saam. Dit bring darem 'n bietjie verligting!"

Sy is bly oor die briewe wat van haar tuisland af kom, hoewel hulle haar ook onbevredig laat. Kas skryf onderhoudend en interessant met die fyn humor wat sy by hom leer ken het, maar vergeefs soek haar oë na iets intiemer, miskien 'n verskuilde boodskap waarop haar verlangende hart kan teer. Van Liesel hoor sy glad nie meer nie en Kas beantwoord nie haar vrae in sy briewe nie. Tot op 'n dag toe sy weer 'n brief ontvang. Lank nadat sy dit gelees het, het sy peinsend by die oefenkamer se venster staan en uitstaar na 'n Londense winterlandskap en daar was 'n vreemde onrus in haar hart. Sy het gewens sy was 'n voëltjie wat op hierdie oomblik haar vlerkies kon sprei en direk na Suid-Afrika en na Grasbult toe kon terugvlieg om self te gaan kyk wat aangaan en of daar werklik rede vir haar onrus is . . .

Op Grasbult gaan alles glad nie so goed as wat dit wil voorkom nie. Veral ten opsigte van sekere vooraanstaande mense word daar gefluister dat alles wat blink, nie goud is nie en dat anderman se boeke duister is om te lees.

Dis eienaardig hoe juis dié dinge wat in die grootste geheim gedoen word, soms die maklikste uitlek. Daar word vertel – wie die oorspronklike segsman is, sal niemand ooit weet nie – dat Rob Rabe se koöperasierekening gesluit is, dat hy niks meer op krediet mag kry nie en dat die nuwe bakkie wat sommer anderdag gekoop is, weer by die dorp se motorhawe staan en te koop is . . . Natuurlik is dit net fluisteringe. 'n Mens sê nie sulke dinge hardop nie – nie van "ryk" mense nie, al word die "ryk" met 'n snork en 'n snuif uitgespreek.

Dis ook nie al wat gefluister word nie. Rob se manewales

in die verlede, veral ten opsigte van die skoner geslag, was nog altyd bekend op Grasbult. Dit het weliswaar afgeneem sedert hy met Faan Dempers se dogter getroud is, maar tyd het bewys dat 'n jakkals van haar verander, maar nie van streke nie.

Die bank het 'n nuwe kassiere gekry in die vorm van 'n hupse dingetjie met onskuldige, blou ogies en 'n engelgesiggie en met die mooi naam Pearl Olsen. En Pearl Olsen het gou 'n bron van plesier geword vir 'n groot deel van Grasbult – bedoelende van die manlike geslag. Sy was nie baie gewild onder haar eie geslag nie, maar 'n reusesukses onder die manne van Grasbult. Haar woonstel, net bokant die motorhawe, is druk besoek, veral laat in die aand wanneer die res van Grasbult se ordentlike mense al slaap.

Toe oom Faan een middag pas ná sluitingstyd sy jong vennoot na sy kantoor laat roep, kan Kas raai waarom die ou man so bekommerd lyk. Hy weet ook dat hy hom nog 'n paar dinge sal kan vertel waarvan hy nie weet nie. Maar hy weet ook dat oom Faan dit nie uit sý mond sal verneem nie – nooit weer nie.

"Sit, Kas. Ek wil met jou praat."

Kas gehoorsaam en kyk vraend op. Oom Faan het beslis baie verouder die afgelope jaar. Hy lyk nie gesond nie. "Kas, ek wil hê jy moet vandag eerlik met my wees. Ek wil jou eerlike mening hê."

Kas knik net en frons dan.

"Jy weet dit nie, maar ek moes vir Rob al twee keer sedert hy en Liesel getroud is, geld voorskiet. Ek het dit nog elke keer gedoen ter wille van my dogter. Ek het vir niemand daarvan vertel nie, ook nie vir Liesel nie. Ek wil veral nie hê Liesel moet daarvan weet nie. Maar nou . . . Hy is al weer in die knyp. Sy koöperasierekening is gesluit."

"Ja, ek het daarvan gehoor."

Oom Faan lyk ontsteld.

"Dan is dit al deur die dorp?"

"Oom weet mos hoe dit maar op Grasbult gaan. Sulke dinge lek mos maar uit." As dit maar al was, dink hy stilswyend.

"Ja, natuurlik." Hy kyk op, byna pleitend. "Wat moet ek doen? Moet ek maar weer help?"

Kas frons hewig, kyk eers op sy hande af en dan kyk hy eindelik onwillig op. Oom Faan skud sy kop.

"Asseblief Kas, ek moet met iemand praat, by iemand raad kry. Wat moet ek doen? Rob is 'n niksnuts, 'n deurbringer – maar hy is my dogter se man."

"Ja, dis moeilik. Ek is net bevrees, oom Faan, dat hy nie sal ophou vra nie. Hy sal oom ook naderhand uitroei – en wat dan?"

"Ja, dit besef ek ook. Dis waarvoor ek so bang is. Solank ek kan help, is dit goed. Maar as ek die dag nie meer kan help nie, nie meer daar is om te help nie, wat dan? Wat dan van my dogter?"

"Liesel . . . Weet sy nie van hierdie dinge nie?"

"Nee. Ek hou dit vir haar dig. Daar is iets met Liesel ook gaande. Sy hou vol dat sy gelukkig is, maar . . . sy is anders as wat ek my dogter ken. Sy is stil en teruggetrokke. Ek is seker sy is nie bewus van hierdie finansiële probleme nie, anders sou sy al met my daaroor gepraat het. Maar daar is iets verkeerd en ek wil haar nie verder ontstel nie."

Ook dit weet Kas – dat daar wel deeglik iets verkeerd is, en nie net as gevolg van die stories wat op die dorp rondgaan nie. Hy sien Liesel baie selde, eintlik net Saterdagmiddae by die tennisbaan, en hy het agtergekom dat sy hom nooit meer in die oë kyk nie, nooit meer aan 'n gesprek deelneem as hy ook teenwoordig is nie en op die baan net die noodsaaklikste beleefdheid teenoor hom aan die dag lê. Haar hooghartige houding wat deur die jare maar altyd soos 'n muur tussen hulle gestaan het, het deesdae byna die perke van beskaafde beleefdheid oorskry.

"Dit lyk nie of u juis 'n keuse het nie, nie waar nie? As u Liesel ten alle koste wil beskerm, sal u seker maar weer moet help. Maar dis 'n ongesonde toedrag van sake. Rob Rabe sal u op die ou end uitmergel."

Die ouer man sug weer diep, die spore van bekommernis en vervroegde ouderdom ontsierend op sy gesig.

"Ja, ek besef dit. Ek sal maar weer hierdie keer help, maar ek sal hom goed laat verstaan dis die laaste keer. Hy moet sy sake regruk."

Nog 'n paar maande gaan verby en in hierdie tyd kry Faan Dempers die hartaanval waarvoor Kas gevrees het. Liesel neem haar intrek by haar pa nadat hy uit die hospitaal gekom het om eers na hom om te sien. Die verantwoordelikheid van die hele kantoor rus nou op Kas en elke middag ná werk maak hy 'n draai by Hartelus. Elke middag, sodra hy die siekekamer binnestap, staan Liesel op, gaan haal koffie vir die besoeker en verdwyn dan en hy sien haar nie weer voordat hy loop nie.

Liesel is reeds twee weke by haar pa toe Kas die middag kort voor sluitingstyd vir Rob Rabe in sy kantoor ontvang. Kas is nie eintlik verbaas oor die besoek nie. Hy het dit die een of ander tyd verwag, en hy is net dankbaar dat Rob Rabe liewer hierdie keer na hom toe gekom het en nie na oom Faan toe nie. Oom Faan se toestand is nie só dat hy enige verdere skokke of ontsteltenis kan verduur nie, het die dokter reguit gewaarsku.

Dis nie 'n lang gesprek nie, en teen die end haal Kas 'n tjekboek uit die laai en stoot 'n oomblik later die tjek oor die lessenaarblad na Rob Rabe wat dit neem en dadelik opstaan.

"Dis net 'n tydelik lening, Kas. Soos ek gesê het . . ."

Kas maak hom stil met die waai van 'n hand.

"Dis afgehandel. Ek is bly jy het na my toe gekom. Ek sal dit waardeer as jy liewer in die toekoms, indien daar weer probleme opduik, na my toe sal kom. Oom Faan se hart het 'n ernstige knou weg."

"Ja. Ek verstaan die oubaas se kanse op herstel is nie te goed nie. Nou goed, Kas. En dankie, hoor?"

Kas sit nog lank peinsend agter sy lessenaar nadat die deur agter sy laaste besoeker vir die dag toegegaan het. Toe hy 'n rukkie later Hartelus bereik, stap hy nie soos altyd reguit deur na oom Faan se slaapkamer toe nie, en Liesel kyk verbaas op toe sy die ernstige gesig in die kombuisdeur sien verskyn.

"Ek sal nou koffie bring, Kas. Stap maar deur. Pa voel weer vanmiddag slegter. Hy het 'n bietjie gerus, maar hy is nou weer wakker."

Maar Kas stap dieper die kombuis in, neem doelgerig op die hoek van die kombuistafel plaas en vou sy arms. Iets verstyf in Liesel toe hy sy arms oor sy bors vou en haar stip aankyk.

"Ek sal netnou na oom Faan toe gaan. Ek wil eers met jou gesels."

"O? Waaroor?" Haar stem is onmiddellik koel, ontegemoetkomend, maar die stem wat agter haar rug opklink terwyl sy haar besig hou met die koppies, is ewe koel en vasberade.

"Jy is nou al byna ses weke op die dorp."

"Wat daarvan?"

"Ek dink nie dis 'n gesonde toedrag van sake nie. Jou plek is op die plaas by jou man."

Sy draai nou direk na hom toe en die blou oë begin flikker soos hy hulle dáárdie dag sien flits het.

"Ek ken my plek, dankie. Dis jy wat blykbaar nie joune ken nie. Paps is ernstig siek en ek is sy enigste dogter, die enigste een wat vir hom kan sorg. Wil jy hê ek moet hom hier alleen aan die genade van 'n bediende oorlaat en rustig op die plaas gaan bly?"

"Nee. Ons moet iemand kry wat voltyds na jou pa se verpleging kan omsien sodat jy met 'n geruste hart plaas toe kan gaan."

"Dis makliker gesê as gedoen. Jy weet tog dat ons al oral

verneem het en dat ons niemand hier op Grasbult kan kry nie."

"Ons moet adverteer. Ek sal sorg dat die advertensie onmiddellik geplaas word en sodra ons iemand kry, kan jy weer teruggaan plaas toe."

Sy kyk hom skerp met koelblou oë aan.

"En hoekom is jy so danig bekommerd dat ek moet teruggaan plaas toe? Rondom sit teen die dorp en Rob kom elke aand, of so te sê elke aand hierheen."

"Die huidige toedrag van sake kan nog maande aanhou. Dokter het ons tog so gewaarsku. Dis 'n onnatuurlike lewe vir jou en Rob."

Die gesig wat die afgelope weke nog maerder geword het, is merkbaar bleek.

"Jou kommer oor my en Rob se huwelikslewe is hartroerend. Sover ek weet, het jy nie 'n minuut tyd vir Rob nie en nog minder het ons huwelik jou goedkeuring weggedra."

"My persoonlike gevoelens het in hierdie saak nog nooit getel nie. Dis eintlik ter wille van jou pa dat ek so voel, dat jy moet teruggaan plaas toe. Jou pa kan geen verdere skokke en ontsteltenis verduur nie, Liesel. Ons moet dit teen elke prys vermy. En om moeilikheid te voorkom, moet jy liewer teruggaan plaas toe."

Haar kop word nog steeds trots omhoog gehou, maar daar is 'n skielike verstilling op haar gesig.

"Wat bedoel jy? Waarop sinspeel jy?"

Hy kyk haar eers 'n oomblik stilswyend aan, staan dan op, sy stem bot en onpersoonlik.

"Net op die blote feit dat my gesonde verstand my vertel dat dit nie goed vir enige huwelik kan wees as man en vrou maande lank nie bymekaar in een huis bly nie. Dis 'n onnatuurlike toestand wat net onnodige probleme kan skep. Ek sal môre die advertensie laat plaas."

Hy stap uit en Liesel kyk hom agterna en dis of 'n koue band van vrees vir die toekoms om haar keel trek. Sy is nie heeltemal so oningelig as wat Kas Burger en die res van Grasbult dink nie. Sy weet nie presies wat aangaan nie, maar wat sy wel weet, is dat Rob dikwels saans uithuisig is, dat sy hom nooit by die huis kry dié aande wat hy nie op die dorp kom slaap en sy miskien oor iets bel nie. Ná byna twee jaar van huwelikslewe saam met Rob Rabe weet sy dat daardie dinge wat haar pa haar vertel het voordat hy haar destyds oorsee gestuur het, alles waar was, erken sy met 'n brandende gevoel van vernedering in haar hart. Ja, Kas Burger het tog gelyk gehad.

En dis die swaarste om te verduur. Grasbult en sy geskinder het sy geleer om te ignoreer, hoewel dit hier binne bly vassteek. Maar wat vir haar die bitterste is, is dat Kas Burger reg was en dat hy dit ook weet; dat hy die stories op die dorp al gehoor het en dat hy weet dat die trotse, hooghartige Liesel Dempers vandag die wrange vrugte pluk. Hoe lekker moet hy nie in sy hart kry nie!

Dis hierdie gedagte wat haar ten alle koste haar kop laat hoog hou, sy oë met die ou, hooghartige trots laat ontmoet en haar laat voorgee dat sy salig onbewus daarvan is dat daar iets groots met haar huwelik skort. Kas Burger mag nooit die vernedering en die gebroke trots in haar hart sien nie.

Sedert daardie middag begin haar houding teenoor hom byna 'n openlik vyandige kleur aanneem. Sy lyk nie dankbaar nie toe Kas twee weke later aankondig dat hy iemand gekry het wat op die advertensie gereageer het en dat suster Gouws die volgende week sal inval. Oom Faan luister net stil terwyl Kas vertel dat dit 'n afgetrede suster is en dat sy dadelik kan begin.

Dis eers toe Liesel by die vertrek uit is dat hy kommentaar lewer.

"Ek is baie dankbaar, Kas, dat jy iemand gekry het. Dit hinder my geweldig dat Liesel so lank van haar huis af is, maar . . . Sy wil seker 'n groot salaris hê?"

Kas antwoord egter kalm: "Glad nie. Sy is 'n dame van

sestig en glo nog heeltemal fiks, maar sy sê sy is nou moeg van die hospitaallewe. Nee, sy vra 'n baie billike salaris en vry inwoning, natuurlik."

"Meer as wonderlik. Ek kan dit skaars glo." Hy sug diep en kyk sy jong vennoot dankbaar aan. "Ai, Kas, ou seun, wat sou ek sonder jou gedoen het? Ons twee moet nog een of ander tyd gesels. Dis duidelik dat ek nie weer sal kan teruggaan kantoor toe nie. Dis nie reg dat jy al die werk en verantwoordelikhede moet dra en ek kry vyftig persent van die inkomste nie. Ons moet maar gesels, ou seun . . ."

"Later, oom. Daar is genoeg tyd daarvoor. Word oom maar net sterk en gesond. En daar is niks, niks waaroor oom bekommerd hoef te wees nie, hoor? Op die aarde niks."

"Ek bekommer my glad nie oor die kantoor nie, Kasman. Maar . . . hoe gaan dit met Rob?"

Kas kyk reguit terug in sy oë en soos altyd het sy besadigde stem 'n kalmerende uitwerking op die ou man.

"Heeltemal goed. Daar was nog nie weer kwessies nie. Dit lyk of die man sy sake nou begin raakvat. Hy was mos nog nie weer by oom sedert daardie laaste keer nie?"

"Nee, maar dit sê nie veel nie. Ek het toe siek geword. Maar jy sê dit lyk tog of hy nou sy voete begin vind?"

"Ja. Hulle is op die oomblik aan die skeer, soos ek verstaan, en hy het 'n stuk of veertig hektaar onder koring ook. Oom hoef nie bekommerd te wees nie. Alles is reg met Rob en Liesel. Oom moet net gesond word."

Liesel kyk hom agterna toe hy vertrek en gaan dan ingedagte voort om die roosboom onder die venster te poeier. Sy het nie doelbewus die gesprek afgeluister nie, maar sy kon nie help om te hoor nie. Sy is stiller as ooit tevore die volgende paar dae en toe suster Gouws kom, ontvang sy haar beleef en met heimlike dankbaarheid. Die afgelope weke het meer van haar geverg as wat sy self besef het. Sy het Rob doelbewus nie vertel presies wanneer hulle die verpleegster verwag nie, en toe sy teen skemeraand op Rondom se werf stilhou, is sy nie

405

verbaas om Rob se groot motor reggetrek voor die voordeur te sien staan en hom netjies geklee, reg vir 'n afspraak, in die sitkamer aan te tref nie. Hoewel hy hom onmiddellik weer regruk, het sy die teleurstelling en ontevredenheid in sy oë gesien die oomblik toe sy ingestap het en die harde kors wat sy al vir maande om haar hart voel vorm, trek pynlik saam.

"Naand, Rob. Dit lyk my ek kom op 'n ongeleë tyd tuis. Ek sien jy is op pad uit."

Hy aarsel eers voordat hy antwoord en stap dan na die drankkabinet – nog iets wat nou daaglikse roetine op Rond-om geword het.

"Nee, nie juis nie. Ek was maar net op pad dorp toe – na jou toe, natuurlik. Wat maak jy hier?"

"Ons het vandag 'n verpleegster vir Paps gekry. Ten minste, Kas het een gekry. Sy het vanmiddag gekom. Daarom is ek weer terug. Maar het jy dan nie gesê jy wil vanaand aan jou boekhouding werk en jy sal nie kan kom nie?"

"Ja, maar . . . wel, ek het toe anders besluit. 'n Drankie?"

"Nee dankie." Sy kyk op haar hande af: "As jy miskien besigheid in die dorp het, kan jy maar gaan. Ek is doodmoeg. Ek gaan sommer nou bad en slaap."

Hy lyk onseker.

"As jy seker is . . . Daar is 'n paar dringende briewe wat ek graag in die pos wil kry . . ."

"Ek is seker. Gaan gerus. Nag, Rob." Sy staan op, tel haar koffertjie op en stap by hom verby, en Rob gooi die drankie in sy keel af. Toe hy laat die aand, heelwat vroeër egter as vorige aande, tuis kom, kyk hy verbaas na die leë bed. Versigtig stap hy dan weer met die gang af, loer by die vrykamers se deure in tot hy haar by die verste een van die hoofslaapkamer af sien lê. Met 'n skaars gedempte vloek en "Gaan in jou peetjie!" draai hy om en stap terug na die hoofslaapkamer toe. Hy snork lankal toe Liesel nog met oop, starende oë in die donker lê.

In die maande wat volg, sterk oom Faan stadig aan, maar

dis vir almal duidelik dat sy gesondheid vir altyd geknak is.
Suster Gouws is nou al meer 'n familielid as 'n werknemer en
Liesel is in haar hart diep dankbaar teenoor Kas dat hy haar
in hul lewens gebring het. Sy kon darem nou ten minste oor
haar pa gerus voel dat hy versorg en in goeie hande is.

Op 'n dag kom sy weer van die plaas af in en tant Kitty,
soos die suster daarop aangedring het dat hulle haar noem,
roep haar eers kombuis toe voordat sy na haar pa toe gaan.

"Liesel, ek wil hê jy moet met Kas praat."

"Met Kas? Hoekom?" Daar is 'n onmiddellike verstilling
in die blou oë wat die opmerksame tant Kitty dadelik raak-
sien en sy is opnuut verwonderd dat twee sulke liewe mense
nie ooghare vir mekaar het nie.

"Ja. Ek voel eerlik dat my salaris verminder moet word
noudat jou pa beter is en nie meer soveel verpleging nodig
het as aan die begin nie. Ek voel eintlik skuldig as ek teen
die einde van die maand die tjek van Kas kry. Ek het dit nie
werklik nodig nie. Ek sal tevrede wees met die helfte minder,
maar hy wil niks daarvan hoor nie."

Liesel se oë versag.

"Liewe tant Kitty! Natuurlik sal ons nooit so iets doen nie.
Liewe land, tannie kry reeds so min."

"Min? Hoe bedoel jy? Ek kry 'n yslike salaris!"

"Maar . . . maar dis onmoontlik! Kas het my gesê wat tan-
nie se salaris is. Ons kan dit onmoontlik verminder. Dit sal
darem verregaande wees."

"Nee, jy is beslis onder 'n wanindruk." Sy noem 'n groot
bedrag. "Dis hoekom ek sê . . ." Sy swyg meteens toe sy Lie-
sel se gesig sien en kyk ontsteld na die bleek lippe. "Kind,
moenie sê ek het nou uit my beurt gepraat nie! O aarde, Lie-
sel, Kas sal my afslag! Hy het my aan die begin uitdruklik
gewaarsku dat oom Faan nooit mag weet nie, maar . . . ek het
vir die oomblik vergeet. Liesel, asseblief, moenie 'n woord
hieroor met Kas praat nie . . ."

"Dit gaan ek beslis doen." Sy staan op en daar is 'n merkbare bewing in haar liggaam. "Ons kan later oor die salaris praat. Ek . . . Verskoon my."

Tant Kitty kyk met bekommerde oë hoe sy in haar motor klim en dan storm sy na die telefoon toe.

Kas het net die telefoon op die mik teruggesit toe Liesel in die deur verskyn. Hy kyk kalm terug in die onstuimige oë.

"Kom binne, Liesel. Sit." Hy trek 'n stoel vir haar uit, maar sy bly stokstyf voor hom staan. Dis net die blou oë wat in die bleek gesig lewe.

"Hoeveel presies kry tant Kitty per maand?"

"Jy weet mos. Tant Kitty het jou gesê."

"En Paps verkeer onder die indruk dis baie minder. Wie betaal die res?"

"Liesel . . ."

"Antwoord my!" Haar stem is skor, hees, en weer gaan daar 'n merkbare bewing deur die skraal gestalte. Sy oë pen die bloues vas.

"Ek."

Die diep intrek van haar asem val swaar in die stilte neer.

"Hoe durf jy! Dink jy ons het jou aalmoese nodig?"

"Nee. Jy sien dit heeltemal in 'n verkeerde lig, Liesel."

"Ek sien dit presies vir wat dit is. Dis bedoel om my verder te verneder. Kas Burger moet die Demperse se skuld betaal!"

"Liesel, in hemelsnaam, wees redelik! Daar bestaan nie so iets . . ." Hy frons hewig toe sy haar handsak opruk en 'n tjekboek uithaal. "Liesel, moenie laf wees nie . . ."

"Ek laat my nie deur jou verneder nie, Kas Burger. Hier! Hier is die bedrag wat jy betaal het sonder dat jy gevra is om dit te doen. En in die toekoms . . . in die toekoms hou jy jou neus uit ons sake uit. Ons het niks van jou nodig nie, verstaan jy? Ek was nog nooit van jou afhanklik vir enigiets nie en ek sal nooit wees nie. As Joop Burger se seun meteens geld genoeg het om rond te strooi, gaan strooi dit op ander plekke rond. Ek het nie 'n sent van jou nodig nie."

Sy stap uit en sien nie eens haar man raak wat met die

straat opgery kom nie. Toe Rob oomblikke later sy kantoor binnestap, sit Kas nog fronsend en afkyk op 'n tjek in sy hand.

"Middag, Kas. Jong, ek is al weer verleë." Dis vir Rob Rabe moeilik om die man agter die lessenaar in die oë te kyk. Maar nood dwing hom vandag hierheen.

"Ja? As daar iets is wat ek kan doen . . ." laat Kas kalm hoor en sit die stukkie papier in sy hand in 'n laai weg. "Wat is dit?"

Hy luister in stilte, sy gesig soos 'n sfinks, en toe Rob eindelik stilbly, skud hy sy kop.

"Nee, Rob, hierdie keer gaan ek nie weer help nie. Jy skuld reeds meer as wat jy kan bybring. Behalwe die groot bedrae wat jy reeds van oom Faan en my weghet, beloop jou los skuld 'n aardige bedraggie. Jy het reeds 'n groot verband op Rondom en . . ."

Vir die eerste keer in sy lewe pleit Rob Rabe, maar ou Joop se seun is vandag so hard soos graniet. Rob se stemtoon verander, sy oë is ook nou kliphard.

"Goed. As jy my dan nie wil help nie . . . ek sal maar by my skoonpa gaan hoor . . ."

"Jy bly weg van oom Faan af. Hy is 'n baie siek man. Hy kan jou ook nie help nie, al wil hy. Jy is onder 'n wanindruk as jy dink jou skoonpa is 'n ryk man. Hy was nooit juis ryk nie en jy het gehelp om hom nog verder af te trek."

"Hy kan nie so niks hê soos wat jy wil voorgee nie. Ek sal maar gaan hoor . . ."

Kas staan meteens agter die lessenaar op, sy gesig soos kryt. "Ek bedoel wat ek sê, Rob. Jy gaan oom Faan nie verder met jou probleme opsaal nie!"

Rob staan ook op, sy oë leedvermakerig.

"En hoe gaan jy my keer? Liesel is my vrou en sy dogter. Daar is niks wat die ou man nie vir sy dogter sal doen of gee nie. Dit weet ons almal. En as hy moet hoor dat sy ou dogtertjie dalk in die nabye toekoms op die straat sal sit . . ."

Kas se vuis tref presies waar hy dit bedoel en Rob steier terug teen die muur.

"Jy is 'n vuilgoed, Rob Rabe. Moet my nie te ver tart nie. Hou jy jou vuil mond van oom Faan en Liesel af ..."

"O-ho! En wie is jy om so iets vir my te sê? Wie is jy?" Hy ruk sy baadjie reg en vat weer versigtig aan sy oogbank. Hulle kyk mekaar openlik vyandig aan en dan draai Rob om. "Ek kan jou natuurlik gaan aankla vir aanranding, nè?"

"Ja, jy kan. Doen dit gerus. En as jy ná aan oom Faan kom, kan jy my dalk vir poging tot moord gaan aankla – as jy dan nog lewe."

Liesel sit langs haar pa s e bed toe Kas meteens in die kamerdeur verskyn. Oudergewoonte is die onmiddellike verstywing daar en kan hy sien hoe die blou oë verkoel. Maar ook sy oë is koud en sonder gevoel voordat hulle ietwat verwarm toe sy blik na die man in die bed verskuif.

Hy stap vinnig nader en kyk bekommerd op die ouer man af. "Skort daar iets?"

"Nee wat, ek voel maar sommer net 'n bietjie moeg en hierdie twee vroumense is mos deesdae my baas. 'n Man het mos nie meer sê in sy eie huis met hulle twee in die omtrek nie," skerts oom Faan, maar die moeë lyne op sy gesig verraai dat hy maar te bly is om 'n bietjie agteroor te lê. Dan verhelder sy gesig. "Kassie, Liesel het vandag die wonderlikste nuus vir my gebring."

"O, Paps, dis nie nodig om dit nou al wêreldkundig te maak nie," protesteer Liesel, maar oom Faan glimlag van oor tot oor.

"Watse wêreldkundig! Ek sê mos maar net vir Kas. Hy's mos een van die familie, so te sê. Kas, man, ek gaan mos een van die dae oupa word!"

Net vlugtig, baie vlugtig, ontmoet twee paar oë. Dan sak die ooglede oor Liesel se blou oë.

"Dit is voorwaar groot nuus, oom Faan. Baie geluk aan die oupa!"

"Ja, mintag, man, ek het amper gedink ek sal nooit my nageslag sien nie!"

Kas knik.

"Ek moet eers weer gaan. Ek het net kom inloer."

Weer terug by sy kantoor, trek Kas 'n laai oop en haal die tjek uit. Vir 'n oomblik kyk hy weer na die fyn vrouehandskrif. Dan begin sy lang vingers dit in repies skeur. Toe dit in die snippermandjie langs die lessenaar neerfladder, tel hy sy telefoon op.

"Juffrou, kry vir my die hotel; die kroeg, asseblief." Hy wag 'n oomblik. "Meneer Deyssel, Kas Burger hier. Is Rob Rabe miskien daar? Asseblief."

"Ja?" hoor hy na 'n oomblik Rob se stem.

"Rob . . . Voordat jy vertrek, kom maak 'n draai by my kantoor."

"Gaan na die duiwel!"

"Rob! Luister, jy kan dit nie bekostig om snaaks te wees nie. Kom maak 'n draai hier. Ek wil met jou praat." 'n Oomblik stilte.

"Nou goed dan, maar ek waarsku jou . . . ek het genoeg van jou gehad!"

"Sien jou." Toe hy die telefoon neersit, bal sy hande tot vuiste saam. Hulle trek weer spontaan saam toe Rob Rabe laat die middag sy kantoor binnestap.

Die twee mans kyk mekaar takserend aan voordat Kas laat hoor, sy oë op die kneusplek bokant Rob se wangbeen: "Ek het 'n voorstel vir jou. Ek is bereid om jou met jou finansiële probleme te help, maar op my eie manier. Wag, nie so haastig nie, Rob. Luister eers klaar."

Rob sak weer terug op die stoel. Hy weet dat hierdie man heeltemal gelyk het in wat hy netnou oor die telefoon gesê het. Hy kan dit nie bekostig om snaaks te wees nie. Hy is verleë, só verleë dat hy sal moet sit en luister na die voorwaardes

411

wat deur Kas Burger gestel word. Maar tog klou hy nog aan 'n laaste bietjie trots vas.

"Goed. Laat ek hoor," sê hy hooghartig.

"Ek wil al jou rekeninge hê en ek sal hulle self betaal. En vir alles wat jy in die toekoms koop, sal ek net die rekeninge betaal as ek dit vooraf goedgekeur het."

"Luister hier, Kas, ek is nie 'n kind nie . . ."

"Ja, jy is – 'n kind wat nooit geleer het hoe om met geld te werk nie. Die terugbetalingsvoorwaardes is dieselfde as die vorige keer – dieselfde rentekoers met finale terugbetaling oor vyf jaar. Ek gee jou vyf jaar kans om jou sake weer gesond te kry."

Op hierdie oomblik sluk Rob Rabe swaar aan sy trots. Tog probeer hy ongeërg voorkom.

"Ag, man, dis nie so erg nie. Dis maar 'n paar duisend rand wat ek hierdie keer nodig het. Ek was net ongelukkig en ek het heelwat koste gehad die afgelope tyd."

"Ja, maar daar is 'n paar items waarsonder jy kon klaarkom, maar jy was nog nooit gewoond om te sukkel nie. Dis in elk geval gedane sake en ons laat dit daar. Laat kry my die rekeninge waarvoor hulle jou druk so gou moontlik en stuur alle ander rekeninge na my toe deur in die toekoms. Ek sal nie alles betaal nie, maar dit wat ek nodig ag, is ek bereid om voor te skiet tot tyd en wyl jou sake regkom."

Rob staan op en Kas ook.

"Daar is nog een voorwaarde, Rob." Hy kyk vas terug in die fronsende oë. "Pearl Olsen is van hierdie oomblik af taboe vir jou."

'n Rooi blos skiet oor Rob se wange.

"Ek . . . ek weet nie waarvan jy praat nie."

"Dan is jy byna die enigste op Grasbult wat nie weet nie, want die hele dorp weet reeds. Ek bedoel wat ek sê, Rob. Dis 'n voorwaarde en 'n voorwaarde wat ek gaan sorg dat jy nakom. Jy bly in die toekoms weg van Pearl Olsen af."

"Kas . . ." Dit lyk of Rob baie lus het om hom weer warm-

412

plek toe te stuur, maar hom betyds bedink. "Luister, ou bees, jy het my nie gekoop nie."

"Byna, Rob. As jy so voortgaan, sal ek jou met vrou en plaas en al koop. As ek ooit weer hoor dat jy ná aan Pearl Olsen was, sal jy jammer wees."

"Is jy miskien besig om my te dreig?"

"Ja, Rob Rabe, ek is."

Terwyl hierdie gesprek aan die gang is, is Liesel op pad terug plaas toe. Daar is geen vreugde in haar hart by die wete dat sy eindelik 'n kind onder haar hart dra nie. Inteendeel. Noudat sy reeds die einde van haar huwelik in sig het, het dit gebeur. Dis die laaste ding wat nou moes gebeur het. Dis die laaste ding wat sy wou gehad het – 'n kind van Rob Rabe. Dis net ter wille van haar pa dat sy dit nog op Rondom uithou, dat sy nog 'n mate van skyn probeer handhaaf. Sy sal nooit in hierdie stadium haar pa hierdie hartseer en teleurstelling kan aandoen nie, wetende dat dit maklik sy dood kan beteken. Maar hier diep binne-in haar het sy reeds geweet dat sy en Rob die einde van hulle pad saam bereik het.

Sedert sy daardie aand in die gastekamer ingetrek het, was 'n normale huwelikslewe tussen haar en haar man so te sê iets van die verlede. Hulle was die afgelope tyd kwalik be-leefde vreemdelinge teenoor mekaar en die ergste van alles is dat dit haar nie gehinder het nie.

En vanmiddag, netnou daar in haar pa se kamer, het Kas Burger se oë in haar gepriem; het sy die gevoel gekry dat hy tot in haar diepste wese kon kyk en alles sien wat daar te sien is. Dit het vir haar gevoel asof sy vir 'n enkele stonde naak voor hom gestaan het, asof daardie ernstige, skerp blik tot agter die digte gordyn van haar trots deurgedring het – die trots waaraan sy nog met alle mag vasklou omdat dit al ver-skansing is wat vir haar oorgebly het – en dat hy haar kaalge-stroopte vrouesiel voor hom oopgevlek sien lê het.

Sy haat hom met 'n onredelike haat omdat hy miskien die

waarheid vermoed en weet dat haar trots en hooghartigheid maar net 'n dun kleed is waaragter sy skuil.

6

In die weke wat volg, betaal Kas Burger haar rekeninge sonder dat Liesel die vaagste vermoede van so iets het. Dis veral wanneer haar persoonlike rekeninge voor hom op die lessenaar lê dat die grys oë van ou Joop se seun 'n donker kleur aanneem en dat daar diep kepe insny om sy mond waar dit nog nie by so 'n jong man tuis hoort nie. Maar as daar baie van die ander is wat hy bevraagteken en waaroor hy eers lang gesprekke, ergerlike gesprekke met Rob Rabe voer, is hierdie rekeninge die enkeles wat hy sonder aarseling betaal. En wat Rob Rabe self nie weet nie, is dat hierdie bedrae nie by die groot totaal wat verskuldig is, gevoeg word nie. Ook Rob Rabe is gans onbewus daarvan dat Kas Burger vir sy vrou se persoonlike behoeftes betaal; dat dit ou Joop se seun is wat in hierdie maande sy vrou onderhou en dat dit hy is wat ook sy ongebore kind versorg.

Totaal onbewus van die werklike toestand van hul finansiële sake en nog altyd onder die waan dat Rob een van die vooruitstrewendste boere van Grasbult is, begin Liesel met 'n swaar gemoed voorbereidings tref vir haar kind se koms. Daar moet 'n wiegie gekoop word, 'n stootwaentjie, 'n baba-uitrusting gereed gekry word, 'n badjie en so baie ander dingetjies, en al hierdie rekeninge beland op Kas se lessenaar en word deur hom vereffen.

Die eerste vae vermoede wat sy kry van die werklike toedrag van sake, is toe Rob een aand vroeër as gewoonlik van die dorp af kom. Dit het nou al so gewoonte geword dat hy elke aand dorp toe ry en eers laat in die nag tuis kom, dat Liesel nie anders kan as om te voorskyn te kom toe hy vroeër as gewoonlik weer terugkom nie. Wat sy sien, laat haar meteens die vorige aand onthou toe Kas skielik op die plaas aangekom het.

Sy was so verbaas om hom in die voordeur te sien staan, dat sy vir 'n oomblik vergeet het dat sy reeds uitgetrek was en haar kamerjapon aangehad het. Kas was in maande nie op Rondom nie en sy skielike verskyning het haar onkant betrap. Sy was verbouereerd en selfbewus, veral oor haar voorkoms, en sy het moeilik haar hooghartige, meerderwaardige houding teenoor hom kon handhaaf. Sy was nog meer verbaas toe hy die doel van sy besoek aangekondig het.

"Ek is eintlik op Rob se spoor," het hy gesê terwyl sy blik op die bleek gesiggie met die loshangende hare oor die skouer gerus het. Die afgelope maande het sy haar hare agter haar kop in 'n Franse rol saamgevat en dit, tesame met haar stiller, afgetrokke houding het van haar 'n volwasse vrou gemaak wat Kas betref, nog hooghartiger en onbereikbaarder as ooit. Maar gisteraand was sy meteens weer die jong meisie van 'n paar jaar gelede, met die kartelende hare oor haar skouers en vreemd weerloos en jonk in haar geblomde kamerjapon. Maar niks in sy gesig of oë het hierdie gewaarwordinge in hom verraai nie.

"Hy is nie tuis nie," het sy geantwoord en gewonder of sy hom moes innooi.

Sy wenkbroue het gelig.

"Al weer nie? Ek bel al die afgelope vier aande en elke keer was hy nie tuis nie." Sy het nie geweet wat om te antwoord nie en kon, ten spyte van al haar pogings, nie volhou om koel in sy oë terug te kyk nie.

Vir 'n lang oomblik was dit stil tussen hulle en sy was pynlik bewus van sy priemende oë terwyl hulle nog steeds in die voordeur gestaan het. Daar was 'n bewing in sy mondhoeke asof die woorde reeds op sy lippe gelê het maar hy nog nie besluit het of hy hulle moet uiter en of hy liewer moet omdraai en loop nie. En toe het hy die onrustige klopping van haar hart in haar kuiltjie gesien en sy hande het stadig tot vuiste langs sy sye gebal.

"Laat hy jou dikwels saans so alleen by die huis?"

Die oë het na hom opgelig en hulle was soos altyd trots en koud.

"Ek dink nie dit gaan jou aan nie. Is daar 'n boodskap vir Rob?"

Sy het die verstywing van sy gesigspiere gesien en toe, meteens, het sy hande uitgereik en haar aan die skouerknoppe vasgevat en dit was asof sy sy vel deur die dun nagklere op hare kon voel brand. Sy was heeltemal magteloos in sy greep toe hy haar nader getrek het.

"Daar sal 'n dag kom, Liesel, dat jy gaan breek as jy nie betyds leer om liewer te buig nie."

Hy het haar dadelik weer laat gaan, omgedraai en sonder 'n naggroet teruggestap na sy motor.

En vanaand staan Rob hier voor haar met oë wat vinnig besig is om toe te swel en die res van sy gesig 'n donker wolk. Sy het hom nie vertel van Kas se besoek die vorige aand nie, maar sy weet intuïtief, nog voordat Rob haar vertel, dat Kas Burger hiervoor verantwoordelik is.

Sy sê nie 'n woord toe hy by haar verbystrompel badkamer toe nie. En in die badkamer probeer Rob Rabe sy siedende woede saam met die seer afspoel. Hy het Kas eers gewaar toe Pearl 'n uitroep laat hoor het, maar toe was dit reeds te laat. Hy is agter aan sy kraag langs Pearl op die rusbank opgetel asof hy 'n kind was en toe het Kas se eerste vuishou getref.

"Jou vuilgoed! Wat soek jy hier?"

Rob het vergeefs probeer verduidelik. Hy het Kas Burger nog nooit só gesien nie. Hy het nie geweet Kas Burger kan so lyk nie.

"Stadig, Kas, ek het net 'n oomblik hier ingeloer. Ek was op pad huis toe . . ."

"Jy lieg! Dis die vyfde agtereenvolgende aand dat jy jou vrou alleen op die plaas los en hier jou lêplek maak. Dit was een van my voorwaardes dat jy hier moet wegbly, of het jy vergeet?"

"Nee, ek het nie, en ek sê jou mos . . ."

Maar Kas was nie in die luim om te luister nie.

"Gaan huis toe! En as ek jou ooit weer hier vang, sal dit jou berou. Ek sal vir jou so kaal uittrek dat jy skaars die vel aan jou bas sal oorhou wanneer ek met jou klaar is."

"Ag so?" Iets het Rob gewaarsku om liewer dadelik te gehoorsaam, maar die trots van 'n dwaas was nog in hom. Hy het hom orent getrek en ook 'n uitdagende houding ingeneem. "Kas Burger, ek sal my nie deur jou laat voorskryf nie, verstaan? Wie is jy so danig? Ou Joop . . ."

Kas se tweede vuishou het getref en toe het die een die ander opgevolg met moorddadige geweld en dit het nie opgehou voordat 'n stem êrens dringend geroep het nie: "Hou op! Jy gaan hom doodmaak!"

Toe het hy sy vuiste laat sak en Pearl Olsen van sy arm afgeskud. Hy het die bewustelose Rob opgetel en sy kop onder die kraan gaan hou tot hy bygekom het. Toe het hy hom met die agterste trap af gesleepdra, agter die stuurwiel van sy motor ingeskuif en dit vir hom aangeskakel.

"Ry!" Sy stem was nog steeds skor, belaai met emosie. "Ry, sê ek!"

Rob het onmiddellik gehoorsaam en nou, soos wat sy hoofpyn toeneem, groei sy haat en wrok teenoor Kas Burger. Terselfdertyd besef hy dat hy sy storie goed agtermekaar moet kry. Ten alle koste mag Liesel nie agterkom wat die waarheid is nie. Rob besef maar te goed waar hy hom sal bevind as Liesel die dag haar goed vat en loop. Maar hy het nog altyd gereken op haar trots. Hy weet dis haar trots, en haar pa se siekte, wat haar tot dusver nog maar laat bly het. Hy weet ook dat hy op Faan Dempers, en nou op Kas Burger, se gevoelens kan speel om hom te help om kop bo water te hou. Ou Faan sal sy laaste sent gee waar dit sy dogter aangaan en Kas sal weer op sy beurt ter wille van oom Faan alles in sy vermoë doen om Liesel se eer en trots en aansien te red. Dit weet hy maar te goed. Maar as Liesel moet loop . . .

Toe hy eindelik uit die badkamer kom, is sy storie agtermekaar vir die stil vrou wat sonder vrae met koffie uit die kombuis te voorskyn tree.

"Gaan jy my nie vra hoekom ek so lyk nie?" vra hy dan, tog selfbewus voor haar reguit, onpersoonlike blik.

Sy skud haar kop, hou sy koppie na hom uit.

"Nee. Ek is nie gewoond om my met jou persoonlike sake te bemoei nie. Ek stel ook nie belang nie." Maar terwyl sy dit sê, weet sy dis nie heeltemal waar nie. Tot dusver het sy eerlik nie meer belanggestel in waarheen Rob gaan en wat hy doen nie. Maar vanaand is anders . . . Sy het die gevoel dat Kas Burger ook in die prentjie is en dit interesseer haar teen haar sin.

Rob kyk na haar en besef vir die eerste keer werklik in watter mate hy en Liesel die afgelope maande van mekaar weggedryf het. Selfs nie eens die kind wat sy verwag, kan die kloof tussen hulle meer oorbrug nie. Liesel het heeltemal buite sy bereik beweeg. Sy is so te sê 'n vreemdeling.

"Dis daardie hardekwas vennootjie van jou pa," laat hy bars hoor onderwyl hy aan die koffie proe. Liesel se kop lig onwillekeurig omhoog en haar hart klop skielik vinniger. Sy ondervind 'n vreemde opwinding wat sy nog nooit ervaar het nie. Dan wás dit Kas!

Sy roer haar koffie en dwing haar stem tot onpersoonlike belangstelling.

"O? Waarom? Het julle gedrink?"

"Ek is g'n dronk nie. Jy kan mos sien ek makeer niks en jy weet mos Kas drink baie matig, byna niks."

"Nou wel . . . waaroor was die rusie dan?"

"Oor Pearl Olsen." Hy sien haar kop omhoog ruk en vir die eerste keer is daar 'n mate van emosie op die pragtige gelaatstrekke.

"Pearl . . . Pearl Olsen?"

"Ja." Rob lag humorloos. "Dis 'n belaglike spul om die minste daarvan te sê. Ek was by die hotel en toe vra Reynecke vir my om sommer op my pad uit 'n pakkie by haar woonstel af te gee. Dis glo bederfbare goed. Ek sê toe ja, ek kan maar. Toe ek daar kom, nooi sy my in en vra of ek nie eers 'n koppie tee wil drink nie." Hy sien die verstilling van sy vrou se oë en frons. "Ek hoop regtig nie jy dink ook nou soos wat jou vriend Kas blykbaar gedink het nie. Pearl Olsen het 'n slegte naam en jy weet self watter stories oor haar rondgaan. Ek sal my nie met haar ophou nie, maar 'n mens is tog beleef en dit was nog vroeg en . . . wel, ek sê toe dis nie eintlik nodig nie, maar ek kan maar gou 'n koppie tee drink. Ek was net besig om die tee te drink toe Kas daar ingestap kom en . . . sommer tot gevolgtrekkings kom. Mag, ek het nie geweet hy is so jaloers nie. Jy moes hom gesien het. Hoe meer ek probeer verduidelik het ek het niks gedoen nie en bloot net 'n pakkie afgelewer, hoe minder wou hy weet." Hy lag weer in sy vrou se bleek gesig op. "Jy kon my met 'n veer omslaan. Kas hou hom so heilig deesdae, maar intussen loop hy op daardie plekke rond. Maar dit wys jou nou maar net. Soort soek soort, nè?"

Liesel staan op, sit haar koppie terug op die skinkbord.

"Ja. Dit is seker so. Soort soek soort. Nag, Rob. Ek voel 'n bietjie moeg vanaand. Ek gaan maar vroeg inkruip."

Maar daardie nag, lank nadat Rob eindelik ten spyte van 'n kloppende hoofpyn ingesluimer het, lê en rol sy vrou nog in die bed in die gastekamer rond en weet sy nie, wéét sy nie hoekom sy skielik so oneindig teleurgesteld voel nie. Wat het sy dan anders verwag? Hy is en sal altyd ou Joop se seun bly . . .

En tog . . . Hoe onverstaanbaar dit ook al in hierdie naguur vir haar is, moet sy erken: dis of een van die ankers waaraan sy vasgehou het, meteens losgeruk het. In hierdie korte jare van haar huwelikslewe saam met Rob Rabe het sy die een illusie na die ander verloor, baie dikwels gevoel hoe haar hele wêreld onder haar wankel en dreig om pad te gee. Maar twee pilare het haar geloof en haar moed staande gehou. Die een was haar pa. Die ander was . . . Kas Burger. Ten spyte van wat haar persoonlike gevoelens was, ten spyte van die feit dat hy ou Joop se seun was, was hy nogtans 'n simbool van standvastigheid en kon sy hom heimlik daarvoor bewonder. En vanaand . . . Pearl Olsen . . . nogal Pearl Olsen! En wat dan van Marlise?

Maar daar is nog iets wat haar uit die slaap hou. Daar is 'n diepe onrus in haar. Hoekom het Kas die afgelope aande so naarstiglik na Rob gesoek? Hulle was nog nooit vriende nie. En hoekom het sy Rob se motor al 'n paar keer die afgelope maande voor Kas se kantoor sien staan? Eers het sy dit opgemerk, dit vreemd gevind en toe daarvan vergeet. Maar vanaand onthou sy dit weer en dit lyk vir haar nou eers vreemd. Dit kom vir haar ook vreemd voor dat Rob vir Kas toegelaat het om hom so te slaan. Dis nie in Rob Rabe se aard nie. Die feit dat hy nie een keer vanaand gesê het dat Kas se optrede hom nog duur te staan gaan kom nie, is beslis vreemd vir Rob Rabe. Hy is 'n man wat daaraan gewoond is om sy gewig rond te gooi, en dis veral nie in sy aard dat hy so 'n opstopper van Kas Burger sal vat sonder om verdere stappe te doen nie. Sy kry die gevoel Rob is bang vir Kas . . . of dan versigtig . . . Hoekom?

Meteens onthou sy ook die gesprek tussen haar pa en Kas daardie dag toe sy die roosboom onder haar pa se slaapkamervenster gestaan en poeier het. Weer roer die onrus in haar. Iets is êrens verkeerd, baie verkeerd. Vir die eerste keer begin sy wonder oor haar man se finansies. Sy het haar tot dusver nog nooit daaraan gesteur nie. Van kleins af het sy grootgeword met die idee, soos ook die hele Grasbult, dat die Rabes met die modelplaas skatryk mense is. So het sy dit ook nog altyd aanvaar. Hulle het al die jare 'n hoë lewenstandaard gehandhaaf. Ook nou nog lyk alles voorspoedig en oorvloedig. Rob se ouers sit in 'n luukse woonstel in een van die strandoorde, en op Rondom het daar nog nooit iets ontbreek nie. Maar soos die res van Grasbult, begin sy skielik wonder of alles wat blink, werklik goud is.

Sy onthou ook nou die insident met Kas oor tant Kitty se salaris. Sy het altyd geweet haar pa is nie so 'n ryk man soos die Rabes nie, maar hy was tog al die jare 'n prokureur. Hy het meer as genoeg gehad, het sy geglo. Maar ook oor hom begin sy wonder. Hoekom sou Kas die grootste deel uit sy persoonlike rekening bydra om haar pa se verpleegster te vergoed? Aan die begin het sy sommer net aangeneem dat hy dit gedoen het uit dankbaarheid teenoor haar pa, 'n soort ereskuld wat hy op hom geneem het om oom Faan terug te betaal vir wat hy al die jare vir hom gedoen het en vir die geleentheid wat hy hom in die lewe gebied het. Maar nou begin sy wonder . . .

En daar is net een manier om die waarheid vas te stel. Sy moet Kas gaan vra. Alles binne-in haar deins terug van hierdie gedagte. Die gedagte dat sy haar só voor Kas Burger moet gaan verneder, is nie vir haar aangenaam nie.

Die hele dag loop sy met die onrus in haar rond en dan eindelik ry sy daardie middag in dorp toe, wetende dat sy mal sal word as sy langer in hierdie onsekerheid lewe. Rob is voor haar dorp toe en sy het, teen haar beginsels in, vir die eerste keer in haar lewe in 'n ander mens se private goed rondgekrap. Nêrens kon sy 'n rekening of 'n kwitansie kry nie. Sy het op alle moontlike en onmoontlike plekke gesoek, maar daar was niks. En toe het sy op sy bankdepositoboek afgekom en sy was wasbleek toe sy dit eindelik toegeklap het.

Sy ry met die straat af en net toe sy wil afdraai in die straat waar Kas se kantore geleë is, sien sy hom by 'n gebou uitkom. Haar hartklop verstil in haar. Dan het Rob nie leuens vertel nie! Hier sien sy nou met haar eie oë hoe Kas by Pearl Olsen se woonstel uitkom – 'n plek waar geen man op hierdie dorp graag gesien wil word solank die son skyn nie, maar wat, volgens die stories wat rondgaan, druk besoek word sodra dit donker is. En hy kom openlik en helder oordag daar uitgestap!

En dan sien hy haar en kom in sy spore tot stilstand. Vir 'n oomblik ontmoet hul oë en lees hy alles wat in haar hart omgaan in haar oë, verbleek hy onder die veragting wat hy in die blou oë sien.

Liesel kyk stip voor haar, wetende dat sy nou nog minder die moed bymekaar sal skraap om hom te gaan spreek.

Kas stap met die laaste paar treetjies af, klim in sy motor en ry reguit na Hartelus, waar hy tant Kitty bekommerd by die voordeur aantref.

"Ek kon nie gouer kom nie, tante. Daar was eers 'n dringende sakie wat ek moes afhandel," laat hy hoor voordat hy binnestap.

"Dis alles reg, Kas. Dokter is so pas weg. Faan lyk glad nie goed nie. Hy het sommer skielik vanoggend versleg. 'n Mens weet nooit met 'n hartgeval nie. Dit gebeur so skielik . . ."

Kas knik fronsend.

"Ja. Hoe is hy nou?"

" 'n Bietjie rustiger, maar ook maar net 'n bietjie. Dit lyk my daar is iets wat hom geweldig pla. En ek kan nie by Rondom se mense uitkom nie. Ek het my al mal gebel . . ."

"Liesel het netnou by my verbygery. Sy sal seker nóú kom."

"Ja, en ons weet waar om Rob te soek – by die kroeg, soos gewoonlik," laat tant Kitty droog hoor en kyk skerp na die man se geslote gesig. "Kas, hierdie dinge het niks met my te doen nie. Ek is 'n buitestander. Maar ek is jammer vir Faan en ek is lief vir Liesel. Jy sal teen wil en dank moet ingryp."

Sy frons is skerp.

"Wat bedoel tante?"

"Jy weet baie goed wat ek bedoel. Jy is al een wat kan, nie waar nie?" Sy sug. "Nou toe. Faan wag vir jou."

Sy draai om en verdwyn in die rigting van die kombuis en Kas stap die siekekamer fronsend binne.

"Sit, Kas, ek wil met jou praat," laat oom Faan dadelik hoor en Kas neem gehoorsaam langs die bed plaas.

"Is dit nie te vermoeiend nie, oom? Kan dit nie 'n bietjie wag tot . . ."

"Nee, Kas. Nee, ons moes al lankal gepraat het. Ek kan nie langer uitstel nie." Kas knik net en die ou man vervolg swaar: "Kas, daar is nie meer tyd om doekies om te draai nie. My tydjie word kort. Ons weet dit almal en ek . . . ek moet weet . . . Ou seun, ek weet jy bedoel dit goed, maar ek weet jy was nie heeltemal eerlik met my nie . . ."

"Oom Faan!"

"Ja, Kas, dit is so, nie waar nie? Ek weet jy het my vertel dat alles nou goed gaan met Rob en sy sake en so aan, maar . . . ek voel dis nie heeltemal waar nie. Dit gaan nie goed nie, nè?"

"Oom Faan . . ." Dan sug hy. Hy kan dit nie oor sy hart kry om die ou man langer te bedrieg nie. Dan erken hy. "Nee, dit gaan nie goed nie."

"Hm . . . Ja, ek het dit vermoed. Dit sal nooit goed gaan nie. Wie het hom die afgelope maande uit die moeilikheid gehou, Kas?"

Kas kyk teësinnig in die moeë oë op en hy weet dit sal ook nie hierdie keer help om te lieg nie. Die ou man weet reeds.

"Ek het hom iets voorgeskiet . . ."

"Soos wat jy vir Kitty uit jou sak betaal het, nè?"

Kas frons skerp.

"Ja, seun, ek weet daarvan. Ek het Kitty dit laat erken, maar ek het dit altyd vermoed. Kas . . ." Kas word gedwing om weer op te kyk. "Kas, hoekom het jy hierdie dinge gedoen?"

Kas kyk 'n oomblik op sy hande af. Dan kyk hy weer op.

"Oom Faan, ek het dit met my hart gedoen. Ek het 'n ereskuld om te betaal. Was dit nie vir oom nie, sou ek . . . sou ek miskien ou Joop se seun gebly het – net ou Joop se seun . . . Maar oom het my gehelp om iets te bereik. Ek kan oom nooit daarvoor vergoed nie. En dan ook . . . oom het my uit die staanspoor soos 'n mens, soos 'n gelyke behandel. Oom het my nooit laat voel dat ek uit die onderdorp kom, dat ek in 'n platdakhuisie woon nie . . ."

Dis 'n oomblik stil tussen hulle. Dan laat oom Faan hoor: "Ek sê dankie, seun – en jy weet dit kom uit my hart. Maar nou ... Ek is verplig om jou nog iets te vra . . ."

"Vra, oom Faan. Enigiets."

"Liesel . . . Liesel druk swaar op my hart. Sy probeer baie hard om dit vir my weg te steek, maar ek ken my dogter. Ek weet wanneer sy ongelukkig is. Kas . . . Kas, neem haar weg van Rob Rabe af. Dis die één ding wat ek nog van jou vra. Neem my dogter weg van Rob Rabe af en . . . en sorg vir haar. Sy is al wat ek het – die kosbaarste en dierbaarste wat ek het. Sy probeer so dapper, maar sy flous my nie. Sy lyk soos die dood deesdae. Ek kan dit nie meer aanskou nie. Jy is die enigste een wat kan help. Asseblief, vat haar weg van daardie man af."

"Oom Faan . . . Oom, sy verwag sy kind, of het oom vergeet?"

"Maak dit soveel saak aan jou, Kassie? Sal dit saak maak?"

"Dis nie net die kind nie, oom," antwoord Kas rustig. "Liesel self . . ."

"Kas, asseblief, dis al wat ek nog vra. Asseblief! Jy kan dit doen. Jy is die enigste op Grasbult wat dit kan doen."

Hulle kyk mekaar 'n paar oomblikke lank stilswyend aan – en hulle verstaan mekaar. Kas knik en staan dan op.

'n Hand reik na syne uit, swak maar tog met 'n sterk greep in die bleek vingers.

"Dankie, seun. Jy was altyd vir my die seun wat ek so graag wou gehad het, Kas. Ek het Joop deur al die jare so beny."

Dis eers toe Liesel sien dat die motor weg is voor Hartelus se oprit dat sy haar motor voor die deur tot stilstand bring, en terwyl sy ontsteld haar plek langs haar pa inneem, stap Kas die kroeg binne, wetende dat hy Rob Rabe wel daar sal aantref.

Hy skuif langs hom in sonder om na hom te kyk en wys die kroegman wat nader staan met 'n wuif van die hand weg. "Ek wil niks hê nie, dankie." Nog kyk hy nie direk na Rob nie en ook laasgenoemde hou sy blik op die glasie voor hom gerig. "Ek soek jou al die hele week." Rob antwoord nie en Kas se frons verdiep. "'n Mens kan nie vir ewig weghardloop nie, Rob. Op 'n dag haal dit jou in."

"Waarvan praat jy?" laat Rob nors hoor. Vir die eerste keer kyk Kas na hom.

"Van twee dinge. Die verband op Rondom is ingetrek, en Pearl Olsen verwag jou kind."

"Jy lieg dat jy . . ."

"Suutjies. Wil jy hê die hele dorp moet weet? Dit is nie 'n leuen nie, en jy weet dit. Dis die einde van die pad, Rob. Jy moet dit besef." Dis weer stil tussen hulle en dan gaan Kas voort: "Daar is vir jou net een uitweg. Jy moet Rondom verkoop en red wat daar nog te red is en . . . weggaan."

Rob snork.

"Waarmee? Al verkoop ek die plaas, weet jy so goed soos ek dat daar byna niks oor sal wees nie, nie nadat ek al my skuld betaal het nie."

"Ek besef dit en daarom sit ek nou hier langs jou. Ek het 'n voorstel vir jou." Weer antwoord Rob nie en neem net 'n groot sluk uit die glas. "Ek raai jou aan om Rondom te verkoop. Ek is bereid om al daardie bewyse van my en oom Faan op te skeur mits . . ."

Eindelik draai Rob se gesig in sy rigting. "Mits wat?"

Die twee mans kyk mekaar reguit aan.

"Mits jy Liesel onmiddellik 'n egskeiding gee."

Rob se oë vernou; dan glimlag hy, grynslag hy.

"Moenie vir my sê jy is nog al die jare sieklik verlief op haar nie."

Kas se kakebene werk.

"My redes is my saak. Ek is ernstig met my voorstel. As ek al daardie bewyse opskeur, sal jy genoeg oorhou om weer êrens anders te begin. Maar net op my voorwaarde."

Weer neem Rob 'n groot sluk en weer is die grynslag om sy lippe.

"Wat jy eintlik bedoel, is dat jy my vrou by my wil koop."

"Jy kan dit so stel, as jy wil. Dit is my voorstel. Aanvaar jy dit of . . .?"

Rob swyg 'n oomblik, antwoord dan: "Ek sal daaroor dink."

"Nee. Ek wil nóú, hiér jou antwoord hê."

Rob se oë draai spottend na hom.

"Jy is haastig. Hoe weet jy Liesel sal jou vat, al skei ek haar ook?"

"Dit is ook my saak. Jou antwoord, Rob."

Rob kyk af na die glas tussen sy hande. Hy weet reeds wat sy antwoord sal wees. Dan kyk hy op en hy sien in die oë wat stip na hom staar dat Kas Burger dit ook weet. Maar nog probeer hy skerm.

"Sy verwag my kind – of het jy vergeet?"

"Nee, ek het nie."

Hy frons.

"Maak dit nie vir jou saak nie?"

Kas se gesig lyk soos graniet.

"Pearl Olsen verwag ook jou kind. Maak dit nie vir jóú saak nie?" Kas se stem is laag, gedemp en dreigend. "En dit ís jou kind, Rob Rabe, al wil jy dit ontken. Moenie my dwing om dit in 'n hof ten aanhore van die hele wêreld te bewys nie."

Rob Rabe se oë vernou.

"Jy is vol dreigemente – en baie seker van jouself. 'n Meisie met Pearl se reputasie . . ."

"En wat van jóú reputasie? Dink jy nie ek sal genoeg bewyse daarvoor kry nie? Pearl Olsen het elke man wat voorheen daar gekom het die deur gewys sedert jy die eerste keer daar ingestap het. Jy weet dit is so. Ek weet dit ook omdat ek haar glo. 'n Meisie wat in die benarde posisie sit waarin sy op die oomblik verkeer, lieg nie. Sy kon, as sy wou, baie ander name genoem het – mans wat met haar kan trou en wat haar kind 'n naam kan gee. Maar sy het nie. Sy sê Rob Rabe is haar kind se pa. Nog iets, ou kêrel – al die mans wat in die verlede daar gekuier het, sal maar te bereid wees om in die hof te getuig dat sy hulle die deur gewys het sedert jy op die toneel verskyn het. Ek sal nie 'n tekort aan getuies hê nie. 'n Vaderskaptoets sal dit ook bewys."

Rob Rabe se gesig vertrek lelik en daar is nou geen teken van die aantreklike man wat so baie meisies se harte vinnig laat klop nie.

"Nie jy of Pearl of enige regter kan my dwing om met Pearl te trou nie. Ek laat my nie bluf nie . . ."

"Ek is nie besig om jou te bluf nie. Ek weet niemand kan jou dwing om jou kind 'n naam te gee nie, maar Pearl Olsen kan jou breek, Rob. As jy weier om my aanbod te aanvaar, sal ek nie huiwer om jou dinge oop te vlek en aan die kaak te stel nie. Ek sal geen genade hê nie. Jy sal 'n groter dwaas wees as wat selfs ek gedink het as jy nie my voorstel aanvaar nie. Jy kan nou nog loskom en daarby nog 'n hele paar duisend rand oorhou om weer êrens te begin. Maar as jy weier . . ."

Rob stamp sy leë glas oor die toonbank en staan op. Kas kom ook op sy voete. Albei mans is ewe lank. Rob is frisser gebou as die skraler Kas, maar hy weet dat Kas hard kan slaan. Tog is sy houding steeds tartend, speel hy nog rond hoewel hy weet wat sy uiteindelike antwoord gaan wees.

"Dan noem jy mý 'n vuilgoed. Wat is jy nou eintlik? In watter opsig is 'n afperser nou juis beter?"

"Daarop kan ek jou nie 'n antwoord gee nie, maar ek is bereid om voort te gaan daarmee – tot die bitter einde."

Rob kyk terug in die grys oë en hy weet Kas Burger sal doen wat hy sê. Hy weet ook hy kán doen wat hy sê. Dis geen leë dreigemente nie.

'n Ruk later hou Kas se motor voor die motorhawe in die straat stil en hy stap sonder om links of regs te kyk na die ingang van die trap wat na die vier boonste woonstelle lei. Nog steeds het hy die granietagtige uitdrukking op sy gesig en hy is totaal onbewus daarvan dat oë tersluiks in verbasing rek. Nie dat dit werklik so snaaks is nie. Kas Burger is mos ook maar net 'n man. En miskien moet 'n mens hom darem dit ter ere nagee – hy kruip nie snags, wanneer ander mense slaap, met die trap op nie. Hy stap oop en bloot in helder daglig daar in. Hy het dit die afgelope paar uur al twee keer gedoen.

En tog voel die Grasbulters wat dit sien, geskok. Kas is nou wel ou Joop se seun en so iets kan dus van hom verwag word, miskien juis van hom. So redeneer hulle. Maar Kas het deur die jare vir hom 'n goeie naam opgebou en die mense van Grasbult so te sê gedwing om hom te begin respekteer en hom te bewonder. En nou . . . nou wys dit jou maar net . . . die appeltjie val nooit ver van die boom af nie. Ou Joop se seun . . .

Die meisie kyk verwese op toe hy voor haar staan. Die ooglede sak weer vinnig. Was dit 'n paar weke gelede, sou sy hierdie man koel en uitdagend in die oë gekyk het soos sy die predikant in die oë gekyk het toe hy met haar wou praat. Haar lewe is haar eie. Sy kan daarmee doen wat sy wil. Wat sy doen, is haar saak. En toe het Rob Rabe een aand by haar woonstel ingestap. Vir die eerste keer in haar lewe het sy verlief geraak. En nou . . . nou weet sy dat 'n mens net 'n sekere mate van vryheid het. Op 'n dag – 'n dag soos vandag – kom jy meteens aan die einde van die pad, besef jy met skok dat jy nie meer kan verder nie, dat jy tot stilstand gedwing is.

Vanoggend het hierdie man hier ingestap en dit was die eerste keer wat sy hom gesien het sedert hy Rob agter aan sy nek by haar woonstel uitgesleep het. En vir die eerste keer kon sy dit nie regkry om uitdagend terug te kyk nie. En toe het hy begin praat en vir die eerste keer in 'n lang tyd het sy weer trane in haar oë voel brand, want daar was geen veroordeling nie. En toe het sy begin praat, begin vertel van jare gelede toe sy as dogtertjie met 'n stuk tuinslang geslaan is tot sy bly lê het, toe sy moes aanskou hoe haar ma aangerand is deur 'n besope pa. Sy het gillend die nag in gehardloop en in 'n bos gaan wegkruip. Daar het sy die hele nag met onbeskryflike vrees bly sit, haar vrees vir haar pa groter as haar vrees vir die donker. Sy het hierdie vreemde man alles vertel totdat sy soos 'n dam, waarvan die vasgeroeste sluise eindelik oopgedraai is, leeggeloop het. En hy het stil gesit en luister. Toe sy eindelik vlugtig opgekyk het na sy stil gestalte, was daar nog steeds geen veroordeling nie, net 'n vreemde jammerte, asof hy verstaan het.

En nou is hy weer hier om haar te kom vertel wat sy onderhoud met Rob opgelewer het en daar is geen uitdrukking op sy gesig waarvan sy kan aflei wat gebeur het nie.

"Rob het my aanbod aanvaar om die plaas te verkoop en hier weg te gaan," sê hy. Hy weet dis nie al wat sy wil hoor nie. Haar blik is vasgenael op hom en weer is daar 'n deernisvolle jammerte in sy oë. "Pearl, mag ek baie reguit met jou wees?"

"Ja. Ja, asseblief."

"Wel, ek is eerlik oortuig dat Rob jou nie geluk sal bring nie, al trou hy ook met jou ná die egskeiding. Ek weet jy glo dat jou liefde en die kind hom sal laat verander, maar . . ." Sy oë kyk vas terug. "Ek dink eerlik jy moet my aanbod aanvaar – dat ek jou finansieel sal help tot jou kind gebore is en dat jy dan jou kind vir aanneming uitgee en 'n nuwe begin êrens gaan maak. Die lewe het nie nou vir jou in 'n doodloopstraat geëindig nie. Daar is altyd kans vir 'n nuwe begin as jy wil. Dit verg moed en deursettingsvermoë, maar dit kan gedoen word."

Eindelik swaai Pearl se oë weg, staar sy deur die venster na die boomtak wat liggies wieg. Maar sy sien dit nie raak nie.

"Hy het dus ontken dat dit sy kind is."

Kas sug en knik dan.

"Ja." Hy kan niks anders doen as om dit te erken nie. Dis beter dat Pearl Olsen uit die staanspoor weet waar sy staan. Dit sal onnodig wreed wees om 'n flou vlam van hoop in haar brandend te hou. Sy staan alleen in haar ellende. Hoe gouer sy dit besef en hierdie naakte feit aanvaar, hoe beter sal dit vir haar en haar ongebore kind wees.

Toe die eerste rou snik kom, staan Kas op en gaan langs haar sit, plaas sy arm om die skraal skouers en weet hy dat hy nie soos Rob Rabe dit sal regkry om sommer net sy rug te draai nie. Van die begin af het hy 'n vreemde saamhorigheid met hierdie meisie gevoel. Miskien is dit omdat hul kinderdae in baie opsigte so pynlik ooreenstem. Miskien is dit omdat hy so goed verstaan dat Pearl Olsen ook maar net na liefde gesoek het, na dit wat maar altyd ontwykend bly, altyd net buite bereik . . .

Toe hy 'n rukkie later weer uitstap na sy motor toe, weer so totaal onbewus dat hy raakgesien word en dat dit vele bespiegelinge in die komende maande in die klein gemeenskap van Grasbult gaan ontketen, bly Pearl Olsen alleen agter, wetende dat die man wat haar so verseker het van sy liefde, haar verstoot het. Maar tog is sy nie heeltemal alleen nie. Hierdie man, hierdie Kas Burger wat tot vandag toe nog net 'n naam vir haar was, het belowe dat hy na haar sal omsien, dat hy haar sal help. Die einde van die maand sal sy haar bedanking by haar werk indien, en wanneer sy haar kennisgewingmaand gewerk het, sal hy haar hier wegneem. Hy het beloof hy sal sorg dat sy 'n heenkome vind en, wanneer dit tyd geword het, in 'n inrigting opgeneem word. En nadat alles verby is, het hy gesê, sal hy haar help om weer werk te kry en toesien dat sy 'n ordentlike verblyfplek kry, en sy weet ook dat sy hom kan glo. Kas Burger, hoewel hy 'n totale vreemdeling is, is nie Rob Rabe se soort nie, het sy met verbittering besef.

Oom Joop kom in die deur tot stilstand toe hy sien sy seun praat oor die telefoon, maar hy wink met sy hand en die ou

man skuifel nader en gaan sit in een van die diep leerleun-
stoele in Kas se studeerkamer in die nuwe huis. Hy luister stil
terwyl die kort gesprek aan die gang is.

"Rob, oom Faan se toestand het vandag skielik weer ver-
sleg. Ek was netnou daar aan en ek het vir Liesel gesê sy moet
liewer maar vannag daar bly. Ek het gedink dis miskien nou
die kans om . . . wel, om sake tot 'n punt te bring. Laat al
haar persoonlike besittings inpak asseblief. Ek sal dit môre-
middag kom kry. Liesel kom nie weer terug plaas toe nie. Ek
sal môre begin met die stappe wat gedoen moet word." Hy
swyg 'n oomblik en luister en antwoord dan: "Jy sal al daar-
die bewyse kry die dag wanneer die egskeiding gefinaliseer
word, nie 'n minuut voor die tyd nie. Ek sal ook môre die bal
aan die rol sit in verband met die vendusie. Ek was vanmid-
dag by Pearl. Sy laat weet sy sal die mas alleen opkom. Jy
hoef geen verpligting teenoor haar te voel nie. Tot siens."

Pa en seun kyk mekaar eers stil aan. Dan sug die ou man
en haal sy kromsteelpyp uit.

"Pa sal luister, Kassie, as jy my wil vertel wat jou deesdae
soos 'n ingehokte dier maak. Pa is nou nie so slim en geleerd
soos jy nie, maar Pa ken ook die lewe so 'n bietjie. Al kan Pa
ook maar net luister, seun. Dit help ook soms."

Daar gaan 'n speling van emosie oor die streng gesig wat
meteens gans te oud in die lig van die leeslamp vertoon. Dan
staan hy op, druk 'n hand 'n oomblik swaar op die een ou
krom skouer en neem, soos dit sy gewoonte is wanneer hy
baie ernstig is, op die hoek van die lessenaar plaas.

Lank nadat Grasbult al slaap, drink pa en seun weer om
eenuur die nag saam koffie. Dan skuifel oom Joop oor die
oop vlak in die maanlig terug na sy platdakhuisie toe waar hy
nog lank lê en wonder oor die weë van die Vader, lank nadat
sy seun in die groot, nuwe huis eindelik uitgeput ingesluimer
het . . .

Tant Kitty skud haar kop toe Kas die volgende oggend Harte-
lus binnestap en haar vraend aankyk.

"Nog dieselfde. Dokter sukkel om sy bloed dunner te kry.
Die bloed is te dik. Hy kan enige oomblik weer 'n aanval kry
en dan . . . Maar ek is oor Liesel amper meer bekommerd.
Jy moet met haar praat, asseblief. Sy het geweier om verlede
nag te gaan slaap, en sy sit nou nog langs sy bed. Kry haar
asseblief daar weg of sy sal totaal ingee. Sy lyk amper sieker
as Faan."

Kas stap die siekekamer binne, gevolg deur tant Kitty, en
hy kom langs die bed tot stilstand.

"Slaap hy?" vra hy saggies en Liesel skud haar kop ont-
kennend en terselfdertyd lig die moeë ooglede. Hy buig oor
die bed. "Môre, oom Faan."

Die ou man laat sy ooglede sak, lig hulle dan weer en kyk
vraend na Kas en dan na sy dogter. Kas knik begrypend,
maar oom Faan is nie tevrede nie. Dis of hy al sy kragte moet
inspan om haar naam te vorm.

"Liesel . . ."

Kas knik weer, kyk stip terug.

"Alles is reg, oom. Ek verseker u alles is reg. Ek gaan haar
nou wegneem dat sy kan gaan rus. Ek sal weer hier inloer
voordat ek gaan."

Hy buig af, plaas sy arm om die skraal skouers en tel haar
so te sê uit die stoel op. Haar protes sterf klankloos op haar
lippe toe sy voel hoe haar knieë onder haar knak. Soos 'n hul-
pelose, weerlose kind laat sy toe dat hy haar in sy arms optel
en uitdra en in haar ou kamer op die bed neerlê.

Sy kyk met betraande blou oë op.

"Hy mag nie sterf nie! Paps mag nie nou sterf nie!"

Hy sak langs haar op die bed neer, trek haar weer terug
in sy arms, laat haar kop teen sy skouer rus, en dis hierdie
vreemde teerheid van hierdie man wat die afgelope maande,

amper jare, altyd so styf en ver van haar af was, wat die laaste bietjie selfbeheersing in haar laat meegee. Hy laat haar huil tot die snikke stil word, totdat hy aan haar egalige asemhaling hoor dat sy eindelik slaap. Dan laat hy haar versigtig teruglê teen die kussings, trek haar skoene uit en trek die deken liggies oor haar.

Hy loop tant Kitty in die gang raak.

"Sy slaap nou, maar laat dokter na haar ook kyk as hy weer kom."

"Ek sal. Faan het ook, pas nadat julle uit is, aan die slaap geraak en hy is meteens besonder rustig."

Kas knik net. "Ek moet kantoor toe, maar as daar enigiets gebeur, laat my weet. Ons sal ook moet hulp kry, tant Kitty. Tante en Liesel sal dit nie hou nie."

"Ek sal kan byhou met die verpleging as ons net hulp kan kry met die waak snags."

"Ek sal kyk wat ek kan doen."

Daardie middag laat klop iemand aan die deur en Liesel gaan maak oop. Haar gesig verstil toe sy die ou man herken. Die verleentheid van 'n man wat weet dat hy hom nou in 'n buurt bevind waar hy nie juis tuis hoort nie, is op die ou gesig te lees, maar hy kyk moedig terug na die vrou voor hom.

"Middag, mevrou. Kas het gepraat van mense wat nodig is om in die nag by Fa . . . e . . . meneer Dempers te sit en ek het gedink . . . ek kan miskien help. Sien, ek . . . ek . . . kom met min slaap klaar. Lê maar meeste van die tyd wakker en dink en so aan. Ek sal graag help . . ."

Liesel kan nie antwoord nie. Hier diep binne-in haar het 'n genadelose hand meteens haar hart vasgegryp en dit begin knel en knel. Sy kan net staan en kyk na hom . . . na ou Joop van die onderdorp wat dadelik gekom het toe hy gehoor het dat daar hulp nodig is in die bodorp . . .

Tant Kitty se stem klink meteens langs haar op.

"Middag, Joop. Dis gaaf van jou om te kom. Kom binne. Maar . . . hoe het jy dan hier gekom?"

433

"Middag, Kitty. Geloop, natuurlik. Kassie is nog op kantoor en toe begin ek maar stap."

"Stap . . . met daardie seer bene? Joop, jy is baie stout," raas tant Kitty goedig en werp vlugtig 'n bekommerde blik na die bleek gesiggie. "Liesel, ek dink ek en Joop sal 'n bietjie koffie waardeer, nè, Joop? Faan het nou net 'n inspuiting gehad en is rustig. Ons kan eers ons koffie drink en dan sal ek jou na hom toe neem."

Met bewende hande sit Liesel die koppies reg in die kombuis en in die sitkamer lyk oom Joop bekommerd.

"Ek . . . ek weet nou nie of ek die regte ding gedoen het nie, Kitty. Ek het maar gemeen . . . ek kan ook maar 'n bietjie kom help. Ek slaap tog so min snags en . . ."

Ook tant Kitty voel hoe haar hart 'n oomblik pynlik saamtrek.

"Ons is so dankbaar jy het gekom, Joop, as jy net nie jou kragte sal ooreis nie. Ons sal beslis van jou hulp gebruik maak. A, hier is ons koffie! Dankie, kind." Tant Kitty neem die skinkbord by Liesel en vervolg: "Ek wou nog elke dag vir jou kom dankie sê vir die lieflike groente wat jy so gereeld saam met Kas stuur, maar ek weet nie waar gaan die tyd heen nie. Jy is darem 'n bobaastuinier, Joop! Daardie bete wat jy gister gestuur het, is skougoed."

Oom Joop kyk verleë op sy hande af, bewus van die stil figuurtjie in die diep stoel hier neffens hom. Hy het haar skaars herken. Hy het haar maande laas gesien. Tog is sy vir hom mooier as ooit tevore. Liesel Dempers was altyd die mooiste jong nooi van Grasbult, maar vandag is daar iets mooiers as mooi in haar, hoewel sy bleek en siek lyk. Sy is nie meer die jong, onverantwoordelike kind en jong meisie wat dartelend deur die lewe en oor ander se gevoelens gehardloop het nie. Sy het 'n vrou geword, 'n volwasse vrou met fyn kepies om die eens laggende mond en 'n breekbaarheid in haar te skraal gesiggie. En waar sy eers altyd oorgeborrel het van lewensvreugde, is daar nou 'n geslotenheid in haar asof daar

434

'n onsigbare muur om haar gebou is. Sy is soos 'n pragtige marmerbeeld wat jy bewonder, maar nie aanraak nie. En in sy hart is oom Joop verslae oor wat die lewe soms in 'n kort tydjie met 'n mens kan maak.

Toe Kas later die middag toe die son reeds begin sak, daar aankom, gaan soek hy eers vir Liesel op voordat hy na die siekekamer toe gaan.

Sy sien hom meteens voor haar staan en sy kyk vinnig weg. Sy het teen hierdie man se bors aan die slaap geraak nadat sy eers haar leed en vrese teen hom uitgesnik het. Wat moet Kas Burger van haar dink? Daarom is haar blik ontwykend en trek die skraal skouers moedig agteroor – 'n gebaartjie wat nog altyd die indruk geskep het dat sy trots en afsydig is.

Die man se hande bal halfpad tot vuiste saam langs sy sye, maar sy gesig toon nie dat hy iets raakgesien het nie. Sy stem is beleef vriendelik.

"Liesel, ek is jammer dat ek jou in hierdie omstandighede moet lastig val, maar daar is iets waaroor ek met jou moet praat."

Sy knik net stom en stap na haar pa se studeerkamer toe. Haar stem is stil, emosieloos toe hy met gevoude arms op die hoek van die lessenaar gaan sit.

"Ek weet waaroor jy wil praat. Dis oor Paps en . . . sy finansiële posisie. Hy het nie juis iets nie, nè?"

Kas frons skerp.

"Dis glad nie waaroor ek wil praat nie. Ek weet nie waar kom jy daaraan nie . . ."

"Ek is nie meer 'n kind nie, Kas – lankal nie meer nie," laat sy hoor en die man se gesig word nog strenger, lyk nog ongenaakbaarder as 'n oomblik gelede.

Sy staan op, dwaal rusteloos na die venster, draai terug na hom toe, kyk met die ou trots in die priemende oë.

"Ek het lankal agtergekom dat daar iets verkeerd is. Ek weet ek het ook skuld daaraan. Ek . . . ek het baie geld getrek voor my troue. Ook ná my troue het hy my dikwels 'n tjek gegee, gesê dis sommer 'n geskenkie. Ek het nooit besef dat hy dit nie eintlik kan bekostig nie." Net vir 'n oomblik bewe die mond. Dan ruk sy haar weer reg, verkoel die blou oë weer. "Maar dis nie net ek wat Paps uitgetrek het nie, nie waar nie? Het Paps geld vir Rob geleen?"

Vir die eerste keer huiwer die priemende oë effens en hier binne sluit die ysmuur in haar saam. Sy wag nie dat hy moet antwoord nie. Dis nie nodig nie.

"Dan is dit so. Ek het dit vermoed, maar . . ."

"Jy ontstel jou verniet so hewig, Liesel. Dis nie so erg as wat jy dit maak nie. Jou pa is nie skatryk nie, maar hy het genoeg om mee aan te gaan."

"En ná sy dood?"

"Daar sal genoeg wees vir jou om van te lewe." Hy kyk vas terug en beveel dan stil: "Kom sit, Liesel. Dis oor iets anders wat ek met jou wil praat. Dit kan ongelukkig nie langer wag nie." Sy gehoorsaam en hy vervolg: "Rob het vanoggend 'n egskeidingsaak teen jou begin." Hy hou haar soos 'n arend dop, maar daar kom nie die geringste verandering op haar gesig nie. Sy sit en kyk hom net stil aan. "Ek het by jou kom hoor of jy dit wil teenstaan of . . . Liesel, hoor jy wat ek sê?"

Sy knik, staan op, stap deur toe, draai dan om.

"Nee. Ek gaan dit nie teenstaan nie. Probeer dit so gou as moontlik afhandel."

Hy staan ook op.

"Goed. Ek sal jou persoonlike goed op die plaas gaan haal as jy wil."

"Dankie."

Sy stem keer haar voordat sy uitstap.

"Ek sal vannag by jou pa waak."

"Dis nie nodig nie. Jou pa het reeds aangebied."

"Pa?"

Hy lyk verbysterd en kyk haar vraend aan.

"Ja, hy het netnou hier aangestap gekom en aangebied om te waak. Hy is by Paps in die kamer."

Dan stap sy weg, verdwyn in haar kamer en toe die deur eindelik agter haar toegaan, leun sy swaar daarteen aan. Sy voel ontredderd en daar kom trane in haar oë. Sy is nou ontdaan van die masker van trots waaragter sy geskuil het. Sy weet Kas het vir haar gelieg. Sy weet haar pa is so te sê bankrot. Sy weet dat dit Kas Burger is wat hom die afgelope tyd gedra het en dat Kas hom nog dra. Sy weet Kas betaal die doktersrekenings, betaal tant Kitty – en sy pa dra groente aan om te kook. Binne-in haar krimp dit ineen. Daardie dag toe sy so hooghartig die tjek vir hom gegee het vir tant Kitty se salaris . . . Hoe moes hy nie heimlik gelag het nie!

En vandag, netnou, het sy jammerte in sy oë gesien. Vir 'n enkele oomblik het sy die onpersoonlike gordyn voor sy oë sien wegskuif, het sy gesien dat Kas haar jammer kry! Sy voel verbrysel. Jammerte van ou Joop se seun, jammerte van Kas Burger! Hoe het die wiel gedraai!

Vandag is dit sy, Liesel Dempers, wat van Kas Burger aalmoese ontvang, van sy aalmoese lewe! Die trotse Demperse lê in die stof en dis nou ou Joop en sy seun wat afkyk . . .

Dis die Burgers van die onderdorp wat vandag die helpende hand uitsteek. Dis ou Joop van die platdakhuisie wat vandag met sy rumatiekbene aangesukkel het na die groot huis van die prokureur om sy hulp te kom aanbied! Waar is haar vriende, die baie vriende wat Rondom se drumpel die afgelope jare deurgetrap het? Waar is hulle wat altyd so graag vir die hele dag uitgery het na Rondom toe, verseker dat hulle gul ontvang sou word by 'n vol tafel en 'n vol drankkabinet? Waar is hulle nou? Dis ou Joop en sy seun wat op hierdie oomblik langs die siekbed staan.

En Rob . . . Noudat Faan Dempers nie meer het om te gee nie, noudat daar niks meer oor is om te melk nie . . . nou is hy ook klaar met haar. Die feit dat sy sy kind verwag, die feit dat sy en haar pa vandag deur 'n krisistyd gaan, maak nie saak nie. Hy het nog nie eens een keer gebel om te hoor hoe dit gaan of waar sy vrou is nie . . . En weer is dit Kas

Burger wat haar moes kom vertel dat haar man klaar is met haar, Kas Burger wat haar goedjies sal gaan inpak en van die plaas af sal bring. En sy weet hy sal hierdie egskeiding so gou moontlik en met die minste publisiteit deurvoer . . .

In die siekekamer buig Kas oor oom Faan en vou sy sterk vingers om die swakkes.

"Dis alles reg, oom," herhaal hy weer soos gister. "Ek het vanoggend met die saak begin. Dit sal uiters twee maande duur. Kom nou tot rus. Liesel is . . . veilig."

Die ou man se oë blink en die dankbaarheid bring 'n knop in oom Joop se keel waar hy aan die ander kant van die bed sit.

"Jy sal . . . altyd vir haar sorg . . . Kas?"

"Ek sal. Oom hoef nie bekommerd te wees nie."

Die oë gaan moeg toe, maar daar is meteens 'n uitdrukking van vrede op sy gelaat, en oom Joop snuif en soek vinnig na sy sakdoek. Kas sak op die stoel neer en kyk oor die bed na sy pa. Hul oë ontmoet en Kas se stem is baie sag.

"Dankie, Pa."

Oom Joop knik, kyk dan half verleë op sy hande af.

"Ek het maar net gedink ek kan ook my deeltjie doen om . . . dinge makliker te maak." Hy kyk weer op en hul oë sê wedersyds hulle verstaan mekaar. Kas knik net en sê dan: "Ek sal ook vannag 'n rukkie hier sit."

Die nag vou sy vleuels oor die dorpie. Alles raak stil en vreedsaam.

Tant Kitty gaan vroeg kamer toe vir 'n welverdiende rus, wetende dat Faan in veilige hande is.

In die kamer langsaan slaap Liesel die slaap van 'n dooie ná die inspuiting wat die dokter haar gegee het. In oom Faan se kamer brand 'n flou bedliggie, weggedraai na die muur, en sit twee gestaltes soos wakende engele langs mekaar. Oom Faan slaap vir die eerste keer weer diep en rustig en oom Joop skuif nader aan sy seun.

"Kassie, waarom lyk jy so bekommerd?" fluister-vra hy

en Kas lig sy kop op en die ou man skrik byna vir die diep groewe op sy seun se gesig. Kas lyk deesdae soveel ouer as wat hy is. "Wat is dit, seun? Liesel?"

Kas knik en sug saggies, kyk eers versigtig na die bed voordat hy antwoord.

"As ek net kon weet of ek die regte ding gedoen het, Pa."

"Faan het gesê jy moet dit doen."

"Ja, maar dis nog geen verskoning vir myself nie. Het ek – of enige mens – die reg om te skei wat God saamgevoeg het? Al is Rob Rabe ook wat, hy is haar man . . ."

Oom Joop frons en aarsel. Hy is daaraan gewoond om sy gedagtes en opinies vir homself te hou. Hy redeneer nie met mense nie, wetende dat sy opinie seker nie van belang is nie. Selfs met hierdie geleerde seun van hom het hy nog selde gedagtes gewissel. Maar vanaand is Kassie meteens weer vir hom bereikbaar. Ten spyte van sy geleerdheid, ten spyte daarvan dat hy kop en skouers bo die pa uittroon, het Kassie vanaand leiding nodig – leiding van ou Joop.

"Kassie . . . ek het verlede nag lank gelê en dink nadat ons twee gesels het. Ek het aan daardie selfde ding gedink, en toe het ek begin wonder . . ."

"Ja, Pa?"

Hy skep moed toe hy die opregte belangstelling in sy seun se oë lees.

"Nee, ek het toe maar net gewonder . . . ís dit so dat almal wat trou, deur God saamgevoeg word?" Die skielike skerp frons tussen sy seun se oë laat hom vinnig vervolg: "Sien, ek het só gedink . . . Die baie huwelike wat aangegaan word net omdat hulle móét trou . . . Baiekeer is daar nie eens werklike liefde tussen die twee mense nie. In só 'n geval . . . is dit dan so dat God daardie twee mense saamgevoeg het?" Oom Joop het sy seun se volle aandag en hy praat nou met groter selfvertroue. "Die pa's en ma's aan weerskante wil ten alle koste hul naam beskerm. Die kinders word gedwing om te trou en . . . God het so selde 'n sê. En hoeveel huwelike word aan-

439

gegaan waarin daar nie een keer om Hoër hulp gevra word nie? Ons weet dit tog. Dit is so. Hoeveel paartjies gaan staan saam voor die preekstoel wat tot op daardie oomblik net aan hulleself en hul eie begeertes gedink het en nie werklik besef waarop hulle ja sê nie? Die trouery in die kerk is maar net 'n ritueel van die beskaafde wêreld." Oom Joop kyk terug in sy seun se gekwelde oë. "Jy weet, Kassie, alles wat God toelaat, is nie altyd sy Wil nie."

Kas knik verstom, kyk 'n oomblik na oom Faan se rustige gesig, kyk dan weer terug na sy pa.

"Maar nadat hulle wel getroud is . . .?"

"Ja. Maar glo jy werklik dat 'n huwelik soos dié van Liesel en Rob welbehaaglik vir Hom kan wees? Wanneer hierdie dinge in 'n huwelik gebeur soos in Liesel se geval . . . Ek weet nie, Kassie. Ek is maar 'n ongeleerde ou man, maar ek dink maar . . . ek dink die Vader sou, as 'n mens Hom kon vra, verkies dat jy liewer die een gebod een keer oortree en dan met 'n nuwe lewe begin as om aan die een gebod gehoorsaam te wees en nie eg te breek nie en elke dag 'n honderd keer die ander nege te oortree. Ek meen maar, dis logies, nie waar nie?"

Die stem is nou onseker en Kas skud sy kop asof hy sy ore nie kan glo nie.

"Pa, ek . . . ek het nooit geweet Pa is 'n voorstander van egskeiding nie."

"Maar ek is nie, seun. Moenie my verkeerd verstaan nie. Ek is dit glad nie."

"Nee, ek verstaan wat Pa bedoel." Kas frons weer liggies. "Ek moet erken ek het nog nooit só aan die saak gedink nie. Ek het my nog altyd blind gestaar teen die idee dat wat God saamgevoeg het, geen mens mag skei nie. Ek moes al dikwels in die verlede egskeidingsake behartig en ek het dit nog altyd met die grootste teësin gedoen. Maar nou . . ." Die lyne op sy gesig versag en vir 'n vlugtige oomblik druk sy hand op die een skouer. "Dankie, Pa. Ek sal onthou. Pa is seker reg." Hy staan op. "As Pa seker is Pa sal regkom . . ."

440

"Ek sal regkom, Kassie. Jy moet gaan rus. Jy moet môre werk. Nag, seun."

"Nag, Pa."

In die weke wat volg, word oom Joop se kromgetrekte gestalte 'n bekende figuur langs Faan Dempers se bed en word ou Joop en sy seun die steunpilare op wie daar swaar geleun word in hierdie krisistyd. Dis oom Joop wat onverwags langs die bed verskyn en dan sag sê: "Gaan rus nou, kind. Ek het nou lekker geslaap. Ek sal nou weer sit."

Eers het Liesel geprotesteer. Later het sy met stilswyende dankbaarheid hierdie welkome aanbod aanvaar. Soos dit al duideliker geword het dat oom Faan se tyd nader kom, het haar tyd ook begin nader kom. Dis asof elke dag 'n tree nader aan die onvermydelike klimaks is en bekommerde oë merk op hoe Faan Dempers se liggie al swakker begin skyn en hoe Liesel al meer agteruitgaan. Haar gesig is vervalle.

Kas het gekom en gegaan. Liesel was later kwalik bewus van hom. Sy was net bewus van 'n stil, somber skaduwee wat soms skielik langs haar verskyn het, altyd net daar was wanneer sy hom nodig gehad het. Sy was bewus daarvan dat iemand êrens op die agtergrond dinge doen, rekeninge betaal, voorsorg tref, maar dit het kwalik tot haar deurgebring wie dit is wat al die verantwoordelikheid so swygend op sy skouers geneem het.

En toe oom Faan eindelik een aand weggly na 'n ander Oord, het Liesel nie besef wie se arms dit was wat haar van langs die bed opgetel en na haar kamer toe gedra het, wie se hande dit was wat haar toegedek het, wie dit was wat die nagure langs haar bed omgewaak het nie. Die paar keer in die nag toe sy wakker geword het uit 'n swaar slaap van verdowing en smart, was sy net bewus daarvan dat daar iemand by haar was, iemand wat haar grypende hande warm vasgevat en 'n rustige stem wat haar weer na die genadige wêreld van die slaap teruggestuur het.

441

Toe sy by haar kamerdeur uitgekom het, geklee in die rou-klere wat tant Kitty haar help aantrek het asof sy 'n baba was, was die ondersteunende arm weer om haar skouers. Hy het haar na die motor gelei, met die paadjie af na die voorste bank in die kerk en haar weer orent getrek toe alles verby was. Sy het gevoel dat iemand haar so te sê uit die motor gedra en haar stewig vasgehou terwyl sy strompelend in die grondpad tussen die lang sipresse deur gestap het. Die laaste waarvan sy bewus was, was die versterkende greep om haar toe alles om haar swart geword het.

In die dae wat gevolg het, was hy nog daar. Soms het sy vlugtig uit die bodemlose put waarin sy dae gelede weggesink het, bygekom, en dan was sy bewus van sy teenwoordigheid, bewus daarvan dat die hand waaraan sy so desperaat vasge-klou het in die donker wêreld waarin sy haar bevind, se greep nie verslap het nie.

Maar op 'n dag is dit asof die newels verdwyn en sy weer tot die werklikheid terugkeer. Die eerste ding waarop haar oë val, is 'n ou gesig vol rimpels en 'n paar oë so bekommerd en teer dat dit vir die eerste keer in baie dae weer lewe in haar koue hart bring.

"Oom Joop . . .?"

Hy sukkel orent so vinnig as wat hy kan, buk nader en met verwondering kyk sy na die blink trane in die moeë ou oë.

"Oom . . .? Wat . . . maak oom hier?"

"Ek sit maar sommer 'n bietjie hier by jou, kind," ant-woord 'n bewende stem en spontaan sluit 'n vereelte hand oor hare, voel sy die bekende eelte in die palm, weet sy dis een van die hande wat haar vasgehou het toe sy in daardie bodemlose put wou ondergaan.

"Waar is . . .?" Sy soek in haar gedagtes rond. Na wie wou sy vra?

"Kas? Hy was nou-nou hier, maar hy moes eers weer te-ruggaan kantoor toe. Kitty sal seker enige oomblik opdaag."

Sy lê en kyk hom net aan en hy vra versigtig: "Hoe . . . hoe voel jy nou?"

Sy antwoord nie sy vraag nie, maar stel 'n teenvraag.

"Wat . . . wat het van my baba geword?"

Oom Joop aarsel, kyk 'n slag benoud na die deur. Hoekom kom hier dan nie iemand nie? Dan is hy verplig om weer in daardie oë terug te kyk, en hy weet dat dit sy lot sal wees om vir Liesel te vertel wat gebeur het.

"Jou baba . . . is doodgebore, Lieseltjie – meer as 'n week gelede al. Jy was ook amper van ons af weg . . ." Dan, meteens, lê sy snikkend teen hom, hou hy haar vas, streel hy onbeholpe met die harde hande oor die wanordelike hare, voel hoe sy eie binneste in meegevoel saamruk.

"Ag, Liesel-kind, ons is so . . . so jammer, kindjie . . . Ou Joop is so jammer . . . jammer . . ."

En sy klou hom vas, hierdie ou man van die onderdorp, soos sy altyd aan hom gedink het, asof hy haar enigste anker is in hierdie oomblik van smart en weerloosheid voor die aanslae van die lewe. Haar volslae afhanklikheid van sy bystand en troos ontroer Joop tot in sy diepste wese.

So het ons mekaar maar almal nodig, die arme die ryke en soms ook die ryke die arme. So moet ons mekaar dra, dink hy bewoë terwyl hy haar teen hom vasdruk en haar trane sy kakiehemp natmaak. So moet die swakke soms die sterke ondersteun.

Hy laat haar eindelik teruglê, vee versigtig en lomp die trane van haar wange af.

"Jy is nie alleen nie, Liesel. Ons is nog hier . . . ek en Kitty en Kas. Selfs al gaan Kitty ook eendag weg, ons, ek en Kassie, sal altyd hier wees."

Sy sluit haar seer oë, draai haar kop weg en druk dit diep in die wit hospitaalkussing weg, smagtend om in hierdie oomblik alles binne-in haar voor hierdie ou man oop te sprei, maar wetende dat sy nie durf nie. Hy is Kas se pa . . .

'n Rukkie later kom tant Kitty, en oom Joop sê tot siens.

Haar hand hou syne onnodig lank vas en ook Joop sê sag: "Ek sal weer kom, kind. Miskien vandag of anders môre-oggend. Ek sal regtig weer kom."

Sy antwoord nie, en dis net oom Joop wat die dankbaar-heid in die blou oë reg vertolk en dit diep in sy hart wegbêre terwyl hy peinsend en sukkelend terugstap na die platdakhui-sie in die onderdorp.

Tant Kitty neem langs die bed plaas en kyk onwillig op. Sy weet nie hoe sy dit vir Liesel gaan vertel nie.

"Liesel, daar is iets wat ek . . . wat ek jou moet vertel . . ." begin sy aarselend.

Liesel draai die ingesinkte oë terug na haar.

"Ek weet reeds, tante. Oom Joop het my al vertel."

"Joop? Het hý jou vertel?"

"Ja. Dit was oom Joop. Ek is bly dit was hy." Ja, sy is bly dit was hy wat haar oomblik van volslae weerloosheid gedeel het; hy . . . en nie sy seun nie . . .

Tant Kitty sê ná 'n rukkie tot siens, en lank daarna staan hy meteens in die deur, sien sy hom vir die eerste keer in baie dae helder en wonder hoe dit moontlik is dat so 'n jong man meteens soveel ouer kan lyk. Dis asof daar 'n leeftyd tussen hulle verbygaan toe hul oë eindelik ontmoet en hy langs die bed tot stilstand kom.

Sy stem is kalm, soos altyd.

"Ek is so bly om te sien jy is beter, Liesel. Hoe voel jy nou?"

"Beter, dankie."

Die grys oë staar stip soos altyd en haar ooglede fladder onrustig. Vir 'n oomblik is dit baie stil tussen hulle. Dan, meteens, is sy hand onder haar ken, word haar kop omhoog gedwing sodat sy verplig is om op te kyk.

"Nog altyd, Liesel?"

Sy kyk terug, sien die grys oë verdonker, knel haar vingers styf inmekaar onder die laken.

"Wat . . . wat bedoel jy?"

Hy stap na die venster toe, draai skuins, maar bly na buite kyk.

"Die egskeiding is gister gefinaliseer."

Sy sluk, sê niks, kyk net weer stip na die wit deken. Sy kop draai stadig terug. "Rob is al die dag met jou pa se begrafnis weg. Ek het my bes probeer om hom op te spoor ná . . . alles verby was met jou, maar hy is oorsee, verstaan ek."

"Dit maak nie saak nie." Dis 'n harde stemmetjie wat antwoord, heeltemal sonder gevoel. Sy kyk op. "Hoe gou kan my pa se boedel afgehandel word? Ek . . . moet weet waar ek staan . . ."

"Ek sal dit so gou as moontlik probeer regkry, maar dit sal 'n rukkie duur. Maar daar is geld om van te lewe . . ."

"Ek wil niks van Rob hê nie. Ek het jou gesê ek wil geen onderhoud van hom hê nie."

"Ek praat nie van Rob nie. Daar is altyd geld beskikbaar vir die erfgename, al is alles bevries. Ek het klaar gereël. Jy het niks om oor bekommerd te wees nie."

Sy kyk weer af. Niks om oor bekommerd te wees nie! Sy weet van beter. Die ou benoudheid trek soos 'n staalband om haar bors. Wat gaan van haar word? Nou is dit nie net haar pa wat op Kas Burger se gunste en gawes geteer het nie. Nou teer sý ook daarop. Nou sorg Kas Burger vir haar.

Hy is skielik weer langs die bed.

"Ek dink ek gaan maar. Jy moet baie rus kry." Sy knik net en meteens lê sy hand oor hare. Hy hou dit styf vas, soos in die donker dae wat verby is. "Word gou gesond, Liesel. Goeienag."

Haar oë is toe toe hy die deur agter hom toetrek. Dan rol die trane stil onder haar ooglede oor die bleek wange en daar waar sy lippe 'n oomblik vlugtig op haar voorkop gerus het, brand dit soos vuur.

In die week wat volg, sterk Liesel stadig maar seker aan. Nie dat sy enige rede sien hoekom sy moet aansterk en na die volle lewe terugkeer nie. Daar het vir haar niks oorgebly nie. Behalwe die hospitaalpersoneel, is ook tant Kitty en oom Joop gereelde besoekers, en hulle sorg dat sy haar kos eet en maak presies soos die dokter sê. Teen wil en dank voel sy hoe die krag en sterkte stadig in haar begin terugvloei.

Elke dag kom oom Joop getrou daar aan, altyd met iets in sy hande, meestal 'n paar roosknoppies uit sy of Kas se tuin. En elke keer voel Liesel die trane spontaan in haar oë opwel as sy hom daar by die deur sien, ietwat verleë en selfbewus en onseker van homself soos sy hom leer ken het, maar met opregte kommer en teerheid in sy oë as hy na haar kyk. Dis die een besoeker vir wie sy altyd haar hand uitsteek en wat sy met haar hele hart nader nooi, vir wie sy duidelik wys dat hy welkom is. Selfs vir tant Kitty moet sy soms die sluiers weer voor die blou oë trek, maar oom Joop is anders. Dit is vreemd, maar sy gee nie om dat oom Joop soms diep, diep in haar hart kyk nie. Sy bossie blomme, soms so opmerklik eenvoudig teenoor die ander duur ruikers van die bloemiste, staan altyd naaste aan haar, en saans, wanneer die verpleeg-sters die blomme uitdra, vra sy altyd dat daardie paar roos-knoppies maar moet bly.

Daarom is dit nog meer opvallend hoe sy in haarself gekeer raak wanneer Kas sy verskyning maak. Dit is ook opvallend dat Kas se besoeke baie begin afneem, dat hy skielik geweldig besig is en nie altyd die tyd kan vind om hospitaal toe te gaan nie. En elke dag wat verbygaan sonder dat hy sy opwagting maak, is Liesel bly dat dit haar gespaar is, en tog is dit juis daardie aande wat haar kussing nat word onder haar wang.

Hier en daar maak ook van haar eertydse vriende en vrien-dinne hul verskyning, gesels 'n rukkie, en wanneer hulle dan wegstap, weet sy dat hulle kontak verloor het, dat daar niks oorgebly het van die eertydse vriendskap toe hulle saam in Rondom se groot huis gekuier en gelag en gedans het nie. Maar Liesel gee nie om nie. Hulle is deel van 'n tyd wat verby is, deel van 'n tydvak in haar lewe wat sy liewer wil vergeet.

En toe, eendag, kom daar weer iemand kuier, met 'n groot

ruiker in die arms, 'n gewetestiller miskien. Sy sit nie lank nie, maar lank genoeg om Liesel op hoogte te bring van alles wat op Grasbult aangegaan het sedert sy daardie dag, toe haar pa weer siek geword het, in afsondering gegaan en kontak met die res van Grasbult verloor het. Sy dis alles met smaak op.

Toe sy later opstaan, sê sy: "Word gou gesond, skat! Sien jou weer!" Toe is sy by die deur uit, tevrede dat sy die pligbesoekie, wat al so lank op haar gewete druk, afgehandel het en dat die duur ruiker seker vergoed vir haar versuim.

Liesel lê, lank nadat sy uit is, soos 'n wasbeeld in die bed en word eers bewus van iemand langs haar bed toe sy die vereelte hand oor hare voel skuif.

"Liesel-kind! Wat makeer! Voel jy sleg? Moet ek die verpleegster roep?"

"Nee, oom Joop. Ek . . . makeer niks." Sy kyk na hom op, haar oë leeg, en oom Joop se kommer verdiep. Iets het gebeur. Hy is seker daarvan. "Sit, oom Joop. Oom is moeg van die stap."

Oom Joop sak op die stoel neer, maar hou nog haar skraal hand in syne.

Hy kan haar ontsteltenis aanvoel.

"Wat . . . wat is die nuus? Wat hoor oom?"

Oom Joop kyk af en hy vee ingedagte met sy duim oor die wit rugkant van haar hand.

"Nee wat, nie juis nuus nie. O ja, net van Marlise 'n brief gehad. Sy kom mos oor 'n paar dae terug. Sy het mos nou klaar musiek geleer oor die water."

Liesel se oë vernou. Marlise! Sy het al byna van haar vergeet.

Ja, Marlise is ook nog daar. Nie net Pearl nie.

"Oom en . . . Kas is seker bly sy kom terug. Sy was lank weg."

"Ja, ek verlang na haar. Sy is 'n liewe kind."

Liesel voel haar hart saamtrek. Ja, sy weet oom Joop is baie lief vir haar ou skoolvriendin. Kas ook . . .

"Kas gaan seker nou die . . . die ring koop . . ."

Oom Joop frons vraend en sy verduidelik onwillig: "Hulle sal seker trou noudat Marlise weer terugkom."

Oom Joop frons ook, kyk weer op sy duim af.

"Nee, ek . . . dink nie so nie, kind. Dit gaan vir my Marlise het 'n ander man daar oorkant ontmoet, glo ook 'n Suid-Afrikaner wat daar aan die ambaba . . ."

"Ambassade?"

"Ja, aan daardie plek verbonde was. Hy kom glo ook nou terug. Hulle vlieg saam terug, volgens wat sy skryf."

"Ek sien."

Oom Joop lyk meer selfbewus as gewoonlik, maar Liesel sien dit nie raak nie, want haar oë staar stip na die rosies langs haar bed. Oom Joop is bly sy kyk nie nou na hom nie, want die skuld lê duidelik in sy oë. Hy het kort gelede 'n lang brief, 'n baie openhartige brief van Marlise gehad. Ook Kas weet nie daarvan nie. Toe het oom Joop gaan sit en ook 'n openhartige brief aan haar teruggeskryf en vandag het hy haar antwoord gekry, 'n dapper antwoord, 'n brief wat Marlise nog dieper in sy hart laat kruip het as ooit tevore. Maar van hierdie korrespondensie weet Kassie niks. Dis beter dat hy liewer niks daarvan weet nie. En Liesel . . . sy mag net die noodsaaklikste weet, die feit dat Marlise nie terugkom om met Kas te kom trou nie.

Oom Joop groet weer ná 'n rukkie en Liesel lê lank roerloos met haar gedagtes – gedagtes wat maal en kolk soos stormwater, toe die deur weer oopgaan. Hy sien die verstywing van die skraal gestalte onder die deken en onmiddellik keep die stroewe plooie terug op sy gesig.

"Goeienaand, Liesel. Hoe gaan dit?"

"Naand, Kas. Goed, dankie. Dokter het gesê ek kan môre huis toe gaan."

"So verstaan ek." Hy gaan leun ouder gewoonte skuins teen die vensterraam, kyk dan reguit na haar. "Liesel, ek wil graag vanaand met jou praat . . . baie ernstig praat . . ."

8

Liesel lê roerloos en wag. Sy kan nie dink waaroor Kas so ernstig met haar wil praat nie, behalwe as dit oor geldsake is.

Toe die stilte langer rek, kyk sy eindelik onwillig op en sien tot haar verbasing dat Kas selfbewus lyk, ongemaklik, asof hy nie weet hoe om te begin nie. Dit is beslis vreemd en ongewoon vir hierdie man wat deur die jare 'n kalme selfversekerdheid opgebou het en reeds daarvoor bekend staan dat hy iemand is wat nooit sy selfbeheersing verloor nie, ook nie wanneer hy in die hof optree nie – 'n man wat altyd koelkop redeneer en altyd in beheer van 'n situasie bly. Maar meteens lyk hy weer so baie na daardie jong seun wat by haar pa in die kantoor begin werk het en altyd so pynlik gebloos het wanneer sy die dag miskien 'n bietjie aandag aan hom gegee het.

Sy kyk weer weg en 'n hardheid verskyn op haar gesig.

"Jy wil oor die geldsake praat, nie waar nie? Ek weet die Demperse moet jou al teen hierdie tyd 'n aardige sommetjie kos en dit hou steeds aan. Ek . . . ek is jammer, maar sodra ek weer gesond is, sal ek 'n plan maak. Ek is bevrees ek sal nie dadelik alles kan terugbetaal nie, maar jy sal elke sent terugkry – elke sent . . . ek belowe."

"Dis nie oor geld wat ek wil praat nie. Dis nie van belang nie."

Die blou oë flits terug na hom. Hy lyk weer teruggetrokke en koud soos altyd.

"Dis vir mý van belang, van die allergrootste belang."

Hy kyk haar deurdringend aan.

"Is dit vir jou so swaar om te moet toegee dat jy vir Kas Burger 'n paar rand skuld?"

Haar gesig word soos marmer.

"Ek het vandag niks, maar ek het nog my trots."

Hy knik, sy eie gesig effens bleek, die vel styf oor die wangbene gespan terwyl die spiere in sy kake werk.

"Ja, ek weet. Jou trots . . ." Hy swyg, druk skielik sy ge-
balde vuiste in sy broeksakke en kyk weg.

Sy frons liggies. As Kas dan nie met haar oor geldsake wil
praat nie, waaroor dan?

"Waaroor wou jy met my praat?"

Hy antwoord nie dadelik nie en draai eers na 'n rukkie sy
kop terug.

"Ek wou jou vra om met my te trou."

Sy lê hom in volslae verbystering en aankyk. Het haar ver-
stand ook 'n knak weg of . . . het sy reg gehoor?

"Trou?" Dis net 'n flou fluistering in algehele verbasing en
'n glimlaggie huiwer om sy mondhoeke.

"Ja, jy het reg gehoor."

"Hoekom?" Sy is nog steeds so verslae dat sy skaars weet
sy stel die vraag en weer glimlag hy, amper spottend.

"Omdat ek dink dat dit die aangewese ding vir jou en vir
my is om te doen."

"O?"

"Ja. Ek is moeg van alleen bly. Ek is nie meer so ver van
dertig af nie en . . . op 'n dag wil enige man 'n huis en 'n
vrou hê. Ek het 'n vrou nodig." Sy blik dwaal weer deur die
venster na buite en die kontoere van sy gelaatstrekke lyk vir
Liesel kliphard waar sy hom met groot, blou oë lê en aan-
kyk. "Die praktyk het baie uitgebrei die afgelope tyd. Ek het
'n vrou nodig." Sy kop swaai terug na haar en sy laat haar
ooglede vinnig sak.

Natuurlik ja. Iemand wat sy kliënte kan onthaal en sy huis
vir hom kan netjies hou.

"Liesel, ek glo in my hart dat ons 'n sukses van 'n huwelik
kan maak as ons bereid is om mekaar net 'n bietjie tegemoet
te kom. Ons is albei grootmense. Ons albei ken die lewe al 'n
bietjie. As ons ons huwelik bou op wedersydse respek, glo ek
sal ons ook geluk vind, miskien 'n standvastiger geluk as dié
wat die onverantwoordelike liefde van die jeug soms bring
. . . en soms nie." Toe sy nog steeds niks sê nie, kom hy nader,

tel een van haar hande op en vou dit in syne toe. Hy kyk stip op die neergeslane ooglede af. "Ek wil hê jy moet daaroor nadink. My aanbod is in alle opregtheid gemaak. Ek bedoel dit baie eerlik. Ek sal probeer om vir jou so 'n goeie man te wees as waartoe ek in staat is en . . . ek sal geen eise stel waarvoor jy nie kans sien nie.

"Ek sal ook nie oorhaastig met jou wees nie. Ons het albei eintlik 'n moeilike tyd agter die rug. Laat ons begin deur net vriende te wees, maats as dit moontlik is. Daar is baie tyd en ek is bereid om jou soveel tyd te gee as wat jy wil hê om aan te pas. Maar laat ek jou môre, wanneer jy uit die hospitaal kom, na my huis toe neem en laat ons saam probeer om die lewe die moeite werd te maak, asseblief."

Sy is verbouereerd onder sy intense blik en haar hand bewe in syne sodat sy vingers dit vaster knel.

"Maar my egskeiding is maar nou die dag deur. Wat sal Grasbult sê as ons sommer dadelik . . ."

"Ek het baie lank gelede al geleer waaraan ek my moet steur en waaraan nie. Wat Grasbult sal sê as ek en jy môre trou, kan my nie skeel nie. Ek is nie bereid om Grasbult of enige ander mens in hierdie saak in aanmerking te neem nie. Dis 'n saak wat net vir jou en my aangaan, en niemand anders nie." Hy los haar hand. "Dink daaroor na. Ek sal jou môreoggend self kom haal. Dokter het gesê ek kan omstreeks tienuur kom. Dan kan jy my sê wat jy besluit het."

Sy sien die deur agter hom toegaan, en sy vou haar bewende hande oor haar wild kloppende hart. Trou . . . met Kas Burger? Trou!

En wat van Marlise . . . en Pearl Olsen? Sy het nog altyd gedink, en dit was vir haar eintlik 'n uitgemaakte saak, dat Kas en Marlise eendag sal trou. Maar oom Joop vertel dat Marlise iemand anders in Engeland raakgeloop het. Hulle kom oor 'n paar dae saam terug. Miskien daarom dat Kas so haastig is dat hulle so gou moet trou. Miskien juis daarom . . . Kas Burger het ook sy trots, het sy al uitgevind.

451

En Pearl . . . Pearl is 'n paar dae gelede weg uit Grasbult. Niemand weet waarheen nie, maar almal weet waarom. So het haar vriendin smalend vertel. En almal weet ook wie verantwoordelik is. Hy het nie eens die moeite gedoen om dit weg te steek nie, haar oop en bloot besoek. Natuurlik het almal geweet hy sal nie met haar trou nie. Kas is 'n vername prokureur en hy sal nie met Pearl Olsen trou nie. Arme Pearl. Sy het nou wel gekry waarna sy gesoek het, maar dit bly darem nog altyd gemeen. Waar die storie uitgelek het, kan niemand natuurlik sê nie, maar daar word vertel Kas het 'n groot bedrag op Pearl Olsen se naam in die bank gedeponeer voordat sy weg is, haar so te sê betaal om van die toneel te verdwyn.

Liesel sluit haar oë en weer eens voel sy die intense teleurstelling in Kas soos 'n fisieke pyn deur haar skiet. Sy sou so iets van enige ander man op Grasbult geglo het, net nie van Kas nie. Al die maande het sy gehoop dat daardie storie wat Rob haar vertel het toe hy die aand so stukkend geslaan op Rondom aangekom het, nie waar was nie. Sy het dit doelbewus probeer vergeet. Maar nou is sy van al die feite bewus en weet sy dat Rob ten minste daardie aand die waarheid moes gepraat het. Dit wat daarna gebeur het, bewys dit.

En daarom is dit ook seker een van die redes hoekom hy so haastig wil trou. Sy troue met Liesel Dempers moet die praatjies die nek inslaan en sy getroude status sal hom vrywaar van enige moeilikheid wat Pearl verder mag beplan.

Dis die saak van Kas se kant af, redeneer sy. En van haar kant? Sy besef sy is in 'n hoek gedryf. Sy het niks om van te lewe nie. Sy het enige onderhoud van Rob geweier en uit haar pa se boedel is daar nie 'n sent te verwag nie. Sy besef dat sy seker nooit alles wat sy aan Kas skuld, sal kan terugbetaal nie. Sy het op 'n dag eindelik die volle waarheid uit tant Kitty getrek. Sy het aangehou tot tant Kitty eindelik met alles vorendag gekom het, want sy het geweet tant Kitty was haar pa se vertroueling.

Maar om haar so te sê te gaan verkoop aan Kas Burger? Die ou trots skop heftig teen hierdie gedagte. Sy soek desperaat na 'n plan. As sy Hartelus en alles wat daarin is, verkoop, sal dit 'n groot gedeelte van die skuld dek. As sy gaan werk en spaarsaam lewe, sal sy met haar universiteitsopleiding darem 'n redelike salaris kan verdien en sal sy, al duur dit jare, die res in paaiemente aan Kas kan terugbetaal.

Sy lê nog so en tob toe die deur oopgaan en vir die tweede keer binne 'n kort tydjie ruk alles in haar styf.

"Hallo . . ."

"Rob! Ek . . . ek het verstaan jy is . . . is oorsee!"

"Ek was. Gister teruggekom. Moes Grasbult toe kom om papiere te teken en so aan in verband met Rondom en toe gedink ek sal gou hier kom inloer. Hoe gaan dit?"

Sy kyk terug na die man wat eens hare was, merk die ou bombastiese houding, die skaamteloosheid. Haar blik sak.

"Goed."

Nie 'n enkele woord oor die baba nie. Niks. Kon sy werklik van haar mooiste jare aan hierdie man gegee het? Sy kyk op.

"Ek is . . . jammer oor die kind," kom dit dan eindelik en skielik is sy woedend kwaad. Jammer! Hy is jammer!

"Ek het nie jou jammerte nodig nie, Rob Rabe. Loop! Loop hier uit! Ek het niks van jou nodig nie!"

Hy frons en dan trek sy mond smalend en sy draai haar kop weg vir die drankasem wat teen haar vasslaan.

"Hardekwas noudat jy en Kas Burger gaan trou, nè? Natuurlik het jy niks meer van my nodig nie. Kas Burger kan jou mos alles gee."

Sy staar verslae na hom, maar nog steeds woedend.

"Ek weet nie waar kom jy aan die storie dat ons gaan trou nie, maar . . . los jy vir Kas Burger uit!"

"O ja? Natuurlik sal ek julle uitlos. Hy het genoeg betaal. Ek sal nie moeilikheid maak nie. Ek het maar net gevoel ek sal hier inloer en hoor hoe dit gaan, maar as jy . . ."

"Wat bedoel jy, hy het genoeg betaal? Rob, as jy gekom het om weer met jou infame leuens te begin . . ."

"Leuens? Ek het my bewyse hier in my sak. Ek kom nou van sy kantoor af."

'n Gevoel van ontsettende onheil pak haar beet.

"Watter bewyse?"

Hy lag, trek 'n klomp papiere uit sy binnesak.

"Hier. Jy kan hulle nou maar sien. Dis die bewyse van die bedrae wat ek destyds by jou pa en ook later by hom geleen het. Hy het belowe hy sal dit opskeur die dag wanneer ons egskeiding deurkom. Jy sien, dit was sy voorwaarde. Ek moes jou 'n egskeiding gee. Wat kon ek anders doen? Ek was in die knyp. Maar soos jy kan sien, kos jy hom 'n aardige bedraggie."

"Loop hier uit! Loop hier uit en ek hoop ek sien jou nooit weer nie, Rob Rabe!"

"Goed, goed. Dis nie nodig om jou so heilig te hou nie. Dit was altyd die moeilikheid. Jy was altyd 'n trap te hoog vir my. Jy en ou Kas pas baie beter bymekaar. Julle albei dink mos julle is verhewe bo die gewone mens. Nou goed, laat dit so wees. Laat dit goed gaan. Jy hoef nie bang te wees nie. Grasbult sal my nie weer sien nie."

Toe oom Joop 'n rukkie later binnekom, tref hy Liesel somber en besonder stil aan en hoewel hy oor ditjies en datjies gesels, hou hy haar bekommerd dop. Kas het hom vertel dat hy haar 'n huweliksaanbod gemaak het. Hy bly meteens stil, want hy kan sien sy gee tog nie aandag aan wat hy te sê het nie. Dan vra hy meteens reguit: "Is dit so moeilik om te besluit, kind?"

Sy kyk effens verbaas na hom.

"Wat bedoel oom?"

Oom Joop sug. Ai, die kinders se dinge maak hom gedaan. "Kassie sê hy het jou gevra om met hom te trou. Ek hoop nie jy gee om nie."

"Nee. Nee, dit maak nie saak nie."

454

"Liesel, kyk na my." Toe sy onwillig weer haar oë terugdraai, neem hy haar hand in syne en vra reguit: "Is dit . . . oor my dat dit so moeilik is om te besluit, Lieseltjie?"

Sy frons verward.

"Oom?"

"Omdat ou Joop van die onderdorp dan jou skoonpa sal wees?"

"Oom Joop!"

"Nee, Lieseltjie, laat ons eerlik wees. 'n Trouery is 'n gewigtige besluit, en ek verstaan, kindjie. Ek neem jou ook nie kwalik nie. Dis reg so. Mens moenie net aan een ding dink wanneer jy gaan trou nie. Jy moet aan alles dink. En aan almal. Ook aan die familie waarin jy trou. Want dit is waar dat 'n mens nie net met die man of die vrou trou nie, maar ook met die familie. Ek wou maar net sê, kind . . . ek sal probeer dat jy nooit skaam vir my hoef te wees nie. Ek sal nie lastig wees . . ."

"Oom Joop! Oom, wat praat oom alles?" roep Liesel ontsteld en byna in trane uit, maar oom Joop skud sy kop.

"Nee, kindjie, dis dinge wat gesê moet word. Ek wil hê jy moet hierdie dinge weet sodat jy weet ou Joop sal nie 'n doring in die vlees vir jou en Kassie wees nie. Jy en Kassie is hoë mense vandag op Grasbult. Ek besef dit en as ek dan julle pa is, moet ek ook probeer byhou ter wille van julle. Dis nie meer as reg nie. Dis my plig. Toe het ek gedink . . ." Moedig kyk hy haar aan. "As die ou platdakhuisie dalkies nie meer pas nie, ek meen, dat dit darem nie mooi lyk dat twee sulke mense soos julle se pa in so 'n ou huisie bly nie, dan . . . dan kan ons hom maar platslaan, Lieseltjie. Ek sal nie omgee nie. Kassie het mos 'n soort woonstelletjie aan die kant van sy huis waar ek kan intrek en nie in die pad sal wees nie . . ."

"O, bly stil! O, oom Joop! Oom Joop!"

"Kindjie! Nee, jy moenie so huil nie. Ek wou maar net sê . . . Liesel, ag nee, my kind. Het ou Joop nou al weer verkeerd gedoen?"

Hy sus haar teen sy bors asof sy 'n klein kindjie is en Liesel klou die ou krom skouers vas terwyl sy haar hart uitsnik, haar smart en haar ontnugtering en haar . . . skaamte . . .

"O, oom Joop breek my hart!"

"Nee, kind, nee. Dis juis wat ek nie wil doen nie. Liesel, asseblief, sê vir oom Joop as daar nog iets is wat ek soort van moet verander of regruk of mee wegmaak. Miskien hierdie ou kromsteelpyp, hè? Kassie sê hoeka hy stink vreeslik . . ."

Haar snikke slaan oor in 'n half histeriese laggie. Dan lig sy haar kop, sit regop en skud haar kop heen en weer terwyl die blink traanstrepe nog op haar wange lê. Met die teerste van teer gebare vou sy meteens haar handpalms om die ver-rimpelde ou gesig.

"Oom Joop, as oom dit durf waag om hierdie pyp weg te gooi, dan . . . trou ek nooit met Kas nie."

Die verligting is baie duidelik op die ou gesig te lees en 'n skaam, verleë laggie bewe tussen die plooie.

"En die ou platdakhuis? Ons sloop hom maar, nè?"

"Nee, glad nie. Glad en geheel nie. Ons wit hom net weer af. Goed?"

Oom Joop is stil, maar die woordelose dankbaarheid in sy oë bring weer opnuut die trane in hare. Sy sluk swaar en buk dan vinnig nader en soen hom innig op die wang.

"En as ek ooit met Kas Burger trou, sal die helfte van die rede wees omdat ek oom Joop vir 'n skoonpa bykry."

Oom Joop lyk half skuldig toe hy sy huisie nader en Kas se lang gestalte op hom sien staan en wag by die voorhekkie.

"Waar loop Pa ná donker rond? Ek het al die wêreld plat-gesoek."

"Ag, ek was net 'n heen-en-weertjie by Liesel. Die kind lê en verveel haar ook maar."

"Was Pa hospitaal toe?" Kas frons ontevrede. "Het Pa nie goed gaan praat . . ."

Die ou man lyk verontwaardig.

"Kassie, moenie dat ek my vir jou vererg nie. Ken jy my vir 'n praterige mens?"

"Nee, nie juis nie, maar Pa kan ook goed gesels as Pa so voel."

"Nou ja, hoekom sal ek voel om met Liesel oor julle vrysake te gaan gesels? Jy is mos kastig 'n prokureur. Kan jy nie jou woord doen nie?"

"Pa . . . Pa hét goed gaan afpraat daar!" laat Kas beskuldigend en bekommerd hoor en oom Joop se oë vonkel. Kassie lyk glad nie so seker van sy saak soos gewoonlik nie. Dis goed so. Dit hou 'n mens se voete plat op die aarde, dink oom Joop, heimlik geamuseerd.

"Pa, het sy niks gesê nie?"

"Oor julle twee? Nee, seun, hoe sal sy nou vir mý sê? Dis mos nie ek wat wil trou nie."

Hy lag saggies toe hy die ergerlike ligrooi blos oor sy seun se wange sien spoel, hou hom ongeërg toe hy die agterdeur oopstoot. "'n Bietjie koffie?"

"Nee dankie, ek het nog iets te doen. Nou ja, nag, Pa."

"Nag, seun. Slaap gerus." Die ou man gaan sit op sy geliefkoosde kombuisstoel en kyk sy seun agterna. "Haai, Kassie, bel tog môreoggend vir my die koöperasie en sê hulle moet 'n sakkie kalk stuur, asseblief."

Kas draai om waar hy net oor sy erf se grens wil stap. "Kalk?"

"Ja, man, kalk! Dis tyd dat ek weer 'n slag hierdie paleis van my 'n bietjie afwit."

Kas knik en stap aan en sy pa se oë volg hom verder. Dan trek hy sy kromsteelpyp uit sy bosak, steek dit aan en trek 'n behaaglike, diep skyf terwyl hy tevrede terugsit. Dan haal hy die pyp weer uit sy mond, blaas die rook in kringetjies voor hom uit en blik dit dan goedig aan.

"Sy hou van ons twee, ou maat. Ons kop is deur. Dis nou net Kassie nog . . . maar ek dink hy gaan dit maak. Sy het mos self gesê sy sal hom vat net om ons ook te kry. Ai! Ai!

457

Wonder wat sal Kassie sê as hy dit moet hoor!" praat hy hardop en lag dan diep, gelukkig en skud die kop. Hoe wonderlik is die lewe nie. Dat ou Joop nou Lieseltjie se skoonpa gaan word . . . Ai! Ai!

Sy wag hom kalm in toe hy die volgende oggend binnestap. Noudat sy weer 'n rok aanhet, kan 'n mens eers sien hoe maer en agteruit sy die afgelope maande geraak het. Toe sy sy skielike frons sien, kyk sy selfbewus af. Miskien besef hy ook nou dat sy nie juis 'n aanwins vir hom sal wees nie. Miskien is hy klaar jammer dat hy haar gevra het om met hom te trou. Soos sy nou lyk, kan sy hom nie kwalik neem as hy hom weer bedink het nie. Maar dan lê sy hand meteens onder haar ken en word haar gesig opgelig.

"Het jy al besluit?"

Haar lippe bewe. "As . . . as jou aanbod nog staan, dan . . . neem ek dit aan . . . dankie."

"Dit sal altyd staan en . . . dis ek wat moet dankie sê. Dankie, Liesel. Ek belowe jy sal nooit spyt wees oor hierdie besluit nie."

Baie vlugtig druk sy lippe 'n oomblik teen haar voorkop en dan klink sy stem so normaal en kalm soos altyd op.

"Is dit net hierdie koffertjie? Dan kan ons seker maar gaan."

Sy knik net, stap langs hom met die lang gang af, laat toe dat hy haar by die motor inhelp. Sy hou haar oë stip op die straat voor hulle gerig en kan aan niks dink om te sê nie. Sy voel so selfbewus soos nog nooit tevore nie, klein en pynlik bewus daarvan wie vandag die meerdere is.

"Ek sal tant Kitty vra om jou goedjies in te pak en dan sal ek dit oorbring. Ek het ook gewonder of ek nie vir tant Kitty moet vra om vir 'n rukkie by ons te kom bly nie. Ek wil hê jy moet eers heeltemal aansterk en gesond wees voordat jy met die huishouding begin. Emma is knap, maar miskien is daar dingetjies wat jy graag verander wil hê. Dis nou jóú huis."

Sy antwoord nie dadelik nie, maar toe hy vraend na haar kyk, kyk sy vlugtig na hom op en hy kan die duidelike verligting in haar oë sien.

"Dit sal gaaf wees as tant Kitty eers . . . eers 'n rukkie kan bly. Ek . . . voel nog so swak."

Hy kyk terug na die pad, 'n fronsie tussen die wenkbroue, maar sy stem steeds kalm.

"Natuurlik. Ek het haar reeds gepols, en sy het heeltemal gewillig gelyk. Ek het gedink sy kan haar intrek in die woonstelletjie aan die sykant neem, dan het sy ook 'n mate van privaatheid."

Liesel knik net stom. Kas Burger het baie fasette waarmee sy nou eers kennis maak. Sy het hom die afgelope maande leer ken as 'n man op wie staatgemaak kan word. Vanoggend leer sy hom ken as iemand wat ander in aanmerking neem.

"Ek het al die vorms en besonderhede wat nodig is, reeds bymekaar gekry," gaan hy gelykmatig voort asof hy 'n saak wat hom nie aangaan nie, kalm met 'n kliënt bespreek. "Dominee sal vanmiddag om vyfuur die huwelik kom voltrek. Ek het gedink ons trou stil in ons sitkamer, as jy saamstem."

Die knop in haar keel dreig om haar te versmoor. Weer knik sy net, nie in staat om 'n geluid uit te kry nie.

"Pa en tant Kitty sal al mense wees wat teenwoordig sal wees. Maar miskien is daar een van jou vriende wat jy daar wil hê?"

Sy skud haar kop ontkennend. Nee. Daar is niemand nie.

"Goed. Ons sal ongelukkig nie dadelik kan weggaan nie, hoewel ek dink ons albei kort 'n goeie vakansie. Maar as dit lyk of ek glad nie kan wegkom nie, kan jy en tant Kitty vir 'n rukkie iewers heen gaan. 'n Verandering van lug en omgewing sal jou goed doen en dokter het dit ook aanbeveel."

Histerie dreig om haar te oorweldig. Nou wil hy haar al saam met tant Kitty op wittebrood stuur! Maar sy pers haar lippe opmekaar en draai haar kop weg en kyk met onsiende oë by die syruit uit. Langs haar verdiep die frons tussen sy

459

wenkbroue en dan swaai hy die motor by sy groot erf in. Toe sy met die tweede stoeptrappie opklim, is dit of haar bene onder haar wil meegee en, soos tevore, tel hy haar met gemak op en dra haar tot in die sitkamer. Bekommerd kyk hy op haar af toe sy meteens in trane uitbars en haar gesig in haar hande verberg. Dan is oom Joop by en hy druk Kas opsy.

"Loop jy nou eers, Kassie. Gaan haal haar goed en bring vir Kitty. Toe, man, loop nou!"

"Maar . . ."

"Toe nou, man, loop eers. Los haar vir my. Ons verstaan mekaar."

Kas se frons is nou onheilspellend, maar wonder bo wonder gehoorsaam hy en toe hy uit is, plaas oom Joop sy arm om die rukkende skouertjies.

Toe tant Kitty en Kas terugkom, sit hulle ewe rustig en gesels soos dit wil voorkom, terwyl die rookdampe by oom Joop se kromsteel uitborrel. Kas lyk onmiddellik ontevrede.

"Pa, ek dink nie Pa moet daardie pyp hier in die sitkamer rook nie . . ."

"En hoekom nie? Ek het toestemming."

Kas lyk vir 'n oomblik uit die veld geslaan. Sy pa het deesdae 'n selfvertroue wat hom verbaas.

"Ek weet ek het gesê Pa kan dit maar enige tyd hier rook, maar nou . . ."

"Ek het nie van jóú verlof gepraat nie. Jy het nie meer sê nie. Liesel het gesê ek mag hom rook net waar en wanneer ek wil," en hy lyk so uitdagend dat tant Kitty hardop lag en die verslae Kas tergend aankyk.

"Ou seun, dit lyk my jy is in die minderheid. Daar is mense wat teen jou saamspan."

Liesel voel die verleë blos oor haar gesig spoel toe hy na haar kyk en dit verdiep toe sy stem opklink.

"Dit wil my so voorkom. Daar is êrens 'n samesweerdery aan die gang. Ek het dit al begin vermoed, maar ek sal wel uitvind wat agter my rug gekonkel word," sê hy met 'n dreigende blik na sy pa wat hom met 'n ingenome, ewe uitdagende glimlag betrag.

Die atmosfeer is meteens ligter en tant Kitty en oom Joop sorg dat dit so bly, al neem Liesel en Kas nie veel deel aan die gesprek nie. Ná middagete staan Kas van die tafel af op en laat hoor met 'n stem wat geen teenspraak duld nie: "Jy gaan nou rus tot dit tyd is vir dominee om te kom."

Die band wat so effens verslap het binne-in haar, trek weer onmiddellik styf in Liesel.

"Maar ek het nog niks klere nie en . . ."

"Ek en tant Kitty sal sorg dat alles hier is wanneer jy wil gaan bad en aantrek. Jy gaan nou rus."

Hy neem haar aan die arm en lei haar die vertrek uit. Sy herken onmiddellik die hoofslaapkamer en meteens staan daardie dag haar weer so helder voor haar gees. Sy het toe na hierdie kamer gestaan en kyk en was seker dat Marlise eendag die vrou in hierdie kamer sou wees. Nooit het sy kon dink . . .

"Ek hoop alles is na jou sin. Ek het vir Emma opdrag gegee om alles deeglik aan die kant te maak en die bed skoon oor te trek en so meer. As daar iets skort, moet jy net praat. Jy onthou mos waar die badkamer is, nè? Daardie deur." Sy sien hoe hy na die bed toe stap en die deken afhaal en opvou en sy draai haar kop vinnig weg. Die bed is baie duidelik vir twee persone oorgetrek. Sy weet hy kyk na haar en weer wonder sy wat haar makeer om so maklik te bloos. In die verlede sou sy wel die een of ander guitige opmerking kon maak om haar verleentheid te bedek, maar dis of sy stom en onnosel raak wanneer sy alleen by Kas is en die grys oë haar vaspen.

Meteens lê sy hand weer onder haar ken en word sy weer gedwing om haar kop terug te draai.

"Jy is so gespanne soos 'n boogsnaar. Onthou jy dan nie wat ek gister gesê het nie?" Weer is sy bewus van die verraderlike warmte wat oor haar wange en hals spoel en meteens bewe die lippe weer. Hy sug saggies en sy stem is dringend, laag: "Daar is niks om voor bang of senuweeagtig te wees

461

nie. Jy het my woord daarvoor, Liesel. Glo jy my nie? Kan jy my nie vertrou nie?"

"Na . . . natuurlik. Dis maar net . . . dis alles nog . . . vreemd en . . ."

"Natuurlik. Maar dit sal mettertyd regkom soos jy sterker en gesonder word. Gaan rus nou en probeer slaap. Tant Kitty sal sorg dat jy betyds wakker gemaak word."

Sy sak op die breë bed neer toe die deur agter hom toegaan en haar blik dwaal hierdie keer met groter aandag deur die vertrek. Dis 'n kamer vir 'n koningin. Dit sal 'n kamer van drome wees vir elke jonggetroude paartjie. Wie het Kas in gedagte gehad toe hy hierdie kamer ontwerp en gemeubileer het? Marlise het haar vertel dat Kas alles self gedoen het en weer eens besef Liesel dat sy met 'n man met vele fasette gaan trou. Sy kyk weer om haar heen, van die pragtige, duursame meubels af tot by die sagte volvloertapyt en dan weer terug na die bed – alles is in dieselfde skakerings as haar eie kamer in Hartelus.

Gehoorsaam begin sy eindelik uittrek en klim dan onder die boonste laken in. Die sysagte laken, bedruk met ligpers blommetjies, word tot hoog teen haar ken opgetrek.

Kas het gevra sy moet hom glo, hom vertrou. Hy het gisteraand gesê dat hy geen eise sal stel waarvoor sy nie kans sien nie. Maar . . . Sy druk haar lyf vaster teen die matras onder haar asof sy wegskram van iets. Maar wat het hy presies bedoel? Seker nie wat sy hoop hy bedoel het nie, want dit sal aan die belaglike grens en Kas is 'n volwasse man. Hy het tog reguit gesê dat hy 'n vrou nodig het, en hy het seker nie bedoel net om 'n ogie oor Emma te hou en as gasvrou vir hom op te tree nie. Hy het 'n aardige bedrag vir haar betaal. Sy krimp ineen en haar oë staar soos dié van 'n vasgekeerde dier. Ja, hy het haar gekoop vir 'n hele klomp duisend rand. Sy sal meer as net 'n vrou vir hom wees wanneer hulle vanmiddag trou. Sy is in der waarheid reeds meer as dit. Sy is reeds sy eiendom. Rob Rabe sit met die kwitansies!

Toe tant Kitty later die kamer binnekom, lê sy amper verdwaal in die groot bed en met deernis kyk die ou tante op die traanspore af. Ook tant Kitty se hart krimp saam, en tog voel sy vir die eerste keer sedert Faan se dood, gerus oor Liesel. Kas en Joop sal van nou af vir haar sorg. Liesel is veilig.

Toe tant Kitty met Liesel aan die arm die sitkamer binnekom, staan die mans op en Kas kom onmiddellik nader en neem haar arm. Moedig kyk die blou oë na die predikant. Wat moet dié man van haar dink? Hy het haar en Rob se huwelik ook voltrek en hy moet weet, nes die hele Grasbult, dat haar en Rob se egskeiding nog maar pas afgehandel is. En vandag moet hy haar al weer trou . . . Daar is skaamte en hartseer in die oë wat na hom opkyk, maar daar is begrip en deernis in die dominee se oë, soos ook in tant Kitty s'n.

Van die res van die middag onthou Liesel maar min. Al waarvan sy werklik bewus is, is dat Kas haar sy nooit verlaat nie. Sy is altyd bewus van sy nabyheid, dat haar hand geneem word of dat 'n sterk arm om haar skouers sirkel. En dan is sy bewus van oom Joop se oë – oë wat vanmiddag so dikwels in trane swem. Later groet die dominee nadat hy aan tant Kitty se gebak reg laat geskied het, en tant Kitty en Emma verdwyn in die kombuis. Ook oom Joop kry koers en sy sien hom terugstap in die rigting van die platdakhuisie. Met haar hele hart wens sy dat sy liewer met hom kon saamgaan, liewer vanaand in die platdakhuisie kon slaap.

Hoewel tant Kitty en Emma protesteer, begin sy ook help om op te ruim en hulle laat haar maar begaan. Maar toe alles netjies is, sê Emma nag en tant Kitty kondig aan dat sy ook maar bed se kant toe staan.

"Ek wil nog 'n bietjie gaan uitpak. Die hele wêreld staan vol koffers."

Hulle sê nag en met 'n benoude klopping van die hart sien Liesel hoe sy in die kort gangetjie verdwyn wat na die woonstelletjie aan die sykant van die huis lei. Sy gryp na die verskoning om weg te kom.

"Ek . . . ek dink ek moet ook 'n paar goedjies gaan uitpak. Daar was nie juis tyd nie . . ."

"Goed, maar pak net eers die nodigste uit. Emma kan jou môre met die ander goed help."

Sy knik net en vlug byna die kamer uit en Kas stap fronsend na sy studeerkamer toe waar hy agter die lessenaar gaan sit en roerloos voor hom op die blad staar.

Dis 'n hele ruk later dat Liesel ruk soos sy skrik toe iemand aan die deur klop.

"Mag ek binnekom?"

Hy stoot die deur wyer oop en frons. "Liesel, los daardie swaar koffers. Laat staan hulle net daar. Ons kan hulle môre in die pakkamer gaan wegsit. Het jy toe tog nie alles uitgepak nie?"

Sy lyk verleë, bewus daarvan dat hy ontevrede is met haar en dat sy reeds in haar kamerjapon is. Sy het maar liewer vroegtydig uitgetrek, bang dat hy miskien onverwags die kamer kan binnekom wanneer sy nog besig is om haar te ontklee.

"Ek het toe maar klaargemaak. Dan is alles op hul plekke."

Hy kyk na haar, strek sy hand uit en raak aan die hare wat oor haar skouers val.

"Hoekom dra jy nie meer jou hare los nie? Dit is so pragtig." Sy voel selfbewus en hou haar onnodig doenig met snuisterye wat sy op die spieëltafel uitgepak het.

"Ek . . . weet nie. Ek het dit maar net begin opbind. Dis meer prakties."

"Ek het dors gekry en tee gemaak. Wil jy nie saam kom drink nie, of moet ek vir jou hierheen bring?"

"Nee, ek sal daar kom drink. Dit sal lekker smaak, dankie."

Sy staan op en stap dadelik voor hom uit en sy wonder wat haar makeer. Wat makeer haar dat sy optree asof Kas 'n totale vreemdeling is? Wat makeer haar dat dit vir haar voel asof sy met 'n volslae vreemdeling alleen in 'n slaapkamer is? Dis mos Kas – Kas wat sy al soveel jare ken, Kas wat as bloedjong klerkie so verlief op haar was . . . 'n Weemoed pak haar meteens beet. As sy daardie jare maar kon terugkry . . . As Kas maar nog so verlief op haar was soos daardie dae . . . As . . .

Sy ontvang haar tee en kyk om haar rond. Dis 'n ultramoderne kombuis met alle moontlike geriewe.

Sy kyk vlugtig na hom waar hy teenoor haar ook by die kombuistafel plaasgeneem het.

"Emma is 'n knap huishulp. Haar kos was puik vanmiddag."

"Ja, sy is baie knap met kos. Piet, haar man, is die tuinier."

Hy kyk op. "Sodra jy gesond voel en daarvoor lus het, kan jy die blomtuin oorneem. As daar enige veranderings is wat jy wil aanbring, kan jy net sê. Ek het dit maar net voorlopig uitgelê tot tyd en wyl . . ."

"Ja?"

"Dat hier darem iets is. Maar jy is eintlik die kenner op daardie gebied. Hartelus se tuin was altyd 'n lus vir die oog."

"Ek het opgemerk dat jy dit baie volgens Hartelus se patroon uitgelê het, net op groter skaal. Ek dink nie ek sal veel daaraan wil verander nie."

Sy sit haar koppie neer en meteens is dit weer stil tussen hulle.

"Nog 'n bietjie tee?"

"Nee dankie."

Die spanning in haar word onhoudbaar. Net toe sy dink sy sal aan die gil gaan as hy nie nou iets sê of doen nie, is hy meteens langs haar, voel sy hoe hy haar uit die stoel optrek en dan word sy weer in sy arms opgetel. Sy buig haar kop en lê dit teen sy skouer, te skaam om miskien sy blik te ontmoet. Daar is 'n merkbare bewing in haar toe hy haar op die bed neerlê en teen die kussings laat terugsak. Hy gaan sit langs haar op die bed en neem die bewende hande in syne.

465

"Liesel, ek wil vir jou dankie sê. Baie dankie dat jy vandag met my getrou het. En ek wil jou weer eens verseker . . . jy sal nooit spyt wees nie. Ek wil ook hê dat jy die verlede nou agter jou moet plaas. Ons twee gaan nou saam die toekoms in. Laat ons vergeet wat agter lê. Dis dinge wat verby is. Dit tel nie meer nie. Ek wil hê dat jy my en alles wat myne is, as jou eie moet beskou en aanvaar, werklik jou eie. Ek wil hê jy moet jou oor niks bekommer nie, oor niks meer ontstel nie. Jy is veilig hier."

Sy knik net stom, magteloos om te praat, en dan voel sy hoe sy lippe 'n oomblik teen haar ringvinger druk waar hy vanmiddag sy trouring aangeglip het.

"Slaap gerus. As jy iets nodig kry . . . ek is naby jou. Die tweede deur regs met die gang af."

Weer knik sy, voel hoe haar hande gelos word, en dan hoor sy die klik van die deur toe dit agter hom toegaan.

9

In die weke wat volg, neem Liesel se lewe 'n vaste, rustige patroon aan. Aan die begin was dit te heerlik om so bederf te word. Sy is nie toegelaat om soggens vroeg op te staan nie. Emma het gereeld haar ontbyt in die bed gebring en teen die tyd dat sy haar verskyning buite die slaapkamer gemaak het, was Kas reeds lankal op kantoor. Die huis was dan reeds aan die kant en dit wat nog gedoen moes word, het tant Kitty en Emma onder volle beheer gehad. Dan het sy maar koers gekry in die rigting van die platdakhuisie en daar, langs die witgeskropte tafel met oom Joop aan die een kant, oom Joop en sy wit bekertjie koffie, en sy aan die ander kant met haar koppie koffie, het sy die Burgers eers werklik leer ken.

Hulle het ure en ure gesels en Kas sou op sy rug geval het as hy moes hoor hoe sy pa kan gesels. Hy sou ook uiters verbaas gewees het om te weet dat hy die meeste van die tyd die onderwerp van hul geselsies was. Oom Joop het gou genoeg agtergekom waarin, of liewer, in wie, sy skoondogter belanggestel het en hy het nie op hom laat wag nie. Hy het ook niks weggelaat nie.

Hy het eerlik bely hoe 'n swak pa hy was en hoe swaar die klein Kas onder hom gekry het. As Liesel dan sulke tye wou keer, het hy haar stilgemaak.

"Nee, kind, die lewe het my geleer om nie my oë vir my eie foute en tekortkominge te sluit nie. Dis eers wanneer jy daar gekom het om dit in die oë te kyk, dat jy kan begin plan maak om dit reg te maak. En dit help nie om jouself altyd te flous nie. Op 'n dag word jy gedwing om jouself te sien soos jy is en om te erken wat jy nie wou nie, maar wat jy lankal móés."

Liesel het maar geswyg, wetende dat oom Joop gelyk het. Op 'n dag word jy gedwing om jouself te sien soos jy is en om te erken wat jy nie wou nie. Weet sy dit dan nie self nie?

Tot almal se verbasing het die Pa-sêery so maklik gekom dat dit skaars opmerklik was. Op 'n oggend, nadat Liesel besef het dat sy eintlik oorbodig in Kas se groot praghuis is, het sy sy pa in die groentetuin sien skoffel en toe maar daarheen gestap, opgeskeep met haarself en bang om te lank alleen met haar eie gedagtes te wees.

Hy het haar vrolik gegroet en 'n pragbeet omhoog gehou. "Ek wonder wat sal Kitty sê as sy dit sien! Het jy al ooit so 'n knewel gesien?"

Sy het gelag en haar kop geskud.

"Dis 'n pronkbeet, oom . . . ag, ek bedoel . . . e . . ." Oom Joop het die beet laat sak en sy oë was vriendelik.

"Sê maar oom Joop, kind. Dit sal my nie hinder nie. Solank die gevoel tussen ons reg is."

Liesel het meteens weer 'n knop in haar keel voel vorm. Toe het sy spontaan gesê: "Maar ek wil graag Pa sê as . . . as oom nie omgee nie."

"Maar hoe sal ek dan omgee, kind? Ek is mos nou julle

albei se pa. Ek het maar net gemeen, as dit vir jou aan die begin moeilik is . . ." Oom Joop het 'n skewe snuif laat hoor en toe afgebuk en nog drie middelslag bete uit die klam grond getrek. "Jy kan dié saamneem vir Kitty. Sy kan dit nog kook vir vanmiddag. Dis jong beetjies. Hulle sal gou sag kook."

Liesel het later weer teruggestap huis toe en daar was meteens ongekende vrede in haar hart. Sy het geweet dat daar nog moeilike tye sal kom, oomblikke wanneer die verlede haar weer sal inhaal, wanneer haar gedagtes onkeerbaar soos wilde perde op haar sal afstorm. Maar vir die eerste keer in baie maande was sy rustiger, het dit vir haar gevoel asof sy eindelik 'n rusplekkie gekry het, 'n kokon waarin sy toegespin is, veilig soos Kas belowe het . . .

Die middag aan tafel kyk Kas verbaas op toe sy pa ook kom aansit. Die ou man glimlag verleë.

"Dis Liesel se dinge hierdie. Reken, sy het my kospotte van die stoof af geskuif! Ek wou haar nog vertel dat sy met jou getroud is, nie met my nie, maar dink jy sy steur haar aan my? 'Pa kom middae by ons eet, uit en gedaan,' sê sy, en hier is ek!"

Die warmte in Kas se oë laat Liesel verleë op haar bord kyk. Sy stem is ook warm toe hy praat.

"Ek sal graag wil weet hoe jy dit reggekry het. Pa het nog altyd volstrek geweier om hier te kom eet. 'Ek eet my eie kos in my eie huis,' was nog altyd sy antwoord. Hoe hét jy dit reggekry?"

Liesel lag ook maar.

"Soos hy gesê het, sy kospotte van sy stoof af geskuif. As hy nie wou kom nie, sou hy vanmiddag rou kos moes eet."

"Dis heerlike beetjies wat jy saam met Liesel gestuur het, Joop. Mag, jy het darem 'n slag met groente," laat tant Kitty hoor.

"O, maar tant Kitty moes die een gesien het wat Pa eerste uitgetrek het. Dis 'n bul van 'n beet. Net so groot!"

468

Sy is onbewus daarvan dat Kas se oë op haar gerig bly en dat die spontane "Pa" hom diep getref het. Sy is onbewus daarvan dat pa en seun se oë mekaar ontmoet, dat oom Joop liggies met sy kop knik en die verwondering in Kas se oë aangroei.

Tant Kitty kyk skepties na Liesel se hande.

"Dit lyk darem 'n bietjie groot, Liesel. Waar is dié wonderlike beet dan? Jy het hom nie saamgebring nie."

Liesel se laggie klink half vreemd op en sy besef skaars dat sy vir die eerste keer in 'n lang tyd hardop lag.

Haar oë draai vonkelend na oom Joop.

"Dit word vir tant Meraai gebêre."

"En wie is tant Meraai?" wil tant Kitty belangstellend weet en Liesel verduidelik laggend verder: "Dis die ou buurtannie oorkant die straat. Sy en Pa kompeteer blykbaar alewig met groentetuine en soos dit vir my klink, is die weduwee net altyd een voor Pa. Maar hierdie keer is ek seker sy gaan verloor, Pa. Sy kan net nie 'n groter beet teel as dit nie."

Vir die eerste keer in 'n lang tyd hoor oom Joop ook sy seun se lag en dit voel of sy hart uit sy bors kan bars.

"Liesel, die woord is kweek. Dit lyk my jy het al klaar Pa se woordeskat aangeleer, so ook die gawe om die verkeerde woorde op die verkeerde plek te gebruik."

"O ja, dis waar. Dis kweek, nè?" laat Liesel verleë hoor en oom Joop kom haar dadelik tot hulp.

"Wat maak dit saak? Teel of kweek, solank ek net 'n slag ou Meraai teen haar ou haakneus kan laat vaskyk. Die ou heks is altyd alte gou om met haar spoggoed oor te hardloop en dan vra sy altyd so onskuldig: 'Joop, het jy al groenbone of mielies?' As ek dan sê nee, myne is nog nie reg nie, dan plak sy die goed voor my neus neer en sê stroperig: 'Ek het vir jou so 'n bietjie gebring. Dis nog nie watwonders nie. Dit begin nou maar net.'" Hy snork. "En dan lê die verditse groenboon byna die lengte van my kombuistafel vol."

"Pa! Pa!" maan Kas laggend. "Dis 'n bietjie erg. Kan 'n groenboontjie werklik so lank word?"

469

"Nou nie heeltemal nie, seun, maar dit lyk dan almelee vir my so. Ek is dan sommer lus en looi die ouvrou met haar eie groenboon by die agterdeur uit."

"En wat maak Pa dan?"

"Nee, Liesel, kind, ek sê dan maar: 'Nie sleg nie, Meraai. Nie sleg nie.'"

"En dan kook Pa hom?" vra Liesel laggend.

"Nooit! Ek vertrou ou Meraai se groente nie. Ek gee hom vir Emma om vir Kassie te kook."

Kas moet maar getroos sit en wag dat hulle klaar skater terwyl hy maar verleë saamlag, hoewel sy oë effens onseker op sy pa bly rus. Hier het al dikwels in die verlede van tant Meraai se groente op die tafel beland. Sou sy pa maar net sy been sit en trek of . . .?

Hy kyk in Liesel se vonkelende oë vas en hou sy hand uit en kan tant Meraai selfs vergewe toe sy dadelik haar hand in syne lê.

"Kom ons sê net dankie en dan wil ek asseblief 'n oomblik alleen met Pa gesels."

"Reg, kind, sê maar dankie, maar ek kan regtig nie langer versuim nie. Die leiwatertjies wag," laat die ou man nog steeds onnutsig hoor en Kas gee dan maar die stryd gewonne. Toe hy sy kop buig, span sy vingers 'n bietjie stywer om die skraal handjie in syne. Toe hulle opstaan, wil Liesel haar hand dadelik uit syne trek, maar hy wil dit nie laat gaan nie.

"Ek sal dadelik weer moet terug kantoor toe. Die werk het 'n bietjie opgehoop die afgelope weke. Stap jy saam uit?"

Sy kan niks anders doen as om in te willig nie en hulle stap hand aan hand uit terwyl die twee ouer mense hulle met sagte oë agterna kyk.

"Jy weet, Joop, ek het my bedenkinge gehad oor hierdie huwelik," erken tant Kitty. "Maar ek begin al meer moed skep." Oom Joop skud sy kop.

"Ja, ek het ook gewonder, maar . . . dinge sal regkom, Kitty. Ek glo dit sal regkom."

Buite by die motor draai hy na haar toe en sy kan nie anders as om na hom op te kyk nie.

"Mag ek jou groet?"

"Natuurlik."

Vir die eerste keer lê sy lippe 'n oomblik sag op hare, en as daar nie 'n wederkerige reaksie is nie, laat hy niks blyk nie.

"Tot siens, my vrou. Ek sal probeer om nie te laat vanmiddag te kom nie." Sy knik net en hy strek weer sy hand uit, trek haar meteens teen hom vas en fluister teen haar voorkop: "Dis wonderlik om jou en tant Kitty hier te hê."

Sy wuif vir hom toe hy by die straat indraai, maar toe sy omdraai, is daar weer 'n skaduwee in haar oë.

Hy het haar nie weer op die mond gesoen nie, maar dit het gewoonte geword dat hy haar saggies op die voorkop soen wanneer hy kantoor toe gaan of terugkeer. Sy het haar dit laat geval, wetende dat dit eintlik ter wille van tant Kitty en oom Joop gedoen word, en dan natuurlik ook ter wille van Grasbult. Dat daar hewig bespiegel word oor hul skielike huwelik, kon sy raai, maar sy was veilig hier in Kas se mooi huis en hy het nooit laat deurskemer watter reaksie hul huwelik by die Grasbulters ontlok het nie.

Ná 'n maand van bederf en niksdoen lyk sy reeds heelwat beter en hang haar klere nie meer soos sakke aan haar nie. Sy is later verplig om teenoor Kas te kla.

"Kas, jy moet met Pa en tant Kitty praat. Hulle is besig om my vet te voer."

Sy oë was warm terwyl hy hulle oor haar laat gly het. Sy het al hoe meer na die ou Liesel van weleer begin lyk. Die senuweeagtige bewing van die hande is weg, behalwe dat hy dit nog enkele kere opmerk, veral wanneer hulle twee alleen is. Maar haar figuur is voller en die wange nie meer so hol nie. Sy het ook weer begin om soms haar hare los te dra en die lang tye wat sy in die blomtuin deurgebring het, het 'n aantreklike sonbruin kleur aan haar vel begin gee.

"Jy wil tog nie 'n vet vrou hê nie, wil jy?" hou sy vol en

471

kyk mismoedig toe hoe tant Kitty maar net ongeërg voortgaan om nog braaipatats in haar bord te skep. "En Pa kom byna elke middag met sjokolade hier aan. Ek gaan een van die dae lyk soos 'n . . . ek weet nie wat nie."

Oom Joop verweer vinnig.

"Dis nie my skuld as jy die sjokolade wat ek vir Kitty bring, opeet nie."

Liesel se oë rek.

"Vir tant Kitty? Maar Pa het nog nooit gesê dis vir . . ."

"Jou pa praat deur sy nek," laat tant Kitty vinnig hoor. "Joop, moenie vir jou stuitig hou nie. Jy weet so goed soos ek ek eet nie sjokolade nie. Ek ly aan suiker." Tant Kitty kyk hom kwaai aan, en dan na Kas. "Kas, kan ek jou 'n oomblikkie spreek ná ete? Ek sal jou nie lank ophou nie."

Toe hulle in die studeerkamer kom, praat tant Kitty op die man af.

"Kyk, Kas, ek voel dis tyd dat ek moet gaan. Nee, kind, wag dat ek eers klaar praat. Dis nou lawwigheid dat jy vir my 'n salaris betaal vir niksdoen. Ja, dit is so. Die werkies wat ek in die huis doen, kan Liesel al lankal doen. Dis ook tyd dat sy dit begin doen." Sy aarsel en vervolg dan: "Ek hoop nie jy gaan my kwalik neem nie, maar ek gaan nou reguit met jou praat. Ek is 'n ou vrou, Kas, en ek is lief vir julle albei, daarom voel ek ek moet dit vir jou sê. Dis tyd dat ek hier padgee en jy en Liesel met jul huwelik begin. Liesel is nou gesond en weer sterk. Sy kan haar pligte as jou vrou nou oorneem. Sy is lank genoeg gepamperlang. Liesel is sterker as wat jy dink. Sy is opgeskeep met haarself. Ek kan dit duidelik sien. Sy is rusteloos en . . . wel ledig. Ek sou sê dit sal die beste wees as sy 'n baba kan hê en . . .

"Tant Kitty, asseblief! Tante weet tog self wat die posisie is."

"Ja, maar gaan dit nou vir ewig so aanhou?"

"Nee, beslis nie, maar ek voel die tyd is nog nie heeltemal ryp nie. Liesel moet nog kans kry. Ek het gedink . . . Ja, ek het ook opgemerk dat sy soms baie rusteloos is. Ek kan onmoontlik nou hier wegbreek. My werk het 'n bietjie agtergeraak met oom Faan se siekte en toe Liesel daarna. Ek sal nie vir tante langer hier hou as dit teen tante se sin is nie, maar wat dan van eers 'n vakansie saam met Liesel? Ek het gedink julle kan vir 'n maand see toe gaan en dan, as julle terugkom . . ."

Tant Kitty sug. Ai, hoe blind kan selfs die slim mense tog nie soms wees nie. Liesel het nie vakansie nodig nie. Maar dan . . . Sy begryp ook Kas se versigtigheid.

"Nou goed dan. Ek sal saam met haar gaan en ná die vakansie gaan ek weg. Ek voel eerlik dis nou tyd dat jy en Liesel alleen moet wees."

Maar hulle het nie met Liesel rekening gehou nie. Waar sy tot dusver nog altyd inskiklik was en met alles saamgestem het, is sy nou skielik koppig.

"Ek gaan nie met vakansie nie," sê sy beslis en skielik is die kennetjie weer uitgedruk.

"Ek dink jy moet gaan. Dit sal jou goed doen," hou Kas op sy beurt vol en meteens blits die blou oë soos in die dae van weleer.

"Die moeilikheid met jou, Kas Burger, is dat jy te veel dink, en te veel vir ander mense probeer dink. Laat my 'n slag toe om vir myself te dink."

Sy verbasing is eg en hy kyk haar fronsend aan.

"Ek probeer jou nie domineer nie. Ek probeer maar net die beste vir jou doen."

"Regtig? En is jy seker jy weet wat die beste vir my is?" Tant Kitty kyk geïnteresseerd toe. Dis die beste ding wat kon gebeur het, dink sy, heimlik ingenome. Dis lankal tyd dat daar 'n bietjie vuur tussen hierdie twee kom, al is dit dan ook net 'n volbloed rusie.

Kas se grys oë is meteens koud.

"Miskien wéét ek beter as jy wat goed is vir jou." Hy beduie met die hand en sê stug: "Nou goed dan. Los dit as jy nie wil gaan nie."

Hy stap uit en Liesel en tant Kitty kyk mekaar 'n oomblik

stomgeslaan aan. Dan draai Liesel om en storm die huis uit, reguit na die platdakhuisie toe. Oom Joop haal sy pyp uit sy mond toe sy in die agterdeur verskyn. Hy sien dadelik haar ontsteltenis raak.

"Wat is dit, Liesel?"

"Ag, Pa, dis . . . sommer. Ek en Kas het stry gehad."

"O?" Oom Joop sit weer sy pyp terug in sy mond en dink soos tant Kitty vaneffe: Hoog tyd ook!

"Ja, hy wil my met vakansie wegstuur saam met tant Kitty. Sommer hierdie week ook al. En ek wil nie gaan nie! Hoekom moet ek gaan as ek nie wil nie?" sê sy nog steeds opstandig, en oom Joop lyk verbaas.

"Maar jy kan ook nie gaan nie, kind. Wat dan van Marlise?"

"Marlise?" Sy kyk hom verbaas aan. "Wat van Marlise?"

"Maar het Kas jou dan nie gesê nie? Marlise kom kuier. Sy het laat weet sy kom hierdie naweek kuier."

"O." Die ooglede val, kyk dan versluier op. "O, ek sien. Wanneer het sy laat weet?"

"Gister, eergister al. Het Kassie jou dan nie gesê nie?"

"Nee. Hy het . . . seker vergeet. Kom . . . kom sy en die kêrel?"

"Nee. Sy kom alleen, sover ek weet."

"O, ek . . . sien." Sy staan op en wys die koffie van die hand. "Nee dankie, Pa, nie nou nie. Ek moet nog iets gaan doen. Sien Pa weer later."

Sy stap uit en begin verblind van trane aanstap. Dan is dit die rede hoekom sy so skielik met vakansie moet gaan. Marlise kom kuier . . . alleen . . . vir oulaas . . . of miskien glad nie so vir oulaas nie . . .

Hy staan reeds by sy motor en wag om weer terug kantoor toe te gaan toe hy haar gewaar en stap direk op haar af. Sy probeer hom nie vermy nie. Sy gesig is strak toe hy by haar kom.

"Liesel, ek is jammer. Ek het nie bedoel . . . In hemelsnaam,

474

moenie so lyk nie!" Hy wil haar teen hom vastrek, maar sy gee pad en deur die trane blits die blou oë weer na hom op.

"Ek weet presies wat jy bedoel het. Jy kan my en tant Kitty se plekke bespreek. Ons sal sorg dat ons vóór die naweek weg is sodat . . . sodat . . ."

Iets wurg haar keel sodat sy nie verder kan praat nie, en sy swaai om en hardloop die tuinpaadjie op na die stoep. Hy kyk haar 'n oomblik verward agterna en volg haar dan vinnig, 'n hewige frons tussen sy wenkbroue. Voordat sy haar kamerdeur in sy gesig kan toedruk, druk hy dit weer oop en maak dit agter hom toe. Hy draai beslis na haar toe, 'n waarskuwende lig in sy oë.

"Liesel, ek het nou genoeg van hierdie kinderagtigheid gehad. Wat gaan met jou aan? Watter groot sonde het ek gepleeg deur voor te stel dat jy vir 'n rukkie moet weggaan?"

Sy wurg die trane af en is meteens blind van woede. Om hom dan nog hier so skynheilig te kom voordoen!

"Niks. Op die aarde niks, behalwe . . ."

"Behalwe wat? Praat!"

"Behalwe dat dit nie nodig is om agterbaks te werk te gaan nie. Ons weet tog presies waar ons met mekaar staan, nie waar nie?"

"Werklik?"

"Ja!"

"En hoekom sou ek agterbaks te werk wil gaan?"

"Ek wonder self. Jy kan my maar net sê wanneer ek in die pad is as jy jou . . . ou vriendinne wil ontvang. Ek sal self padgee . . ."

"Wát!" Dit lyk of hy kan ontplof en dan meteens is dit of iets hom soos 'n slag tref en hy vee oor sy oë. Hemel! Hy het totaal van Marlise se kuiery vergeet! Hy sug en kyk haar priemend aan. Maar hoekom sommer dadelik tot sulke gevolgtrekkings kom? Hy word weer opnuut woedend.

Albei se oë is ysig en ontoegewend terwyl hulle mekaar staan en aankyk.

"Dit is voorwaar bemoedigend om te sien watter vertroue jy in my het, my vrou. Jy het my natuurlik al die jare geken vir 'n man wat bekend is vir sulke gedrag."

Maar daar kom geen skaamte in haar op nie, en as hy wag dat sy verleë moet raak onder hierdie beskuldiging, wag hy verniet. Eerder druk haar kennetjie nog verder na vore en meteens lyk sy weer soos die ou hooghartige Liesel.

"Jy is niks anders as die res van jou geslag nie. Julle is almal eenders – veral wat vroumense betref."

Daar is nou 'n wit kring om sy mond en die spiere in sy kake werk onbedaarlik.

"Liesel, jy gaan te ver. Jy sê dinge waaroor jy gaan spyt wees en waarvoor jy geen bewyse het nie."

"O?" Haar mond trek smalend, en dit lyk amper asof hy die stryd met sy selfbeheersing gaan verloor.

"Ek het nie die vaagste benul waarop jy sinspeel nie, as jy ooit werklik iets het om op te sinspeel en dit nie maar net iets is waarna jy gryp om my terug te stamp na waar jy al die jare nog gedink het ek hoort nie. Ek kan jou nie dwing om my te glo nie, en ek weet ek kan maar my asem spaar om jou te probeer oortuig dat jy absoluut verkeerd is. Maar ek verseker jou dat ek heeltemal van Marlise se kuiery vergeet het. Ek het 'n belangrike hofsaak aan die kom en ek is ontsettend besig. Dit het my net ontgaan. Glo wat jy wil. Dis die waarheid. Die kuiery van jou en tant Kitty is van die baan – permanent. Ek was dwaas om te dink dat ek jou kan vertrou om jou êrens alleen heen te stuur. Jy sal nêrens gaan sonder my nie, en daarom sal jy maar moet wag tot ek kan wegkom."

Haar mond gaan oop om heftig te protesteer, maar hy gee haar nie die kans nie. Meteens lê sy hande op haar skouers, gly agter haar rug af en word sy met geweld teen hom vasgepen.

"En terwyl jy klaar jou dunk van my gevorm het, hoef ek nie langer te probeer om iets anders te wees nie. Terwyl ek

476

oor dieselfde kam as jou eerste man geskeer word, sal ek jou nie teleurstel nie en dit vir jou moeilik maak om bewyse teen my te kry. En een ding moet jy onthou, Liesel: jy is nou eenmaal met ou Joop se seun getroud en so sal dit bly. Ek sal jou nooit laat gaan nie – al gebeur wat ook al."

Vir die eerste keer voel Liesel Kas Burger se lippe vol en hard en vasberade op hare neerkom, en sy lê magteloos in sy greep terwyl sy lippe hare roekeloos kneus en sy arms haar liggaam laat pyn. Hy laat haar eindelik wit en bewend op die bed neersak en kyk genadeloos op haar af.

"Ek moet vanmiddag Kaap toe vir die saak. Ek weet nie presies hoe lank ek sal weg wees nie, moontlik tot Vrydag. Ek en Marlise sal dan miskien saam hier aankom. Sorg dat jy hier is as ek hier kom en sorg dat my klere oorgebring word na hierdie kamer. Verstaan? Ek is nie van plan om van my 'n gek te laat maak nie, nie eens deur jou nie, my vrou. Hierdie klug gaan nou end kry." 'n Sekonde kyk hy op haar neer. "Ek het jou een keer tevore gesê dat jy sal moet leer om te buig, Liesel – anders gaan jy breek."

In die twee dae wat volg voordat die naweek aanbreek, bou die spanning tot breekpunt in Liesel op. Tant Kitty en oom Joop voel ook die spanning in haar aan, maar kan net magteloos toekyk. In 'n mate is hierdie ou mense, wat die lewe al leer ken het, bly dat dinge tot 'n punt gekom het tussen hierdie twee jong mense. Een of ander tyd moes die keerpunt kom. Maar hulle het ook besef dat hierdie 'n krisis is dié wat net so goed na die een of die ander kant kan swaai. Maar hulle was magteloos om te help, wetende dat dit 'n saak is wat net deur Kas en Liesel self uitgemaak moet word, en dat hulle nou nie durf inmeng nie.

Die twee motors kom laat die Vrydagmiddag agter mekaar met die pad opgery en binne-in Liesel word die koue 'n ysigheid. Hulle ry saam, was seker die afgelope twee dae ook saam. Hy was seker tuis by die Jouberts. Hy gaan altyd daar tuis as hy in die stad is. Hy weet hoe sy daaroor voel, maar hy kom nogtans saam met Marlise hier aan . . .

Dis net haar trots, dieselfde trots wat haar in die verlede deur diep water gedra het, wat haar op die stoep laat uitstap, selfs laat glimlag.

"Marlise! Jy lyk goed. Hoe gaan dit?"

Die twee vriendinne groet, en as daar sluiers voor albei se oë is en albei daarvan bewus is, lyk dit op die oog af heel natuurlik.

Dan stap Kas nader en sy hou haar lippe na hom teer op.

"Middag, Kas."

"Middag, my vrou." Hy laat sy arm stewig om haar gly.

Sy het gedink sy sou hom net 'n piksoentjie gee, maar hy het ander idees. Hy soen haar deeglik en, soos dit vir Marlise se speurende oë lyk, innig, en die rooi blos van verontwaardiging op haar wange toe hy haar eindelik laat gaan, lyk na natuurlike verleentheid omdat haar man haar so hartstogtelik voor ander mense groet.

Kas dra Marlise se koffers in. "Waar moet ek dit sit?"

"Tweede deur regs," antwoord Liesel uiterlik kalm en vervolg teenoor Marlise sonder om in sy rigting te kyk: "Kom sit en vertel my alles wat jy oorsee aangevang het. En baie geluk met jou prestasies. Pa het my vertel hoe uitstekend jy met jou studie gevaar het."

Kas se wenkbroue lig ietwat en styg nog hoër toe hy die koffers in die kamer wat hy die afgelope maand gebruik het, neersit. Net om darem seker te maak, stap hy na die kaste, maar hulle is leeg en netjies. Dan knik hy sy kop, 'n fyn, harde glimlaggie om sy lippe, en stap uit om syne te gaan haal, en dié dra hy direk na die hoofslaapkamer toe.

Oom Joop kom in, en hy en Marlise groet mekaar so innig en openlik verheug dat Liesel 'n pynbrand in haar voel. 'n Skewe glimlaggie trek 'n oomblik aan haar lippe. Sou sy ooit in die verlede kon droom dat sy ook op ou Joop van die onderdorp jaloers sou wees, 'n stekie van jaloesie sou voel wanneer sy so openlik die liefde in haar skoonpa se oë vir 'n ander meisie sien, 'n meisie wat hy – dit weet sy – met oop arms as skoondogter sou ontvang het?

En Marlise is so pragtig. Sy lyk nie 'n dag ouer as toe hulle mekaar laas gesien het nie. Maar hoeveel het nie oor háár kop heen gegaan sedert hulle mekaar gegroet het nie? Dis 'n leeftyd van hartseer en verguising en frustrasie wat agter haar lê. Sy kyk vlugtig na Kas wat met 'n glimlag na die geskerts tussen die ou man en Marlise luister. Sou hy nie nou spyt wees omdat hy met háár getrou het nie? Sou hy nie liewer met Marlise wou getrou het nie? Oom Joop voel seker ook so. Sy is meteens bewus daarvan dat sy in haar man se grys oë vaskyk en dat hulle weer skerp en ondersoekend is en sy kyk vinnig weg, intens bewus daarvan dat sy 'n indringer in haar eie huis is, iemand wat nie hier pas nie . . .

"En waar is die vriend dan, Marlise? Ek het gedink jy bring hom saam," laat sy hoor, en Marlise kyk haar vinnig aan, dan vlugtig na Kas en dan verwytend na oom Joop.

"Iemand het uit sy beurt gepraat," betig sy liggies en oom Joop lyk baie verleë. Dan lag sy gerusstellend. "Toe maar, dis nie so erg nie. Nee, ek sal hom miskien volgende keer saambring. Hierdie naweek wil ek sommer net lekker by julle kuier en oor die goeie ou dae gesels."

Kas kyk haar belangstellend aan.

" 'n Spesiale vriend, Marlise? Dis die eerste woord wat ek daarvan hoor."

Liesel kyk vinnig na hom, maar hy merk dit nie op nie en Marlise bloos onder sy reguit blik.

"Ja . . . e . . . ek het hom oorsee ontmoet. Hy was daar verbonde aan die ambassade. Hy het ook nou teruggekom. Gerhard Coetzer. Oulik nogal." Sy lag saam met die ander. "Ek dink nog oor hom."

Kas lag, en weer rus sy vrou se oë versluier op hom. Hy lyk nie juis ontsteld omdat Marlise 'n spesiale vriend het nie – of sou dit maar alles toneelspel wees? Sy frons liggies. Maar sy het dan juis gedink dis omdat hy gehoor het dat Marlise op 'n ander man verlief geraak het dat hy haar so gou gevra het om met hom te trou. Een van die redes . . .

Daar is egter nie nou tyd om dieper oor hierdie saak te dink nie, en weer voel sy die spanning onhoudbaar in haar toe dit slaaptyd word. Sy is dankbaar dat Kas ten minste so taktvol is om haar eers kans te gee om te bad en in die bed te kom voordat hy ná 'n ligte kloppie sy verskyning maak. Sy waag dit nie om na hom te kyk nie, maar hou haar oë stip op die tydskrif in haar hand, maar sy het geen idee wat sy lees nie. Elke geluidjie klink soos 'n knal in die swaar stilte en sy is intens bewus van elke beweging wat hy maak. Sy hoor die badkrane oopgaan en sluit haar oë.

Dis eers toe die tydskrif uit haar hand getrek word, dat haar oë verskrik oopvlieg en dit lyk asof haar hart by haar kuiltjie wil uitspring. Hy gooi die boek eenkant neer, sy blik onafgebroke op haar.

"Is dit werklik nodig om so te lyk, Liesel? Ek gaan jou nie vermoor nie!"

'n Blos van verleentheid en vernedering vlam oor haar gesig en sy laat haar oë sak, lê reguit en stokstyf onder die laken, duidelik vir hom om te sien.

Hy druk sy hande vinnig in sy kamerjapon se sakke. Dis asof hy sy lippe swaar van mekaar af kry.

"Goed dan. As dit dan werklik so 'n straf vir jou sal wees . . ." Dit lyk eers asof hy wil uitstap, dan draai hy weer terug. "Maar vir hoe lank wil jy hê moet ons nog so voortgaan? Waarvan dink jy is ek gemaak? Was ek van Rob se soort . . ."

"Is jy nie?"

Dis so goed asof sy hom geklap het. Hy gee 'n tree nader aan die bed.

"Wat bedoel jy? Liesel! Wat presies bedoel jy daarmee?" Toe sy hom net verskrik aankyk, is hy skielik by haar, gryp haar aan die skouers vas, sy gesig vir die eerste keer in werklik onbeheerste woede vertrek. "Hoe durf jy so 'n insinuasie maak? Waarop sinspeel jy?"

Haar mond gaan oop om Pearl Olsen se naam hardop uit te roep, maar sy gesigsuitdrukking laat haar swyg. Die hande op haar skouers skud haar meteens genadeloos. "Daar is iets wat jou kwel. Kom, uit daarmee!"

Sy soek paniekerig na iets om te sê. Sy besef dat hy 'n antwoord uit haar sal dwing. Sy het reeds te veel gesê, maar sy sal hom moet antwoord.

"Jy . . . jy het net met my getrou om waarde vir jou geld te kry. Jy het 'n klomp geld op Liesel Dempers gespandeer en jy wil darem iets daarvoor terughê."

"Dan is dít die storie . . . ek sien. Dis nog steeds vir jou trots te veel om te weet, of soos jy dit sien, dat jy in die skuld is by my." Hy is meteens kalmer, maar sy kalmte is ysiger en vreesliker om te verduur as sy woede. Dis of sy versteen onder sy koue blik. "En jy dink ek is dáárdie soort man. Jy dink ek wil jou koop."

"Jy hét my gekoop. Kas, moenie probeer om dit langer te ontken nie. As jy liewer eerlik met my wil wees, sal dit alles makliker maak." Sy pleit meteens openlik, maar dis asof hy dit nie raaksien nie. "Ek weet van . . . alles. Rob het my een keer in die hospitaal besoek en . . . hy het gedrink . . . hy het my alles vertel . . . selfs die bewyse gewys. Hy het toe net van jou kantoor af gekom." Sy sit regop, haar blou oë blink. "Kas, asseblief . . ."

Maar hy staan terug.

"Ek sien. En toe het jy met my getrou omdat jy gevoel het jy was daartoe verplig, jy kon nie anders nie. En jy het my klere oorgedra na hierdie kamer toe omdat jy oortuig is dat ek nou op terugbetaling sal aandring." Hy skud sy kop, en dis amper asof hy vir 'n oomblik verdwaas is. Dan is die yskoue woede terug.

"Liesel, ek weet jy dink jy is al mens wat trots het. Maar jy maak 'n fout. Selfs ou Joop se seun het trots – en selfs hy vergeet nie maklik as sy trots gekrenk word nie. Baie dankie, maar ek stel in geen terugbetaling van jou belang nie. Ek mag maar net Kas Burger in jou oë wees, maar waaragtig, ek sal nie terugbetaling van jou eis nie. Jy hoef my nie so verwilderd aan te kyk nie. Slaap gerus, en ek bedoel dit."

Oom Joop kyk verbaas op toe hy later in die aand opsukkel vir sy middernagtelike bekertjie koffie. Die ou pyne hou hom maar wakker en so 'n bekertjie warm koffie omstreeks middernag verdeel darem die lang nag in twee skofte. Hy staan 'n oomblik besluiteloos, haal dan nog 'n koppie van die rak af en stap skoffelend na die kamertjie wat in onbruik geraak het, maar skielik vannag weer beset is.

Soos jare gelede sien Kas 'n koppie koffie voor sy gesigsveld inskuif waar hy op die kateltjie sit, elmboë op die knieë gestut, sy gesig tussen sy gebalde vuiste.

"Koffie, seun?"

"Dankie, Pa."

Die ou man knik net, vra nie vrae nie, gaan sit eenkant en slurp saggies aan die warm rand van sy bekertjie. "Hoe laat is dit?"

"So twaalfuur, halfeen se kant." Joop kyk eindelik op. "Die beddegoed is in daardie hoekkas as jy wil opmaak." Die geboë kop knik net en oom Joop kyk verleë op die deurgetrapte bokvelletjie af. "Ek hoor by ou Meraai óú Rob Rabe is toe skielik aan 'n hartaanval oorlede. Die begrafnis is glo Maandagmiddag hier op Rondom in die familiekerkhof."

Kas kyk eindelik op.

"Dis die eerste woord wat ek daarvan hoor."

"Ja, dit het gebeur solank jy in die Kaap was. Ek kon nog nie eens vir Liesel vertel nie. Ou Meraai het my kort voor slaaptyd kom sê." Hy staan op. "Nou ja, Kassie, slaap gerus."

"Nag, Pa. Dankie, Pa."

10

Liesel draai so lank as moontlik die volgende oggend in haar kamer, maar later is sy verplig om te voorskyn te kom. Met kunstige grimering het sy die spore van die slapelose nag wat agter die rug is, bedek, en sy hoop maar net dat veral Marlise niks sal agterkom nie. Op pad eetkamer toe loer sy versigtig by die tweede gastekamer in, maar dis duidelik dat niemand die nag daar geslaap het nie. Dan kon hy net op een ander plek gewees het – hy het weer in die platdakhuisie gaan slaap.

Sy hoor oom Joop en Marlise op die stoep lag en stap verby kombuis toe. Sy het net nie die moed om oom Joop vanoggend in die oë te kyk nie. In die kombuis lig tant Kitty haar in dat Kas kantoor toe is en sy sug innerlik van verligting. Dan is daardie beproewing haar darem vir 'n paar uur gespaar. Sy weet ook nie hoe sy Kas ooit weer in die oë sal kan kyk nie.

Wat het haar besiel om van die geld op te haal? wonder sy vir die hoeveelste keer selfverwytend. Maar sy het sommer gegryp na die eerste ding wat in haar kop gekom het. Sy weet egter nou dat Kas nooit, nooit weer toenadering sal soek nie, want sy weet reeds, voordat hy haar dit gisteraand so pertinent vertel het, dat Kas Burger ook trots is, veral teenoor haar. Hy sal haar nie soebat nie, maar hy sal ook nie neem nie.

Sy voel diep bekommerd. Kas was natuurlik reg, soos altyd. Sy besef so goed soos hy dat hulle nie vir altyd so kan voortgaan nie. Sy besef dit al lankal. As Marlise net nie hierdie spesifieke naweek gekom het en die verlede weer so helder met haar saamgebring het nie . . . As Kas net 'n week gelede na haar kamer toe gekom het, sou sy hom ontvang het. Maar toe kom Marlise, en die skok dat sy nog nie werklik aan 'n ander man verbind is nie. Toe het die ou vrese alles teruggekeer, het sy opnuut begin wonder waarom Kas met háár getrou het en was sy in haar hart oortuig dat hy reeds spyt is dat hy so oorhaastig was. Marlise is nog vry. Sy is so pragtig soos altyd en . . . soos net 'n ander vrou seker kan weet, weet Liesel dat haar vriendin nog op Kas verlief is.

Waarom hét Kas met haar getrou? is die treiterende vraag wat haar wil mal maak. Eers het sy gedink dit was omdat hy darem seker waarde vir sy geld wou hê. Dis 'n klomp geld om vir 'n vrou te betaal en dan niks daarvoor in ruil te kry nie. Ná gisteraand twyfel sy – nee, weet sy dis nie die antwoord nie. Hy het nie met haar getrou net om iets vir sy geld terug te kry nie. Sy verbasing oor die spesiale vriend van Marlise was ook eg. Hy het dus nie met haar getrou net om vir Marlise te wys dat hy ook geholpe kan raak, soos sy gedink het nie. Waarom het hy dan met haar getrou? Het dit dalk iets met Pearl te doen?

Sy deins, soos altyd, instinktief terug wanneer sy aan Pearl dink. Die afgelope weke het sy doelbewus probeer om nie aan Pearl te dink en te onthou dat Kas vir haar gaan kuier het nie, want sy kan nog steeds nie glo dat Kas so iets sou gedoen het nie. En tog het hy. Sy kon Kas net nie vereenselwig met daardie soort man wat by 'n meisie van swak inbors sou kuier en haar dan, wanneer sy sy kind verwag, aan haar lot sou oorlaat nie. Van Rob, ja, van hom sou sy dit kon glo. Sy het geen illusies oor hom oorgehou nie. Maar Kas . . . Tog, die bewyse is alles daar. Die hele Grasbult weet. Baie mense het hom daar sien ingaan en uitkom en sy het Rob se gesig gesien toe Kas hom daar betrap en hom in blinde woede van jaloesie aangeval het. Baie van Grasbult se mense het gesien dat Pearl verwag het voordat sy stil en verwese uit die dorp verdwyn het. Die hele Grasbult weet wie verantwoordelik was . . .

Kas was ook heeltemal reg toe hy beweer het dat iets haar kwel. Hoe hard sy ook al probeer het om van Pearl Olsen te vergeet, was sy gedurig bewus van die knaging hier diep binne-in haar. Kas verkeer blykbaar salig onder die waan dat niemand weet nie, want sy optrede is kalm en openhartig in die openbaar, en as hy soms skewe kyke kry, dink hy blykbaar dis maar oor sy skielike huwelik met Liesel so kort ná haar egskeiding, en steur hy hom nie daaraan nie. Maar sý weet wat Grasbult se mense dink . . . dieselfde as sy . . . Daarom dat sy nog nie die moed gehad het om Kas se vriende te ontvang en te onthaal nie. Sy weet almal bly weg omdat Kas nog haar gesondheid voorhou. Almal weet dat sy by die dood omgedraai het, maar sy weet ook dat sy nou na die liggaam gesond is, gereed om haar plek as Kas se vrou in die samelewing in te neem.

Teësinnig, maar met die wete dat sy nie vir altyd kan wegkruip nie, stap sy op die stoep uit. Weer krimp haar hart ineen. Marlise lyk so jeugdig en borrelend van lewenslus, en sý voel so moeg en byna oud. Dan is sy verplig om na haar skoonpa te kyk en haar hart gee 'n ruk. Sy glimlag is so dierbaar soos altyd en hy hou sy hand na haar uit.

"Kom sit, my kind." Sy klou sy vingers nog vas nadat sy al langs hom plaasgeneem het en die wete lê brandend in haar: Ek verdien hom nie! Ek verdien nie om sy skoondogter te wees nie! Sy voel sy arm om haar skouers gly en sy lê haar kop gewillig teen sy skouer, dankbaar dat sy haar 'n oomblik in sy nabysyn en liefde kan koester.

Bokant haar kop verteder oom Joop se oë. "Ek het die wonderlikste skoondogter wat 'n pa maar kan verlang, Liesel. Ek sal haar vir niks en niemand ter wêreld verruil nie."

Liesel moet stry teen die bewing in haar lippe, en voordat sy kan keer, glip dit uit: "Nie eens vir Marlise nie?"

Daar heers 'n oomblik stilte en die twee vriendinne se oë ontmoet en Marlise gee 'n klein, hartseer glimlaggie.

"My liewe vriendin, die Burgers hou van my. Ek sal selfs sê hulle is lief vir my, maar . . . jý is hulle hart se punt . . . en as jy dit nóú nog nie weet nie, is jy totaal blind en stompsinnig." Sy staan op. "Ek gaan 'n entjie deur die dorp stap. Sien julle later."

Sy stap met die trappies af en Marlise weet dat hulle haar agterna kyk. Daarom wag sy eers totdat sy heeltemal buite sig is voordat sy die trane van haar wange afvee. Sy was glad nie verbaas toe sy van Kas en Liesel se skielike huwelik verneem het nie. Diep in haar hart het sy geweet dat dit so sou gebeur, veral nadat sy gehoor het dat Rob en Liesel geskei is. Oom Joop het haar getrou op hoogte van sake gehou, selfs nadat Kas opgehou het met skryf.

Maar sy moes nog een keer kom, net seker maak . . . Sy sug. Van Kas was sy seker. Sy het jare gelede al geweet dat daar net een vrou vir hom bestaan, en dit is nie sý nie. Maar Liesel . . . Sy frons. Van Liesel is sy nóú nog nie seker nie. Sy weet nie wat om te dink nie. Maar een ding is seker – Kas is vir altyd vir haar verlore. En oom Joop, liewe oom Joop wat so opreg is in alles. Sy weet dat dit werklik uit sy hart gekom het toe hy gesê het dat hy Liesel vir niks en niemand sal verruil nie. Oom Joop aanbid sy skoondogter. Gelukkige Liesel . . . As sy maar net kon weet hoe gelukkig sy werklik is . . .

Marlise kyk met intense belangstelling om haar rond, want sy weet dat sy hierdie tonele nie gou weer sal sien nie. Wanneer sy teruggaan, gaan sy die geduldige Gerhard die antwoord gee waarop hy ook al byna twee jaar wag. Daarna sal sy haar eers heeltemal losmaak van Grasbult. Eendag, ééndag sal sy en Gerhard miskien weer vir 'n naweek hier kom kuier . . . maar dit sal nie in die nabye toekoms wees nie . . . liewer nie . . .

Op die stoep kyk twee mense haar agterna, die een liefdevol, die ander verward, ongelowig, weemoedig.

Oom Joop dink: Wat 'n liewe kind! Sy sal 'n goeie skoondogter vir iemand wees.

Liesel dink: Hoe min weet Marlise tog! As dit maar waar was . . . Meteens wil sy haar leed en haar hartseer met iemand deel en die warme koestering van die arm om haar maak haar week en sag. Van oom Joop se liefde is sy seker. Dis darem die een ding waarvan sy seker is. Dank die Vader vir hom!

"Pa . . ."

"Ja, my kind?"

"Pa, daar is nog altyd iets wat ek vir Pa wil sê . . ."

"Ja, my kind?"

Sy maak haar los uit sy omarming, sit regop, probeer dapper in die liefdevolle oë kyk. Dis bitter swaar, maar sy byt op haar tande. Sy moet dit vandag sê. Dis so lankal 'n behoefte van haar hart en sy kan nie langer uitstel nie.

"Pa, ek is so jammer . . . jammer . . ."

"My kind!" Oom Joop frons ontsteld, wil haar weer nader trek. "Nee, Lieseltjie, waaroor die trane?"

"Nee, laat my klaar praat. Ek . . . móét vir Pa sê . . ."

"Goed, my kind, sê dan maar."

"Ek is so jammer, Pa . . . so innig jammer vir wat ek . . . daardie dag . . . gesê het . . . dié dag toe ek Kas so kom slegsê het . . . Pa weet mos waarna ek verwys? Pa het in die gangdeur gestaan . . . Ek het Pa gesien, maar . . . ek het voortgegaan om . . . om daardie vreeslike goed te sê . . . Vergewe my, Pa. Asseblief!"

Sy lê nou snikkend teen sy bors en die ou man se oë blink bo haar kop. Teer druk hy haar vas, streel haar hare met 'n bewende hand.

"Daar is niks om te vergewe nie, Lieseltjie. Jy het met jou liefde reeds alles uitgewis. Marlise het netnou die waarheid gepraat. Jy is my hart se punt. As ons jou moet verloor . . ."

"Maar Kas . . . Kas het my dit nog nooit vergewe nie, Pa. Ja, dit is so. Ek weet. Pa . . ." Die traannat gesiggie lig pleitend omhoog. "Pa, hoe kan ek Kas bereik? Hoe kan ek hom vertel hoe jammer ek is . . . nie net vir daardie dag nie, maar vir al die ander kere ook . . . ook vir gisteraand? Hy was so . . . verskriklik kwaad vir my en . . . ek dink ek het hom nou vir goed verloor . . ."

"Nee, my kind, nee! Nie Kassie nie! Nooit nie!" protesteer oom Joop dadelik en dan sê hy vinnig: "Hier kom sy motor nou aan. Ons praat later weer. Ek moet jou ook gou iets vertel, my kind. Dis treurige nuus. Oom Rob Rabe is skielik aan 'n hartaanval oorlede. Die begrafnis is Maandagmiddag hier op Rondom.''

Sy sit nog verslae oor die nuus toe Kas hulle bereik en sy weet dat sy skerp blik dadelik die traanstrepe op haar gesig sien.

"Wat makeer, Liesel?''

"Ek het haar van ou Rob Rabe vertel,'' kom oom Joop haar dadelik tot hulp, en weer swel haar hart van liefde vir hom. O, wat sou sy sonder oom Joop gemaak het? Sy sluk swaar.

"Hy . . . hy was 'n goeie man. Ek en . . . Rob het hom bitter teleurgestel. Ek was ook lief vir hom. Verskoon my.''

Sy staan vinnig op en verdwyn by die voordeur in en sien nie die hand wat spontaan na haar uitgesteek word nie. Oom Joop skud sy kop.

"Laat haar eers gaan. Gee haar kans om eers 'n bietjie uit te huil. Kom sit.''

"Ek kan nie juis sit nie. Ek het net vorms kom haal wat ek hier vergeet het.''

"Kas, jy bedrieg net jouself, my seun.'' Kas kyk vinnig op. As sy pa hom die dag Kas noem, kort en klaar, is hy baie ernstig. "Jy het huis toe gekom omdat jou gewete jou rond-jaag.''

"Pa?''

"Ja, moenie met mý speletjies speel nie, Kassie. Jy het huis toe gekom omdat jy weet jy het Liesel gisteraand verskriklik ontstel.''

Hy lag grimmig.

"So? Dan is alles weer my skuld. Het sy Pa vertel?''

"Nee, Liesel is nie 'n storiedraer nie. Maar ek is nie onnosel nie, hoor? Ek weet hoe hardekwas jy kan wees as jy lus het, en ek weet hoe jy jou oor onbenullighede kan opruk en dit uit verband ruk.''

"Net 'n oomblik! Is dit onbenullighede as jou vrou dink jy het haar gekoop en . . . dat sy daarom verplig is om aan jou eise te voldoen? Dink Pa ek het nie ook my trots . . .''

"Trots? En van wanneer af het ou Joop van die onderdorp se seun so 'n trots ontwikkel dat hy sy geluk, en dié van ander, sal verwoes, liewer as om te erken wat in sy hart omgaan?"

"Pa!"

"Ja, moenie vir my sit en Pa, Pa nie. Ek is sommer boos vir jou. As jou danige trots gaan maak dat Liesel . . . dat ons haar gaan verloor . . . Hemel, Kasman, waar is jou oë dan, kind? Moenie dat ek my vir my seun moet skaam nie. Ek was nog altyd trots op jou. Ja, seun, ek bedoel dit regtig. Ek het dit nog nooit in soveel woorde vir jou gesê nie, maar ek is, ou seun. Ek is baie trots op my seun. As alle pa's maar sulke seuns gehad het, dan . . . Ai, Kassie, moenie dat Pa hom ooit vir jou moet skaam nie. Dit sal Pa breek. En as ons Lieseltjie gaan verloor . . . Dit sal my hart breek, kind."

Kas sit verstom, trek dan sy asem diep in en lag weer, 'n verdwaasde, verbaasde laggie asof hy meteens 'n groot ontdekking gedoen het. Dan knik hy, staan op, druk hard op die een skouer.

"Pa, Pa is nie al een wat trots is nie. Ek is vandag eers werklik trots omdat ek Pa se seun is. Dankie, Pa."

Joop knik, suig aan sy kromsteel dat dit 'n naarheid is. "Goed, seun, goed. Dan verstaan ons mekaar mos."

"Ja, Pa."

Dis eers toe hy al met die trappies af is, dat oom Joop roep: "Haai, Kassie, wat van die vorms wat jy kom haal het?"

Kas glimlag, wuif en stap aan motor toe en oom Joop lag lekker. Kassie . . . Daar is nie nog 'n pa op Grasbult wat so 'n seun het nie! Hulle sal lank wag. En daar is nie nog 'n pa wat so 'n skoondogter het nie. Ou Joop het die pragstuk van Grasbult voor hulle neuse weggeraap. Dis nou maar van ou Joop van die onderdorp. Hy kriewel. Kassie moet nou nie te lank bodder met hierdie danige trots van hom nie. Mag, hy word nie jonger nie en hy wil darem nog graag die kleinspan sien voordat hy ook gaan rus. Volbloed, hulle. Net volbloed!

489

Daardie aand kyk oom Joop openlik ontevrede op toe daar aan sy agterdeur geklop word en hy dit oopmaak en sy seun weer verleë daar sien staan.

"Hoekom sluit Pa die deur?" wil hy ergerlik weet, en Joop se frons verdiep. Hy ken sy seun. Dis skone verleentheid wat hom so kwasterig maak.

"En hoekom mag ek nie? Dis mý huis hierdie, is dit nie? En ek hou nie daarvan dat mense sommer eie reg gebruik en snags my huis instap en hulle hier kom tuis maak asof hulle nie ook huise . . . en vroue het nie."

Kas kyk sy pa verbaas aan en druk die onderdeur oop. Sy pa begin by die dag verander! Dan lag hy meteens kortaf.

"Liewe land! Dit lyk my ek is oral in onguns. Ek sal nog 'n huis net vir mý moet laat bou. Ek is nie meer welkom in my pa se huis nie, en in my eie . . ."

"Is jy te swak om die man te wees? Wêreld, Kassie, dat my seun darem so 'n vrotsige vryer is!"

"Pa, asseblief! Dis anders . . . ek bedoel . . . ons omstandighede . . ."

"Aag, twak! 'n Man is 'n man en 'n vrou is 'n vrou, en as jy getroud is, is jy getroud en basta! Julle hedendaagse jong mense moet altyd alles deurmekaar bodder met trots en komplekse en so aan. In my dae het ons gaan trou en ons het geweet hoekom. Maar julle . . ."

"Stadig, Pa!" Dan lag Kas meteens hardop, en sy oë glinster. Ou Joop het deesdae onherkenbaar verander! "Gee kans, Pa . . . Daar is baie tyd . . ."

"Vir julle, ja, maar nie vir my nie. Nee, Kassie, nee! Hierdie nonsens moet nou end kry. Pa word nie jonger nie en Pa sal darem graag Pa se . . . kleinkinders wil sien, seun. Dis nog al waarvoor ek lewe."

Kas kyk sy pa 'n oomblik stil aan, en 'n vreemde speling van emosie gaan oor sy gesig.

"Pa sal."

"Is dit 'n belofte?" vra die ou man skepties.

"Ja, dit is – Pa sal al ses sien."

"Gmf," snork hy liggies. "Maar dit sal nie gebeur as jy elke nag aan mý agterdeur kom klop nie."

Kas se gesig bly egter ernstig.

"Nee, ek weet, maar . . . laat ons nou maar eers hierdie naweek agter die rug kry. Liesel is ontsteld en . . . die atmosfeer is nie reg nie . . . wel, om tot 'n beter verstandhouding te kom nie."

Oom Joop hou hom fyn dop, sien hoe die bekommerde gesig meteens vasberade word, die lippe saamgepers, die kakebeen vierkantig. "Maar ná hierdie naweek gaan Liesel 'n ander Kas leer ken. Ek is ook nou moeg vir hierdie speletjie. En Pa is reg – soos altyd. Watse twak is dit? Ek is glad nie so 'n vrotsige vryer as wat Pa dink nie. Ek sal Pa wys!"

Oom Joop bedek 'n glimlag agter sy kromsteelpyp.

"Nou goed dan, Kasman. Ek loseer jou nog net vir hierdie naweek. Van Maandagaand af is dit tien rand 'n aand, net bed, sonder ontbyt."

Kas se glimlag is sag.

"Is die middernagtelike koppie koffie ook uitgesluit?"

Oom Joop bedek die liefde in sy oë agter 'n digte rookdamp.

"Nee. Ek sal dit bring, maar . . ." Die kromsteel wys dreigend. "Behoede jou ná Maandagaand. Ek sal op die almanak kyk, gehoor? As daar nie resultate kom nie, sal jy 'n rekening kry . . . met rente!"

Marlise besluit om ook vir oom Rob se begrafnis te bly en dan net daarna terug te keer. Sy het die mense darem ook geken en terwyl sy nou hier is, kan sy maar net sowel die begrafnis bywoon.

Tot oom Joop en Kas se bedekte ontsteltenis laat Liesel hoor toe sy van haar veranderde planne verneem: "Maar slaap dan maar nog Maandagaand hier, Marlise. Ek hou nie van die idee dat jy in die donker moet ry nie."

Albei mans slaak 'n heimlike sug van verligting toe Marlise beslis laat hoor: "Nee, as ek dadelik ná die begrafnis ry, behoort ek nie so laat op die pad te wees nie. Ek sal Gerhard vroegtydig laat weet, sodat hy na my kan kom soek as ek ná 'n sekere tyd nog nie tuis is nie."

Kas glimlag.

"Die trekpleister begin nou erg trek, nè?"

Marlise frons effens verward en dan glimlag sy met ligte verbasing in haar oë.

"Ja. Ja, ek . . . ek verlang na hom." Sy sê dit hardop en sy voel self verbaas oor die egtheid daarvan. Dis heeltemal waar! Sy begin nou skielik na hom verlang! Dan lag sy meteens vreugdevol. "Die eerste nuus wat julle nou weer van my sal kry, is 'n troukaartjie!"

Liesel voel haar hart ruk en onwillekeurig blik sy vinnig na haar man. Maar Kas glimlag en knik goedkeurend.

"Ek is bly, Marlise. Jy sal 'n wonderlike vrou vir die regte man wees."

Sy knik, glimlag terug.

"Dankie, Kas. Jy is nooit vrygewig met lof nie, maar wanneer jy dit gee, weet ek jy bedoel dit opreg."

Liesel is die res van die naweek besonder stil, en as die ander dit opmerk, dink hulle maar dis omdat sy hartseer is oor oom Rob. Hy was 'n goeie man en baie gewild en almal weet dat hy, en sy vrou ook, baie lief was vir Liesel en dat dit vir hulle 'n verskriklike slag was toe Liesel en Rob geskei is.

Dis of die spanning al hoër en hoër in Liesel oplaai namate die tyd vir die begrafnis nader kom. Dis of sy ook aanvoel dat alles tot 'n klimaks aan't opbou is. Hoekom, weet sy nie juis nie. Miskien weens die enkele kere hierdie naweek dat sy Kas se oë soms onverwags op haar betrap, en dan lees sy iets in daardie grys kykers wat haar verwar en onrustig maak. Sou hy tot die besef gekom het dat hy haar nie meer wil hê nie, al het hy haar duur gekoop? Hy sal nie die eerste mens wees wat 'n hoë prys vir iets betaal het en dan later uitvind dat hy niks daarmee kan doen nie en dit maar kan weggooi. Die feit dat hy nie weer sy verskyning in haar kamer gemaak het sedert Vrydagaand nie en sy baie goed weet dat hy snags in die platdakhuisie gaan slaap, versterk hierdie vermoede.

As sy net die moed bymekaar kon skraap om vir hom te sê dat sy jammer is en dat sy nie bedoel het wat sy gesê het nie . . . Maar dan . . . Al sou sy dit ook regkry om dit vir hom te sê, sal dit seker nie veel help nie. Hy sal haar nie glo nie. Sy het sy trots gekrenk, soos hy ook gesê het. As hy nog vir haar omgegee het, sou daar hoop gewees het. Maar dié dae toe Kas Burger doodverlief op sy baas se dogter was, is baie lank reeds verby. Sedert daardie dag toe sy hom so lelik gaan uittrap het, het daar 'n merkbare verandering in sy houding teenoor haar gekom. Sy weet ook dat sy daardie dag sy trots gekrenk het – en hy het dit tot vandag toe nie vergeet nie. Nee, wat die redes ook al is waarom hy haar gevra het om met hom te trou, is liefde beslis nie een daarvan nie. Dit weet sy vir seker.

Die gevoel van naderende onheil wat sy al die hele naweek in haar omdra, word daardie Maandagmiddag sterker. Kas bel uit die dorp.

"Liesel, ek help gou hier met 'n paar laaste reëlings vir die begrafnis. Tant Hester-hulle het nou net hier aangekom. Kan ek nie maar vir hulle sê dat hulle huis toe kan gaan nie? Ek bedoel . . . as jy kans sien. Dis nog net 'n uur voor die begrafnis op Rondom."

Liesel se lippe begin onbedaarlik bewe. Wat 'n groot hart dra hierdie man van haar nie in hom om nie!

"Natuurlik, Kas. Bring hulle dadelik."

Kas sit die telefoon peinsend neer. Het hy nou die regte ding gedoen? Maar dan . . .

Dis eers nadat Liesel haar gewese skoonma innig gegroet het en die ouer vrou snikkend in 'n stoel neersak, dat Liesel die ander persoon sien wat langs Kas in die deur staan.

Pearl Olsen! Pearl . . . Wat soek sý hier? Wat . . .?

"Liesel, ek weet nie of jy en Pearl daardie tyd toe sy hier was, mekaar ontmoet het nie, maar . . . sy en Rob . . ." Sy oë pen sy vrou se wasbleek gesig vas. "Sy is nou Rob se vrou."

Pearl word bloedrooi toe Liesel haar aanstaar.

"Miskien moes ek . . . nie gekom het nie," stamel sy. "Ek wil jou nie . . . in die verleentheid stel nie, maar Kas het aangedring . . . Ek is jammer, Liesel."

Liesel skud haar kop verdwaas.

"Jy en . . . Rob? Maar . . . hoekom?"

Weer bloos die vrou pynlik, laat haar blik vlugtig sak. "Die rede is tog . . . ooglopend, nie waar nie? Ek het gedink jy weet . . . O, Liesel, ek is so jammer!"

Marlise is meteens langs hulle en sy neem die jong vroutjie aan die arm.

"Kom sit, Pearl. Rus 'n bietjie. Julle moet doodmoeg wees." Sy draai ook na tant Hester. "Tante, nee, probeer kalm bly. Ons is almal so jammer oor oom Rob, maar . . . u moet probeer sterk wees."

"Ek weet, kindjie, maar . . . dis so swaar! Waar is Pearl? O, hier is jy, my kind. Kom sit hier by my. O, ek weet nie wat ek in hierdie dae sonder haar sou gedoen het nie."

Pearl plaas dadelik haar arms om haar skoonma.

"Toe nou maar, Ma. Ek is hier by Ma. Kom ons vee nou die trane af. Dan drink ons eers 'n bietjie tee. Toe nou."

Liesel staan soos 'n verstokte beeld na die toneel voor haar en kyk asof sy nie kan glo wat sy sien nie. Pearl . . . met haar arms om Rob se ma. Pearl . . . met Rob se trouring aan haar vinger! Rob s'n!

"Liesel . . ."

Sy voel 'n arm om haar gaan en sy beweeg meteens vorentoe. "Los my!"

Sy storm kamer toe, gooi die deur agter haar toe en snik gebroke. O, hoe blind, hoe dwaas kan 'n mens werklik wees? Hoe kon sy vir een oomblik geglo het dat Kas . . . Kas . . . As hy moet weet wat sy gedink het, geglo het . . .!

Kas skuif saggies langs haar in toe hulle reeds in die kerk sit. Liesel hou haar oë stip voor haar gerig. Sy kan nie na hom kyk nie. Dan voel sy hoedat hy haar hand neem en 'n trilling gaan deur haar. Hy buig nader en fluister teen haar. "Ek het al weer gefouteer. Ek is jammer, my meisie. As ek geweet het dit sou jou so ontstel . . . dat jy nog soveel omgee . . ."

Sy knik net, sluit 'n oomblik haar seer oë. Hoe kan sy nou aan hom verduidelik dat dit nie is soos hy dink nie, dat sy so hewig ontsteld is omdat Pearl Rob se kind verwag en sy nog soveel vir Rob omgee? Dis wat hy dink, en daar is nie nou die tyd of geleentheid, of die moed, om hom te vertel dat hy onder 'n heeltemal vals indruk verkeer.

Binne-in haar wil haar emosies vir haar te veel word. Sy kan duidelik die verbaasde, dan geskokte oë onder die aanwesiges gewaar toe Pearl Olsen, met haar arm stewig om Rob se ma geslaan, by die kerk inkom. Die roering onder die Grasbulters is duidelik waarneembaar – koppe wat draai, verdwasing op menige gesig, verbystering in menige oog . . . Hulle het so verkeerd geoordeel. Liesel byt hard op haar onderlip. Sy voel skuldig en skaam. Sy het ook verkeerd geoordeel, en sy moes van beter geweet het.

En hoe kan sy verduidelik? Hoe kan sy aan Kas verduidelik, hom laat besef dat hy heeltemal verkeerd is as hy dink dat sy nog steeds soveel vir Rob Rabe omgee? Hoe kan sy haar ontsteltenis verduidelik sonder om te erken wat sy gedink en geglo het? En as hy dié erkentenis van haar lippe moet hoor . . . Hy sal haar nooit vergewe nie!

Ook die Rabes groet net ná die begrafnis. Ook hulle vertrek maar weer sommer dadelik. Ou Rob Rabe rus veilig in Rondom se bruin aarde waar soveel sweet van hom getap het, waar hy soveel ideale verwesenlik het en waar soveel drome deur sy seun vertrap is. Liesel het na Rob aan die oorkant van die graf gekyk, maar daar was geen emosie in haar nie. Hy was 'n blote naam vir haar. Toe het haar blik na Pearl langs hom gegaan, en die twee vroue se oë het oor die oop graf ontmoet, en op daardie oomblik was sy net jammer vir die jong vroutjie – en dankbaar dat dit nie sy is wat in die toekoms aan die genade van 'n Rob Rabe oorgelaat is nie.

Toe hulle groet, het die twee vroue mekaar diep in die oë gekyk en toe het Liesel haar spontaan gesoen ten aanskoue van almal wat wou kyk.

"Alles wat mooi is vir jou vorentoe, Pearl. Ek bedoel dit uit my hart."

"Dankie, Liesel, en ek wens jou dieselfde toe. Jy het 'n wonderlike man. Waardeer hom. Wat hy nie vir my beteken het daardie tyd toe . . . toe Rob my in die steek gelaat het en ek nie geweet het wat van my sou word nie . . . Ek sal hom nooit genoeg daarvoor kan bedank nie. Maar nou . . . Rob het my tog uiteindelik kom haal en met my getrou. Ek hoop en bid en vertrou maar dat . . . dat ons twee tog ook geluk sal smaak . . . veral as die baba eers daar is. Tot siens, Liesel."

Sy en tant Kitty en Marlise het in stilte teruggery huis toe en toe het tant Kitty onverwags gesê: "Liesel, ek en Marlise het gepraat. As dit julle sal pas, wil ek vandag saam met haar vertrek. Dis 'n ideale geleentheid vir my om by my suster in die Kaap te kom en dan ry sy ook nie die lang ent pad so alleen nie. Ek weet nie hoekom het ons nie vroeër aan dié plan gedink nie."

"Natuurlik, tant Kitty. Dis alles reg. Hoe lank wou tante gaan kuier?"

"Ek gaan nie juis kuier nie, kind. Ek wil vir my 'n woonstel gaan soek. Dis tyd dat ek weggaan." Toe sy Liesel se ontstelde oë sien, laat sy sag maar beslis hoor: "Ja, kind, ek weet ek is altyd welkom by jou en Kas, maar ons het almal geweet dat ek die een of ander dag weer moet vort. Die lewe gaan voort en my tydjie op Grasbult is verstreke. Dit was wonderlik hier en julle was almal baie dierbaar, maar nou is die tyd verby."

Liesel wurg aan die hartseer knop in haar keel.

"Weet Kas?"

"Ja, ek het al met hom gepraat."

Liesel draai stadig om toe die motor uit sig verdwyn. Daar is 'n grenslose gevoel van verlatenheid in haar. Nou is almal weg. Sy is alleen. Kas het gesê dat hy laat sal tuis wees, want daar is nog reëlings en sake om af te handel ná die begrafnis. Rob het sy ma en vrou by die trein weggesien sodat hulle kan rus en die terugreis vir hulle nie so vermoeiend sal wees nie. Hyself sal nog agterbly totdat hy en Kas alles agtermekaar het en dan per motor terugkeer.

Noudat sy heeltemal alleen is, voel sy weer beangs en onge-lukkig. Soos tant Kitty, besef sy dat haar tydjie op Grasbult, en veral in Kas se huis, verstreke is. Na dese is daar geen an-der pad vir haar oop nie. Sy moet vort, soos tant Kitty gesê het. Die lewe gaan voort, het sy gesê. Ja, die lewe sal vir almal voortgaan – vir tant Kitty in haar woonstelletjie met haar ryk innerlike en herinneringe aan 'n vol lewe; vir oom Joop in sy platdakhuisie en sy groentetuin; vir Rob en Pearl ook, veral as die baba eers daar is; vir Kas . . . wanneer hy eendag 'n vrou sal ontmoet wat hom waardig sal wees. Maar vir haar . . .

Sy dwaal deur die huis soos 'n verwilderde dier. Dan, ein-delik, kan sy dit nie meer uithou nie. Die lig in die platdak-huisie trek haar onweerstaanbaar aan en eindelik swig sy voor die begeerte.

Dis of oom Joop haar verwag het, want toe sy in die agter-deur verskyn, is hy by haar, slaan sy arms om haar en druk haar rukkende liggaam vas.

Hy laat haar praat . . . luister woordeloos na haar on-samehangende woorde. Later praat sy kalmer, maar met 'n eerlikheid wat sy hart aangryp. Toe sy eindelik stil is, kyk hy op haar af en dit breek in Liesel. Die ou oë is nog steeds so dierbaar en liefdevol soos altyd. Daar is geen teken van skok, teleurstelling of veragting in hulle nie. Dis net suiwer liefde wat na haar uitgestraal word. Maar voordat hy kan praat, is daar 'n haastige voetval buite.

"Gou! In by daardie kamer," sê hy vinnig.

Joop sit kalm sy pyp en rook toe Kas skielik in die agterdeur verskyn.

"Pa, is Liesel nie miskien hier nie?"

Die ou man frons, kyk hom skerp aan.

"Hier? En wat sal jou vrou hierdie tyd van die aand hier by my soek?"

Kas sug en sak op 'n stoel neer.

"Rob het my tot nou toe opgehou. Hy het so pas vertrek en toe ek by die huis kom, was alles stil. Daar is geen teken van haar nie. Ek het toe maar gedink . . . gehoop sy is hier by Pa . . ."

"Dit verbaas my nie as sy weg is nie. Geen vrou wil net 'n mooi ornament in haar man se huis wees nie."

"Pa, asseblief, moenie dat ons nou weer dáármee begin nie! Hierdie afgelope weke sedert ons getroud is, was vir my bitter. Pa weet dit! Pa weet dat ek haar al die jare liefhet . . ."

"Hoekom het jy haar dit nog nooit vertel nie, seun?"

Sy laggie is weer grimmig, humorloos.

"Hoe kon ek? Pa weet wat sy al die jare van my gedink het. Pa weet hoe verskriklik trots sy was en nog is. Sy het my nooit toegelaat om so naby te kom dat ek haar kon vertel nie." Sy stem is nou openlik bitter. "Selfs toe ek haar eindelik gevra het om met my te trou, moes ek allerhande sotlike praatjies maak en belaglike redes aanvoer. Die regte ding, die feit dat ek haar gevra het om my vrou te word suiwer uit liefde en niks anders nie, kon ek haar nie vertel nie."

"Dis jou eie skuld," klink sy pa se onsimpatieke stem op. "Hoe lank speel julle nou al wegkruipertjie met mekaar?"

"Wat bedoel Pa?" vra Kas skerp.

"Net wat ek sê, Kassie. Jy sê Liesel het jou nog altyd op 'n afstand gehou, jou net altyd uit die hoogte behandel en haar trots was soos 'n ontoeganklike hek tussen julle. En jy? Dink goed na. Ná daardie voorval die dag hier in die voorhuis . . . Wat was jou optrede anders as presies net dit teenoor haar?

498

Ja, seun, dis waar. Jy het jou liefde en verlange agter 'n kil en koue uiterlike verberg en Liesel . . . miskien het Liesel ook maar net haar trotse houding gebruik as 'n kleed om iets anders weg te steek."

Kas skud sy kop.

"Ek weet nie, Pa. Miskien, miskien nie. Maar ná vandag . . . nadat ek gesien het hoe verskriklik baie sy nog omgee . . . hoe verskriklik seer dit nog maak . . ."

"Miskien sien jy hier ook verkeerd . . . net so verkeerd as wat Grasbult en Liesel en baie ander al hierdie maande gesien het."

"Wat . . . waarvan praat Pa?"

"Van Pearl Olsen . . . en die kind wat sy verwag."

"Pearl? Wat van Pearl? Wat het Pearl met ons te doen? Wat weet Pa van Pearl Olsen af?"

"Net wat Grasbult en Liesel weet – of geweet het tot vanmiddag." Oom Joop haal sy pyp uit sy mond, kyk sy fronsende seun eindelik vas in die oë. "Kas, het jy nooit geweet wat Grasbult se mense gedink en gesê het van Pearl Olsen nie?"

"Natuurlik het ek."

"O? Ek praat nie van die stories dat sy 'n . . . 'n los vrou was en wie almal daar gekuier het nie. Ek praat van die stories wat die mense gefluister het dat Kas Burger ook daar gekuier het, oop en bloot daar ingestap het, en dat dit sý kind is wat sy verwag en dat dit Kas Burger is wat haar uit die dorp laat weggaan en in die steek gelaat het. Ek praat dáárvan, Kas."

"Wat!" Kas kyk sy pa verstom en geskok aan. "En hoekom vertel Pa my nou eers hiervan?"

"Ek het ook maar eers vanaand daarvan te hore gekom. Maar dit was glo die algemene indruk op Grasbult – tot almal vanmiddag met die begrafnis gesien het hoe die wind werklik waai en wie die verantwoordelike persoon is."

Kas slaan sy palm teen sy voorkop.

"Genugtig, waar was my verstand destyds? Natuurlik sou

die mense so gedink het! Maar ek het daardie tyd nooit so daaraan gedink nie. Ek was so bekommerd oor Liesel en ... ek het Pearl ook jammer gekry. Sy is nie regtig so deur en deur sleg as wat mense dink nie. Daar is ook redes ..." Meteens bly hy stil en kyk weer vinnig na sy pa. "Pa sê Liesel ... sy weet ook van hierdie stories?"

"Ja, lankal, nog voor jul troue. Sy weet dit al van daardie aand af toe jy Rob aan sy nekvel by Pearl se woonstel uitgegooi het. Rob het sy eie verduideliking gehad van hoekom hy so geslaan is deur 'n jaloerse minnaar. Daarna het een van haar gewese vriendinne haar alles met smaak in die hospitaal gaan vertel, van alles wat Grasbult dink en agteraf sê ..."

"Dis ongelooflik!" Kas is heeltemal verbysterd. "Nou kan ek net nie verstaan dat sy nogtans toegestem het om met my te trou nie."

"Juis, seun. Sê dit nie vir jou iets nie?" Joop kyk sy seun veelseggend aan. "Of is Pa dan vanaand slimmer as sy geleerde seun? Sien jy nie nou haar hewige ontsteltenis van vandag in 'n heel ander lig nie? En nou die aand toe sy van die geld melding gemaak het . . . Kan jy dan nie sien dat dit maar sommer iets was waarna sy gegryp het om agter te skuil nie? Net soos wat sy jou al die jare so uit die hoogte behandel het net omdat sy iets gehad het om vir jou weg te steek nie? Kassie, hoekom is jy so dom?"

"Pa . . ." Kas staan stadig op. Hy kyk ongelowig na sy pa. "Pa, ek weet nie of ek kan glo wat Pa vir my wil wysmaak nie, maar . . . ek dink Pa weet waar Liesel is. Waar is sy? Ek het gedink sy is miskien saam met tant Kitty en Marlise weg . . ."

Die ou man skud sy kop, beduie vaag met die kromsteel.

"Nee, sy is nie ver weg nie, Kassie. Sommer baie naby, eintlik."

Kas draai sy kop skeef en sy blik volg die rigting van die kromsteel, kyk dan weer terug, en sy pa knik vir hom . . .

Sy lê op die bed waarop hy soveel vergeefse drome, soos hy gedink het, oor haar gedroom het. Sy lyk bang en onseker en dan verleë, selfbewus. Toe hy die deur agter hom toedruk en nader stap, sak die ooglede weer vinnig, maar hierdie keer laat hy dit nie toe nie.

"Kyk na my, Liesel."

Sy is verplig om op te kyk en dan moet Kas glo dat sy pa tog gelyk het.

"O, my liefling!"

'n Lang tyd gaan verby voordat hy haar eindelik toelaat om 'n entjie van hom af weg te beur.

"Kas . . ." Sy aarsel onder die gloed in sy oë – oë wat nou so warm, byna verterend teer in hare afkyk, dieselfde oë wat die afgelope jare meestal met kilheid en, soos sy gedink het, selfs haat en veragting, na haar gekyk het. Sy kan dit nie glo nie. "O, Kas, my man, as jy net kon weet . . . hoe lank ek jou al liefhet."

"Liesel . . ." Ten spyte van wat hy hoor, ten spyte van wat hy in haar oë sien, is hy nog huiwerig en onseker. "Kan dit werklik waar wees, liefste?"

Sy lig haar oë na syne op en nou is daar geen teken meer van die ou hooghartigheid en trots in hulle te bespeur nie.

"Dis waar, Kas. Ek weet self nie eintlik wanneer ek verander het nie, maar ek dink dit was nadat ek jou so kom slegsê het. Toe ek van die buiteland af teruggekom het, was jy so heel anders teenoor my as altyd. Toe het ek geweet dat jy my gehaat het, en ek kon dit nie verduur nie."

Hy skud sy kop, trek haar weer teen hom vas asof hy dit nie kan verduur om haar 'n enkele sekonde buite die kring van sy arms te hê nie.

"Ek het jou nooit gehaat nie, my vrou. My gevoelens was gekwets, ja, dit sal ek erken, maar ek het jou altyd liefgehad."

Sy sluit haar oë hier onder sy ken, druk haar lippe warm en klam teen sy keel.

"Maar ek het gedink jy haat en verag my nou en ek moes iets vind om my teen jou kilheid en teruggetrokkenheid te

501

beskerm. Ek kon jou nie laat sien hoe seer jou houding my gemaak het nie."

"En toe het jy jou meer as ooit tevore koud en hooghartig teenoor my gedra. Liesel! Liesel! Hoekom was ek so 'n stommerik?"

Sy skud haar kop.

"Ek het verdien dat jy my haat en so teenoor my optree. Ek het geweet ek doen verkeerd toe ek met Rob getrou het, maar . . . ek was so seker dat jy en Marlise sou trou, dat sy die meisie was wat jou liefde verower het . . ."

"Nee. Ek was lief vir Marlise – ek is dit nog altyd – maar as 'n vriendin, niks meer nie. Glo my asseblief, Liesel."

"Ek weet dit nou, net soos ek ook nou weet van Pearl . . ." Haar stem sterf weg in skaamte, maar die arms hou haar innig vas.

"Ons was albei 'n bietjie dwaas, my liefste, albei so hard besig om dit wat ons werklik voel, weg te steek . . . Kom ons gaan huis toe," hoor sy hom skor in haar nek fluister. "Ek het dit spesiaal vir jou gebou. Het jy geweet? Dit was ook een van die drome wat ek deur die jare gedroom het, aangehou het met droom totdat ek dit verwesenlik gesien het, al het ek gedink daar sou nooit iets van kom nie. In hierdie selfde kamertjie, op hierdie selfde bed het ek my vergeefse drome gedroom . . ."

"Nee! Dit was nie vergeefs nie. O, Kas!"

Sy arms span stywer om haar.

"Gaan ons nou huis toe?"

"Kan . . . Kas, kan ons nie maar . . . net vannag hier bly nie? Dan gaan ons môre huis toe vir al die jare van ons lewe wat nog voorlê. Maar ek wil so graag hier begin, in hierdie kamertjie, in hierdie platdakhuisie. Dis die wonderlikste huisie op die hele dorp. Ek wil in hierdie kamer waar jou drome begin het, hulle ook verwesenlik, my man. Asseblief?"

Oom Joop haal sy bekertjie van die hakie af, skink die koffie, aarsel, sit dan die kannetjie weer terug op die vuurherd.

502

Dis amper twaalfuur. Hy sal maar sy koffietjies drink en dan ook maar gaan inkruip. "Vannag sal Kassie seker nie wil koffie hê nie," grinnik hy toe hy die beker na sy lippe bring.

Ena vertel waar alles begin het . . .

In *En die klippe sal uitroep* sal dit van die begin af duidelik wees dat hierdie verhaal in 'n tyd afspeel wat onmiddellik geëien sal word deur veral my ouer lesers. Hier word situasies geskets en feite gestel uit ons verlede wat nie weggepraat of ontken kan word nie. Dit was vir my eintlik 'n traumatiese ervaring om hierdie verhaal te skryf, omdat ek bewus was van meer as een "Martha" in die werklike lewe. Daar was baie "Marthas" en "Marias" in ons geskiedenis . . . en in vandag se tye ontstellend baie "Yolandes". Dis 'n verhaal wat diep sny tot op die been – soos dit ook bedoel is om te wees.

Hoewel *Die tonnel* uit my verbeelding kom, was dit tog ook gemotiveer deur die uitstaande deursettingsvermoë wat gestremde mense aan die dag lê. Ook die kommer wat ouers van sulke kinders in hul harte omdra: Wat word wanneer ons nie meer die dag daar is nie? Dan is daar ook die mag van die liefde wat 'n ongelooflike metamorfose in 'n mens kan teweegbring. Moet nooit die krag van die liefde onderskat nie. Dit tem selfs die wildste perde!

In *Keerkring van die hart* het ek van karakters uit die werklike lewe gebruik gemaak. Maar net die karakters. Die verhaal self is suiwer fiksie.

ENA MURRAY

505

Ook beskikbaar!

Omnibus 34

Ena Murray

Appelbloeisels en jasmyn • Erf dan my drome
Met 'n nawoord deur die skrywer

Ook beskikbaar!

Omnibus 35

Ena Murray

Die vrou in die spieël
Die oujongnooi van Polkadraai • Die kleine kring
Met 'n nawoord deur die skrywer

Ook beskikbaar!

Omnibus 36

Ena Murray

Oase van geluk
Wanneer die nuwe dag breek • Môre lê ver
Met 'n nawoord deur die skrywer

Ook beskikbaar!

Omnibus 37

Ena Murray

Die Meissner-kliniek • Dokter Julene
Die ongebore uur
Met 'n nawoord deur die skrywer